宋学研究丛书

宋代文学与文献考论

张剑 著

浙江古籍出版社

图书在版编目（CIP）数据

宋代文学与文献考论 / 张剑著 . -- 杭州：浙江古籍出版社，2022.12

（宋学研究丛书 / 龚延明主编）

ISBN 978-7-5540-2324-2

Ⅰ . ①宋… Ⅱ . ①张… Ⅲ . ①中国文学—古典文学研究—宋代 Ⅳ . ① I206.44

中国版本图书馆 CIP 数据核字（2022）第 137554 号

宋代文学与文献考论

张 剑 著

出版发行 浙江古籍出版社

（杭州体育场路 347 号 电话：0571-85068292）

网 址 https：//zjgj.zjcbcm.com

责任编辑 黄玉洁

封面设计 吴思璐

责任校对 张顺洁

责任印务 楼浩凯

照 排 浙江时代出版服务有限公司

印 刷 浙江新华印刷技术有限公司

开 本 880mm × 1230mm 1/32

印 张 15.625

字 数 355 千字

版 次 2022 年 12 月第 1 版

印 次 2022 年 12 月第 1 次印刷

书 号 ISBN 978-7-5540-2324-2

定 价 128.00 元

如发现印装质量问题，影响阅读，请与本社市场营销部联系调换。

浙江省文化研究工程指导委员会

主　任：袁家军

副主任：黄建发　刘　捷　彭佳学　陈奕君　刘小涛
王　纲　成岳冲　任少波

成　员：胡庆国　朱卫江　陈　重　来颖杰　盛世豪
徐明华　孟　刚　毛宏芳　尹学群　吴伟斌
褚子育　张　燕　俞世裕　郭华巍　鲍洪俊
高世名　蔡袁强　郑孟状　陈　浩　陈　伟
盛阅春　朱重烈　高　屹　何中伟　李跃旗
胡海峰

“宋学研究丛书”学术委员会

主编：龚延明

委员（按姓氏拼音）：

［美］包弼德　邓小南　董　平　冯国栋

龚延明　路育松　缪　哲　［日］平田茂树

陶　然　张　剑　祖　慧

浙江文化研究工程成果文库总序

有人将文化比作一条来自老祖宗而又流向未来的河，这是说文化的传统，通过纵向传承和横向传递，生生不息地影响和引领着人们的生存与发展；有人说文化是人类的思想、智慧、信仰、情感和生活的载体、方式和方法，这是将文化作为人们代代相传的生活方式的整体。我们说，文化为群体生活提供规范、方式与环境，文化通过传承为社会进步发挥基础作用，文化会促进或制约经济乃至整个社会的发展。文化的力量，已经深深熔铸在民族的生命力、创造力和凝聚力之中。

在人类文化演化的进程中，各种文化都在其内部生成众多的元素、层次与类型，由此决定了文化的多样性与复杂性。

中国文化的博大精深，来源于其内部生成的多姿多彩；中国文化的历久弥新，取决于其变迁过程中各种元素、层次、类型在内容和结构上通过碰撞、解构、融合而产生的革故鼎新的强大动力。

中国土地广袤、疆域辽阔，不同区域间因自然环境、经济环境、社会环境等诸多方面的差异，建构了不同的区域文化。区域文化如同百川归海，共同汇聚成中国文化的大传统，这种大传统如同春风化雨，渗透于各种区域文化之中。在这个过程中，区域文化如同清溪山泉潺潺不息，在中国文化的共同价值取向下，以自己的独特个性支撑着、引领着本地经济社会的发展。

从区域文化入手，对一地文化的历史与现状展开全面、系统、扎实、有序的研究，一方面可以藉此梳理和弘扬当地的历史传统和文化资源，繁荣和丰富当代的先进文化建设活动，规划和指导未来的文化发展蓝图，增强文化软实力，为全面建设小康社会、加快推进社会主义现代化提供思想保证、精神动力、智力支持和舆论力量；另一方面，这也是深入了解中国文化、研究中国文化、发展中国文化、创新中国文化的重要途径之一。如今，区域文化研究日益受到各地重视，成为我国文化研究走向深入的一个重要标志。我们今天实施浙江文化研究工程，其目的和意义也在于此。

千百年来，浙江人民积淀和传承了一个底蕴深厚的文化传统。这种文化传统的独特性，正在于它令人惊叹的富于创造力的智慧和力量。

浙江文化中富于创造力的基因，早早地出现在其历史的源头。在浙江新石器时代最为著名的跨湖桥、河姆渡、马家浜和良渚的考古文化中，浙江先民们都以不同凡响的作为，在中华民族的文明之源留下了创造和进步的印记。

浙江人民在与时俱进的历史轨迹上一路走来，秉承富于创造力的文化传统，这深深地融汇在一代代浙江人民的血液中，体现在浙江人民的行为上，也在浙江历史上众多杰出人物身上得到充分展示。从大禹的因势利导、敬业治水，到勾践的卧薪尝胆、励精图治；从钱氏的保境安民、纳土归宋，到胡则的为官一任、造福一方；从岳飞、于谦的精忠报国、清白一生，到方孝孺、张苍水的刚正不阿、以身殉国；从沈括的博学多识、精研深究，到竺可桢的科学救国、求是一生；无论是陈亮、叶适的经世致用，还是黄宗羲的工商皆本；无论是王充、王阳明的批判、自觉，还是龚自珍、蔡元培的开明、开放，等等，都展示了浙江深厚的文化底蕴，凝聚了浙江人民求真务实的创造精神。

代代相传的文化创造的作为和精神，从观念、态度、行为方式和价值取向上，孕育、形成和发展了渊源有自的浙江地域文化传统和与时俱进的浙江文化精神，她滋育着浙江的生命力、催生着浙江的凝聚力、激发着浙江的创造力、培植着浙江的竞争力，激励着浙江人民永不自满、永不停息，在各个不同的历史时期不断地超越自我、创业奋进。

悠久深厚、意韵丰富的浙江文化传统，是历史赐予我们的宝贵财富，也是我们开拓未来的丰富资源和不竭动力。党的十六大以来推进浙江新发展的实践，使我们越来越深刻地认识到，与国家实施改革开放大政方针相伴随的浙江经济社会持续快速健康发展的深层原因，就在于浙江深厚的文化底蕴和文化传统与当今时代精神的有机结合，就在于发展先进生产力与发展先进文化的有机结合。今后一个时期浙江能否在全面建设小康社会、加快社会主义现代化建设进程中继续走在前列，很大程度上取决于我们对文化力量的深刻认识、对发展先进文化的高度自觉和对加快建设文化大省的工作力度。我们应该看到，文化的力量最终可以转化为物质的力量，文化的软实力最终可以转化为经济的硬实力。文化要素是综合竞争力的核心要素，文化资源是经济社会发展的重要资源，文化素质是领导者和劳动者的首要素质。因此，研究浙江文化的历史与现状，增强文化软实力，为浙江的现代化建设服务，是浙江人民的共同事业，也是浙江各级党委、政府的重要使命和责任。

2005 年 7 月召开的中共浙江省委十一届八次全会，作出《关于加快建设文化大省的决定》，提出要从增强先进文化凝聚力、解放和发展生产力、增强社会公共服务能力入手，大力实施文明素质工程、文化精品工程、文化研究工程、文化保护工程、文化产业促进工程、文化阵地工程、文化传播工程、文化人才工程等“八项工程”，实施科教兴国和人才强国战略，加快建设教育、科技、卫生、体育等“四个强省”。作为文化建设“八项工程”之一的文化研究工程，其任务就是系统研究浙江文化的历史成就和当代发展，深入挖掘浙江文化底蕴、研究浙江现象、总结浙江经验、指导浙江未来的发展。

浙江文化研究工程将重点研究“今、古、人、文”四个方面，即围绕浙江当代发展问题研究、浙江历史文化专题研究、浙江名人研究、浙江历史文献整理四大板块，开展系统研究，出版系列丛书。在研究内容上，深入挖掘浙江文化底蕴，系统梳理和分析浙江历史文化的内部结构、变化规律和地域特色，坚持和发展浙江精神；研究浙江文化与其他地域文化的异同，厘清浙江文化在中国文化中的地位和相互影响的关系；围绕浙江生动的当代实践，深入解读浙江现象，总结浙江经验，指导浙江发展。在研究力量上，通过课题组织、出版资助、重点研究基地建设、加强省内外大院名校合作、整合各地各部门力量等途径，形成上下联动、学界互动的整体合力。在成果运用上，注重研究成果的学术价值和应用价值，充分发挥其认识世界、传承文明、创新理论、咨政育人、服务社会的重要作用。

我们希望通过实施浙江文化研究工程，努力用浙江历史教育浙江人民、用浙江文化熏陶浙江人民、用浙江精神鼓舞浙江人民、用浙江经验引领浙江人民，进一步激发浙江人民的无穷智慧和伟大创造能力，推动浙江实现又快又好发展。

今天，我们踏着来自历史的河流，受着一方百姓的期许，理应负起使命，至诚奉献，让我们的文化绵延不绝，让我们的创造生生不息。

2006 年 5 月 30 日于杭州

浙江文化研究工程成果文库序言

袁家军

浙江是中华文明的发祥地之一，历史悠久、人文荟萃，素称“文物之邦”“人文渊薮”，从河姆渡的陶灶炊烟到良渚的文明星火，从吴越争霸的千古传奇到宋韵文化的风雅气度，从革命红船的扬帆起航到建国初期的筚路蓝缕，从改革开放的敢为人先到新时代的变革创新，都留下了弥足珍贵的历史文化财富。纵览浙江发展的历史，文化是软实力、也是硬实力，是支撑力、也是变革力，为浙江干在实处、走在前列、勇立潮头提供了独特的精神激励和智力支持。

2003 年，习近平总书记在浙江工作时作出“八八战略”重大决策部署，明确提出要进一步发挥浙江的人文优势，积极推进科教兴省、人才强省，加快建设文化大省。2005 年 7 月，习近平同志主持召开省委十一届八次全会，亲自擘画加快建设文化大省的宏伟蓝图。在习近平同志的亲自谋划、亲自布局下，浙江形成了文化建设“3+8+4”的总体框架思路，即全面把握增强先进文化的凝聚力、解放和发展文化生产力、提高社会公共服务力等“三个着力点”，启动实施文明素质工程、文化精品工程、文化研究工程、文化保护工程、文化产业促进工程、文化阵地工程、文化传播工程、文化人才工程等“八项工程”，加快建设教育、科技、卫生、体育等“四个强省”，构建起浙江文化建设的“四梁八柱”。这些年来，我们按照习近平总书记当年作出的战略部署，坚持一张蓝图绘到底、一任接着一任干，不断推进以文铸魂、以文育德、以文图强、以文传道、以文兴业、以文惠民、以文塑韵，走出了一条具有中国特色、时代特征、浙江特点的文化发展之路。

文化研究工程是浙江文化建设最具标志性的成果之一。随着第一期和第二期文化研究工程的成功实施，产生了一批重点研究项目和重大研究成果，培育了一批具有浙江特色和全国影响的优势学科，打造了一批高水平的学术团队和在全国有影响力的学术名师、学科骨干。2015 年结束的第一批浙江文化研究工程共立研究项目 811 项，出版学术著作千余部。2017 年 3 月启动的第二期浙江文化研究工程，已开展了 52 个系列研究，立重大课题 65 项、重点课题 284 项，出版学术著作 1000 多部。特别是形成了《宋画全集》等中国历代绘画大系、《共和国命运的抉择与思考——毛泽东在浙江的 785 个日日夜夜》等领袖与浙江研究系列、《红船逐浪：浙江“站起来”的革命历程与精神传承》等“浙 100 年”研究系列、《浙江通史》《南宋史研究》等浙江历史专题史研究系列、《良渚文化研究》等浙江史前文化研究系列、《儒学正脉——王守仁传》等浙江历史名人研究系列、《吕祖谦全集》等浙江文献集成系列。可以说，浙江文化研究工程，赓续了浙江悠久深厚的文化血脉，挖掘了浙江深层次的文化基因，提升了浙江的文化软实力，彰显了浙江在海内外的学术影响力，为浙江当代发展提供了坚实的理论支撑和智力支持，为坚定文化自信提供了浙江素材。

当前，浙江已经踏上了实现第二个百年奋斗目标的新征程，正在奋力打造“重要窗口”，争创社会主义现代化先行省，高质量发展建设共同富裕示范区。文化工作在浙江高质量发展建设共同富裕示范区中具有决定性作用、是关键变量；展现共同富裕美好社会的图景，文化是最富魅力、最吸引人、最具辨识度的标识。我们要发挥文化铸魂塑形赋能功能，为高质量发展建设共同富裕示范区注入强大文化力量，特别是要坚持把深化文化研究工程作为打造新时代文化高地的重要抓手，努力使其成为研究阐释习近平新时代中国特色社会主义思想的重要阵地、传承创新浙江优秀传统文化革命文化社会主义先进文化的重要平台、构建中国特色哲学社会科学的重要载体、推广展示浙江文化独特魅力的重要窗口。

新时代浙江文化研究工程将延续“今、古、人、文”主题，重点突出当代发展研究、历史文化研究、“新时代浙学”建构，努力把浙江的历史与未来贯通起来，使浙学品牌更加彰显、浙江文化形象更加鲜明、中国特色哲学社会科学的浙江元素更加丰富。新时代浙江文化研究工程将坚守“红色根脉”，更加注重深入挖掘浙江红色资源，持续深化“习近平新时代中国特色社会主义思想在浙江的探索与实践”课题研究，努力让浙江成为践行创新理论的标杆之地、传播中华文明的思想之窗；擦亮以宋韵文化为代表的浙江历史文化金名片，从思想、制度、经济、社会、百姓生活、文学艺术、建筑、宗教等方面全方位立体化系统性研究阐述宋韵文化，努力让千年宋韵更好地在新时代“流动”起来、“传承”下去；科学解读浙江历史文化的丰富内涵和时代价值，更加注重学术成果的创造性转化，探索拓展浙学成果推广与普及的机制、形式、载体、平台，努力让浙学成果成为有世界影响的东方思想标识；充分动员省内外高水平专家学者参与工程研究，坚持以项目引育高端社科人才，努力打造一支走在全国前列的哲学社会科学领军人才队伍；系统推进文化研究数智创新，努力提升社科研究的科学化水平，提供更多高质量文化成果供给。

伟大的时代，需要伟大作品、伟大精神、伟大力量。期待新时代浙江文化研究工程有更多的优秀成果问世，以浙江文化之窗更好地展现中华文化的生命力、影响力、凝聚力、创造力，为忠实践行“八八战略”、奋力打造“重要窗口”，争创社会主义现代化先行省，高质量发展建设共同富裕示范区，提供强大思想保证、舆论支持、精神动力和文化条件。

2021年9月

序

多事之秋，有谁不是在白昼与黑夜的交替轮回中备受煎熬?

忽一日，微信上收到消息，乃北京大学中文系教授张剑大兄发来，云自编论文集《宋代文学与文献考论》即将付梓，想请我“赐个序”。我以为他发错了对象，坐等他撤回。不想他不仅没撤回，还继续说，如果我没空或不愿意，也无妨，他也不拟再找别人。我回复，我属于无名气、无地位、无“帽子”的“三无”学者，哪有资格给你作序?他坚持说，就看你有无时间、是否愿意，不管其他。“我心里兄是最合适的人。”他补充道。张剑兄是我订交十多年的畏友，也是研习宋代文学的学术同道,何况他这部新著又独具价值,我不能也不敢“抗命”。

通常，学术文章包括四类：论文（article）、述评（review）、札记（note）和书评（book review）。张剑兄治学，视野开阔，文备众体，各体学术文章皆有名篇流传，书评《警惕古籍伪校点》就经常被大家正面引用。其书评文字已别为一集，名曰“书山有道”，这部《宋代文学与文献考论》则将作者近年有关宋代文学、文献的论文和述评汇于一编，内容可观，方便读者，无疑是古代文学研究领域的新成果。书中所收文章，我多数早已读过，有些还在刊载前获读初稿，提过一些浅见，但留下的印象不免断断续续。此次有机会把这二十二篇文章通读一过，所感连贯完整，所得较先前为多。

全书分为上中下三编，内容包含学术反思、文献考辨、知人论世、艺术分析和文化观照共五大部分，也呈现出古代文学研究的一般程序，编目本身即给人提供了方法论方面的启示。

在学术文章的评价中，一般人会重视原创性的“论文”，轻视综述性的“述评”，其实不然。一个学科、一个论域，常常需要对研究现状进行批判性的反思，方能总结成果、发现不足、推陈出新，因此国际重要期刊每期都会刊载若干述评，对某些议题作出回顾与前瞻，篇幅长，内容多，而且由该领域的一线学者撰写，其必要性与重要性不言而喻。张剑兄曾在中国社科院文学研究所工作，所里的前辈学者樊骏先生被誉为中国现代文学研究的引导者，一个显著原因就是他长年写作学术述评，最后结集为《论中国现代文学研究》，以对“研究”的研究而优入著作之林，影响深远。当代宋代文学研究的奠基人和拓荒者之一王水照先生，也写过不少述评，如《曾巩的历史命运——〈曾巩研究专辑〉代序》，《宋代文学研究的思考——北宋名臣文集五种出版感言》《重提“内藤命题”》（皆载其《鳞爪文辑》）等，均能揭示大问题、指示新路径，推动了相关议题的深入开展。此类文章，现象描述要全面准确，成果评论要切中肯綮，未来方向要切实可行，实不易为。张剑兄被引进到北大之前，在古代文学专业最权威的期刊《文学遗产》编辑部工作多年，由编辑而编审而副主编，既得风气之先，亦兼岗位之便，故不仅自身著述丰硕，而且交游广远、阅稿无数，加上翻译过数种日本汉学名著，对国内外研究现状的了解自非一般专家可比。职是之故，其所作述评，总能在提供学科进展的新资料、新思想、新方法的同时保持学术主体的自信和定力，从而能够提供通贯性、指导性的真知灼见。收入本书的述评文章，有的是在充分概括学术热点后提出解决方案，有的则是将其他学科的知识和思想导入古代文学研究，引领新的热点。前者如《新世纪宋代文学研究的走向与问题》，调查统计了该领域在 2001—2011 年间出版的专著和 11 种重要学术期刊发表的论文，指出宋代文学研究原先的偏向尚未得到完全纠正，又面临更深层次的问题，即由于文献数字化趋势带来的研究技术化、由于大文学趋势带来的研究错位化、由于思力学养不足带来的浅狭化。这“三化”问题带有普遍性，自然引起学术界共鸣。《困窘与出路：古代文学研究“文化学转向”的背后》提出将“定点深挖”与“十字打开”结合起来的方法，以作出“真正成功的古代文学的文化学研究”，辅以自身经历，堪称金针度人。后者如对日常生活史与中国古典文学研究、宋代以降家族文学研究诸种问题的探讨，皆已引来学者跟进，开枝散叶，结出硕果。这些研究述评融情况描述、数据统计、问题分析和进路探索于一炉，帮助个体读者快速联通整个学界，起到了消息树、动态图、桥梁和纽带的作用。正是基于对学术史的全面了解，作者才能针对根本性、全局性的议题，提出新的文学阐释理论，如《情境诗学——理解近世诗歌的另一种路径》，提出一个大家熟视无睹的严峻问题：宋代以降，存在海量诗作，按照“经典诗学”的标准，“精绝者”不过数千首，剩下的数十百万甚至上千万首诗歌怎么办？他拈出“情境诗学”的术语，意指在“身临其境，感同身受”的具体历史情境中去观照研究对象，获得一种进入过程的动态感和在场感。的确，宋代以降，诗人身份多元化，诗歌写作日常化、地域化、私人化，诗歌语言通俗化，“情境诗学”这一理论更具概括力和包容度，使海量的非经典作品获得了相应的流传价值和诗学意义。述评之作，岂可轻哉？

考据乃古代文学研究之基础。是书之文史考据，首重版本调查和校勘（textual criticism）。如北宋孔文仲、武仲、平仲兄弟之《清江三孔集》，南宋编集时原有四十卷，今以文渊阁《四库全书》本最为通行，然仅三十卷，张剑兄遍访境内外收藏机构，手钞目验，厘清《清江三孔集》历代版本源流，揭出藏于北京大学图书馆的四十卷本，多出的后十卷均为孔平仲文；并纵贯史料，揆诸情理，重新讨论孔平仲与新旧党人之关系，修正孔属旧党的旧说，进而探究其醇儒情怀和循吏意识，通过发现新材料，得出新论断，较平常的版本调查更上一层。除了版本校勘，文史考据的另一翼是事迹考索，这是知人论世的传记批评（biography criticism）的基础。张剑兄尝主编《宋才子传笺证·北宋后期卷》，于此道最是擅场，《宋代文学与文献考论》中编稽考孔平仲、李正民及其家族、张守及其家族、王铚及其家族、欧阳澈、朱翌及其家族、刘汉弼等文人事迹，广泛搜辑材料，既纠正原始材料之史实错误，又补充不为人知的重要事迹，为宋代文学研究提供了坚实基础。如南宋前期作家李正民，《宋史》无传，行履未详。自来论者皆据其《大隐集》中所收《知湖州到任谢表》《知洪州到任谢表》《知温州到任谢表》《知婺州到任谢表》诸表，断定其人曾知此四州，自四库馆臣直至今人编《全宋诗》《全宋文》《中国文学家大辞典·宋代卷》，对此均无异议，似成铁案。张剑兄细绎诸表内容，并据《建炎以来系年要录》等史料，考出李正民从未知此四州，四谢表皆为李光撰或李正民代李光撰，且将李正民生年一并考出。长期沿袭的谬误，至此一朝扫清。考据之精，堪称领军。

在文献、文人考据后，书下编对宋代文学作了艺术分析和文化观照。张剑兄坚持细读文本，在语境还原的基础上对文本作批判性、反思性的阅读和阐释，读书得间，于不疑处见疑，时有新发现。范仲淹《岳阳楼记》众口传诵，然反复涵咏，文章行文至末段“嗟夫”时，总觉有文脉分散拗折之嫌，与前文之衔接未能自然无间，再三寻绎，发现其行文亦有可议之处，遂有《〈岳阳楼记〉的文脉断裂与情怀超越》

之作。宋人论学“宛陵体”时多列五古，但能否将“宛陵体”与梅尧臣的古体或五古等同？梅尧臣“意新语工”“如在目前”“见于言外”等言论被视为普适性的宋代诗论，但他发言时主要针对五律而言，今人引申发挥时是否应当注意分寸感和适用度？在诗学史上，梅尧臣的价值究竟何在？种种疑问，引出《梅尧臣诗体诗论析疑》一文。李清照《醉花阴》“人比黄花瘦”是以花喻人的千古名句，后世有种种袭用、改编和转换，为何竟无一句能与原作比肩？原句之意，古有歧解，且关涉全词大旨，不得不辨，故起而撰《“人比黄花瘦”索隐》。《陆游的醉态、醉思与饮酒诗》与《放翁之醉——陆游饮酒与其人其诗之关系》两篇，踵武前贤而补充材料、挖井导渠，分析陆游的醉态、醉思如何展现于诗中，这种展现在中国饮酒诗传统中有何价值等问题，并从日常生活史的角度，探讨陆游的酒量到底有多大、饮酒及饮酒诗与其性格之间的关系，艺术分析与文化批评相结合，细致入微，趣味盎然。这些作家和作品，皆为经典作家、常见材料，张剑兄能作出契合文本和历史情境的新阐释，端赖文本阅读的精准深细、艺术体悟的敏感细腻和学术视野的开阔通透，也是他“定点深挖”与“十字打开”相结合方法之生动体现。对经典作家的阐释成就在很大程度上决定了我们这个时代的文学研究水准，当前古代文学研究领域，或者“无新材料则不能作文”，或者重文献学研究而轻文艺学研究，或者舍大作家而挖小作家，张剑兄突破大作家研究的瓶颈，突出体裁作为“有意味的形式”的重要性，研究文学中语言的使用，揭示作为文学表达媒介的语言的普遍特征，正是久违的“文体学”（stylistics）的研究路径，在当下有着特别的意义。窃以为，此种取径，可以让我们避免沦为前代学术的余波、其他学科的附庸，从而让文学研究具备独立的品格。

批评之法，当记此道。

要之，这部《宋代文学与文献考论》虽然是论文集，各篇文章似乎并无事先的统一规划，却都围绕着一个核心目的：以宋代文学为对象，以文献为基础，立足学术史，通过文史考据和艺术分析，呈现作家生平、创作过程、文学接受、艺术成就和文化意义，最终在文学理论、文学批评和文学史三方面都有创获。本书集中展示了张剑教授对宋代文献、文人、文体及文化的新发现和新论断，其学术视角和研究方法也足以启发读者，必然会引起宋代文学研究者的重视，是可以预期的。

读毕全书，掩卷犹有余思。张剑兄只比我大两岁，却早已是成果丰硕的著名学者。他本来专长唐宋诗词文，近年来又转向明清及近代文献，拓开新的学术区宇——日记研究，潜心科研，黾勉从事。世事纷纭，许多人都在质问“人文学术有何用”，他却乐在其中，并感发他人。事实上，我今天在家里做“新冠抗原自测”，倍感烦闷哀愁，就凭借此书排遣。张剑兄在评述中外研究现状时，颇有在国际上为中国学术争地位的期许。在分析陆游的醉态、醉思与饮酒诗时，他告诫要警惕一种借研究文学日常化而“解构陆游”的倾向，即戴上有色眼镜，无视甚至否定陆游崇高的一面，认为陆游乃至历史上的圣贤、英雄皆不过尔尔，于是苟且偷安、醉生梦死而心安理得。我虽然觉悟不高，而且怀疑这种倾向能否用旨在重新建构的“解构”（deconstruction）一词来指称，但对张剑兄的学术抱负和在困境中见贤思齐、守正创新的努力表示钦佩。

陈寅恪先生在《赠蒋秉南序》中，以北宋欧阳修撰《五代史记》之现实功用为例，反问“孰谓空文于治道学术无裨益耶”。余虽不敏，亦相信张剑兄在特殊时期的学术成果必有更多知音，并乐意在“雨横风狂三月暮”的江南仰望蓟北，写下我的读后感和祝福语。如是而已，岂敢言序？倘能免佛头著粪之讥，或竟能起以手指月之效，则幸甚乐甚。

李　贵

2022 年 3 月 26 日于上海新江湾城

目　录

上　编

学术视角与研究方法

新世纪宋代文学研究的走向与问题

上世纪八九十年代的宋代文学研究，与唐代文学研究的繁荣相比，无疑要沉寂许多。但从 2000 年中国宋代文学学会成立（王水照先生任会长）并召开首届“宋代文学国际研讨会”以来，宋代文学研究视角逐渐丰富，研究方法逐渐多样，研究梯队逐渐形成，研究水平逐渐提高，得到了近乎全方位的蓬勃发展。然而不可否认的是，在丰富、多样、提高的过程中，也出现了一些瓶颈，产生了一些问题，有必要及时总结。笔者曾调查统计过《文学遗产》《文学评论》《文艺研究》《北京大学学报》《中国文化研究》《中山大学学报》《中华文史论丛》《文史哲》《江海学刊》《南京大学学报》《复旦学报》等十一种重要学术期刊在 2001—2011 年期间发表的宋代文学研究论文，以及 2001—2011 年出版的宋代文学研究专著[1]，对新世纪的宋代文学研究有了一定的认识。以下拟在此认识基础上，对宋代文学研究在新世纪的走向、问题及对策做一探讨，希望能为宋代文学乃至中国古代文学研究提供一些借鉴与思考。

1 除《文学遗产》外，其他十家学术期刊在本文中合称“十刊”；2001—2011 年出版的宋代文学研究专著简称“著作”，以求简明。

一

新世纪宋代文学研究的走向可注意者似有两点：文献学研究的走向和大文学研究的走向，简称“两向”。

（一）文献学研究走向

新世纪宋代文学研究的文献学走向，主要表现在：一是基本资料库建设成绩突出，继上世纪《全宋词》《全宋诗》先后编纂出版后，总字数逾一亿字、收文篇目逾十万篇、总册数达三百六十册的《全宋文》也于2006年正式出版；而总字数达一千五百万字、收录种数五百多种、总册数达一百册的《全宋笔记》至今已出版过半（全套书预计2015年出齐）；同时，选录宋人别集、总集405种、总册数达108册的《宋集珍本丛刊》也于2004年影印问世，恰与整理本形成互补格局。至此，宋代文学研究的基本资料库已经被完整建设起来。

二是不断涌现学风扎实的文献学成果。考证类著作如《宋人行第考录》《朱熹年谱长编》《宋人总集叙录》《中国文学家大辞典·宋代卷》《两宋词人丛考》《宋集传播考论》《宋僧惠洪行履著述编年总案》《宋代文学编年史》《宋才子传笺证》，尤其是《宋才子传笺证》，分北宋前期卷、北宋后期卷、南宋前期卷、南宋后期卷、词人卷五卷，对380余位宋代文学家的生平事迹做了考证，基本囊括了有宋一代的重要作家，是宋代文学基础研究的重要成果。古籍整理成果更是多点开花，不仅一些大家得到更全面或深入的整理，而且一批中小名家也受到关注。前者如《欧阳修诗文集校笺》（上海古籍出版社 2009 年版）、《苏轼全集校注》（河北人民出版社 2010 年版）、《黄庭坚全集辑校编年》（江西人民出版社 2011 年版）、《李清照集笺注》（上海古籍出版社 2002 年版）、《陆游全集校注》（浙江教育出版社 2011 年版）、《杨万里集笺校》（中华书局 2007 年版）、《刘克庄集笺校》（中华书局 2011 年版）、《梦窗词汇校笺释集评》（浙江古籍出版社 2007 版）等；后者如《（田锡）咸平集》（巴蜀书社 2008 年版）、《二晏词笺注》（上海古籍出版社 2008 年版）、《（贺铸）庆湖遗老诗集校注》（河南大学出版社 2008 年版）、《苏过诗文编年笺注》（中华书局 2012 年版）、《陈傅良诗集校注》（浙江古籍出版社 2010 年版）、《戴复古全集校注》（中国文史出版社 2008 年版）、《（江万里）大忠集新编》（江西人民出版社 2008 年版）、《蒋捷词校注》（中华书局 2010 年版）等。至于资料汇评、汇编成果也时有耳闻，如《唐宋词汇评》（浙江教育出版社 2004 年版）、《宋集序跋汇编》（中华书局 2010 年版）以及梅尧臣、苏舜钦、曾巩、秦观、晁补之、张耒、辛弃疾、吴文英等人的资料汇编（中华书局“古典文学研究资料汇编”系列）。这还不包括数量更为庞大和惊人的普及性选注和赏析成果。

三是越来越多的不同年龄层次的实力派学者，对文献学产生了更浓厚的兴趣。其中值得玩味的是，一些擅长理论思考、思想史或大局判断的著名学者近些年也在文献学研究上投放了精力，像王水照先生亲自编纂了《历代文话》，张伯伟先生投身于域外汉籍的发掘与整理，周裕锴先生陆续有《宋僧惠洪行履著述编年总案》《苏轼全集校注》问世（目前在做《石门文字禅校注》），朱刚先生出版了《宋代禅僧诗辑考》等。

应该说明的是，文献学的走向在学术期刊中不容易看得清楚。除了在《文学遗产》发表文章的近三分之一外，文献学研究成果在“十刊”和“著作”中所占份额有限。但不要忘了定量分析永远不能完全代替定性分析，“十刊”都是综合性期刊，或是为了追求转载率或引用率，更欢迎宏观性题目，对文献考证类文章有一定的拒斥性；而《文学遗产》作为全国性的古典文学专业期刊，长期以来一直坚持百花齐放、兼容并蓄的原则，故更能客观体现研究界的实绩，所以多年来一直被视为古典文学研究的风向标。至于“著作”中文献学成果较少，那是因为我们未将古籍整理和普及类读物计算在内，这主要是考虑到古籍整理和普及类读物重复率太高，如新世纪仅以“宋词三百首”为名的书就有180余部，全部予以统计反而不易说明问题，同时这也是我们没有统计所有期刊论文，而只是选取十家期刊予以数据分析的重要原因。

新世纪宋代文学研究的文献学走向有其复杂因素，简而言之有五：一是盛世修史，自古而然，新世纪我国哲学社会科学的发展面临空前机遇，国家投入文献整理的资金逐年增多；二是科技的发展，使大量珍稀文献的获得和研究成为可能，同时古籍数字化的技术，降低了文献学研究的门槛；三是任何学科大的发展，都需要牢固的文献基础，吸引了部分学者的理性回归；四是中国学术传统的影响，乾嘉朴学观念至今仍深入人心，而随着国际交流的增多，西方理论逐渐去魅化，传统的魅力和自信却逐渐增强；五是自身条件所限，与西方学者相比，我们在理论敏感度上确有不如，再加上外语的障碍，深层次交流殊为不易，与其邯郸学步，不如走自己的路，抱有此种想法的学者也大有人在。

（二）大文学研究走向

新世纪宋代文学研究的大文学走向，首先表现在：一是文学的文化学研究渐成规模和气候。宋代文学的文化学研究和其他学科一样，主要源于20世纪80年代的“文化热”，但其研究成果自新世纪才渐成气象[1]。2001—2011年《文学遗产》、“十刊”、“著作”中文献学成果占全部总量的比例分别为16%、24%、40%。《文学遗产》的数字略显保守，但是考虑到《文学遗产》对稿件高端性和成熟性的要求，而作为新走向的文化学研究毕竟正在经历一个由低到高、由不成熟走向成熟的过程，《文学遗产》的这个数字恰能真正反映宋代文学研究的实际水平。如果细致分析的话，又可以2005年为一个分界点，因为2001—2005年《文学遗产》共发表宋代文学文化学走向的论文12篇（2005年即占5篇），年均2.4篇；2006—2010年则达29篇，年均5.8篇。

更能显示《文学遗产》导向意识的是，它在2005年第3期和2010年第2期分别组织了“宋代文学研究专辑”，并对后者加了编者按：“新世纪以来，宋代文学的研究取得了突飞猛进的发展。五年前我刊曾推出过一期‘宋代文学专辑’，集中刊载了该领域的部分研究成果，当时即显现出宋代文学研究兴盛和谐的发展态势。又一个五年过去了，我们欣喜地看到，宋代文学研究界在视野的拓展、方法的探索、材料的挖掘、队伍的建设诸方面都取得了进一步的成绩，展示出持续发展的乐观前景。与此前相较，宋代文学研究在视角的变换更新与方法的

1　据邓乔彬先生统计，20世纪90年代宋代文学与文化关系的主要研究专著才5部，而自2000年始成倍增长。参邓乔彬、昌庆志《宋代文学的文化学研究》，《学术研究》2008年第5期。

成熟运用上，所得最多，兴起了一股‘交叉型专题研究’热潮，如文学与党争、文学与科举、文学与经济、文学与地域、文学与家族、文学与集会、文学与民俗等。它们均善于将文学置诸大文化的背景下进行探究，同时又坚持以文学为本位，多角度、多层面地观照文学问题，并由此涌现出一批可喜的论著。”

似乎是与《文学遗产》相互呼应，“十刊”2001—2005 年刊发宋代文学文化学走向的论文数量为 30 篇，年均 6 篇；2006—2010 年则为 39 篇，年均 7.8 篇。与此相关的研究专著类 2001—2005 年数量为 56 部，年均 11.2 部；2006—2010 则为 103 部，年均 20.6 部。它们都是在 2005 年之后有了一个明显提高。

在这些文化学走向的研究中，祝尚书先生对科举与文学，周裕锴先生对佛禅与文学，沈松勤先生对党争与文学，王兆鹏先生对传播与文学，陈元锋先生对馆阁制度与文学，王祥先生对地域与文学，以及其他诸多学者的交叉学科研究（包括笔者对家族与文学的研究），都取得了引人注目的成绩。王水照先生还借用历史学界的用语，将其中五个方面比喻为“五朵金花”：“就宋代文学研究而言，文学与传播、文学与党争、文学与科举、文学与地域、文学与家族，这五个方面取得的成果更为突出，或可称之为‘五朵金花’。”当然，成果突出并不意味着数量众多，而是指这五个方面较具潜力和生机，都出现了具有代表性的学者和论著，如果仅看数量（以研究专著为例），2001—2011 年共出版宋代文化类专著 180 部，年均 16.4 部，数量排前五位的分别是传播、接受 26 部，文化（书名中直接出现“文化”二字者）26 部，宗教（包括理学）23 部，群体、流派 18 部，家族 14 部，学术（包括哲学）13 部。而科举、制度和地域分别只有 6 部，党争更仅有 3 部。

不过略嫌遗憾的是，宋代文学的文化学走向至2010年达到一定高度后，并未沿此高度继续攀升，却呈现出略显低迷的徘徊。2011年《文学遗产》发表此类论文4篇，“十刊”则共发表5篇，均低于前五年的平均数；只有专著类与平均数基本持平。王水照先生敏锐觉察到这一点，他在《第七届中国宋代文学国际学术研讨会闭幕词》（2011年9月）中指出：“这次会议收到的论文中，也仍然有不少交叉型专题研究的论文，如文学与园林、文学与宗教之类，但对前述所谓‘五朵金花’却未能有效跟进，这是一个值得深思的问题。或许是前期成果颇为优秀（如文学与党争），要在短期内有新突破、新开拓，后继难为；或许是课题本身难度较大（如文学与地域），进展缓慢，实属科研工作中的自然现象。总之，我们要随时注意研究工作的前沿态势，尊重业已取得的成绩，看准方向，就不轻言放弃，锲而不舍，就能取得突破。”王先生的话，的确值得我们共同深思。

新世纪宋代文学研究的大文学走向，还表现在学者对文体学和文章学研究的重视。中国古代文学体裁多达数百种，内容兼及经史子集，有些学者名之曰杂文学。但是受到“五四”以来纯文学观念的强势影响，文学体裁被简化为诗歌、戏剧、散文、小说四大类，许多在历史上产生过重要影响的作家和文章受到忽视和排斥。自20世纪80年代褚斌杰《中国古代文体概论》出版后，古代文学的文体学研究才逐渐拓开，而吴承学更是将文体学研究提升到学科地位的功臣，他不仅自己成果丰硕，对盟誓、谣谶、诗谶、策问、对策、判文、八股等非“纯文学”文体都有深入研究，而且注意人才培养和数据库建设，目前中山大学已经俨然成为文体学研究的一大重镇。再加上郭英德、钱志熙、马建智等先生的推动[1]，文体学研究越来越受到古代文学界的重视。宋代文学研究界对此的响应，主要集中在宋代文章学的研究上，如曾枣庄先生在编纂《全宋文》的基础上，又撰写《宋文通论》；王水照先生老骥伏枥，编出十大巨册的《历代文话》，并于2009年与2012年两次召开“中国古代文章学学术研讨会”。由于王先生是宋代文学学会会长，又德高望重，在他的身体力行下，宋代文章学研究颇有起色，祝尚书、张海鸥、张兴武、朱刚等先生都曾在《文学遗产》上发表过他们的得意之作。但是，与诗词研究相比，文章学研究成果仍十分薄弱，文章学研究还有漫长的道路要走，换个积极的说法，即还有较大的发展空间。

最后，我们应该客观看到，新世纪宋代文学的“两向”毕竟不能覆盖传统的纯文学研究，2001—2011年《文学遗产》、“十刊”、“著作”中纯文学成果占全部总量的比例分别为45%、48%、42%，仍是当之无愧的大宗，只不过已相形见绌于昔日的辉煌。

二

王水照先生曾多次提到宋代文学研究长期存在“三重三轻”的偏向问题，即重大作家轻小作家，重词轻诗文，重北宋轻南宋。经过新

1 吴承学有《中国古代文体学研究》（人民出版社2011年版），郭英德有《中国古代文体学论稿》（北京大学出版社2005年版），马建智有《中国古代文体分类研究》（中国社会科学出版社2008年版），钱志熙有《再论古代文学文体学的内涵与方法》（《中山大学学报》2005年第3期）等。

世纪十余年宋代文学研究界的共同努力，这些偏向得到了一定程度的纠正。《文学遗产》2010年第2期“宋代文学研究专辑”即是这种努力成果的部分体现，该辑按语云：“本期编发的七篇文章，就是在此情势下取得的具有一定代表性的成果。这组文章，从内容来看囊括诗歌、词体、散文以及文论等，从时代来看包含北宋、南宋，从作家来看兼有大家和中小作家，表现出宋代文学研究界突破‘三重三轻’（即重词、轻诗文，重北宋、轻南宋，重大作家、轻中小作家）格局的一贯努力。”但是，完全消化这些长期遗留的问题，并非十余年可以竟功，总的来看，有些问题解决得差强人意，有些问题解决得并不理想。

问题解决较好的是重北宋轻南宋的偏向。据统计，2001—2011年《文学遗产》、“十刊”、“著作”中北宋与南宋研究文章之比分别为：《文学遗产》35%∶33%，“十刊”28%∶23%，著作类23%∶15%，偏向得到有效校正，其中《文学遗产》对此问题的解决最为自觉和有力。

重词轻诗文的偏向也得到局部改观。据统计，2001—2011年《文学遗产》、“十刊”、“著作”中诗词、文章（小说戏曲在宋代尚未成气象，故略）占全部总量的比例分别为：《文学遗产》：诗词58%（诗30%、词26%、综合2%），文章10%（散文5%、骈文1%、综合4%）；“十刊”：诗词54%（诗22%、词27%、综合5%），文章8%（散文5%、骈文1%、综合2%）；“著作”：诗词47%（诗17%、词29%、综合1%），文章4%（散文3%、骈文0%、综合1%）。诗词之比已经逐渐接近（《文学遗产》的数据中诗的分量甚至超过了词），但文的研究仍未跟上，与诗词相比有较大差距。

重大作家轻小作家的偏向问题，解决得不尽如人意。2001—2011年《文学遗产》所刊宋代文学研究论文中，属于作家个案研究的仅有

59人91篇，其中柳永、欧阳修、王安石、苏轼、黄庭坚、周邦彦、惠洪、李清照、陆游、辛弃疾、杨万里、姜夔、刘克庄、吴文英等14人占了42篇（苏轼14篇，居首位）；“十刊”的数据是49人105篇，其中柳永、欧阳修、王安石、苏轼、黄庭坚、李清照、辛弃疾、陆游、朱熹、刘克庄、吴文英等11人占了62篇（苏轼13篇，居首位）；“著作”的数据是32人87部，其中柳永、欧阳修、王安石、苏轼、黄庭坚、辛弃疾、朱熹、姜夔、刘克庄、吴文英等10人占了63部（苏轼19部，居首位）。可是宋诗作者近九千人，宋文作者过万人，宋代传世别集亦超过七百种，以上三种统计数据除去重合者，所研究的对象不足百名，实在是成绩惨淡。当然，由于中小作家特别是小作家往往不足以单独成文或成书，对他们的研究往往体现在家族、地域、群体、流派中，以上数据不能完全反映问题，但人们对个体作家的研究过于扎堆和集中于大作家身上却是不争的事实[1]。

除了传统的“三重三轻”的偏向尚未得到完全纠正，宋代文学研究的发展还面临着更深层次的问题，即由于文献数字化趋势带来的研究技术化、由于大文学趋势带来的研究错位化，由于思力学养不足带来的浅狭化，简称“三化”。之所以说它是更深层次的问题，是因为即使我们有效解决了“三重三轻”的偏向，依然要面临着“三化”问题的挑战，以下分论之。

1　这一点，通过刘学做的多次“宋代文学研究论著的统计分析”（每两年1次，分别收入《宋代文学研究年鉴》中）可以看得更清楚。最近一次“宋代文学研究论著的统计分析”（2010—2011），她统计个体作家研究的论著共1573项，涉及206位个体作家，指出其分布广度与前些年相近，“个体作家研究的状态整体上趋于收缩，对象开拓乏力”。

（一）研究技术化

刘跃进先生在《走向通融：汉魏六朝文学史的文献学研究》一文中曾说：

> 随着信息革命的到来，不管你愿意与否，我们都要经历一个从纸质文本向电子文献逐渐转化的历史阶段。在纸质文化时代，文化话语权还主要掌握在少数所谓文化精英手中。有的时候，他们就像救世主似的，发蒙解惑，以炫博雅；另外一些时候，又把自己想象成帝王师，吐属不凡，指点江山。而今，随着网络的普及，这种文化特权被迅速瓦解，大众也可以通过网络分享部分话语权力。因此，他们不再愿意听从那些所谓精英们的“启蒙”与教诲，而是要充分表达自己的意愿。网络文化强烈地冲击着传统的纸质文化，在此情况下，不仅仅是中国文化，其实，整个人类文化都面临着一次空前的挑战，面临着一次历史的选择。……一个基本事实是，以信息技术为核心的文化转型已经势不可挡。如何抓住这样一个历史契机，迅速适应日益变化的形势，这是摆在我们每一位文学工作者面前的重要任务。当前，中国古籍电子化的时代即将到来，为我们的研究提供了前所未有的便利条件。虽然这项工作还仅仅处于起步阶段，却已显示了无比广阔的学术空间。[1]

的确，每一次技术革命都会对传统学科或传统技能带来冲击。技

1 刘跃进《走向通融：汉魏六朝文学史的文献学研究》，《甘肃社会科学》2006年第3期。

术革命改变着人们的生存状态、生活和交流方式，同时也改变着人们的思维习惯，当然也改变着学者的知识接受、知识结构乃至研究方法。比如东汉以后纸张的大量运用，宋代印刷术的发达等，都曾极大推进了当时学术文化的繁荣，并对写作方式、发表方式及学术价值判断发生着深刻影响。

随着20世纪后期电子技术的高速发展和计算机的普及，一场信息技术革命已经迅猛来到。对古代文学研究者影响最大的一件事应该是1999年11月，上海人民出版社和香港迪志文化出版有限公司联手推出了文渊阁《四库全书》电子版，这是一项中国文化划时代的大事件。因为不过数年，盗版风行，几乎每位有兴趣的文史学者计算机中都安装了这部收书三千四百余种、七万九千余卷的百科全书的电子版，这是古人做梦都未能想到的。之后，《国学宝典》《全唐诗电子分析系统》《全宋诗电子分析系统》《中华寻根网》《中国基本古籍库》等古代文献电子产品的不断开发和被利用，“中国知网”“维普数据库”“万方数据库”的建立和功能的日益强大，一些传统写作方式、发表方式和学问价值受到了极大冲击甚至完全颠覆。

最明显的事实是：现在很少有学者不用计算机写作和发送邮件；在进入写作之前很少有人不去期刊数据库检索相关研究；列举例证时也很少有人不使用电子文献检索；在引用大段文献时，如果有电子版，也常是先拷贝，再核对原始文献（当然不核对原始文献的现象也比比皆是）等等。特别是知识的学习和获得，以前需要付出较高的成本，国家、社会和家庭甚至可以根据需要暂时屏蔽一些知识的传播（如少儿不宜的内容）。而在今天，点击互联网则可以轻松获得各种需要的知识，如果拥有一定的计算机技术，突破各种知识屏蔽也并非太难之事。

知识失去了壁垒，人们随心所欲地在互联网上下载和阅读，使研究者兴趣广泛、眼界大开。

文献数字化技术的发展，带给了学术界无尽便利，我们没有理由拒绝技术可以提供的支持，因为拒绝的结果会使自己逐渐被时代所抛弃。就像有了联合收割机还非要使用镰刀，与使用收割机的同行相比只能瞠乎其后。但是，文献数字化技术的发展，也压缩了学术人的生存与意义空间。举例来说，地理信息系统（GIS）技术的开发和利用，不仅在资源调查、环境评估、灾害预测、国土管理等领域成就惊人，而且引入文学后，亦可以从时空二维的角度关注整个时段和全部区域的文学发生、发展与流变，这样势必会对传统研究的部分领域，如年谱编纂、作品系年、文学流派、家族迁徙、文学的传播与接受等，提出更高的要求，再像以往那样的简单归纳罗列已经行不通了，因为计算机有可能比你做得更快更好[1]。尤其是传统文献学，受到互联网和文献数字化的冲击最为强烈：过去被视为工夫和学问的“引得”、“重出作品考证”、比勘异文、解释典故出处等也基本可以由计算机替代，甚至古籍自动标点都在开发研制中……传统的文献学评价体系面临着严峻的挑战和价值虚化危险。

文献数字化的大发展，也带来了傅道彬先生所说的“技术伪装学问”问题。因为一篇篇材料繁富、貌似出自老学宿儒之手的文章，有可能是滥用和别有用心利用技术检索而得的结果。吴承学先生曾有感于“现在的博士论文，都是排列了许多材料，好像显得很有学问、很

1 《文学遗产》2009 年第 1 期编发了一组“信息技术与中国传统学术研究”的笔谈，分别是郑永晓先生的《技术与心智的互补——建立在计算机检索基础之上的古典文学研究》、李铎先生的《从检索到分析——计算机知识服务的时代》、罗凤珠先生的《引信息的“术”入文学的“心”——谈情感计算和语义研究在文史领域的应用》，对计算机能够为传统学术提供何种服务做了有益探讨。

规范”的现象，幽默地说：“有些年轻学生得了数据库依赖综合症，如果没有数据库与电子检索，已经没有办法写论文了。”[1]的确，不少论文，本来两三个代表性例子已足以说明问题，却偏要列出几十个例子以显博学，其实大家都知道那几十个例子是如何“出笼”的。更甚的是有的研究者还只选取对自己有利的证据，有的研究者所举的例子似是而非，与论点本身只是远亲。再如古籍校点，不去调查版本情况，直接下载《四库全书》版本或其他电子文献，简单处理后即付梓面世；诗文集的笺注，直接复制《汉语大词典》的字词解释，而对诗歌本身所关涉的人事时地及作者用心、诗歌意蕴鲜有揭示，笔者称之为“古籍伪整理”。其实包括作家年谱的编纂和研究资料汇编，如果没有对研究对象较为深入的体认，就会捡到篮子里就是菜，一味醉心于材料的铺排，而没有编者的识见和选择，不知道哪些内容宜全编进来，哪些只要节编，哪些可以不编进来，势必造成垃圾信息充斥，本来要方便学者使用，最后弄得难以利用。

如何防止研究的技术化，是新世纪宋代文学研究必须重视的一个问题。

（二）研究错位化

毋庸置疑，现代学术体制中各学科之间有着大体清晰的边界。但是，知识本身并无界限，古代作家身份的复杂多样性、古代文体的丰富多样性，使中国古代文学的实际发展面貌难以完全对应现代学科体制下

1　吴承学《警惕“数据库体”论文泛滥》，《社会科学报》2007年11月22日。

的“文学”定义。借助现代“文学”之眼，回归到古代文学的具体的历史情境中去，已经成为不少有识之士的选择。

尽管文学从来没有真正地“纯”过，不论古代文学还是现代学科体制中的文学，都不可能只是一具审美的空壳，都承载着丰富的社会文化内容，过度提“纯”会损害、割离文学与人类社会的血肉关系。但是，如果把握不好火候，一味沉迷于泛文化或泛社会学式研究，刻意回避文学的审美自主性，也很容易成为布鲁姆讽刺的那样：“文学研究者变成了业余的社会政治家、半吊子社会学家、不胜任的人类学家、平庸的哲学家以及武断的文化史家。”[1]

这样的研究错位，在宋代文学研究中时有发生，尤其在交叉型研究（即文化学研究）中体现得更明显。《文学遗产》曾接到一篇从范成大诗歌看南宋商贸活动与商人生活的来稿，角度还算新颖，所论也不无学术价值，但作者意在通过对范诗中有关城市市场、农村市场以及各类商人的描写，证实宋代市场形制的时空巨变、城市市场的繁荣、乡村集市及经营风格的多样化、农村商品化程度的提高以及不同阶层商人的生活境况差异较大等，着眼点在于“以诗证史”，而非“以史证诗”或“诗史互证”，我们只好遗憾退稿。再如笔者曾与吕肖奂合作过一篇以宋代为中心的关于酬唱诗歌的文章，最初我们的题目是“‘关系本位’中的酬唱诗歌”，探讨诗人之间的三重关系（文学酬唱关系、社会关系与文化关系）带来酬唱诗歌的三个研究向度：酬唱诗学、酬唱社会学、酬唱文化学。但细想不妥，因为酬唱诗学尚是文学问题，酬唱社会学、酬唱文化学已经不是文学问题而是社会学和文化学问题

1　［美］哈罗德·布鲁姆《西方正典》，第412页，江宁康译，译林出版社2005年版。

了。后来我们将题目改为“酬唱诗学的三重维度建构”[1]，重点从纯文学维度、社会学维度与文化学维度构建酬唱诗学。虽然写得还不够透彻，但总算站在了文学的立场。

交叉型研究突破了从作家到作品或从作品到作家的单向研究模式，将文学放到它与更广阔复杂的政治、经济、文化乃至整个人类生存状态的关系中去探讨，给文学研究提供了无限的开拓空间。它代表着新世纪宋代文学研究的一种走向，这点，我们在第一部分有所讨论。然而，放得开更要收得拢，当研究者灵活运用政治学、经济学、社会学、军事学、心理学、神话学、接受美学、叙事学、新批评等方法，对文学与政治、经济、社会、军事、风俗乃至服饰、饮食、建筑、园林、器具、疾病、灾荒等的关系予以分析时，其研究方法和对象固可以逸出文学的范围，但一定谨记研究目标和最终结论要回到文学上来，即最后落脚点要落在文学上（当然，这个文学，不等于现代学科体制下的纯文学）。否则，就会如梅新林先生所担心的那样：“引发轴心错位与‘边界’混乱的连锁反应，最终导致文学本位性的丧失而走向文学研究的泛化与异化。”[2]从而使文学变成别的学科的例证或注脚，陷入“文学为别的学科打工”的尴尬。

值得注意的是，研究错位化，并不意味着研究失去价值，如果其研究的问题在所错位的领域是一个有价值的空白，其研究的方法和论证也都精深得当，错位的研究也能带来学术正价值的增长，只不过“身在曹营心在汉”，毕竟只是特殊之才和特殊之事，不足以也不太可能大规模地效仿。但是如何既取其他学科之长，又有效防止文学的错位

1 文载《北京大学学报》2012 年第 2 期。

2 梅新林《学科交融与学术创新》，《文学遗产》2012 年第 1 期。

化研究，使其落脚点回到文学本身，这恐怕是新世纪宋代文学研究面临的又一个重要问题。

（三）研究浅狭化

新世纪的宋代文学研究一举打破了此前略嫌沉寂的“瓶颈”，并持续繁荣了十年左右，现在似乎又到了一个徘徊不前和积蓄准备的“瓶颈”阶段，这个“瓶颈”就是研究的浅狭化。

所谓浅，指研究止于平面性的描述和常识性的介绍，缺乏深刻的问题创新意识和深入探析问题的能力；所谓狭，指研究止于琐碎、偏僻的选题和纯私人化的兴趣，画地为牢，缺乏开阔的学术视野、高远的学术境界和知识分子应有的人文关怀。

平面性的描述和常识性的介绍，在新世纪宋代文学研究中屡见不鲜。且不说常规的文学史研究或因积累的资源过于丰厚，已形成一套成熟得近于陈腐的操作模式（如时代背景、作家生平、思想内容、艺术特色、渊源影响的五分模式）和词汇（如“情景交融”“想象丰富”“构思新颖”“比喻新奇”“手法多样”等论诗术语），造成了读者极度的审美疲劳；即使近些年方兴未艾的文化学研究，也很快形成了一定的套路，因循跟进的研究显得缺乏创造力和想象力。如前些年大红大紫至今仍余温炙人的传播与接受研究，传播多流于对传播者、传播对象、传播内容和传播方式（如歌舞、唱和、印刷、题壁、石刻等）的描述，其结论往往就是改头换面的现代传播学教材中的章节标题；接受则多流于介绍后世作家在哪些作品中提到和模仿了宋代经典作家与作品，其成果往往只相当于资料汇编的简本或繁本（这种工作计算机会做得更出色），模式化和套路化都很明显，鲜见于研究对象有更深入的考察与体会。再如家族文学研究，只是将属于这个家族的能文之士的活动和创作平铺直叙出来，从而使家族文学研究沦为家族成员作品的简单汇集、评价；有的论著也试图揭示某个文学家族产生及其兴衰的原因，认为其兴盛在于有一定经济基础、科举上较有成绩、家族富于藏书、有良好的道德和文化教育、婚姻关系上外家多能文等，但这样的结论并没有超出经验和常识的范围，对问题本身并没有什么推进，因为绝大多数的文学大家族都有这些特征。同样的困惑也存在于宋史界，柳立言先生就指出："时至今日，宋代的家族研究已走入瓶颈，所探讨的问题……以累积的历史知识加上经验法则便可知其大概，若要回答更深入的问题，则心余力绌。……当昔日的知识已变为今日的常识，而研究者仍在上面打转，堆砌更多的史料，却无新视野新发现，那只能称之为形式主义，论文数量愈积愈多，但结果几乎千篇一律。"[1]的确，如果没有深刻的问题创新意识和深入把握问题的能力，所谓的学术研究，也就只能具备一定的知识积累价值，而缺乏重要的学术创新价值。

琐碎偏僻的选题和纯私人化的兴趣，同样是新世纪宋代文学研究中的常见现象。古典文学研究史一回顾就是两千多年，人类生存的各种状态和生活经验被那些智慧如海、妙笔生花的前辈们不知说了多少遍，面对许多热点或核心问题，研究者往往生出"眼前有景道不得，崔颢题诗在前头"之感。于是有些研究者或出于创新的压力，或出于私人化的兴趣，或出于其他原因，转而选择一些冷僻题目，挖掘一些无人关注的中小作家，这似乎可以部分纠正前面提到的"重大作家轻

1 柳立言《宋代的家庭和法律》前言第1—2页，上海古籍出版社2008年版。

小作家”的偏向，并填补“学术空白”，开掘新的学术领域，不是应该予以提倡吗？但这只是对“重大作家轻小作家”“学术空白”“新的学术领域”望文生义的误解。“小”固可以选择，但必须是有意义、有价值能够“以小见大”的“小”；同样，“空白”应该填补，“新的学术领域”应该开掘，但必须是有学术生长点的空白和领域，不能画蛇添足，反增疣赘，更不能把垃圾场误认为是值得开掘的新领域。一句话，并不是所有的小作家、小题目都值得投入大精力，也并不是所有的历史碎片都有真正的价值和意义。吴承学先生曾担心有些学者“刻意地寻找一些偏僻的文体来研究”，认为“这当然是有必要的，但我们绝不能满足于此，更不能形成一种主流风气。我们要防止文体学研究走上烦琐与生僻之径”[1]。郭英德先生更尖锐批评过古典文学研究中“以个人的需要作为衡度学术研究行为唯一标准或根本标准，把学术活动看作仅仅对个人有意义的、有价值的、有用的实践活动”的观点，并反对“不惜其‘小’地深挖细掘，把沉寂了数百年甚至数千年的一些藏在历史旮旯里的小作家、小作品都拿出来捣腾一番，且美其名曰‘填补文学史的空白’”的研究，认为“‘小’要在‘大’的坐标系里去衡定它的价值。无视‘大’的坐标系，无视历史的、社会的价值标准，只是自顾自地‘小题大做’，这就是‘私人化’研究倾向的表现”[2]。都值得三复斯言。

为了避免误解，这里必须重申的是，我们并不否认平面性的描述、常识性的介绍、琐碎偏僻的选题、纯私人化的兴趣都自有其价值所在，因为它们至少提供了知识上的积累；我们这里只是强调，研究有境界

1 吴承学《中国文体学：回归本土与本体的研究》，《学术研究》2010年第5期。
2 郭英德《论古典文学研究的“私人化”倾向》，《文学评论》2000年第4期。

上的高低和胸襟的广狭之分，面对一流、二流、三流、四流甚至不入流的学问，如何选择，的确可以悉听尊便；但如果你自愿选择的是三四流甚至不入流的学问，就不要抱怨自己的研究为什么得不到关注，为什么发表不到重要的学术期刊上，因为这个结果在你选择的时候已经注定了。

虽然研究水平的高低，关乎思力和眼光，也关乎学养和胸怀，研究者素质各不相同，无法强求统一，但研究的浅狭化，却的确成为了新世纪宋代文学乃至整个文学研究面临的最大挑战和问题。

最后要强调的是，如果不是就事论事，而是放开来谈，宋代文学乃至整个学界的大问题还可以拈出不少。如体制问题，就是制约整个学术发展的至关重要的因素。这个问题相信大家多有同感，如王兆鹏先生给笔者的邮件云："近几年宋代文学研究与词学研究乃至整个古代文学研究，都没有太多的让人瞩目的亮点，虽然不能说完全没有好文章。我觉得原因有三：一是体制逼出的浮躁心理，都想快速出成果，难得沉潜下去。二是创新意识淡薄。理论原本没有大突破，思维方式没有大变化，加之创新意识淡薄，只求多而快地出成果，既不能沉潜读书，史料不能深入挖掘，故难有大的突破。三是四五十年代出生的学界中坚，创新能力和创造热情普遍在逐渐减弱，而新生代七零后、八零后，受体制和世风的影响，创新能力又难以超越前辈。"徐雁平先生给笔者的邮件云：由于体制等原因，"现在做任何东西，都无沉潜往复的时间与心态了。这一趋势，会影响所有的人文学科，包括宋代文学"。的确，除了极少数的卓异之士，绝大多数人所遵循的价值标准都是体制构造出来的，体制本身并非一个真实的自然物，但它却有可畏可怖的控制力，因为它许诺给你的利益是巨大并现实的。这就是为什么我们明知体制的有些规定荒谬不合理，仍或趋之若鹜，或顺波逐流，或知白守黑的原因。只是体制问题已经逸出了我们可以掌控的范围，这里就不多谈了。

三

新世纪宋代文学乃至古代文学研究，如何避免研究的技术化、错位化和浅狭化，前修时贤，论之已多。《文学遗产》2011 年第 6 期至 2012 年第 3 期在“新世纪十年论坛”栏目还刊发了十六位专家的精彩言论[1]，将讨论范围扩大到古代文学研究的诸层面，笔者于此自难有特出之新意，为简明易记，谨将许多已是共识的想法撮述概括为“四通”，即熟通文本、融通四部、贯通古今、沟通中外。

1 2011 年第 6 期：莫砺锋《新旧方法之我见》、廖可斌《古代文学研究的国际化》、詹福瑞《关于古代文学研究的学术个性问题》、李浩《谈古代文学学科的包容性特色》；2012 年第 1 期：陈尚君《兼融文史，打通四部》、曹旭《文学研究，请重视“特殊的”文学本位》、左东岭《文学经验与文学历史》、梅新林《学科交融与学术创新》；2012 年第 2 期：周裕锴《古代文学研究中的“右文说”》、韩经太《古典文学艺术：价值追问与艺术讲求》、王兆鹏《建设中国文学数字化地图平台的构想》、程章灿《作为学术文献资源的欧美汉学研究》；2012 年第 3 期：胡可先《中国古代文学实证研究的思考》、马自力《古代文学研究中理性史观和语境史观的平衡与对话》、王长华《“了解之同情”与历史意识建立》、吴相洲《注意古代文学知识的转化》。

（一）熟通文本

俗话说“熟能生巧”，老辈人物对文本大多熟稔，且有沦肌浃髓的体会，知识了然于心，融化于脑，故能为己所用，于研究对象能具个性化的精妙阐发。我辈常见之病，首先在于文本不熟，知识非但不能了然于人心，反而寄存于计算机，欲有立言，必查计算机，没有计算机，则抓耳搔腮、呿颐结舌。王兆鹏先生给笔者的邮件就一针见血地指出：“文献的数字化和方便快捷的检索手段，也产生诸多负面的影响。有了想法，数据唾手可得。读原著的少了，也就难以从原始资料出发，发现和提出真正有学术意义的问题来。检索而得的资料，往往是对原始文献的零碎提取和肢解，是‘无机’的材料，而不是有机的材料。对文献和文献的语境难以有整体的把握，自然也就难以回到历史的现场。”他不仅提醒过度依赖数字化技术的危害，同时还强调了熟悉文本、最大限度地回到阅读原始文献的重要性。

然而仅“熟”尚嫌不足，还要能“通”，要在熟悉文本的基础上对文本的精魂有自己微妙的理解和识见。正如吴承学先生所言：“对于学术研究来说，熟悉文献还只是最基础的工作，关键在于以敏锐的学术意识把握其中包含的重要信息，进行创造性的研究。读书注重涵咏会心，善于读透文字背后的东西，常常能见人所不见，发人所未发。现在学术研究中，研究者的思想观念、真知灼见、研究者的学术个性越来越显得重要。……若没有这些，则一切数据都是没有生命，没有意义的。”[1]

1　吴承学《警惕“数据库体”论文泛滥》，《社会科学报》2007年11月22日。

熟通文本，自有识见，而识见是目前人区别于计算机的最佳方式；熟通文本，自能正确体会文本所深藏的文学意味，使文本真正成为文学批评和文学理论视野中的文本，不致将文学论著错位到其他领域；熟通文本，自能深入分析和把握问题，判断和提升文本的学术意义，避免浅狭化研究的弊端。因此，葛晓音先生说：“读懂文本为一切学问之关键。”[1]

（二）融通四部

中国古代作家常不止于诗文写作，其著述往往旁涉经史子集。如果只关注其文学写作，就会硬性撕裂作家作为活生生的人的完整性，也无法对其思想和心灵世界做全面深入的探索，同时也很难真正理解其文学写作中的复杂况味。因此不少学者不再局限于诗文作品，而是从“人”的角度去研究作家，这在目前学界已经形成了一定的共识度。如陈尚君先生多次表达，文学的文献学研究要注重“人”的研究；赵昌平的“文学观”也一直以个性化的人为中心；朱刚、吴国武和笔者也都十分强调对人的研究。这样，不论经史子集，凡有关作家本人的文本，皆可信手拈来。有的学者虽非研究作家，但也能够以问题为中心，根据问题的设置和需要灵活撷取相关学科的各种材料，不再机械恪守学科的限制。如此便将文学文本的范围由原来的集部扩大到经史子集四部，有利于回归中国古代文学的实际，也有利于避免研究的技术化、错位化和浅狭化。这个方面陈尚君先生颇具代表性，他不仅有令人赞

1　葛晓音《读懂文本为一切学问之关键》，《羊城晚报》2012 年 7 月 8 日。

叹和艳羡的文献学实践成果，更有对融通四部的自觉认识：

> 前人说“六经皆史”，其实我们也可以认为六经皆文。古代文人的知识构成，其实都是淹贯四部，辞章之学尤为显著。一流文人如欧阳修、苏轼、王安石、司马光等的著作也都遍及四部。要研究他们，如果没有对应的学问准备，没有对各部类学问的同情理解，其实很难做出清晰判断。《论语》四科的文学，今人解为文章博学，其实汉唐间最称道的博学宏词，也是这个意义上的文学。今人多取西方定义的文学，与中国传统文学认识有很大不同。至少从研究者立场来看，中外的文学立场都应该尊重。从传统的四部之学转变为现代高等教育的学科格局，部分得到了延续，如小学归于语言，诸子归于哲学，部分得以转型，如佛道归于宗教，金石归于考古，还有很多被放弃了，比方经学、杂家、方术、时令、谱录等，更何况传统学术的著作体式和评价原则都与现代有很大不同。我从三十年前开始唐代诗文的辑佚，逐渐明了四部群书都可能保存文学文献的道理，因而有可观的收获。[1]

有的学者可能担心融通四部会带来现代学科体制的混乱，容易让文学研究者失去立场、无可适从。对此问题，不少学者做了认真思考。如韩经太先生就提出以“古典文学艺术”的新概念来弥和“文化诗学”与“艺术诗学”之间的冲突，走出“纯文学”与“杂文学”二元对立的思维模式，“充分展现人文研究主体的‘思想者’意识和‘艺术家’

1　陈尚君《兼融文史，打通四部》，《文学遗产》2012年第1期。

本色”[1]。左东岭先生则提出以“文学经验”来统合文化与文学的关系，既要有“对文学现象的整体性与复杂性的把握”，不宜用此环节的文学经验与标准对应彼环节的文学经验与标准（如不宜以审美性的文本创造标准来衡量游戏娱乐、逞才斗巧或增进友谊的创作）；又要注意“对文学现象之间关联性的把握”，“充分关注各种历史关联的矛盾性、复杂性和丰富性”，从而深化文学研究[2]。他们的意见都很值得重视。笔者也觉得，只要认识清醒，就不会出现无谓的精神焦虑。融通四部，并非是摒弃我们在现代不同学科体系中获得的教育和训练经验，而是在此基础上的融通四部。面对同样的文本，不同学科背景的学者解读的角度和方法亦各有差异，文学研究者往往受过较好的文本解读训练，对文本的感觉比较细密；又强调感性维度和人文关怀，对生命史和心灵史的把握较为深刻。运用得当的话，不仅不会迷失自身，还能构成对其他学科的有效补充。

（三）贯通古今

贯通古今是近年来学界有感于古代文学与现代文学被人为割裂为两个各自封闭的领域所做出的回应。这种断裂使古代文学因缺少现代性而无法参与到当下和全球化语境的对话中来，现代文学又因失去与古代文学的联系而处于无根状态，难以真正与西方文学、世界文学抗衡，这样就造成了对古代文学与现代文学的双重伤害。因此树立古代文学研究的“现代”意识和现当代文学研究的“溯源”观念，就成为贯通

1　韩经太《古典文学艺术：价值追问与艺术讲求》，《文学遗产》2012年第2期。

2　左东岭《文学经验与文学历史》，《文学遗产》2012年第1期。

古今的重要内容。

但本文所说的贯通古今，并不单纯指将现当代文学与古代文学相对应，以显示中国文学的前现代期所出现的与现代文学相通的成分及其历史渊源，或是显示近世文学嬗变期的特征是怎样在中国文学的长期发展过程中逐渐演变而成的[1]。本文所说的贯通古今，更多是要彰扬古今相通的文学精神，提倡古代文学研究要有人文关怀和现代意识，要面向当下的社会人生。惟其如此，才能以人文关怀破除技术化研究的冷漠，以现代意识约束错位化研究的冲动，以社会人生充实浅狭化研究的苍白。郭英德先生说："（古代文学研究不能）萎缩成一个小小的学术圈子里的人们自玩自娱的精致游戏……在专业化的学术研究中关注社会现实，发扬主体精神，这才是学术发展的健康之路。只有对社会有意义的学术研究，才有长久的生命力；只有对现在有意义的学术，才是于将来有价值的学术。"[2]这掷地有声的话语，也是本文所说贯通古今的心眼所在。

（四）沟通中外

一个半世纪以来，我们备尝闭关自守造成的百般苦难，也享受到开放包容带来的诸多利益，沟通中外、相互交流的意义和效果已经不

1　章培恒、骆玉明主编《中国文学史新著》"增订本序"，复旦大学出版社、上海文艺出版社2007年版。

2　郭英德《论古典文学研究的"私人化"倾向》，《文学评论》2000年第4期。

言而喻。如新世纪域外汉籍[1]的开发，就可说是沟通中外的一个显见成果，它不仅提供给我们诸多可资借鉴的新材料和新角度，而且扩大了中国古代文学研究的空间，增添了中国古代文学研究的品种。更为重要的是，随着中外沟通、交流、合作的日益紧密，中国学术正逐渐将国际作为一个不能忽略的参照系，其价值认定和意义衡量不再完全自外于世界。若干大学甚至规定申报职称须有海外教育背景，于是出现许多中国学术青年纷纷拜认“洋师傅”的现象，这种有些荒唐的规定倒是在沟通中外的层面起到了某种积极作用。

在沟通中外的过程中，常能感受到的是域外尤其是西方学者（不仅仅是汉学家）迥异于中国学者的思维方式。西方学者由于成长和教育环境不同，思想比较自由无拘束，有较强的问题意识，也擅长从不同角度提出问题，他们大多接受过较系统的理论训练，更喜欢理论的不断推陈出新。这使中国学者接触西方理论，常有走马灯变换不停之感，一种理论尚未及细观，另一种理论已扑面而至，20 世纪 80 年代的方法热还让人记忆犹新，近些年来阅读、性别、印刷、社群、禁忌、旅行、城市、食物、服饰、家具、手抄本、身体、医疗、死亡、生态等文化学理论又让人眼花缭乱。而这些理论是在西方语境中产生的，往往不能完全对应中国现实，甚至方枘圆凿，对此要有足够的警惕，不要如莫砺锋先生担心的那样“养成一切都以西方的观念作为思考问题的出发点和终极价值评判的标准”[2]，而这一问题在较熟悉西方理论的年轻

1 此处借用张伯伟的观点，域外汉籍指“存在于中国之外的用汉文撰写的各类典籍”，既包括历史上域外文人用汉文书写的典籍，又包括中国典籍的域外刊本或抄本，还包括流失在域外的中国古籍（包括残卷），见张伯伟《域外汉籍研究答客问》，《南京大学学报》2006 年第 1 期。

2 莫砺锋《新旧方法之我见》，《文学遗产》2011 年第 6 期。

学者身上时常可见。其实我们从来不该奢望西方理论能够完全解决中国问题,中国学术应有自己的气象和自信,不过“他山之石,可以攻玉”,域外之眼确能帮助我们发现自身的盲点和不足,因此对待西学不必拒之千里,不妨出之以理性、开放和包容的态度,采取鲁迅先生的“别求新声于异邦”(《摩罗诗力说》)和“拿来主义”(《拿来主义》),取长补短,完善自己。这样既可走出技术化、错位化和浅狭化研究的局限,又可贴近和实践“外之既不后于世界之思潮,内之仍弗失固有之血脉,取今复古,别立新宗”(鲁迅《文化偏至论》)的文化理想,向中西会通的更高境界迈进。

当然,沟通中外不可断章取义,需要注意西方理论和方法背后常有一整套的哲学思想体系在支持,不能生吞活剥或机械生硬地摘取几个名词就算完事,对没有整体把握的东西也不宜信口开河和武断评判,应该对其理论与方法有一相对全面的认识与把握,如此始能深入交流,真正取其精粹。

以上“四通”,不仅就宋代文学而言,而是带有某种普遍性。“四通”并非什么灵丹妙药,只是前人说过无数遍的几句大实话,但关键在于能言是否还能行,漫说“四通”,即使“一通”也不易得。我们只有心向往之,身力行之,不急不躁,沉潜反复,相信新世纪宋代文学的研究终会再破瓶颈,进入更为广阔的发展空间。

附记:本文发表于2013年,当时《全宋笔记》还未出完,故有“全套书预计2015年出齐”之语。实际上,《全宋笔记》2003年出版第一编,至2018年始出版第十编,收入宋人笔记四百七十七种,汇编成十辑一百零二册,总计二千二百六十六万字。

困窘与出路：古代文学研究“文化学转向”的背后

近些年来，古代文学研究发生了诸多变化，特别是文学的文化学转向，关乎文学自身的合法性，也同时涉及文学研究思维方式、研究方法、研究走向的调整，值得古代文学研究者重视。以下笔者拟从古代文学研究“文化学转向”的原因、古代文学研究“文化学转向”带来的文学边界问题、古代文学研究“文化学转向”的不足及对策三个方面，对此问题做一探讨。

一

古代文学研究的文化学转向，一般认为其重要诱因之一是对传统文学史研究模式的不满。尤其是新中国成立以来数以千计的文学史编纂实践，逐渐确立了以唯物史观为理论基点，以“作家生平、思想内容、艺术特色、渊源影响”四大条块为演绎对象的较有系统性和可供重复性操作的研究模式，可简称“四分模式”，如加上“时代背景”，则可称“五分模式”。它们形成了顺序固定的“一套由时代背景的研究出发，然后去看作家的生平思想，由作家的生平思想再去分析作品的思想内容，由思想内容再去分析作品的艺术特色的模式”[1]。不惟如此，它还总结出一整套固定的评价词汇。如论诗人，多使用“现实主义”或“浪漫主义”；论诗歌艺术，多使用“情景交融”“想象丰富”“构思奇特”“字句奇丽”“手法多样”；论小说艺术，动辄即是“栩栩如生的人物形象”“生动曲折的情节”“个性化的语言”。毋庸置疑，面对浩如烟海的古代文学典籍，这套结构和词汇模式给我们顺利进入文学史提供了便利条件，也取得过不少成绩。但是，将文学研究简化为几条定律，简化为按思想内容、艺术特色等程式填写的“文学表格”，到头来我们除了不断重复这几条定律或常识之外，恐怕对研究对象个体的复杂性不会有太多了解。葛晓音先生就曾幽默地说：“不少论文在分析某个作家或者某个时段的作品时，并不是没有感受，但是分析时，使用的仍是一些很一般化的概念，如移情、象征、情景交融、心物关系，还有用词的数量、性状等情况的统计。这当然是一些最常用的绕不过去的术语，但是因为适用于所有的诗歌，所以一不小心就会把本来不一般的诗歌讲成很一般。”[2] 于是从 20 世纪 80 年代开始，古代文学研究者开始尝试运用文化学的眼光考察文学，以增加文学研究的厚度与广度。相比在纯粹的文学史研究语境中愈来愈难的推陈出新，选择一片无人开拓或较少开拓的领域，至少可以在学术创新性上抢占先机，文学的文化学转向至少在这个层面能提供给研究者一些新的思路和灵感，从研究实践看，也确实取得了一定的成果。王水照先生曾以宋代文学研究为例，对此现象做过很好的总结：

1　赵敏俐、杨树增《20世纪中国古典文学研究史》，第246页，陕西人民教育出版社1997年版。
2　葛晓音《读懂文本为一切学问之关键》，《羊城晚报》2012 年 7 月 8 日。

> 中国古代文学研究的视角、理路和方法，长期受到“中国文学史”教材书写模式的影响。这一模式不外乎三个层次：叙述文学史发展的脉络，评估重要作家作品，在这两项工作的基础上探讨文学发展的规律和特点。但在实际操作中，其重点又主要落实在从作家到作品或从作品到作家的方法上，其基本理路或可概括为“从文学到文学”的单向研究。作家作品的研究无疑是文学研究的基础，但仅此还不足以对一代文学之规律和特点作出深入的探讨，展示文学发展复杂多样的历史原貌。近年来，学者们普遍感到，单纯从文学到文学的研究策略，处处显得捉襟见肘，似已难乎为继，因而越来越关注于从相关学科的交叉点上来寻找文学研究的生长点。在宋代文学研究界，也随之兴起一股“交叉型专题研究”的热潮，如文学与党争、文学与科举、文学与经济、文学与地域、文学与家族、文学与集会社交、文学与民俗等，涌现出一批可喜的成果。这条研究理路似可概括为“从大文化到文学”的研究，这是对之前从文学到文学的单向、封闭式研究模式的突破：在时间维度上融入空间维度，以个体为单位转向群体研究，从文本的赏析阐释导向它与更广阔、更繁复的政治、经济、社会生活的关系的探求，这是在近两年的宋代文学博士论文中可以明显感受到的良好势头。[1]

与王水照先生的讲话可互相印证的是，《文学遗产》2005 年第 3 期和 2010 年第 2 期分别组织过“宋代文学研究专辑”，并对后者加了

1 王水照《在第六届中国宋代文学国际学术研讨会开幕式上的讲话》（2009 年 10 月），《文学遗产》网络版 2009 年第 4 期。

编者按："新世纪以来，宋代文学的研究取得了突飞猛进的发展。五年前我刊曾推出过一期'宋代文学专辑'，集中刊载了该领域的部分研究成果，当时即显现出宋代文学研究兴盛和谐的发展态势。又一个五年过去了，我们欣喜地看到，宋代文学研究界在视野的拓展、方法的探索、材料的挖掘、队伍的建设诸方面都取得了进一步的成绩，展示出持续发展的乐观前景。与此前相较，宋代文学研究在视角的变换更新与方法的成熟运用上，所得最多，兴起了一股'交叉型专题研究'热潮，如文学与党争、文学与科举、文学与经济、文学与地域、文学与家族、文学与集会、文学与民俗等。它们均善于将文学置诸大文化的背景下进行探究，同时又坚持以文学为本位，多角度、多层面地观照文学问题，并由此涌现出一批可喜的论著。"

其实，这种情形不仅存在于宋代文学研究和中国古代文学研究中，即使在世界文学研究范围内也具有某种代表意义。如中国文艺理论界近年来关于文学边界和"日常生活审美化"的讨论，就有不少学者主张"文艺学"的研究对象要"越界""扩容"并向文化研究"转向"。而哈罗德·布鲁姆的《西方正典》谈到美国大学的文学系现状时甚至说："（在文学系）对西方文学的研究仍然会继续，但只会如今日的古典学系的规模。今日所谓的'英语系'将会更名为'文化研究系'，在这里，《蝙蝠侠》漫画、摩门教主题公园、电视、电影以及摇滚乐将会取代乔叟、莎士比亚、弥尔顿、华兹华斯以及华莱士·斯蒂文斯。曾经是精英荟萃的主要大学和学院仍会讲授一些有关莎士比亚、弥尔顿及其他名家的课程，但这只会在由三四位学者组成的系里讲授，这些学者类似于古希腊文和拉丁文教师。"[1]

1　［美］哈罗德·布鲁姆《西方正典》，第410页，江宁康译，译林出版社2005年版。

不过，西方文学的文化学转向，更多是为了应对全球化和新的电信时代所带来的生活巨变，中国当代文艺学也不例外（同时又受到西方社会文化批评思潮的影响），他们的指向都是当下或未来；而古代文学研究指向的是已经无法改变的过去和历史遗存，同时由于古代作家身份的复杂多样性（往往官员、学者、文人三者合一）和古代文体的丰富性，古代文学并非现代的文学学科体系所能牢笼。因此，古代文学研究的文化学转向（包括古代文学文体学研究的兴盛），除了源于对“从文学到文学”单向研究模式的突破和受到西方社会文化批评思潮一定的影响外，还有着古代文学向自身特点内在性回归的深层次原因。

二

然而，古代文学研究的文化学转向，紧接着带来的是一个无法回避的尴尬，即文学的边界在哪里？毕竟现代学术体制的稳定性需要各学科之间有着大体清晰的边界，如此该学科的教育制度、评价标准、研究对象、研究者的身份等级、学科知识的积累等才能够确定，它们形成了一整套的话语权力体系。你要获得这种权力体系的承认，就必须进入和接受这种体制，获得往往以屈从和受控制为代价。表面看来，研究者固然因视野、志趣等不同有可以自由选择的空间，但在现实学科体制中，各学科之间却壁垒森严，串行者由于无视或模糊边界，未遵循人家的行业规则（如该行业的正规教育、该行业的人脉、该行业固有的研究范式等），即使做出一定的研究成绩，也很难获得被串行业的承认。更为尴尬的是，突破既有边界的“串行”研究，不仅常受到所串行业的漠视，而且在本行业内部也面临着旧有话语权力的压力，常见的警告或评价如：“文学不要为别的学科打工”，“虽然身在文学所（系），但搞的都不是文学”。看来，不仅是古代文学，而是整个文学的文化学研究，都不仅仅是一个简单的转向关系，还牵涉学科话语权力体系的调整和文学研究者身份的合法性，严重一点讲关系到学者的安身立命，必须予以正视。不少优秀学者都意识到此一问题的重要性并试图给予回应，比如赵京华先生就认为：

> 文学是一个开放的系统，不要给文学设立边界，只要不丢弃文学的工作方式和立场，不将文学作为阐释观念的材料，就可以是文学的研究。而文学的工作方式和立场，又包括三方面内容：一是不要放弃感性的维度，文学要直面世相，文学理论“要有痛感”（靳大成语）；二是不要放弃对人的关怀，用文学的方式进入人生、打开这个世界；三是文学研究者都受过较好的文本训练，长于文本分析，文学研究要发挥善于分析文本的能力，并扩大文本的范畴，可以将社会、历史、政治、文化甚至都市等都作为文本来分析。[1]

我们的确不必为文学的文化学转向过度担心，也不必过于紧张是否有沦为“为别的学科打工”和“搞的不是文学”的危险。从文学的

1　2012 年 4 月 10 日下午演讲于中国社会科学院文学研究所会议室，题目是《文学的边界》。本文所引是其演讲大意。

历史发展过程看，它确实如赵京华先生所言是一个开放的系统，远的且不说，1949 年后直至上世纪 80 年代前，我们推崇反映论，即“文学是用语言形象反映生活的一种社会意识”；上世纪 80 年代，在美学、新批评、俄国形式主义等西方文艺思潮的影响下，我们又一度崇尚审美论，即“文学是一种审美意识形态”；90 年代以后，文学研究重新关注政治、社会和文化，但这并非是对“反映论”的简单的回归，而是深刻洞察自己过去后的再次前行，它包容了“审美论”和“反映论”的合理因素,并始终处于动态的历史建构之中。按照后现代主义的理论，所谓“文学性”不过是某种观念或趣味（如康德的审美无利害和艺术自律观念）暂时建立起的统治秩序，随着历史的发展和社会各因素的介入，它会不断改变自己的边界，文学的文化学转向在后现代语境中无疑深具合法性。

退一步讲，即使我们对后现代思潮持保留态度，而依然维护现代学科体系中强调审美价值的纯文学观念，我们也决不会认为文学只是一具审美的形式空壳，审美的形式里必然蕴含着自然、社会、人之间的对话，蕴含着国家、族群、阶级、社团、个体等复杂的经验，没有文化学的眼光和手段，很难有深度地揭示其中的奥妙。罗时进先生对这个问题的看法值得借鉴：

> 文学研究必须坚持文学的立场，这是应该可以形成共识的。但“文学立场”是否就是以文学家和文本为中心，以文学的审美性阐发为指归的所谓“纯文学”研究呢？相信在古代文学研究界对此赞同的并不多，因为这种“立场”有两个基本问题：一是文学家是具体的历史发展、社会结构、地域空间、文化思潮、家族

> 环境中的文学家，离开成长与生活的环境以及具体的创作生态，是无法抽象说明某个“文学家”的；二是“文学”从来就没有“纯”过，它总是受政治权力、社会意识形态、商品化思潮的影响，在中国经验中，这种影响尤其明显。另外，所谓文学的审美性阐发往往将“表现了什么意义”的“意义”置于“怎样写作作品”之上，同时对文学表达思维和方式的重视超过了对文学语境和人文关怀的重视，结果这样的审美性阐发往往成为审美的空壳。作家研究也好，文本研究也好，因为缺少社会文化语境和人文取向而平浅单薄，令人乏味。这种情况正说明了文学研究吸纳不同知识体的学术资源、借鉴不同学科领域的研究方法的必要性。[1]

另外，由于“古代文学”的特殊性，其实际范畴与现代学科体制下的“纯文学”范畴有不少差异，二者既有交集又有不同。以作家作品为中心，注重作家情感心志的阐释和作品审美性的阐发，是交集之处，而古代作家身份的复杂多样性和古代文体的丰富性，又极大突破了“纯文学”的框架。面对现代学科体制的划分，古代文学具有天然的优势和侵略性，它可以越界到“史学”“哲学”“图书馆学”“社会学”等学科的部分领域；特别是在文献考订、作家年谱、思想史、学术史、科举制度史和作家评传等方面，最杰出的学者中往往有文学研究者的身影，我们在这些方面做出的成绩，没有人会认为是在为哲学、历史学或社会学打工，因为我们的研究符合古代文学的实际历史面貌。其实我们和其他学科的区别还是非常明显的，以历史学为例，历史学者

1　罗时进《江南文学家族学研究》，《苏州教育学院学报》2010 年第 3 期。

的重要斩获在政治、经济、法律、军事、地理、职官等方面，而在人物纪传、人物著述以及与人物思想、命运关系密切的文化学（如科举、家族、学术、思想史等）方面，因与古代文学范围相对重合，文学研究者才关注较多并取得较为丰硕的成果。

由于自身特色和文化学转向的时代大气候，古代文学会进入其他学科的部分地盘，对此不妨坦然对待。不惟如此，只要以文学为本位，最终落脚点回到文学，最终目的是解决文学的问题，采用任何学科的方法都值得鼓励和尝试，我们应积极主动地吸收别的学科之长，力争在其他学科地盘中多划出几块文学的基地来。只要便于说明文学问题，或能够多角度、多层面地观照文学问题，展示文学问题的深度和复杂性，十八般武器皆可使得。从这个意义上讲，我们不仅不是在为别的学科打工，而且是在别的学科建立属于自己的基地。这种情况对于文学研究似乎没什么不好。吕肖奂教授曾和笔者合写过一篇关于酬唱诗歌的文章，最初我们的题目是“‘关系本位’中的酬唱诗歌”，探讨诗人之间的三重关系（文学酬唱关系、社会关系与文化关系）带来酬唱诗歌的三个研究向度：酬唱诗学、酬唱社会学、酬唱文化学。后来想想不对劲，酬唱诗学是文学问题，酬唱社会学、酬唱文化学已经不是文学问题而是社会学和文化学问题了。后来我们将题目改为“酬唱诗学的三重维度建构”[1]，重点从纯文学维度、社会学维度与文化学维度构建酬唱诗学。纯文学维度力图凸显的是酬唱诗歌独特的本质、功能与意义、审美取向与标准、文学性，建立自成体系的酬唱诗歌理论；社会学维度考察的是社会身份、关系、目的以及社交场合等社会学元

1　文载《北京大学学报》2012 年第 2 期。

素对评判和阐释酬唱诗歌的作用和价值；文化学维度探讨的是酬唱诗歌所负载的礼仪文化及其文化质感与厚度等相关问题。三重维度的相对独立及互补构建，对主要建立在独吟诗歌基础上的传统诗学做了补充和修正。我们初稿的失误在于将社会学、文化学作为研究对象而非方法，要知道研究社会学和文化学，酬唱诗歌并非最好的例证，而用社会学和文化学的视角却可以对酬唱诗歌做出富有深度的解释。这篇文章写得虽还不十分透彻，但写作过程却加深了我们对文学与文化学之间辨证关系的认识。它使我们深刻意识到：一切与作家作品相关（而并非以作家作品为中心）的问题都可以是文学问题。揭示作家审美经验和思维方式的问题固然是文学问题，揭示历史、地域、家族、党争、科举等因素与作家人格、心态、思想之间关系的问题也是文学问题；探讨作品艺术美的问题固然是文学问题，探讨作品草稿、定稿、出版、印刷、流通、接受过程的问题也是文学问题；研究《西方正典》所谓"伟大作家和不朽作品"的问题固然是文学问题，研究非经典作家和非经典作品的问题也是文学问题[1]……当然，在旧有学科话语权力尚未被颠覆之前，依然要承认其对文学中心问题（即审美价值）的规定性。某种意义上看，旧话语体系的被颠覆是一个实践和时间问题，而非理论问题；虽然文学在现代文化格局中越来越被边缘化、古董化了，但不影响其作为一个学科存在的权利。

可以预见，较长一个时期内，旧有的学科体制不会发生根本改变，

1 《西方正典》提出了经典文学的判断标准（审美感受和审美原创力），但经典文学和文学应是不同的概念，有一定审美价值的作品都可说是文学作品，但只有对前代审美艺术有超越的作品才是所谓的经典文学。文学研究者作为职业和理性的批评者，所面对的不应该仅仅只是经典文学，而应该是整个文学。除了对经典作品做审美原创力的研判外，对于那些缺乏审美原创力却富含政治、历史、文化等价值的非经典文学作品，也不应该仅仅视为经典文学的烘托，而应该对文本负责，努力将作品中包含的非审美价值也释放出来。

旧有的话语权力受到旧有体制的保护而依然显得有效。我们务实的态度是承认“旧”的同时开拓“新”的，我们的目的是最终树立这样一种观念：文学的文化学转向——它研究的也许不是“纯文学”的中心问题，但只要它的研究与作家作品相关，它研究的就是文学问题。要之，以作家作品相关论来拓展作家作品中心论，有利于文学研究的深入和弹性发展。

三

近些年的古代文学的文化学研究，虽然出现了不少佳作，但不可否认的是，在多如过江之鲫的文化转向型研究者中，成功者却不如想象之多。

这是因为，古代文学的文化学研究显然需要更多的知识储备，政治学、经济学、社会学、地理学、人类学、哲学、历史学、民俗学、心理学、性别学、美学、语言学等等，运用哪种就需相对熟悉哪种，十八般兵器样样稀松的话，借鉴就很容易成为一种曲解和误读，研究也很容易停留在表面或空洞的议论上，成为另外一种形式的常识。如受西方接受美学的影响，20 世纪 80 年代始，我国古代文学研究界不乏以“接受史”为名的论著。有学者统计，内地和台、港学者近 30 年来发表各类接受史论文六百余篇，出版各类接受史专著约四十部，著名作家和经典作品的接受史日益成为硕士和博士论文的热门选题，仅

2000—2010年间，就至少有三十篇冠名“接受史”的博士论文，但其往往存在与史料学、研究史、学术史、传播史相混淆的问题，“其中一些低质量的接受史研究就沦为一种不及资料汇编全面的资料的罗列和描述”，给人的感觉是“接受史研究是个筐，什么都可以往里装”[1]。这种对“接受美学”的借鉴很显然属于一种望文生义的误读和曲解。再如在文学与宗教关系的研究中，我们经常可以看到“某某作家与佛教”之类的题目，这类文章论证时多以笼统的佛教概念比附作家作品的有关例证，结论一定是某某作家及其创作受到了佛教的影响；至于佛教的哪些精微义理通过何种方式如何呈现于作家思想或作品中，相比其他作家作品其独特性何在，往往不了而了或根本回避。

但是，如果没有严谨的概念界定和适用范围说明，没有对论题独特性的揭示，没有深入的文本解读、分析和理论阐述，而只是随意挪用其他学科的名词以炫新奇，或是重复些大家都感到“审美疲劳”的套话，这样的文章纵然选取了文化学的视角，也还是不写为妙。早在20世纪80年代“文化热”数年后，葛兆光先生即洞察到：如果“没有系统而周密的理论准备、没有细致而丰富的资料积累、没有严格与清晰的分析程序”，或者“没有全新的文学价值观念的确立，又没有整体切入角度的转换，也没有新的论证手段对旧的手段的取代”，仅仅是“几个建立在直觉印象上的词语便在那种情绪与热情的涌动中加班加点地使用甚至越俎代庖地使用，几个令人感到陌生得凛然生畏的新概念则大换血式地或贴标签式地取代了旧概念”，其实“下面掩藏的依然是那些旧面孔”，“这种‘印象式’的研究显然不能把古典文

1　袁晓薇《别让“接受”成为一个“筐”——谈古代文学接受史研究的变异与突围》，《学术界》2010年第11期。

学研究从困境中解救出来”[1]。的确，当我们限于学养的浅薄无法系统消化并娴熟运用相关学科知识时，我们文学的文化学研究其实并未能真正打开或读懂文本，“我们口中玩弄的那些时髦的西方文论新名词其实与我们已经用腻了的‘现实主义’‘浪漫主义’‘人民性’等概念并无质的区别”[2]。所谓的文化学理论借鉴，不过是有意无意的曲解和误读，或是简单的比附和常识的重复，乃至以大而无当、界定模糊的概念消解了具体问题的复杂性、层次性和独特性。

真正成功的古代文学的文化学研究，决不是“内容不够，文化来凑；积累不够，文化来补；功力不够，用文化来抹糊，因此倒了人的胃口”[3]，而是要深入理解文本——不仅需要理解所借鉴的文化学文本，更需要理解所面对的文学文本，才有望对问题做出富有深广度的解释。罗宗强先生就批评过那些因缺少审美能力而把握不准文学文本的研究者：“近年来，我们常常看到这样一种现象：分析介绍一个作家，好的美的作品没有提出来，倒是提出了一大堆艺术上并非成功之作。此种现象的一再出现，究其原因，主要就在于研究者缺乏必要的审美素养，看不出作品的好坏，在诗歌审美中尤其如此。诗的鉴赏不从理性开始，而从审美开始。缺乏审美能力，进一步的分析就不可能。”[4]新时期以来的古代文学博士、硕士论文和期刊论文中，有相当一部分作者，可以头头是道地对文学作品做新批评、结构主义、叙事学、语言学、符号学等多个角度的分析，以证明作品写得如何高妙，但具有讽刺意味的是，恰如罗先生所言，作者提出来用来分析的作品却在艺术上并不

1 葛兆光《关于古典文学研究的随想》，《古典文学知识》1988 年第 4 期。

2 张剑《20 世纪李贺研究述论》，《文学遗产》2002 年第 6 期。

3 詹福瑞《文化研究：寻找中国古代文学研究的最佳思维》，《文艺研究》1997 年第 3 期。

4 罗宗强《古典文学研究中的一件小事》，《古典文学知识》1996 年第 2 期。

成功。因此，葛晓音先生在接受《羊城晚报》记者的采访时才开门见山地说："读懂文本为一切学问之关键。"[1]而读懂文本或能够深入理解文本，又需要广博深细的阅读作为基础，特别是需要最大限度地回到阅读原始文献这一层面上来，以积累、培养整体的审美感性体认能力和多方面的知识素养。阅读不深细，不但容易放过文本中隐藏的问题，而且容易对问题泛泛而谈，做简单化的处理，这样很难锻炼、培养出发现问题的敏感度和分析问题的深刻性。阅读不广博，则易孤陋寡闻，无法上下左右关联，治学的格局和器量会受到严重限制，刘勰所谓"操千曲而后晓声，观千剑而后识器"（《文心雕龙·知音》）的境界自然难以达到。总之，只有勤于阅读，善于阅读，深思精研，博观约取，始能打开治学格局，胸中气象万千，真正进入文本和释放文本的最大价值。

我们越是广博深细的阅读，对问题解释的力度也就愈会显得"深广"。至于如何在具体的研究方法上实现对问题解释的"深广度"，我个人认为将"定点深挖"与"十字打开"结合起来，也许不失为一种可以尝试的方法。

所谓"定点深挖"，指对某一对象做竭泽而渔式的专、精、深的研究，它力求按照一定的逻辑原则将研究对象分成若干不同的层级[2]，对每一分层又力求准确认识和把握，在此过程中，强调对研究对象本身的分析，而未必重视与其他对象的联系与比较。所谓"十字打开"，指对某一对象做与其他对象纵横两方面的比较，可以是古今之比，亦可以是中西之比，同中求异，异中求同，以此见出研究对象的独特性；

1 葛晓音《读懂文本为一切学问之关键》，《羊城晚报》2012 年 7 月 8 日。

2 关于分层的具体讨论，参本书《家族文学研究的分层与守界原则》一节。

或者由点及面，以小见大，使论题的意义能够纵横拓开，近于佛家的“一花一世界，一叶一菩提”，但它对专、精、深的要求相对不如“定点深挖”。

记得攻读博士学位期间，陶文鹏师曾就论文的“十字打开”多次耳提面命：“文学研究不要孤立的研究对象，要有比较，要将其放在中国文学史上，横着比，竖着比，才更丰富，才更客观。”董乃斌师也经常教导我要把问题想得再开阔些，如我做家族文学研究的时候，他就适时提醒：“文学史研究的一个目标是重现彼时之文学生态和文化氛围，家族文学自应是其中一个方面，那么家族文学与整个文学生态、文化氛围的关系和它们在文学史总体上的位置如何，也就值得研究。”可是基于自身个性和学术兴趣，我仍偏爱“定点深挖”，并做了不少最能体现此种方法的个案研究，即使有时做综观的题目，也总喜就事论事，觉得如此方有可能穷尽材料，说些有把握的话，对宏大叙事信心不足，常常敬而远之。但数年下来，每苦胸怀不广、眼界不阔，自觉苦心孤诣、细微周到的个案成果因缺少纵横的参照系，有画地为牢之虞，亦尝彷徨焦虑，中夜不寐。

近年始能渐具自觉的比较和拓展意识，体悟到“十字打开”的重要性。譬如，人不借助镜子，很难看清自己的形象；不借助外部世界，也很难完成自我的确认[1]。文学研究若只局限于对象的内部省察，而不与对象之外的事物互相比较或联系，恐怕永远无法客观深入地认识对象的真正价值，所谓的客观深入，更多是一种自我想象。也许有人担

1　邓晓芒分析马克思《资本论》中“（人）到世间来，没有携带镜子”时说：“人只有通过改造外部客观世界的活动，即通过劳动生产，才能在他的产品上实现他的真正本质，才能证实他的力量和才干，才能发现他自己是个什么样的人。”（邓晓芒《人之镜——中西文学形象的人格结构》，第4页，云南人民出版社1996年版）

心对研究对象之外的事物缺乏足够了解，如此是否能够正确地比较或联系，是否能够真正地小中见大。但铜镜再模糊，也能照出大致的身影，比较和联系允许误差，即使比较和联系不一定非常精确，也能有效凸显对象。何况，既然比较和联系，所选对象通常在文学史上已有共识或定论，借助共识或定论，比较和联系的结果自然有一定的可靠性和稳定性。

当然，“十字打开”并不一定排斥“定点深挖”，相反，二者可以也应该相得益彰。因为囿于“定点深挖”固然有碍于对研究对象真正客观深入的了解，但仅重“十字打开”，亦可能产生深度不足的弊端，从而流于我们以上批评过的表面化和常识化。美妙宏大的叙事，如果缺少精彩坚实的例证，总会美中不足、大而无当。就像树木不能扎根，再枝繁叶茂也会失去生命力；就像围棋不能做活两眼，再左冲右突亦是死路一条。我在最近的研究中多注意考论结合，便有此种考虑在内，即主要以“考”来贯彻“定点深挖”，以“论”来展现“十字打开”，力求将研究的深度和广度结合起来，做到既能“定点深挖”，又能“十字打开”。这是我心向往之的境界，有待于今后的不断实践和提高。吴承学先生为《文学遗产》审稿时曾指出：“古代文学研究在走向偏锋与狭小，这是令人担忧的现象。我还是喜欢大而不夸、小能见大，大气而不浮泛，扎实而不板滞的论文。”诚哉斯言！

黄庭坚曾云“文章最忌随人后”（《赠谢敞王博喻》），又云“随人作计终后人，自成一家始逼真”（《题乐毅论后》），文学创作是如此，文学研究同样也是如此。在研究方法上，相信各家有各家的法宝，总之要因人而异，“性之所近而力之所能勉”（胡适《赠与今年的大学毕业生》），那种适合自己并行之有效的方法，才是最好的方法。

日常生活史与中国古典文学研究

三千年的中国古典文学，提供了丰厚的文献资源和强大的阐释传统，但也形成了陈陈相因的研究模式和轻视非经典文献的弊端。如何深化传统的文学研究？如何开发利用海量的非经典文献？从中国古典文学发展的实际状况看，日常生活史的视角可能会带来一种拓展性。但日常生活史的视角不等于非文学研究，而是关注活生生的人，关注事件背后人类的生活情趣和生存智慧；日常生活史的视角也不等于研究的碎片化，而是要从琐碎的材料中发现能够影响到人生存方式和行为选择的普遍性命题；日常生活史的视角，还要建立在尊重文本、读懂文本的基础上，避免浅尝辄止、形成新的视野遮蔽。

一、文学阐释传统的优长与局限

古代文学和作为艺术的其他门类一样，都是人类精神生活的产物。我们现在常用的文学阐释方法，主要吸纳了两方面的精神遗产：一是三千年来中国古代文学的发展实际，留下了大量专门的诗文评（《诗品》、《文心雕龙》、诗词曲话等）和从各种诗文中提炼出的文学观念（如论诗绝句、作品集序等），形成了强大的文学研究和阐释传统。

二是上世纪初新文化运动兴起后，受西方文学观念影响（包括苏联）而撰写的各种中国文学史，1949年后甚至作为大专院校中文系的主要教材之一，形塑出一套行之有效的研究模式，即以作家、作品为中心，扩大为包括“社会背景”“作家生平”“作品内容”“艺术特色”“源流地位”等内容的“五分模式”（有时可灵活做些增减）。

接收这些遗产，其益处显而易见。首先，它使我们拥有可以借鉴的丰富资源和经验，看看我们大多数的文学史和批评史，从观点到例证，基本是古代诗文评著述的剪裁和选读，最多给它们穿戴一些现代文学观念的靴帽。其次，“五分模式”简单明了，它的不断巩固与成熟，使研究者能够很快上手，得到基本有效的训练，即使面对陌生的对象，也有话说，只是这些“话”不乏套话，如“情景交融”“想象丰富”“善用比喻”等。

应该注意，格套式研究的弊端是显而易见的。第一，借鉴古代资源和现代文学经验，虽无著作权的担心，但都不是自己的，少有创新。第二，借鉴现有方法，司空见惯，容易浅尝辄止，形不成问题意识，模式即是研究结果，只需要在模式前添加上不同研究对象的名称，然后寻找一些例证。第三，可能是最大的问题，即传统的经验和现有的文学史观念，都是经典诗学（主要指重视审美和艺术经验的诗学）的路数，遮蔽了大量的非经典文献，而非经典文献恰恰占集部文献的绝大多数。换言之，那些从审美和艺术上看来并不出色的作品才是文学世界的主流，如果对这些作品仍以经典诗学的标准去对待，那它们的意义只是负面的，只是为了映衬经典作品而存在，缺少独立存在的意义。但文学研究难道真的只能是经典文学的研究吗？如果是那样，我们的研究出路无疑会越来越狭窄。因为我们只精耕细作了古代文学少量的

“沃土”，以至耕作得太密太勤，产量大降甚至难有收获。与此同时，大量的文学荒地却被忽视和闲置，这难道不是文学研究者的悲哀吗？

这里说许多作品“看上去并不出色”是隐含着发掘的期待的。也就是说，当我们对古代文学研究从观念到方法加以一定的更新的话，便可能从日常中剔除庸常，从日用之道中发现新的审美的内质，从常识性中看到新的经典性的价值。因此，看什么，怎样看，就显得尤为重要。预设价值前提，则将形成自我局限，不利于文学研究的深入发展。

二、日常生活史研究引入的可能性

面对古代文学研究的困境，不少研究者确也更新了思路，从文化学的思路切入对文学的考察，如科举、传播、地域、家族、团体、党争、印刷、女权、身体等，取得了不少优秀成果。其中，日常生活史因可以有效利用非经典文献，有着广阔的发展空间，逐渐引起了研究者的注意。

（一）一个老话题：什么是文学？

布迪厄在《艺术的法则：文学场的生成与结构》中提出一个疑问：

“对文学文本的阅读必定是文学的吗？”[1]他认为文学的内部分析或外部分析都是片面的，只有“场”的概念，才能超越这种对立（因为文学场、艺术场、权力场、经济场、社会场等具有同源性），将多种对立统一起来，“通过科学分析，对作品的感性之爱能够在一种心智之爱中达到完美，这种心智之爱是将客体融合在主体之中，将主体溶解到客体之中，是对文学客体（它自身在不止一种情况下，是一种类似的服从的产物）的特殊必要性的积极服从”[2]。这就是布氏的文学社会学的分析要点，他不承认文学的自足性。其实，按照某些更激进的后现代主义者的理论，所谓“文学性”不过是某种观念或趣味（如康德的审美无利害和艺术自律观念）暂时建立起的统治秩序，随着历史的发展和社会各因素的介入，它当然会不断改变自己的边界。而今天的文学所指，无疑应该是对纯文学有所扩容的“大文学”概念了。退一步讲，即使我们对后现代思潮持保留态度，而依然维护强调审美和艺术价值的纯文学观念，我们也不可能否认人对文学的重要性，从某种意义上讲，文学即人学，人的家国、族群、社团、个体等存在经验及相互关系，理所当然应该成为文学乃至纯文学表现的内容。而日常生活史，简单地讲，即指一个人或群体日常的活动（包括物质活动、交际活动、文化活动、思想观念活动等），因此，不论在审美的纯文学的语境中，还是在后现代主义的文学语境中，对日常生活史的研究都具有着某种合法性。

不惟如此，日常生活史研究同样符合马克思主义的经典论述，显示出强大的适应性。马克思在《〈政治经济学批判〉序言》中曾说：

---

1 参看［法］皮埃尔·布迪厄《艺术的法则：文学场的生成与结构》，刘晖译，中央编译出版社 2001 年版。

2 皮埃尔·布迪厄《艺术的法则：文学场的生成与结构》，第 5 页。

“物质生活的生产方式制约着整个社会生活、政治生活和精神生活的过程。”[1]这其中有两个要点，一是物质生活是一切生活的前提；二是生产方式决定生活过程。第一点提示我们要重视物质生活史包括日常生活史的研究；第二点提示我们要重视技术革命的力量。技术革命建立在物质生活的基础之上，两者密切相关。文学文本的载体经历了从口头到抄本，从抄本到印刷，从印刷到网络的生产方式的变化，这一变化造成的一大后果是知识被所谓的精英阶层垄断的局面逐渐被打破，知识可以成为日常化、普泛化的获得；网络的无限性和虚拟性使得参与者可以最大化，每个人都可以参与文学的生产、发表、传播和流通，审美和艺术被日常生活化了。

值得注意的是，日常生活史理论自上世纪70年代起在西方流行，至今仍有着强劲的生命力。但我们今天在这里谈论日常生活史研究，并不是对西方理论的照搬，而是时代的发展、物质生活的生产方式决定了我们会这样想。日常生活史研究的思路源自于内，而非自外流入。当然，这并不意味着我们要排斥西方理论，恰恰相反，其积累的经验和教训足资借鉴，必须充分重视。

（二）日常生活史研究与古代文学实际生态

笔者在《情境诗学：理解近世诗歌的另一种路径》[2]一文中，曾就宋代以降诗文日常化的转向做了初步探讨，指出其明显特征有：大量转向日常琐细生活中要诗料，诗歌成为其生活和生命的自然反映；诗

1　《马克思恩格斯全集》（第13卷），第8页，人民出版社1995年版。

2　张剑《情境诗学：理解近世诗歌的另一种路径》，《上海大学学报》2015年第1期。

歌语言的俗化；诗歌话语空间的地域化和私人化；诗人身份的下层化等。这里还可以做进一步补充：

一是宋代以降小说戏曲逐渐的繁荣，更具体地反映出以人为中心的日常生活，契合了人们生活和精神的需要，它们与诗文一齐构成了日常生活史研究内容的重要两翼。但是由于文学观念没有跟上，宋以后近千年，小说戏曲仍被人视为不登大雅之堂的东西。直到五四，观念虽有转变，但仍囿于纯文学观念，小说戏曲因古代文人不重视，创作和保存的数量都较少，而从纯文学角度去研究，很快就被挖掘一空。事实上每个时代各有自己的特色，都有必要对以往的研究成果予以知识体系、观念方法的重构。在人类进入 21 世纪以来，至少对于那些非经典的文学作品应予发掘和重视，使它们除了能够烘托传统经典文艺作品的价值外，还能够彰显自己其他方面的价值。

二是即使单纯从中国诗歌发展史看，日常生活史研究也是值得肯定的一种路向。它不仅体现于宋代以降，而且宋代之前，诗歌从创作到研究，每有日常生活角度的介入，便能推陈出新，焕发生机。如晋宋时期的文人诗由雅化渐趋僵化，齐梁文人则以世俗生活化的题材和自然平易化的语言起而新之，“能在日常生活中展开丰富的想象”，使“诗与日常生活打成一片”[1]。只不过齐梁文人的“问题在于其情性本身的平庸无聊和肤浅，在于宫廷贵族生活视野的狭窄”，“他们所诗化的日常生活只是帝王显贵无聊的寄生生活，一般文人的性情也缺乏高尚的志趣和深刻的意蕴”[2]。而到了中唐的元白诗派，在开元、天宝诗歌全盛之后的停滞期，提倡平易化、世俗化的写作，同时拓展了

1　林庚《中国文学简史》，第 175 页、第 179 页，北京大学出版社 1995 年版。

2　葛晓音《论齐梁文人革新晋宋诗风的功绩》，《北京大学学报》1985 年第 3 期。

齐梁文人狭窄的生活题材，使诗歌表现日常生活的范围大大增加，对唐代以后文学产生了重大影响。宋代以降，诗歌表现日常生活的角度更加广阔和丰富，而且下层诗人数量越来越多，他们的创作在艺术表现上也许不够精致，甚至有些杂芜，但愈能显露日常生活本身的真实面相，能够震撼人心，濡染世情。

更重要的是，这一时期，朝野上下，诗歌中那些空洞的经天纬地的口号虽然依然在喊，但因重复过多已经被人们自动“免疫”，人们越来越爱把诗歌当作日常生活的记录工具。清末曾任江西巡抚的李嘉乐奉身以俭，是著名的节俭官员，但他写起诗来一点都不节俭，他自序其《仿潜斋诗钞》云：“自十五岁至五十二岁，存诗一千五百六十首，计十五卷，续刊卷俟附后。此数十寒暑中，鸿泥驹隙，赖覆瓿物为记事珠，偶一披阅，聊以自娱，非敢问世，遑论传世耶？”[1]他的说法是有代表性的，诗歌的地位似乎下降了，却与人们日常生活的联系更紧密了，显得更有用了。晚清常熟藏书家张大镛的说法则更为直接和具体：“夫人学问不同如其面焉，余不能假古人之面以为己面，又岂能自掩其面乎？况一夕之叙、片刻之谈，事过辄忘，有韵语纪之，虽越数十年，而展卷寻绎，恍然于某地之与某人游、某事之与某人文，光景流连，历历如绘，斯亦纪事编年之亚也。”[2]在没有相机、录音机、手机、微信的时代，还有什么能比诗歌更方便快捷地传递人们片断的情感与信息呢？而且这一形式是通用的，几乎不分贵贱，被所有文人所接纳。以通用的形式承载着日常生活的内容，这是另外一种意味的诗史。

1　李嘉乐《仿潜斋诗钞》（卷首），清光绪刊本。

2　张大镛《吾面斋诗存》（卷首），清道光十六年刊本。

三、日常生活史研究方法的讨论

一如其他文学文化学的研究方法，日常生活史研究如果不能把握好尺度，可能会变成文化学的研究而非文学文化学的研究；如果不能有效开掘其深广度，可能很快会出现新的模式化和成果重复化现象。目前从日常生活史角度研究古代文学的成功之作还不多，因此对其研究方法的系统化总结时机尚不成熟，这里先提几点备忘录性质的注意事项。

1. 我们这里讨论的日常生活史研究是研究文学的一种方法，不是纯粹的历史学研究。因此我们利用那些经典文献和非经典文献时，关注的重点不仅仅是日常生活中的种种制度，更应该是制度中人的生活选择和心理变化；关注的重点不仅仅是器物，更应该是器物中反映出的人的生活情趣和价值观念；关注的重点不仅仅是事件过程，更应该是事件背后流动着的感觉、情感与经验。总之，我们更加关注的是活生生的人——不仅仅是自然的人，还是作为文学家的人，他们如何通过创作，呈现和成就了他们自己。日常生活之道的文学研究，应体现“日常”中的“审美”性，如果等同于史学研究，那么则失去了“文学”研究的立场与方向了。

2. 日常生活史研究不等于研究的琐碎化，而是要从琐碎的材料中发现普遍性或某种具有稳定性的命题。常建华曾总结日常生活史研究的三个特点：“一是生活的‘日常性’，即重视重复进行的‘日常’的活动；二是一定要以‘人’为中心，不能以‘物’为中心；三是‘综合性’，由于日常生活是一种综合性的日常活动，单研究某一种个别活动不能反映当时人的完整生活，因此对日常生活的研究一定要在单项研究的基础上进行综合研究。”[1] 所谓综合性的研究，就是要在看似偶然的、个别的研究基础上有规律性的发现。如古人丁忧期间例不赋诗，虽有例外，但确系具有稳定性和制约性的习俗，有学者曾就此研究[2]，获得了学界的首肯和称赞。

3. 避免平面罗列现象，逐层深入分析问题。有不少论题，经过一些作者的研究，许多有特点的东西都变得常识化、空洞化、表面化，这样的研究当然价值有限。我们要从看似常识的现象中抓出问题，经过研究，将其特点化、深刻化、层次化。比如昼寝这一看似平常的生活现象，在一位年轻学者笔下，变成了可以窥探唐宋文化转型的一个侧面。文章先从宋前昼寝诗谈起，认为中唐以前写及昼寝，基本上以女性为对象，没有特殊的文化内涵；中唐以后，以白居易为代表的诗人笔下，士人昼寝现象开始增多，并脱离了昼寝非礼的思想语境，注入安贫乐道、不营名利的生活美学。其次论述北宋昼寝诗的矛盾面向，来自传统礼仪和思想的教训使其在表现闲适疏慵的生活趣味之外，还带着心理和思想上的焦虑感。再次论述以苏轼、黄庭坚为代表的诗人对昼寝诗思想内容及审美趣味的诗意提升，使昼寝诗终于摆脱其在传统道德意义的缺陷，获得了象征自由、自适和梦想的新的文化内涵。

---

1 常建华《从社会生活到日常生活——中国社会史研究的再出发》，《人民日报》2011 年 3 月 31 日（理论版）。

2 参见黄强《中国古代诗歌史上的千年约定：“居丧不赋诗”习俗探析》，《文学遗产》2015 年第 1 期。其认为“这一习俗始自六朝，严于北宋，延续至晚清，俨然是中国古代诗歌史上的千年约定……这一习俗的践行大大削减了诗歌创作的总量，并导致中国古代悼忆文学中‘悼亲诗’这一品类的总体薄弱和‘悼亡诗’的一枝独秀，但就人类文明史而言，其无疑是一种至高无上而又极为纯粹的精神仪式。上下千年，纵横万里，无数平素执意以诗歌品尝人生况味的诗人，以缩短自己创作生命的神圣方式，向人间最可贵的亲情作集体的心理朝拜，体现了儒家诗教的根本追求”。

最后论述道释文化对昼寝题材文学的影响。[1]论文层层深入，笔调明快，给人较深的印象。

4. 尊重文本，读懂文本。其实这是学术研究的基本要求，但很多研究论著未能达到。优秀学者的论题，往往是从文本的细致阅读中逐渐发现并归纳出来的。只要认真研读文本，就会发现古代文学中其实空白点并不少，如骈文，文本进入很难，因而有大量未知领域等待开拓。即以诗文中的日常生活史料来说，衣食住行的古今变化，凡前人不清楚者经你的研究弄明白，即是有价值的学问。如能在此基础上以小见大、层层推进，则更入胜境。如茶是宋人生活中的重要饮品，见诸诗文的茶事不胜枚举，但很多茶事细究起来却难知其究竟。扬之水的《两宋茶诗与茶事》一文专门探讨宋诗描写的茶事中，前人未能探讨或虽有探讨却存在误解的细微末节，使分茶与斗茶、点茶与点汤得以具象化，从而对宋诗描写事物的细微深广有了进一步的体认[2]。这同样是值得鼓励的研究。

当然，文学研究的方法、路径是多元化的，没有哪一种方法、路径可以独尊。日常生活史的视角同样并非万能的全知视角，它只是研究方法的一种，是对文学研究路径的拓展和丰富。对于这一点，研究者必须有非常清醒的认识。

1 曹逸梅《午枕的伦理：昼寝诗文化内涵的唐宋转型》，《文学遗产》2014 年第 6 期。
2 扬之水《两宋茶诗与茶事》，《文学遗产》2003 年第 2 期。

家族文学研究的分层与守界原则

近些年来，家族文学研究无疑成为了一个学术热点，有些单位还紧锣密鼓地组织了相关的大型研究项目。如南方以浙江师范大学党委书记梅新林为首的“江南文化研究中心”，实行开放式全国招标，正在陆续推出“江南文化世家研究丛书”五十种；北方以山东省政协副主席王志民为首的“齐鲁文化研究中心”，集聚省内专家，准备推出“山东文化世家研究丛书”三十种，这些丛书中的很多选题都与家族文学关系紧密。其他关于家族文学研究的论著也屡见不鲜。特别是宋代以降（包括宋代，下同），存世文献相对丰富，研究者易于选题和开展研究，成果问世较多。但是，繁荣昌盛中，潜藏日趋凸显的危机，喧哗骚动处，正有令人不安的误区。如果不能及时进行理论的自觉反省和总结，并尽快调整学科研究的布局和方向，许多看似热闹的研究也许就如夜空中的焰火，沙滩上的城堡，转瞬的华丽光鲜，然后永远地消失，在学术史上难以留下有意义的痕迹。本文拟对家族文学研究中的“分层”和“守界”原则做一探讨（由于家族与家族文学密不可分，论述时有时兼及家族），希望能够从一个角度推动家族和家族文学研究的深入发展。

一

人文科学的研究成果，难以避免的一个尴尬是，它通常无法像自然科学那样提供经得住数据充分检验和逻辑严密论证的知识体系，因此其有效性常受质疑。波普尔曾从某一历史事件出现的唯一性（不同于自然现象能够反复出现）、人性的变数（包括意志、愿望、知识）以及其他社会生活中所涉及的各种因素的极端复杂性等方面，指出人文科学与自然科学的若干重大差异[1]。一段时期以来，人文科学常引入数据统计分析方法来佐证自己的研究发现，但是由于研究对象存在如波普尔所分析的诸多特殊性，即使是精心选取了数据，也并不都能得出令人信服的结论。具体到古代文史研究，独特、无法重复的生命个体感受的复杂性及其遗存物的散佚存亡情况等，就经常会对学者基于数据分析所得的判断形成尖锐挑战。

的确，生命感受的丰富多样和心灵世界的复杂深邃，使观察对象带有某种测不准性质，即便是亲朋所言甚或本人自述，也未必全然可靠。如北宋王直方与晁说之交情密切，研究晁说之，除了其本人的著述外，王直方的记录当然也是研究者优先采用的数据，《王直方诗话》记载了不少晁说之的言行，但当晁氏家族后人将这部诗话呈给晁说之看后，他却很不高兴，全部予以否认："览之，不怿曰：'皆非我语也。'"（《郡斋读书志·归叟诗话》）是晁说之健忘呢？还是王直方向壁虚构呢？抑或是误解所致呢？我们即使起晁、王于九幽，恐怕也无法获

1　参见［英］波普尔《历史主义贫困论》，第8—32页，何林等译，中国社会科学出版社1998年版。

得确凿的答案。清体仁阁大学士翁心存于咸丰十年（1860）得知族叔翁祝封讣音时，作诗深情回忆咸丰九年（1859）翁祝封的造访："去年八九月，吾叔来京师。访我东华馆，拄杖携幼儿。我时方在告，扶病起见之。不晤廿载余，霜雪忽满颐。相见久愕眙，不能措一词。就席展情话，时复扬须眉。……坐久进鸡黍，谈深劝杯卮。覙缕述平生，纤悉知无遗。语多虽冗沓，不离孝与慈。酒冷还重温，尘落仍手持。自辰迨申酉，起视晷屡移。甚喜亲情洽，未觉筋力疲……"（《知止斋诗集》卷十五《得华三族叔祝封东昌讣诗以哭之》）但翁心存记载翁祝封到访的那天日记却云："巳刻族叔华三（祝封）携其次子镜湖（心鉴）来晤。自道光乙未一见后，距今廿五年矣，年已七十三，须发皆白而精神不衰，曩颇木讷，近更健谈，其子年甫廿二，似可跨灶，亦聒聒善谈。留之便饭，老翁盛夸，其三坦腹……颇为可厌耳，勉强陪至申刻始去，惫甚矣。"（《知止斋日记》咸丰九年九月廿八日）相比作为艺术的诗歌，似乎日记里的情感更真实一些。日记虽可说是研究作家的第一手资料，但有些晚清名人日记，可以公开给人观看，如倭仁、李慈铭的日记等，也无法全然采信……人文学科与自然学科的差异，由此可见一斑。

研究的对象存世文献的多少，也直接影响着研究成果的说服力。文史研究者经常感到的苦恼是证据不足，一个好的想法往往因证据链的缺失只能停留在推想层面，即使是将存世文献全部统计，也无法证明已经佚失的那部分文献里是否隐藏着与存世文献相反的面貌。如南宋遗民诗人方凤的《存雅堂稿》有诗三千余篇，其门人柳贯选取三百八十篇，厘为九卷，门人黄溍作序，称方凤"遇遗民故老于残山剩水间，往往握手歔欷，低回而不忍去。缘情托物，发为声歌……故其语多危苦激切，不暇如他文人藻饰浓丽以为工也”（《文献集·方先生诗集序》）。宋濂亦称其诗“音调凄凉，深于古今之感”（《浦阳人物记》卷下）。这应该是面对三千余篇方凤诗歌的总体评价。但是由于文献散佚，顺治年间方凤诗仅剩下七十三首，今人所编《全宋诗》多方搜罗，亦不过一百零三首。以这一百零三首统计分析，方凤诗歌倒多清幽之意，而少危苦激切之语，这个统计方凤全部存世诗歌后得出的结论无疑会与事实颇有差距。

但是，这并不意味着人文学科的研究就缺少标准和科学价值，波普尔的论断也有其自身局限性[1]。只要严格遵循相关的逻辑原则，少一点发现绝对真理的狂妄和野心，其研究成果自有其相应的科学性。科学体系某种意义上不外乎是相关知识通过合乎逻辑的推理和组合而形成的理论体系（知识体系）。家族文学研究的相关逻辑原则，首先应是“分层”原则。所谓“分层”，是指符合逻辑地将研究对象不断深化和体系化，并在多层次中立体地认识和把握对象。

社会是人生活的共同体，人本质上又是一切社会关系（人与人之间的关系）的总和，研究社会，就必然要研究人与人之间的关系。中国古代基本的人际关系，可以分为血缘（宗族纽带）、地缘（乡里交往）、业缘（职业接触）、社缘（通过会社结交的关系）四种[2]。因为中国古代社会的宗法性质，由血缘构成的家族自然成为研究中国古代社会文化的核心，钱穆说：“‘家族’是中国文化一个最主要的柱石……中国文化，全部都从家族观念上筑起，先有家族观念乃有人道观念，

1　详参何兆武《评波普尔和他的〈贫困〉》长文，见何林等译《历史主义贫困论》附录。

2　古代社会人际关系的划分有不同标准，本文则采用周扬波在《宋代士绅结社研究》（中华书局2008年版）中的说法。

先有人道观念乃有其他的一切。”[1]在进入家族或家族文学研究之前，人们毫无疑问知道其属于血缘关系的研究，按照血缘关系的由远至近和由疏至亲，可以分为宗族、家族和家庭等不同层次，家族这一层次中又可根据不同标准再次分层。如根据家族组织制度可分为谱牒、族规、族产、祠堂、祭祀、族学、宗祧等；根据家族兴衰发展可分为科举、婚姻、寿夭、家风、教育、经济、交游……这些分级层次根据自己的内容和属性还可再更深细地划分下去。研究者遵循这种分层原则，在家族这一宏大视野下，努力开拓、挖掘、研究那些对人富有意味和价值的新鲜层次，能力越强，分层也就越深越细，从而在自己能力范围内，能够从尽可能小的单位构筑起对事物富有深度和坚实的解释，有时细节越丰富鲜活，越能对当下生活有启迪意义和参照作用。

当然，研究者根据自己的思维特点、知识储备和着眼点不同，分层自然互有异同；而且，并不是每一次的研究都先要建构周密的分层体系，更无需在一篇文章中解决逻辑分层中的所有问题。因为在“家族”范围内，影响或决定家族及其文学活动的各种因素所构成的立体、复杂的层次，未必能够或者适于全部显现在每一次具体的研究中，如果不能具体把握和灵活应用，很可能成为另外一种形式的表层描述。这时不妨运用专题突破的方式，即每次主要探讨某一个分层中的某一个或几个问题，以求在一个点上使自己的论述富有层次深度。如在“家族→家族组织→宗祧祭祀”这个分层下可以专门探讨丁忧制对文人文学的影响；在“家族→家族兴衰→家族教育→文学家法→外家文学因素”这个分层下可以挖掘甥舅（也可以是翁婿或者外祖外孙）之间的

1　钱穆《中国文化史导论》（修订本），第51页，商务印书馆1996年版。

特殊关系与文学互动等。高明的研究者未必都具备完整自觉的理论分层思想，但他的研究却总是能暗契分层原则，使每一次的研究命题都能成为特定层次中的亮点。

必须指出的是，分层虽然从逻辑上看通常呈现为一种从总体到细部、从宏观到微观的顺序，但在实际研究中却具有一定的可逆性。研究者往往是先具有了问题意识，即首先直觉地意识到某一分层中的亮点问题，然后以此为基点，由小及大，层层上推，最终获得一种具有深度体系和逻辑力量的学术命题。如上举“家族→家族兴衰→家族教育→文学家法→外家文学因素→甥舅文学关系”的分层，在实践中完全可能是先意识到甥舅独特关系后所做的反向推衍。但这只是进入问题的顺序不同，并没有改变分层原则的实质。

遗憾的是，许多人文学科研究者也许功力不逮，也许为了偷懒或规避风险，往往采取虽显浅薄但是稳妥的方式，即他对研究对象只停留在表层的描述上，基本不提出或提不出什么深层次的问题，或者只是举例式地说明一些无需严密的逻辑推理和深刻的分层论证即可明白的基本经验和常识。如研究一个文学家族，他只是将属于这个家族的能文之士的活动和创作平铺直叙出来，从而使家族文学研究沦为家族成员作品的简单汇集、评价。有的著述试图揭示某个文学家族产生及其兴衰的原因，认为其兴盛在于有一定经济基础、科举上较有成绩、家族富于藏书、有良好的道德和文化教育、婚姻关系上外家多能文等，这样的结论也超不过经验和常识的范围，对问题本身并没有什么推进，因为绝大多数的文学大家族都有这些特征。如果千族一面，为什么还要不断地重复阐释？常识不需要饶舌，显然这样大而无当的解释不能令人满意。类似的困惑也存在于其他研究领域，如地域文化研究是学术界的热点之一，但对地域文化精神的概括，不同地域所做的总结却大同小异，多是勤耕、好学、有礼、诚信之类，同样的大而无当、不着边际。

如果能够将分层原则运化于心，即便同样是对基本经验与常识的解释，其分层中所呈现的丰富过程和鲜活细节，与进而带来的深刻生动的审美体验，都不是那种泛泛而谈的平面论述所能比拟的。例如对家族成员的研究，从生到死是自然规律，也是人生的基本经验和常识，但每个人从生到死的过程绝不会完全一致，倘若能够对其人生的具体过程恰切分层，并揭示每一层次的家族底蕴、生命状态、心灵律动和创作变化等，家族文学研究的这一分支亦必令人憧憬。

其实，当我们进入家族文学研究时，总是或清晰或模糊地有一个基本理论预设或基本经验指向，这个预设和指向随各人兴趣和知识结构可以有多元化的选择，但选择后就不能停留在简单例举、直接比附的层次上，而是要遵循严密的逻辑推理，或顺向或逆向地寻找出支撑这一预设和指向的分层结构，每一层结构又可以开发出许多值得阐发的家族文学专题，每一个专题又可以有具体而微的构成性剖析以及对整体的呼应。如是，家族文学研究才有望呈现出具有强大生命力的发展前景。当然，这一切还需要有足够的史料作为支撑才有望实现，但无论如何，研究者具备这种自觉的理论意识仍然十分重要。

二

深刻的符合逻辑的分层不仅是必须的，也是科学的，但“分层”只是家族文学研究的原则之一，分层之后，还要贯彻“守界”原则，才能最大程度地保证研究结果的可信性和有效性。守界可以分为“概念守界”和“功能守界”，概念守界指循名责实，使各层次之间不相淆乱，功能守界指每一概念皆有其适用范围，不能无原则地放大或缩小（由于研究者对研究对象的偏爱，常有拔高或放大自己研究意义的倾向）。“概念守界”和“功能守界”常常共为进退，因为概念的越位和出界必然带来功能的变化，反之亦然，功能的变化也必然会引起概念的重新整合。

“家族文学研究”自然首先要守住“家族”概念之界，而不是将宗族范围内的现象简单地看作“家族”问题。柳立言批评人们混用宗族、家族和家庭的概念时，曾一针见血地指出：

> 根据不完全的统计，近人研究宋代家族的论著已达三百余种，有学人称之为“家族研究的全面繁荣”，但细读之下，发现很多被称为“家族”“宗族”或“全族”的，含义并不清楚，一经翻查史料，更觉难以尽信，常见的问题，是把“家庭”和“家族”混为一谈，对家族的不同形态也缺少分辨，后果是把几个家庭的合作误为几个家族的合作，把家庭对社会的贡献或破坏误为家族的贡献或破坏，又把家庭的人际关系误为家族的人际关系，从而

建构出一张漏洞百出的人际网络。[1]

这种概念混淆、功能紊乱的家族研究局面，与研究者无法严格守界有着直接关系。因为学术的发展已使“家庭”“家族”“宗族”之间的分层变得相对简单，即家庭主要包括五服之内共祖共财者（一般为直系），家族主要包括五服之内共祖不共财的若干家庭的总体，宗族包括五服以外的同姓共祖者[2]。可是研究者仍然有意无意地模糊这三者之间的界限，使指鹿为马、张冠李戴的现象时有发生。出现这种情况的原因，一方面固然由于研究者认识上的确还存在“彼亦一是非，此亦一是非”的游移空间，另一方面也有研究者为了操作便利，无法严格守界，从而越位为之的因素。目前为止，宋代家族文学研究的论著基本上是扩大到宗族范围内的考察，但大都会冠以“家族”之名，包括笔者的《宋代家族与文学——以澶州晁氏为中心》和《宋代家族与文学研究》（与吕肖奂、周扬波合著）。其重要原因之一是“家族”研究必须要先有一个基点，即以某人为基点的五服关系组成了一个家族，而该人五服内的任何一点又可组成另一个家族，当我们以“某氏家族”而不是“某人家族”命名的时候，基点并非唯一，而基点只要超过两个（包括两个），总体上看他们仍是在宗族范围内讨论问题。况且家族五服关系图的动态变化，需要有大量文献支撑才能延展下去。宋代家族存世文献虽较唐前为多，但比起明清却相形见绌，而明清的

1　柳立言《宋代明州士人家族的形态》，台“中研院”历史语言研究所集刊，第291—292页，2010年6月版（第81本第2分）。

2　参冯尔康《中国社会结构的演变》，河南人民出版社1994年版；韩海浪《家族研究中的几个概念问题》，《学海》2001年第3期；杜正胜《传统家族试论》（收入黄宽重、刘增贵主编《家族与社会》，中国大百科全书出版社2005年版）；柳立言《宋代明州士人家族的形态》，台“中研院”历史语言研究所集刊，2010年6月。

丰富也只是相对而言，如果根据严格的家族定义，有些逻辑链条根本无法获得资料支持，论题也很难延伸下去。于是“家族”有时就难免找面貌相似的“宗族”做替身。

但问题是，既然是在“宗族”范围内的考察，那为什么不直接名曰“宋代宗族文学研究”而仍要冠以“家族”之名呢？反思自己研究家族文学的心理，我想主要原因可能有两个：一是当我们讨论“某氏家族”时，并非无条件地以全宗族为考察对象，而通常会有时段、地域、房支等条件的限制（如果不加限制，势必会造成“五百年前都是一家”的模糊局面，从而失去了研究的意义），一概笼统地用“宗族”命名，并不十分妥当。二是“家族”这个概念比“宗族”“家庭”都富于魅力和弹性。如果足够细心，我们会发现，所谓“家庭”“家族”“宗族”互相的模糊或错乱，只会发生在“家族”与“宗族”、“家族”与“家庭”之间，而不大可能发生在“宗族”与“家庭”之间，因为“家族”之“家”可绾合“家庭”，“家族”之“族”又可绾合“宗族”，“家族”是血缘关系中的关键连接点。而且在古代社会，无论政府的奖赏惩罚，还是民间的人情往来，多以是否在“五服”内即以“家族”为基准，“宗族”是血缘关系的最外层，太虚泛，有时只是进入人际网络的一种借口；而“家庭”又太小，以“家庭”为单位研究古代社会，较难发现不同时代的文化差别。正如观察一个对象，距离太远或太近都会看不清楚，而“家族”恰好处在一个适度的观察距离上。以“家族”为论题，无疑是一个更有学术意味和社会意义的选择，即使是在具有一定限制条件的宗族（如某时段某区域的某房支）内考察问题，也仍宜以“家族”为观照视角。只不过有了一个好的逻辑起点，却由于各种已明或未明的原因，没能遵循严格的分层原则和守界原则，遂使研究的科学性和有效性打了折扣。

强调“家族”命题的重要性，并不意味着家族或家族文学研究中的所有规律可以无限放大，如此亦违反了功能守界原则。早年读音韵学著作的时候，笔者曾对记背一些所谓的“规律”表示怀疑，因为语言现象的复杂性，许多“规律”其实概括性都很有限。后来慢慢发现：在人文学科，能反映百分之二三十现象的“规律”已经很了不起了，至少它能帮助你很快掌握这部分内容。有了这层底蕴和参照，再学习其他部分的内容就变得相对容易。因此，我们所说的五服制，虽是把握家族的一种主要方式，但绝非是唯一的方式。同样，我们从家族视角透视文学，也只是把握文学的一种方式，就像“豪放词”与“婉约词”、“浪漫主义创作”与“现实主义创作”等，其概括力无疑都是有限的。比如文学批评中常出现“家法”“家风”等词汇，一般是指家族中人创作上的互相影响和借鉴，它虽为认识具体作家的创作提供了重要的参考，但这种影响和借鉴较之作家本人的天分情性、知识结构、人生际遇、师友交往等因素并无优势而言，也不能起到主要作用，“家法”在文学创作中的功能较为有限。这个发现不仅不应使人沮丧，而且应该视为功能守界原则的有意义的体现。

其他领域的研究同样要重视守界，如文学接受史研究，一定要弄清楚研究对象在不同层次和语境中的特定内涵与意义，不宜使讨论展开在“风马牛”的层次上；游幕文学研究，就不宜将游幕者并未游幕时的文学纳入其中，更不宜将地方官任职与贬谪之人的流动看做游幕；作家作品研究，就一定要考虑到不同时期、不同身份、不同心境的变化，不宜彼此窜乱……厘清概念层次，给出适用范围，严防越位和拔高，也许会少了石破天惊式的震撼“发现”，但无疑结论更严谨，也更科学和有针对性。

三

对于学者来说，分层和守界，既关乎其才识学力，又关乎其治学风格。一般而言，才识越高、学力越厚，发现、提出、解决问题的能力也就越高，分层自然也就越多、越深、越细；而治学风格愈严谨，守界意识也就越自觉和浓厚。

家族与家族文学研究中出现过不少优秀的学者，但目前而论，对家族关键问题思考较为深入，并在分层和守界问题上做得卓有成就者，柳立言当是其中翘楚。他的《宋代明州士人家族的形态》一文就是为数不多的能够做到富有深度的分层研究的佳作，该文不仅厘清了宗族、家族、家庭的不同形态，而且揭示出了在宗族、家族和家庭范畴中研究“家族形态”的七个切入点（相当于分层命题）：分家分产、家族传统、族谱、族祭、有组织性的互助活动、非组织性的互助活动、分化分裂的诱因等。尽管笔者对文章的一些结论持保留态度[1]，但此文无疑洞察深刻，见解敏锐，富有建设性，具有重大学术意义。不惟如此，他在《山重水复疑无路——宋代宁波家族之研究》[2]一文中，还联翩提出了上百

1　如柳文认为宋代家族缺少组织性和较强的家族意识，但从北宋澶州晁氏家族来看，倒颇具组织性和家族意识，晁宗简墓迁葬时，就聚合了家族内晁端礼、晁端智、晁补之几个家庭之力；即使在出了五服的宗族范围内，晁氏家族组织和家族意识也都有所表现，晁宗愿的夫人黄氏九十一岁时，晁氏宗族有过一次规模达五百余人的盛会，五服之内的晁补之，五服之外的晁说之、晁冲之都有诗文记赞。晁子健刻印其六世祖晁迥手泽本《坛经》，也证明晁氏家族文化意识的浓厚。当然我们不能就晁氏一族推论宋代整个家族特征，但同样我们也不能据明州楼氏一族来为家族是否是宋代社会的基本单位等重大问题做结论，也许按照柳文给出的七个切入点，将满足条件的宋代家族一一分析、统计后，才能有一个较为可信的结果。另外，柳文既言宋代明州士人家族形态“上连不到唐五代，下接不到元明清”，又言用七个切入点“重新小心评估明清的士人家族，也许宋跟明清又不是那样分明了”，似乎有些自相矛盾。从文中对宋代楼氏家族的论述看，宋代楼氏与清代杨沂孙家族有不少类似处，宋元明清家族形态当有其连续性。

2　台湾“中研院”史语所2008年度第二十次学术讲论会报告文稿。

个富有价值的问题，这些问题最多可达五个层级，可谓才大力雄。

兹举其中一条线索为例：在“家族”总命题下，他主要探讨“家族形态”“影响家族发展之因素”“家族对宋代重要领域之影响”这三个二级分层命题；在“影响家族发展之因素”这个二级分层上，他主要探讨“进士”和“人际网络”这两个三级分层命题；在“进士”这个三级分层上，他主要探讨“如何评估进士的相对重要性”“如何评估家族在科举竞争中是否占有优势”这两个四级分层命题；在“如何评估家族在科举竞争中是否占有优势”这个四级分层上，他主要探讨“考试内容”“解额”“解试”“省试与殿试”“特奏名”“举业与考试”“家学与文衡之臣”这七个五级分层命题。当研究深入到一定层次的细节时，往往会有精彩的发现。如指出科举内容的变化，对只求功名不问是非的士人来说，也许可以随波逐流，但对有学派归属和家学渊源的士人家族，也许会带来较大影响。欲探究有何影响，“研究者必须列一个大事年表，左边是科举内容的变化，右边是家族的中举，才能看到两者有何关系”。又如指出解试比省试竞争激烈，但“解试跟省试最大的不同，当然就是本地官考本地士子了。……太学的课试和解试亦操于学官”，提示士人家族与考官平日的往来酬酢可能会带来解试上的人际关系优势。再如指出“能获得特奏名的，都是屡试场屋二十五年以上，相信大部分考生家庭都有一定的经济能力。……两宋特奏名几乎占了进士总数的45%，约有四万人，单从此点，就可知道科举多少属于有产阶级的玩意，他们大都资本丰厚，从小到老都与寒士竞争不休，直至皈依特奏名才退出考场”，提示士人家族在特奏名上可能拥有的财力优势。如此等等。

尽管柳文说“只能提出问题而不能提供答案”，但当他一口气提出“研究进士对家族的重要性时，学人应将进士分门别类，指出究竟是正奏名还是特奏名？考中的究竟是进士科还是诸科，是诗赋进士还是经义进士？所利用的解额究竟是国子监的、开封府的，还是明州的？中举时谁是考官，跟家族有无关系？进入官学时谁是学官，跟家族有无关系？”这样推理严密的系列问题时，每一个问题无疑都是有价值的分层命题。更为难得的是，不管是提出问题还是阐释问题，柳文都非常谨慎给出命题的适用界限，当他从科举制度各环节入手探讨家族是否和如何占有优势时，就做出若干限制，即：“只是探讨士人家族如何占有优势，绝不是说‘只有’士人家族占有优势，有些富裕的庶民家族也占有某些优势，谁占有的优势多谁胜出的机会就增加”；“也不是所有的士人家族都能够占有下文所指出的各种优势，甚至一个家族之中也不是所有房支都能占有同样的优势”；“教育优势限于科举制度‘之内’的教育机构如占有省试名额的太学，而不是泛论教育，因为大家都知道士人家族的教育条件大都胜于一般庶民，但那是跟科举制度无关的，研究方法上必须分别清楚”；“科举的主要任务是‘取士’（挑选人才）而非‘养士’（培养人才），更非故意制造社会流动或机会平等，而是充满各种利益的冲突和弱肉强食，这正是研究‘家族与科举’所应着力之处。任何一种制度，只要有考试的存在，就必然有竞争，下文所希望引起讨论的，就是在号称公正和公平的科举考试及其紧扣的教育机构里，士人家族如何互相竞争和跟一般庶民竞争，从中透露它们是否和如何占有优势”。

柳立言之外，还有一些学者对家族或家族文学的研究做过较有建设性的思考或实践。理论思考方面，如李朝军以宋代晁氏家族文学史为例具体阐述了建构家族文学史的意义和内容[1]。罗时进提出要建立“文学家族学”，主要通过研究社会、历史、地域及文化风会对家族的影响，探讨各种环境因素对家族成员文学创作、对一时一地乃至更广阔时空文学发展的作用与规律[2]。梅新林颇具宏观战略眼光地提出，今后江南文化世家的研究要在个案、区域、断代、专题、综合、理论研究等六个方面取得重点突破[3]。粟品孝回顾了近八十年来宋代家族史研究的走向，认为家族组织制度层面的研究最为长久、系统而深入；家族兴衰沉浮的研究是近年来的热点，成果多，问题亦多；家族与地域空间的联系，研究薄弱，是尚待发力的重点，只有将千差万别的地域环境及其多种因素纳入家族史研究的视野，才能更深入地认识宋代家族和宋代社会复杂多样的面貌[4]。笔者在《宋代以降家族文学研究的理论、方法及文献问题》一文中提出过家族文学的多元化、结构性和构成性的研究方法，并指出：“在具体研究过程中，多元化研究、结构性研究和构成性研究常常结合起来使用，譬如盖房，多元化研究只提供一个大的设想和框架，结构性研究则在此设想和框架下找出房屋有效的支撑点，构成性研究则是具体的建筑过程，三者融合，研究对象才能显得气韵生动、血肉丰满。”[5]但是限于各自文章的篇幅和当时的思考深度，家族及家族文学的许多理论问题显然还有补充、深化、细化的必要和空间。

1 李朝军《家族文学史建构与文学世家研究》，《学术研究》2008 年第 10 期。

2 罗时进《关于文学家族学建构的思考》，《江海学刊》2009 年第 3 期。

3 见梅新林在“从江南看中国：文学与历史学术研讨会”开幕式上的主题演讲“江南文化世家的研究与展望”（该会 2010 年 12 月 25 日至 26 日于上海华东师范大学召开）。

4 粟品孝《组织制度、兴衰沉浮与地域空间——近八十年宋代家族史研究走向》，《社会科学战线》2010 年第 3 期。

5 原载《文学评论》2010 年第 4 期。《新华文摘》2010 年第 18 期、《中国社会科学文摘》2010 年第 11 期、《中国人民大学报刊复印资料》2010 年第 11 期分别转载。

研究实践方面，如周扬波的《浙闽赣交境中的江山嵩高柴氏文化及文学》一文[1]以江山嵩高柴氏为研究对象，从一个较长时段管窥周边区域文化的历史变迁及其对家族文化与文学发育的影响，可说是将时代、地域及其他多种因素纳入家族文学研究的一次精彩实践。笔者的《清代杨沂孙家族研究》一书对自己以前家族文学研究的标准太过宽泛做了反思，将研究对象限制在以杨沂孙为中心的家族五服关系之内，然后尽量遵循分层和守界原则，努力实践多元化研究、结构性研究和构成性研究相结合的方法。具体做法是先揭橥出能够体现杨氏家族某种特征的分层命题，之后阐明这些命题如何运行及显现在具体的历史时空和社会情境中，最后将这些论题放到更广阔的社会文化环境中去观照，讨论其在家族史或文学史研究中具有的特殊而又普遍的意义。总之想要追求一种层次井然、细节清晰同时又指向整体阐释的专题式研究，并希望在具体操作方式上可以为家族和家族文学研究提供一点借鉴。

总的说来，分层和守界两个原则之间是一种交相为用的关系，概念混乱的分层不是高效和值得赞扬的分层，同样，只能大而化之、不能分层的概念肯定也对学术提供不了太大帮助。家族文学的研究，只有在概念严谨而功能对应的“家族”范围内，深入区分影响和决定家族及其文学活动特性的诸多层次的因素，准确阐述它们在家族文学中所起的各种作用，才能提供真正认识和理解家族文学活动的解释，揭示家族文学在整个文学史中的地位和价值。目前的宋代以降家族文学研究的成绩虽然可观，但问题同样突出，欲使其研究真正走向深入繁荣，还有待研究者从理论和实践两方面多做努力。宋代以降家族文学的研究，既生机勃勃，又任重道远……

1　首载《文学遗产》（网络版）2009年第2期，亦收入张剑、吕肖奂、周扬波合著《宋代家族与文学研究》。

宋代以降家族文学研究的理论、方法及文献问题

在近些年的中国古代文学研究中，家族文学逐渐成为一个重要的学术生长点。公开发表的论著、博士和硕士的论文选题，都不乏与此相关者，显示出这一研究路向的生机盎然。仅以专著而论，宋前方面有刘跃进《门阀士族与永明文学》（三联书店 1996 年版）、程章灿《世族与六朝文学》（黑龙江教育出版社 1998 年版）、曹道衡《兰陵萧氏与南朝文学》（中华书局 2004 年版）、杜志强《兰陵萧氏家族及其文学研究》（巴蜀书社 2008 年版）、张明华《曹氏文学家族研究》（安徽教育出版社 2009 年版）、李浩《唐代关中士族与文学》（台北文津出版社 1999 年版）及《唐代三大地域文学士族研究》（中华书局 2002 年版）等；宋代方面有刘焕阳《宋代晁氏家族及其文献研究》（齐鲁书社 2004 年版）、汤江浩《北宋临川王氏家族及文学考论——以王安石为中心》（人民文学出版社 2005 年版）、张剑《宋代家族与文学——以澶州晁氏为中心》（北京出版社 2006 年版）、何新所《昭德晁氏家族研究》（上海古籍出版社 2006 年版）、刘学《词人家庭与宋词传承——以父子词人为中心》（百花洲文艺出版社 2008 年版）、王毅《宋代文学家庭》（湖南师范大学出版社 2008 年版）、张剑、吕肖奂、周扬波《宋代家族与文学研究》（中国社会科学出版社 2009 年版）等；宋后方面有江庆柏《明清苏南望族文化研究》（南京师范大学出版社 1999 年版）、李真瑜《明清吴江沈氏文学世家论考》（香港国际学术文化资讯出版

公司2003年版）、王建科《元明家庭家族叙事文学研究》（中国社会科学出版社2004年版）、朱丽霞《清代松江府望族与文学研究》（上海古籍出版社2006年版）、凌郁之《苏州文化世家与清代文学》（齐鲁书社2008年版）、蔡静平《明清之际汾湖叶氏文学世家研究》（岳麓书社2008年版）、郝丽霞《吴江沈氏文学世家研究》（复旦大学出版社2009年版）等，成果可谓丰硕。

但是，就家族文学研究的整体格局而言，研究者在理论意识、研究方法和文献使用上还存在不少问题，特别是标志研究领域体系化和严密化的理论建构更加匮乏，目前仅见李朝军《家族文学史建构与文学世家研究》（《学术研究》2008年第10期）和罗时进《关于文学家族学建构的思考》（《江海学刊》2009年第3期）两篇文章，不同程度地涉及了家族文学的理论问题。本文拟从理论建构、方法设置、文献整理三个方面对家族文学研究做一较为系统全面的探讨，以期促进这一领域的成熟和持续发展，并为相关领域的研究提供有益的参照。行文中多以宋代家族示例，原因在于相比其他历史阶段，这一时代承前启后，更具代表性；另外，也和这一领域史学研究成果积累比较丰厚有关[1]，如1993年，海内外十二位第一流的宋史专家联手开展为期三年的“宋代家族与社会”的研究计划，发表了大量成果，极大推进了宋代家族史研究，这是其他朝代研究难以企及的。

1　参看粟品孝《宋代家族史研究述评》（海峡两岸宋代社会与文化学术研讨会会议论文，2009年）。

一、家族文学研究的概念、范畴、内容和意义

在以宗法血缘为基础的中国古代社会，家族自然是其核心要素，区域性的概念“家乡”和全域性的概念“家国”，无不以“家”为起点。在传统的五种社会关系（君臣、父子、兄弟、夫妇、朋友）中，“其中有三种是家族关系。其余二种，虽然不是家族关系，也可以按照家族来理解。君臣关系可以按照父子关系来理解，朋友关系可以按照兄弟关系来理解”[1]。我们几乎可以说，“‘家族’是中国文化一个最主要的柱石……中国文化，全部都从家族观念上筑起，先有家族观念乃有人道观念，先有人道观念乃有其他的一切”[2]。但是，与社会史研究中的家族优先相比，文学史研究中凸显出家族文学因素却相对滞后，回顾中国文学史诞生百余年来的历史，先有全国性的文学通史或断代史，其次有文学地域史，再次才有最近二十多年家族文学史研究的盛况，国—乡—家，空间由大到小，顺序恰和社会史的结构相反。这种家族文学研究的兴起，不仅仅是“研究者在传统的文学研究范围内对陈旧的研究方法操练得过于烂熟、企图突围、力求创新的探索”[3]，而且反映出中国文学史学由粗到精、由宏观到微观的逐步成长的历程。

作为中国文学史研究的分支领域，家族文学研究的概念、范畴、基本内容和价值意义等理论问题的系统建构，是一个研究领域走向成熟和自觉的标志。家族文学研究中的“家族”，虽兼属于社会学、历

1 冯友兰《中国哲学简史》，第 16 页，北京大学出版社 1996 年版。

2 钱穆《中国文化史导论》（修订本），第 51 页，商务印书馆 1996 年版。

3 罗时进《关于文学家族学建构的思考》，《江海学刊》2009 年第 3 期。

史学、人类学等学科，但从“家族是社会的细胞”这一形象说法来看，家族与社会学习惯上被认为更具亲缘关系。家族文学应当具有社会学和文学的交叉性质。但家族文学研究既非单纯的社会史的研究，又非单纯的文学史研究，而是以文学为基点，将家族视为独立的社会单元，重点探讨其内外各要素对文学的影响的研究。这是我们给出的家族文学研究的初步概念。

接着讨论家族文学研究的范畴和内容。范畴是思维对客观事物本质的概括的反映，各种研究领域都有自己的一些基本范畴。顾名思义，家族文学研究应该包括这样两个最基本的范畴：文学的家族和家族的文学。它们具体含摄的内容，可以从其交叉性的特点来寻找。即：“文学的家族”研究既有家族史研究的一般性内容，又有自身的特殊性。所谓一般性内容，主要指家族“四态”，即结构型态、环境生态、活动状态、发展变态。结构型态主要指家族血缘谱系（谱系扩展时包含姻亲）的呈现和家族内部的结构，如世系、分支、家训、族产、祠堂、人口等；环境生态主要指对家族生存产生影响的各环境因素，既包括自然环境（如山川、风物、气候等），又包括人文环境（如时代思潮、政治风云、地域文化、文学传统以及对家族的历史定位和评价等）；活动状态主要指家族成员以不同角色从事的活动及影响，包括政治活动（如与政治中心的关系、不同政见和利益集团之间的斗争、仕宦期间的政功、宦海风波的险恶等）、经济活动（如家族理财与生计安排等）、社会活动（如与师友、姻亲、同事、同乡等的人际往来及对当地事务的参与等）、日常活动（如物质方面的饮食男女、婚丧嫁娶；文化方面的诗书研读、伦理教化、家庭藏书、家塾启蒙、科举考试等）、精神生产（如文艺创作，与“家族的文学”内容部分重合）；发展变态主要指家族发展中遇到的挑战、变化以及家族的应战、应变（如迁徙、职业转型、文学承变等）。所谓自身的特殊性，即应突出其中的文学因素，家族文学研究中对家族"四态"的探讨，其目的就在于回答家族文学的生成问题，如果不突出这点，就无法将之与其他研究区别开来。如对于黄庭坚家族文学的探讨，就应在结构型态方面突出黄氏文学世家的面貌，黄庭坚叔祖黄注有《破碎集》《公安集》《南阳集》，父黄庶有《伐檀集》，族叔黄廉有文集十卷、奏议二十卷，兄弟黄大临、黄叔达也有诗词传世，侄黄彦平有《三余集》，从孙黄谈有《涧壑诗余》，从孙黄罃有《复斋集》《山谷年谱》等，是典型的文学世家；在环境生态与活动状态方面突出黄氏家族对江西重文传统的塑造，特别应强调其在江西诗派中的作用和影响，江西诗派中坚徐俯及洪朋、洪刍、洪炎、洪羽兄弟均为黄庭坚之甥，诗社成员审美观念往往相似，诗社唱和使这种相似性得到强化，而许多诗社成员的家族姻亲性质，又使他们之间具有互动性、亲密性、稳定性和认同性强的特点，容易达成默契和一致。江西诗派内部流淌着浓郁的家族亲情，即使那些没有直接亲缘关系的社员，也"相亲如骨肉"，"相与如兄弟"[1]，这对诗歌创作流派的形成不容忽视[2]。在发展变态方面突出黄氏家族成员在诗的

1 吕本中《东莱吕紫微师友杂志》载饶节"后游江淮间，与予家数相过，相亲如骨肉也。无逸（谢逸）浮湛里间，虽甚困，然未尝少屈。汪革信民少饶、谢数岁，平生敬事二人，如亲兄弟"；又载"晁冲之叔用……大观后，予至京师，始与游，相与如兄弟也"。《丛书集成初编》本第629册。

2 除了江西诗社，具有亲缘关系的宋代诗社还有贺铸为首的彭城诗社（成员寇昌朝与王玒是舅甥和翁婿双重姻亲关系），以徐俯为首的豫章诗社（成员洪朋、洪刍、洪炎、洪羽为兄弟，苏坚、苏庠为父子，谢逸、谢薖为兄弟），以叶梦得为首的许昌诗社（成员韩宗质、韩瑨为叔侄，苏迨、苏过为兄弟，晁说之、晁将之亦为兄弟），以吴云公为首的岁寒社（成员顾淡与杜芳洲为夫妻），以张扩为首的吴县诗社（成员顾彦成、顾禧为父子，张元龄、张大年、张耆为兄弟），以乐备为首的昆山诗社（成员石希颜与石千里为兄弟），以冯时行为首的诗社（成员吕周辅、吕义父、吕智父、吕泽父为族亲），以汪大猷为首的四明真率会（成员汪大猷与楼钥、楼士颖为舅甥），以陈郁、陈世崇为首的西湖吟社（陈郁、陈世崇为父子）等。

句法、意象、风格乃至精神气质等方面的承传变化，黄氏一门多风雅，黄叔达的诗句“攻许愁城终不开，青州从事斩关来”（《行次巫山宋楙宗遣骑送折花厨酝》）、“无量劫驰邪枉径，刹那间得旧时槽”（《戏题水牯庵》），甚肖乃兄的“山谷体”，至有人谓“君在黔中所作数诗，附《山谷集》中，殊有家法，当由山谷润色，以成弟之名”[1]。黄庭坚诗歌的学杜、学韩，有承其父黄庶、岳父谢师厚的一面，而其以俗为雅、行禅入诗、点铁成金、夺胎换骨之特点，又自有其戛戛独造。即使其后人不以诗名，也并不影响他对文学家风的体认和推崇，南宋绍定壬辰（1232），黄庭坚后人黄埒重刻《山谷诗》，并作跋云：“句里宗风，埒岂识其趣？独念高、曾规矩，百工犹究心焉，手披口吟，不敢废坠。世之登诗坛者，相与共之，以寿斯派，亦先太史之志也。”（《山谷诗跋》）[2] 黄埒在句法上不能比肩先人，却不敢废坠“高、曾规矩”、忘却“先太史之志”，他继承了家族精神气质方面的遗产，以重刻《山谷诗》的方式延续着家族文学的优越和荣誉。

“家族的文学”主要指家族成员的文学创作成就，它是“文学的家族”在“文学”方面的具体展现，和“文学的家族”密不可分且时有重合。如上举黄氏家族的诗歌在句法、意象、风格乃至精神气质等方面的承传变化，当然也就是“家族的文学”。它又是家族文学研究区别于其他领域研究的重要标志，同样是关注家族经济基础，历史学可以对生产和消费、储蓄与交换、收入与分配做详尽的描述，家族文学则要探讨这种经济行为对家族成员心态及其创作产生的影响；同样是关注家族婚姻，社会学可以探讨婚姻类型和条件、夫妻关系和社会

1　无名氏《氏族大全》卷八《骑驴图》，文渊阁《四库全书》本。
2　转引自傅璇琮《黄庭坚和江西诗派资料汇编》上册，第 149 页，中华书局 1978 年版。

地位等问题，家族文学研究指向的则是婚姻生活在家族文学中的表现和影响；同样是关注地域文化，人文地理学可以详述地域文化特点的形成过程，家族文学研究则侧重地域文化对家族成员文学素质的培育和对文学题材、风格的熏染，以及不同地域家族文学风格的差异。

“家族的文学”，其研究既遵循文学史的一般规律，拥有世界、作家、作品和读者四个研究维度；又以自身特色充实着文学史研究，有效补充和丰富着文学史的面貌。那些在文学通史、断代史、地域史、流派史、体别史中很难被提及的人物，在家族文学中往往占有一席之地。被视为圣贤曾参后裔的宋代南丰曾氏家族，其谱系至于明清仍绵延不绝。宋代是曾氏最为辉煌的时期，有宋三百年，曾氏十代不仅仕宦接踵，而且文人相继，成为闻名天下的文学望族。这个望族的文学发展，与宋代文学史的发展保持了某种一致性。从宋初的曾致尧到宋末的曾渊子，三百多年间的曾氏家族文学史，几乎可以说是一部浓缩的宋代文学史，譬如宋代诗歌的宋初三体、荆公体、江西诗派、江湖诗派在曾氏家族诗歌创作中都有所表现，曾氏家族成员大多没有成为某个流派的建坛树帜者或中坚力量，然而各个时期的时代风气都能从他们的创作中得到一些印证。但是同时，像曾肇的“诗如词”以及曾协南渡后学苏轼、陈与义的创作特色，这些被主流文学史遗忘的角落，在曾氏家族文学史中却鲜明浮现出来，让人感受到主流文学之外创作的丰富多彩[1]。如果没有家族文学的研究，中国古代文学史研究就不是全面的，就会遮蔽许多不应被忽视的作家、群体和流派；家族文学的研究促使我们对彼时的文学生态和文化氛围重新定位、思考和认识，甚至构建

1 详参张剑、吕肖奂、周扬波《宋代家族与文学研究》第九章，中国社会科学出版社2009年版。另外，李朝军《家族文学史建构与文学世家研究》（《学术研究》2008年第10期）一文也以宋代晁氏家族文学史为例具体阐述了建构家族文学史的意义和实践。

出新的文学史观。如对中古以后文学的认识，家族因素可能应该获得更多的关注。陈寅恪先生早就指出：魏晋以降的中国文化，“其重心不在政治中心之首都，而分散于各地之名都大邑。是以地方之大族盛门乃为学术文化之寄托……故论学术，只有家学之可言，而学术文化与大族盛门常不可分离也”[1]。两宋以降，倡导敬宗睦族的个体小家庭逐渐成为社会主体力量，知识普及程度大大提高，打破了六朝世族的文化垄断，形成了“华夏民族之文化，历数千载之演进，造极于赵宋之世”[2]的局面，家族因素在中国文化中比重更加提高。罗时进先生也敏锐指出：“长期以来中国文学史研究的一般现象是，首先确定每一个历史时期最有代表性的文体，以之为典范；再确定每个时期代表性文体写作的最有成就的作家，以之做示范。这样整个文学史基本成为各个朝代文学核心知识的展示，而这些核心知识的判断和获得，主要依据于前人的接受和传播。然而这种简单的线、点结合的思路和方法，在使得历代‘大家’永远享有文学史著作和阅读选本中的绝对优先地位和典范意义的同时，大量生动的基层写作的现场被遮蔽了，其丰富的创作成果也被湮没。”他认为这种研究模式不符合历史事实：“中古以后文学创作重心也逐渐下移，出现了地域化、家族化倾向。家族环境中的文学创作往往比京师、台阁、幕府中的文人集团创作更活跃、更丰富，地方家族成为不可忽视的创作基地。”[3]

当然，家族文学研究绝不是家族成员作品的简单汇集和评价（那不过是打着一个姓氏旗号其实是各不相干的个案研究），而是贯穿着

1 陈寅恪《崔浩与寇谦之》，《金明馆丛稿初编》第147—148页，三联书店2001年版。

2 陈寅恪《邓广铭〈宋史职官志考证〉序》，《金明馆丛稿二编》第277页，三联书店2001年版。

3 罗时进《关于文学家族学建构的思考》，《江海学刊》2009年第3期。

家族意识的整个文学生态和一般文学史的基层呈现。这就提醒我们时刻不要忘记将家族文学纳入与整个文学和文化传统的关系中去考察，如：跨越文学史多个阶段、绵延久远的家族文学，其内部的变化如何与文学史不同阶段的变化相关联、相阐明？不同历史时期的家族文学是否有其时代特征？从先秦到清代，如何通过文本和文化分析，看待家族文学的传承和变化？同一历史时期不同家族成员的具体创作，与其时主流文学、民间文学的关系为何？等等。只有宏观视野下的细化研究，才能在呈现每个家族具体文学特征的同时，真正凸显家族文学的整体面貌和独特价值。

“家族”同时也丰富了中国古代文学批评的功能，某种程度上正是古代中国的家族意识催生了文学批评中的“家法”“家学”观念，为后人认识具体作家的创作提供了重要的认识路径。古代典籍谈文论艺时，就经常使用“家法”“家风”“家学”“家传”等词汇。仅举《四库全书总目提要·别集》中数例可窥一斑：

> 佃有《埤雅》，已著录。……大抵与宿（指胡宿）并以七言近体见长，故回（指方回）云然。厥后佃之孙游以诗鸣于南宋，与尤袤、杨万里、范成大并称，虽得法于茶山曾几，然亦喜作近体，家学渊源，殆亦有所自来矣。（宋陆佃《陶山集》提要）
>
> 肇字子开，南丰人，巩、布之弟也。……其制诰亦尔雅典则，得训词之体。虽深厚不及其兄巩，而渊懿温纯，犹能不失家法。（宋曾肇《曲阜集》提要）
>
> 惟籀以苏辙之孙、苏迟之子，尚有此一集传世，为能不堕其家风。（宋苏籀《双溪集》提要）

公溯字子西，钜野人，公武之弟。……晁氏自迥以来，家传文学，几于人人有集，南渡后则公武兄弟最为知名。公武《郡斋读书志》世称该博，而所著《昭德文集》已不可见，惟公溯此集仅存。王士禛《居易录》谓其诗在无咎、叔用之下。盖其体格稍卑，无复前人笔力，固由一时风会使然。而挥洒自如，亦尚能不受羁束。至其文章，劲气直达，颇有崟崎历落之致，以视《景迂》《鸡肋》诸集，犹为不失典型焉。（宋晁公溯《嵩山居士集》提要）

复古字式之，天台人。尝登陆游之门，以诗鸣江湖间。所居有石屏山，因以为号，遂以名集。卷首载其父敏诗十首，盖复古幼孤，勉承家学，因搜访其先人遗稿以冠已集。（宋戴复古《石屏集》提要）

昺字景明，东野其自号也，天台人，石屏居士复古之从孙。……昺少工吟咏，为复古所称，有“不学晚唐体，曾闻大雅音”之句，今观所作五言，如“眼明千树底，春入数花中”“秋床梧叶雨，晓袂竹林风”“清池涵竹色，老树蚀藤阴”“草润蛩声滑，松凉鹤梦清”，七言如“野水倒涵天影动，海云平压雁行低”“扬柳轻风寒忽暖，催花小雨湿还晴”，格虽不高，而皆清婉可讽，亦颇具石屏家法也。（宋戴昺《东野农歌集》提要）

在与家族其他成员的比较和家族坐标体系的定位中，人们获得了对作家创作特色的具体认知，可见，“家族”已经成为中国文学研究中一个有效的批评尺度和一道独特风景。

至此，我们已不难总结家族文学研究的意义和价值，即它不仅丰富着我们对文学社会功能的认识，同时家族作为社会的细胞，也是观照文学育成的极佳视角，它为文学的发展提供了新的阐释。这种价值和意义是由其家族史和文学史交叉领域的特点赋予的。

研究家族文学，还应该清醒看到本研究领域的弱点。完整的家族文学研究应该包含五个要素：一是相对完整的家族谱系及家族文献梳理；二是历时性的对家族文学整体发展趋势和具体家族成员创作的分析；三是家族文学与外部因素的比较，外部因素包括地理环境与政治、经济、文化、文学等时代背景；四是家族文学成员及其创作之间的相互比较，包括异代之间纵的比较和同代之间横的比较等；五是家族文学的家法和家族意识。特别是家族谱系和家族文献，是整个家族文学研究的基础，没有谱系的梳理，家族无以构成；没有文献的发掘，文学无从谈起。因此家族文学研究对象的受限性比较明显。即使谱牒相对完整、文献相对丰富，研究者也要善于理论思辨，避免笼统肤廓。如研究宋代澶州晁氏、东莱吕氏、南丰曾氏这样绵延数百年、支分派别的文化大宗族时，人们爱用“博通”“文章之家”“科第之家”等词汇形容其优良“家法”，其实此类术语大而无当，无法有效解释家族文学内部的复杂问题。必须考虑家族支派、大小宗、聚居、迁徙、交往唱和等因素的变化和不同，具体问题具体辩证对待，才能使家族文学研究走向深入。

以上本应是研究家族文学的一般性通识，但遗憾的是，由于多数研究者采取操作较易的个案研究，导致对宏观的家族文学理论疏于探讨或思考不足；而理论意识的弱化，又直接限制了个案研究的深度。家族文学研究的新格局，有待于研究者理论意识的强化。

二、家族文学研究的方法

回顾家族文学的研究史，除了研究对象多为个案式外，其研究方法也多呈现模式化和描述化的倾向。模式化和描述化的优点是可以相对简单清楚地呈现家族血缘承继的链条及家族文学风格表面的相似，但难以烛照家族文学的深层规律及家族文学的细部脉络，使家族文学研究止于量的增加，而少质的突破；甚至使家族文学研究沦为家族血缘的“历史”研究和家族成员作品的简单汇集、评价。这种平面描述家族成员世系、行传、创作、家法的研究套路，总体上没有突破古代宗谱、家乘的编撰模式。值得注意的是，类似问题不仅困扰着文学研究，也困扰着史学研究。前举宋史界一流学者在完成为期三年的“宋代家族与社会”计划后，多回归到自身的研究领域，减弱了对宋代家族史研究的关注。参与者柳立言先生感慨说：“研究宋代家族，由于史料的限制，除非异常聪明或毕生尽力，否则很难突破研究明清家族的发现……时至今日，宋代的家族研究已走入瓶颈，所探讨的问题……以累积的历史知识加上经验法则便可知其大概，若要回答更深入的问题，则心余力绌。……当昔日的知识已变为今日的常识，而研究者仍在上面打转，堆砌更多的史料，却无新视野新发现，那只能称之为形式主义，论文数量愈积愈多，但结果几乎千篇一律。”[1]柳氏指出的问题非常尖锐，但他将这种问题的产生仅归因于史料的匮乏却让人不能苟同。宋代史料远较前代丰富，明清史料又远较宋代丰富，但明清家族文学研究的

1　柳立言《宋代的家庭和法律》前言第1—2页，上海古籍出版社2008年版。

成绩并不令人满意。可见，产生研究“瓶颈”的根本原因并不仅仅在于史料的匮乏，而在于模式化和描述化的研究方法。当一种研究方法成为模式，就意味着可以复制，复制到一定数量，就会饱和，就会产生审美疲劳；而当一种研究方法停留在描述阶段时，即使是研究方法突破了模式化，也只能浅尝辄止，隔靴搔痒。

如果能将这种模式化和描述化的研究，转变为多元化、结构式和构成式的研究方法，家族文学研究的局面也许就会大为改观。

所谓多元化研究方法，其实是研究视角的不断调整和变化。为了突破过去文学史研究常呈现出“时代背景 + 作家生平 + 作品内容 + 艺术特色 + 地位影响”的僵化模式，适度引入政治学、经济学、社会学、地理学、人类学、哲学、历史学、民俗学、美学、语言学等学科的视角，使研究方法不断融入新的元素，注入新的活力。它既包括有着现代哲学和语言学背景的俄国形式主义、英美新批评、法国结构主义等内部研究，又包括赋予文本以开放的社会历史文化内涵的外部研究。随着上世纪中叶以来新史学的蓬勃发展，人们运用多学科知识去多元化和立体化解释研究问题已变得不再陌生。

所谓结构式研究方法，其“结构”指的是家族在自然、社会、文化、文学的历史发展过程中，积淀下来的具有稳定性和普遍性的制度化或约定化命题。在研究中发现、总结和阐述这类结构式命题，即为结构式研究。结构式研究通过得出一些宏观的规律性的判断，以期突破、改变已有的文学或史学认知框架。这也是我们提倡和从事家族文学研究，希望达到的重要学术目的。它需要的不仅仅是视角的简单调整，更需要研究者有眼光、有洞察力、有人文和当下关怀、有较为深厚的相关学科知识背景。如此，才能运用语言哲学的有关理论，提炼出文本语言的声音层面、意义层面、意象和隐喻、肌理和张力；才能化用心理学、社会学、历史学等有关理论，在具体的社会历史文化语境中，抽绎出有效支撑文本文化空间的结构……[1] 为了发现结构性的命题，有时不妨考虑适当拉长考察的时段，如果时段所取过短，尽管可以在微观方面有详细的收获，但容易只见树木，不见森林，很难有什么规律性的发现。正如杨义先生所说："任何一条漫长的曲线，如果截下一小段来讲，就可能变成一个直线，要了解中国文学的全面的特色、构成及其发展曲线的整体性，就应该把考察的时间段拉长。"[2] 当我们缓缓拉长家族文学研究的镜头，家族成员在血缘（宗族纽带）、地缘（乡里交往）、业缘（职业接触）、社缘（通过会社结交的关系）[3] 中不同层次、不同方面具有稳定性的结构及其对文学的影响就慢慢清晰起来。

中国古代的丁忧制，就是宗法血缘社会发展史中积淀下的一种制度化的结构性命题。它规定逢父母丧，子女须服丧三年（实为二十七个月），其间不得应举、为官、婚娶等。是否严格居丧，常常成为政敌间相互攻击的有效手段，北宋新党重要成员李定，因生母仇氏去世时未能及时辞官，熙宁三年（1070）宋神宗欲擢用他时，遂遭到旧党"定所生母亡，不解官持丧"的弹劾，还引发了一场大辩论，直至十六年后的元祐元年（1086），苏轼、范百禄仍旧事重提，上疏请求严惩李定。

---

1 结构性研究和多元化研究同样，其内容包括韦勒克所说的"内部研究"和"外部研究"。20 世纪上半期，西方文学兴起内部研究，自 20 世纪 70 年代，又转向重视"外部研究"。而中国文学的"内部研究"则兴起于 20 世纪 80 年代，自 20 世纪末期复归于"外部研究"。但由于中国研究者大多缺乏精熟的外语功底、专业的哲学思维训练和深厚的学科知识底蕴，并未能普遍有效运用有关方法。本文认为内部研究与外部研究只是文学研究的不同视角，不存在以此代彼的对立关系。

2 杨义《重绘中国文学地图通释》，第 9 页，当代中国出版社 2007 年版。

3 古代社会人际关系的划分有不同标准，如上海市社会科学院林其锬研究员就曾提出"五缘说"（亲缘、地缘、神缘、业缘、物缘），本文则采用周扬波在《宋代士绅结社研究》（中华书局 2008 年版）中的说法。

由于守丧期间相对闲暇，比较适合文献整理，特别是编订先人文集，既寄托哀思，又消磨时光。晚清大儒莫友芝的名著《黔诗纪略》和《宋元旧本书经眼录》，即由其子莫绳孙在守丧期间编成。由于时代、个性等因素的不同，文人在服丧期间的诗歌创作也各有差异，中唐大诗人白居易以诗寄哀，多有所作；但晚清大诗人郑珍却绝不吟诗，在他看来，吟诗是闲情的表达，意味着对先人的不敬。研究居丧守制期间的文人及其活动，会有不少有价值的发现。

中国古代的贤母课子，则是社会史框架下具有约定化的结构性命题。因为它不像丁忧制是每个家族都会面临的家族制度要素，而是一种社会风气的约定和倡导。中国古代社会结构，男主外，女主内，男性忙于举业，奔波宦途，照顾子女的任务更多落到了女性身上。古代贤母教子故事不胜枚举，汉代的金日磾，其母“教两子，甚有法度”（《汉书》卷六十八《金日磾传》）；宋代的苏轼、苏辙兄弟，其母程氏“喜读书，皆识其大义。轼、辙之幼也，夫人亲教之”（司马光《传家集》卷七十八《程夫人墓志铭》）；清代的蒋士铨甚至写下催人泪下的母教细节：“记母教铨时，组绣绩纺之具，毕陈左右，膝置书，令铨坐膝下读之。母手任操作，口授句读，咿唔之声，轧轧相间。儿怠则少加夏楚，旋复持儿泣曰：‘儿及此不学，我何以见汝父？’至夜分寒甚，母坐于床，拥被覆双足，解衣以胸温儿背，共铨朗诵之。读倦睡母怀，俄而母摇铨曰：‘可以醒矣。’铨张目视母面，泪方纵横落，铨亦泣，少间复令读，鸡鸣卧焉。”（《鸣机夜课图记》）[1]可见，贤母教子虽然未必每个家族都具备，却具有稳定性和较高的普遍性。研究贤母教

1　蒋士铨《忠雅堂集校笺》卷二，第2047页，邵海清校、李梦生笺，上海古籍出版社1993年版。

子的文学表现，当为家族文学增添不少亮色。

但是如果我们只是描述式地排列不同文人居丧时期的活动及贤母教子事迹，它们彼此之间也就仅有事迹详略的差别，无法得出卓有价值的新结论。这个时候，构成性研究的方法就显得至关重要。

所谓构成性研究，不是静止分析家族文学的结果，而是将家族文学看做一个历史的生命过程，动态分析家族文学生成的细节和过程，揭示政治、经济、文化、历史、地理、职业、生理等各种因素如何具体影响到家族成员的思想、性格及其创作。

蒋寅先生在研究王士禛核心诗学“神韵说”的形成时，敏锐地注意到了丁忧生活对王氏的影响：“康熙二十四年（1685），王渔洋回乡丁父忧，庐居读书，又遵循礼教暂停作诗。远离了朝世，也远离了诗坛。在这个相对宁静而单纯的环境中，历史上的诗歌对于他成了一种超脱功利、超越门户、趣味之争的纯粹存在，一种有距离的审美使他对诗歌的本质和盛唐诗旨趣有了新的体会。”[1]康熙十五、十六年（1676、1677），王士禛大力提倡宋诗，遭到坚守唐音者的猛烈批评，但浮沉人事，无法改弦易帜，丁忧给了他冷静反思的机会和环境，使其完成了《唐贤三昧集》的编选，最终揭橥出“神韵说”。这正是注意到了居丧环境对诗人文学活动及思想的构成性影响。

徐雁平的《课读图与文学传承中的母教》一文，是用构成性方法研究贤母教子类文学的成功范例。他通过对清代数十篇有关课读图的诗文的研究，总结出课读图诗文中的四个主题：其一，关于母亲德才的叙述；其二，课读的情景；其三，母对子的激励及子的反应；其四，

1　蒋寅《王渔洋与康熙诗坛》，第 59 页，中国社会科学出版社 2001 年版。

绘图记课读情景。然后进一步探讨为何课读图中母 / 子类型最多，母以哭泣激励孩子是否常见，为何课读情景总是凄苦色调，蒋士铨“退而语画士”，“图秋夜之景”，是否说明他胸中已先有课读图的模式，画士只要据其大意图绘即可等具体问题[1]，从而使课读图以母教为主、课读图事关寡母抚孤、课读图的追忆特征与图像程式、课读图题咏及所引发的同感、课读图作为家族文化记忆和个人回忆等丰富内涵得以逐层呈现，实是家族文学研究中的一篇上乘之作。当然，如果将该命题放入更长时段考察，则其内涵的揭示可能会更加丰富。明清两代寡母抚孤现象远比宋代数量为多，这和宋代妇女拥有一定财产权和政府并不积极提倡守节有关，而“明太祖明诏褒扬贞节……对节妇不但旌表门闾，还免本家差役。既有名，又有利，就算寡妇本人不愿，也有可能被本家强迫守节”[2]。青灯课读的背后，掩藏着多少古代女性的叹息和无奈，血泪和悲欢？

在具体研究过程中，多元化研究、结构性研究和构成性研究常常结合起来使用，譬如盖房，多元化研究只提供一个大的设想和框架，结构性研究则在此设想和框架下找出房屋有效的支撑点，构成性研究则是具体的建筑过程，三者融合，研究对象才能显得气韵生动、血肉丰满。如在多元化研究方法中的建筑学和美学的启示下，我们发现了约定化的结构性命题——家族园林（并非每个家族都能具备私园，但有条件的家族常有建造园林以示风雅的习气），以此为切入点，可以构成性研究家族园林与家族文学的复杂关系。作为由武入文的权贵之

1 详见徐雁平《课读图与文学传承中的母教》，《古典文献研究》第 11 辑，凤凰出版社 2008 年版。

2 柳立言《浅谈宋代妇女的守节与再嫁》，见其《宋代的家庭和法律》第 240 页。

门宋代西秦张氏家族，其家族园林就具体见证了张镃、张枢、张炎等家族文人的成长过程，从张俊之子张子颜开始，族人园宴吟咏的风气即已形成，在家族唱和的融洽氛围中，家族子弟完成了最为自然有效的文学训练和文学继承；张氏还在私园中与姜夔、杨缵、周密等名士优游酬唱，不仅促进了宋代格律词派的发展，也使家族文学得到族外文风的熏陶和补充[1]。无独有偶，清代杭州汪氏的振绮堂藏书楼也是当时文人唱和雅集的一个中心，汪宪、汪瑜、汪璐、汪端、汪远孙、汪迈孙、汪菊孙等族人在此良好环境中成长，或与族人、姻亲、馆师相互唱和，或得往来文士的指点，在汪氏家族文学传统的形成过程中，汲取了大量外来的文学营养[2]。家族的馆舍园林，成为家族文学育化的一种空间形式。研究者在这里，关注的不是园林的设计和布景，也不是家族题咏园林作品的简单罗列和赏析，而是具体揭示园林作为一种家族要素如何进入到和影响着文学家族成员的具体成长过程。

其他如家族出身、遗传、迁徙、人口、婚姻、族会、祭祀、墓葬、藏书，政治制度上的家族回避、夺情、荫补、抚恤，社会风气中对敬宗睦族、贤妻节妇的提倡，对科举取仕的崇拜等等，只要运用得当，都可以成为多元化研究、结构性研究或构成性研究的突破口。

三种研究方法中，结构性方法具有核心价值，正是其所具有的结构性命题，才使得“家族文学”与其他的研究（如同是群体性研究的“文人结社”“文人集团”研究）真正区别开来。但结构性命题由于其稳定性或普遍性，自身也意味着一种模式，当它不断被人复制，最终也会有成为柳立言所云“形式主义”的危险，这就需要人们不断发现新

1 详见《宋代家族与文学研究》第八章，中国社会科学出版社 2009 年版。

2 详见徐雁平《花萼与芸香：钱塘汪氏振绮堂诗人群》长文，台北《汉学研究》2009 年第 4 期。

的结构和突破旧的模式——学术本来就是一个推陈出新不断发展的过程。

三、家族文献的整理与研究

家族文学研究依赖于历史谱牒学和文学文献学的发展，尤其是历史谱牒学中的家谱和文学文献学中的家集（总集类），是家族文学研究的两大文献基石。

与史志别集等文献相比，家谱虽在家族文学研究中占有重要地位，但可信度最差，向来为研究者警惕。使用家谱文献，必须慎之又慎。即使是家谱中相对可靠的家族人物行状、传记、墓志铭、艺文部分，一不留神，也会为其所欺。如明代汪道昆编纂的《汪氏十六族谱》所收题为胡铨所撰的《司农少卿汪公（叔詹）传》，实是从汪若海的《宋左朝请大夫司农少卿主管台州崇道观汪公叔詹行状》一文中割裂作伪而成，不可因谱是旧谱，撰谱者又是名人，就盲目信从。再如民国年间刊版的《五云赵氏宗谱》收有题为李纲所撰的《赵忠简公言行录》，曾被研究者视为宋江征方腊的新材料，写成《宋江征方腊新证》一文发表在《文学遗产》（1994 年第 3 期），且被中国人民大学报刊复印资料《中国古代史》1994 年 8 月号转载，而事实上这篇《赵忠简公言行录》这也是一篇彻头彻尾的伪作。家谱的艺文部分多收录本族人所作诗文及外人歌赞本族人物事迹的作品，外人之作真伪掺杂，族人之作本无必要作伪，但仍不可不察。如《全宋诗》据《五云赵氏宗谱》所收赵期《临安自述》二首，即是剽窃唐诗的伪作，该谱中的赵期实无其人。近期《中国典籍与文化》又发表尹占华论文，指出《洪城幸氏族谱》中所载柳宗元《幸南容墓志铭》亦是后人有意作伪[1]，而此墓志铭曾以《柳宗元的佚文〈幸南容墓志铭〉》为题刊载于《文学遗产》1989年第5期，并得到大家的认可。

然而家谱中蕴藏的大量真实和珍稀文献，不仅对历史学、社会学、经济学、人口学、人类学等学科意义非凡，对于家族文学研究尤具有重要意义，不可因噎废食，真伪并弃。因为任何专题研究大的发展，都和相关基础文献的整理密切相关。优秀的基础文献整理，不仅可以滋生新的学术生长点，而且一定会极大推动相关研究。近些年来，随着电子技术的飞速发展，正史和方志得到了普遍和有效的利用，家谱由于私密性、印数稀少和真伪相杂等原因，尚有可以开发的广阔空间。如编好家谱目录学著作；做好资料类编和丛刊工作；注重家谱的数字化建设；加大征集、修复和合作力度，不断充实家谱资料库；建立长效的研究协会，及时交流信息，定期举办高层次的家谱学术会议，出版专门谱牒刊物及研究通讯，培养家谱研究人才。再如研究者还可以结合其他史料，逐步董理出相对准确的家族世系和人口资料，考析出家谱中相对可靠的墓志、行状、传记、艺文等，为建设新型史料库奠基，为人口学、遗传学等相关学科服务。具体到家族文学研究，则应结合正史、文集、笔记、方志等，分地域排比出文学家族表（或望族表），使文学家族深入到人文地理层面，逐步揭示文学家族的文化地图。

1 见尹占华《〈幸南容墓志铭〉非柳宗元所作》，《中国典籍与文化》2009年第2期。族谱中的伪作问题，还可参考张廷银《族谱所见诗文中的佚作与伪作》一文，《文学遗产》2007年第3期。

另外需要留意的是，明清朱卷中的履历部分既列有自己姓名、字号、排行、生辰、里居、身份、学历、户籍等，又列有本家族简明谱系，还列有受业师和受知师，对于研究文学家族的世系、姻亲、师从关系非常重要。像《清代朱卷集成》（顾廷龙主编，台北成文出版社 1992 年版）即收有八千多种朱卷，是研究清代家族文学的一座宝藏。由于朱卷履历部分的家族谱系大都钞自宗谱族谱，因此它可以看做家谱文献的特别品种。

家集，指收录家族两人以上作品的总集（包括家族丛书）。与当代古籍整理成果的丰硕（1981 年至今，内地整理出版的古籍超过八千种）和家谱文献的整理方兴未艾相比，家集的整理与研究虽然偶有学者涉足[1]，但总体显得冷落。传世家集数量未有准确统计，《中国善本书目·总集·家集》收录了二百五十余种，这远非传世总集的总数，据徐雁平统计，仅清代家集即达六百余种，其量可观。这是一个富有学术价值的新领域，值得研究者关注和发掘。

家集名称多样，有的直冠“家集”之名，如《京江张氏家集》《桐庐李氏家集》《安成周氏家集》；但更多的时候叫法灵活，如《二妙集》《清江三孔先生集》《柴氏四隐集》《曹氏父子诗稿》《石仓世纂》《高都陈氏诗钞》《瑞芝山房文钞》《陶氏世吟草》《率滨程氏社录》《郭氏联珠集》《述本堂诗集》《浣香园合刻》《海岱人文》《清芬丛钞》；有的甚至从名称上无从判断其是否为家集，如明张氏木雁轩刻本《娄上编》，其实是张能、张注、张銮、张宽、张士沦等家族中人作品的合集；明崇祯刻本《午梦堂集》收录的则是沈宣修、沈宜修、叶纨纨、

1 笔者所见分量较重的研究成果有江庆柏《苏南望族与家族文献整理》，见《明清苏南望族文化研究》，南京师范大学出版社 1999 年版；徐雁平《从春在堂到秋荔亭：俞樾和俞平伯诗中的家族史》，《国学研究》第十三卷，北京大学出版社 2004 年 9 月出版。

叶小莺、叶小纨、叶绍袁、叶世俑、叶世傛等沈、叶两个姻亲家族成员的诗作；清初刻本《东山偶集》，则是曹三德、曹三才兄弟的诗集，如果只是据名推求，恐怕会与许多家集失之交臂。

家集保存的形式多样，有的单独刊刻出版，如《午梦堂集》；有的附刻于《家谱》中，常州恽思赞所修《毗陵恽氏家乘》，即附有六卷恽氏族人诗文著作；有的附于别集之后，如乾隆间刻翁静如《珠楼余草》，后即附有其女周月贞《月贞遗草》和媳朱雪英《冰心草》。也有不少家集因家族后人无力刊刻或其他原因，仅以稿、钞本形式存在，成为孤本或珍稀之本。如北京大学图书馆藏《清江三孔集》四十卷，钞本，珍本，比现存其他诸本（包括《全宋文》）均多出六卷孔平仲文，洵为珍贵；国家图书馆所藏河北献县刘氏家集《清芬丛钞》，钞本，孤本，收录清末名臣刘书年家族四世十余人的诗文著述；中国社会科学院文学研究所善本室所藏《海昌查氏诗钞》，稿本，孤本，收录了海宁查氏家族自宋代至清末共二百余人的小传和诗作，可补国史和方志之不足，文献价值很高。另外，还有一些家族，如南丰曾氏，虽然没有编纂过家集，但留存文献较多，事实上已经具有了家族总集的态势，这些家族文献也需要去梳理、编纂和研究，可以看作家集的一种特殊形式。

家集是集中保存家族文化记忆的物质载体，它所收录的家族事迹及文献资料相对丰富，那些甚至收有家族数百年几十代人作品和传记资料的家集，更是令人叹为观止。家集对颂思祖德、启励后人、寄托家族情思、加强家族向心力、寻觅家族文学的特征和传承、构建家族文学的发展脉络、重现家族成员的文学活动空间等，都具有重要意义。家集又与郡邑文学总集密切相关，世家大族往往即是地域文化传统的代言人。费孝通先生就指出氏族郡望乃是“血缘的空间投影”[1]，家集的整理和研究有助于人们对地域文化传统的认知。家集在展现文学薪火相传的家族纵深关系同时，也横向拓展地缘、业缘、社缘等人际网络，展现着中国文学发展的具体历史情境。研究家集的最终目的，不应止于解释一族一地的文学现象，而应成为展示中国文学甚至中国文化整体风貌的一个窗口。即如《海昌查氏诗钞》，不仅是研究海宁查氏家族文学承变和文人活动的重要依据，也是研究海宁地域文化生态的宝贵财富。同时，海宁查氏家族人才辈出，出现了查继佐、查慎行、查嗣瑮、查良铮（穆旦）、查良镛（金庸）等在全国甚至世界都有影响的人物，这样的家集堪称中国文化和文学的一张精致名片。再如锡山秦氏家族，家族著述历宋、元、明、清近千年而不绝，既辑有诗钞十八卷，又辑有文钞十四卷，文钞收作者一百二十三人，诗钞收作者二百四十二人，江庆柏先生震惊于这个家族绵远的文化传统和旺盛的文化生命力，借夏孙桐、顾皋之口评价说：

> 当年夏孙桐读到《锡山秦氏文钞》时，深为这个家族“沿历四朝，作者百数十人，具有道德、功业、文章之盛”的巨大规模所震撼，并认为如秦松龄、秦蕙田、秦瀛、秦缃业等被公认为是一代儒宗、经师、名臣、循吏，也是一代文史专家，其文章已不限于一族，“煌煌名作，固已模楷当世”，他认为苏南望族的文献，具有规范社会的重要功效，或用他的话来说，就是“家之粹即国之粹也”。顾皋对秦彬纂《锡山秦氏诗钞》的评价更为乐观：“不胫而走，

1　费孝通《乡土中国》，第74页，三联书店1985年版。

> 不羽而飞，天下奉为艺苑，非徒自私一门之隽而已也。”（《锡山秦氏诗钞序》）充分预示了其广阔的社会前景。因此，苏南望族的文献整理，也是对整个国家的文献整理的贡献。[1]

“家之粹即国之粹”，一语点出家集所追求的深层文化内涵。总之，因为家族文学的存在，中国文学的发展有了绵延不绝的深厚根基。

以上对家族文学研究的理论、方法、文献等基本问题做了初步梳理、总结和阐述，希望能引发更多研究者对这一领域的重视和投入，使家族文学研究不断走向深入和繁荣。

---

1 江庆柏《明清苏南望族文化研究》，第281页。

情境诗学：理解近世诗歌的另一种路径

一、问题的提出

> 《全唐诗》九百卷，多至四万八千首。精绝者亦不过三千首，可数十卷耳。（余久有《唐诗选》之意，约得三千首，此举至今未果）余则仅备观览、供采掇、资谐笑而已，虽不录无害也。
>
> ——陈廷焯《白雨斋词话》卷八

陈廷焯建构有相当完整的诗学和词学体系，有学者甚至言其文学思想是"传统文学创作的一个总结"[1]，因此将他对唐诗的观点看作中国古典诗学代表性的观点之一，应该不成问题。成问题的是：《全唐诗》除去三千首，另外四万五千首该如何对待？我们想过这个问题吗？

更严重的是，这个问题到了宋元明清诗歌中愈加突出和明显。按照陈廷焯的标准或者中国古典诗学的标准，二十五万首宋诗、十三万首元诗、至少五十万首明诗、近千万首清诗[2]，"精绝者"亦可能不过数千首，剩下的数十百万甚至上千万首诗歌怎么办？果能"不录"或置之不理吗？或者，充其量将其作为陪衬数千首"精绝"诗歌的"绿叶"

1　彭玉平纂辑《白雨斋诗话·前言》，第26页，凤凰出版社2014年版。

2　明、清诗歌的大致数量，依据罗时进的《清诗整理研究工作亟待推进》，《中国社会科学报》2013年8月16日。

来对待？

是诗歌本身出了问题？还是我们看待诗歌的眼光出了问题？

二、近世诗歌的日常化、地域化和私人化

中国古典诗歌体式至唐大备，后世并没有产生出以往没有的新形式，在这相对稳定的形式中，唐诗和宋诗可说是分别代表了两种不同的基本审美范式，元、明、清诗歌大体都可以划归到这两种范式中。如钱锺书先生《谈艺录》所言："唐诗、宋诗，亦非仅朝代之别，乃体格性分之殊，天下有两种人，斯分两种诗。"[1]唐宋诗之争由来已久，且研究成果丰硕[2]，这里不拟详说，但相较于唐诗，宋诗写作更具日常生活化的倾向，却是一种共识。仿佛所有高雅浪漫具有诗意的题材被唐人挖掘一空，宋诗大量转向日常琐细生活中要诗料，不仅咏劳动者的水车、秧马，也咏文人的笔墨纸砚，还咏人类共有的日常生活和生命感受，如理发、洗足、服药、食粥、打瞌睡、肚子痛等。由于某些相对新生的题材在原有的诗歌遗产中较难找到对应的雅语，故吟咏中

1　钱锺书《谈艺录》，第2页，中华书局1984年版。

2　可参齐治平《唐宋诗之争概述》（岳麓书社1984年版）、戴文和《"唐诗""宋诗"之争研究》（台北文史哲出版社1997年版）、王英志主编《清代唐宋诗之争流变史》（人民文学出版社2012年版）等。

又常采用日常用语，从而造成了宋诗题材和语言的双重日常化取向[1]。而且这种日常生活化，愈至后代愈见全面和详细。内藤湖南说："唐代是中世的结束，宋代则是近世的开始。"[2]宋诗的日常生活化，可说是近世诗歌乃至近世文学的一个总体特征[3]。

近世诗歌除了日常生活化倾向外，还有一种地域化和私人化的倾向。即诗歌不是追求建立普泛性和共享性的话语权力，而是呈现地域性甚至私人性的话语空间。地域文学的意识，一般都认为自宋代开始，中国文学史上第一个真正意义上的文学流派——宋代的"江西诗派"，即以地域命名。明清两代进一步呈现出多元的文学格局和地域特征，蒋寅先生曾令人信服地指出："明初开国，由越派、吴派、江西派、闽派、五粤派瓜分诗坛的局面，可以视为一个象征性的标志，预示了以地域性为主要特征的文学时代的到来。清代的文坛基本是以星罗棋布的地域文学集团为单位构成的……地域诗派的强大实力，已改变了传统的以思潮和时尚为主导的诗坛格局，出现了以地域性为主的诗坛格局。"[4]近世诗歌对于私人生活及生命的体认也逐步加重，陈寅恪说："自来诂释诗章，可别为二。一为考证本事，一为解释词句。质言之，前者乃考今典，即当时之事实。后者乃释古典，即旧籍之出处。"[5]"释古典"即释作品中引用的古代故事和有来历出处的词语；考今典则是

1 当然，宋诗的这种日常化倾向亦可说是在唐诗基础上发展而来的。如从唐代杜甫开始，诗歌的题材与语言已有日常化的趋势，新乐府运动更加速了这种演变的态势，但宋人的日常化不仅更琐细，而且成为一种时代风气。

2 ［日］内藤湖南《概括的唐宋时代观》，《日本学者研究中国史论著选译》第1卷，第10页，中华书局1992年版。

3 在内藤湖南的论述里，除了诗歌史和语言学史内在发展的逻辑，近世诗歌的日常生活化还和庶民社会的兴起、科技的发展尤其是印刷术的发达相关。

4 蒋寅《清代诗学史》第一卷《导论》，第38—39页，中国社会科学出版社2012年版。

5 陈寅恪《柳如是别传》上册，第7页，三联书店2001年版。

考作者本人的处境和心情。“古典”较之“今典”，更能跨越地区差异和具有普遍适用的意义，但近世诗歌的今典和自注现象却大大增多；不惟如此，近世诗歌的诗题，其时间、地名、事件的交代都更加明晰；近世诗歌的诗集后还常附入年谱，自传意味增浓等[1]。这一切都使其带上了私人生命史和生活史的意味[2]。

具体到清代诗歌，有几个现象值得玩味：一是几乎大部分诗家都或多或少地创作有竹枝词，而竹枝词是风土味很浓厚的一种诗体，似可反映出清诗地域性的增强。二是怀人诗的大量出现，动辄数十甚至上百首，如陈用光有《秋暮怀人诗十五首》，朱琦有《岁暮怀人二十六首》，宋咸熙有《怀人诗四十首》《后怀人诗三十首》，蒋攸铦有《雪鸿纪迹六十首》，朱文治有《再续怀人诗六十首》，金亚匏有怀人诗七十首，石椿有怀人诗百首，万慎子《南昌旅次怀人诗百首》（作于民国三年）等，以上仅是就道光以降诗坛略举数例而已。三是《感旧集》之类的编纂，即将师友诗作选编成集以资纪念，如王士禛的《渔洋山人感旧集》收顺、康两朝与自己有交游关系的诗人三百三十三位，诗作二千五百七十二首；吴翌凤的《怀旧集十二卷续集六卷又续集二卷女士诗录一卷》仿王渔洋《感旧集》之例，取五十余年来所录前辈及同好中已往者之诗，编缀而成；张之洞亦辑有《思旧集》，选编十八位昔日友人诗作。怀人诗的写作与《感旧集》之类的编纂，其实

1 参［日］浅见洋二《文学的历史学——论宋代的诗人年谱、编年诗文集及“诗史”说》，见《距离与想象：中国诗学的唐宋转型》，金程宇译，上海古籍出版社2005年版。另参周剑之《宋诗叙事性研究》，中国社会科学出版社2013年版。

2 当然，从宽泛的意义看，一切诗歌均具有生活史和生命史的性质，如陶渊明的诗歌，就精妙呈现了其日常生活和生命感受。但近世以前更准确地说是中唐以前，无论是表现华美或是朴素生活、生命的诗歌，都经过了一种艺术美的过滤，因而显得有些诗化和抽象；而中唐和近世以降的诗歌，通过诗题细化、诗歌自注、自编年谱、题材世俗化等方式，更加贴近日常生活和生命本身，虽显原荒杂芜，但血肉感也更强烈。

都饱含着对昔日人事的感怀和眷恋。四是清人爱将自己过去值得纪念的经历绘制成图，并自题或索题他人诗词以纪念之[1]，如钟令嘉有《自题归舟安稳图》七首，毕沅有《自题慈闱授诗图》四首，长沙瞿氏《分灯课子图》载有熊少牧、左宗棠、曾国荃、郭嵩焘、俞樾、曾纪泽、张之洞、王闿运、陈三立等诸家题咏，钱士青《机声灯影图》题诗者多达一百四十三人[2]，章寿麟的《铜官感旧图》亦有百余人为之题咏，莫友芝的《影山草堂图》也索题友朋诗文甚夥，他还为老友陈锺祥的《十年鸿爪八图》册子题诗（诗题《息凡示〈十年鸿爪八图〉册子，各系一诗》），等等，图文并茂的方式，使对生命的追忆和人生的品味更显华茂深情。

值得注意的是，近世诗歌的日常化、地域化和私人化倾向，与近世诗学观念、诗人身份和诗歌功能的变化有着较为密切的联系。

中国古典诗学体系很大程度上建立在对唐诗经典作家作品（即陈廷焯所谓的“精绝者”）高度推重的基础上，由此形成的评判优劣标准，如风雅、格调、神韵、意境、气象，乃至陈廷焯标举的“沉郁顿挫”等，已经成为一种强大的阐释传统，并能较为契合近代以来的“纯文学”观念，在今天文学史研究中占据主流位置，可称之为“经典诗学”。其中，“诗道高雅论”是“经典诗学”的一项重要内容。“诗，雅道也”[3]，风雅、古雅、典雅、雅正、雅净，以及意义相近的脱俗、出俗、拔俗、

1　此举宋人偶有，如孙觌《右丞相张公达明营别墅于汝川记可游者九处绘而为图贻书属晋陵孙某赋之》，元明数量有所增加，但远不及清人泛滥。

2　“课读图”的意蕴，可参徐雁平《清代世家与文学传承》第六章《绘图：“青灯课读图”与回忆中的母教》，三联书店 2012 年版。

3　张笃庆语，见郎廷槐录《师友诗传录》，丁福保辑《清诗话》，第 138 页，上海古籍出版社 1978 年版。

避俗、超俗等术语，无不彰显着诗道高雅的传统[1]。面对宋代诗歌日常生活化或世俗化的创作实际，该如何调和它与“高雅”之间的矛盾呢？宋人的智慧是将“俗”暗暗统摄进诗道高雅的传统里。北宋梅尧臣论诗已有“以故为新，以俗为雅”之语，经黄庭坚转述后影响甚巨[2]，黄的“点铁成金”论即可视为此论的翻版；苏轼亦言“街谈市语，皆可入诗，但要熔化耳”[3]，“街谈市语”本是日常生活的俗语，但经过“熔化”，反能转俗为雅。吴可《藏海诗话》谓陈子高“‘江头柳树一百尺，二月三月花满天。袅雨拖风莫无赖，为我系著使君船’，乃转俗为雅”[4]。亦同此意。经过如此创造性的转换，近世诗学观念中的“高雅”实际上已与唐代名同实异。

从诗人身份和诗歌功能来看：近世以来下层文人的数量呈增加趋势，他们虽然接受了儒家正统思想的教育，但毕竟不在上位，并不迫切要求和遵循“温柔敦厚”的诗教功能[5]。他们中的部分人固然重视自己的诗人身份、诗歌使命和诗坛地位，但也有很多人并无将诗歌视为“经国之大业，不朽之盛事”的神圣感[6]，亦无意在诗歌上与前人较长计短，因此不必然追求诗歌内容的崇高和艺术的创新。所谓渔樵耕读，各司其业，诗歌对于这些文人是分内之事，是其生活和生命的自然反映，或是消遣岁月的智力劳动。这样诗歌不仅可以用来抒情言志，也可以

1 参易闻晓《诗道高雅的语用阐述》，《文学评论》2008 年第 2 期。

2 见《后山集》卷二十三《诗话》，文渊阁《四库全书》本。

3 《竹坡诗话》引苏轼语，见何文焕辑《历代诗话》，第 354 页，中华书局 1981 年版。

4 见丁福保辑《历代诗话续编》，第 333 页，中华书局 1983 年版。

5 其实即使是中上层文人，其诗文也不再仅仅局限于敷宣王言，而是更加注意个性的表达。王汎森认为，至少自明中后叶开始，士人和思想界“对普遍全天下的‘理’的兴趣趋于淡化，而对私的、情的、欲的、下的、部分的、个性的具有较大的兴趣”，见其《晚明清初思想十论》，第 334 页，复旦大学出版社 2004 年版。

6 可参看蒋寅《中国古代对诗歌之人生意义的理解》，《山西大学学报》2002 年第 2 期。

用来干谒求助、交际酬应等，如我们从近世大量唱和诗甚至技巧上乏善可陈的唱和诗中，可以深刻体味到种种复杂的社交礼仪和人情世故。于是诗歌不仅在题材和语言，而且在功能上也趋于日常化或世俗化。诗歌变成了世俗生活的一个组成部分，变成了人际关系的一张美丽名片。社会性与文学性、俗与雅的界限在这里似乎消融统一了。

如果按照唐代“经典诗学”的标准，这些诗歌自然无单独讨论的必要，甚至宋以后直可谓无诗[1]。但是，如果我们的眼光太过单一，无疑会损害对文学整体性的理解。文学首先是人学，经典诗学只是人学也是文学的一个部分，人学和文学还有更丰富的内容。经典诗学面对占绝对数量的非经典作品时常有力不从心之感，它当然也不能有效解释宋以降诗歌发生、发展的实际。我们该怎样激活那些沉寂或沉睡多年的巨量诗歌资源，使中国诗学焕发新的青春呢？

三、“情境诗学”与近世诗歌价值的开掘

毫无疑问，近世诗歌必须建立新的诗学话语及其评判标准，不能仅仅为经典诗学笼罩下的作家作品排座次。非经典作品在烘托陪衬经典作品的伟大价值的同时，应该另有其不泯的丰富价值。前述近世诗歌日常生活化、地域化和私人化的倾向，还多是现象描述，有必要进

1　宋后无诗论还受到了“一代有一代之文学”等观念的影响，可参张晖《元明清近代诗文研究的现状及其可能性》，《文学遗产》2013年第4期。

一步提炼出一个更具概括力和涵摄性的诗学术语。笔者以为，“情境诗学”也许是一个可供讨论的选项。

因为无论诗歌的日常生活化还是地域化和私人化，都必然落实为一种具体的人生情境。日常生活化指向最基本、最朴素的人生情境，地域化指向空间细化后所感受到的人生情境，私人化则指向最个性化和内视化的人生情境。这里的“情境”不同于王昌龄《诗格》中所提出的“情境”，《诗格》的“情境”重“情”轻“境”，更多是将“境”视为“情”的后缀，两者并不对等，而本文的“情”与“境”则更具对举平行意味。“情”指的是一种主观化的感受，近于心灵史性质；“境”指的是一种外在境遇，近于生活史性质[1]；以之类推，为了纪念和纪录人生而呈现日常生活化、地域化和私人化的近世诗歌，其“纪念”近于“情”而“纪录”近于“境”。令人欣慰的是，近世诗歌和诗论中的“情境”虽各有不同意指[2]，但也不乏近于心灵史和生活史性质的可供借鉴的诗学资源。如“事境”的提出就强化了“境”的叙事意味。近世以降，诗歌的行为性、动态性、过程性的内容有所增加，叙事性增强已是不争的事实[3]，增强叙事显然更利于人生境遇的纪录，因此古人又常以“事境”视之，甚至以为“情”必借“事境”始能出之。如

1　“情”“境”不论是单用还是联用，皆有多种复杂的含义，如不做具体的限定，则无法深入讨论问题。本文将“情境”大致限定在“心灵史”和“生活史”的范畴，这种思路，受到了廖可斌先生《回归生活史和心灵史的古代文学研究》（《文学遗产》2014 年第 2 期）一文的启发。

2　如宋晁迥《法藏碎金录》《道院集要》中的“情境”，是用于佛教意义上。明郝敬《艺圃伧谈》卷一：“汉魏人以情境为诗，多真逸；六朝人以辞彩为诗，多艳丽。虽艳丽而文生于情。若唐人以名利筌蹄为诗，限声偶，袭格套，如今之对股时文。”略同于《诗格》中所谓之“情境”。明卞永誉《书画汇考》卷四十六《仲姬雪梅图》：“是日微雪着红梅上，云栖子见示管夫人《雪梅》，与今日情境适合。”是将“情境”等同于“情景”。等等。

3　参董乃斌师《中国文学叙事传统研究》，中华书局 2012 年版；周剑之《宋诗叙事性研究》，中国社会科学出版社 2013 年版。

明张鼐曰："古之人得于中，而口不能喻，乃借事境以达之。"[1]清翁方纲所论更为深刻，他对王士禛那些以神韵见长的诗作从"事境"等角度提出了批评：

> 若以诗论，则诗教温柔敦厚之旨，自必以理味事境为节制，即使以神兴空旷为至，亦必于实际出之也。[2]
>
> ……
>
> 惟其须知渔洋于诗教总汇众流，独归雅正矣，而乃不得不析言其失。其失何也？曰：不切也。诗必切人切时切地，然后性情出焉、事境合焉。渔洋之诗所以未能餍惬于人心者，实在于此。[3]

在翁方纲看来，如非"切人切时切地"的亲身经历，事境便不能真切，"理味""性情"也不能出之，"神兴空旷"更无从谈起。王士禛那些不切事境的诗歌，不能算做"惬于人心"的佳作。翁方纲这里已看到"性情"与"事境"的统一性，可惜没有对"性情"与"事境"进行诗学理论上的再度提升，反而以"肌理说"统摄一切诗歌，又回到"经典诗学"的老路上。其实，近世诗歌和诗论文献中，较早将"情境"概念与"事"相联系的可以追溯到元代的陈绎曾，他在《静春先生诗集后序》云：

> 情发为诗而生于境。使诗真出乎是，而居苍莽、遇寂莫，虽

1 张鼐《题孙叔倩百花屿稿叙》，《宝日堂初集》卷十二，明崇祯二年刻本。

2 翁方纲《石洲诗话》卷八，第241页，人民文学出版社1981年版。

3 翁方纲《苏斋笔记》卷十一，第1页，日本古典刊行会1933年版。

> 欲为富丽雄伟，不可得也。居顺境者反是。索其居而习焉者为主于内，即其遇而感焉者万变乎前，二者合而见乎辞，诗之体于是不一矣。十五国之诗，音声情态，往往不同，居使之然也。《周》变而《王》，《豳》易而《秦》，遇使之然也。夷考其衷，《王》《周》《秦》《豳》，歌哭虽殊，本音犹在，欣戚虽异，故态未忘。习之主于内，盖有不可得而变者矣。楚骚以降，家殊人异，情境之真，未尝求异古人，当有自能成家者。……清（情）境之遇，错然百变，而平和祥雅主于中者，固蔼如也。严古似建安，工致似三谢，娴冶似徐庾，冲澹似陶元亮，合数长而引之。于律度盖近取之王介甫，就其资与学，而发之于所居所遇，不失情境之真，斯可谓不求异古人而自成能家者矣。[1]

陈绎曾强调“情生于境”而“发为诗”，境之“遇”虽百变，而因境之“居”“主于内”，故有不变之“本音”。他的“境”虽包含静态之“居”与动态之“遇”，但无疑更看重静态地理环境的决定作用，而较为忽视动态的“境遇”。明代何白的“情境”也值得注意，他在与友人的信中说：

> 或持一说者，以为诗为心声，直抒吾之所欲言。情境无尽，吾诗亦无尽。当其目之所触，牛溲马通，无非上药，外无乏境，内无乏思。此论未尝不合作者之旨，但取材太杂，则有秽冗之讥；矢口成篇，复伤率易之病。究其归宿，不过词家一丛谈小说部耳。

1 陆心源编《穰梨馆过眼录》卷六，清光绪吴兴陆氏家塾刻本。

虽胸次如洗，殊少淘汰谨严之法。[1]

何白的"情境无尽""外无乏境，内无乏思"其实已有点接近生活史和心灵史，可惜他是站在反对立场上说这段话的，对"情境"缺乏更深入的讨论。到了晚清的杨沂孙，终于在心灵史与生活史这一路向上，拈出一种明确而积极的"情境"来。他在《粤寇陷虞予家与赵次侯避地崇川同治元年十月次侯检示家乡所作诗稿读之不胜今昔之感爰系以诗》中写道：

> 古人多悔少年作，每欲焚弃费搜索。我谓书画文章与年进，加以见闻阅历增开拓。是以中年以往所作始苍劲，不同少年初学犹薄弱。独是诗歌则不然，早岁亦复有寄托。因境生情写以诗，境遇诗留情有着。情留既难忘，诗留何必削。况乃性灵流露任天真，春水方生异冬涸。……揭来示我昔年诗，岂意清词未零落。因此昔年情境留不忘，朋辈平生寄欢若。卷中情境我亦与，惜无诗篇记隐约。我读君诗倍惘然，愿君莫把彩毫阁。渡江以来诗几何，不计妍媸记忧乐。此情此境如何过，由后视今如视昨。知君欲作诗史示后人，我先睹之引深酌。[2]

很明显，杨沂孙所说的"诗史"不同于用来评价杜甫的"诗史"，而更侧重于个人的生命史和生活史。正是这种个人化的境遇，使人触境生情，而以诗歌表现之，从而使"情"有了赖于附着的基础。情既

1 何白《汲古堂集》卷二十七《王伯度》，明万历刻本。
2 见杨沂孙《观濠居士集》，钞本，常熟图书馆藏。

借诗中之“境遇”得以不泯，诗亦有了存在的价值。诗歌只要能够再现“身临其境，感同身受”的具体历史情境，即能获得一种进入过程的在场感，达到“昔年情境留不忘，朋辈平生寄欢若”的目的。可以说，杨沂孙关于“情境”的论述是相当具有思辩性和精彩的，具有重要的诗学意义。无独有偶，晚清周鹤立《匏叶龛诗存》自识也表达了相近观点：

> 诗不足存，存所遇也；所遇亦不足存，存夫师门之奖励、友道之切磋。即筮仕以后，上交下交相孚弗替，虽极艰难困苦、琐尾流离，几迫于颠踣，而卒能履险如夷者，未始非文字因缘默相维系也。……至于区别宗派，沿溯源流，则茫乎未有所得，在心为志，发言为诗，言我所欲言而已，岂敢树坛坫、争敦盘哉？[1]

周鹤立甚至自谦说写诗不是为了纪念自己，而是为了纪念师友对自己的帮助，其间的因缘际会，诗歌也常扮演重要角色，自己因附丽于群体而得有存在感，并无在诗史上争一席之地的念头。杨、周的诗学主张完全不同于古典诗学兴象玲珑的审美理想，反而将诗歌看作人生的一种纪念，一段生命中的回忆，诗的日常化不仅是题材的日常化，而是功能的日常化，不是诗道高雅，而是日常应酬之道。于是，历史的感悟、日常的琐碎、生活的智慧、人生的回忆、情感的多变、心灵的深邃……共同交织成生命的复调。在生老病死面前，经典作家与非经典作家成为同样的存在。正像一百个人都同样努力工作，虽然最后

1　周鹤立《匏叶龛诗存》，道光四年甑山官舍刻本，《清代诗文集汇编》第四百八十册，第383页，上海古籍出版社2010年版。

成功者可能只有一个，但不能说另外九十九个就没有意义，过程中种种复杂的情境包蕴着无限的可能，价值和意义即在其中。近世诗歌日常生活化、地域化和私人化，也在具体的人生情境之中被重新赋予了价值和意义，“情境诗学”由此可以脱颖而出，成为我们观照诗歌的一种方法。如我们喜欢以流派区分诗人，但这些流派的标准显然是静态的后设的，不能照顾到丰富的历史情境。于是清代中叶之后诗人但凡言“性灵”必归诸“性灵派”，没有注意到“性灵”实可泛指内心世界，不同诗人所说的“性灵”内涵和外延并不一致，不尽属于“性灵派”的范围，即使是被文学史定位为“性灵派”主要代表的张问陶，其《颇有谓予诗学随园者笑而赋此》云：“诗成何必问渊源，放笔刚如所欲言。汉魏晋唐犹不学，谁能有意学随园。”“诸君刻意祖三唐，谱系分明墨散行。愧我性灵终是我，不成李杜不张王。”他根本不承认自己诗歌与袁枚之间的联系。同样，我们从其他被划归到某派的诗人作品的具体情境中，也常会发现当代对诗歌流派的划分并不符合实际。事实上一个诗人对待同一个对象的看法，在不同情境下也常有所变化。杨沂孙曾深刻批评过那些胶柱鼓瑟地理解归有光评点的人：“震川先生治古文，自谓得力于《史记》最深。每下第，辄取《史记》重读而评点之，计传于世者不啻十数本，其见地用意，前后不同，各有所主也。夫一人之诣，阅数十年而不能同者，后之人乃据其一时之见，而以为精意在是，可乎？”[1]因此必须从“情境诗学”的立场看待问题，才能最大程度地保留问题本身的丰富性，做到不过分削足适履或厚诬古人。

1　杨沂孙《观濠居士文集》第一册《读武昌张氏所刊归评〈史记〉》，钞本，常熟图书馆藏。

而且，即使站在历史学维度，“情境诗学”也有其积极意义。

中国历史常被人讥讽为一部“帝王将相史”，梁启超《中国之旧史》即云：“二十四史非史也，二十四姓之家谱而已。……盖从来作史者，皆为朝廷上之君若臣而作，曾无有一书为国民而作者也。”美国学者福尔索姆也说：“在中国史研究中，历史事件、制度和人物太多地散发着一种冷冰冰的、没有人情味的气息。中国人的浓烈的温情和仁爱消失在职官名称、章奏和上谕的一片混杂之中。只凭变换那些著名官员的姓名就可以在实质上完成你对历史的叙述……传统中国史志和传记的特质，其中固然有我们需要的原始材料，但是通常却缺乏私人生活情况的记载。一个中国政治家的政绩会被详细记载下来，可他的生日却通常付之阙如。中国的历史记载是从国家的观点来写的，因而，查寻历史人物的七情六欲的任何努力通常都会一无所获。”[1]但是我们集部中大量别集的存在，如果从“情境诗学”的角度看，不正是活生生的个人之史么？尤其是诗歌，常被看作是生活的结晶，也浓缩和凝聚着个人的精神情感，从中可以集中强烈感受到作者的生命活动和心灵呐喊。如韩崶的问梅诗社，其《还读斋诗稿》载社集次数达一百四十六次，似乎无关国计民生，但却是地域文人密切交流及个人生活史和生命史的形象写照。不妨举一个更具体的例子：晚清常熟穷秀才翁苞封，授徒为生，又经商从事借贷，负债后避走山东，妻儿在家困苦万状，两儿不幸相继夭折，作者吁天呼地，写出《追悼亡儿》一诗：

1 ［美］福尔索姆等《朋友·客人·同事：晚清的幕府制度》前言，中国社会科学出版社2002年版。

忆昔我为山左游，两儿幼小不解愁。大儿髫龄方六岁，小儿才过岁一周。老妻含悲下楼送，强忍径走不回头。当时未拟长游衍，客怀日日思乡县。懒云倦鸟知有时，头角峥嵘会相见。不道一年长子殇，七龄弱息死痘创。得书痛定旋自解，尚有一儿两岁强。既非巢覆无完卵，一雏虽失犹未妨。况我时时动归思，得归只在少得志。一索再索膝重绵，此后添一意中事。岂知落落寡世缘，飘泊天涯竟十年。鹪鹩一枝借方稳，恶耗千里惊来传。顿悟浮踪诚枉道，急趣归装装草草。顾外原非素位行，春梦醒时人已老。归来惨淡旧柴门，满目萧条见泪痕。自顾依然穷措大，抛书浪走吾之过。病妻瘦尽旧形容，孤苦伶仃人一个。妻言忍死盼天涯，为有征人未返家。大局还宜为君顾，苟延免使路人嗟。徐溯频年勤鞠育，始自孩提至入塾。八岁读竟四子书，十岁能书字盈幅。内而稼穑知艰难，外而庆吊走亲族。上而春秋入祖庙，奔走豆笾礼数熟。时而母忽病支床，兀坐床前不易方。侍汤侍药颇知谨，手能执爨口能尝。有时纳凉坐夜月，唐诗雒诵声琅琅。窥测人情度事理，出言辄中成人似。母抚儿喜儿亦喜，人言翁子真有子。子弟能佳事最良，境虽贫困亦寻常。不望阿爷归载宝，望爷归乐宁馨郎。何期生命薄于纸，奇疾忽撄来若驶。医言喉风不可为，十一岁儿三日死。一番听罢黯神伤，不是儿亡是我亡。此后诒谋竟安在，孽由自作何由悔。伯道虽知有命存，西河抱痛宁无罪。我离老父事远游，劝驾者谁歧路绐。本之不立末焉生，宜我块然如木瘣。君子达天无惧忧，穷通悟彻敢怨尤。妄想妄求前日事，吾生今始知行休。中夜忽然狂叫走，无后不孝伊谁咎。庙中何以对祖宗，地下无由见父母。浃背但觉汗流浆，抚膺频呼负负负。

吁嗟乎！命在难从造物争，安贫守拙了余生。堪叹迂儒不悟此，谬作牢骚鸣不平。[1]

此诗艺术上不能说很高明，语言也很朴素甚至有些粗糙，但却如闻人当面泣诉命运的残忍和精神的绝望，“不是儿亡是我亡”的万念俱灰，“中夜忽然狂叫走”的惊狂失控，“地下无由见父母”的愧惧苦痛，仿佛场景就在目前，有一种进入历史情境的真切感，你能说他没有感染力和文学价值？

总之，当我们拿起逻辑与历史的“手术刀”，对这些精神密码予以解剖，在具有丰富意味的私人化和生活化细节中，分享其生命史、生活史、情感史和心灵史，使那些被忽略、被遮蔽的“流年碎影”重新映入人们的视野，让那些芸芸众生的生命过程被人们真切感受。我们也因而可以勾连古今，修复正经正史与私人记忆之间的断裂和龃龉，使有限的人生得以无限的拓展，也使宏大政治与宏大文学叙事之外的世界得以逐渐丰润，历史和文学因而变得更加丰富迷人。“情境诗学”在这个层面上，使海量的非经典作品获得了更加堂堂正正的存在价值与意义。

1 翁苞封《井蛙鸣》，收入《上海图书馆未刊古籍稿本》第四十册，复旦大学出版社2008年版。

四、余论

“情境诗学”有可能面对的挑战与疑问，一是它如何与“情景”“意境”相区分；二是它如何解决自身含摄的诗歌日常化、地域化和私人化有可能带来的负面效应；三是作为属概念的“情境诗学”应该包含哪些可以逐层分级的概念。

第一个疑问，需要概念上予以厘清，简言之，“情境”是“情感”与“境遇”的叠加，即“情”加“事”，重借事以传情，其事包括外在于情的一切事与物；“情景”是“情感”与“景象”的叠加，重通过外在自然景象表达情感，其面较“境”为窄；“意境”则是“情”与“景”的结晶，是“主观的生命情调与客观的自然景象交融互渗”[1]。可以看出，“情境”较“情景”或“意境”更具动态和包容性。

第二个疑问，则需有一种理性和追问的态度，即日常生活是重复、单调、琐碎的，诗歌的日常生活化是否也会带来重复、琐碎和无趣感？而过于强调私人化的生命感受，是否会使诗歌趋于自闭，引起交流和共享的障碍？我们看古人诗歌，有时确有题材陈腐、千人一面的疲劳感和厌倦感；对于某些诗篇的意旨，有时也确有不知所云的茫然感。因为人类基本需要相同，在许多方面的情感体验与表现方式也相似，这本无可讳言。非经典作家的确难以同中见异，易于在文学表达上陷入模式化和套路化；或者走上另外一个极端，陷入一种自说自话的自闭型情感传达。

1　宗白华《中国艺术意境之诞生》，《美学与意境》，第191页，人民出版社2009年版。

解开这个难题的钥匙，在我不在彼。为什么？古人已逝，留下的作品是静态的，如何组合、挖掘、运用，要看研究者自己的能力。即使是大量题材重复的作品，我们能不能从中提炼出共同的规律，并精准地解释这种现象？梁启超《中国之旧史》云："善为史者，以人物为历史之材料，不闻以历史为人物之画像；以人物为时代之代表，不闻以时代为人物之附属。中国之史，则本纪、列传，一篇一篇，如海岸之石，乱堆错落。质而言之，则合无数之墓志铭而成者耳。夫所贵乎史者，贵其能叙一群人相交涉、相竞争、相团结之道，能述一群人所以休养生息、同体进化之状，使后之读者爱其群、善其群之心，油然生焉！"我们要力争成为那种"贵乎史者"，写出一个时代、一个地域或一个群体具有特征性的思想与情感。另外，诗歌是情感的密码，我们能否读懂文本，解开密码，进入作者色彩各异的生命世界和具体的历史情境？也直接看研究者自身功夫的深浅。

第三个疑问，涉及"情境诗学"体系的建立和具体可操作的步骤，是一个不容回避而本文确又无法圆满解决的问题。因为"情境诗学"涉及内容复杂，其体系的建立与成熟需要长期的实践和积累。这里只能就其总体原则泛言一二：

首先是对待文献的态度应有其"淘汰谨严之法"，"情境诗学"虽然力求资料的详备，但学术史的发展告诉我们，再详备的材料也无法真正还原历史，历史说到底仍是一种有着严格学术要求的书写。因此，"情境诗学"并不强求文献的巨细无遗，也不是无原则地堆砌材料，而是强调在日常生活化、地域化和私人化倾向的文献中，凭借选取材料的眼光和分析材料的功力，发掘出具有典型意义的细节，呈现出个人的生活质感和生命情感，最终得到读者的认可和接受。

其次，对待“情境”的关系应该辩证和综合看待，“情境诗学”不同于冷冰冰的历史事实叙述，而必须有活生生的人的情感投射；即它必须是以文学的形式很好地发挥感性的力量，让人有一种“身临其境，感同身受”的在场感，哪怕是一种游戏之作，也要求其事境能恰当真实地契合其情。如明末沈宜修、叶小鸾等人均有十题以上的《艳体连珠》，清乐钧《青芝山馆诗集》以《形体诗十二首戏创此题聊以叙怀》分咏心、发、眉、目、耳、鼻、口、肩、腰、腹、手、足，李福《花屿读书堂词钞》以《沁园春十二阕》分咏额、鼻、耳、齿、肩、臂、掌、乳、胆、肠、背、膝等，阅之颇能体会一种当时文人的生活情趣。此类诗作，不必以无深刻的社会意义而弃之如敝屣。

再次，对待“情境”必须有具体的分疏，如“情境”有作者真实经历的“情境”，也有代言或拟作的假设“情境”[1]；而代言或拟作传统中既有古代诗歌的传统，至明清又发展出一种代圣贤立言的传统（由八股文浸染至诗歌，诗歌中有不合儒家诗教的表达常被删落或修饰）；再进一步，不论是真实经历的“情境”还是代言或拟作的“情境”，历时既久，往往会形成一定的模式或套路，这些都会对情境的真实认知带来影响（如诗人的表达是否会只是套式的借用）。再如诗歌的地域化和私人化存在，会形成一些人际关系上的制约和其他诉求，使诗歌表达不能不考虑人情、利益等因素，其复杂关系该如何处理？又如对境或事的重视，会否使得这些非经典诗歌的意义更多体现在史学方面而非文学方面？等等。这一切，显然皆无法一蹴而就。

要之，日常化、地域化和私人化是近世诗歌的重要表征，而如果

1　笔者将之区分为“所历”与“所拟”，参《范浚诗歌的多元视角》，《西南民族大学学报》2013 年第 12 期。

只能品尝到其模式化、自闭化的苦果，这种责任要由我们研究者自己来负。而“情境诗学”不仅不任其咎，反而是为了规避这种负效应做出的积极努力和开拓，但是一定要清醒看到，这种努力和开拓，距离其成熟期或体系化还很遥远。我们这里只是提出一种不苛求修辞、章法、句法、字法、用韵、节奏，不同于经典诗学的另一种打量文学的眼光。希望本文的探索，能够推动“情境诗学”体系的初步建设，使其最终能够不仅适用于近世诗歌，也成为理解其他非经典诗歌的一种有效路径。

（本文承叶晔、王宏林、周剑之等友人慷慨惠示材料和心得，谨此致谢。）

方志文献的若干问题与对策浅探

——以宋人诗歌为例

中国有重视历史的悠久传统，史著、史料的种类和数量之多举世无双。如果说历史是有生命的，那么国史堪比骨架，各种通志、郡县志、镇乡村里志、宗族谱牒等就是密布全身的各级血管，而日记等个人史料则为之铸魂生肌，使之血肉更为饱满。一国、一地、一家、一人皆有史，这在世界上恐怕绝无仅有。特别是方志和家谱，更是具有中国特色的史料。然而由于条件、性质、立场、目的、修养、眼界、想法等等的不同，史著自然有质量高低之分，史料也有可信度的差异。就正史、方志、家谱三大类型史料的可信度而言，一般正史应高于方志，方志则高于家谱。因为正史的取材范围虽然包括方志和家谱，但由于开放流通程度最高，其史料价值历经后人甄别，哪部分可靠哪部分存疑已有较理性的判断。而方志着眼于一地，家谱着眼于一族，得到公开检验和纠错的机会少于正史，文献存在的问题也就相对较多，可信度应该相应递减[1]。

方志向来被视为一地的百科全书，其中相当篇幅载有原居、流寓、游历该地的名贤有关该地风土人情的吟咏，因而与文学关系密切。有学者指出："地方志又是我们搜集文学作品，研究文学史的重要资料，许多诗文不见于作家别集，却保存在地方志中。编集宋元明清历朝诗、

1　家谱比方志的私密性更强，开放流通程度更低，其可靠性又不如方志。比较特殊的是个人日记，在诸种史料中私密性最强，但由于一般只需面对自我，没有外在利害的影响，反而更加真实。

文总集，地方志是不可或缺的重要来源。”[1]的确，像《全宋词》《全宋诗》《全宋文》《全元文》等，都利用了大量的方志史料；学者也常利用方志为总集或别集再做辑佚，取得了辉煌成绩，但也出现了诸多问题，其中部分原因是方志本身的文献疏失未能为学者及时察觉带来的。以下仅以方志所收宋人诗歌为例，对方志本身的若干文献问题略作揭示，并尝试讨论大致的对策。方志内容不误，使用者由于误读、错引、粗心等主观原因造成的错讹，不在本文论述之列[2]。

一、三类问题

方志中所收宋人诗歌的文献问题，概言之有“误收”“重出”“作伪”三类。

（一）误收

误收包括方志文献误认作者朝代或误收非本人作品。如明曹学佺《蜀中广记》卷八辑录郭周藩《谭子池》诗，小传云“宋进士”。郭周藩实为唐宪宗元和六年（811）进士，宋计有功《唐诗纪事》卷

1　杜泽逊《文献学概要》，第275页，中华书局2008年第2版。

2　如有学者据光绪《麟游县志草》卷八辑录出张舜民《石臼山诗二首》，但前一首“石臼山头有一僧”乃唐诗人吴融《阌乡寓居十首》之六，辑佚者未注意二首之间有“浮休继作”四字（即浮休居士张舜民继吴融之作），因而致误。此类问题甚夥，本文暂不讨论。

四十九即有郭周藩条，并载其《谭子池》诗；《蜀中广记》卷十二又收有沈迥《眉州临风阁》诗残联，并云“宋沈迥”，实应为唐沈迥，《蜀中广记》引文有误[1]。此为方志误将前代作品当成宋人之作收入之例。

再如明万历《钱塘县志·纪制·忠清庙》收录王禹偁《伍子胥庙》，实此诗为明王偁《虚舟集》中的作品，题作《题伍山伍子胥庙》；清陈蔚《齐山岩洞志》卷二和卷二十一分别收入苏舜钦《重过齐山清溪》及《过池阳游齐山洞》二诗，实为元吴师道之作，收于《礼部集》卷八与卷五；清乾隆《胶州志》收有苏轼《潮中观月》卷八，实为明张绅之作，收入明刘仔肩《雅颂正音》卷三，王世贞《艺苑卮言》亦有载；清嘉庆《滕县志》卷十七收有秦观《玉井泉》《流杯桥》，实为元余观之作[2]。此为方志误将后代作品当成宋人之作收入之例。

（二）重出

此处的重出不包括同一首作品（字句微有差异者亦视为重复）出现在前志和保留了前志基本内容的续（递）修志中，而是指同一首作品出现在非此类关系的不同方志中。如苏轼诗：“诛茅卜筑十年心，碧草幽堂曲径深。平地明珠流晓色，一林寒玉锁秋阴。稔知好景无时有，尽把新诗对此吟。却忆杜陵江上叹，浣花憔悴不如今。”既出现于清乾隆二十六年（1761）《济源县志》卷十六，又出现于光绪十六年（1890）《内黄县志》卷十八，仅诗题和诗句文字小异；黄庭坚诗：“空余叔子两青碑，无复山翁白接离。卧对江流悲往事，行穿云岭扣禅扉。松

1　金程宇《〈全宋诗〉补榷正》，《北京大学学报》2003年第6期。

2　阮堂明《〈全宋诗〉误收金元明诗考》，《苏州科技学院学报》2010年第1期。

风半入烹茶鼎，山鸟常啼挂月枝。见说北归应有日，道人先作鹿门期。”康熙三十四年（1695）《茶陵县志》卷二十和乾隆十二年（1747）《湘乡县志》卷六皆收录，仅诗题不同，诗句微有差异。此为作者相同但创作地域有异之例。

再如“揽胜寻幽本为闲，可能忙里去游山。权宜且辍公家事，看遍林泉夜始还”一诗，出现于明李侃、胡谧纂修成化《山西通志》卷十六，作者为野耕道，题作“灵泉寺”；又出现于清储大文纂修雍正《山西通志》卷二百二十六，作者为黄廉，题作“过灵泉寺”；二书虽同名《山西通志》，但非续修而是重修，成化《山西通志》仅十七卷，雍正《山西通志》达二百三十卷，因此面貌差异较大。“乌噪僧眠春昼迟，松阴楼殿日高时。入门未脱征裘立，拂壁先看学士诗”一诗，出现于明成化《山西通志》卷十六，作者为王拯之，题作“灵泉寺”，题下注有“在阳城”，又出现于同治《阳城县志》卷十六，作者为黄廉，题作“过灵泉寺”。此为创作地域相同但作者有异之例。

这些作品到底创作于何地？作者为谁？若不加辨析地辑佚，必然会造成某种错讹。

（三）作伪

如果说误收和重收尚可看做是一种失误，而作伪则可看做是一种主观刻意的造假。愈是名人，愈有可能被方志编纂者拉来，并为之编排事迹或作品，以为本地增光添彩。如宣统《徐闻县志》卷一《舆地志》“寿康石”条下录石刻诗一首：“岂曰寻幽赏，微名远绊身。归心流水急，宦兴白云深。”并云：“俗传苏长公由朱崖北归，道经于此，偶刻其处，后人爱之，镌于石。又云诗后有‘东坡’二字，未知是否。”这当然是伪作，县志编纂者其实也有怀疑，但可能真心希望苏轼能于此地留有墨宝，故仍将这首假托之作保留，并做了模棱两可的说明。

宣统《徐闻县志》对伪作尚属“犹抱琵琶半遮面”。乾隆《嵩县志》卷二十二《宅坊亭墓》“乐游亭”下所载程颐《陆浑乐游诗》：“东郊渐微绿，驱马欣独往。舟萦野渡时，水乐春山响。身闲爱物外，趣逸谐心赏。归路逐樵歌，落日寒山上。”则明显是将欧阳修《伊川独游》诗改头换面的作伪了，宋本《欧阳文忠公集》即收此诗云：“东郊渐微绿，驱马欣独往。梅繁野渡晴，泉落春山响。身闲爱物外，趣远谐心赏。归路逐樵歌，落日寒川上。”如果是将欧阳修诗题中的“伊川独游”误认为伊川（程颐）的《独游》诗，那么不会将诗题改为“陆浑乐游诗”，诗句也做了微调。

嘉庆《武义县志》卷十一《艺文下》，载有朱熹两首词《江南序·游水帘亭》《归途咏》，同时还载有吕祖谦、陈亮、巩丰等人的唱和词，据学者考证，亦皆为假托名人的伪作[1]。

误收、重出、作伪三者之间并非泾渭分明，是不谨慎的失误还是主观的作伪，有时难以辨明。如康熙十一年（1672）《高州府志》卷八和乾隆二十四年（1759）《高州府志》卷十五均录有苏轼《冼庙》，该诗实际上作于海南冼夫人庙，《高州府志》编纂者将之视为作于高州冼夫人庙，是误收还是故意作伪，就不大好判断。宋祝穆《方舆胜览》卷十九“江西路”所载苏辙《过豫章诗》：“白屋可能无孺子，黄圭不是欠陈蕃。古人冷淡今人笑，湖水年年刺旧痕。”是腰斩黄庭坚《徐

1　郭齐《“拾遗”的朱熹诗文系伪作考》，《四川大学学报》1995 年第 3 期。

孺子祠堂》诗而成，黄诗云："乔木幽人三亩宅，生刍一束向谁论。藤萝得意干云日，箫鼓何心进酒樽。白屋可能无孺子，黄堂不是欠陈蕃。古人冷淡今人笑，湖水年年到旧痕。"也不好说编者是误收还是作伪。但不论如何，这三者都是有问题的，需要尽力避免。

对于方志文献的弊病，前贤多有所论列：

颜师古《汉书·地理志注》："中古以来，说地理者多矣。或解释经典，或撰述方志。竞为新异，妄有穿凿，安处互会，颇失其真。后之学者，因而祖述，曾不考其谬论，莫能寻其根本。"[1]

刘知几《史通·采撰·郡国》："郡国之记，谱牒之书，务欲矜其州里，夸其氏族，读之者安可不练其得失、明其真伪者乎？"[2]

纪昀等《四库全书总目·二程文集十三卷附录二卷》云："地志率多假借名人以夸胜迹，其殆好事者所依托欤？"[3]

钱大昕《跋会稽志》："近代士大夫一入志局，必欲使其祖父族党一一厕名卷中，于是儒林、文苑，车载斗量，徒为后人覆瓿之用矣。"[4]

章学诚《文史通义》："开局修书，是非哄起，子孙欲表扬其祖父，朋党各自逞其所私。"[5]

梁启超《中国近三百年学术史》十五《清代学者整理旧学之总成绩（三）》之七《方志学》："方志中什之八九，皆由地方

1 班固《汉书》，第 1543 页，中华书局 1975 年版。
2 刘知几《史通》，第 85 页，上海古籍出版社 2008 年版。
3 魏小虎编撰《四库全书总目汇订》，第 6326 页，上海古籍出版社 2012 年版。
4 陈文和主编《嘉定钱大昕全集》增订本，第 9 册，第 471 页，凤凰出版社 2016 年版。
5 章学诚撰，叶瑛校注《文史通义校注》，第 900 页，中华书局 2014 年版。

官奉行故事，开局众修，位置冗员，钞撮陈案，殊不足以语于著作之林。”[1]

这些论述揭出方志之所以会产生问题的两大原因。一是编纂者对材料疏于考辨，抄撮旧说；有的不认真，“钞撮陈案”“奉行故事”，应付了事；有的因水平不够，“曾不考其谬论，莫能寻其根本”“因而祖述”。二是编纂者私心作祟，欲夸美乡邦、扬名亲旧，甚至不惜作伪；有的“假借名人以夸胜迹”；有的“矜其州里，夸其氏族”“子孙欲表扬其祖父,朋党各自逞其所私”“欲使其祖父族党一一厕名卷中”。比如地方家族往往利用地方修志机会，动用关系，使家族人物进入方志；反过来又可以方志的官修性质提升家族声望，获得更多的实际利益；而地方官及编纂者为了夸耀治下人文风俗之美，有时甚至抢夺名人的出生地或著作权。另外中国地域广大,历代郡县疆域多有分合变化,方志又有不断续修的传统，如此等等，造成方志面貌异常复杂，文献出现问题在所难免。因此对方志材料的考辨必须慎之又慎。

二、两种对策

张之洞曾为光绪《顺天府志》拟订《修书略例》三十二条。第九条

1　梁启超著，俞国林校《中国近三百年学术史》，第492页，中华书局2019年版。

云："引书用最初者（不得但凭类书，其无原书者不在此例）。"第十条云："群书互异者，宜考订（详说夹注）。"第十一条云："一人一事两地俱收者，宜考证，不得沿误滥收。"第十二条云："采用旧志及各书，须复检所引之书。"此颇契合近代史源学要旨。史学大家陈垣治史，非常强调史源学的训练，要求认真追寻史料的来龙去脉，并考辨其真伪正误。窃以为对方志文献的考辨，首先亦要贯彻史源学的方法。即要对方志中所引材料逐一根寻其出处，当各方志材料互异时，一般以更早的方志为准，并结合其他材料判断其是否正确可信。

如南宋《方舆览胜》卷四十五"泰州"收有曾正臣《芙蓉阁》《望京楼》，而较之成书略早的《舆地纪胜》卷四十"泰州"亦收此二诗(《芙蓉阁》收后两句)，作者为曾致尧，两书作者不完全统一，此处应加考订，按曾致尧、曾谔皆字正臣，曾致尧曾知泰州，而曾谔未有此经历，且《舆地纪胜》成书在前，故此当从曾致尧之说。

当然，方志材料的溯源范围不仅仅是地方志，而是包括所有史料，因此必须注意方志与方志、方志与各种史料之间的复杂流变关系。有的是方志袭用方志，有的是方志袭用其他史料，有的是其他史料袭用方志，在互相辗转因袭中有的可以判断出现了某种讹误，有的则无法遽断。如不认真清理，难免以讹传讹。

如清储大文纂雍正《山西通志》卷二二三载录多位宋人所作《广胜寺》诗，其中新若通、王渊亭、蓝谏矾三人及诗作早见于清世祖顺治十六年（1659）安锡祚修、刘复鼎纂《赵城县志》卷七，但此非所能追溯之最早源头，扩大史料搜检范围，发现当地尚存不少宋人石刻，经对比，"新若通"实源于石刻《留题广胜寺》诗题下署衔"新差通判"之讹，"王渊亭"为石刻李曼《玉渊亭》诗题之讹，"蓝谏矾"亦从石刻王岩叟自署衔“监炼矾务”讹变而来，三者皆非宋人名字，此当从宋人石刻[1]。此为县志袭用石刻文献，因辨字而致误，而通志又沿县志错误之例。

再看一个总集袭自方志之例。“昼锦新坊路稍西，兴来携客就僧扉。樽前倒玉清无比，笔下铿金妙欲飞。篮舆直须乘月去，榜歌时听采菱归。流传白雪吴城满，顿觉炎歊一夕微。”“仙老论文小往还，多才令尹独能攀。携觞步入千花界，借榻清临一水间。笑语不惊沙鸟去，襟怀犹过野僧闲。城中此地无人爱，坐对西南见好山。”二诗最早见于范成大《吴郡志》卷三十一，题作“方子通程公辟留客开元饮二首”。清《宋诗纪事》卷三十六、《闽诗录》丙集卷六皆收此二诗，但作者俱为“方惟深”，题作“程公辟留客开元寺饮二首”，出处皆云来自《吴郡志》，此系总集沿袭方志之例，不过将方子通由字转名，改为方惟深，又在诗题“开元”二字后加“寺”字以成全称。但后于《吴郡志》成书的南宋郑虎臣《吴都文萃》收此二诗时，题作“留客开元寺”，前首作者署方子通，后首作者署程公辟，与《吴郡志》有异，此可能是将《吴郡志》中的诗题误读为“方子通、程公辟留客开元饮二首”，以为系方、程二人各一首所致。按程师孟（公辟）于熙宁中牧吴郡，正与方惟深诗中“多才令尹”相合。

前举“误收”部分的《蜀中广记》将唐沈迥作为宋人，并收入其《眉州临风阁》诗残联，其误当源自成书更早的《明一统志》卷七十一，另雍正《四川通志》卷二十七所误亦同，此为通志沿总志错误之例。“作伪”部分的欧阳修《伊川独游》一诗，所见较早将其伪造为程颐《陆

1 邱明《〈广胜寺〉诗作者考》，收入《〈全宋诗〉杂考（七）》一文中，见《北京大学中国古文献研究中心集刊》第二十辑，第264—268页，北京大学出版社2020年版。

浑乐游诗》的是乾隆三十二年（1767）《嵩县志》；至乾隆四十四年（1779）《河南府志》袭其误，改作《陆浑乐游》；清厉鹗《宋诗纪事》亦作程颐《陆浑乐游》，出处标明《河南府志》。此为通志沿县志之误，总集又沿通志错误之例。有趣的是，明朱之蕃《盛明百家诗选》卷三十"五绝"和清胡文学、李邺嗣《甬上耆旧诗》卷七中，均又截该诗前半为绝句，作者变成了明张琦，诗题作《出城》，但流变原因暂未究明。

赵抃的《和王仲仪知府听琴诗》，见于明代《蜀中广记》卷七十，又见于南宋的《成都文类》卷十一，题作《和知府仲仪听琴诗》，作者相同，仅文字微异，自然应依成书更早的地域总集《成都文类》为准，但《蜀中广记》中此诗的来源是否袭自《成都文类》，则不好判断。由于历史文献散佚严重，难以究明流变关系的例子不计其数，遇到这种情况，能辨清相互关系者自然须辨清，不能辨清者亦不必妄辨，多闻阙疑即可。

在史源学考察的基础之上，还应提倡依据可信度的高低对方志文献划分信任等级。因为文献流传过程中的复杂因素，不可能每条材料的真假都能在史源学中得到完全解决，许多材料无法理清源流，可能就是孤证，也可能只宜存疑。这就需要我们既认真追溯和考证，看其是否流传有绪，根据是否可靠，是否有其他材料可以证真或辨伪，对不能考定的材料给予适当的信任等级的判断，如此才能最大程度地准确释放史料的价值。

对于方志文献的信任等级划分，原则上是方志所修时代距研究对象时代愈近，可信等级愈高；利用后代方志研究前代人物作品时，其信任等级宜降低。余嘉锡曾批评四库馆臣据后代《资州志》考证宋人李石的生平，而不用宋代资料："宋李心传《建炎以来朝野杂记》乙集卷十二，有“李知几豪迈”一条……此与《资州志》互有详略。然方志出于后人之手，多不可信，当先引宋人书，舍《朝野杂记》而引《资州志》，非也。”[1]此原则并不绝对，方志修纂亦不乏“前修未密，后出转精”者，因此还应考虑编纂质量、其他证据、逻辑、情理等多种因素，总之要具体问题具体分析。根据以上原则，可将方志文献的信任等级划分为四等。

第一等：与研究对象同一时代的方志材料，且在其他史料中无异说者；虽有异说，但有另外有力证据者；后代续修（递修）方志能保持与研究对象同一时代方志基本内容且能佐以另外有力证据者。

第二等：与研究对象同一时代的方志材料，在其他史料中有异说，又未能提供另外有力证据者；后代续修（递修）方志能保持与研究对象同一时代方志基本内容，但未能提供其他有力证据者。后于研究对象时代的方志材料，在其他史料中无异说者；虽有异说，但有另外有力证据者；有异说，但系现存最早材料者。

第三等：后于研究对象时代的方志材料，与其他早于该方志的史料有异说，且无另外有力证据者。

第四等：后于研究对象时代的方志材料，情理乖谬、编纂粗糙、源流不清、缺乏另外证据者。

前两等可信度较高，后两等可信度较低，前三等方志如编纂质量较差，则等级相应下调一等。以下拟以一首宋人残诗为个案，对史源学和信任等级的运用方法做一具体展示。

1　余嘉锡《四库提要辨证》，第20—21页，湖南教育出版社2009年版。

三、一例个案

邵雍（1011—1077），字尧夫，谥康节，北宋著名理学家和诗人。其诗歌，以郭彧、于天宝点校的《邵雍全集》第四册《伊川击壤集》（上海古籍出版社 2016 年版）所收最为完备，不仅收录了通行的明代二十卷道藏本的诗作，还从宋本《邵尧夫先生诗全集》《康节先生击壤集》及其他资料中增补了六十四首集外诗（含三篇残句）。但是也并非没有遗漏，如成于南宋中期的类书《记纂渊海后集》计一百二十五卷[1]，卷四十五“郡县部之四”的“衢州”条载有赵抃、杨万里、邵雍的几首诗，其中赵抃的是两首七绝和七律的一联，杨万里的是一首七绝，均见载于其传世别集中。邵雍之作则不见于其传世各集，诗如下：

天上楼台山上寺，云边钟鼓月边僧。四时爽气来无际，一点江尘到不能。（邵康节）

其中“江尘”当为“红尘”之讹。明万历七年（1579）大名知府王嘉宾等刊百卷本《记纂渊海》（《四库全书》本即沿此本），对《记纂渊海》《记纂渊海后集》做了合并和重新编排[2]，其卷十“郡县部”的“衢州”条基本照录了《记纂渊海后集》的内容，但已将“江尘”改为“红尘”。

1　中国国家图书馆编《原国立北平图书馆甲库善本丛书》第六〇九册《记纂渊海后集》（据明乌丝栏抄本影印），第 230 页，国家图书馆出版社 2013 年版。

2　参王重民《中国善本书提要》，第 360 页，上海古籍出版社 1983 年版；李伟国《〈记纂渊海〉作者体例及版本考略》，《华东师范大学学报》1991 年第 1 期。

值得注意的是，邵雍之诗应为残句，似是七律中的颔联和颈联，因为明嘉靖四十年（1561）刊本《浙江通志》卷七《地理志·衢州府·江山》“江郎山”亦引邵雍诗：“扪萝蹑石步崚嶒，费尽平生脚力登。天上楼台山上寺，云边钟鼓月边僧。”则“扪萝蹑石步崚嶒，费尽平生脚力登”为七律首联无疑。另外明天启二年（1622）《衢州府志》卷十四亦有“邵康节题江郎山诗：天上楼台山上寺，云边钟鼓月边僧”，可惜仅此一句，仍然无法将此首七律完璧。不过，《衢州府志》所引此联形象描绘出一种隔绝人世的清幽高远意味，确为此诗中的警句。

《记纂渊海后集》是在“郡县部”的“衢州”中记录的邵雍这首残诗，那么邵雍有可能到过这个地方吗？《伊川击壤集》载有邵雍的《为客吟》四首，其三云：

忽忆东吴为客日，当年意气乐从游。登山未始等闲辍，饮酒何尝容易休。万柄荷香经楚甸，一帆风软过扬州。追思何异邯郸梦，瞬息光阴三十秋。

诗作于熙宁十年（1077），倒推三十年是庆历七年（1047），邵雍曾到江南一带漫游，看来他有可能踏足衢州。

有意思的是，宋代之后，“天上楼台山上寺，云边钟鼓月边僧”的作者一下变得复杂起来，邵雍之外，又出现了以下几位宋人：

（一）苏轼

此说较早见于明末清初李元鼎（1595—1670）的《募修龙济寺缘

起》:“苏长公曾经游览,题一联曰:天上楼台山上寺,云边钟鼓月边僧。手书刻柱,往犹及见之,为长公度岭入儋时事也。”[1]生年稍后的施闰章(1619—1683)《蠖斋诗话》卷下亦云:“龙济寺:在吉水城东南,踞东山胜处。苏长公谪岭外,过此题句曰:‘天上楼台山上寺,云边钟鼓月边僧。’手书刻柱,明末尚存。或曰:‘此坡公诗中一联也。’惜不见全篇。”[2]施闰章之说似从李元鼎之说而来,正是李氏言“往犹及见之”,故施氏始能谓“明末尚存”。

李、施两人言明末尚存,可见至少在明代,有人已将此联作者放入苏轼名下,地方也移到了江西吉水县。康熙十二年(1673)刻本王雅修、李振裕等纂《吉水县志》卷十五《艺林志》则诗题和全诗俱在:

龙济寺访友云禅师·苏轼

舍舟江岸望崚嶒,路险巾车御漫胜。天上楼台山上寺,云边钟鼓月边僧。四时光景吟无尽,一点红尘到不能。信步吾师行履处,朗然破暗一禅灯。

这种记载为道光五年(1825)《吉水县志》和光绪元年(1875)《吉水县志》所沿袭,不过是在苏轼前添加了“眉州”二字;光绪七年(1881)的《江西通志》记载亦同[3]。

1 李元鼎《石园全集》卷二十八,《四库全书存目丛书》集部第一九六册,第193页。

2 施闰章《施愚山集》第四册,第36页,黄山书社2014年版。

3 分载道光五年《吉水县志》卷三十一《艺文志》;光绪元年《吉水县志》卷十四《建置志·寺观》“龙济寺”条下;光绪七年《江西通志》卷一二三《胜迹略四·寺观三》“龙济寺”条下。

（二）黄庭坚

此说较早见于明万历四十六年（1618）刻本徐中素纂、蒲秉权修《建昌县志》，卷九《艺文·诗》有黄庭坚《登云居作》：

瘦笻扶我上棱层，眼力穷时脚力疼。天上楼台山上寺，云边钟鼓月边僧。四时美景观难尽，半点红尘到不能。白发庞眉老尊宿，祖堂秋鉴耀真灯。

又有苏轼《和黄山谷游云居作》：

一行行到赵州关，怪底山头更有山。一片楼台耸天上，数声钟鼓落人间。瀑花飞雪侵僧眼，岩穴流光映佛颜。欲与白云论心事，碧溪桥下水潺潺。

这种记载为清初钞稿本《云居山志》、康熙十四年（1675）《建昌县志》和同治十年（1871）《建昌县志》所沿袭[1]。

1　分载释元鹏《云居山志》卷十六（收入《中国佛寺志丛刊》第二十一册）；李道泰修、袁懋芹纂康熙十四年刻本《建昌县志》卷十一《艺文志·诗》；陈惟清修同治十年《建昌县志》卷十一《艺文志·诗》。然马旋图嘉庆二十三年（1818）修、道光元年（1821）刻《建昌县志》未收此二诗（按该志与万历、康熙、同治所修志不同，未列艺文志，其卷十《杂志·寺观》“云居寺”条亦未收二诗。

（三）释皎如晦（释如晦）

此说较早见于明崇祯十年（1637）刻本《浦江县志》[1]，其卷十二《艺文志》诗歌部分有载：

> 正观寺·僧皎如晦
>
> 扪萝扳石望棱层，费尽平生脚力登。天上楼台山上寺，云边钟鼓月边僧。四围清暑看无厌，一点红尘到不能。珍重荆溪老尊者，祖堂千古耀真灯。

该志卷二《规制志·寺观》"正观教寺"条载："去县西南六十五里，旧号止山，唐咸通八年建，宋治平二年改今额，元大德十一年寺灾，延祐六年重建，相传唐荆溪尊者湛然于此读书，故名。湛然，则左溪弟子也。今废。"湛然（711—782），唐代天台宗高僧，荆溪（今江苏宜兴）人，左溪玄朗（673—754）门下。天台重止观实践，"止山"当谓此。诗中"荆溪老尊者"，当指湛然。然该本《艺文志》中诗歌作者排序较乱，如将宋濂排在谢翺、方凤前，甚至将南朝谢灵运排于宋元明诸人后，因此无法据排列顺序推断作者年代。好在皎如晦有迹可考，宋代著名诗僧仲皎，字如晦，居剡之明心寺，与王铚交游酬和，知其当生活于两宋之交，皎如晦即仲皎也。康熙十二年（1673）刻本《浦江县志》卷二《规制志·寺观》和卷十二《艺文志》中所记全同崇祯志。到了乾隆四十一年（1776）薛鼎铭修，张可枟、陈松龄纂《浦江县志》[2]

1　明吴应台修，张一佳等纂，计十二卷首一卷，南京图书馆藏有全本。

2　该本清乾隆四十四年（1779）刻，又有道光二十三年（1843）李业修补刻本。

时，关于正观教寺的记载被移置卷二十《杂志·寺观》中，文字意思未变但略有增删。其卷十九《艺文志·诗》也收入此诗，作者题作“明释如晦诗”，增修者脱“皎”字，且将仲皎误为明人。光绪三十一年（1905）善广修《浦江县志》，卷十五《杂志·寺观》“正观教寺”条下收此诗时，作者亦题作“明释如晦诗”，且注云据“薛志”，但将第七句“老尊者”改成了“旧尊者”。

（四）谢谔

此说较早见于清施闰章修、康熙七年（1668）刻、十九年（1680）增刻本《临江府志》，其卷十四《艺文志上》有谢谔《陶公读书台》：

> 莓苔点点路层层，此地分明胜概增。天上楼台山上寺，云边钟鼓月边僧。青松鹤弄洒金粉，宝塔星垂见夜灯。消尽尘襟三万斛，石床闲倚听残经。

康熙二十二年（1683）《江西通志》卷四十七《艺文·诗·近体》亦载谢谔《陶公读书台》：

> 莓苔点点路层层，此地分明胜概增。天上楼台山上寺，云边钟鼓月边僧。青松鹤弄洒金粉，宝塔星垂见夜灯。消尽尘襟三万斛，石床闲倚向萝藤。

二者比较，仅末句后三字有“听残经”与“向萝藤”之异，其他皆同。另康熙十二年（1673）刻、五十四年（1715）增刻本《新淦县志》卷十三《艺文志上》载谢谔《读书台诗》[1]，同治十年（1871）刻本《临江府志》卷四《疆域志下·古迹》在新淦县“读书台”条亦收此诗，均与康熙七年（1668）刻、十九年（1680）增刻本《临江府志》全同。同治十二年（1873）《新淦县志》卷一《地理志·古迹》“读书台”诗句全袭同治十年《临江府志》，唯第七句误“洒”为“筛”。

裘君弘辑康熙四十年（1701）刻《西江诗话》卷四所收则与《江西通志》全同。而到了曾燠（1760—1831）嘉庆九年（1804）刻印《江西诗征》时，在卷一五收入《读书台》一诗，字句更见精雅：

> 莓苔点点路层层，此地分明胜概增。天上楼台山上寺，云边钟鼓月边僧。青松鹤梦生秋吹，宝塔星华见夜灯。消尽尘襟三万斛，石床闲倚古萝藤。

按谢谔（1121—1194），字昌国，号艮斋，晚号桂山老人，临江军新喻（今江西新余）人。高宗绍兴二十七年（1157）进士，孝宗间曾任监察御史、御史中丞，权工部尚书等。《全宋诗》共收其诗十八首，其中《读书台》一诗即据曾燠《江西诗征》补入。

为求直观，将以上五人相关数据列表如下：

作者	作诗地点	资料来源
邵雍	浙江衢州	宋《记纂渊海后集》、明百卷本《记纂渊海》、嘉靖四十年《浙江通志》、天启二年《衢州府志》、清四库本《记纂渊海》

1　该本为董谦吉修、李焕斗纂，王毓德续修、周卿续纂。

续　表

作者	作诗地点	资料来源
苏轼	江西吉水	明末清初李元鼎《募修龙济寺缘起》、施闰章《蠖斋诗话》、康熙十二年《吉水县志》、清初《云居山志》、道光五年《吉水县志》、光绪元年《吉水县志》、光绪七年《江西通志》
黄庭坚	江西建昌	明万历四十六年《建昌县志》、清康熙十四年《建昌县志》、清初《云居山志》、同治十年《建昌县志》
仲皎	浙江浦江	明崇祯十年《浦江县志》、清康熙十二年《浦江县志》、乾隆四十一年《浦江县志》、光绪三十一年《浦江县志》
谢谔	江西新淦	康熙七年刻、十九年增刻本《临江府志》、康熙十二年刻、五十四年增刻本《新淦县志》、康熙二十二年《江西通志》、康熙四十年《西江诗话》、同治十年《临江府志》、同治十二年《新淦县志》、嘉庆九年《江西诗征》

真是众说纷纭。那么，“天上楼台山上寺，云边钟鼓月边僧”的作者究竟是谁呢?

因为《全宋诗》将作者视为谢谔，影响较大，我们便先来观察一下谢谔的可信度。

现有资料显示，谢谔说均见于清代，在康熙年间的《江西通志》《临江府志》《新淦县志》里皆有记载;但是，现存两种明代方志，嘉靖《临江府志》和隆庆《临江府志》俱未收录此诗及作者。不唯如此，康熙七年(1668)刻《临江府志》的修纂者施闰章在其私人著述《蠖斋诗话》还将“天上楼台山上寺，云边钟鼓月边僧”的作者记为苏轼，地点也变成了江西吉水县东南的龙济寺，并声称“惜不见全篇”。在谢谔说的若干种方志和地方总集中，应以《江西诗征》中所收字句差异最大，但诗味也最足，该书编者曾燠，字庶蕃，号宾谷，晚号西溪渔隐，江西南城人，清中期著名诗人，因此颇疑该诗收入《江西诗征》时经曾氏之手修润过。但无论如何，对于这种存在歧说、上限只能追溯到清初，且与前代同类资料（比如地方志）无法显示承传关系的记载，我们认为其不具有较高的可信度。

苏轼说同样如此，李元鼎、施闰章还只是含混地说“天上楼台山上寺，云边钟鼓月边僧”系苏轼手书对联，明末犹存，遗憾未见全篇；而康熙十二年（1673）刻本《吉水县志》则将诗题和全诗都制造了出来。清之前的《吉水县志》无存，无从再往前追溯；不过，现存所有清代之前的资料未见类似记载，因此苏轼说同样可信度不高。

黄庭坚说见于明代万历年间的方志，而且为了显得可信，还让苏轼追和了一首，但所谓苏轼和作却诗意浅薄，直白无味，其中颔联“一片楼台耸天上，数声钟鼓落人间”更袭自苏轼之友杨蟠的“云捧楼台出天上，风飘钟磬落人间”，苏公岂会如此拾人牙慧？另外，黄庭坚说与李元鼎、施闰章以及《吉水县志》所持的苏轼说相互矛盾，我们无法因其说在现存方志中出现略早，就遽将“天上楼台山上寺，云边钟鼓月边僧”的著作权判给黄庭坚。

释皎如晦说见于明末方志，之后又被清代各种《浦江县志》采信，但毛凤韶修嘉靖《浦江志略》八卷中并无此诗[1]；明末编者已经搞不太清他的生活年代，清代方志编纂者更有将其直接误作明人者，此诗的可信度也不高。

以上四说互异，皆无另外有力证据驳倒对方，所引材料又晚于持“邵雍说”的《记纂渊海后集》，因此其中的方志及其他材料，信任等级只宜列为第三等。与之相比，“邵雍说”无论从史源学还是方志信任

1 （嘉靖）《浦江志略》，《天一阁藏历代方志汇刊》第四六〇册，国家图书馆出版社2017年版。

等级来看，都略胜一筹。从史源追溯看，成书于南宋中期的《记纂渊海后集》、明代万历七年百卷本《记纂渊海》、明嘉靖《浙江通志》、明天启《衢州府志》均作邵雍，从宋至明，不仅版本较早，而且流传有序；从方志信任等级看，其所引方志，因有宋代史料作为证据，故信任等级可为二等。因此将邵雍视为“天上楼台山上寺，云边钟鼓月边僧”的作者，也最具可信度。

以上诸说仅就其可信度高低作一考述，皆未能定论，或许会令读者小小失望，但它恰好能反映出方志文献在流传过程中的复杂性。

四、余论

笔者曾对宋代香溪范氏家族的相关史料做过溯源辨析，并提出：“需要对国史、方志、家谱乃至口述史有一大致理性的认识和信任等级的区划，始能事半功倍，并传信于后世。”[1] 这是根据不同类型史料区分信任等级。在最近发表的《年龄的迷宫——清人年龄研究中的几个问题》一文中，除了考辨史料，又提出“明确文献优先等级”的看法，并以清人年龄为研究对象，将相关文献大致划为五个等级：

本人自述最优先（如日记、自订年谱、诗文集等，官方履历、

1 张剑《宋代范浚及其宗族考论》，第134页，中国社会科学出版社2014年版。

> 同年齿录等官年材料除外），次之以亲友或亲历者各种记述（如酬唱及庆吊诗文、讣告、家传、行状、墓志铭、家谱、亲友所编年谱、诗社齿录等），次之以正史、方志或乡贤所编地方人物志，次之以官方档案履历，最后次之以未注文献来源的工具书及其他文献。后两类文献一般仅宜作为参照旁证，不宜作为直接确定年龄的证据。[1]

这是根据研究主题区分文献信任等级。而本文则欲讨论具体到某种类型文献本身（比如方志），如何区分文献信任等级，所论还很粗浅；但我相信，史源学运用和文献信任等级划分，不仅是利用方志文献的两大基本策略，也可以作为面对更加浩瀚的文献世界的普泛性原则。

当然，这两条原则是学者接受文献学训练时的入门常识，似乎有点老生常谈；但以前治学条件有限，寻访史料不易，好不容易检索出一条有用资料，往往不知该条材料是否尚存他书中，难以做史源学的追踪，也难以分析比较其可信度的差异，因此落实起来较为困难，很多时候只停留于理念及有限的层面。如今网络发达，数字化技术飞速发展，全球公立图书馆所藏目录几乎可以通览，海量文献能够开放性获取，“爱如生典海数字平台”“中华经典古籍库”“雕龙古籍数据库”等各类数据库正在将越来越多的史料数字化，相关史料可以通过数字平台进行比较分析，这不但便于对文献做史源学的考察，而且有望对过去的研究成果重做检验和整理，更清晰地呈现各种文献的可信度。

所谓每个时代都有自己的知识构成特点及知识研究范式。在大数

1　张剑《年龄的迷官——清人年龄研究中的几个问题》，《北方论丛》2021 年第 2 期。

据时代，如果只是不加考辨的以量取胜，炫博逞奇，那么势必使人不胜文字之苦，病其史料太多太滥，无所去取，流于小道。新时代要求我们对文献给予史源学的严格审查，对文献的信任等级给予谨慎划分，博观约取，以求其真。因此我们重新明确地标举这两条原则，正是出于时代研究范式的召唤，适逢其会，也就更具现实意义。

中　编

作品版本与作家生平

现存清江三孔集版本源流略考 [1]

“清江三孔”指北宋临江军新淦县(今江西峡江县)孔文仲(1033—1088)、孔武仲(1042—1098)、孔平仲(1046或1047—1103?)三兄弟[2]，他们是北宋中后期文坛知名人物，曾被黄庭坚誉为“二苏上连璧，三孔立分鼎”(《和答子瞻和子由常父忆馆中故事诗》)。

三孔著述颇丰，约有二十种数百卷之多[3]，但散佚甚夥，今存者仅有孔平仲《续世说》十二卷、《孔氏杂说》(又名《珩璜新论》)四卷、《孔氏谈苑》五卷及三孔诗文集四十卷。其中的诗文集部分不仅展现了三孔的生平思想、人格魅力及文学成就，还多方面反映了当时的社会生活和自然环境。如从孔文仲的《制科策》、孔平仲的《铸钱行》《还杨秘校赋》等诗文中不难看出王安石变法的一些负面影响，孔平仲的《夏旱》诗则真实记载了元丰四年(1081)的一场大旱，甚至苏轼紫瞳长眉的奇特相貌，也通过孔武仲“华严长者貌古奇，紫瞳奕奕双眉垂”(《谒苏子瞻因寄》)的诗句得以凸现。另外，三孔还与苏轼、苏辙、黄庭坚、晁补之等宋代诸多著名文人有过诗文酬唱。这些，对研究宋代政治、经济、文化都具有较高的参考价值。

对于这么重要的一部诗文集，于其版本考镜源流，细加比勘，无疑能促进人们对宋代文化的深入理解。但是，由于三孔诗文集长期以

1 本文写作得到导师陶文鹏先生的无私帮助和指导，特此致谢。

2 三孔籍里考证详见聂言之《三孔籍贯考辨》，《赣南师范学院学报》1988年第4期；三孔生卒年考证详见鄂丽《清江三孔及其诗歌研究》(北京大学硕士论文)及笔者《警惕古籍伪校点》(《光明日报》2003年2月20日)一文。

3 据李春梅《清江孔氏著述考》统计，《宋代文化研究》第十辑，线装书局2001年版。

来刊印次数极为稀少，传世者多为抄本，且零落四方，颇多异文，相互间源流莫辨，优劣难知，以至于后人整理时因不明版本虚实，造成了文献上不小的缺憾和失误。民国胡思敬豫章丛书本只有三十四卷，今人孙永选先生校点的《清江三孔集》（齐鲁书社 2002 年 9 月版）更仅三十卷，遂成断臂。即使为数不多的论及三孔诗文集版本情况的文章，也由于种种原因，未免讹传耳食之失。如祝尚书先生的《宋人别集叙录》（中华书局 1999 年版）、李春梅先生的《清江孔氏著述考》均云江西省图书馆著录有嘉庆二十二年（1817）孔氏水北刻本《清江三孔集》四十卷。这与胡思敬豫章丛书本所言嘉庆二十二年孔氏水北三十卷刻本的说法相异，笔者经多方查询[1]，始断祝、李二先生所云四十卷有误，当改作三十卷。

因做宋代家族文学研究的缘故，笔者曾对清江三孔集予以整理校点，接触了其中大部分版本，感觉它们之间虽然异文丛生，难以具校，但大致的源流脉络、优劣精粗尚可梳理推知。因成斯文，就教方家。

三孔诗文集的编刻，始于南宋。南宋临江守王蘧于宁宗庆元五年（1199）收辑三孔诗文遗文，合刻为《三孔先生清江文集》行世，据王之跋可知该书共四十卷，虽非完璧（据跋知文仲集原就有五十卷），但已是三孔诗文存世数量最多之编集。《宋史·艺文志》亦题三孔清江集四十卷，陈振孙《直斋书录解题》题《清江三孔集》四十卷，并云："今其存者，文仲才二卷、武仲十七卷、平仲二十一卷而已。庆元中，濡须王蘧少愚守临江，裒辑刊行，而周益公必大为之序。"但此庆元刻本原本早佚，此后，清江三孔集多以抄本形式流传，现存十余种明

1　笔者曾托国家图书馆的白雪华先生致询江西省图书馆古籍部，知嘉庆二十二年刻本系三十卷本，未敢深信，又蒙南昌大学文师华先生抄录核实，知此三十卷本即胡思敬豫章丛书本所言嘉庆二十二年孔氏水北刊本，方才了此疑问。

清善本中，除嘉庆二十二年（1817）孔氏水北本是刻本外，其余均为抄本。陆心源《皕宋楼藏书志》集部题旧抄本《三孔先生清江文集》四十卷，傅增湘《藏园群书经眼录》集部录有三孔先生清江文集四十卷抄本两种（其一为残本）和三孔先生清江文集三十卷抄本三种。民国胡思敬综合南京丁氏抄本与江西孔氏水北本又成三十四卷本。因此，清江三孔集传世版本从卷数上分有四十卷本、三十四卷本和三十卷本三种，其源流又各有分别。

一、四十卷本

四十卷本今存两种，一是国家图书馆藏《三孔先生清江文集》四十卷、《孔氏杂说》一卷，系明抄本，但仅存二十二卷（以下简称明残抄本），包括孔平仲诗文二十一卷、《孔氏杂说》一卷。《藏园订补郘亭知见传本书目》卷十六录有《三孔先生清江文集》四十卷附《孔氏杂说》一卷，为明抄本，钤有明朱象玄、清郁松年印，并云："此本抄工秀美工整，流传有序，较世行本多六卷，为三孔集传世最善之本。"但国家图书馆所藏明残抄本不一定即是莫友芝（郘亭）知见传本，明残抄本虽仍有朱象玄文石山房藏书印，但无清郁松年印，后面王蓮之跋亦只半篇，且编目次序为"卷第一 上卷 孔氏杂说，卷第一 下卷 古诗，卷第二，卷第三……卷第二十一"，不像是四十卷本应有编次，倒像抄写时已是如此模样。抄工也时精时粗，窜乱之处亦复不少，如卷第十六（四十卷本编次当为卷三十五）中《送范成老赴省序》《李侍郎文集序》《朱都曹字序》三篇文章相互窜乱不能卒读，疑是朱象玄所藏另外明残抄本。该残抄本傅增湘《藏园群书经眼录》中曾著录，傅并未说自己所存残本即邵亭知见本，由此亦可知邵亭所见本和明残抄本并非一种。

一是北京大学图书馆藏《三孔先生清江文集》四十卷，系清抄本（以下简称清抄四十卷本），两函十册，卷一至二为经父（文仲）集，卷三至十九为常父（武仲）集，卷二十至四十为毅父（平仲）集，前有周必大序，后有完整的王蓮跋，有傅增湘题记，《藏园群书经眼录》中著录。该本与他本比较而言，错乱较少，只有少数诗文目录中漏收，但正文中俱在，是今存清江三孔集面貌最完整者，庆元刻本原始风貌赖此可窥，他本诸多缺失错讹亦赖此改正，如前举明残抄本卷第十六之文字窜乱即可由此本订正，洵为可贵。

明残抄本与清抄四十卷本相校，最大的不同是：清抄四十卷本卷二十（明残抄本卷第一）以“战彭城赋”开篇，后面顺次接“次韵常甫二十九日闸上作”至“待月”四十二首诗，下再接“马上咏落叶”诸诗；明残抄本卷第一（清抄四十卷卷二十）则以“马上咏落叶”诗开篇，而将“战彭城赋”以及后接之“次韵常甫二十九闸上作”等四十二首诗移至卷第三（清抄四十卷本卷二十二）“和经甫秋夕”之后、“咏橘”之前。其他如清抄本四十卷卷二十四（明残抄本卷第五）“登资圣阁”在“上巳”“八日”之后，而明残抄本卷第五“登资圣阁”则在“上巳”“八日”之前。文字不同处亦很多，当可看做两种版本系统。

二、三十四卷本

三十四卷本即豫章丛书本《清江三孔集》，系胡思敬于民国六年（1917）刊刻行世，含舍人（文仲）集二卷，宗伯（武仲）集十七卷，朝散（平仲）集十五卷，共三十四卷，与四十卷本相比，内缺平仲文六卷。此书刻本，据胡思敬跋可知，是依据嘉庆二十二年（1817）孔氏水北刻本，参校清八千卷楼丁氏抄本而成。该本经胡思敬精校，“凡丁本误者从水北，水北误者从丁，两本俱误辄以己意断之”，文字较为顺畅可读，但因胡思敬“辄以己意断之”（如他擅自调整了若干篇目顺序），虽然从结构上显得更加合理，却使人不易看出四十卷本原貌。

三、三十卷本

三十卷本传世最多，笔者所知见者主要有：

1.《三孔先生清江文集》三十卷，明抄本（卷一至二十二，二十七至三十配清抄本，佚名校，有丁氏八千卷楼藏书记），藏南京图书馆。

2.《三孔先生清江文集》三十卷，清初抄本（有朱彝尊印），藏湖北图书馆。

3.《三孔先生清江文集》三十卷，清吕氏讲习堂本，藏国家图书馆。

4.《三孔先生清江文集》三十卷，清抄本，清鲍廷博校跋，藏国家图书馆。

5.《三孔先生清江文集》三十卷，清彭氏知圣道斋抄本，清彭元瑞校，藏上海图书馆。

6.《三孔先生清江文集》三十卷，清抄本，藏天津图书馆。

7.《三孔先生清江文集》三十卷，清抄本（有谦牧堂藏书记），藏北京大学。

8.《三孔先生清江文集》三十卷，嘉庆二十二年孔氏水北刻本，藏江西省图书馆。

9.《清江三孔集》三十卷，《四库全书》本。

以上版本中，大致可归为三类：

一类是篇目次序和清抄四十卷本次序基本一致者，暂称“清抄四十卷本系统”。主要有江西省图书馆藏嘉庆二十二年孔氏水北刻本。孔氏水北本刊名《临江三孔文集》，扉页有“玉峡水北藏板”“嘉庆丁丑年重镌”字样。“玉峡水北”当系今江西峡江县南“玉峡驿”“水北墟”，皆系明置，今江西新余东北尚有水北镇，嘉庆丁丑年即嘉庆二十二年。该本系三孔后裔孔傅勋编辑募镌，前有山西布政司习振翎序。胡思敬在豫章丛书本中曾有跋云：“嘉庆丁丑孔氏后人出其家藏抄本刊于水北内，内缺武仲文四卷，平仲文六卷……丁巳三月，予从南京图书局假得丁氏抄本细读一过，武仲所缺制表奏状启记各若干首具在，亟录以归，而平仲文求之各藏书家，迄无完本，贻书京友，向四库传抄，亦与丁氏无甚殊异，姑将已获两本校其异同，先行付刊。”今以豫章丛书本与孔氏水北本篇目互校，可知豫章丛书本除少数篇目外，基本沿袭了孔氏水北本篇次；再以孔氏水北本与清抄四十卷本互校，其篇目基本一致。尤其是卷四、卷六、卷七、卷二十、卷

二十二、卷二十四等篇目及次序两本均基本相同，但却异于其他诸本[1]。可知其属于同一版本系统。

一类是后十一卷篇目次序和明残抄本基本一致、前十九卷篇目也不同于清抄四十卷本但该类各本之间又相互一致者，暂称“明残抄本系统”。它们主要有国家图书馆藏吕氏讲习堂本，上海图书馆彭氏知圣道斋抄本，北京大学藏谦牧堂藏书本，南京图书馆藏八千卷楼藏书本和《四库全书》本。这几种本子均是卷一至二为经父集，卷三至十九为常父集，卷二十至三十为毅父集。其卷二十、卷二十二、卷二十四篇目明显与明残本相似，而卷四、卷六、卷七等相互一致却异于清抄四十卷本。

吕氏讲习堂本前有周必大序，无目录，卷中“留”字、“启”字均缺末笔，疑是吕留良后人抄时因避家讳所致。吕氏本异于明残抄本之处在于其将卷二十二“战彭城赋”移至卷二十二末篇“题清溪图”下。且将卷二十二分为上、下，从“常山四诗”至“和经父秋夕”为上，从“次韵常父二十九日闸上作”至“题清溪图”“战彭城赋”为下。

彭元瑞校知圣道斋本共六册，前有周必大序，序中文字稍异其他诸本，如诸本皆作“总成三十卷”或“总成四十卷”，彭本为“若干卷”，彭氏卒于嘉庆八年（1803），因此抄本当早于孔氏水北本。该本亦将卷二十二分为上、下，从“常山四诗”至“和经父秋夕”为上，从“战彭城赋”“次韵常父二十九日闸上作”至“题清溪图”为下。

谦牧堂本一函四册，上有朱笔批校，卷一下批有“嘉庆丙子闰六

1　除卷二十、卷二十二、卷二十四前面已举差异外，清抄四十卷本系统之卷四比他本多“溽暑”“大热息于官亭”“水上清风覆以乔木”“白公草堂”（共二首，他本只录一首）、“三峡桥”“嘉鱼遇顺风”“晚步西园”“奉酬李时发岳麓见寄”八篇；卷六目录多“鲁直以诗送酥及茶次韵”“十二月十七日入局”“赠宗叔周翰”三篇（脱正文）；卷七“淮西道中”“暖轿二首”“蔡州”皆紧接在“发王务二首”之后。

月十八日校十六字”，知其本亦早于孔氏水北本也。该本无目录，抄写粗略，时见错讹，如卷十九终，不书卷二十，而接抄“马上咏落叶”“使纸甚费”诸诗篇，直至卷二十二终篇“题清溪图”后才书以“卷二十三”之目。

八千卷楼藏书本惟存明抄四卷（卷二十三至卷二十六），其余皆抄配《四库全书》本，但八千卷楼本抄时与四库本亦稍有差异，如卷四“边人走马行”，四库本原为“健儿走马行”，该书卷首录有四库总目提要，藏书印除有“八千卷楼藏书记”外，还有“嘉业堂藏阅书”印字，虽只是两方普通印鉴，却浓缩着由清入民国的一段历史沧桑。《四库全书》本诸篇次序同于八千卷楼本，但两本卷二比诸本皆少“唐太宗论”“唐明皇论”“唐文宗论”三篇，疑为四库馆臣故意删落。四库馆臣为避讳而删改文字之例不胜枚举，如《四库全书·江湖小集》第五十六卷《白石道人诗集》中“胡虏有知音”就被改为“绝域有知音”（《悼石湖》），“是年虏亮至”被改为“是年金兵至”（《昔游诗》），四库本不载孔文仲《唐太宗论》等文可能亦有此因，如《唐太宗论》中云：“盖夷狄者，天地幽阴之气聚于障塞之外，散于沙漠之上。故其君臣无阙庭之礼，其土民无冠带之制，先王视之，若猿狖之在山，鱼鳖之在泽也。其来不以为荣，其去不以为辱，其毁我不足忧，其誉我不足喜……蕃夷种类，非有礼义忠信之心，慈良岂弟之意也。”这类文字，在当时是干犯大忌的，故删落不足为怪。四库本由于国内外均有翻印，成为现在最为通行的本子，2002年齐鲁书社的校点本《清江三孔集》亦是四库本简体横排的变形，但因校点者懒于校勘，价值不大。

还有一类是前十九卷篇目顺序基本同于吕氏讲堂本等明残抄本系统，后十一卷篇目顺次基本同于清抄四十卷本系统者，暂称“朱本系统”。

主要有湖北图书馆藏朱彝尊本（简称“朱本”），国家图书馆藏鲍廷博校跋本（简称“鲍本”）。两本前十九卷和吕氏讲习堂本、彭氏知圣道斋本目次基本一致，后十一卷目次与清抄四十卷本系统相似而又略有差异。

朱本前有周必大序，但后无王蓬跋，钤有“朱彝尊印”“秀水朱氏潜采堂图书”等印，可知至少是清初抄本。该本第二十卷遵循清抄四十卷本系统，以“战彭城赋”开篇，下接“次韵常甫二十九日闸上作”至“待月”四十二首诗，但以下并不接以“马上咏落叶”诸诗，而是在“马上咏落叶”诗前又插入卷二十二的“咏橘”“别友人”“遣介子蔗”“病中偶成呈介之”“城楼晚望”“西施”“自警”“辨言”“自重”“述鸥”“夏夜”“戏书劝人饮酒”“李太白”“凡马示同学”“海南碧琉璃瓶”“谕志”等十六首诗。相应在卷二十二中减去了这十六首诗。另外卷二十四“登资圣阁”在“上巳”“八日”之前，这些是它略异于明残抄本系统之处。

鲍本有总目，但只是很简单的类目，不列具体诗文名称，如卷第二目录“奏议、史论、律赋、官题诗”之类。该本卷二十目次也以“战彭城赋”开篇，下接“次韵常甫二十九日闸上作”至“待月”四十二首诗，以下也不接“马上咏落叶”诸诗，而是在“马上咏落叶”诗前插入卷二十二的“咏橘”“别友人”……“谕志”直至“题清溪图”共二十九首诗。调整幅度更大。鲍廷博是乾隆年间人，精于藏书校书，曾被御赐《古今图书集成》一部，然他于此本校改甚少，也许是并非善本之故。

天津图书馆所藏清抄本（简称“天藏本”）钤有“小李山房印”，六册一函，有目录，目录顺次皆同鲍本。

综上所述，目前存世清江三孔集版本系统大致可归为三类，即清抄四十卷本系统、明残抄本系统和朱本系统。三本互有异同，似乎各有所祖，而以清四十卷抄本系统中的清四十卷抄本最为完善。

另附清江三孔集版本源流略图：

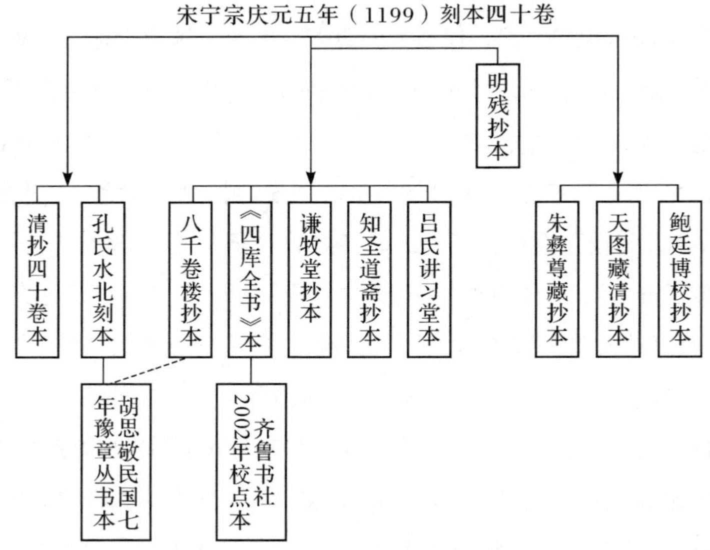

附记：本文原载《文献》2003年第4期，其中“四十卷本今存两种”至“由此亦可知邵亭所见本和明残抄本并非一种”一段文字，考述颇有讹误。如误将傅增湘订补文字看作莫友芝原书文字，误以为明残抄本未有郁松年印（实首页即有“泰峰所藏善本”朱文印），兹重订正此段如下：

> 四十卷本今存两种，一是国家图书馆藏《三孔先生清江文集》四十卷、《孔氏杂说》一卷，系明抄本，但仅存二十二卷（以下简称明残抄本），包括孔平仲诗文二十一卷，孔氏杂说一卷。该

残抄本傅增湘《藏园群书经眼录》及《藏园群书题记》中均曾著录，知其先为明朱大韶横经阁所藏，后入清郁松年宜稼堂，辗转为徐坊所得，徐故后又被傅增湘购入，最终为国家图书馆收藏。值得注意的是，《藏园订补郘亭知见传本书目》卷十六著录有傅增湘订补的两种四十卷本，分别是明写本和清写本，清写本详下段所述北京大学藏本，明写本著录文字为："墨格，十行二十字，黑口，四周双阑。前庆元五年（1199）周必大序。后有同年王蓬跋。杂说后有淳熙庚子沈诜跋。钤有明朱象玄、清郁松年印。此本抄工秀美工整，流传有序、较世行本多六卷，为三孔集传世最善之本。余藏。"然颇疑此处傅氏所藏四十卷明写本即其购藏的明残抄本，著录时偶忘标其为残本耳，傅氏若持有四十卷足本，定会大书特书，断不至仅此昙花一现。明残抄本的抄工时精时粗，窜乱之处亦复不少，如卷第十六（四十卷本编次当为卷三十五）中《送范成老赴省序》《李侍郎文集序》《朱都曹字序》三篇文章相互窜乱不能卒读，利用时亦须慎重。另外，傅增湘曾在《豫章丛书》三十四卷本后，据明残抄本补录孔平仲文六卷，今藏国家图书馆，后收入四川大学古籍所编《宋集珍本丛刊》（线装书局2004年版）第十六册；虽然形式上亦是四十卷，但只是豫章本与明残本的拼合，并无特殊的版本价值，因此不宜视其为一种独立的四十卷版本。

《家世旧闻》版本补议

——兼议陆游家世诗数量稀少的原因

陆游（1125—1210），字务观，号放翁，晚号龟堂老人，越州山阴（今浙江绍兴）人，我国著名文学家、史学家、伟大的诗人。《家世旧闻》是陆游所著的一部具有重要史料价值的笔记，共上下二卷，但长期以来，仅以节本或钞本形式流传于较小的圈子内，其全貌罕为世人所知。如《说郛》卷四十五收录《家世旧闻》一卷，仅八则；汲古阁刻本亦仅一卷八则[1]。明代苏州袁袠（1502—1547，字永之）收藏过钞本二卷，已佚，仅有过录本留存，今藏台湾图书馆（原“中央图书馆”）；另中国国家图书馆藏有明穴砚斋钞本二卷，亦足本，北京大学所藏李盛铎本即以之景钞；中国科学院图书馆藏萃闵堂正副钞本皆二卷，似亦从穴砚斋本辗转钞出。20世纪90年代，孔凡礼先生以穴砚斋钞本为底本将《家世旧闻》点校整理出版[2]，该书整体价值及版本状况始渐为人所知。但其中仍不乏可发之覆，今先就其版本部分补议如下。

1 《家世旧闻》节本的版本流传情况，请参吴珊珊《〈家世旧闻〉研究》（华东师范大学中国古典文献学2007年硕士论文），兹不赘述。

2 孔凡礼点校《西溪丛语　家世旧闻》，中华书局1993年版。

一

较早对《家世旧闻》版本源流予以系统梳理的，当是孔凡礼先生。早在上世纪 50 年代末，他已发现藏于国家图书馆的明穴砚斋本《家世旧闻》，并将之与此前钞录的北京大学图书馆藏景钞穴砚斋本《家世旧闻》相互校核。孔先生自言“把对于从事校勘工作所应具备的小心谨慎提到了虔诚的高度，甚至可以说带有几分庄严……我一个字、一句地核对。惟恐有遗漏……一共核对了三次”[1]，因此该点校本质量很高。孔先生对此发现也极为自得，陆续发表了一系列文章揭示该书版本源流及价值：《一部久秘不宣的陆游著作》（《文学遗产》1993 年第 1 期）、《家世旧闻流传的经过及其他》（《家世旧闻》点校本自序，后收入《孔凡礼古典文学论集》，学苑出版社 1999 年版）、《庆贺陆游的〈家世旧闻〉整理出版》（《书品》1994 年第 2 期）、《〈家世旧闻〉是宋代史料笔记珍品》（《古籍整理出版情况简报》1994 年第 8 期）、《再谈〈家世旧闻〉是史料笔记中的珍品》（《文史知识》2005 年第 11 期）。但是，由于孔先生没有条件看到台湾地区所藏的二卷足本，也留下了不少遗憾。

孔校本出版后，王水照先生随即发表《读中华版〈家世旧闻〉》（《书品》1995 年第 1 期），不仅肯定孔校本的“有功之举”，而且为大陆学界介绍了台湾所藏的二卷足本：

1　孔凡礼《庆贺陆游的〈家世旧闻〉整理出版》，《书品》1994 年第 2 期。

> 此书在台湾“中央图书馆”尚藏有钞本一部，上、下两卷，共62页，每半页9行，每行18字，无界栏及中缝字，楷体工录。此本最后亦有何焯跋语云：“乃六俊袁氏故物”，知同是袁袠藏本的另一过录本。又据首尾各有一“吴兴张氏珍藏”“希逸藏书”长方印，知曾为吴兴人张珩（字葱玉，号希逸）所藏。此张珩藏本（简称张本）虽与穴砚斋本等均自袁袠藏本所出，但因钞写工整，保存完好，实比穴砚斋本优胜，具有很高的校勘价值，可供参酌之处甚多。

王先生随文列举二十余例两本差异之处，并就其得失做了简要点评，探骊得珠，其价值不减孔凡礼先生当年发现之功。由于王先生是据孔校本比勘张珩藏本，未看到穴砚斋原钞本，因此所举之例有些系孔校本整理者之误，而非穴砚斋本之误。因此将穴砚斋本、孔校本、张珩藏本重新对勘一遍，也许不无意义。

另外，孔凡礼先生虽就穴砚斋本写过系列文章，但都重于内容介绍而疏于版本描述，在此也有必要做一点补充：穴砚斋据沈曾植《海日楼题跋》卷三“穴砚斋藏王雅宜小楷千文真迹册后”条，考证为明万历年间无锡秦柱（1536—1585）斋名。秦氏多藏书，擅书法，穴砚斋钞本皆为端楷缮写，精妙严整，但传世稀少；近人邓邦述（1868—1939）曾藏有二十余种，大部分于1927年售给中央研究院，后转藏于台湾图书馆，《家世旧闻》则是售余之一种，今藏于中国国家图书馆[1]。该本二卷，正文计三十九页（卷上十八页，卷下二十一页），每

1　参冀淑英《关于穴砚斋钞本》，载《沈兼士先生诞生一百周年纪念论文集》，紫禁城出版社1990年版。

半页十二行，行二十一字；字迹间见虫蛀，卷下尤甚，虫蛀处常有浮签粘于页眉，约十余条，皆为对虫蛀处缺字的揣测校补之语，观笔迹似为邓邦述手书；正文字旁偶有补字或删乙符号，难以断定是原钞如此还是后人所为；该本与张珩藏本行款版式有较大不同，其源自何本，尚待进一步探讨。

孔校本附录有《藏园群书经眼录》中所收何焯的一则跋语：

> 放翁《家世旧闻》上下二卷。康熙辛卯春，余偶从雍熙寺西泠摊得之，袁永之家故物。汲古斧季十丈惊云："先人求之终身不得，何意近在郡城尚有完本！"从余借传，欲开雕而未果。此则止于掇拾丛残耳。戊戌冬夜，焯偶记。

跋中说的是毛晋当年刻《家世旧闻》，只找到丛残数篇，后来何焯得到二卷足本，使毛晋之子毛扆（字斧季）大为惊讶，借钞欲刻而未果，何焯有感此事，跋于毛晋原来所刻的《家世旧闻》之后。由于孔凡礼先生将之附录于穴砚斋整理本中，后人多有误认穴砚斋本亦袁氏故物者。其实，只有何焯所得的二卷钞本能明确为袁氏故物，因为以之为祖本的张珩藏本文末，也过录有何焯的跋语：

> 陆放翁《家世旧闻》二卷，乃六俊袁氏故物，恨笔生太拙于书耳。辛卯春，从雍熙寺西泠摊得之。汲古毛十丈见而惊喜："不谓此书人间尚有全本也。"余家书最寡陋，独此乃可以夸于十丈，真仅有之事，因识之。焯。

此跋与何焯跋于汲古阁刻本后的文字多有不同，文中并未提及毛扆传钞欲刻之事，当系先写之跋。

除附录资料易使人混淆外，孔校本未妥处主要有四：一是将邓邦述校语径作原本正文，然邓之校语有时并不准确；二是或将虫蛀处视为原本无字，或将虫蛀仅剩半边之字视为独立之字；三是无视正文中的删乙符号，对于补字有时入原本正文，有时又予省略；四是难免一些校勘的衍脱错讹。以下以图表方式先列举孔校本未妥处，再列举穴砚斋本（以下简称“穴本”）与张珩藏本（以下简称“张本”）的文字差异，然后对二卷本《家世旧闻》版本流传情况略作总结。

为便观览，对比时仍沿孔校本页码及条目；孔校本提到的北京大学藏景钞穴砚斋本和社会科学院图书馆（实际应为中国科学院图书馆）藏萃闵堂钞本，本文分别简称“北大本”和“萃闵本”；穴本正文某字旁有删除符号（三点）者，本文代之以双删除线；穴本虫蛀字而本文据张本复原者，则加方框以示区别。

二

穴本不误而孔校本未妥处：

孔校本页码 / 条目	孔校本	穴本	说明
第 179 页卷上第 9 条	次任奉勅监饶州茶盐务	次任奉勅监勅州茶盐务	穴本第 2 处“勅”字显误，然孔校本改“勅”为“饶”，未见依据。按张本、北大本、萃闵本此处亦作“勅”
第 180 页卷上第 10 条	直昭文阁馆陆某	直昭文阁馆陆某	穴本“阁”字旁有删除符号，北大本、萃闵本同孔校本。孔校本校语云：“‘阁’疑衍。”按穴本已有删除符号，当径删或于校记中说明。张本此处即作“直昭文馆陆某”
第 181 页卷上第 15 条	此吾家法也	此吾家家法也	孔校本脱一“家”字，按张本、北大本、萃闵本皆不脱
第 183 页卷上第 21 条	色极不乐	色极不乐曰	穴本“曰”字系小字补书于旁边。北大本、萃闵本同孔校本。孔校本校语云“‘乐’后疑脱去一‘曰’字”，按穴本、张本皆不脱
第 185 页卷上第 28 条	则并朝夕哭亦废		穴本、北大本“并”字皆小字补书于旁。张本即作“则并朝夕哭亦废”。萃闵本独无“并”字
第 187 页卷上第 32 条	必是出□在此	必是出处在此	按穴本“处”字为虫蛀大半，非空格，张本“处”字全。北大本、萃闵本同孔校本

续 表

孔校本页码 / 条目	孔校本	穴本	说明
第 188 页卷上第 37 条	与人交当有礼	与人交当有理礼	穴本“理”字旁有删除符号；张本无“理”字；北大本有“理”字。萃闵本改作“与人交当有礼，礼……”，页眉校语：“原本上‘理’下‘礼’，似有误。”孔校本云：“‘礼’上原有‘理’字，难通。《大典》引文无‘理’字，今据删。”按孔校本未注意到删除符号
第 188 页卷上第 37 条	与舒信道、彭器资……	与舒道信、彭器资……	穴本“道信”两字有勾倒符号。孔校本校语云：“‘信道’原作‘道信’，误，据《大典》改。”按孔校本未注意勾倒符号。北大本、萃闵本作“与舒道信、彭器资……”
第 188 页卷上第 37 条	束带竟	束带竟	孔校本校语云：“‘竟’原作‘意’，因形致讹。”按穴本即“竟”而非“意”字。北大本误钞作“意”。萃闵本作“竟”
第 190 页卷上第 43 条	不以为意异也	不以为意异也	穴本“意”字旁有删除符号；张本无“意”字；北大本、萃闵本有“意”字。孔校本校语云：“‘意’疑衍。”似未注意到穴本删除符号
第 192 页卷上第 48 条	性能糜肉，一鼎之内，以貔一脔投之，旋即糜烂	性能縻肉，一鼎之内，以此物一脔投鼎中，旋即縻烂	孔校本此处显误，疑混入《说郛》本文字。孔校本又云：“‘糜’原作‘縻’，误。”按“縻”与“靡”通，有碎烂意，无须校改。按张本、北大本、萃闵本同穴本，惟张本“縻”作“麋”
第 194 页卷上第 53 条	寒唆之风	寒晙之风	穴本“晙”字左半微残，被孔校本误认作“唆”。按张本作“晙”，北大本、萃闵本作“唆”
第 194 页卷上第 56 条	李作乂为楚公言	李作乂赏为楚公言	孔校本、北大本此处脱“赏”字，按“赏”为“尝”之误，此处当补校。张本、萃闵本作“尝”字

续 表

孔校本页码 / 条目	孔校本	穴本	说明
第 196 页卷上第 62 条	操色襆头	操色幞头	按“襆头”虽通“幞头”，然孔校本后文作“幞头”而此处作“襆头”，不统一，当据穴本改。北大本、萃闵本亦作“幞头”
第 204 页卷下第 7、8 条			穴本、北大本、张本皆作一条，不当分开
第 205 页卷下第 11 条	阿谀也、附会也	阿谀~~也~~附会也	穴本第一处“也”字有删除符号，当径删或出校记说明。张本“阿谀”后无“也”字。北大本同孔校本。萃闵本两“也”字皆脱
第 206 页卷下第 13 条	不至如是之薄	不至如此之薄	当据穴本改。按张本、北大本、萃闵本亦作“如此”
第 206 页卷下第 13 条	貌美类韩魏公	貌类韩魏公	当据穴本删“美”字。按张本、北大本、萃闵本此处同穴本
第 207 页卷下第 14 条	春风和泪过昭陵	春风吹泪过昭陵	当据穴本改“和”为“吹”。按张本、北大本、萃闵本此处同穴本
第 208 页卷下第 17 条	亦有题诗者曰	亦有题诗者云	当据穴本改“曰”为“云”。按张本、北大本、萃闵本此处同穴本
第 208 页卷下第 19 条	置讲议司及大乐	置讲议司，首及大乐	当据穴本添“首”字。按张本、北大本、萃闵本此处同穴本
第 209 页卷下第 19 条	艮盖年八百岁，谓之……	艮盖年八百，世谓之……	当据穴本改“岁”为“世”，并下属。按张本、北大本、萃闵本此处同穴本

续 表

孔校本页码 / 条目	孔校本	穴本	说明
第 209 页卷下第 20 条	去位后所作	去位后所作	穴本、北大本“所”字皆小字补书于旁。张本即作“去位后所作”。萃闵本无“所”字
第 211 页卷下第 25 条			此条穴本上接第 24 条，按文意亦不于此处分条。张本、北大本、萃闵本同穴本
第 211 页卷下第 26 条	受命于天，既寿亿，永无极	受命于天既寿亿永无极	穴本“寿”字旁有删除符号。北大本同孔校本。张本此句作“天既亿，永无极”。萃闵本作“受天于命，既寿亿，永无极”
第 212 页卷下第 27 条	遂降诏御殿受之	遂 降诏 御 殿 受之	穴本“降诏”二字残，页眉浮签校语云：“遂降诏御殿”。张本即作“降诏”。孔校本误将“诏”认作“诒”，且入正文，并出校记改“诒”为“诏”
第 212 页卷下第 28 条	皆安于外官	往往皆安于外官	当据穴本补“往往”。按张本、北大本、萃闵本此处同穴本
第 212 页卷下第 28 条	喘乃已	喘良已	按张本、北大本、萃闵本此处同穴本
第 213 页卷下第 30 条	亦编于图	亦编入图	当据穴本。按张本、北大本、萃闵本此处同穴本
第 213 页卷下第 30 条	耶律德光所盗上世宝玉	耶德光所盗上世宝玉	孔校本校语云：“‘律’原脱……今据《辽史》补‘律’字。”按穴本、北大本、萃闵本皆脱律字，张本不脱
第 213 页卷下第 30 条	翕然称其□□	翕 然 称 其 工 云	按穴本“工云”二字残，但依稀可辨，并非空格。张本此处作“工云”。北大本、萃闵本同孔校本

续 表

孔校本页码 / 条目	孔校本	穴本	说明
第 214 页卷下第 34 条	楚公授礼、春秋	从楚公授礼、春秋	当据穴本补“从”字。按张本、北大本、萃闵本此处同穴本
第 214 页卷下第 34 条	安时妻与弟宽不相得	安时妻与弟宽妻不相得	按张本、北大本、萃闵本此处同穴本
第 214 页卷下第 34 条	能使之为成王而已	能使之为成王而已	孔校本云：“‘为成王’之‘成王’二字，原为空格。”实穴本此两字残，但依稀可辨为“成王”，并非空格。北大本、萃闵本此两字为空格
第 215 页卷下第 34 条	吾见其妄作以祸天下矣而已	吾见其妄作以祸天下矣而已	穴本“矣”字有删除符号，当径删或出校记说明。按张本无“矣”字。北大本、萃闵本同孔校本
第 215 页卷下第 35 条	名在党籍也	名在党籍尔	北大本、萃闵本同穴本。按张本作“名在党籍耳”
第 215 页卷下第 35 条	刘瑗、裴迪臣	刘瑗、裴彦臣	穴本“彦”字残，上有邓邦述眉批：“‘刘瑗’下大约是‘裴迪臣’三字。”北大本同孔校本。孔校本据邓眉批径改，未妥，当出校。按此残字类“彦”不类“迪”。张本作“彦”，可据改。萃闵本此字为空格
第 216 页卷下第 35 条	太后亦崩矣	太后亦崩矣	孔校本校语云：“‘崩’原作‘萌’，以形近致误，今改。”按穴本、萃闵本即作“崩”，张本同穴本。北大本“崩”作“萠”（萌）
第 216 页卷下第 36 条	渔稻之美	鱼稻之美	张本、北大本、萃闵本同穴本

续 表

孔校本页码 / 条目	孔校本	穴本	说明
第 216 页卷下第 38 条	楚公愿又曰	楚公愿叹曰	北大本、萃闵本同穴本。张本此处作“楚公顾叹曰”。穴本“顾”讹为“願”，孔校本复讹“叹”为“又”
第 217 页卷下第 39 条	苏轼知扬州	苏轼知[扬]州	孔校本云：“‘扬’原作‘扌’，今从《说郛》。”按穴本“扬”字残右边，故被误认为“扌”，实不误。张本此处作“扬”。北大本作“苏轼知扌州”。邓邦述此处页眉浮签校曰“苏轼知扌州”，大约此为北大本、孔校本致误之源。萃闵本此字为空格
第 219 页卷下第 39 条	自言谓之四世孙	自言谓四世孙	孔校本云：“‘之’原脱，据《说郛》补。”实此处无须补。张本、北大本、萃闵本此处同穴本
第 219 页卷下第 39 条	赠为少保	赠谓少保	孔校本云：“‘为’原作‘谓’，据《说郛》改。”实此处言赠丁谓少保衔，不当改。张本、北大本、萃闵本此处同穴本
第 219 页卷下第 39 条	既噀水投符	既[噀水]投符	穴本“噀水”二字残，页眉有邓邦述浮签校语：“既噀水投符。”按北大本作“既选水投符”。张本、萃闵本同孔校本
第 219 页卷下第 39 条	所荐进即拔擢	所[荐进]即拔擢	孔校本云：“‘荐进’，此二字原脱，据《说郛》补。”实此二字虫蛀而残，依稀可辨，并非脱文。张本此处作“荐进”，北大本此处作“荐□”。萃闵本“荐进”二字皆为空格
第 219 页卷下第 39 条	辄据主府，已而……	辄据主[席]已而……	穴本“席”字残不可辨，邓邦述此处浮签校曰：“辄据主府已而。”孔校本将邓之校语误作穴本正文。北大本、萃闵本同孔校本。按张本此处作“席”

续 表

孔校本页码 / 条目	孔校本	穴本	说明
第 219 页卷下第 39 条	宫中为之雷	宫中谓之雷	当据穴本改。张本、北大本、萃闵本此处同穴本。
第 220 页卷下第 41 条	未贷吭颈戮	幸贷吭颈戮	按“未”当改作“幸”。张本、北大、萃闵本亦作“幸”。
第 221 页卷下第 41 条	喋喋狈与豺	喋血狈与豺	当据穴本改。张本、北大本此处同穴本。萃闵本作“喋血狼与豺”。
第 221 页卷下第 43 条	□唐士宪……亦当□□今日之祸	使唐士宪……亦当能弭今日之祸	穴本“使”“能弭”三字残不可辨，然非空格。此据张本补。北大本、萃闵本同孔校本。
第 222 页卷下第 45 条	终身常为管库	终身常为管库	孔校本校语云：“‘常’原作‘尝’。”按穴本、北大本、张本、萃闵本皆作“常”，未见作“尝”。
第 222 页卷下第 46 条	与孙漢公齐名	与孙漢公齐名	孔校本校语云：“‘漢’原作‘漌’，误。”按穴本、张本、萃闵本皆作“漢”，不误。北大本作“漌”。
第 222 页卷下第 46 条	谢希深绛特铨荐之	谢希深判铨，特荐之	穴本“深判”二字残，然非空格，孔校所补未妥。此据张本补。北大本、萃闵本“深判”二字作空格。
第 223 页卷下第 47 条	以伯父质肃公任，为试将作监主簿	以伯父质肃公，任为试将作监主簿	孔校本校语云：“此处文字疑有脱讹……‘任’或为‘奏’之误。”按“任”可通，似不必出校。穴本、张本、北大本、萃闵本皆同。

续 表

孔校本页码 / 条目	孔校本	穴本	说明
第 224 页卷下第 49 条	本朝当为相给	本朝[当以]相给	穴本“当以”二字残不可辨，邓邦述眉批“本朝当为相给”，孔校本据邓批改。今据张本补。北大本、萃闵本同孔校本
第 224 页卷下第 49 条	不忘其德	不亡其德	北大本、张本、萃闵本同穴本
第 224 页卷下第 49 条	惜乎其不见用也	惜乎不见用也	北大本、萃闵本、张本同穴本
第 225 页卷下第 51 条	盖以五月十七日为高帝忌日	盖以五月十七日为汉高帝忌日	当据穴本补“汉”字。按张本、北大本、萃闵本此处同穴本
第 225 页卷下第 51 条	凡积一百九十一万六千三百六十三年	凡积一百九[十][三]万六千三百六十三年	穴本“十三”两字残不可辨，《老学庵笔记》及张本此处均作“十三”。北大本同孔校本。萃闵本此处空四格
第 225 页卷下第 51 条	二千三百九十四万九千五百九十一月	二千三百九十四万九千[五][百]九十一月	孔校本校语云：“‘五百’二字原为空格，据《老学庵笔记》补。”按穴本此二字残，非空格，可据张本补“五百”。北大本此二字作空格。萃闵本此处空四格
第 225 页卷下第 51 条	七亿七百二十四万六千八百十五日	七亿七百二十四万六千八十五日	孔校本误将“八十五日”衍为“八百十五日”，按张本、北大本、萃闵本此处同穴本

续　表

孔校本页码 / 条目	孔校本	穴本	说明
第 225 页卷下第 51 条	算外得五月朔日也，己酉	算外得五月朔日~~也~~己酉	穴本“也”字有删除符号，当径删或出校记说明。张本无“也”字。北大本、萃闵本同孔校本
第 226 页卷下第 52 条	至以为……	~~但~~至以为……	“但”字旁有删除符号。孔校本校语云：“‘至’上原有‘但’字，衍，今删。”未注意到删除符号。北大本作“但至以为……”。张本、萃闵本作“至以为……”
第 233 页附录邓邦述跋	家世旧闻，毛晋刻入放翁全集	家世旧闻，毛子晋刻入放翁全集	当据穴本补“子”字
第 233 页附录邓邦述跋	过毛氏所刊几二十倍云	过毛氏所刊行者几二十倍之	当据穴本
第 233 页附录邓邦述跋	仅得其皮与骨耳	仅得其皮与其骨耳	当据穴本

三

穴本与张本文字不同处：

孔校本页码 / 条目	穴本	张本	说明
第 175 页卷上第 1 条	托言于邻家子曰	托言于其邻家子曰	
第 175 页卷上第 1 条	以故嵇公尤务为清修宽厚	以故嵇公尤胜务为清修宽厚	穴本优
第 176 页卷上第 3 条	或食少山果	如食少山果	穴本优
第 176 页卷上第 3 条	已为便服矣	以为便服矣	张本优
第 176 页卷上第 4 条	亦有为县数任者	□有为县数任者	穴本优
第 176 页卷上第 4 条	公亦不求见而去	公卒不求见而去	张本优
第 177 页卷上第 6 条	锁斤试	锁厅试	穴本误，张本优。参王先生文
第 177 页卷上第 6 条	但谓多捷之征	但谓克捷之征	张本优
第 178 页卷上第 9 条	遍行告报盛度以下	遍行告报盛度已下	
第 178 页卷上第 9 条	具出身	其出身	按该条穴本“具出身”，张本皆为“其出身”，穴本优
第 178 页卷上第 9 条	乞具公文回报者	讫具公文回报者	张本优。按“讫”字当属上句
第 178 页卷上第 9 条	须是两任六考已上	须是两任六考以上	

续 表

孔校本页码 / 条目	穴本	张本	说明
第 179 页卷上第 9 条	一、次任奉敕差监饶州盐酒税。不经考，移就差（在“三十六度差遣了当”一句后。）		张本脱此句
第 179 页卷上第 9 条	两考并无责罚	二考并无责罚	
第 180 页卷上第 9 条	尚书度支员外郎	南书度支员外郎	张本误，穴本优
第 180 页卷上第 10 条	狱讼之间	狱讼之闻	
第 180 页卷上第 10 条	苟听断少乖于阅实	苟听断稍乖于阅实	
第 180 页卷上第 10 条	然实录、国史皆不载	然实录、国史不载	
第 181 页卷上第 13 条	意无屋庐	竟无屋庐	穴本误，张本优。参王先生文
第 182 页卷上第 16 条	每摅经以破后世之妄	每據经以破后世之妄	穴本误，张本优。参王先生文
第 182 页卷上第 19 条	哲庙语讫	哲庙语吃	张本误，穴本优
第 182 页卷上第 19 条	公度章相必为上为钱塘不合事	公度章相必为上尹钱唐不合事	
第 182 页卷上第 19 条	而小匃辄啜啜不已。小匃盖指臣也	而小勾辄啜啜不已。小勾盖指臣也	
第 183 页卷上第 21 条	但患言路无继之者耳	但悉言路无继之者耳	张本误，穴本优

续 表

孔校本页码 / 条目	穴本	张本	说明
第 184 页卷上第 22 条	而志则常在生民如此	而志常在生民如此	
第 184 页卷上第 23 条	与诸公不合	与诸公议论不合	张本优
第 185 页卷上第 27 条	秦陵终无嗣	泰陵终无嗣	张本优
第 185 页卷上第 27 条	因请其故	固请其故	穴本优
第 185 页卷上第 28 条	元丰中，庚申冬	元丰庚申冬	张本优。参王先生文
第 185 页卷上第 28 条	今俚俗初丧	今但俗初丧	张本误，穴本优
第 186 页卷上第 29 条	合换朝省郎	合换朝散郎	穴本误，张本优
第 186 页卷上第 29 条	非朝廷体	非朝廷休	张本误，穴本优
第 186 页卷上第 29 条	议遂格	议格	
第 187 页卷上第 32 条	既检	既检视	张本优。参王先生文
第 187 页卷上第 33 条	遍祷神祇	遍祷神祠	
第 187 页卷上第 35 条	朝士孰再贵	朝士孰贵	
第 188 页卷上第 37 条	尝记熙宁中	常记熙宁中	
第 188 页卷上第 37 条	必有一语	止有一语	张本优
第 188 页卷上第 37 条	束带意	束带竟	穴本误，张本优
第 188 页卷上第 37 条	如器资乃是	当如器资乃是	

续 表

孔校本页码 / 条目	穴本	张本	说明
第 189 页卷上第 39 条	不因试官火	不因试中火	
第 189 页卷上第 39 条	谅阴	亮阴	
第 189 页卷上第 40 条	遂以为谋逆	遴以为谋逆	张本误，穴本优
第 189 页卷上第 40 条	得无滥耶	得无滥也耶	穴本优
第 190 页卷上第 41 条	乃至数百策	乃至数百册	张本优
第 190 页卷上第 41 条	乃进本大者，而进表及元降旨挥……	乃进本大字，而进表及原降旨挥……	张本优
第 190 页卷上第 41 条	盖为内侍省亦称省	盖以内侍省亦称省	
第 190 页卷上第 41 条	遂改都知为知内侍省事、同知内侍省事	遂改都知为知内侍省事、副都知为同知内侍省事	张本优。参王先生文
第 190 页卷上第 43 条	忽见右□数十人	忽见左右数十人	张本优。参王先生文
第 190 页卷上第 43 条	笃意礼学	笃意礼乐	
第 191 页卷上第 44 条	宫车晏驾	宫车宴驾	
第 191 页卷上第 44 条	佛经云	佛经	
第 191 页卷上第 45 条	何以为士耶	何为士也	
第 191 页卷上第 46 条	驸马都尉玮之子	驸马都尉璋之子	张本误，穴本优

续 表

孔校本页码 / 条目	穴本	张本	说明
第 191 页卷上第 46 条	北虏遣金紫崇禄大夫	北虏遣金紫荣禄大夫	
第 192 页卷上第 46 条	洪基赐诗，答曰	洪基赐诗，答之曰	
第 192 页卷上第 46 条	妻刑	妻邢	张本优。参王先生文
第 192 页卷上第 47 条	特假此为丐恩泽尔	特借此为丐恩泽耳	
第 192 页卷上第 48 条	不以此卖之	不以此贵之	张本优
第 194 页卷上第 53 条	朝循之治为先，诵……	胡循之治为先君诵……	张本优。参王先生文
第 194 页卷上第 54 条	一过目尽能	一过目尽能记	张本优。参王先生文
第 194 页卷上第 56 条	李作乂赏为楚公言	李作乂尝为楚公言	张本优
第 195 页卷上第 56 条	若人主改过	若人改主过	穴本优
第 195 页卷上第 58 条	实受业，为仲修不第	实受业焉，仲修不第	张本优。参王先生文
第 196 页卷上第 61 条	柳氏训序	柳氏序训	穴本倒，张本优
第 196 页卷上第 62 条	辽人虽外窥中国礼文	辽人虽外窃中国礼文	
第 196 页卷上第 62 条	又回途闻其主丧	又西辽送使闻其主丧	
第 196 页卷上第 62 条	操色幞头	褬色幞头	
第 196 页卷上第 62 条	因从容摘话	因从容□语	按孔校本原文误作“与话”，校记作“与语”

续 表

孔校本页码 / 条目	穴本	张本	说明
第 202 页卷下第 1 条	和倡诗	倡和诗	张本优
第 202 页卷下第 3 条	是特使之身受祸也	是将使之身受祸也	
第 203 页卷下第 6 条	又颁五礼新仪	又班五礼新仪	穴本优
第 203 页卷下第 6 条	迎合者遂摩之	迎合者遂磨之	张本优。参王先生文
第 204 页卷下第 9 条	岂夷狄耶	岂夷狄也	
第 204 页卷下第 10 条	我是里堠	是我里堠	
第 205 页卷下第 11 条	识者皆愤黠胡	识者皆愤黠故	张本误，穴本优
第 205 页卷下第 12 条	称太师	称内太师	张本优
第 205 页卷下第 13 条	问贯、师成事用之由	问贯、师成用事之由	张本优。参王先生文
第 206 页卷下第 13 条	生已子外□者	生已于外舍者	张本优。参王先生文
第 206 页卷下第 13 条	京乃谓降旨有边功者	京乃请降旨有边功者	张本优
第 206 页卷下第 13 条	已而攀缘者多	已而攀缘者	穴本优
第 206 页卷下第 13 条	今为通侍大夫者比肩	今为通侍大夫比有	穴本优
第 207 页卷下第 15 条	霞独率其徒致祭	霞独牵其徒致祭	穴本优
第 207 页卷下第 15 条	谪居寓此寺	谪房寓此寺	张本误，穴本优
第 207 页卷下第 15 条	殷勤吹呗作三年	殷勤歌呗作三年	穴本优

续　表

孔校本页码 / 条目	穴本	张本	说明
第 207 页卷下第 16 条	今奈何自为之	今禁何自为之	张本误，穴本优
第 208 页卷下第 16 条	谁敢议	人谁敢议	张本优
第 208 页卷下第 17 条	先君亲受榜焉	先君亲书榜焉	穴本误，张本优
第 208 页卷下第 17 条	谁敢议	人谁敢议	张本优。孔校本校补后同张本
第 209 页卷下第 19 条	魏汉知津铸鼎作乐之法	魏汉津知铸鼎作乐之法	张本优。孔校本校改后同张本。案穴本“津”字上似有勾倒符号，不确
第 209 页卷下第 19 条	乃常谈不足用	乃常谈不定用	穴本优
第 209 页卷下第 19 条	陈指之法	陈指尺之法	张本优。孔校本校补后同张本
第 209 页卷下第 19 条	会阮逸作黍律已成	会既逸作黍律已成	张本误，穴本优
第 209 页卷下第 19 条	是时神庙已近四十	是时仁庙已近四十	穴本误，张本优
第 209 页卷下第 19 条	协律郎	协律即	张本误，穴本优
第 209 页卷下第 20 条	有君难托一篇	有君难说一篇	张本误，穴本优
第 210 页卷下第 21 条	自此至没	自此至殁	
第 211 页卷下第 26 条	受命于天，既寿亿，永无极	天既亿，永无极	据《宋史》，当作：“承天福，延万亿，永无极。”
第 212 页卷下第 26 条	谓八宝	谓之八宝	

续　表

孔校本页码 / 条目	穴本	张本	说明
第 212 页卷下第 26 条	为虫、鱼、鸟、兽、龙、蛇之形	为虫、鱼、鸟、兽、蛟龙之形	穴本优
第 212 页卷下第 26 条	经九寸	径九寸	张本优。参王先生文
第 212 页卷下第 27 条	遂降诏御殿受之	遂降诏御殿受之	张本优。穴本“降诏”二字残
第 212 页卷下第 27 条	杨康家功	杨康功家	张本优。孔校本校改为“杨康功家”
第 212 页卷下第 28 条	盖其家习为正论	盖其习为正论	穴本优
第 213 页卷下第 29 条	别由高祖	则由高祖	
第 213 页卷下第 30 条	所至古冢劚凿殆遍	所至古冢创凿殆遍	穴本优
第 213 页卷下第 30 条	耶律光	耶律德光	张本优
第 213 页卷下第 30 条	翕然称其□□	翕然称其工云	张本优
第 213 页卷下第 31 条	漫取视	慢取视	穴本优
第 213 页卷下第 31 条	尝为游道姓字	尝为游道士人姓字	张本优
第 214 页卷下第 33 条	谓之曲谢。多者或至再三。余官则俟下殿，并再拜（在“而退”二字前）		张本脱此十九字。而于条末注：“有两曲谢，欠一曲谢。”可知注者已知有脱文
第 214 页卷下第 34 条	安时不拘世俗如此	安时卓然不徇世俗如此	

续 表

孔校本页码 / 条目	穴本	张本	说明
第 215 页卷下第 35 条	公又请榜其章于朝堂	公又请榜其章朝堂	
第 215 页卷下第 35 条	正恐相及耳	正恐自及耳	
第 215 页卷下第 35 条	名在党籍尔	名在党籍耳	
第 216 页卷下第 35 条	又乞照洗安惇	又乞昭洗安惇	张本优
第 216 页卷下第 35 条	遂出致虚知均州	遂出致虚守钧州	穴本优
第 216 页卷下第 38 条	楚公願叹曰	楚公顾叹曰	张本优
第 217 页卷下第 39 条	在钱塘常遇异人	在钱唐尝遇异人	
第 217 页卷下第 39 条	能知前来物	能知未来事	张本优。参王先生文
第 217 页卷下第 39 条	遣人往来求神翁字	遣人往求字	
第 217 页卷下第 39 条	泄慢堕地狱	池慢堕地狱	穴本优
第 217 页卷下第 39 条	遣人密问嗣	遣人密问圣嗣	
第 217 页卷下第 39 条	禳显	褒显	
第 217 页卷下第 39 条	语涉欺诞	敢涉欺诞	
第 218 页卷下第 39 条	少尝事僧为童子	少尝侍僧为童子	
第 218 页卷下第 39 条	自空而坠	自空而堕	
第 218 页卷下第 39 条	位至右极仙卿	位至右枢仙	

续 表

孔校本页码 / 条目	穴本	张本	说明
第 218 页卷下第 39 条	嘉今亦生世间	嘉卿今亦生世间	张本优。孔校本据《说郛》校补“卿”字
第 218 页卷下第 39 条	李孝迪	王孝迪	北大本、萃闵堂本皆作“李孝迪”，孔校本校改为“王孝迪”
第 219 页卷下第 39 条	蕊珠殿侍晨金门羽客	蕊珠殿侍宸金门羽客	张本优
第 219 页卷下第 39 条	所荐进即拔擢	所荐进皆拔擢	
第 219 页卷下第 39 条	久著令	又著令	张本优。孔校本据《说郛》校改为“又著令”
第 219 页卷下第 39 条	自是某物显行	自是祟物显行	张本优
第 219 页卷下第 39 条	已入笔记，馀未入	已入笔记，余皆未入	
第 220 页卷下第 40 条	京徐亦知其误	京徐亦知其详	穴本优
第 220 页卷下第 40 条	赐大臣旌节	赐文臣旌节	北大本、萃闵堂本皆作“大臣”，孔校本校改为“文臣”
第 220 页卷下第 41 条	幸贷吭颈戮	幸贷抗颈戮	张本优
第 221 页卷下第 41 条	例为朝政疵	例为朝政庇	穴本优
第 221 页卷下第 41 条		世所传本乃曰已死奸谀骨尚寒。（在“盖畏祸者”一句前）	穴本脱此句，张本优。参王先生文

续　表

孔校本页码 / 条目	穴本	张本	说明
第 222 页卷下第 44 条	积官至朝奉大夫	积官朝奉大夫	
第 222 页卷下第 45 条	公一以法令共给之	公一以法会供给之	
第 222 页卷下第 45 条	公独自京师驰至陈留，谓之	公独自京师驰至陈留，谒之	北大本同穴本，萃闵本同张本，孔校本校改“谓之”作“谒之”
第 223 页卷下第 47 条	真淡先生既，字潜亨	真淡先生既，字潜身	张本误，穴本优
第 223 页卷下第 47 条	至为下拜	至为下殿	张本误，穴本优
第 223 页卷下第 48 条	仕至徽猷阁待制	仕至徽猷阁待诏	张本误，穴本优
第 224 页卷下第 49 条	我既深和好	我亦深和好	穴本优
第 224 页卷下第 50 条	预行日诛茀地	预行后日诛茀地	张本优
第 225 页卷下第 51 条	算外得五月朔日己酉	算外得五月朔己酉	
第 225 页卷下第 51 条	而传之者失也	传之者失也	
第 225 页卷下第 51 条	即子开也	子开也	
第 225 页卷下第 51 条	入笔记讫	入笔记云	

四

由上可知，穴本与张本互有短长，但穴本虫蛀字残处较多，不如张本清晰可辨。因此，较为理想的《家世旧闻》整理本，应综合穴本与张本之长。孔校本虽因条件所限，未能利用张本，亦未能充分利用穴本（他钞录穴本邓邦述二百余字的跋，竟钞错了三处，这应该是当时条件不允许孔先生仔细翻阅所致，否则出现这种情况是不可想象的），并出现了一些疏失，但古籍校勘如扫落叶，讹误难免，易地而处，吾辈之误恐更多于孔校。平心而论，孔校本当得起王水照先生“句读审慎、校勘亦称精细，整理质量颇高”之评。

穴本系统，除孔校本外，北大本又以之景写；据孔校本云，萃闵本亦出穴本，此说大致不差，但萃闵本当非径钞穴本而来，似为辗转递钞而来。如卷下第 26 条萃闵本有两处“受天于命”，页眉校语还特意强调：“原本‘受天于命’，非‘于’为‘之’误，即‘天于命’三字颠倒，应作‘受命于天’。”其原本此处文字明显与穴本、北大本不同（与张本也不一致），疑转钞时衍增之误所致。萃闵本一函两册，函套书签题曰“家世旧闻”（“家世旧”三字已残），下双行注：“萃闵堂正副钞本二册，不咸山民题。”该本两册内容一致，不过一为初钞，时见改正误钞之处，页眉校语亦有修改之迹；一为重钞，正文及页眉校语较初钞本稳定清晰。两本皆卷上二十二页，卷下二十五页，半页十行，但初钞本行十八至二十一字不等，重钞本行十八至二十字不等，两本格式并不一致，可见萃闵堂本已失明钞本原貌，价值较穴本、北大本为低。

张本系统流传亦少，张本后有胡适一九四八年十二月十八日跋："此书似宜钞一本付影印流传。"但直至上世纪60年代，严一萍选辑《百部丛书集成》（台湾艺文印书馆1964—1969年发行），据《稗乘》影印收入《家世旧闻》一卷节本，其后才补充排印此二卷足本；而张本影印本的面世，更迟至1985年台北新兴书局出版《笔记小说大观》第三十九辑时，才将之收入其中得以实现。但是由于两岸交流不便，张本被大陆读者广知，复有待于十年后王先生的文章了。

王水照先生《读中华版〈家世旧闻〉》一文发表至今又过去二十年，其间该文先后收入先生《半肖居笔记》（东方出版中心1998年版）和《鳞爪文辑》（陕西人民出版社2008年版），影响不可谓不大。但遗憾的是，《全宋笔记》第五编收入《家世旧闻》（大象出版社2012年版）时，仍声明以穴本（实据孔校本）为底本；《陆游全集·家世旧闻》（浙江教育出版社2011年版）则声明以北大本为底本（实亦据孔校本并参酌王先生的文章）[1]，均未能全面利用张本。因此本文比勘穴本与张本，也就具有了一定的意义。

陆游名气既大，《家世旧闻》二卷本史料价值又高，但该书为何一直未有刻本问世，以至长期难为人知？是刊刻经费不足所致吗？显然不是。众所周知，陆游生前曾按年编次，自定《剑南诗稿》二十卷，于淳熙十四年（1187）刻于严州郡斋，今有残本十卷藏于中国国家图书馆；而从淳熙十五年（1188）至其去世前二十年余年之作，其幼子

1 孔校本的疏失，当是他过于相信北大本的可靠性了。该本有李盛铎跋（孔校本已收入第222页，其中"汲古阁刻附全集"后脱"者"字），工楷景写，行款字数皆同穴砚斋原本，唯钞工未留意正文中之校勘符号，将删除之字或倒乙之字皆做正文收入，且又将邓邦述校语径入正文。据笔者臆测，孔校本实是托言以穴本为底本而实据北大本；此与《全宋笔记》托言底本据穴本而实据孔校本、《陆游全集》托言底本据北大本而亦实据孔校本一样，可能皆出于一种出版策略上的考虑。

陆遹编为《剑南诗稿续稿》六十七卷，于宝庆二年（1226）十一月至绍定二年（1229）三月刻出，惜该本已佚。较《续稿》刻成稍前的嘉定十三年（1220），陆游长子陆虡在江州又刻《剑南诗稿》八十五卷，不仅有残本藏于中国国家图书馆，且有毛氏汲古阁重刻本流传至今。也就是说，在陆游生前身后，其刻书并不存在经费上的困难。区区两卷《家世旧闻》，南宋陆氏未有刻本，可能基于以下两个原因：

其一，就编纂性质而言，《家世旧闻》主要记述家族先人事迹或闻自先人的掌故，在宋人思想观念中，一般是将其视为与家训、家谱[1]同类，都属于家族内部读物，欲传之子孙而并不欲公诸于世。这应该是《家世旧闻》虽早在淳熙九年（1182）之前成书[2]，却一直未有刻本传世的主要原因。

其二，就社会风气而言，虽然荆公新学在高、孝两朝的大部分时间内还可以与苏学、道学抗衡，但南宋从政治到学术总体上对新学持否定态度的趋势却愈后愈显，宋理宗取缔王安石配享孔庙之后，新学更遭到严厉抨击。陆遹、陆虡刻《剑南诗稿续稿》六十七卷和《剑南诗稿》八十五卷时皆在孝宗朝之后，陆佃为王安石门生，《家世旧闻》对王安石及新学皆有褒美之言，略显不合时宜，后代将之藏于家中暂不刊行，亦为情理中事。

最后还有一个相关问题附带讨论：陆游的高祖陆轸官至祠部员外郎、集贤校理；曾祖陆珪曾知奉化、天长二县；祖父陆佃官至尚书右

1　《放翁家训》同样也是长期无闻于世，直至明代叶盛《水东日记》才从陆氏族谱中钞入。于北山《陆游年谱》（中华书局1961年版）和欧小牧《陆游年谱》（成都天地出版社1998年版）皆以为《放翁家训》为伪作，然以其内容证之《剑南诗稿》《渭南文集》，若合符节，《放翁家训》当非伪作。另参杨光皎《〈放翁家训〉祛疑》一文，载《古典文献研究》总第八辑，凤凰出版社2005年版。

2　吴珊珊《〈家世旧闻〉研究》，第5—6页。

丞，著有《埤雅》《春秋后传》《尔雅新义》《陶山集》等；父亲陆宰虽不及陆佃有名，但能诗文，重节操，官至京西路转运副使；母亲唐氏是北宋宰相唐介的孙女，又是澶州晁氏名门的女甥。陆游的家世不能不说值得夸耀。但奇怪的是，不论是在风云激荡热爱幻想的壮年，还是在絮絮叨叨钟情忆旧的晚年，喜欢将生活中的一切都写进诗中的陆游，对于自己的家世却很少用诗歌来表现。整部《剑南诗稿》，明确提及先人事迹的只有《诵书示子聿二首》其一、《先大父以元祐乙亥寓居妙明僧舍后百余年当嘉泰癸亥游复假榻一夕感叹成咏》、《家居自戒六首》（其一）、《酬妙湛阇梨见赠妙湛能棋其师璘公盖尝与先君游云》、《和陈鲁山十诗以孟夏草木长绕屋树扶疏为韵》（其三）、《子遹读书常至夜分作此示之》等，另外还有一些凭吊鲁墟故居的诗，总体数量并不多，这与陆诗连篇累牍、不厌繁琐和细碎地表现自己生活的做法形成了鲜明对比。

实际上，陆游从来没有淡忘过自己的家世，只是他将这种情感，更多转移到了自己的笔记《家世旧闻》中。在《家世旧闻》二卷足本中，陆游述及家族先人事迹或其事闻自先人者达 118 条。卷上 66 条，涉及陆轸、陆佃、陆珪及六叔祖陆傅，另有一则涉及陆游祖母，其中与陆佃相关者最多，有 52 条；卷下 52 条，涉及陆宰及外曾祖父唐介家族等，其中与陆宰相关者最多，有 39 条[1]。陆游以史笔的方式记述先人言行，比述之于诗歌无疑更具庄重感。陆游，正是以这种方式表达着对家族的怀念和尊敬。

1　统计数据根据吴珊珊《〈家世旧闻〉研究》，第 10 页。

孔平仲与新旧党之关系

清江三孔是北宋孔文仲、孔武仲、孔平仲三兄弟的合称，这里的“清江”系临江军的古称，三孔实际出生于临江军的新淦县（今江西峡江）[1]。三孔在当时名声颇著，黄庭坚《和答子瞻和子由常父忆馆中故事》至谓“二苏上连璧，三孔立分鼎”，将其与苏轼、苏辙昆仲相提并论。熙宁三年（1070），孔文仲应制科策试，极言新法之不当，王安石恶之，黜文仲归本任，牵连所及，制科亦罢，此事宋代史料多言之；元丰元年（1078），孔文仲充国子监直讲，因不用王安石经义之学，改任三班院主簿；元祐年间他又得旧党重用，官至中书舍人[2]，因而其旧党的政治立场是毫无疑问的。孔武仲、孔平仲因同于元祐初入朝为官，往往也被视为旧党成员，但他们的政治态度并不十分鲜明。特别是孔平仲，

1　临江军始建于宋淳化三年（992），作为附郭县的清江则建于南唐昇元二年（938），宋人崇古，遂以清江指代临江。这点在宋人本是习惯，决不致弄错或混淆，如《直斋书录解题》卷十七《清江三孔集四十卷》：“中书舍人新淦孔文仲经父、礼部侍郎武仲常父、户部郎中平仲毅父撰。”王庭珪《卢溪集》卷四十五《故孔氏夫人墓志铭》：“夫人孔氏世居临江军之新淦，其族甚大……经甫伯仲以文章居显位，名重天下，世号清江三孔，遂为一世名门。”籍为新淦人和号为清江人并无矛盾。当然宋人也有径称“临江三孔”者，如王象之《舆地纪胜》卷第九十四《古迹》：“临江三孔读书堂，在郡斋桂堂，见《官吏门》。”方回《桐江集》卷一《孙次皋诗集序》：“兄弟能诗书……临江三孔、豫章四洪、昭德诸晁、余杭二赵皆是也。”称呼更加明晰和准确。在宋人那里，三孔属于新淦人是没有疑义的。但是由于《宋史》“新喻说”的影响（《宋史》卷三百四十四：“孔文仲，字经父，临江新喻人。”），渐有紫夺朱色之势，明嘉靖五年（1526）新淦又析置出峡江县，三孔今属何处遂引发一些学者的讨论。如聂言之《三孔籍贯考辨》，《赣南师范学院学报》1988 年第 4 期；鄂丽《清江三孔及其诗歌研究》下篇《三孔事迹编年考略》，北京大学 1998 年硕士论文；李春梅《三孔事迹编年》，《宋人年谱丛刊》第五册，四川大学出版社 2003 年版。

2　参见苏颂《苏魏公集》卷五十九《中书舍人孔公墓志铭》，第 898—904 页，中华书局 1988 年点校本。

随着他多达十卷佚文的逐渐发现[1]，其政治面目变得愈发复杂和模糊。本文综理史料，揆诸情理，想要重新讨论孔平仲与所谓新旧党人的关系，欲借此窥探其在北宋新旧党争中的动态立场，并进一步探究其醇儒情怀和循吏意识，寻求走出传统人物研究模式的可能性。

一、孔平仲属于旧党的传统认识

一般认为，孔平仲在北宋新旧党争中属于旧党，证据主要有三：

一是“清江三孔”习惯上被看做一个统一体来论述。孔文仲曾旗帜鲜明地反对熙宁变法，元丰年间又反对王安石的经义之学，人们无不将之视为旧党的中坚分子。影响所及，也倾向认为孔武仲、孔平仲与乃兄政治立场一致。如清王士禛《居易录》卷十二即载：“江南巡抚宋牧仲中丞寄《三孔文集》，宋中书舍人文仲经父、礼部侍郎武仲常父、金部郎中平仲毅父也。经父以范蜀公荐，对策九千余言，力排安石，触其怒，罢归；常父诋王氏学；毅父以不行新法为董必所劾，安置英州，皆元祐君子也。”今人李春梅《三孔事迹编年》云：“（三

1 《清江三孔集》南宋编集时原有四十卷，今以四库本最为通行，然仅三十卷；笔者前文《现存清江三孔集版本源流略考》揭出藏于北京大学图书馆的四十卷本，多出的后十卷均为孔平仲文；四川大学古籍所编《宋集珍本丛刊》（线装书局2004年版）第十六册收入国家图书馆藏傅增湘校补四十卷本（傅氏于《豫章丛书》三十四卷本后，请写手据明华亭本补抄孔平仲文六卷），惜乏人关注，《全宋文》对之亦未能利用。本文所引《清江三孔集》，均据国家图书馆藏傅增湘校补本，讹误处则据北京大学图书馆藏四十卷本校正。以下凡引该书，仅标篇名及卷数，《豫章丛书》本将三孔分别统计卷数，傅氏则通计三孔为卷第，自卷一直至卷四十，今依傅氏校改之后卷数。

孔）因反对新法，屡遭贬斥。因与苏轼友善，复以‘蜀党’之名卷入洛蜀党争。”[1] 杨胜宽亦云：“（二苏与三孔）从各种史料看，他们从熙宁变法之初起，就是坚定的反对派，并因此在仕途上共同起伏进退。”[2]

二是孔平仲受到旧党人物的栽培，并与旧党人物交好。物以类聚、人以群分是人们惯常评价人物的手段，孔平仲与旧党代表人物吕公著、苏轼、苏辙等皆有交往[3]，与吕公著还有师生之谊。治平元年（1064），吕公著为天章阁待制、判国子监，孔平仲为国子生，并于是年得国学解魁。其上吕公著的《谢试馆职启》（卷三十一）即云：“方某之为诸生，适执事之为祭酒，屡闻教诲，常辱提携。”而孔平仲得以于元祐元年（1086）召试馆阁并入朝为官，正由于吕公著的荐举。《续资治通鉴长编》（以下简称《长编》）卷三百八十载：元祐元年六月壬寅，“尚书右仆射吕公著举朝奉郎孔平仲、承议郎毕仲游、孙朴……并堪馆阁之选”。《宋史》本传亦载：“用吕公著荐，为秘书丞、集贤校理。”元祐三年（1088）三月，孔文仲“以疾卒，上重悯之，特诏弟平仲为江东转运判官，护丧归”（《隆庆临江府志》卷十二）。此差遣亦出自吕公著的推荐，孔平仲《祭申国吕司空文》（卷三十七）即云：“每见温温，词简意至。出使江左，亦公之赐。”孔平仲与旧党其他人士也多有交往，如吕陶、刘挚、黄庭坚、秦观、晁补之、张舜民、黄隐、

1　《宋人年谱丛刊》第五册《三孔事迹编年》，第2860页，四川大学出版社2003年版。

2　杨胜宽《眉山二苏与临江三孔的交谊考述》，《乐山师范学院学报》2016年第3期。

3　孔平仲与二苏之交往可参杨胜宽《眉山二苏与临江三孔的交谊考述》，聂言之《孔平仲与苏轼交谊考》（《齐鲁学刊》1993年第4期）。

李朴等，与李朴还有姻亲之谊[1]。

三是孔平仲元祐元年入朝为官，被视为党附元祐旧臣，受到后来执政的新党的打击报复，并名列元祐党籍碑中。论者还常举元符元年（1098），提举荆湖南路常平董必劾平仲不行常平法，诏罢孔平仲知衡州任（《宋史》本传）为证。之后孔平仲几度宦海沉浮，至崇宁元年（1102），党论再起，八月二十五日，“朝奉大夫孔平仲管勾兖州太平观”（《宋会要辑稿》职官六七），寻卒。

二、孔平仲前期的政治倾向

旧说言之凿凿，然未注意相反的证据和逻辑的严密性。如孔平仲固然有许多旧党朋友，但他相识的新党人物也很多。仅据四十卷本《清江三孔集》中可考知党派倾向的人物而论，与孔平仲有所交往的著名新党人士就有王安石、安焘、熊本、邓绾、李定、李清臣、章惇、郭知章、舒亶、张商英、林希、张璪、唐坰等十余人，而且孔平仲对他们都不吝赞美之词。另外，孔平仲与主张调停或立场相对中立的王存、范纯仁、曾布等也有联系。可见，依据并不完整的交际网络推定人物

1 孔平仲有《与李先之》，按李朴（1064—1128），字先之，号章贡，兴国人，绍圣元年（1094）进士，历官西京国子教授，程颐独器许之，移虔州教授。……徽宗即位，召对，言甚切直，蔡京恶之，复以为虔州教授。李心传《建炎以来系年要录》卷一百四十二载：“虔州免解进士李珙，特封养素处士。珙，赣县人，朴从子也。行义修洁，该通典故。秘阁校理孔平仲以其子妻之。”

的政治立场，在逻辑上本来就无必然性。

旧说的问题还在于机械地看待事物，未注意到环境和人物思想的复杂性及发展变化性。如果以元祐元年为界，将孔平仲一生分为前后两期，那么更多材料显示，孔平仲前期的某些政治立场是倾向于新党的。

熙宁四年（1071），王安石荐二十八岁的孔平仲为密州教授，平仲于十一月到任后即作《上王相公书》（卷三十五）云：

> 昨蒙恩授密州教授，已于某月日到任讫。惟朝廷更张万事之统，兴起学校，以辅太平，为之设官，倡率义理。士大夫得预是选者，莫不以为荣，而不由论荐出于初除者，又以为甚荣。某之愚，不敢有当于此，然私有幸焉。某颛蔽之性，本喜读书，向在场屋，则困于声病对偶破碎之文；比窃禄食，又苦于簿书期会奔走之役。虽尝妄意经术，而尤不专，年日益长，智日亦夺，大惧泯灭不自振。于今乃得脱去其余，备员庠序，以讲论道义为职，遂将由此而进一二，此不肖之所以为大幸也。重惟去圣已远，家异习，人异论。自相公之言出，而六经之趣明，天下之竞息，学者宗仰，如见孔子。某游门下之日虽至浅，而诵相公之学为最笃。今此被命，但当竭尽鄙识，申畅微旨，以告诸生，必使有立，庶几塞新诏之意，而报门下之厚遇。过此已往，则非所知。

将王安石比作“孔子”，自云诵其学“最笃”，又表白一定在教授任上推行王氏学说，青年孔平仲无疑是王安石的崇拜者。

元丰三年（1080），孔平仲通判虔州，过江宁，谒王安石，有《造王舒公第马上作》《呈舒公》等诗，并仿王安石药名诗《和微之药名劝酒》，作《萧器之小饮诵王舒公药名诗因效其体》等多首[1]，足见其对王安石的倾慕之情。直至元祐三年（1088），王安石去世两年之际，孔平仲任江南东路转运判官，仍作有《祭介父》（卷三十七）：

谨以清酌庶羞之奠，致祭于故丞相荆国公之墓。呜呼！人之相知，自古难偶。公于不肖，一见加厚。虽未及用，意则至焉。去公山中，俯仰十年。奉命出使，今复来此。音容阒然，松柏拱矣。酒薄食陋，所丰者诚。再拜奠公，敢有死生。尚飨！

可以说，孔平仲对王安石的追慕是终身性的。与他的另一位大恩主吕公著相比，孔平仲与王安石的联系更为密切[2]。

再来看他作于熙宁后期的《熙宁口号》（卷二十四）：

日坐明堂讲太平，时闻温诏下青冥。九重遣使询新法，四面兴师剪不庭。

万户康宁五谷丰，江淮相接至山东。须知锡福由京邑，天子新修太一宫。

只因铜落久纷纷，砥砺廉隅自圣君。能使普天无贿赂，此风

1 据刘成国《王安石年谱长编》，中华书局2018年版。

2 孔平仲虽屡受吕公著之恩，但自治平元年（1064）国学解魁，次年登进士第释褐入仕，至元祐元年（1086）吕公著举荐试馆阁，近二十年未曾与吕公著相见。其《谢试馆阁启》云："方某之为诸生，适执事之为祭酒，屡闻教诲，常辱提携。解褐逾二十年，随牒既六七任，声迹湮没，不复登门，光景蹉跎，已如隔世。邈于今日，播在洪钧。虽台辅之柄，执事可以必致而无疑；而患难之身，某实不自意其及此。"《祭申国吕司空》云："某曩自诸生，辱公察识。公为祭酒，咏文蹈德。即叨仕版，迹微问息。埋没尘土，望公霄极。"皆可为证。

旷古未尝闻[1]。

近闻置监理戈殳，山岳输金入大炉。百炼刚刀斫西夏，万钧强弩射单于。

百姓命悬三尺法，千秋谁恤两端情。近闻崇尚刑名学，陛下之心乃好生。[2]

按杨仲良《宋通鉴长编纪事本末》卷八十二《神宗皇帝·修太一宫》：熙宁四年（1071）十一月丁亥“修太一宫”，熙宁“六年（1073）四月乙酉，中太一宫成”，此当为第二首“天子新修太一宫”之谓；《长编》卷二百四十五：熙宁六年（1073）六月置军器监，“总内外军器之政”，此当为第四首“近闻置监理戈殳”之谓；由此可知此组诗应作于熙宁六年或此后不久。新法使国富兵强，既足以讨伐不臣，威服四邻；又能完善法令制度，保障民生。君主圣明，贿赂不行；百姓康宁，五谷丰登，真是一派文治武功的太平盛世图景。有的研究者以为这组诗是讽刺新法理财扰民[3]，和诗意完全南辕北辙。

元丰期间，孔平仲先后任虔州通判和江州钱监。这一时期，他虽与苏轼、黄庭坚等过从颇密，但其施政并未闻有触逆新法之处，还曾受到新党党魁章惇的荐举。元丰五年（1082）四月，章惇擢门下侍郎，孔平仲有《贺章子厚》（卷三十四）大加溢美：

1　《本草纲目》卷八《赤铜》谓铜屑又名“铜落、铜末、铜花、铜粉、铜砂”。该诗大约以“铜落”喻铸钱。

2　《宋史》卷一百九十九《刑法志》第一百五十二：“神宗以律不足以周事情，凡律所不载者一断以敕，乃更其目曰敕、令、格、式，而律恒存乎敕之外。熙宁初，置局修敕，诏中外言法不便者，集议更定，择其可采者赏之。”此当为第五首之本事。

3　论者多举第五首断章取义以为系讽刺新法，其实“百姓命悬三尺法”取自《管子》“法者，天下之仪也。所以决疑而明是非也，百姓所悬命也”，并无贬意，此首称颂神宗精研法律，慎刑爱民之意甚明。

伏审光膺诏綍，荣总政机，凡在陶熔，率深庆忭。恭惟某官气钟川岳，学际天人。冠乎海内之英，蔚为王者之佐。开拓土宇，威名镇乎四夷；阜通货财，惠泽施乎一世。未离乡邑，已陟禁涂；既至阙廷，益隆睿眷。文章足以追复古始，论议足以折衷臣工。器无不宜，道素相合。果进陪于大柄，尚未究于远猷。赫赫郇旗，当承世业；煌煌周衮，即正台阶。某迹抗尘冥，托身钧播，侧聆成命，倍切欢心。

元丰八年（1085）五月，章惇知枢密院事，平仲作《上章枢密》（卷三十）渴望拔擢：

伏审光奉制麻，入居枢席，股肱之喜，声气皆同。……恭惟某官以天人之学蕴诸中，以神明之才厝于外。郁然栋梁之器，焕乎河汉之章。以古人忠谨结主知，以天下治安为己任。越唐房杜，轶汉萧曹，致君泽民者已三朝，出将入相者凡十载。向者运筹西府，秉轴中台。衔恤而归，不以诏书而夺志；讫哀之始，已闻使者之及门。遂以弼亮之功，兼司宥密之任。伫尽经纶之略，以成熙洽之休。某夙以空疏，猥蒙论荐。今居幕府，仍在海邦。崎岖簿领之迷，汩没尘埃之困。盐车之马，已叨推毂之荣；涸辙之鱼，尚冀为霖之赐。

未详章惇是否施以援手，但次年初孔平仲即除知赣州军州事。由孔平仲两次上章氏书，可知元丰时期孔平仲与新党关系尚睦，其表现亦能令新党满意。

三、孔平仲后期的政治倾向

元祐时期，孔平仲的仕途最为妥顺，他受旧党人物提携，先后以馆职提点江浙铸钱和京西路刑狱公事。受惠于元祐的他，对元祐之政做了不亚于熙丰之政的赞美：“八年之间，四海无事”（卷二十九《贺坤成节表》）、“海内无事，年谷屡丰，里闾之间，民不识于兵革；州县之内，吏或长于子孙”（卷二十九《贺坤成节表》）。后期的孔平仲，其政治情感更亲近旧党，特别是哲宗亲政后，新党将孔平仲硬性归入党附元祐者，更促进了他对旧党的认同。

但是，旧说常举孔平仲知衡州任上被“提举董必劾其不推行常平法”（《宋史》卷三百四十四本传），作为其反对新党的铁证，其实并不能成立。按此事《宋史》本传有简略记载：

> 绍圣中，言者诋其元祐时附会当路，讥毁先烈，削校理，知衡州。提举董必劾其不推行常平法，陷失官米之直六十万，置狱潭州。平仲疏言：“米贮仓五年半，陈不堪食，若非乘民阙食，随宜泄之，将成弃物矣。傥以为非，臣不敢逃罪。”乃徙韶州。

本传仅摘取数句孔平仲上疏之语，从中难以窥探究竟。幸而《清江三孔集》卷三十五保留了他的《上章丞相辨米事》，于此事记载颇详，节录如下：

> ……本州今岁以饥出粜元祐八年常平米，元粜五十二，衮纽

五十四，见粜五十五。若此衮纽即不亏本，若以元价每斗犹出息三文。而提举司震怒，以为出息之少，须合每斗粜钱七十四文，盖用去年粜价也。七十四文已在衮纽五十四文数内。衡州自来米贱，偶因去年大旱，官粜每斗米钱七十四文，提举司遂将向前年分积下陈腐灰土、鼠矢之物，不问久近，皆要七十四文出粜，计每斗出息二十二文。于法无文，于利无见。夫有市易之政令，有常平之政令。今以常年惠民之法，为市易射利之事，失之矣。法云："谷价贵则量减钱粜，贱则量添钱粜。"朝廷不惜钱，只欲平价之心，推此可见也。且出给之法，赊贷也，止收息钱二文，折纳兑与转运使也，亦令只依元价。岂有饥民有用见钱籴米二升，反责息之多乎？江上灾伤，至于截上供以赈济饥贫之民，自冬徂春，在在处处散米与人。岂有百姓质衣鬻子，籴米救命，乃幸其急以要之乎？提举般本州元祐八年米往潭州出粜，每斗要钱八十文，计每斗收息二十八文。若隔三年陈米每斗八十文，是即不知在市白米腾长至几文而止，殆非常平本意矣。尝见民间无米，至掘草根、剥木肤以食之，方旱后少粜之际，官中索价虽高，必亦有人来籴。但百姓转见不易耳。况自有通计贵贱量减价不亏本之条，何为而废之也？依条管勾官同州县相度米价，盖欲详究事实也。今提举司处处高唱价直，径行指控他人不与焉，一路多是胁从，惟有衡州谨守诏条，此其所以奏劾兴狱也。且本州籴米，只是检旧本循久例而行。元祐八年，衮纽六十四出粜五十七；绍圣元年，衮纽五十五出粜五十六；二年衮纽五十四出粜五十五，皆不亏本之法也，亦是天下大同如此，何尝容心于其间。而提举司乃以私书见诋曰"怀不平之异意，干非道之私誉"？此诬而胁之也。而奏劾

> 之称“勒令行人付价”，此乃上欺君相矣。本州只据自来米行人逐旬供至实直，依年例量减价粜米，何尝有勒令之事？盖提举司多是巧装事节，诬奏属官……

衡州元符元年（1098）饥荒，知州孔平仲将常平仓中所存元祐八年（1093）陈米以每斗五十五文（略高于买时原价的五十二文）卖给饥民，如此既不亏本，又赈济灾民，兼解决了陈米的问题，本是一举数得之事。而且衡州自元祐八年以来粜米价格一直维持在每斗五十几文，仅绍圣四年（1097）因大旱粜米价格飙升至每斗七十四文，本是特例，但提举董必却以七十四文为标准，认为孔平仲每斗少收了十九文，计少收官米之值六十万，遂置狱潭州，上书弹劾孔平仲，并写私信诽谤孔平仲“怀不平之异意，干非道之私誉”。孔平仲愤而向章惇上书，将自己谨守常平法“谷价贵则量减钱粜，贱则量添钱粜”之本意，护惜民生，反遭提举司诬奏的过程和盘托出。

按常平仓西汉时已设，宋代更盛，是赈济灾荒的重要手段。宋代常平仓设置广泛，仁宗年间遍布路、州、县三级机构。神宗朝一度将常平仓充作青苗本钱放贷，后发现弊端，遂将常平仓一半用于传统的籴粜、一半用于放贷敛散。元祐元年（1086）恢复常平旧法，哲宗亲政后又时而回到半籴粜、半放贷的状态，南宋时的常平仓则大致维持着传统的平籴平粜功能[1]。董必与孔平仲的矛盾冲突，直接源于传统赈灾的籴粜之法，并非由新法的放贷敛散所致，似不宜将此事看做孔平

1 参张敏《宋代常平仓研究》，扬州大学2012年硕士论文。

仲反对新法的直接证据[1]。

真正能证成其接近旧党立场的是朝廷诏书及孔平仲的自我表述。

孔平仲罢知衡州虽不直接关涉新旧之争，但随后朝廷的诏书处分却有着较浓的党争气息。元符元年（1098）九月丙辰，“朝奉大夫充秘阁校理孔平仲特落秘阁校理，送吏部与合入差遣。诏以平仲党附元祐用事者，非毁先朝所建立，虽罢衡州，犹带馆职，故有是命”（《长编》卷五百二）。元符二年（1099）五月庚申，“诏朝奉大夫、新知韶州孔仲平责授惠州别驾、英州安置……平仲以元丰末上书诋讪先朝政事……故有是责”（《长编》卷五百一十）。复贬单州团练副使、饶州居住（《东都事略》卷九十四）。元符三年（1100）三月，徽宗虽诏复其官，但章惇所改定制词仍数其前罪云“议毁先烈，谪居岭服”（《宋会要辑稿》职官三）。

对于“党附元祐用事者”和“元丰末上书诋讪先朝政事”这两项罪名，孔平仲自己倒是部分认账的。元符三年诏孔平仲复单州团练副使、饶州居住，他所上《饶州居住谢表》（卷二十九）即云：“臣学问蹇浅，智识钝昏，妄陈答诏之言，自掇投荒之辱。”此后所上《叙复朝奉大夫谢表》（卷二十九）亦云：“又陈伏罪，遂斥遐陬，泣血追愆，岂由上疏？观过于党，或可知仁。”

孔平仲因吕公著荐举入朝，确曾多次对吕氏表示拥戴；而且元祐三年（1088）四月，范纯仁自同知枢密院加太中大夫、右仆射兼中书侍郎，时任江南东路转运判官的孔平仲为作《江东贺中书侍郎启》（卷

1　当然，董必的思路是不放过任何机会，汲汲于为朝廷、官府敛财，是典型的新党做派，而孔平仲仍然停留在传统的平抑物价的思路，对董必的做法并不赞成，迟早会发生冲突。但就事论事，此次董必弹劾孔平仲是以粜粜之法为口实，未涉及孔平仲对新法的对抗。也正因董必缺少充分的合法性，孔平仲才理直气壮地上书自辩，而宰相曾布也对哲宗言“必在湖南按孔平仲，殊不当”（《续资治通鉴长编》卷四百九十五）。

三十二），也曾指斥新党人物：“自二御之当极，斥群邪之误朝。然而异意相窥，余党犹在。”更重要的是，绍圣四年（1097）岁末旧党的朔党党魁刘挚卒于贬所，孔平仲闻讯后作《祭刘相》（卷三十七）云：

> 维元符元年五月丁卯朔四日庚午具位孔某，谨以清酌庶羞致祭于故丞相[1]刘公之灵。呜呼，惟公学问之富，德谊之尊。初为小官，以言绌逐。晚登大用，直气不衰。屏除奸邪，善类得职。民受其赐，国以至今。道有屈伸，数有亨塞。噭噭而殁，穷亘天地。时清事白，岂待久远。旅榇南来，将还故土。重惟孔子，识公最旧。平仲不肖，亦出陶熔。方在羁孤，百不如礼。为具至薄，所丰者诚。尚飨。

其毫不掩饰地认为元祐期间刘挚击弹新党的所为是“屏除奸邪，善类得职”，并相信刘挚被贬之冤终会“时清事白”。元符元年（1098）正是新党得势之时，孔平仲逆流而作的祭文，无疑代表了自己的真实想法。《长编》于“党附元祐用事者”数句下小字注云：“《新录》辩曰：元祐贤才之盛，如平仲辈，皆一时之望，而史官概诬以党附用事者。”似有为孔平仲鸣不平之意。其实尽管“党附”二字有些言重（孔平仲并未结党营私），但他后期同情旧党的立场还是明显的。

至于“元丰末上书诋讪先朝政事”“非毁先朝所建立”“议毁先烈”等，更是一项无法避免的原罪。按元丰八年（1085）三月，哲宗即位，高太后垂帘听政，应司马光多次请求，同年六月丁亥，朝廷下诏，“中外臣僚及民庶并许实封直言朝政阙失、民间疾苦，在京于登闻检鼓院

1　“故丞相”：原误作“政承相”，据北京大学藏本改。以下“善类得职”“数有亨塞”“重惟孔子”，傅氏校补本误作“善类得贱”“数有亨寒”“重惟光于”，均据北京大学藏本改。

投进，在外于所属州军驿置以闻”（《宋会要辑稿》帝系九）。由于哲宗刚刚即位，诏书中要求的“直言朝政阙失”，实际上是指神宗一朝的“阙失”，这也意味着凡应诏上书者不论其立场如何，都可被人指为“诋讪先朝政事”。如曾布所云：“一言之差，一向搜求，有何穷尽？……近上臣僚悉已行遣，执政中唯臣与蔡卞不预，章惇而下皆不免指陈，侍从、言事官、监司亦多已被责，今所余者不过班行、州县官之类。”（《长编》卷五百五）韩忠彦亦说：“哲宗即位，尝诏天下实封言事，献言者以千百计。章惇既相，乃制局编类，摘取语言近似者指为谤讪，前日应诏者大抵得罪。”（杨仲良《皇宋通鉴长编纪事本末》卷一百二《哲宗皇帝·逐元祐党下》）

有论者指出：“哲宗亲政，除了绍述熙丰之政、贬谪元祐臣僚外，还重修元祐《神宗实录》、将元祐臣僚章疏加以编类、对元祐看详诉理所之旧案重加审定。”[1]其中仅编类章疏局就投进了从神宗去世至哲宗亲政前的臣僚章疏1900册，因言语获罪者难以数计。这一场无限扩大的文字狱，几乎将元祐时期所有的中央官僚都网罗进去，孔平仲元丰八年（1085）曾有上疏[2]，虽只是就《易》之“贲卦”阐述治天下在于“君子小人之分”的泛泛之论，但也难以幸免于党祸。

1　方诚峰《“文字”的意义——论宋哲宗亲政时期的修史、编类章疏与看详诉理文字》，《北京大学学报》2010年第2期。

2　孔平仲集中有《进否泰说表》（卷二十九），言“臣伏读诏书，许臣民实封言事，此盛德之举也。……治天下在于君子小人之分。而君子小人之分在于否泰之说。尝读《易》，至贲之‘柔来而文刚’‘分刚上而文柔’，窃叹圣人尝发其端，而历数千百年，诸儒未有深考而广陈之者。臣不揆浅陋，辄触类而长之。否泰之说，各有九卦，妄意治天下之术管是矣。谨具左方。”当即为此次上疏所作，惜《表》存而《说》佚。

四、作为醇儒和循吏的孔平仲

尽管孔平仲在人生的前后期对新旧党的认同度有一定变化，但是如果夸大这种变化，认定其前期属于新党、后期属于旧党，那显然是简单机械和不合适的。因为孔平仲还有着党争之外的其他面孔，其中至少有两张更常态、更稳定。

一张面孔是醇儒，另一张面孔是循吏。

虽然宋代以文治天下，儒家教育是知识分子入仕前的基本教育，中唐至北宋绵延不绝的儒学复兴运动更强化了士人的道德意识。但是作为至圣先师的后裔，孔平仲的醇儒情怀要比其他人强烈。《上提刑职方》中他就宣称自己："善善恶恶，素学于仲尼；是是非非，尝闻于荀子。"在《答张芸叟》（卷三十五）中，这种倾向表现得更加明显：

> 道之塞也屡矣，赖有圣贤时而辟之。自孔子承三圣，其[1]后则有孟轲氏、扬雄氏、韩愈氏，至本朝欧阳文忠公也。文忠公考其所为文章，无一字假借佛老者，此亦卓然不惑，韩愈氏之徒也。虽为文忠公门人，然稍稍有聪明溢出，不能约以中道者，肆为胡语，刻之金石，甚者至以佛说解[2]经义。呜呼，吾道至衰至微，至于此极也！以为吾辈虽不能振起之，弗自为诧诧佐异端、小仁义，庶乎可也。公所示《庄子序》，姑序其大意而已，而云"老子以道治身，释氏治性，孔子治国，未有不先治性治身而可治天下国

1　其：傅校补本误作"具"，据北京大学藏本改。

2　解：傅校补本误作"辞"，据北京大学藏本改。

> 家者也"，治性治身，孔子何莫不有？而须以归于佛老，析而为三，谓之"三圣人"，至有"真如实义，不二法门"语，此出何典记也？所出非六经，不愿公著之文字也。学者，时焉而已矣，孟子所谓论世也，今之时孔子之道如何乎？如膏之炽，从而沃之；如线之绝，从而挽之。呜呼，其亦不甚矣可为恸哭流涕者也。如公磊磊落落，方将为名教主人，宜自兹以往，拔乎流俗，勿为背宗党寇语。此区区之望也，如何如何，不罪不罪。

他劝告好友张舜民勿以佛老凌驾儒家之上，要向韩愈、欧阳修学习，言论文字皆出于六经，要做儒家名教的主人。尽管孔平仲自己未能彻底做到这些（其出于词臣本职，不得不作礼仪性的《坤成节罢散赞佛文》《功德疏右语》《进追崇皇太后功德疏》等），但这种追求醇儒的情怀是自觉和强烈的。

醇儒情怀必然带来的影响之一即仁政爱民思想。及至其被提举司董必奏劾，"其踪迹孤危如机上肉，一身之计无足控抟"时，考虑的仍是"若是此言得闻，此法明白，朝廷之泽下流，远方之民得所，某即日弃官，没齿林下，亦所甘心焉"（《上章丞相辨米事》）。因此当孔平仲认为新（旧）法有利于民时，自然欢欣鼓舞，衷心咏赞；当看到新（旧）法不利于民时，自然会生出抵触和调整心理。如熙宁后期，随着新法的推展和自己逐渐具有了基层行政经验，孔平仲对新法的弊端有了一定了解，并开始反思。熙宁六年（1073）的熙河之役，大将王韶数月之内即收复熙、河、洮、岷、叠、宕六州，拓边二千余里，朝野上下一片欢腾。孔平仲却写下了《边议》（卷三十六）一文：

天子春秋富盛，聪明神武，上兼古初，下轶汉唐，而尤留意于边鄙之事。自即位以来，进一二大臣，慨然咨谋，有包括六合，摧敌裂寇之心。于是讲武以学，理械以监，又亲阅人材，简拔师将。尝试之一隅，而举洮掩岷，抚有叠、宕。期月之间，六郡内属……而愚于此时，安敢逆策其败？亦将颂其成，而独以成为可忧而已。何以言之？夫得者，天下之所以不足也。今夫小民牟利之家，自一二累之以至百千万，而农夫之为田，自拱把进之以至兼邻倾族，愈得而愈不厌。况以海内之富，天子之威，而一开边鄙之事哉？今日之师，亦不为无名。盖曰陇右者，我之故乡也。故以兵取之，行且得陇右矣。则夫北失幽燕，始于五代；西捐灵夏，近自本朝。至于南有交趾，北有高丽，在汉唐时或命令守，或置都护，此皆今日之所宜取者。一隅既得，则士益习战，上益向武，而人益不敢言。必次序问罪，至于四方，皆荡然无有不快而后止。然愚所不知者，自军兴以来，今已几时？所得土地之赋、户之籍实几何？以功赋赏者几人？其授与迁凡几官？廪官之俸，饷师之粟，衣士之帛，赡军之缗，与夫戍守挽远，官室城沟，犒宴遗赂，其用自一毫以上，凡几百万？内外之积蓄，比之未用兵时，其盈耗如何？如复用兵不已，则其费比之今日，其众寡又如何？窃观自军兴以来，中国之民，散泉归息，出贷敛赢，至于无可加而滋不给。如复用兵不已，则其费必增广，果不出民乎？如出于民，则民有不胜其敝，而祸有不可讳者矣。此愚之所以以成为可忧。然则何为而宜？曰姑自守而已。盖三代之制，中国甚俭。今之天下，其视三代已斥大矣。苟为善守之，固可以传万世而至无穷，朝四夷而来不服。彼边鄙之事，乃秦隋之侈心，而非今日之先务也。

此文写于熙宁六年（1073）密州教授任上，与前引《熙宁口号》作于同一时期，但对用兵的态度似乎截然相反。这看似自相矛盾的表述，其实正反映出此期孔平仲的真实心情。一方面，他站在现实宋人的立场，为本朝的强大感到由衷自豪与高兴；另一方面，他站在传统儒家的立场，又担心穷兵黩武会带来民苦国忧的后果。因此，他既可在《熙宁口号》中对熙宁朝政持总体肯定态度，又可在《边议》中对急于开边的弊端有所反省（他反对的只是把用兵当做“今日之先务”，并不是认为可以不修武备）。

再如他曾膜拜王学，但发现其问题后并不曲意回避，而是积极探讨解决方式。熙宁七年（1074）所作《代范成老谢解》（卷三十四）[1]云：

> 伏睹解榜，叨预荐名。恭惟朝廷厌诗赋之积弊，故改用专经之科；恶传注之多门，故尽变先儒之学。上以此而取士，下靡然而向风。争为瑰琦，以合好尚。言《易》则诋毁辅嗣，论《礼》则排摈康成。以至他书，并从新见。得先生之余议，而不究言象之所忘；承流俗之传闻，而不察口耳之多妄。于是陷于诡谲，失其本真。必欲求深，而自成浅近；必欲立异，而返至于迂疏。数年以来，兹患尤炽。长者废忘而不讲，后生忽略以何知。问其所习，则自谓造于圣人；诘其所讯，则或未通于旧说。此皆矫枉太过之失，何异望风大骂之狂。相与汩没于末流，殊失表章之本意。愚之所见，独异于兹。以为温故而知新，通今而博古。今未必全是，古未必全非，新不可不知，故不可不考。譬之尽识物贾，然后商其贵贱；

1　孔平仲另有《送范成老赴省序》（卷三十五），言：“熙宁八年（1075），天子诏天下试士……范子中选，人以为此一州之敌，行且考于礼部矣。”故可推知范成老得解在熙宁七年。

周知地理，然后指其东西。平心以观所存，正议以决其可。

这段话对王学流弊的概括颇为精准，但与前引《上王相公书》对于新学的态度也形成了鲜明对比。这些一体两面的言论，使人物内心世界的复杂性得以更好地呈现。

正是这种醇儒情怀、民本思想，使孔平仲能够在某种程度上超越党争，对事物有更通达和全面的认识。如对于学术，他提倡“今未必全是，古未必全非，新不可不知，故不可不考。……平心以观所存，正议以决其可”（《代范成老谢解》）。对于财赋征收，他认为“徐之则国无以给，亟之则民不聊生。所恃博通之才，必有兼济之术”（卷三十《上提刑职方》）。对于用兵，他既反对“用兵不已”（《边议》），又告诫“武备不可弛于边，兵要正当慎其选”（卷三十二《贺枢密》）。对于用人，他虽然严“君子小人之分”（《进否泰说表》），而且在《江东贺中书侍郎启》（卷三十二）中亦指责“群邪之误朝”，但更希望范纯仁能够做到“同人于野，则何必亲旧之私；立贤无方，则又奚南北之择？牛溲马勃，皆通于用；鸡鸣狗盗，各有所长”。

孔平仲不仅是醇儒，还是由科举出身的政府官员。如何做一名合格的官员？首要的便是忠于职守、奉法循理，此即为司马迁所说的“循吏”（《太史公自序》）。从孔平仲仕宦经历看，他将“循吏”的角色演绎得很成功。

英宗治平二年（1065）至神宗熙宁四年（1071），孔平仲任洪州分宁县主簿，作《谢程卿举职官启》（卷三十）：“但知廉耻之可喜，宁忧介洁之无徒？盖父兄教习之使然，非岁月勉强而为此。”另一封作于洪州分宁县主簿任上的《谢方卿举职官启》（卷三十）亦云：“自惟蒙暗之资，粗知进退之分。向缘薄艺，偶得一官。内屑屑于廉隅，外区区于职事。但知强力而自勉，安敢出强而争先？”可知这一时期他由于廉洁自守、勉力职事，得到了上官的赏识和荐举。

元丰初，孔平仲任虔州通判，作《虔倅谢宋提刑》[1]（卷三十一）：

> 改官今已八九年，知己凡有十七状，或云台阁清要，或云钱谷繁难，在他人得之以为异顾，而不肖处此，殊非本心。傥其粗可持循，苟无旷败，自县而倅郡，自倅而领州，所谓关升，已为侥幸，至如泛举，乃是空言。

“改官”当指熙宁四年（1071）孔平仲由洪州分宁县主簿改授密州教授，该年为朝廷选派州学教授之始，系熙宁兴学的重要一年，孔平仲是以积极的姿态投身于此场改革。从彼时起至通判虔州的八九年间，他所获论荐即达十七次，有的荐其可任馆阁之职，有的荐其可掌钱谷之差，总之认为其既有才能，又十分称职。而孔平仲的愿望也恰是做一名“粗可持循，苟无旷败”、逐步关升的循吏。

不仅新党执政的熙丰时期他是这样，而且旧党得势的元祐年间他亦如此。元祐三年（1088），孔平仲为江南东路转运判官，元祐六年（1091），选任提点江浙铸钱，他有《提点到任谢执政》（卷三十二）评价自己在转运任上的表现：“方行多忤，孤立谁俦。谨财赋则人习于惰偷，绳官吏则或谓之刻核。积成缪戾，甘在谴呵，更被

1　虔：原作“处”，傅增湘校改为“虔”。

选抡，岂胜感激。”元祐八年（1093），孔平仲为提点京西路刑狱公事，作《谢执政》（卷三十二）总结自己个性：“某资性朴愚，趣尚狷介。既不敢重内而轻外，亦未尝就佚而辞劳。惟所使令，每自竭尽。”方行孤立、“趣尚狷介”、“谨财赋”、“绳官吏”、不辞劳苦、竭力奉令，无一不是一名循吏的生动写照。

应该注意的是，循吏所服从和遵循的是政府法令，因此代表的是“公”，不能因为法令带有新党或旧党意志，就认为遵循法令者都是营私的党徒。对于多数人而言，“他们只是政令的奉行者，法之新旧其实不构成太大的困惑”[1]。因此，从“循吏”的角度看孔平仲，不宜断定他属于新党或旧党任一阵营。如果不是元祐期间他被旧党荐举入朝，如果他的两个兄长孔文仲、孔武仲未担任中书舍人的要职，如果他能一直在地方为官，可能他会平稳地度过作为循吏的一生。但他不幸被动地卷入党争，就像同时代的许多人一样，不想站队却被站队，身不由己地贴上了党派标签，在党同伐异的大潮中起起伏伏，最终沦为党争的牺牲品。

五、历史人物的“情境化”研究

倾向新党？同情旧党？醇儒？循吏？这只是本文打开的几扇窗口，

1　方诚峰《北宋晚期的政治体制与政治文化》，第10页，北京大学出版社2015年版。

看到的当然不是孔平仲的全部世界。即以他与新旧党人的关系而论，本文探讨的也并不算深入和全面。如孔平仲与这些人物的书信往来，情境各异，有的是场面套话，有的则是肺腑之言，如何予以区分？除了书信，孔平仲还有其他类别的文字，而不同文体适用于不同的场合和对象，其传达的情感信息有所差别，如何进行判断？又如党争、醇儒、循吏只是本文提纯的几条主要进入路径，在此之外，孔平仲有无世俗、平庸甚至功利投机的一面？等等。即使这些方面并不占据他性格的轴心或主导部分，也仍是值得研究的。因为只有打开更多的窗口，才有望窥见更全面丰富、更深广幽微的风景。

如何发现和打开那些窗口？关键在于思维方式的转变。以往的北宋后期人物研究，较多停留于新党、旧党二元对立框架下的思维模式。但是这种解释框架很大程度来自于人们事后的建构，不少研究者都注意到，北宋后期实际的政治局面要复杂得多，国是与人事屡屡更迭，思想界异见纷呈，所谓的新党、旧党成员彼此关系多元错综，身份并不固定；不同人物的政治生活、社会生活、家族生活常有互相交织之处；即使同一阵营甚至同一人物的观念和言论，也时相矛盾和富于变化[1]。因为外部环境的复杂性会导致人物适应性的转变，而人物自身为了更好地成长发展也会主动追求变化。这就要求我们时刻用一种动态的眼光去看问题，将问题尽量还原到当时的具体历史情境中去认识。正如王水照先生在研究苏轼时所指出的那样："接触苏轼材料时会发现一个突出的现象：他不仅常常前后说法抵牾，而且甚至同一时期见

1　可参罗家祥《朋党之争与北宋政治》（华中师范大学出版社 2002 年版）、平田茂树《宋代政治结构研究》（上海古籍出版社 2010 年版）、方诚峰《北宋晚期的政治体制与政治文化》、陈乐素《桂林石刻〈元祐党籍〉》（《学术研究》1983 年第 6 期）、邓小南《剪不断，理还乱：有关冯京家世的"拼织"》（收入黄宽重主编《基调与变奏：七至二十世纪的中国》，台湾政治大学历史学系等 2008 年出版）等论著。

解矛盾……这就要求我们对所使用材料进行一番鉴别，弄清它在具体环境下的具体目的，弄清哪些是真实矛盾，哪些是门面话、违心话，分别给予恰当的估价。”[1]王先生所说的材料鉴别，我的理解是除了要将材料放入具体历史情境中去考察，还要注意分清史料本身的时限、类别、性质乃至真伪度等。既不能先入为主地剪贴史料为我所用，又不能不加辨析地将不同时期、不同功能、不同性质的史料杂糅到一个问题中去论述，那样得出的结论往往是混乱和无效的。

笔者针对宋代以降的诗歌研究，曾提出过“情境诗学”的概念，即“情指的是一种主观化的感受，近于心灵史性质；境指的是一种外在境遇，近于生活史性质”[2]，想要在一种日常性、动态性、过程性、关系性中最大程度地把握对象的丰富性。这一概念同样适用于人物研究。如本文所观照的孔平仲，就力图呈现其思想动态变化的过程，以及在其日常生活中显得较为稳定的醇儒情怀和循吏意识，这种探讨至少丰富了传统新旧党争的二元解释框架，因而更具有包容性。只要我们把握住走入“情境”这一思路，就有望从不同角度对孔平仲做有效分析，切入点既可以是事件，也可以是关系；既可以是观念，也可以是文体……它们共同展现出不同环境、不同心境下的孔平仲，共同建构着孔平仲不同的性格侧面、性格层次、心理动机和思想活动，最终呈现出一个既稳定又富于变化、立体多维、内涵丰富的孔平仲形象。这样的孔平仲，也许才更贴近历史的真实和生活的本来面目吧。

邓小南先生说：“任何一种具有解释力的研究模式，任何一种评

1 王水照《苏轼〈与滕达道书〉的系年和主旨问题》，收入其专著《苏轼研究》，河北教育出版社 1999 年版，第 156 页。

2 张剑《情境诗学：理解近世诗歌的另一种路径》，《上海大学学报》2015 年第 1 期。收入本书。

价体系，都需要中等层次的论证以至微观的考订作为其逻辑支撑。这就需要追求问题设计的层次化、细密化与逻辑的推衍。”[1] 本文以孔平仲为例，试图在人物研究中引入更富有活力的“情境”解释模式，但还只是很粗糙的初步尝试，对于“问题设计的层次化、细密化与逻辑的推衍”这一目标，虽心向往之，而力不能至。鹰扬蹈厉，有赖后贤。

附记：本文所引孔平仲文字，皆用国家图书馆所藏傅增湘校补《豫章丛书》本。然傅氏补录的六卷文字，均据国家图书馆藏明残抄本《三孔先生清江文集》（存孔平仲诗文二十一卷及《孔氏杂说》一卷），当时误以为傅氏校补所依为另一种明本；从版本学角度，应优先引此明残抄本；或引北京大学图书馆所藏四十卷足本。虽然诸本文字差异不大，不致影响文义，但本文引证终欠谨严，书此以志吾过。

1 邓小南《走向“活”的制度史：以宋代官僚政治制度史研究为例的点滴思考》，《浙江学刊》2003 年第 3 期。

李正民及其家族事迹考辨

李正民是两宋之交的诗人，字方叔，扬州江都人（今江苏扬州人）。楼钥《攻媿集》卷五十二《檗庵居士文集序》云："江都李氏，名族也。绍兴间名之从民者，尚多俊茂。"[1] 正民祖父李定在神宗年间任过翰林学士、知制诰，是著名的乌台诗案制造者之一，正民本人也担任过高宗绍兴年间的中书舍人，其家算得上世掌丝纶；他的子侄辈洪、漳、泳、洤、淛皆能文，合著有《李氏花萼集》，其家算得上文学世家。但关于李正民本人及其家族的研究，乏人关注，《全宋诗》《全宋文》《中国文学家大辞典·宋代卷》[2] 中的记载讹误不少。今以李正民为中心，对其生平及家族粗加勾勒，供研究者参考。

一

李正民家世，最早有姓名可考者乃其曾祖李问。李问字舜俞，真、仁宗朝曾任国子博士，著有《李问集》一卷。《宋史·艺文志》载"《李

1　文渊阁《四库全书》本。本文征引文献较繁，为省篇幅计，以下凡引自文渊阁《四库全书》本者均不出注版本，直接征引于文中。

2　李正民小传见《全宋诗》第27册，总第17456页，北京大学出版社1991—1998年版；《全宋文》第163册，第1页，上海辞书出版社、安徽教育出版社2006年版；《中国文学家大辞典·宋代卷》，第304—305页，中华书局2004年版。

问诗》一卷”，陈振孙《直斋书录解题》卷二十载：“《李问集》一卷，国子博士广陵李问舜俞撰。”李问家世生平，详见王安石《临川先生文集》卷九七《国子博士致仕李君墓志铭》，据此文知李问祖上系金陵人，其后迁高邮，又迁广陵。李问生于宋太祖开宝八年（975），以数举进士，赐同学究出身。曾为韶州乐昌、无为军庐江二县主簿，河中府临晋县令。以昭德军节度推官知邢州平乡县，以大理寺丞知苏州吴江、衢州江山二县。又以太子中舍、殿中丞监在京箔场、太平州芜湖县酒税。英宗即位，迁博士，卒于治平元年（1064）十一月十一日，寿九十。李问善为诗，当时名人柳开、王禹偁称之。少贫，几不自存，有姊氏以田宅，弗取也。及为吏，所在推诚爱人。李问娶开封浩氏。有两男子：察，山南东道节度推官，早卒；定，集庆军节度推官；一女，嫁杭州新城县令许仲蔚。《墓志》言李问经历、家世甚简要，惜文中未填入李问先人姓名仕历，但由“少贫，几不自存”“以君故，赠殿中丞”等句可知李问起于贫寒，父祖并无功名。《墓志》言李问有两子，但是否浩氏出则语义含混，实察、定皆为李问妾仇氏所生。仇氏初在民间生子，为僧人，即佛印禅师；出嫁为李问妾后，生察、定；后又嫁郜氏，生蔡奴，为元丰间名妓。《续资治通鉴长编》（以下简称《长编》）卷二一三引王安石语云：“仇氏生定兄察。”[1]陆游《老学庵笔记》卷一：“潘子贱《题蔡奴传神》云：‘嘉祐中，风尘中人亦如此。呜呼盛哉！’然蔡实元丰间人也。仇氏初在民间，生子为浮屠，曰了元，所谓佛印禅师也。已而为广陵人国子博士李问妾，生定；出嫁郜氏，生蔡奴。故京师人谓蔡奴为郜六。”刘克庄《后村集》卷十八《诗

1 按北宋熙丰间有李察，熙宁初进士，事迹见《高斋漫录》《长编》《宋史·食货志》等。此李察非定兄，因王安石作于治平二年（1065）的《国子博士致仕李君墓志铭》已云定兄李察早卒。

话》："汴都角妓郜六、李师师，多见前辈杂记。郜即蔡奴也。元丰中，命待诏崔白图其貌入禁中。师师著名宣和，间入掖廷。"《长编》卷二一九引薛昌朝语云："仇氏死于定家，定已三十七岁。"又同书卷二一六："仇氏亡日，定未尝申乞解官持心丧，止是当年称父八十九岁，迎侍不便，乞在家侍养。"李定生于天圣六年（1028），据此知仇氏亡于治平元年（1064），时李问八十九岁，似与王安石所称"年九十"不合，此当为仇氏亡日李问尚未满八十九周岁，而该年十一月十一日李问卒时已过八十九周岁之故。

李定即正民之祖。《挥麈录前录》卷四："李定字资深，元丰御史中丞，其孙方叔（正民）兄弟，皆显名一时，扬州人。"[1]

李定，《宋史》卷三二九有传，然多不载年月，今补考如下：李定登进士第时间，当在嘉祐四年(1059)或六年(1061)，熙宁二年(1069)被孙觉荐入朝前，李定曾任定远尉、泾县主簿，又逢丁忧，历时需八至十年，故推知其登第当在嘉祐四年或六年。孙觉、王安石荐举李定后，神宗本欲用之知谏院，宰执以为不可，遂于熙宁三年（1070）四月擢定"为太子中允、权监察御史里行"（《长编》卷二百一十）。擢拔李定之因，《长编》卷二百一十借神宗与司马光对话揭示出来："光曰：'李定有何异能，而拔用不次？'上曰：'孙觉荐之，邵亢亦言定有文学、恬退，朕召与之言，诚有经术，故欲以言职试之。'光曰：'宋敏求缴定辞头，何至夺职？'上曰：'敏求非坐定也……'"此次擢拔，宋敏求、苏颂、李大临等封还辞头抵制，御史陈荐劾"定所生母亡，不解官持丧"，朝廷遂于熙宁三年五月丁酉，"命淮南、江东转

1 王明清《挥麈录》，第34页，中华书局1961年版。以下征引此书皆据此，不出注。

运使即扬州、宣州体问前秀州军事判官李定不持所生母丧事虚实以闻，定家扬州，又尝任宣州泾县主簿故也。于是止定除命，以待两路之报。（《长编》卷二百十一）。可见定并未任太子中允、权监察御史里行。据《长编》卷二一三："两路奏定实解官侍养，即不言曾乞持所生母心丧。"熙宁三年（1070）七月丁酉，"诏流内铨取问前权秀州军事判官李定先任泾县主簿日，所生母亡，曾与不曾执丧以闻"。宰执曾公亮以为定当追服，不可除御史，王安石辩之："定父称仇氏非定所生，定又无近上尊属可问，此定所以不敢明乞解官持丧，又疑乡人所言或是，所以不敢之官。今定所生所养父母皆死，又不曾别访得近上亲属，昨淮南所问邻人，乃是定母死后方来僦居，不知令定何据，而今日始追服，此一不当追服也；又定初以仇氏为乳母，又仇氏生定兄察，即是庶母，庶母、乳母皆服缌，即定已尝服缌矣。若定今日方知是母，即庶子为后不过服缌，如何令定为母两次服缌，若言未尝持心丧，则定乞解官，正为疑仇氏为己所生，即是已用心丧自处，如何今日又令定追服心丧？此定不当追服二也；假令定今可验是母已明，从来未尝服缌，即小功尚不追服，缌麻固不合追，此定不可追服三也。此事惟陛下明察独断而已。"然事汹汹不止，至十月始改定为太子中允。《长编》卷二一六载该年十月，"御史台言：'奉诏定夺秀州军事判官李定所生母亡，当与不当追服。看详：庶子为父后，如嫡母存，为所生母服缌麻三月，仍解官申心丧。若不为父后，为所生母持齐衰三年，正服而禫。今以流内铨并淮南转运司取定亲邻人状：称："定乃仇氏所生，仇氏亡日，定未尝申乞解官持心丧，止是当年称父八十九岁，迎侍不便，乞在家侍养。"即未见定为所生仇氏解官持心丧[1]。今定乃言："仇氏

1　中华书局1979—1986年标点本《续资治通鉴长编》此句作"即未见定为仇氏所生，解官持心丧"，文义似不通，不从。

亡日，有乡人私告曰定之所生母。定请于父，父曰非汝所生母。当日以不得父命，而又有乡人私告之语，缘此自疑，遂不欲仕，止解官侍养，名虽侍养，实行心丧之制。”然定复有此自疑为说，即是当日未有果决。缘心丧之制，本系孝子之情，若当日未明仇氏为所生，既无母子之恩，何缘乃行心制？今转运司据乡邻人称，定实仇氏所生，益明合依礼制，追服缌麻三月，解官心丧三年。如定称实非仇氏所生，牵合再有辞说，乞自朝廷别作施行。’诏：定改太子中允。其邻人李肇等称仇氏是定所生母，令淮南转运司勒令分析的确，照验以闻。”至十二月戊寅，“太子中允李定为崇政殿说书”（《长编》卷二一六）。然御史林旦、薛昌朝交攻之，熙宁四年（1071）四月，“太子中允、崇政殿说书李定辞说书，除集贤校理、检正中书吏房公事”（《长编》卷二二二）。至此李定为母持服事始告一段落。

熙宁六年（1073）五月“癸亥，太子中允、集贤校理、管勾国子监李定兼直舍人院”（《长编》卷二四五）；熙宁七年（1074）十月，“辛卯，直舍人院、同管勾国子监李定兼权判司农寺”（《长编》卷二五七）；熙宁八年（1075）八月，“丙申，工部郎中直龙图阁判将作监谢景温为辽主生辰使……太常丞集贤校理直舍人院李定为正旦使……”（《长编》卷二六七）；熙宁八年十二月，“太常丞、集贤校理、兼直舍人院、管勾国子监李定为集贤殿修撰、知明州”（《长编》卷二五七）；元丰元年（1078）九月，“丙申，以知明州、太常丞、集贤殿修撰李定为右正言、宝文阁待制、同知谏院，兼同判国子监”（《长编》卷二九二）；元丰二年（1079）五月，“右正言、知制诰、知谏院李定为右谏议大夫、权御史中丞，兼判司农寺”（《长编》卷二九八）；元丰三年（1080）正月，“乙酉，御史中丞李定兼直学士院”，二月“癸卯，命权御史中丞李定判国子监”，二月“丁未，诏权御史中丞李定兼职颇多，宜罢详定重修编敕”，二月戊申“御史中丞李定知制诰，张璪、李清臣并为翰林学士”（《长编》卷三〇二）；元丰三年（1080）四月，“甲寅，命翰林学士、权御史中丞李定详定郊庙奉祀礼文，定中辞之”，庚申，“诏权御史中丞李定罢判太医局”（《长编》卷三〇三）；元丰三年闰九月乙卯，“翰林学士、权御史中丞李定为知制诰、知河阳”（《长编》卷三〇九）；元丰五年（1082）四月甲戌，“通议大夫、知潭州谢景温，大中大夫、知制诰、知应天府李定并守户部侍郎”（《长编》卷三二五）；元丰八年（1085）正月甲辰，“命户部侍郎李定权知贡举”（《长编》卷三五一）。

哲宗立，李定不持母服事又被旧党揪出，元丰八年七月，“丙辰，户部侍郎李定为龙图阁直学士、知青州”（《长编》卷三五八）；元祐元年（1086）五月，“轼、百禄又奏：刑房送到词头，奉圣旨：李定备位侍从，终不言母为谁氏，强颜匿志，冒荣自欺，落龙图阁直学士，守本官分司南京，许于扬州居住。臣等看详李定所犯，若初无人言，即止是身负大恶。今既言者如此，朝廷勘会得实，而使无母不孝之人，犹得以通议大夫分司南京，即是朝廷亦许如此等类得据高位，伤败风教，为害不浅。兼勘会定乞侍养时，父年八十九岁，于礼自不当从政。定若不乞，必致人言，获罪不轻，岂可便将侍养折当心丧？考之礼法，须合勒令追服。所有告命，臣等未敢撰词。贴黄称：准律：诸父母丧不举哀者流二千里。今定所犯，非独匿而不举，又因人言遂不认其所生，若举轻明重，即定所坐，难议于流二千里已下定断”（《长编》卷三七八）；六月，“左司谏王岩叟言李定不持所生母仇氏服，乞行窜殛。诏定责授朝请大夫、少府少监分司南京，滁州居住”（《长编》

卷三八一）；元祐二年（1087）八月，“责授朝请大夫、少府少监分司南京李定卒”（《长编》卷四〇四）。李定曾撰《元丰新修国子监大学小学元新格》十卷又《令》十三卷（《宋史·艺文志》）。

李定有子李景渊、李景夏，定死之日皆布衣，绍圣年间受李定遗表恩泽得京官。《宋史》本传云：“定于宗族有恩，分财振赡，家无余资。得任子，先及兄息。死之日，诸子皆布衣。”《长编》卷四八七引绍圣四年（1097）五月曾布语：“大约绍圣推恩旧人多过当，如蔡确、李定辈既已复官职，并遗表恩泽亦不减，李定家京官三人。林希曰：不惟如此，外方监司辈承望朝廷风旨，人人称荐李景渊、景夏辈，要便收用罪废之家，便得京官已为侥幸，却便欲不次升擢，岂有此理？”

李景渊即李正民父，绍圣间因父遗恩得京官，徽宗宣和三年（1121）曾为台州刺史（见李长民《送张师言知台州二首》注：“辛丑岁，先公守台。”另见《浙江通志》卷一一五），《全宋文》收有其作于宣和四年（1122）二月的《寿圣禅院修造记》，署衔为“朝奉大夫、直秘阁、就差权台州军州、管勾神霄玉清万寿宫、兼管内劝农事、借紫金鱼袋李景渊撰”。徐俯称云：“正民之父景渊长者，持论平正，不以元祐为非。”（《建炎以来系年要录》卷六十五）李景夏为正民叔父，因父遗恩得承务郎。元符元年（1098）六月召对，七月，特赐进士出身，为正字，曾布称景夏“眇小目，视不正，亦无他长”（《长编》卷五百）。政和元年（1111）以朝散郎知袁州（《江西通志》卷四十六），该年四月任两浙提点刑狱，五月罢（《会稽续志》卷二），又曾于徽宗时知衢州军（《浙江通志》卷一一五），《朱子语类》卷一三八载“崇观间，李定之子某有文字乞毁《通鉴》板，建炎间坐此贬窜，后放归复官”，或即景夏事，因景渊持论平正，不以元祐为非，事非景渊明矣。

二

李正民，《宋史》无传。事迹主要见于其所著《大隐集》及宋李心传《建炎以来系年要录》（以下简称《要录》）、清徐松辑《宋会要辑稿》中。较完整地为正民作传，始见于明嘉靖《惟扬志》，惜今存天一阁藏本李正民传残缺。现存清康熙《扬州府志》卷三十二人物有传：

> 李正民，扬州人，登政和二年进士第，中词学兼茂科，迁礼部郎官，建炎二年除校书郎，累迁中书舍人，俄出为两浙江西湖南抚谕使……以奉使称职除给事中、吏部侍郎……绍兴十三年，正民奏宣和以前应知通令佐阶衔并带主管学事……为江西路提点刑狱，仕至左朝散大夫充徽猷阁待制平原县开国伯，卒。[1]

此传叙正民仕历多不详，颇有讹误。如奏“应知通令佐阶衔并带主管学事”“为江西路提点刑狱”均系正民弟长民事，而误入正民传中。

1　柯永升等修、崔华等纂《扬州府志》四十卷本，康熙十四年（1675）刊。

四库馆臣为《大隐集》作提要时对正民事履重加考证：

正民《宋史》无传，事迹始末不可考。惟据《航海记》所述，知其高宗时为中书舍人，尝奉使通问隆祐太后而已。今以集中诸表考之，则在朝尝为给事中，礼部、吏部侍郎，在外尝知吉州、筠州、洪州、湖州、温州、婺州、淮宁府，扬历颇久，晚予宫祠以归。又考徐梦莘《三朝北盟会编》载："绍兴十二年五月，金元帅来书云：'汴梁留守孟庾、陈州太守李正民及毕良史者，比审议使萧毅等回，具言江南尝询访此人，今并委沿边官司发遣前去。'六月，金人放东京留守孟庾、知陈州李正民还"云云，是正民于知陈州时尝为金人所获，以和议成得还。集中《南归》诗所云"沦身绝域久睽孤，投老归来鬓发疏"者，盖即其事。特孟庾以东京附金，归后高宗弃不复用，而正民屡更任使，终始弗替，则其在金朝当犹未至于失节，特史文阙略，不能得其详耳。其集见于《宋史·艺文志》者三十卷，传本久佚，惟《嘉兴府志》载其《海月亭》诗一首。今据《永乐大典》所载掇拾编次，厘为文六卷，诗四卷……（《四库全书总目·大隐集》）

四库馆臣之说影响甚大，今人编《全宋诗》《全宋文》《中国文学家大辞典·宋代卷》时皆受其牢笼：

李正民，字方叔，江都（今江苏扬州）人。徽宗大观元年（一一〇七）入宣城学，政和二年（一一一二）进士（明嘉靖《惟扬志》卷一九）。曾知吉、筠、洪、温、婺、淮宁等州府。高宗绍兴十年（一一四〇）知陈州时，为金人所执。十二年和议成，放归（《三朝北盟会编》卷二〇八）。回朝后，历任给事中、礼部、吏部侍郎、中书舍人等职。官终徽猷阁待制（清康熙《扬州府志》卷二三）……（《全宋诗》）

李正民（？—1151），字方叔，扬州江都人（今扬州市人），祖定，父景渊，政和二年进士，七年，以迪功郎试辞学兼茂科，除秘书省正字。建炎二年知湖州，入为尚书吏部左司员外郎，寻兼权中书舍人。四年，差充两浙江西湖南抚谕使，诣虔州问安隆祐太后。还，擢右谏议大夫，除给事中，试吏部侍郎，移礼部。绍兴元年出知吉州，改江西安抚使兼知洪州，以滥赏罢为祠官。六年，起知筠州，不赴。改婺州、温州。九年，知淮宁府，寻为金人所获。和议成，南还，以左朝奉大夫，充徽猷阁待制，提举江州太平观，寓居秀州海盐。绍兴二十一年卒……（《全宋文》）

李正民（生卒年不详），字方叔，自号大隐居士，扬州（今属江苏）人，李定之孙。政和二年进士（嘉靖《惟扬志》卷一九），历知吉、筠、洪、温、婺、淮宁等州府。绍兴十年，知陈州，为金人所俘。十二年和议成，放归（《三朝北盟会编》卷二〇八）。其《南归》诗中有“沦身绝域久睽孤，投老归来鬓发疏”，即指其事。还朝后任使如故，为给事中、中书舍人、礼部侍郎、吏部侍郎。官终徽猷阁待制（康熙《扬州府志》卷二三）……（《中国文学家大辞典·宋代卷》）

然四库馆臣所作之传错漏甚多，如正民生卒年可考而未考；未曾知筠州、洪州、湖州、温州、婺州而言知之；被金放还后未历要职而言历之等，诸传以讹传讹，须略辨之：

1. 以上诸传不载李正民生年，卒年仅《全宋文》有载，然其生卒年不难考知。按《要录》卷一六二云：绍兴二十一年（1151）正月甲子“徽猷阁待制李正民卒”，其卒年甚明。《大隐集》卷五《谢孙宗博惠诗启》：“高秋摇落，见宗武始生之辰；壮齿迁流，当孔融过二之岁。偶故人之邂逅，辱佳句之揄扬。感黄菊于丘园，空嗟侨寓；诵《蓼莪》于风雅，永负劬劳。深惭华衮之荣，曷效琼琚之报。笑宦游之久困，知难并于甲辰；念得失之相承，谅有同于磨羯。其为欣悚，未易敷陈。”“高秋摇落，见宗武始生之辰”一句知正民像杜宗武一样生于秋季，“当孔融过二之岁”“知难并于甲辰”两句明确点出甲辰岁正民五十二岁，此甲辰当为宣和六年甲辰（1124），故知其生于公元1073年。

2. 诸传多以为李正民曾知筠州、洪州、湖州、温州、婺州（惟《全宋诗》《中国文学家大辞典·宋代卷》未载其知湖州，《全宋文》载其知筠州不赴），实误。其误之因，当源于李弥逊《筠溪集》卷四《李擢袁州、李正民筠州》，李正民《大隐集》卷四《知湖州到任谢表》《知洪州到任谢表》《知温州到任谢表》《知婺州到任谢表》。然李正民实未赴筠州任，其《大隐集》卷四有《辞免筠州恩命第一状》《辞免筠州恩命第二状》，据《大隐集》卷九《高安得请》二首诗句：“免涉风波千里行，江西道院久榛荆。”“九霄飞下白云章，宠假琳宫许退藏。”知其辞筠州得允，按筠州治高安。《全宋文》虽以为其知筠州不赴，但系年于绍兴六年（1136），误。据《要录》，李弥逊惟绍兴七年（1137）十一月权中书舍人，十二月除中书舍人，八年（1138）二月甲申已试尚书户部侍郎，故拟命正民知筠州当在此间。观正民《辞免筠州恩命第一状》：“兼臣今任宫祠，合至来年三月任满。欲望圣明特赐收还成命，令臣终满今任，异日或有驱策，臣不敢辞。”李弥逊所拟诏命和李正民上辞免状皆当在绍兴八年（1138）初，因绍兴九年（1139）十一月正民起知淮宁府，召知筠州和辞免事若在七年末，则八年三月宫祠已任满，不应迟至九年末始有差遣。

李正民更未知洪州、湖州、温州、婺州。虽然《大隐集》中有《知湖州到任谢表》《知洪州到任谢表》《知温州到任谢表》《知婺州到任谢表》。但细绎其内容，此四篇谢表所指主人皆非李正民。如《知温州到任谢表》："臣某言：伏奉诰命，除臣端明殿学士知温州，已于八月十六日到任讫。”按宋官制，殿学士实为宰执、各部尚书离任或外任时所带职名，资望极峻，端明殿学士初为翰林学士承旨及学士久任者加职，元丰后多为执政离任带职，南宋时为签书枢密院事、同签书枢密院事带职。正民最高官职仅为部侍郎，此表主人非指正民甚明。查《宋史·李光传》：绍兴六年（1136），李光“除端明殿学士，守台州，俄改温州”。《要录》卷一百〇二载：绍兴六年六月，“礼部尚书李光引疾求去，罢为端明殿学士知台州”。《要录》卷一百〇七又载：绍兴六年十二月初二，“诏左修职郎陈最已降温州军事判官，指挥勿行，初，最既为端明殿学士知温州李光所辟……”知李光绍兴六年六月后、十二月前已知温州，与表中八月十六日到任相符。可推《知温州到任谢表》为李光撰或正民代李光撰。

此事还可从《知湖州到任谢表》中得到进一步证实。表云：“臣某言：伏奉诰命，复臣宝文阁待制知湖州，寻具辞免，奉圣旨不允，已于今月初三日到任讫。”宋谈钥《嘉泰吴兴志》卷十四《郡守题名》备载宋湖州郡守名字及任期，建炎、绍兴间尤详，题名中未见李正民，而载李光“绍兴五年（1135）闰二月初三日，以左朝奉郎充宝文阁待制到任，当年七月初九日除显谟阁直学士移知平江府”[1]。与表中所云正相合。又《宋史·李光传》亦载绍兴五年（1135），光“复宝文阁待制、知湖州”。《要录》卷八十五载：绍兴五年二月二日丙子，“降授左奉议郎提举台州崇道观李光复宝文阁待制、知湖州”。李光《庄简集》卷十二有《辞免知湖州状》。按李光二月二日被差知湖州，闰二月三日到任，上辞免状时间当在其间。

《知洪州到任谢表》亦当为李光撰或正民代李光撰，表云：“臣某言：伏奉诰命，除臣江南西路安抚大使兼知洪州，寻具辞免，伏蒙诏书不允，臣已于今月初九日至抚州金溪县交割安抚司职事，于十七日至本州交割州事讫。”《要录》卷一一七载：绍兴七年（1137）十一月初九，“端明殿学士知温州李光为江南西路安抚制置大使兼知洪州”。按此处“安抚制置大使”当为“安抚大使”，观《要录》卷一一九载绍兴八年（1138）五月“丁酉，端明殿学士江南西路安抚大使兼知洪州李光升本路安抚制置大使”可知。《宋史·李光传》亦载其先“除江西安抚、知洪州”，后“兼制置大使”。以正民之资历威望，知洪州和安抚制置大使之重任皆非其所宜。

《知婺州到任谢表》一文亦甚可疑，表云：“置散投闲，方窃宫祠之禄；承流宣化，复叨屏翰之除。”正民绍兴四年（1134）由吉州任落职奉祠，久未起复，直至绍兴九年（1139）十一月始知淮宁府，之后陷金，南归后复为徽猷阁待制，不久罢为祠官，不可谓“方窃宫祠之禄”“复叨屏翰之除”，知婺州者当非正民，疑亦为李光。《宋史·李光传》载“绍兴元年（1131）正月，除知洪州，固辞，提举临安洞霄宫。

1 《宋元方志丛刊》第5册，第4783页，中华书局1990年版。

除知婺州，甫至郡，擢吏部侍郎”。《要录》卷四十七载绍兴元年（1131）九月三日丙申，“直宝文阁知建康府张镇移饶州，徽猷阁待制新知饶州李光移婺州”。九月二十八日，“徽猷阁直学士提举江州太平观李弥大、徽猷阁待制新知婺州李光并试吏部侍郎”。与表中所云相符。

《大隐集》中四篇谢表非正民撰或非指正民，其原因可能本系正民代李光撰而未书“代”字，此种情况在古人文集中并不罕见。由于现存《大隐集》系四库馆臣从《永乐大典》辑出，有可能辑时失误所致，或《永乐大典》编纂时即误辑亦未可知。

3. 李正民南还后未历要职。据《要录》卷一三三，绍兴九年（1139）十一月，“乙未，徽猷阁待制提举江州太平观李正民知淮宁府”。按淮宁府本陈州，宣和元年（1119）升为府。绍兴十年（1140），正民知淮宁府任上，为金人所执。十二年（1142）和议成，始放归。归后任徽猷阁待制，次年末即被罢为宫祠，未再起复。任给事中、礼部、吏部侍郎、中书舍人等职，事皆在建炎间及绍兴元年。（详考见后）《四库全书总目·大隐集》所云“孟庾以东京附金，归后高宗弃不复用，而正民屡更任使，终始弗替，则其在金朝当犹未至于失节”，及《全宋诗》《中国文学家大辞典·宋代卷》认为正民放归后所历之职，并是虚语。

今摭拾诸书，以宋人史料为主，重考李正民事履如下。

李正民（1073—1151），字方叔，自号大隐居士，扬州江都（今江苏扬州）人。

正民生卒年已详考于上。其字见王明清《挥麈录三录》卷一：“得己酉年李方叔正民代言词掖，从行航海，所纪颇备。”其号见《大隐集》卷六《送唐道人序》后署“绍兴丙寅人日大隐居士书”；同卷《农隐记》后署“绍兴丁巳中秋日大隐居士李某记”。至元《嘉禾志》卷二十三所收李正民撰《题维摩像》后署名："大隐居士李正民题。"籍贯见熊克《中兴小纪》：建炎三年五月戊寅，"左司郎官权中书舍人江都李正民言：川陕吾境，难名招讨，请用唐裴度故事。从之"。又正民为李定孙，李定江都人，故正民亦为江都人。

正民大观元年（1107）曾入宣城官学，政和二年（1112）登进士第。

正民《大隐集》卷八有诗《追忆大观丁亥年自新安侍下入宣城学路中作》。《大隐集》卷六《祭王无竞学士文》有"昔壬辰之赐第，识夫子于京师；托同年之末契，亦会少而多暌"，知正民与王无竞同登政和二年进士。嘉靖《惟扬志》卷十九亦载政和二年李正民中进士。

政和七年（1117）丁酉，以迪功郎中辞学兼茂科，除秘书省正字。

王应麟《玉海》卷二百〇四《辞学指南》："丁酉：李正民、薛嘉言、宋惠直"，"以上辞学兼茂三十六人"。《宋会要辑稿》选举十二："（政和）七年三月十六日，贡士举院言试辞学兼茂科迪功郎李正民、薛嘉言、文林郎宋惠直，考正民入上等，嘉言、惠直入中等。诏正民与改合入官，除秘书省正字，嘉言、惠直合依格循一资与书局差遣。"[1]

宣和七年（1125），通判登州，后遂逢靖康之难。

李洪《芸庵类稿》卷五《送许季韶倅桂林》自注："宣和末，先公尝倅登。"

正民政和二年中第后至宣和末事迹，《大隐集》建炎三、四年（1129、1130）所作诸表启中有所涉及。如《谢中书舍人启》："早缘薄艺，误玷词科。滥陪英俊之游，敢起滞留之叹。十年流落，百指困穷。相良马而利必迟，学御龙而技无用。重遭世难，偶获生全。敢

1　徐松《宋会要辑稿》，第4451—4452页，中华书局1957年影印本。

图漂泊之余，乃有遭逢之异。掌丝纶之美，幸克绍于祖风；习台阁之仪，或未惭于寒士。”《给事中谢表》：“臣学不通方，材非适用。幼闻诗礼，盖初有志于科名；长习艺文，遂欲脱身于州县。偶中有司之程度，窃窥秘府之图书。未尝栀貌蜡言，以追时好；徒苦桂薪玉粟，自守固穷。远去周庭，归安颜巷。逮稍阶于寸进，乃亲逢于百罹。信赋分之多奇，亦谋身之太拙。顷陪羁靮，备历山川，乏良策以济时，抱愚忠而许国。乘长风而破浪，亶符宗悫之言；驾驷马而出关，偶合终军之志。”《吏部侍郎谢表》：“臣羁孤寡与，朴拙无能。屈身州县之间，岂怀荣望；接武图书之府，已过初心。连蹇十年，凄凉万状。遇銮舆之巡幸，起涂巷以骞翔。荐历郎曹，浸升禁路。”知其中第后曾任州县下级官吏，除正字后因不阿时好，仕途坎坷。后稍有升迁，又逢靖康之难。跟随高宗后始时来运转。按《给事中谢表》中“逮稍阶于寸进”当指通判登州，“乘长风而破浪”当指建炎三年（1129）随高宗浮海，“驾驷马而出关”当指建炎四年（1130）受命充江浙湖南抚谕使。

建炎三年四月十一日，由尚书吏部员外郎除吏部左司员外郎；五月一日，时任左司郎官权中书舍人；七月二十四日，除中书舍人；十二月十六日，随高宗浮海避敌。

《要录》卷二十二，建炎三年四月戊午，“尚书吏部员外郎李正民守左司员外郎”。康熙《扬州府志》卷二十三“人物”云李正民“中辞学兼茂科，迁礼部郎官，建炎二年（1128）除校书郎”，按秘书省正字与校书郎同阶，正民不应十年不调，礼部郎官阶又在校书郎上，不应先迁礼部郎官后除校书郎，康熙《扬州府志》此处叙述当误，不从。

宋熊克《中兴小纪》卷六：建炎三年五月戊寅朔，“以知枢密院御营副使张浚为川陕宣抚处置使，初命浚为招讨使，左司郎官权中书舍人江都李正民言……”

《要录》卷二十五，建炎三年（1129）秋七月庚子，“中书舍人汪藻试给事中仍兼权直学士院，尚书左司员外郎李正民、起居郎綦崇礼、太常少卿李公彦并为中书舍人，崇礼、公彦仍召试”。

《要录》卷三十，建炎三年十二月庚寅，“从官以次行，吏部侍郎郑望之以疾辞不至，给事中兼权直学士院汪藻以不便海舶，请陆行以从，许之。于是扈从泛海者，宰执外惟御史中丞赵鼎、右谏议大夫富直柔、权户部侍郎叶份、中书舍人李正民、綦崇礼、太常少卿陈戬六人”。

建炎四年（1130）正月二十三日，差充两浙江西湖南抚谕使，诣虔州问安隆祐太后。五月十一日，除给事中。十一月五日，试吏部侍郎，上《辞免吏部侍郎状》，诏不允。

赵鼎《忠正德文集》卷七宋《建炎笔录》建炎四年正月，“二十三日，御舟在管头，中书舍人李正民充隆祐太后问安使，兼两浙等路抚谕”。又《中兴小纪》卷八：正月甲子，“诏中书舍人李正民往江西问安隆祐太后，仍称抚谕使”。《要录》卷三十一，四年正月“乙丑，以中书舍人李正民为江浙湖南抚谕使，朝隆祐皇太后于虔州。事有不可待报者，得与权知三省枢密院滕康等参决，仍许于帘前奏事，所至官吏能否、民间屈抑，并体访以闻”。《宋史·高宗纪》：建炎四年正月“乙丑，以中书舍人李正民为两浙湖南江西抚谕使，诣太后问安”。按甲子为正月二十一日，“乙丑”为正月二十二日，当以赵鼎所记正月二十三日为确。

《要录》卷三十三，五月十一日，“中书舍人李正民、右谏议大夫富直柔、徽猷阁待制李擢并试给事中，徽猷阁待制席益、胡交修并试中书舍人"。按《宋会要辑稿》职官二："高宗建炎四年（1130）五月十二日诏中书舍人李正民擢右谏议大夫富直柔并除给事中。"[1]"擢"字前有缺漏，当为"高宗建炎四年五月十二日，诏中书舍人李正民、（徽猷阁待制李）擢、右谏议大夫富直柔并除给事中"。《全宋文》小传谓正民"还，擢右谏议大夫，除给事中"，误。

《要录》卷三十九，四年十一月五日，"中书舍人李正民试尚书吏部侍郎，徽猷阁待制兼侍讲陈戬试给事中"。《大隐集》卷四有《辞免吏部侍郎状》，汪藻《浮溪集》卷十四有《新除吏部侍郎李正民辞免恩命不允诏》。

绍兴元年（1131）二月，上《论时事札子》；六月二十六日，移礼部侍郎，上《辞免礼部侍郎状》，诏不允；九月十一日，建言试贤良方正科条例。十一月二十三日，以徽猷阁待制出知吉州。

《要录》卷四十二：绍兴元年二月癸巳（二十六日），"诏侍从、台谏条具保民、弭盗、遏敌患、生国财之策"。正合《大隐集》卷四《论时事札子》所云。

《要录》卷四十五，绍兴元年六月辛卯，"尚书吏部侍郎李正民移礼部侍郎，右谏议大夫黎确试吏部侍郎"。《大隐集》卷四有《辞免礼部侍郎状》云："伏望收还成命，改授一闲慢职局。"汪藻《浮溪集》卷十四《新除礼部侍郎李正民辞免恩命改授一闲慢职局不允诏》。

《要录》卷四十七，绍兴元年九月甲辰，"礼部言自今应贤良方正科乞并用从官三人荐举，不如所举者坐之。故事阁试六题，以五通为合格。及是侍郎李正民、员外郎王居正言今复科之初，使士大夫徒

1　徐松《宋会要辑稿》，第2375页，中华书局1957年影印本。

能记诵义疏，亦无补于用，欲权罢义疏出题外，余如旧。制诏兼于义疏出题，仍以四通为合格”。

《要录》卷四十九，绍兴元年十一月壬子，“手诏内外侍从各举所知三人，限五日以闻，举得其人，当受上赏，毋以先得罪于朝廷及蔡京、王黼门人为嫌。先是上得陈襄荐司马光等三十三人奏章，大善之，故有是诏。礼部侍郎李正民以为光等皆不合时宜者，由是上薄之”。“丙辰……尚书礼部侍郎李正民罢为徽猷阁待制知吉州。”知因上书未获上心，出知吉州。

程俱《北山集》卷二十六有《礼部侍郎李正民除徽猷阁待制知吉州》。《大隐集》卷四有《辞免徽猷阁待制奏状》。又有《知吉州到任谢表》：“趣装上道，涓日莅官。”卷五《吉州到任谢执政启》：“惟承命之甚严，几携孥之不暇。”知李正民是被催促赴任，不同于一般官员赴任可有一年之赴任缓冲。据其驿程，本年底应到任。

绍兴三年（1133）六月，因应办军储迁一官，后为江南东西路宣谕官刘大中纠弹，命遂罢。正民不安于位，自请投闲，未允。

《要录》卷六十六，绍兴三年六月甲午，“徽猷阁待制李正民知吉州，以军行故岁中科率民钱至百余万缗，宣谕官刘大中奏请黜之，正民先以应办军储，迁一官，至是寝其命”。《大隐集》卷四《谢转官表》云：“伏念臣碌碌无奇，沾沾多易。昨辞从橐，黜典州符。当里闾凋瘵之余，值师旅征行之众。但期免咎，岂敢告劳。屯戍逾于十旬，糗粮动以万计。元戎第赏，常例进于一官；清诏观风，遽自贻于重劾。赖圣明之洞照，知供亿之必时。俾逭深文，止还滥赏。”高宗深知供应军需之必要，故正民仅追还先迁之官，并未落职。《大隐集》卷四《谢转官表》：“岁成无状，甘俟黜幽；宸命俯颁，遽蒙增秩。伏念臣久尘侍从，无补事功；

出领藩符，曾微善最。已露投劾之请，方思解绶而行。敢谓洪私，不遗菅蒯之贱；尚遵常典，曲推雨露之恩。”知正民遭弹劾后自请投闲，当时未允，之后还曾依常例转官。

绍兴四年（1134）八月左右，罢为宫祠，有《谢宫祠表》。

《要录》卷七十九：绍兴四年八月“庚辰，御札参知政事赵鼎知枢密院事”。按该年三月，赵鼎自江南西路安抚大使除参知政事。李正民《大隐集》卷五《安抚赵枢密启》：“某投闲得请，候代少留。方图千里之行，敢忘一日之庇。”又《大隐集》卷五《贺沈参政》：“方投闲于祠馆，欣诞布于纶言。亟闻警奏之传，稍致贺笺之缓。”据《宋史·宰辅年表》：“绍兴四年九月甲戌，沈与求自试吏郎尚书兼权翰林学士迁中大夫，除参知政事。”可知绍兴四年八月前正民已得祠禄。

据《要录》卷一三三，绍兴九年（1139）十一月，正民知淮宁府时为提举江州太平观，可推正民绍兴四年至九年一直奉祠禄，然宋人祠禄每任不过两年或三十个月，正民其间至少请得两任祠禄，《大隐集》卷九有《再领宫祠》诗，其后任祠禄为提举江州太平观，前次落知吉州时所任宫祠暂未考知。

罢吉州任奉祠后，寓居衢州；绍兴七年（1137）在嘉兴府海盐、湖州分别置田产，移居之。

《大隐集》卷六有作于绍兴七年的《农隐记》：“顾余不材，滥被荣宠，坐糜稍廪，而靡有补报。田园芜没，茫茫然而曷归。乃自放于寂寞之滨，攻苦食淡，以其余力买田数十亩于苕霅之间，而将老焉……绍兴丁巳中秋日大隐居士李某记。”《大隐集》卷九有作于绍兴八年（1138）的《高安得请》其二云：“苕霅西山犹好在，扁舟从此钓沧浪。”皆可证，“苕霅西山”应指湖州西山。然正民购湖州田产稍前，必先购嘉兴海盐之产业，其《卜居》诗云："吴越飘零已十年，侵寻绿发变华颠。身闲且运陶公甓，力弱难先祖逖鞭。兵火广陵无旧业，沟渠槜李有新田。此怀应被元龙笑，更傍苕溪卜一廛。""槜李"在今嘉兴市西南，此代指嘉兴。既云飘泊吴越十年，又云"槜李有新田"之后"更傍苕溪卜一廛"，可知海盐置产在湖州前不久，推其时间，亦应在绍兴七年（1137）。

正民移居嘉兴、湖州之前当寓居衢州，《大隐集》卷七《寄邦求拟南食作》诗云："不到浙乡辜负口，昔人有语真可取。我住柯山三四年，厌饫蕨薇几噎呕。扁舟乘流来槜李，极目江湖几千里。白鱼市上烂如银，紫蟹蛴头多似蚁。……"知来嘉兴前在柯山住有三四年，柯山在衢州南。同卷又有《今岁梅花春中犹未开因思三衢冬月之盛作长句》诗："前年柯山芳意早，肯使寒梅例枯槁。溪边几树发偏繁，墙角数枝看更好。玉颜冒雪不奈寒，香心怯雨尤相恼。南枝烂漫北枝催，空惜飘零缀芳草。朅来海角风景迟，经冬不见端可疑……"可知正民绍兴四年（1134）至绍兴七年间在衢州寓居。

绍兴八年（1138）初，差知筠州，辞不赴，有《辞免筠州恩命第一状》《辞免筠州恩命第二状》。

据李弥逊《筠溪集》卷四有《李擢袁州、李正民筠州》，《大隐集》卷四《辞免筠州恩命第一状》《辞免筠州恩命第二状》，《大隐集》卷九《高安得请》等，考已见前。

绍兴九年（1139）十一月，起知淮宁府。

《要录》卷一三三，绍兴九年十一月，"乙未，徽猷阁待制提举江州太平观李正民知淮宁府"。《大隐集》卷四《辞免淮宁府恩命状》："投闲置散，分所宜然。"知其罢吉州任后至任淮宁府前未任其他差遣。

绍兴十年(1140)五月,金人败盟,兵取河南、陕西,正民等以城降,被掳于金。

《要录》卷一三五,绍兴十年五月,“观文殿学士留守孟庾以城降……遂命使持诏遍抵诸郡,又分兵随之。知兴仁府李师雄、徽猷阁待制知淮宁府李正民皆束身归命。自是河南诸郡望风纳款矣”。《宋史·高宗纪》绍兴十年事中亦有类似记载。

绍兴十二年(1142),宋金议和,六月,金放李正民等南归,正民仍充徽猷阁待制。绍兴十三年(1143)十二月二日,提举江州太平观。

《三朝北盟会编》卷二〇八,绍兴十二年六月,“金人放东京留守孟庾、知陈州(即淮宁府)李正民还朝。孟庾掌东京钥,一旦失节,附于金人。及和议已定,上以书请放庾还。金人放庾及徽猷阁待制知陈州李正民,皆还朝,于是毕良史父子亦得归”。《宋史·高宗纪》:绍兴十二年六月,“壬午,金国归孟庾李正民”。

《要录》卷一四五,绍兴十二年六月癸未,“观文殿学士孟庾、徽猷阁待制李正民、右迪功郎毕良史言不能死节,乞正典刑,诏并令任便居住”。《中兴小纪》卷三十:“六月甲子,大金国送观文殿学士前东京留守孟庾、徽猷阁待制前知淮宁府李正民还朝,庾等奏昨兵渡河,不能死节,陷身辱国,乞正典刑,诏放罪任便居住。”《要录》卷一五〇:绍兴十三年十二月,“甲申,徽猷阁待制李正民提举江州太平观。金人之叛盟也,正民为淮宁守,以城降。时孟庾、路允迪皆已夺官,而正民未及贬。比归,以旧官见,至是得祠”。知正民归来时亦曾上书自劾,迟至十三年岁末始落职。

绍兴十四年至十六年(1144—1146),左朝奉大夫充徽猷阁待制提举江州太平观;绍兴十六年至十九年(1146—1149),提举临安府

洞霄宫。其奉祠期间，大都寓居嘉兴府海盐县，邑中碑记，多出其手。

《大隐集》作于绍兴十四年（1144）之后的文章，多有写于秀州海盐者［即嘉兴府海盐县，按秀州本军事州，政和七年（1117）赐郡名嘉禾，庆元元年（1195）升嘉兴府］。如《法喜寺政十方记》："秀州海盐县始以法喜旧寺革为禅林。……绍兴十四年二月一日左朝奉大夫充徽猷阁待制提举江州太平观平原县开国伯李正民记。"《资圣寺佛殿记》："绍兴十五年（1145）十二月辛未朔，左朝奉大夫充徽猷阁待制提举江州太平观平原县开国伯李正民记。"《题维摩像》："余寓海盐……时绍兴壬戌十月望日也，大隐居士李正民题。"又至元《嘉禾志》卷二十三收正民《重修学记》："海盐为邑……绍兴十六年（1146）二月十日左朝奉郎大夫充徽猷阁待制提举临安府洞霄宫平原县开国伯李正民记。"知绍兴十六年（1146）二月已提举临安府洞霄宫。另清沈季友《槜李诗系》卷二亦载正民"绍兴中寓海盐，善属文，邑中碑记多出其手"。

绍兴二十一年（1151）二月二十三日卒，葬湖州乌程县南衡山中。

《要录》卷一六二：绍兴二十一年二月"甲子，徽猷阁待制李正民卒"。

《芸庵类稿》卷六《李氏龙池庵芝草赞并序》："金芝瑞尧庭之岁，余调官都下，伯兄自霅川上冢还。"按霅川为湖州城别称。又《隆恩庵记》："吴兴郡南群山辐辏，截然当苕溪之冲者，衡山也……逮予丁外艰，蓬首墨衰，卜窆山谷，往来尤稔。"故知正民葬于湖州。衡山在乌程县南，清郑元庆《石柱记》笺释引谈《志》："衡山一名横山，在乌程县南一十八里，两山夹峙，中流北驶，为郡城南形胜之地。"横山今在湖州市南浔区和孚镇。

著有《乘桴记》《大隐集》。

《乘桴记》见王明清《挥麈录三录》卷一："得己酉年李方叔正民代言词掖，从行航海，所纪颇备……其目云《中书舍人李正民乘桴记》。"《乘桴记》又名《己酉航海记》《建炎居邠记》。《直斋书录解题》卷五云："《己酉航海记》一卷，中书舍人李正民撰，又名《建炎居邠记》。"《文献通考》卷一九七所载相同。该书内容及价值，正如《四库全书总目·己酉航海记》云："建炎三年（1129）己酉七月，高宗在金陵，闻金兵深入，遂趋平江，历越州、明州。十二月乘舟航海，避兵台、温之间。正民时以中书舍人从行，按日记驻跸之所，盖起居注体也。正民寻奉使通问隆祐宫，故所记止于四年（1130）正月二十一日，盖非完稿。《北盟会编》一百三十四卷，王明清《挥麈三录》第一卷，皆全载其文。明清记尤袤谓高宗东狩四明，数月之间，排日不可稽考。后于茂苑得此书，所记颇备。盖当日国史，实借此书考定矣。"

《大隐集》见《宋史·艺文志》："李正民《大隐文集》三十卷。"然原本久佚，今传本十卷，乃四库馆臣从《永乐大典》中掇拾编次而成，凡文六卷、诗四卷。《四库全书总目·大隐集》谓正民之文"中多中书制诰之作，温润流丽，颇近浮溪。其诗亦妍秀可诵，在南渡初犹不失为雅音焉"。评价大致准确。其文《上时事札子》论事切中机要，《鼯鼠文》似有深寓，皆有可观之处。《与祝师龙书》《再答书》谈著述为文之法，以为为文在悉心经典，而非广搜异书，经典之文，汉有司马相如、司马迁、扬雄、班固；唐有韩愈、柳宗元、李白、杜甫；宋有欧阳修、王安石、苏轼、黄庭坚，共十二家，"近世之士，喜广己而造大，凡有赋咏，则长篇短韵，欲与李、杜争衡矣。此所以不能立名于天下也"（《与祝师龙文》）。一定程度上反映出正民的文学观念和宋人对前朝、本朝文学的认识，值得重视。其诗写景之作秀丽雅洁，如“海岸收残雨，西风放晚晴。霜林红未脱，寒草绿犹生”（《杂诗》其一），“山映归云白，窗留落照红”（《杂诗》其三），“晚菘长乍剪，香稻细新舂”（《杂诗》其九）等；然抒情之作宛转多气，如《程之徒》《息交行》《寄尹叔》《南归》，尤其亲情之作，篇章既多，感触复深，不可一味以妍秀视之。

《宋史·艺文志》又载有“《大隐居士诗话》一卷，不知姓名”，然宋号大隐居士者非唯正民一人，复有南康人田辟（《江西通志》卷九十三）、慈溪人杨适（《记纂渊海》卷九）、湘阴人邓深（《大隐居士集》）皆号大隐居士，其中何人作此《诗话》，待考。

正民尝任侍从官出入禁中，交游多执政官或名人，如赵鼎、汪藻、綦崇礼、翟汝文、李回、沈与求、吕颐浩、席益、胡松年、富直柔、薛嘉言、杨愿、祖秀实、王扬英、胡铨、毕少董等。其中吕颐浩、綦崇礼、赵鼎、汪藻、翟汝文、胡铨、沈与求皆有文集存世。

正民交游名人，见诸《大隐集》书札贺启等，不赘。

三

李正民有兄弟四人。正民为长，其二弟李长民字符叔，三弟李□民字和叔，四弟李端民字平叔。

正民子李洪《芸庵类稿》卷六有《祭嘉州叔父文》。又有《祭大监季父文》："呜呼，南渡以来，自先公薨，十八年间，死丧相仍。岁一终星，御史倾殒。嘉州之丧，今甫再闰。季父遽亡，剪焉殆尽。"知李正民兄弟四人，嘉州为叔父，大监为季父，长民为正民二弟，《中兴小纪》卷十四：绍兴三年（1133）五月癸酉，"时有上殿官李长民者，正民之弟也"，知正民为长兄。

二弟长民，字符叔，宣和元年（1119）三月举博学宏词科，除宗学博士（《宋会要辑稿》选举一二），宣和四年（1122）献《广汴都赋》，建炎二年（1128）除秘书省正字，建炎三年（1129）监南岳庙（《南宋馆阁录》卷八）。绍兴三年（1133）五月以左宣教郎守监察御史，十一月出知处州（《要录》卷六五、七〇）。绍兴十年（1140）五月知泗州，十三年（1143）九月知建昌军（《要录》卷一三五），二十六年（1156）八月，由知郢州迁江南西路提点刑狱，二十七年（1157）十月罢（《要录》卷一七四、一七八）。长民当生于绍圣元年（1094）左右，正民《送元叔守建昌》其二云："五十专城虽不晚，汉廷诏令要词臣。"长民守建昌在绍兴十三年，前推五十年，知其生年。据李洪《祭大监季父文》，自正民卒后推"一终星"十二年为隆兴元年（1163），即长民卒年。长民长于文学，《中兴小纪》卷十四载：绍兴三年五月，"上问宰执曰：长民比正民如何？吕颐浩对：二人皆淹博，文辞则长民优"。

三弟字和叔，名不详，末一字当从民。曾任吴松等地知县，随州、均州佐官，官终嘉州知府，故李洪称之为"嘉州叔父"。晚请祠得请，游心佛法，无子，惟一女（《祭嘉州叔父文》）。生于元符二年（1099），卒于乾道三年（1167），据李洪《祭大监季父文》，自长民卒后"再闰"为乾道三年，即平叔卒年。《祭嘉州叔父文》又云"奄忽殂谢，寿弥七旬"，故又可推知其生年。

四弟端民，字平叔，绍兴二年（1132）知严州分水县任；绍兴十一年（1141）曾知黄岩县（《嘉定赤城志》卷一一、舒岳祥《阆风集》卷一一）；十六年（1146）官右从政郎、充浙东提举茶盐司干办公事时，校刊吴淑《事类赋》（见该书卷末刊记）；屡迁司农寺丞、尚书郎官，高宗内禅，抒颂献箴，以右朝散郎试将作监，故李洪称之为“大监季父”（《祭大监季父文》）。隆兴二年（1164）以直敷文阁主管建宁府武夷山冲佑观（《宋会要辑稿》选举三）。晚年究心佛理，如在家僧，以诗名，诗作上追少陵、韩柳(《祭大监季父文》)。卒于乾道五年(1169)，据李洪《祭大监季父文》，正民卒后推十八年，得端民卒年。子李泳，亦以诗名（《攻媿集》卷五十二《檗庵居士文集序》）。

正民有再从弟李璜，字德邵，自号檗庵居士，少负隽才，耻从进士举。南渡后流寓四明，晚从宏智禅师游，有《檗庵居士文集》十二卷。事见《攻媿集》卷五十二《檗庵居士文集序》。

李正民子孙辈，《直斋书录解题》卷二一《李氏花萼集》有载：“庐陵李氏兄弟五人，洪子大、漳子清、泳子永、淦子召、洬子秀，皆有官阀。”李洪并未居庐陵，辩见后。黄升《花庵词选续集》卷五亦载：“李子大名洪，家世同登桂籍，跻朊仕，号淮甸儒族。子大其弟漳、泳、淦、洬，皆以文鸣，有《李氏花萼词》五卷，其侄直伦为之序。庐陵人。”因李洪系正民子，后人多将五人视为亲兄弟，此不确。其中李泳为正民弟端民之子，楼钥《檗庵居士文集序》“余生晚，犹及识将作监端民平叔及其子泳，皆有声诗”可证。漳、淦、洬是洪弟或是从弟不详。

李洪（1129—1183），字可大，一字子大，正民子。宋室南渡后侨寓海盐、湖州。绍兴二十五年（1155），官监盐官县税。绍兴三十三年（1163），为永嘉监仓。《芸庵类稿》卷一《隆兴改元初余为永嘉监仓……》，卷四《六龙驻跸温州先公职列西掖扈从至此手泽具载一时之事三十三年嗣子洪守官于此因成感事诗》可证，《四库全书总目·芸庵类稿》以为洪曾知温州，不确。乾道三年（1167），兼管行在左藏西库（《芸庵类稿》卷六《盐官县南福岩禅院记》），官终知藤州。有《芸庵类稿》二十卷，已佚。清四库馆臣据《永乐大典》辑为六卷。宋陈贵谦序称其“该括众体，每于草木鸟兽之微，有可寄兴以为忠邪贤否之辨者，未始不反复致意”。李洪生年据其《芸庵类稿》卷六《紫微龙尾砚铭并叙》：“余生岁在已酉，大驾南巡。”卒年王兆鹏据周必大《文忠集》卷一九六《胡殿撰（与可）》考证为淳熙十年（1183）[1]。正民非仅李洪一子，《大隐集》卷六《训闻人氏诸子字序》：“昔者盗发青溪之岁，予之子与兄之子实生。”盗发青溪事在宣和二年（1120）十月，此子生于该年，年长于洪，惜事迹不详。李洪有子数人，“长子吏部直养，尝以使事至襄阳兵间，风绩甚伟；次子直柄，今守湖南望郡，有治理行见，世其家者殊未艾也”（《芸庵类稿》卷首陈贵谦序）。幼子直均，甫三岁已能捉笔模字，效兄姊诵书不忘，不幸夭折（《芸庵类稿》卷一《殇幼赋并序》）。

李澍，字子秀，南渡家于庐陵，曾知新城县（《咸淳临安志》卷八五）。兄弟五人合著有《李氏花萼集》。

李泳，字子永，号兰泽，南渡后家于庐陵，尝官两浙东路安抚司准备差遣（《八琼室金石补正》卷一一五）。孝宗淳熙十四年（1187）知溧水县(《景定建康志》卷二七），淳熙末卒(宋洪迈《夷坚三志己序》)。

1　王兆鹏等《两宋词人丛考》，第222页，凤凰出版社2007年。

有《兰泽野语》。兄弟五人合著有《李氏花萼集》。

李漳，字子清，一字子申；李淦字子召；俱为李洪弟或从弟，事迹不详。兄弟五人合著有《李氏花萼集》。

李氏兄弟五人俱以文鸣。《李氏花萼集》由李洪侄直伦为序（《御选历代诗余卷》一百〇六），可知正民孙辈亦能文。康熙《扬州府志》卷二十三《人物》载正民孙直养字无害，绍熙间摄华亭令，又知海盐县，有政绩，可知其孙辈亦曾仕宦。《芸庵类稿》卷首陈贵谦序云李洪子直养、直柄俱有风绩，因此感叹“世其家者殊未艾也”。

李正民姻亲，可考者有：

闻人氏：《大隐集》卷六《训闻人氏诸子字序》云：“嘉禾闻人茂德于余为外兄弟，比过其家，命子侄出拜凡七人。”知李氏姊妹有嫁闻人氏者。闻人氏为嘉禾望族。

石氏:《大隐集》卷六《祭石长孺文》:“……时我季姑，年及结褵。谓君英特，望族是归。”知李正民季姑嫁石长孺。

郑氏：《芸庵类稿》卷六《隆恩庵记》云：“山之阳有隆恩庵者，姑胥郑继先所作也……继先名绍孙，予之表弟也。”知李正民姊妹有嫁姑苏郑继先之父者。

另《大隐集》卷八《送尹叔倅濠梁》注云“外氏居濠”，知正民外祖父家居濠州，未详姓氏。

四

江都李氏家族是一个典型的文学家族。李问、李定、李正民、李长民、李端民、李洪、李漳等人俱长于文，就连与李正民血缘稍远的再从弟李璜等人，也是李氏家族中的文学能手。楼钥《攻媿集》卷五十二《檗庵居士文集序》云："江都李氏，名族也，绍兴间名之从民者，尚多俊茂。余生晚，犹及识将作监端民平叔及其子泳，皆有声诗。又有名璜字德劭者，平原公之从孙，将作之再从弟。少负隽才……笔力雄迈，人所罕及。"

李氏不惟家族成员普遍能文，而且家族之间具有相当自觉的文学传承意识。李洪《槲株集序》的文学观点明显承袭自父亲的《与祝师龙书》；其诗作也有模仿之处，如李洪的《子清弟赴丹阳赋古调饯之》就与正民的《余君赠我以茶仆答以酒》结构上有相似之处；他们视文学为家声、以文学致世的认识也一脉相承。李正民任中书舍人后，其《谢中书舍人启》即云："早缘薄艺，误玷词科。滥陪英俊之游，敢起滞留之叹。十年流落，百指困穷。相良马而利必迟，学御龙而技无用。重遭世难，偶获生全。敢图漂泊之余，乃有遭逢之异。掌丝纶之美，幸克绍于祖风；习台阁之仪，或未惭于寒士。"深深庆幸自己的御龙之术终为王者所用，并为自己能克绍代拟王言的祖风而自豪。正民子李洪幼承庭训，修文讲礼，却沉沦下僚，当他获得兼管行在左藏西库的官职时，不禁哀叹自己所学非所用，玷没祖风，有辱家声："某幼颛学古，壮偶绩文，疲精刻楮之劳，无用屠龙之艺。陆机入洛，志袭先人之清芬；扬雄草《玄》，晚悔童子之少作……某敢不益修家训，期称己知。饰儒雅非俗吏之能，商功利岂小人之事？姑安颜巷，终入修门。十年管库之奉公，斯会计当而已；奕世诗礼之素习，岂玉帛云乎哉？誓竭至愚，仰酬大赐。”（《芸庵类稿》卷六《除左帑谢庙堂启》）“如某者，幼承先训，壮颓家声。既乏万选之声，徒纡半通之绶。”（《芸庵类稿》卷六《左帑到任谢宰执启》）在《芸庵类稿》卷六《紫微龙尾砚铭并叙》一文中，他还深情赞述了父亲用于拟诏的一方砚台。可见，为国秉笔，继掌书命，是李氏家族内心一种强烈的渴盼，也激励着李氏家族成员努力使自己具备良好的文学素养。但这种渴盼一旦落空，又容易使李氏家族产生怀才不遇、屠龙无地的悲叹。这种矛盾心情，从李洪的《除左帑谢庙堂启》《左帑到任谢宰执启》不难感知。

另外，李氏家族虽然留意文学，却治生乏术。李氏自正民兄弟漂泊江南，多靠俸禄谋生，故“十年流落，百指困穷”（《谢中书舍人启》），虽然故园心眼长存，却始终未归居扬州故乡。这一方面是因扬州处宋金战争前线，正民有诗感叹云“心似行云忆故山，干戈满地欲归难”（《和尹叔见寄》其二）；另一方面也是因扬州祖业已毁，而正民兄弟财力不裕，与其在有战争危险的故乡重置产业，不如在消费相对低廉、生活环境相对安定的地方寄居，故正民有《再领宫祠》诗：“挥毫拟就归田赋，检点山资苦未丰。”又有《卜居》诗：“兵火广陵无旧业，沟渠槜李有新田。”正民兄弟也随着各自仕宦，并未聚族，在南渡文学家族中颇有典型性。正民一支居湖州、居海盐，李洪卜居飞英坊（在今湖州市区飞英塔一带），显然是随父居于湖州；长民一支居姚江（正民有诗《闻元叔移居姚江》），即今宁波余姚一带；和叔一支晚寓浙江龙游（正民诗《寄和叔》其一云：“双鱼来自縠溪端，手把缄书子细看……七十从心今已过，保兹遐福愿加餐”）；平叔一支似居杭州

（李洪有诗《次韵子都寄示和大监叔西湖早春》）；李澍、李泳等居于庐陵，也与父辈有异。正民子李洪虽以文名，由于仕途不如正民，俸禄更显不足，观其《卜居飞英坊》诗：“束书辞都门，整棹还苕川。羁游二十春，寓农安一廛。家无卓锥地，三挈囊衣迁。移居古城隅，开门枕漪涟。容膝居易安，环堵地自偏。水竹惭履道，风物异平泉。扫轨谢奔竞，面壁参枯禅。仰愧此坊名，飞英驰日边。吾方师老圃，樊须无间然。何当毕婚嫁，四十在明年。”可以想见其生活之困窘。其卒葬后事，亦赖友人胡与可料理［见周必大《文忠集》卷一九六《胡殿撰（与可）》］。文学家族多留意科第，而不善治生，他们在收获了精神财富的同时，常要付出艰辛的生活代价，“诗人少达而多穷”（欧阳修《梅圣俞墓志铭》），可以说是一句意味深长的话吧。

张守及其家族事迹考辨

张守是宋南渡后的名臣，绍兴年间历任御史中丞、翰林学士知制诰、参知政事、权枢密院等要职，周必大誉其为“中兴人物之冠冕也”（《文忠集》卷五十四《张文靖公文集序》）；张守亦颇能诗文，周麟之赞其诗“句格超诣，高压唐律”（《海陵集》卷二十二《跋张参政兄弟唱和诗》），李正民赞其文“兼于众体”（《大隐集》卷一《张守翰林学士制》）。其家族系常州巨族，葛胜仲宣和七年（1125）为张守母王氏撰墓志时即称“维张氏在东南，推衣冠显姓”（《丹阳集》卷十四《张太安人王氏墓志铭》）。至张守，兄弟七人皆仕宦，子孙登仕籍者又十数人，绍兴二十八年（1158），刘一止为张守四兄张宦撰墓志时更感叹“东南士流咸曰人门之胜，莫先张氏”（《苕溪集》卷五十一《宋故左中大夫充敷文阁待制致仕毗陵张公墓志铭》）。无论张守本人还是其家族，在宋代政治史和社会文化史上均具有相当重要的研究价值，但是研究界似尚未对这一课题予以应有关注。本文爬梳史料，力图对张守及其家族事迹做一系统考察。

一

张守家世源流，说法不一。刘一止为张守四兄张宦所撰《宋故左中大夫充敷文阁待制致仕毗陵张公墓志铭》取材其弟[1]所撰行状，叙及先世情况云："按张氏之先出自广陵，唐末有名升仕清流令者，卒葬于滁，遂为滁人。清流之孙训，仕杨行密，官至太傅、清河郡公。生司农卿爰卿，爰卿生大理司直廷杰，皆仕于江南，因家建业。司直第四子先轸仕卫尉守丞，徙居于吴，实始为毗陵人，盖公之高祖也。公讳宦[2]，字养正，公曾大父讳处仁，故为太常博士，赠太子太保；祖讳杲，故为郊社斋郎，赠少傅；父讳彦直，赠太傅。"而孙觌为张守五兄张宇所作《宋故左朝请大夫直秘阁致仕张公墓志铭》[3]取材张守季弟张实，叙世次时却云："张氏先世本合肥人，公七世祖训仕吴为太傅，与杨行密俱起淮南，号三十六英雄，太傅其一也。太傅有赐田在常，子孙多徙家焉，故今为晋陵人。"一云出广陵，一云出合肥；一云先轸仕卫尉守丞时始迁常州，一云张训有赐田在常，子孙多徙家焉；可见即使张守兄弟，对世系源流及何时迁常也有不一致的认识。不过他们都承认五代吴国名将张训为七世祖。张训不仅本人事迹多有可圈点之处，其妻事迹更染神怪。宋吴淑《江淮异人传》卷下专为张训妻立传，载训妻能穿珠衣入人梦，每言事皆神异，后与训交恶而去，"先是，

1 刘一止《苕溪集》卷五十一《宋故左中大夫充敷文阁待制致仕毗陵张公墓志铭》云："既克葬，公之弟和阁自状公行实，问铭于某。"按"和阁"难解，疑"秘阁"之误，张宦卒时，其弟仅宇与实存，宇曾为直秘阁。"和阁"不太可能为张实之字，因张宇墓志行状系张实提供，中云"先世本合肥人"，与"和阁"所云出自广陵矛盾。

2 宦：原作"官"，《全宋文》据《南宋馆阁录》、嘉泰《吴兴志》改作"宦"。

3 见《鸿庆居士文集》卷三十七，据《全宋文》本。

其妻产一子，方在乳哺，训怜其绝母，是夕，抚惜逼身而卧。及夜半，其妻忽自外入其帐，将乳其子。训因叱之曰：‘既去何复来耶？’其妻不答，俄然而去。徐觉其茵褥间似有污湿，起烛而视之，厥子首已失矣，竟莫知所之”。爱翻转恨，其残忍极端的自我个性，与古希腊的美狄亚颇有几分神似，宋初吴淑的笔端里犹透着五代战乱的血腥味。清吴任臣《十国春秋》卷十二亦为训妻立传，径云：“张训妻，故剑侠也，未详其所由来。”亦叙训妻穿珠衣入人梦传，但将断己子之首改为“蒸人首”（他人）为食，结局也与《江淮异人传》不同，叙训“心恶之，欲杀其妻。妻逆知训意，曰：‘君欲负我邪？然君方为数郡刺史，我不能杀君。’因指一女使曰：‘杀我必先杀此婢，不尔君必不免。’训遂杀妻及其婢”。经过了几百年封建伦理的重压，训妻似乎已被改造为一个具有自我牺牲精神的女性。

守六世祖爰卿曾为司农卿，五世祖廷杰曾为大理寺司直[1]，四世祖先轸（廷杰第四子）仕卫尉守丞，曾祖父处仁曾为太常博士，祖张杲曾为郊社斋郎[2]，生前无疑都获得过功名。守父彦直[3]，咸淳《毗陵志》卷十七有传：“张彦直，字辅之，武进人，伪吴太尉训之后，累赠至太傅，男七人，笃意义方，四子由辟雍联登崇宁、大观进士第，皆历

1　《十国春秋·张训传》还载训孙“原泌，登南唐保大中进士，累官户部侍郎、知制诰，归宋，历大理寺卿”。与刘一止所撰墓志不同，今从墓志。

2　张扩《东窗集》卷七《资政殿大学士左正议大夫提举临安府洞霄宫张守祖杲赠少保制》系因守而赠官。

3　作为毗陵巨族，守祖杲和守父皆有兄弟行，《宋会要辑稿》职官六十三：“（建炎）四年五月十三日，同签书枢密院事张守言两浙制置使韩世忠奏差臣族叔锐知常州，乃臣乡里，乞改差锐别州军差。从之。”《毗陵集》卷八《乞张锐改除一郡札子》亦云：“臣伏睹圣旨，除张锐知常州。虽系两浙制置使韩世忠奏差，然臣承乏枢府，预闻政事，锐乃臣族叔，而常州乃臣乡里。臣与世忠虽昧平生，而锐亦非近属，窃恐清议不能无疑，必谓臣私于宗姻以芘其乡里，不特于私义未能自安，亦恐于公朝不能无累。欲乞圣慈改差锐一别州军差遣。取进止。”《毗陵集》有《和族叔祖古风》《绍兴丁巳以大礼馆客恩奏族叔祖有诗见戏次韵和答二首》《族叔祖示四绝句次韵》多首诗，由于非守本支，附记于此。

官通显，彦直左右就养二十年，逾八秩，与夫人俱无恙，乡邦荣之，前太守曲乐徐公申美其事，表其里曰椿桂坊，盖取燕山窦谏议诗云。”崇宁二年（1103）张守登第，大观三年（1109）张宰、张宦、张宇同登第（考详后），此即“四子由辟雍联登崇宁、大观进士第”之谓，故知“椿桂坊”之表当在大观三年后至政和元年（1111）间，“曲乐徐公”指徐申，咸淳《临安志》卷八“郡守”：徐申，“大观二年十月朝请大夫提点太常寺大成乐，政和元年十二月满。”咸淳《毗陵志》中言彦直“累赠太傅”，刘、孙所撰墓志亦只提及彦直赠官，程俱《北山集》卷二十五《资政殿学士张守故父赠太子少师彦直赠太子太保》云：“具官故父怀才不试，蓄德在躬。义教有方，美哉乔梓之度；盛事不朽，蔚然椿桂之荣。”可见彦直本人并未主动获取过功名[1]。彦直卒于政和二年（1112）[2]，其时年龄已逾八十，其生当在仁宗明道元年（1032）之前。彦直妻王氏，生于仁宗景祐四年（1037），卒于宣和七年（1125），其墓志见葛胜仲《丹阳集》卷十四《张太安人王氏墓志铭》，中有云：“子七人，宰，为奉议郎，陕州司录；寅，再贡礼部；宏，举进士有名；宦，从事郎，信州刑曹事；宇，宣教郎；守，奉议郎监察御史；实，数占成均异等。女三人，适进士潘民用，曹谡，蒋韶。”可知守共兄弟七人。守《毗陵集》卷十五《戏题四老堂十首》其二云：“兄弟当年七叶[3]兴，精神如鹤齿如冰。升沉存没今如许，且作随堂粥饭僧。”可知七兄弟

1 文渊阁《四库全书》本《江南通志》卷一百十九载崇宁进士中有常州人张彦直，或误或另是一人。

2 《宋故左朝请大夫直秘阁致仕张公墓志铭》言张宇：“（大观）三年，释褐为真州司理参军。代还，以最升从政郎、开封府陈留县丞。未赴，丁太傅公忧。”《宋故左中大夫充敷文阁待制致仕毗陵张公墓志铭》言张宦大观三年释褐为：“越之剡县簿，任满授滁州司工曹事，未赴，丁太傅忧。”故推知彦直卒年在政和二年。

3 叶：《四库全书》本作“业”，武英殿聚珍版丛书本作“叶”，从之。

皆有所为，现略考其六兄弟仕历如下：

张宰，守长兄，《宋故左朝请大夫直秘阁致仕张公墓志铭》载宰弟张宇与孙觌同为大观三年（1109）进士，又载："自崇宁癸未至大观己丑六七年间，相踵四人擢名第……四人者，曰宰，卒官左奉议郎；曰宿，左中大夫历秘书少监吏部侍郎敷文阁待制；曰宇，四入尚书为郎，典大州，刺一路，以左朝请大夫直秘阁致仕；曰守，建炎绍兴间，被遇今天子，由签枢参大政，终资政殿大学士左金紫光禄大夫。"《宋故左中大夫充敷文阁待制致仕毗陵张公墓志铭》载张宿兄弟："同榜登科者三人，郡守以为先此未有，因表其里曰'椿桂'。"《张太安人王氏墓志铭》亦载。"大观初，三子复同榜以上舍入仕，州将表其闾曰椿桂。"守登第在崇宁二年（1103），故知大观三年同科登第者为宰、宿、宇。宰宣和末为为"奉议郎，陕州司录"（《张太安人王氏墓志铭》），官终左奉议郎，绍兴十三年（1143）张守作《四老堂记》时宰已卒。

张寅，守二兄，宣和末再贡礼部（《张太安人王氏墓志铭》），曾为通判（《宋故左朝请大夫直秘阁致仕张公墓志铭》），绍兴十三年前已卒。

张宏，守三兄，举进士有名（《张太安人王氏墓志铭》），娶詹抃次女为妻（见《毗陵集》卷一二《詹抃墓志铭》），卒于绍兴十三年前。

张宿（1078—1151），字养正，守四兄，大观三年进士，授越州剡县簿，任满，授滁州司工曹事，未赴，丁父忧，免丧为蕲州州学教授，迁信州司刑曹事。历两浙提刑司干办公事、秘书郎、秘书少监、起居郎，再迁权尚书吏部侍郎，以集英殿修撰奉祠。久之，除敷文阁待制知湖州，以疾归，官终左中大夫历秘书少监吏部侍郎敷文阁待制。宿妻王氏，先宿而卒。宿有女二人，一先宿卒，一适右迪功郎新监泰州如皋县买纳盐场施广寿（《宋故左中大夫充敷文阁待制致仕毗陵张公墓志铭》）。另《宋故左朝请大夫直秘阁致仕张公墓志铭》中张宧作张宿，“宿”当为“宧”字之讹。

张宇（1081—1158），字泰定，守五兄。大观三年（1109）进士，释褐为真州司理参军，历仕信州上饶县丞、太平州州学教授、楚州淮阴县丞、福建路茶事司干办公事、福建江西荆湖南北路宣抚使司干办公事、福建路安抚使司书写机宜文字、将作监丞、左朝散郎迁驾部员外郎、提举两浙东路茶盐公事、司勋员外郎、祠部员外郎、吏部郎中、直秘阁福建路转运副使移知湖州。绍兴二十八年（1158）卒。有诗文、歌词、奏议三十卷。宇妻吕氏，绍兴二十七年（1157）十月壬寅遇疾卒，寿六十七。宇有一女，适右宣教郎新知湖州乌程县事鲁可封（《宋故左朝请大夫直秘阁致仕张公墓志铭》）。按鲁可封系海盐鲁詹之子，鲁詹与张守友善，后守为詹作墓志（《毗陵集》卷一二《枢密院检讨文字鲁公墓志铭》）。

张实（1086—？），字师是，守季弟，宣和间数占成均异（《张太安人王氏墓志铭》），绍兴十三年（1143）以文林郎为浙东盐司属官（《毗陵集》卷十《四老堂记》），绍兴二十八年为右奉朝郎（《宋故左朝请大夫直秘阁致仕张公墓志铭》）。乾道五年（1169）以考功郎中兼庆王府赞读（《宋中兴东宫官僚题名》卷七）。

张氏姻亲，除以上涉及者，尚有秦梓，《要录》卷一百九，绍兴七年（1137）二月癸卯，“参知政事张守言侄女适秦桧之兄，今桧除枢密使，虽无回避之法，而同在政府，不能无嫌，欲望除臣一在外差遣。诏祖宗故事，不合回避，毋得再请”。桧有兄梓，梓有子熇，张守侄女所嫁疑即秦熇。

二

张守在七兄弟行中居第六，而宦绩最著，官位最高、影响最巨，故其事迹单独稽考之：

元丰七年甲子（1084），张守生。

据《四库全书》本《毗陵集》卷十《四老堂记》："余年六十……绍兴十［三］年岁次癸亥六月朔记。"按癸亥为绍兴十三年（1142），原文脱"三"字，《全宋文》已补改。

字全真，一字子固，晚号东山居士，常州晋陵人。

周必大《文忠集》卷五十四《张文靖公文集序》："公讳守，字子固，一字全真。"

《老学庵笔记》卷九："张全真守一字子固……人称之多以旧字，其作文题名之类必从后字，后世殆以疑矣。"

《宋史》本传："张守字子固，常州晋陵人。"

《毗陵集》卷一〇《大阳明安禅师古录序》后署："绍兴癸丑六月朔旦，东山居士序。"

幼时家贫，借书读，过目不忘。早岁曾从乡贤詹抃游。

《宋史》本传："家贫无书，从人假借，过目辄不忘。"

《毗陵集》卷一二《詹抃墓志铭》："念从公游且久。"

崇宁二年（1103），二十岁，以乡荐举首试礼部，中进士第，授定海丞，大观中及政和初为吴兴郡掾，政和二年（1112）丁外忧，服除，迁从事郎越州会稽丞，政和八年（1118）中辞学兼茂科次等，除详定九域图书志编修官。以裁员罢，改宣德郎，擢监察御史。宣和七年（1125）

七月，丁内忧，辞官归。宣和间，与孙觌、姚毂昆仲、许景衡、刘钰、周元举、秦梓等有交往唱和。

《宋史》本传：“登崇宁元年进士第，中辞学兼茂科。除详定九域图志编修官。以省员罢，改宣德郎，擢为监察御史。丁内艰去。”按崇宁元年（1102）未开科，守当为崇宁二年登进士第，《毗陵集》卷十四《胡己茂同年挽词二首》其二注云：“公尝与叔谐及余为同年三老之约，归里社相从，竟不遂。”同书卷一〇《祭胡尚书文》：“昔在崇宁，射策紫宸。同里同年，十有六人。”按胡交修字己茂，孙近字叔谐，皆崇宁二年进士，咸淳《临安志》卷十一“科目”亦载胡交修、孙近、张守均为崇宁二年进士，故知《宋史》此处误。

《张太安人王氏墓志铭》云：“监察公由州里首送擢第。”《全宋诗》卷一四八四孙觌《张全真大资四老堂》，引明钞本诗题云：“昔崇宁初公以举首荐送礼部，而某叨缀下陈。”可知张守是以乡荐举首的身份参加礼部试。

守中辞学兼茂科在政和八年（1118），咸淳《毗陵志》卷十一“科目”载政和八年“从事郎前越州会稽丞张守”中辞学兼茂科，《宋会要辑稿》选举十二载：“（政和）八年三月二十八日，贡士举院言试辞学兼茂科：迪功郎新河中府河东县主簿崔嗣道、奉议郎前高邮军军学教授宇文彬、从事郎前越州会稽县丞张守，考嗣道入上等，彬守入次等，依格循资推恩。”

张守登进士后所授官，初疑为定海丞。《毗陵集》卷十四《方时敏倅浚归浙江待次送行》自注云：“方为慈溪尉，某丞定海。声迹常相闻。”按方元修字时敏，政和初曾审察监大观库，后通判浚州，尉慈溪当在崇宁、大观年间，故推张守释褐官为定海丞。《毗陵集》卷一〇《跋章政平刺血上表乞父北还表后》："念大观间公牧吴兴时，余为郡掾，受公之知。"按据《吴兴志》，章援政和元年（1111）正月二十四日至四年三月初二为湖州守，守当在大观中已任吴兴掾，至政和二年（1112）丁父忧始罢。守母之丧则在"宣和七年（1125）七月乙未"，事见《张太安人王氏墓志铭》。

张守与孙觌之交往唱和，见《毗陵集》卷十四《谢孙仲益察院借示诗卷》，孙觌政和四年（1114）中辞科后秘书郎，靖康初，以国子司业擢侍御史，由于侍御史位在监察御史之上，故孙觌任察院必在政和四年后至宣和末，守政和八年（1118）中词科后始至京任职，故张、孙交往唱和当在宣和中。观诗句有"客游跨两春，胸次饱尘滓。无人抉河汉，为我一浣洗"，可推孙觌任察院当在宣和二、三年（1120、1121）。

张守与姚氏昆仲之交往唱和，见《毗陵集》卷十《姚进道文集序》："余顷客京师，与姚致道游，因识其弟进道……未几卒于京师，年才三十。悲夫！下世之后，文字散落，致道访亲旧间，篇搜句掇，得古律诗、长短句与夫《杂书》，仅成两编，特平生之十一……进道名彀，秀之华亭人。"同书卷十四又有《姚志道有书辄不借戏呈》，"姚志道"当即"姚致道"。按姚彀，字进道，号何山道人，秀州华亭人，政和五年（1115）进士，宣和四年（1122）前卒，年才三十卒于京师，善诗文词，张守《姚进道文集序》誉之为李贺。吕渭老（又作"滨老"）《圣求词》中收《水调歌头》八首，其一题注云："十月初十日，同周元发谒姚氏昆季，多不遇。因与说道小饮，出其兄进道作《水调歌头》一韵，凡二十首，读之，殆不胜情。次其韵作一篇，怀其人，亦以赠元发、说道。"其词句有云："谁信骑鲸高逝，空对笔端风雨。"其五题注云：

“哭进道‘飞桥自古双溪合，柽柳如今夹岸垂’《么金店别业诗》”，其词句有云“醉魂何在？应骑箕尾列青天”。其八后总跋云：“何山道人［水调歌头］二十首一韵，余和之，计前后凡八首。道人之语，如谢康乐诗，出水芙蓉，自然可爱，余诚不足以继其后。呜呼，道人死矣！仙耶？人耶？皆不知。俟如其数，焚香烧以与之，魂如有灵，当凌云一笑。”按吕渭老此组词作于宣和四年（1122），知此时姚穀已卒。南宋另有姚述尧字进道者，撰《萧台公余词》，不宜与姚穀相混。

张守与许景衡、刘珏、周元举之交往，见《毗陵集》卷十四《晚霁独坐戏呈周元举刘希范许少伊同舍诸兄二首》《元举希范见和佳篇皆有怀归之意颇合鄙趣因次元韵》《和答少伊》等诗。按周纲字君举，改字符举[1]，曾为监察御史；刘珏字希范，宣和四年为监察御史；许景衡字少伊，宣和六年（1124）为监察御史。张守宣和七年（1125）监察御史任上丁忧，故此数诗当作于宣和六、七年间。

张守与秦梓之交往唱和，见《毗陵集》卷十五《送秦楚材使高丽二首》。秦梓字楚材，秦桧兄。《挥麈录》后录卷十一：“宣和初，郑达夫为相，达夫与会之俱华阳王氏婿，会之以其兄楚材梓嘱于达夫，会傅墨卿使高丽，达夫俾楚材以傔从。”又《直斋书录解题》卷八《高丽图经》四十卷条云：“宣和六年，路允迪、傅墨卿使高丽。”知张守送行诗作于宣和六年。然其二云：“学士风流异域传，几航云海使南天。不因名动五千里，岂见文高二百年。贡外别题求妙札，锦中翻样织新篇。淹留却恨驽行心，不得飞觞驻跸前。”实系秦观《客有传朝

1　明徐应秋撰《玉芝堂谈荟》卷三十一“禁天高上天”条云：“宋政和中，禁人以龙、天、君、王、帝、上、圣、皇、玉、主等为名字。故毛友龙但名友，句龙如渊称句如渊，叶天将但名将，乐天作但名作，方天仕改名大仕，方天若改名元若，卫上达赐名仲达，葛君仲改名师仲，周纲字君举改字符举，俞圣求改名应求，程瑀字伯玉改字伯禹，宣和中诏罢前禁。”

议欲以子瞻使高丽大臣有惜其去者白罢之作诗以纪其事》，乃四库馆臣误辑。

按《五百家播芳大全文粹》卷三七有张守《谢第三人及第启》《谢及第启》《谢及第启（受荫人）》，然此三启皆为拟代之作，不可据以考其生平。观《谢第三人及第启》中有“学几四十，虽未登无大过之年”，而守中进士年始二十岁；又《谢及第启》云：“蔽罔迁延，几至失次，本已无心于上第，何惭尚列于丙科。”“丙科”仅为第三等，又与第三人及第甲科矛盾，《谢及第启（受荫人）》更明显是为已受荫入官后中进士者所作。

建炎元年（1127）十二月，四十四岁，复为监察御史。

《要录》卷十一，建炎元年十二月“是月奉议郎张守为监察御史，守，晋陵人，宣和末为是官，以忧去，至是免丧复用”。

按守为监察御史亦得力于旧僚友许景衡之荐。许景衡《横塘集》卷九《荐张守札子》云：“臣伏见奉议郎前监察御史张守博学能文，好直有守，顷为台属，蔚有士望，衔恤去位，今将造朝，契勘监察御史卢臣中已除左正言，欲望圣慈详酌，特除张守填阙，如不称所举，臣甘伏典宪。取进止。”同书卷十七又有与张守四信，可见两人之交谊。

建炎二年（1128）三月，四十五岁，为殿中侍御史；四月，上《论防秋士大夫求去札子》；十二月二十日，上《防淮渡江利害六事》等疏，宰执不悦，遣之抚谕京城。

《要录》卷十四，建炎二年三月丁未，“监察御史张守守殿中侍御史”。

《中兴小纪》卷三建炎二年四月，“殿中侍御史晋陵张守言今防秋在迩，而朝士往往引去，愿榜朝堂以戒敕之”。按此即《论防秋士大夫求去札子》，今存《毗陵集》卷五。

《要录》卷十八，建炎二年（1128）十二月戊寅，“殿中侍御史张守上《防淮渡江利害六事》，大率尤以远斥堠探报为先。别疏论金人侵淮甸之路有四……又请诏大臣惟以选将治兵为急，凡细微不急之务，付之都司六曹。潜善、伯彦滋不悦，乃请遣守抚谕京城。守即日就道。”按《防淮渡江利害六事》今不见于《毗陵集》；“别疏论金人侵淮甸之路有四……”即《毗陵集》卷六《论守御札子二》；“诏大臣惟以选将治兵为急……”即《毗陵集》卷七《乞诏大臣讲求政事之大者札子》。守抚谕京师当在十二月，因次年正月五日已归至行在。另《毗陵集》卷一三《从仕郎临安府钱塘县令赠宣教郎朱君墓表》，系守为其友朱跸（字子美）所作，中云：“余为殿中侍御史，被旨抚谕京师，遂挽君偕行。时道梗，公欣然戒途，间关贼盗兵戈中，相与为存亡。抵京师，则金人渡大河，破滑台，都城昼闭，君略无惧意。”可知守此行同伴及出使情形。

建炎三年（1129）正月五日，四十六岁，抚谕京师归，试起居郎兼权直学士院；正月十九日，上《应诏论备御札子》。三月六日，试中书舍人，仍兼权直学士院。苗、刘乱平，诏赦百官，表奏皆守与李邴分为之。

《要录》卷十九，建炎三年正月丙申，“殿中侍御史张守试起居郎兼权直学士院。守抚谕京师还，面奏金人必来，愿陛下早为之图，毋使宗庙生灵重遭涂炭。上恻然，遂有是命（学士院题名守以起居舍人权直院，今从《日历》）”。

《要录》卷十九，建炎三年正月戊戌，“起居郎兼权直学士院张守言金人自去冬已破澶、濮、德、魏，而游骑及于济、郓，虽遣范琼、韩世忠会战，而二将未可恃。臣谓今日莫先于远斥堠……今之为策有二，一防淮，二渡江……”按此即《毗陵集》卷六《应诏论备御札子》。

《要录》卷二十一，建炎三年三月甲申，“起居郎张守试中书舍人，仍兼权直学士院。”

《要录》卷二十一，建炎三年三月丁未，“执政晚朝，至漏舍，世修持军中请复辟奏状纳胜非，胜非进皇太后，极喜曰：‘吾责塞矣。’胜非即召词臣张守至都堂，与李邴分作百官章三奏三答及太后手诏，与复辟赦文皆具。”

《宋史》本传：“苗、刘既平，诏赦百官，表奏皆守与李邴分为之。”按《全宋文》卷三七八〇《张守二》据《三朝北盟会编》《要录》等辑有张守所拟四诏。

建炎三年（1129）四月三日，四十六岁，为御史中丞。**五月，荐曾纡为直显谟阁学士**。**六月，上《论灾异所自札子》**。**六月二十七日，试尚书礼部侍郎；荐沈与求为监察御史**。**八月二十八日，任翰林学士**。**九月八日，为端明殿学士、朝奉郎、同签书枢密院事**。

《要录》卷二十三，建炎三年四月庚戌，“中书舍人兼权直学士院张守为御史中丞，以朱胜非言其尝与闻复辟议论也（《日历》守之除在庚戌，按朱胜非《闲居录》乃在初五日壬子，然《闲居录》云奉御笔张浚知枢密院，张守御史中丞，则二人之除同在初三日，胜非误记也）”。

《要录》卷二十三：三年五月丁酉，“直秘阁主管南京鸿庆宫曾纡以首明大义除直显谟阁，用御史中丞张守奏也（《日历》云纡除直秘阁，误也，今从纡《墓志》）”。张守荐曾纡文见《毗陵集》卷八《乞录用曾纡札子》。

《要录》卷二十四，三年六月己酉，“御史中丞张守言陛下罪己之诏数下矣，而天未悔祸，实有所未至……”按《全宋文》据《历代名臣奏议》《宋史》张守传等编入卷三七九〇《论灾异所自札子》。

《要录》卷二十四，三年六月甲戌，“上自神霄宫入居建康府行宫，御史中丞张守试尚书礼部侍郎。守尝论吕颐浩不可独任，而张浚不宜西去，上不然之。会有旨，以东京粮运不继，复命大中大夫梁扬祖为发运使，专切措置粮运以饷中都……守疏三上，扬祖乃请奉祠。守言扬祖以自请得祠，是臣在宪台，言无可采，因乞补外，遂有是命。守力辞不拜。上命吕颐浩召守至政事堂，以正士不宜轻去朝廷，守乃受命。（同日）通直郎新提举两浙路市舶沈与求守监察御史，与求，德清人，尝为太学博士，张守所荐也”。

《要录》卷二十六，三年八月，甲戌，“礼部尚书曾楙为翰林学士承旨，礼部侍郎张守为翰林学士。先是，殿中侍御史赵鼎入对，论守无过下迁。（按守原为御史中丞，六月甲戌以言事异旨迁礼部侍郎）上曰以其资浅，鼎曰中丞台纲所系，岂计资耶？且言事官无他过，愿陛下毋沮其气”。

《要录》卷二十八，三年九月癸丑，“翰林学士奉议郎张守为端明殿学士、朝奉郎、同签书枢密院事”。

建炎四年（1130）五月十二日，除参知政事。六月，与范宗尹同提举《详定重修敕令》。

《宋史》本传：“四年五月，除参知政事。”

《要录》卷三十三，建炎四年五月癸丑，“端明殿学士同签书枢密院事张守参知政事。守既秉政，范宗尹语之曰：‘今日国势，政如人之疾病，沉痼方笃，稍施驶药，立有倾仆之患，要使施设有序，勿遽匆亟，当相与勠力，启沃上前，广言路，拔贤才，节财用，惜名器，抑侥幸，左右弥缝，庶乎其可也。”先是，建炎三年（1129）十一月，御史中丞范宗尹用为参知政事，四年四月又摄相事，五月三日真除，守后来所为，多如范言。

《要录》卷三十四，建炎四年（1130）六月庚辰，“命宰臣范宗尹提举详定重修敕令，参知政事张守同提举。先是，有诏以嘉祐政和敕令格式对修成书，至是始设官置局，命大理寺及见在敕局官就兼详定删定等官，仍召人言编敕利害，逾年乃成（《会要》置详定重修敕令所在此月七日，今因命提举官并入此）。《建炎以来朝野杂记》乙集卷五：“（六月初七日丁丑）后三日，始命宰臣范宗尹提举重修敕令，参知政事张守同提举。其秋，言者乞令省部百司吏人将所省记条制攒类成册闻奏。”[1] 按此即绍兴元年（1131）条所云《绍兴重修敕令格式》。

《要录》卷三十四，建炎四年六月己丑，“枢密院进呈刘光世所获敌人并签军状，参知政事张守曰：光世谓签军不宜留，盖知吾山川险易，他日叛亡，恐为敌人乡道。上曰：此皆吾民也，不幸陷于敌，驱质而来，岂其得已。守曰：若分置军伍中，每队留一二人，岂能遽叛。上以为然。”

绍兴元年（1131）六月一日，仍任参知政事，撰《隆祐皇太后哀册文》。八月，呈《绍兴重修敕令格式》一百二十二卷。

《要录》卷四十五，绍兴元年六月，己卯，“昭慈献烈皇后灵驾发引，上遣奠于行宫门外，参知政事张守撰哀册文”。按此即《隆祐皇太后哀册文》，据此文，隆祐太后崩于四月十四日，六月八日上尊谥曰昭

1 据李心传《建炎以来朝野杂记》，第 592 页，徐规校点，中华书局 2000 年版。

慈献烈皇后，此文见于《中兴礼书》卷二六〇，已收入《全宋文》。

《宋史》卷二百四十《艺文三》载："张守《绍兴重修敕令格式》一百二十五卷。"

《要录》卷四十六，绍兴元年（1131）八月，戊辰，"参知政事张守等上对修嘉祐政和敕令格式一百二十二卷、看详六百四卷，诏以《绍兴重修敕令格式》为名，自来年颁行。

《建炎以来朝野杂记》乙集卷五："至绍兴元年秋，守等始以《绍兴重修敕令格式》及申明、看详等总七百六卷上之。"按徐规校点《建炎以来朝野杂记》"七百六卷"校记云："影宋本、萧本、殿本、函海本作'七百六十卷'，《要录》卷四六绍兴元年八月戊辰条作'七百二十六卷'。"此处引《要录》文字有误。

按此数处言《绍兴重修敕令格式》数字有出入。据王应麟《玉海》卷六十六："元年八月四日戊辰参政张守等上绍兴新敕一十二卷、令五十卷、格三十卷、式三十卷。目录十六卷，申明刑统及随敕申明三卷、政和二年（1112）以后赦书德音一十五卷及看详六百四卷。诏自二年正月一日颁行，以绍兴重修敕令格式为名。（总六百六十卷。）"《绍兴重修敕令格式》共一百二十二卷（不含目录及申明、看详者），《宋史》误。而总数当为七百六十卷，当从宋本、萧本、殿本、函海本，《杂记》及《玉海》皆计算有误，《要录》言"看详六百四卷"是不含目录及申明者。

绍兴元年（1131）八月十四日，因荐汪伯彦才可用，被沈与求劾罢参知政事，以资政殿学士提举临安洞霄宫。

《要录》卷四十六：八月五日己巳，"责授宁远军节度副使汪伯彦复正议大夫提举临安府洞霄宫，以参知政事张守言其才可用也，后四日，遂以伯彦为观文殿学士江东安抚大使兼知池州……戊寅，参知政事张守充资政殿学士提举临安府洞霄宫，侍御史沈与求言守举汪伯彦不当，守引疾乞祠，而有是命”。

绍兴二年（1132）元月，四十九岁，知绍兴府。

《要录》卷五十一，绍兴二年一月戊戌，“资政殿学士提举临安府洞霄宫张守知绍兴府”。按此次张守知绍兴府仅数月，政绩未显，仅知三月丙午，“请朝昭慈献烈皇后攒宫，许之，自是以为例”。（《要录》卷五十二）。

绍兴二年五月，提举醴泉观兼侍读；七月，知福州，有诗与曾惇酬和。十一月，被旨修城池。

《要录》卷五十四，绍兴二年五月戊子，“左宣奉大夫新除提举醴泉观兼侍读朱胜非复观文殿学士知绍兴府，资政殿学士知绍兴府张守提举醴泉观兼侍读”。

《要录》卷五十六，绍兴二年七月，丁卯，“资政殿学士新除提举万寿观兼侍读张守知福州，从所请也。上曰福建盗贼之后，要在拊循凋瘵，用守为宜。初，伪闽以八州之产分三等之制，膏腴者给僧寺道观，中下者给土著流寓，自刘夔守福始贸易以取资。守与士大夫谋为实封之说，存留上等四十余刹以待高僧，余悉为实封，金多者得之岁入不下七八万缗以助军衣，余宽百姓杂科，时实便之。”

《毗陵集》卷十四《和曾宏父告别兼简幕属》云：“奉诏辞北阙，把麾到南州。向来政已拙，老去语更偷。”知诗为赴福州任时所作。曾惇，字谹父，又作宏父，曾纡子。绍兴三年（1133）时官太府寺丞。

《要录》卷六十：绍兴二年十有一月，癸未，“资政殿学士知福州张守言，被旨，令本州创修城池”。

绍兴四年（1134），在福州任，九月，福建提点刑狱刘峤解印还朝，十月，张浚被从福州召赴经筵，守皆有诗送之。十二月，曾献言止杀，诏奖之。

《毗陵集》卷十四有《送提刑刘峤解印还朝二首》。据淳熙《三山志》卷二十五，刘峤任福建提点刑狱时间为绍兴二年（1132）六月二十七日至四年九月初五日。

《毗陵集》卷十五有《送德远枢密初召赴经筵》。张浚字德远，据《要录》，绍兴四年十月癸未，“左通奉大夫福州居住张浚为资政殿学士提举万寿观兼侍读，不许辞免，日下起发”。

《要录》卷八十三：绍兴四年十二月丁亥，“资政殿学士知福州张守言：臣闻韩世忠所献敌俘已就戮于嘉禾，远近欣快，不谋同辞。然臣窃谓，凡所献俘若使皆是金人或他国借助，则宜尽剿除，俾无遗育。至于两河山东诸路之民，则皆陛下赤子也。刘豫驱迫以来，必非得已。若临阵杀戮，势固不免，至于俘执而至，容有可矜。臣妄意以谓，凡所得俘内有签军，则宜谕以恩信，以示不忍杀之之意，若可特贷而归之，或愿留者，亦听其便。不惟得先王胁从罔治之义，而刘豫之兵可使自溃，后虽日杀而驱之使前，将不复为用矣。疏奏，诏奖之”。

绍兴五年（1135）正月，五十二岁，充资政殿大学士。本年三月，上《应诏论事札子》。约本年，呈所撰《编类建炎时政记》两册。

《要录》卷八十四，绍兴五年正月戊申，“资政殿学士知福州张守充资政殿大学士，显谟阁直学士知泉州连南夫进职一等。守奉诏变易度牒，得钱百余万缗，会有旨调海舟百艘，守因请以其舟载钱三四十万应副朝廷使用，南夫亦尽起本郡经制常平钱物赴平江。中书门下省奏二人供亿调度，曾不愆期，诏以忧国爱君宜加褒宠，故有是命……己酉，宰相赵鼎奏敌骑遁归，皆自陛下圣画素定，然善后之计当出群策，愿诏前宰执各条具所见来，上断自圣意，择而用之。上曰：朝廷能采众论，则虑无不尽，虽刍荛之言，傥有可采，犹当用之，况前宰执尝在朕左右，必知朝廷事。沈与求曰：国有大议，就问老臣，乃祖宗故事。于是赐吕颐浩、朱胜非、李纲、范宗尹、汪伯彦、秦桧、张守、王绹、叶梦得、李邴、卢益、王孝迪、宇文粹中、韩肖胄、张澄、徐俯、路允迪、富直柔、翟汝文等诏书访以攻战之利，备御之宜，措置之方，绥怀之略，令悉条上焉。”此次张守所上札子见于《毗陵集》卷五《应诏论事札子》。《要录》附此次上书于卷八十七“三月”后。

呈《编类建炎时政记》事见《毗陵集》卷六《进编类建炎时政记札子》：“臣准尚书省札子节文，建炎元年（1127）五月以后，《时政记》未曾编录。奉圣旨，自建炎元年五月一日以后至建炎四年（1130）四月一日以前，各令元宰执省记札送臣者。臣昨于建炎三年（1129）九月八日车驾幸平江府，蒙恩除同签书枢密院事，今自当日以后省记编类，缮写成两册，谨随札子上进，伏望睿慈降付史馆。取进止。”按王应麟《玉海》卷四十八：“绍兴四年（1134）三月十八日戊辰，诏自建炎元年五月一日至四年四月一日以前时政记，令前宰执省记编类。十月七日，签书枢密胡松年以建炎四年十一月至绍兴元年（1131）四月《时政记》六卷上之，诏付史馆；五年（1135）三月十二日乙酉，观文大学士李纲进《建炎时政记》二册，付史馆。”守所撰《编类建炎时政记》，应与胡松年、李纲上呈时间不远，姑系于此。

绍兴五年（1135）七月，提举万寿观兼侍读，途中有诗；九月至京，有《经筵上殿时务札子》；十一月知平江府。在福州任四年，颇有便民之举，其间与王傅、范寥等有所酬唱。九月至十一月在京任侍读期间，

与徐俯过从甚密，有诗唱和。

《要录》卷九十一，绍兴五年（1135）七月戊子，“资政殿大学士知福州张守提举万寿观兼侍读。”途中赋诗见《毗陵集》卷十五《被召赴经筵途中偶成》。

《要录》卷九十三，绍兴五年九月，甲申，“资政殿大学士提举万寿观兼侍读张守自福州入见，命坐赐茶”。此次任侍读，守上《经筵上殿时务札子》（《毗陵集》卷五），提出六要：“一曰立国，二曰察言，三曰任贤，四曰使能，五曰抑侥幸，六曰破朋党。”

《要录》卷九十五：绍兴五年十一月，辛卯，“资政殿大学士提举万寿观兼侍读张守知平江府，守引疾丐奉外祠，故有是命”。

《宋史》本传：“闽自范汝为之扰，公私赤立，守在镇四年，抚绥凋瘵，且请于朝，蠲除福州所贷常平缗钱十五万。”按《要录》卷八十七有云，绍兴五年三月乙未，“诏福州因缘军期借用常平钱，特与除破……帅臣张守请于朝……”

《毗陵集》卷十四有《题王岩起乐斋》《和王岩起惠二诗》；又有《次韵范寥孟冬大阅之什》。按王傅，字岩起，高宗绍兴二年（1132），为福建路安抚司干办公事（《毗陵集》卷三《荐本路人材札子》）。范寥，字信中，本范镇之族，绍兴间尝知邕州，兼邕管安抚。

张守与徐俯之唱和，见《毗陵集》卷十四《获从枢密徐公游者累月虽接名理不敢言诗念挥斤般郢之门古人所诮也日者恶语流传不图彻听过蒙蒙誉形之篇什辄复次韵叙谢》：“诗坛推宿将，一诺重千金。长怯雷门过，惟堪泽畔吟。数篇真漫兴，三叹忝知音。佳句如传法，殷勤慰夙心。”按徐俯签书枢密院事在绍兴三年（1133）二月至绍兴四年（1134）四月，之后提举临安府洞霄宫，至绍兴九年（1139）始知信州。绍兴四年四月至绍兴九年间，守绍兴五年（1135）九月至十一月，在京提举万寿观兼侍读；绍兴六年（1136）五月至十二月，提举临安府洞宵宫归常州居住，故推知与徐俯往来在绍兴五年。

绍兴六年（1136）五月，五十三岁，提举临安府洞宵宫，归常州居住；十二月召赴行在，十八日除参知政事，次日兼权枢密院事。

《要录》卷一百一，绍兴六年五月，壬午，“资政殿大学士知平江府张守提举临安府洞霄宫，守引疾乞奉祠，故有是命”。《宋史》本传言其“力丐祠以归”。

《要录》卷一百七，绍兴六年十二月壬寅，“召资政殿学士提举临安府洞霄宫张守赴行在，将代折彦质也……辛亥，资政殿大学士提举临安府洞霄宫张守自常州入见，即日除参知政事……壬子，诏张守兼权枢密院事”。按云张守自常州入见，故知奉祠后归里。

二十八日御笔除胡世将为给事中，以前守尝荐之，此次为避同乡之嫌，故御笔除之，此可见守之为人及交往。见《要录》卷一百七。

按张守曾向张浚推荐秦桧，后有悔言。《宋史·张守传》：“守尝荐秦桧于时宰张浚，及桧为枢密使，同朝。一日，守在省阁执浚手曰：‘守前者误公矣。今同班列，与之朝夕相处，观其趋向，有患失之心，公宜力陈于上。’”《直斋书录解题》卷十八《毗陵集五十卷》亦云：“绍兴执政，张魏公在相位，荐秦桧再用，守有力焉。一日，与魏公言：‘某误公听，今朝夕同班列，得款曲，其人似以曩者一跌为戒，有患失心，宜自劾谢上。魏公为作墓志，著其语。”秦桧绍兴七年（1137）正月乙酉自观文殿学士、醴泉观使兼侍读除枢密使，知守之荐在此前。该年九月张浚罢相，守后悔之言当在九月前。四库馆臣讽其荐秦桧“颇乏知人之明”（《四库全书总目·毗陵集》），实则当时张浚、赵鼎、富直柔、韩璜皆曾为桧鼓吹，守旋悟所荐之非，未可以无知人之明责之。

绍兴八年（1138）正月，五十五岁，迁左通议大夫知婺州。

《要录》卷一百十八，绍兴八年正月戊戌，“左中大夫参知政事张守充资政殿大学士特迁左通议大夫知婺州，仍加恩，从优礼也。初，上将还临安，而守谓建康自六朝为帝王都，江流险阔，气象雄伟，且据要会以经理中原，依险阻以捍御强敌，可为别都，以图恢复。每对必为上言之。及将下诏东归，守与赵鼎议于都省不合，又谋诸朝。上顾守曰：何如？守曰：昨日都省已与赵鼎言之矣，陛下至建康席未及暖，今又巡幸，百司六军有勤动之苦，民力邦用有烦费之忧，愿少安于此，以系中原民心。鼎持不可，守引疾求去，故有是命”。

绍兴八年十一月，任江南西路安抚制置大使兼知洪州。途中有诗寄夏之文。

《要录》卷一二三：绍兴八年十一月戊申，“是日，资政殿大学士新江南西路安抚制置大使兼知洪州张守入辞，命坐赐茶。守与显谟阁待制新知广州张致远皆乞黄榜以招安南安诸盗，许之”。

《毗陵集》卷十四有《贵溪道中寄信州夏蒙夫使君》《再和》《来诗过有称誉再和》等，皆是此期与夏之文的酬和，《来诗过有称誉再和》一诗有注云“蒙夫亦自奉常补外”，观此知绍兴八年岁末，夏之文由奉常知信州。按夏之文，字蒙夫，福州福清人，臻子。政和八年（1118）进士，历太常博士，提举浙西常平，户部郎中，终朝请郎江西提刑。

绍兴九年（1139），五十六岁，三月，向子諲谢事归至清江，有诗，张守和之。张守在江西任，以止盗安民为己务。

《要录》卷一三二，绍兴九年九月，“初，资政殿大学士张守帅江西，以郡县供亿科扰烦重，上疏请蠲积欠，损和买，罢和籴及裁减军器物料。上欲行之。时秦桧方损度支为月进，且曰虞四方财用之不至也。览疏怒谓人曰：张帅何损国如是！守闻之叹曰：彼谓损国，乃益国也。至是成都阙帅，桧遂拟以守代胡世将。上曰：张守素弱，岂堪远道，江西盗贼宁息，人方安之，无庸易也。桧乃止。

《毗陵集》卷十五《伯恭侍郎自吴门谢事有诗和者无虑百余人矣且命属和不可辞次韵》有句云："应念龙钟豫章守，沉迷薄领日回回。"知诗作于江西任上。向归清江时间据王兆鹏《两宋词人年谱》。

绍兴十年（1140）二月，五十七岁，进一官，六月移知绍兴府，途中，有《丰岁行》诗。本年，李弥大卒，守有诗挽之。

《要录》卷一三四，绍兴十年二月丁卯，"资政殿大学士左通奉大夫江西安抚制置大使兼知洪州张守，资政殿学士左中大夫知应天府兼南京留守路允迪，资政殿学士左中大夫江东安抚制置大使兼知建康府兼行宫留守叶梦得并进一官"。

《要录》卷一三六，绍兴十年闰六月丙子，"资政殿大学士江南西路安抚制置大使兼知洪州张守移知绍兴府"。《毗陵集》卷十四《丰岁行》题注："庚申年秋，自豫章赴会稽。"全诗云："早禾饱熟收山场，晚禾硕茂青吐芒。五风十雨作丰岁，一饱何以酬苍苍。牛遭疠疫大半死，挽犁岂夸人力强。妻儿翁媪共耕凿，勤劳有此一稔偿。人言谷贱三农伤，我喜不乏三军粮。边骑长驱自送死，卒致一怒烦君王。将军输忠士贾勇，献俘献捷来相望。忍令战士有饥色，努力收敛输太仓。勿言无以饱妻子，须知饿死胜兵死。"此诗是守诗为数极少的直写民生疾苦之诗，故全录之。

张守挽李弥大诗见《毗陵集》卷十五《李似矩尚书挽词二首》，按李弥大，字似矩。

按张守晚年醉心声色，李光颇有非议。《庄简集》卷十四《与赵元镇》："若于一经一史随力探阅，亦是消磨日月之术，比之声色不有间乎？张全真辈晚年皆玩意声色，六七年间，死者继踵，不下十余。"又卷十五《与萧德起书》："人生享全乐孰如德起者，六十之年有此具美，无愧老莱，不知前世作何大因缘，有此无量善报耶？某度岭海，首尾六年，惟书史可以自娱，此心不敢它用也……某自离乡，朋友丧亡，如胡己茂、张全真无虑数十人，多缘不能节省世缘。全真在会稽，搜求妙丽，丹砂茸附，如啖鱼肉，徒资嗜欲耳。自谓享荣贵，得便宜，今为一丛枯骨，有甚便宜，到这里，便世尊诸大菩萨出来也救不得，岂不哀哉？"

绍兴十一年（1141）春，五十八岁，乞解职，领洞宵宫，归常州私第。

《毗陵集》卷一〇《四老堂记》："绍兴十年，余再承乏会稽。明年春，病甚，求解郡，章上，恩赐可，复领洞霄，归毗陵私第。"

《宋史》本传："后徙知绍兴府。会朝廷遣三使者括诸路财赋，所至以鞭挞立威，韩球在会稽，所敛五十余万缗。守既视事，即求入觐，为上言之，诏追还三使。时秦桧当国，不悦，守亦不自安，复奉祠。"

据此知守因与秦桧不和，兼身体多恙，故奉祠归里。

绍兴十二年（1142），胡交修卒，守有诗挽之。

《毗陵集》卷一四有《胡己茂同年挽词》，按胡交修卒于本年正月。

绍兴十三年（1143）三月，六十岁，贬秩二等。

《要录》卷一四八，绍兴十三年三月，"癸巳，资政殿大学士左正议大夫提举临安府洞霄宫张守贬秩二等。时右宣教郎添差通判常州陈袠以贪赃属吏，而言者谓守实庇之，故系久不服。遂有是命"。

张守为诗文纪兄弟乡里唱和事见其《四老堂记》《戏题四老堂十首》，分载《毗陵集》卷十、卷十五。案四老堂时人多有题赞，如孙觌《鸿庆居士集》卷四有《张全真大资四老》。仲并《浮山集》卷二有《四老堂诗并序》，其序云："伏承宫使参政大资先生暂兹均逸，从容里闾，筑圃疏池。曾未几日，佳花美竹，行列相映，如旧封殖。堂曰四老，与侍郎、郎中、提干朝夕啸咏燕息其上，门下士有赋诗以献者。某不得以浅陋为辞，谨课成七字四韵律诗二章上呈。"周麟之《海陵集》卷一有《赋张参政四老堂》，《海陵集》卷二十二复有《跋张参政兄弟唱和诗》云："余顷游毗陵公之门，闻其论诗详矣，而公之诗恨不多见。晚年作四老堂诗，句格超诣，高压唐律，今观此数篇，虽游戏皆造乎妙。三复叹仰不已。"

绍兴十四年（1144）四月，六十一岁，为江南东路安抚使兼知建康，辟仲并摄帅司机宜，仲遂倅湖州，守有诗送之。**洪兴祖该年罢江东提刑，过建康惠诗，守有酬和**。

《要录》卷一五一，绍兴十四年四月乙卯，"资政殿大学士提举临江府洞霄宫张守为江南东路安抚制置使兼知建康府"。《毗陵集》卷一五有《送仲并倅湖州》，诗题注云："仲时摄帅司机宜。"诗云："佳丽江山得共游，一时宾主亦风流。鸟飞鱼泳青油幕，虎踞龙盘白鹭洲。坐席未温俄告别，题舆催上莫淹留。苕溪尺五烟霄近，入手功名不自由。"据诗意可推知仲时在张守幕摄帅司机宜，坐席未温，又赴湖州通判任。按仲并字弥性，王明清《玉照新志》卷六载仲湖州任上与名妓杨韵两情相悦，寻即俱去，"适王承可铁为郡守，与之启云：方将歌别驾之功，闻已泛扁舟之乐"。据谈钥嘉泰《吴兴志》卷十四，王铁绍兴十六年（1146）三月至十一月为湖州太守，时仲并已倅湖州，张守十五年（1145）正月已卒，故仲倅湖州必在十四年。《全宋诗》《中国文学家大辞典·宋代卷》言仲绍兴五年（1135）倅湖州，无据，不从。

另《毗陵集》卷十四有《洪庆善提刑罢官过建康惠诗和答》，按洪兴祖字庆善，有《楚辞补注》等存世。《要录》卷一五一载绍兴十四年（1144）五月泾县魔贼窃发时，提点刑狱洪兴祖已受代而去。

绍兴十五年（1145）正月十五日，张守卒，有《毗陵集》传世。

《要录》卷一五三：绍兴十五年正月辛酉，“资政殿大学士知建康府张守薨，谥文靖”。

守之著述，除上述《绍兴重修敕令格式》一百二十二卷、《编类建炎时政记》两册外，周必大嘉泰二年（1202）作《张文靖公文集序》称有“文集五十卷、奏议二十五卷盛行时”。《宋史·艺文志》载“张守集五十卷，又奏议二十五卷，又十八卷”。《直斋书录解题》卷十八著录“《毗陵集》五十卷”，卷二十二又著录“《毗陵公奏议》二十五卷”。《文献通考》同《解题》。今存《毗陵集》十五卷，系四库馆臣从《永乐大典》搜辑而成，《四库全书总目·毗陵集》云：“所著《毗陵集》见于陈振孙《书录解题》者五十卷，其本久佚。故遗文世不概见，仅《前贤小集拾遗》中载其诗一首而已。今从《永乐大典》各韵中搜辑编缀，约尚存十之三四，谨校订排次，厘为一十五卷，而以娄机等所作谥议文二篇附之于后。”《武英殿聚珍板丛书》亦收入大典本，编次与四库本稍异，厘为十六卷。闽覆本、广雅书局本又据《五百家播芳大全文粹》增《拾遗》一卷。今《全宋诗》所收比《四库全书》本多九首诗，为最善；文以《全宋文》收录较全，编为十七卷，但仍有亡佚，如张守所撰《许龙图份墓志》，宋谢维新《古今合璧事类备要》中收有残文；宋董更《书录》中载张守所撰《跋唐侍读书》等，均可补。

守乃朝之重臣，历中外官多年，交游广阔，友朋盈多，除上涉诸诗，

还与王铁、李邴、汪伯彦、葛胜仲、席益等有所酬唱。

《毗陵集》卷十四有《王承可惠官字韵诗次韵二首》（王铁字承可），卷十五有《王承可再示次韵》、《李汉老参政寄和文字韵诗次韵谢之》（李邴字汉老）、《楚材出示汪廷俊唱和诗次韵》（汪伯彦字廷俊）、《睡起戏书呈葛鲁卿席大光周举同舍诸兄》（葛胜仲字鲁卿、席益字大光）。

守善书法。为文雅正有体，卓有识见。诗学杜学黄，亦颇能窥其门径。

周麟之《海陵集》卷二十二《跋张参政墨迹》赞为“毗陵公笔法妙绝一世”。《毗陵集》中亦多有守为前人墨迹之题跋，足见其于书道并不陌生。

张守之文，论事剀切，行文晓畅，不务为艰深之语，亦不为空洞无物之言。李正民以为其“奥学贯乎九流，高文兼于众体。训词温厚，允资西掖润色之工；议论坚明，更显南司纠弹之峻”（《大隐集》卷一《张守翰林学士制》），是就其制诰奏疏而言。《四库全书总目·毗陵集》评其“为文具有体干。而论列国家大事，是非利害如指诸掌，卓有经世之才，尤非儒生泥古者所可及。本传载其建白诸事，如论防淮渡江利害，论金人侵淮有四路，宜择帅捍御，论大臣宜以选将治兵为急，不急之务付之六曹，论幸蜀十害，论宰相非人，论敌退后措置二事，今其文具在集中。他如论守御事宜，乞以大河州军为藩镇，乞修德诸扎子，史所不载者尚多，无不揣切时势，动合机宜。其大旨在经营淮北，以规复中原，而不欲为画江自守之计。虽其时宋弱金强，未必尽能恢复，要其所言不可谓非一时之正论也”。则是就其政务文着眼。评价均较公允。

张守之诗，今存仅两卷，宋周麟之举其《戏题四老堂十首》，谓“句格超诣，高压唐律”（《海陵集》卷二十二《跋张参政兄弟唱和诗》）。

清卢文弨举《和答诸兄弟四首》其一“元非食肉封侯相，合抱遗经老玉川”，谓“风格苍老，源于少陵，使事亦复精切”（《抱经堂文集》卷一二《书毗陵集后》）。皆就其一端而言之。守诗句法与山谷颇有渊源，如《送提刑刘峤解印还朝二首》即明显摹仿山谷《送王郎》，而像《汴上小雨复霁》：“堤沙不起润如酥，坐看飞云自卷舒。麦陇人闲牛舐犊，柳陂波浅鹭窥鱼。残花糁径东风后，碧草粘天暮雨初。分付荣枯蜗两角，浊醪青杏送春余。”又能兼得杜诗、黄诗之风神。

三

张守及其兄弟之后人，史料所载不多，略述如下：

《张太安人王氏墓志铭》作于宣和末，是时守祖母王氏“孙男十有五人，美成，康成，德成，信成，师成，友成，士成，余未名。孙女三人”。

《宋故左中大夫充敷文阁待制致仕毗陵张公墓志铭》作于绍兴二十一年（1151），载张宦子孙云：“男二人，德成，右承务郎监潭州南岳庙；用成，将仕郎。女二人，适右迪功郎新监泰州如皋县买纳盐场施广寿，女先公卒。孙三人，未名。”

《宋故左朝请大夫直秘阁致仕张公墓志铭》作于绍兴二十八年（1158），载张宇“生男子五，大成，右从政郎，新监淮东总领所户部大军库；友成，右迪功郎，监泰州海安买纳盐场兼本镇烟火公事；

士成，右迪功郎，新严州桐陵县主簿；求成，右从事郎新监临安府排岸兼修船场公事；时成，该公致仕恩而未命。一女，适右宣教郎新知湖州乌程县事鲁可封。孙男女十人，男掀、扩、掖、拚、拟；女尚幼。公本六子，第四子自成者，出继公通判兄寅，为主后，今任右从事郎新监婺州都税院云”。

张守墓志为张浚所撰，惜原文佚，不能获知其子孙详细情况。其妻姚氏（见程俱《北山集》卷二五《妻普安郡夫人姚氏封太宁郡夫人》及张扩《东窗集》卷七《妻姚氏封安定郡夫人制》)，子不详，周必大《文忠集》卷五十四《张文靖公文集》:“公之孙户部尚书抑，学世其家。"《宋史》本传载其“孙抑，户部侍郎”。知张抑为守之孙。张抑，字子仪(《诚斋集》卷一一五《诗话》云“太府少卿张抑，字子仪”），淳熙十年(1183)官大理寺丞(《宋史》卷一七三《食货志》)，淳熙十五年(1188)至绍熙元年（1190）任淮西江东总领所，同年六月丁忧离任[1]，服除，除湖北转运副使，寻迁湖广总领[2]，庆元间为福州大都督府长乐郡威武军知州事(文渊阁《福建通志》卷二十二《职官》)，嘉泰二年(1202)三月以敷文阁学士知平江府，嘉泰三年（1203）二月除宝文阁学士、宫观（范成大《吴郡志》卷十一），又曾官户部侍郎、户部尚书[3]。抑

1 凌郁之《洪迈年谱》卷五引《景定建康志》卷二六《官守志三·总领所》:“张抑，朝奉郎、太府少卿，隆兴元年（1163）进士。淳熙十五年（1188）九月初六日到任，十六年（1189）四月十四日覃恩，转朝散郎。五月二十八日磨勘，转朝请郎。绍熙元年（1190）六月二十二日丁忧，离任。”（《洪迈年谱》，第339页，上海古籍出版社2006年版）然今查文渊阁《四库全书》本《景定建康志》及中华书局影印《宋元方志丛刊》本《景定建康志》，均无“隆兴元年进士”六字。

2 楼钥《攻媿集》卷三五《中书门下省检正杨经太府卿四川总领，湖北转运副使张抑太府少卿湖广总领》，按楼钥光宗绍熙间掌内外制，庆元元年（1195）出知婺州。张抑绍熙元年丁忧，至三年（1192）除丧，其任湖北转运副使、湖广总领必在绍熙三年至庆元元年间。

3 《宋史》张守本传载抑为户部侍郎，而不言任职时间；周必大《张文靖公文集》称抑户部尚书，署日期为嘉泰二年（1202）九月，而范成大《吴郡志》言嘉泰二年三月至次年二月知平江府。大约抑为户部侍郎、户部尚书后始出守平江，存疑。

与杨万里、范成大、楼钥、洪迈均有交往，且文采斐然，《诚斋诗话》载淳熙十二年(1185)二月，洪迈(字景庐)除提举佑神观兼侍读时，“太府少卿张抑字子仪以启贺之云：‘珍台闲馆，冠皋伊之伦魁；广厦细旃，论唐虞之圣道。’前两句用扬雄赋全语，后两句用王吉疏全语，皆西汉文章也。子仪举似予，予惊叹击节，以为不减前辈。未几，景庐入翰林为学士，适梁叔子丞相以病辞位，孝宗爱重之，不听其去，累辞，不得已，拜大观文、醴泉观使兼侍读。景庐当笔，麻制中全用此一联，是日朝士听麻者皆称赏之，不知其为子仪语也”。

张守兄弟七人名皆带“宀”，其子辈之名后一字均为“成”，孙辈名均带“扌”，具有一定规律，然而通检咸淳《毗陵志》，至咸淳元年（1265）止，张守兄弟之子孙辈中并无一人登科为进士。但是因为张守兄弟多仕途显达，子孙辈靠恩荫得官者为数不少，《宋故左朝请大夫直秘阁致仕张公墓志铭》云：“公（张宇）伯仲又以辞艺崛起诸生，或践台省，或登侍从，或持国柄为丞辅，舄奕蝉联，尊宠一时，而七兄弟之子着仕籍者又十数人，而张氏益大。”这是绍兴二十八年（1158）张氏一族的基本情况，既然张守子孙辈无人登第，其“着仕籍者又十数人”自然是恩荫入仕。然而盛极难继，虽然张氏“子弟皆刻意文艺，嶷然有诸父风”（周麟之《海陵集》卷二十二《跋张参政墨迹》[1]），但由于他们未能再由科举进身，其家族的政治影响力逐步递减，以致终于湮没无闻。这也为科举在宋代社会流动和家族兴衰中的重要性增添了一个极有说服力的注脚。

1 该文全文云：“毗陵公笔法妙绝一世，今子弟皆刻意文艺，嶷然有诸父风。子年盖升其堂、哜其胾者也。知宝此帖，必知所以继之。”周麟之隆兴二年（1164）已逝，文中“子年”当为张守子侄辈的字号。

王铚及其家族事迹考辨

文化传承与发展方式上的家族性，是中国古代社会的重要特征之一。秦至唐代，中国文化学术多掌握于高门大姓的世族，至宋以降，渐移于新兴的科宦家族。此一历史舞台主角的转换，恰可与近百年来史学界高倡的“唐宋变革论”相互印证。宋代文化（包括文学）家族众多，如“二宋”（宋庠、宋祁）、“三孔”（孔文仲、孔武仲、孔平仲）、“四洪”（洪朋、洪炎、洪刍、洪羽）以及执七代朝政的东莱吕氏（吕蒙正、吕夷简、吕公弼、吕公著、吕颐浩、吕本中、吕祖谦）、十世无虚榜的澶州晁氏（晁迥、晁宗悫、晁说之、晁冲之、晁公武）、百代犹让人景仰的眉山苏氏（苏洵、苏轼、苏辙、苏过）等，形成了“华夏民族之文化，历数千载之演进，造极于赵宋之世”[1]的坚固基石。王铚及其家族，正是这基石中的一块。王铚五世祖王昭素，是北宋初著名的易学大师，著有《易论》；其伯父王得臣，所著《麈史》极得四库馆臣称道[2]；王铚本人也有《默记》《四六话》等书传世，其子王明清的《挥麈录》，更是研治宋史及家族史者常备的案头之书。但对这一文化大家族的研究，除王明清略有人涉及外，其他却长期乏人关注，史料记载也充满矛盾，多有舛误，本文爬梳考辨，力图使这一家族事迹尽可能清晰地呈现出来。

1　陈寅恪《邓广铭〈宋史职官志考证〉序》，见《金明馆丛稿二编》，第277页，三联书店2001年版。

2　文渊阁《四库全书》本《四库全书总目·麈史》：“所纪凡二百八十四事，分四十四门。凡朝廷掌故、耆旧遗闻、耳目所及，咸登编录。其间参稽经典，辨别异同，亦深资考证，非他家说部惟载琐事者比。”本文征引文献较繁，为省篇幅计，以下凡引自文渊阁《四库全书》本者均不出注版本，直接征引于文中。

一

王铚家族的世系，最早能追溯到其五世祖王昭素，晁说之《景迂生集》卷十七《送王性之序》云："酸枣先生五世孙铚，字性之。"据此知昭素为其五世祖。昭素是开封酸枣（今河南原阳）人。《宋史》卷四三一有其传："王昭素，开封酸枣人。少笃学不仕，有至行，为乡里所称……博通《九经》，兼究《庄》《老》，尤精《诗》《易》……著《易论》二十三篇。"然《宋史·艺文志》载其著"《易论》三十三卷"。按《东都事略》卷三十五云其著"《易论》三十三篇"。晁公武《郡斋读书志》卷一云："《易论》三十三卷，右皇朝王昭素撰……其书以《注》《疏》异同，互相诘难，蔽以己意。"[1]今当从宋人作"三十三卷"。《易论》今佚，但宋朱震《汉上易传》、郑刚中《周易窥余》、项安世《周易玩辞》、方闻一《大易粹言》、吕祖谦《古周易》、冯椅《厚斋易学》、董楷《周易传义附录》、俞琰《周易集说》等书皆有征引，犹可窥其大概。《宋史》本传复云："开宝中，（李）穆荐之朝，诏召赴阙，见于便殿，时年七十七……赐坐，令讲《易·乾卦》……拜国子博士致仕，赐茶药及钱二十万，留月余遣之，年八十九，卒于家。"按《续资治通鉴长编》卷十一：开宝三年（970）三月辛亥，"以处士王昭素为国子博士致仕"。据此知《宋史》云"开宝中"系开宝三年；又据此知昭素生于公元894年，卒于公元982年。王明清《挥麈录前录》卷一："明清五世祖拾遗，开宝八年（975）以近臣荐，自布衣召对，

1 晁公武撰、孙猛校证《郡斋读书志校证》，上海古籍出版社1990年版，以下征引此书皆据此，不出注。

讲《易》于崇政殿，然后命官，崇政殿说书之名，肇建于此。”[1]据此知《宋史》云“便殿”为崇政殿，惟昭素实王明清六世祖，此处偶误耳，陆游与王明清交好，有诗云“汝阴太史万签藏，酸枣先生六世芳”（《送王仲言倅泰州绝句二首》其一），亦可为证。

王铚四世祖王仁著，声名不显。《宋史》卷四三一王昭素传后附记："子仁著，亦有隐德。”当亦开封酸枣人。王仁著有子数人，其一支迁顺昌府汝阴（今安徽阜阳），为王莘、王铚一系；一支迁安州安陆（今湖北安陆），为王得臣一系。王莘与王得臣同族，四库馆臣有不同意见："陈振孙《书录解题》以为王铚之伯父。按书中神受门第七条，称‘王乐道幼子铚，少而博学，善持论’。又诗话门第十九条，称‘王铚性之尝为予言’。谗谤门第三条，称‘王莘乐道奉议，颍人也’。则与铚父子非一族，陈氏误也。”（《四库全书总目·麈史》）其实陈振孙是据王明清《挥麈录后录》卷八："伯祖彦辅，以文学政事扬历中外甚久……徽庙登极，已而遇八宝恩转中大夫，又以其子升朝迁太中大夫。又数年，年八十一乃终。伯祖名得臣，自号凤台子，有《注和杜少陵诗》《麈史》行于世。”又《挥麈录三录》卷一转记王铚手记云："先子久居安陆，皆亲见之。又，伯父太中公与持正有连，闻处厚事之详。”王铚、王明清父子决不至都错认他人为自己祖先。这说明王铚之父王莘与王得臣是从兄弟关系。宋人赵彦卫《云麓漫钞》卷十载："汝阴王明清，字仲言，有《挥麈录》，云《麈史》亦其从祖王彦辅所撰，则二书皆出一家。”[2]赵彦卫是宋人，所看到的《挥麈录》版本所记的就是王得臣为王明清从祖，可以作为一个旁证。至于安陆和汝阴之别，

1　王明清《挥麈录》，中华书局1961年版，以下征引此书皆据此，不出注。

2　赵彦卫撰、傅根清点校《云麓漫钞》，中华书局1996年版。

很明显是因为占籍的原因（应从王得臣、王莘父辈就分别占籍），论其祖籍应皆为开封酸枣。

王铚三世祖（祖父）佚名，仅知其曾为官。王铚《默记》卷中："李尝与先祖同官。"据此知王铚祖父曾仕宦[1]。

王铚父亲王莘，字子野，后改字乐道。《直斋书录解题》卷十八云"其父萃乐道"，"萃"当为"莘"之讹，《四库全书总目·雪溪集》沿其误。王得臣《麈史》、叶梦得《避暑录话》中均作"莘"，《周易》有"伊尹耕于有莘之野，乐尧舜之道"之句，故知铚父名莘。《玉照新志》卷六："先祖旧字子野，未登第少年日，携欧公书贽见王文恪于宛丘。一见甚青顾，云：某与公俱六一先生门下士，他日齐名不在我下，子野前已有之，当以吾之字为遗先祖。遂更字乐道。"

王莘少从欧阳修学文，从王安石、王回、常秩等学经，治平四年（1067）曾举进士，初任安州应城尉。此据王铚《四六话序》："先君子少居汝阴乡里，而游学四方，学文于欧阳文忠公，而授经于王荆公、王深父、常夷父。既仕，从滕元发、郑毅夫论作赋与四六，其学皆极先民之渊蕴。"又据《默记》卷下："先公言：与阎二丈询仁同赴省试，遇少年风骨竦秀于相国寺。及下马去毛衫，乃王元泽也……询仁

1　王铚从祖（王得臣祖父）亦曾仕宦为信阳军尉，得臣《麈史》卷二载："郑工部文宝将漕陕西，经画灵武，后谪监郢州京山县税，过信阳军白雪驿，作绝句。久而湮没，莫有知者，先君皇祐间尉是邑，重书于牌。"王得臣（1036—1116）为王铚从伯父，字彦辅，自号凤台子，安州安陆（今湖北安陆）人，嘉祐四年（1059）进士，历岳州巴陵令、管干京西漕司文字，为秘书省、提举开封府界常平等事，任开封府判官。出知唐、郴、黄、鄂三州，元祐八年（1093），为福建路转运副使。召为金部郎中、司农少卿。绍圣四年（1097），以目疾管勾崇禧观。著有《江夏辨疑》一卷、《麈史》三卷、《凤台子和杜诗》三卷、《江夏古今纪咏集》五卷，今存《麈史》三卷。据《麈史》：得臣当有兄弟四人，得臣为次（得臣长子渝，曾为寿春令）；伯氏皇祐四年（1052）曾举国学进士；叔氏名邻臣字光辅，元祐三年（1088）特奏名进士第一，八月末视亡妻孙氏茔地，坠马受伤，十余日而亡，年四十八；季氏字道辅。然《麈史》卷下又云光辅为仲氏，殊不可解，疑误"叔"为"仲"。王得臣一系因非王铚本支，为省篇幅，不入正文，略考于此。

问荆公出处，曰：‘舍人何久召不赴？’答曰：‘大人久病，非有他也。近以朝廷恩数至重，不晚且来。雱不惟赴省试，盖大人先遣来京寻宅子尔。’”按王安石英宗嘉祐五年（1060）除知制诰，后丁母忧，服除，英宗朝累召不起，而王雱举治平四年（1067）进士，故知王莘是年同赴礼部。王明清《挥麈录后录》卷七“先祖初任安州应城尉……”，又知莘初仕之职。

王莘在熙宁、元丰间曾先后从郑獬幕、滕元发幕游，与滕元发情厚，从之逾十年，元丰末任武陵令，元祐中官陈留，元祐五年（1090）滕元发丧，来京哭之。《挥麈录后录》卷六：“先祖从滕章敏幕府逾十年，每语先祖曰：‘公不但仆之交游，实师友焉。’平日代公表启，世多传诵。今载东坡公文集中者，实先祖之文也。”按滕元发熙、丰间长期任地方官，王莘入其幕当在此期，据此又可知王莘擅文章之学。《挥麈录后录》卷六：“元丰中，先祖访滕章敏公元发于池阳……元祐中，公自高阳易镇维扬，道卒。丧次国门，先祖自陈留来会哭。”可知元丰中莘已离滕幕，滕元祐年间丧时王莘官陈留。又《四六话序》云莘曾从郑毅夫，郑獬卒于熙宁五年（1072），莘入郑幕当在入滕幕前。莘任武陵令事见王明清《投辖录》：“元丰末先祖任武陵令。”

元祐末，王莘坐党籍谪官湖外，乃于安陆卜筑；绍圣初，为工部郎中。莘坐党籍事见王明清《挥麈录后录》卷七：“先祖早岁登科，游宦四方，留心典籍，经营收拾，所藏书逮数万卷，皆手自校雠，贮之于乡里。汝阴士大夫多从而借传。元符末，坐党籍谪官湖外，乃于安陆卜筑，为久居计，辇置其半于新居。”按文中“元符”当为“元祐”之误，元符年间，曾布正得势，起莘为曹郎中，又何来贬谪之说。为工部郎中事见李之仪大观年间《与王乐道工部手简》：“皇恐上启乐道知府钤辖工部。”《玉照新志》卷二亦云：“文肃当国，先祖为起曹郎中。”按曾布绍圣元年（1094）六月自翰林学士承旨、知制诰兼侍读，除中大夫，同知枢密院事，渐柄国政，至元符三年（1100）拜相。而《挥麈录前录》卷二载元符三年曾布拜相时，明清“母氏年九岁”；《玉照新志》卷二载：“文肃当国，先祖为起曹郎中……时先妣方五六岁。”足见莘起曹郎中时不在元符三年而在绍圣二、三年（1095、1096），当国非必指拜相。另王明清《挥麈录后录》卷六：“曾文肃为相，王明清祖王兵部作郎。”按兵部官阶在工部上，不可能先为兵部后转工部，此处疑明清记忆有误，或兵部郎中为王莘后来所任职耶？

王莘大观元年（1107）任江州知府，大观末受代回京任职，政和中退居汝阴；宣和四年（1122）前卒。任九江知府事见《挥麈录余话》卷二：“大观丁亥，家祖守九江。”又《挥麈录三录》卷二：“先大父大观初从郎曹得守九江，自乡里汝阴之官，有同年生宋景瞻者，姑溪人，其子惠直为德化县主簿，迎侍其父以来，先祖爱其清修好学，甚前席之，教以习宏词科，日与出题，以其所作来呈，不复责以吏事……”按九江即宋江州，治德化。政和初罢职京城退居汝阴事见李之仪政和三年（1113）《与王乐道工部手简》（《姑溪居士后集》卷十六）：“比遂高志，想只安汝阴旧居……叔弼止此，叩天何及？”按政和三年欧阳棐（字叔弼）亡故。又一简云：“自承归阙，遂还旧物，屡欲修驰，匆匆不逮。久之闻伦类中有所同异，以至动握翻覆，卒至投杼之疑。初不谓然，既而果不我诳。辄为之失声愕眙，罔然无以为言也。逮性之相见，乃审超视廓容，略不以毫发经意。薄禄里居，拥书自娱，凛焉一方之矜式。”据此知莘守江州任满归京任职，后遭同事排挤贬谪里居，其事当在政和前期。王莘卒年不详，然王铚《四六话序》作于宣和四年七月，已称“先君子”，故知莘卒于此前。

莘有子二人，长佚名，次王铚，皆秀异。释惠洪有《次韵性之送其伯氏西上》诗“乃翁纯孝曾种玉，一双秀干森如束。忆昨同舟游郧都，鬓须尚带庐山绿……”可证。

二

王铚字性之，汝阴人，自称汝阴老民，人称“雪溪先生”。《式古堂书画汇考》卷四十五载王铚《题五老图》[1]，末属“汝阴老民王铚谨书”。“雪溪先生”之称则见《挥麈录前录》卷四程迥跋：“绍兴辛丑，迥侍叔父尉剡，叔父出仲言昆仲诗，诧曰：‘此皆小汝若干岁，雪溪先生诸子也。’迥茫然自失。”

王铚性聪敏，读书一目十行，记忆超群。《老学庵笔记》卷二载：“王性之读书，真能五行俱下，往往他人才三四行，性之已尽一纸。后生有投贽者，且观且卷，俄顷即置之。以此人疑其轻薄，遂多谤毁，其实工拙皆能记也。”同书卷六又载：“王性之记问该洽，尤长于国朝故事，莫不能记。对客指画，诵说动数百千言，退而质之，无一语缪。予自少至老，惟见一人。”能使陆游如此倾倒，叹为“自少至老，惟见一人”，铚之才智自可想见。王铚又喜聚书，博览好学。王明清《挥

1 《式古堂书画汇考》中未有文章名，据《全宋文》添加；本文凡王铚所作文章名目均据《全宋文》，不再出注。

麈录后录》卷七："先祖早岁登科，游宦四方，留心典籍，经营收拾，所藏书逮数万卷，皆手自校雠，贮之于乡里。汝阴士大夫多从而借传……先人南渡后，所至穷力抄录，亦有书几万卷。"李之仪《姑溪居士后集》卷十五《欧阳文忠公别集后序》："汝阴王乐道与其子性之，皆博极群书，手未尝释卷。"皆可为证。

大观元年（1107），王铚访曾布于京口，布以三子曾纡之女归之。王明清《玉照新志》卷二："明清《投辖录》所叙刘快活事，后来思索所未尽者，今列于编外。曾祖空青，文肃之第三子也，快活每以三运使呼之，后果终漕挽……文肃当国，先祖为起曹郎中，一日忽见过曰：我今见曾三女儿，他日当为公之子妇，时先妣方五六岁。又谓先人曰：曾三女，汝之夫人也。归见文肃，呼先祖字云：王乐道之子，三运使之婿，此儿他日名满天下，然位寿俱啬，奈何？已而文肃罢相，迁宅衡阳，北归后，先祖守九江，遣先人访文肃于京口，一见奇之，遂以先妣归焉。后所言一一皆合，不差毫厘。"王莘守江州在大观元年，曾布大观元年卒，故王铚访曾布必在是年。曾纡惟一女，汪藻《浮溪集》卷二十八《右中大夫直宝文阁知衢州曾公墓志铭》："公讳纡，字公衮……女一人，适右承事郎主管江州太平观王铚。"《挥麈录前录》卷二："元符末，曾文肃自知枢拜相……是时母氏年九岁。"故知王铚妻曾氏生于元祐七年（1092），归铚时方十六岁。

大观中，王铚曾随父往江州，与释祖可结诗社于庐山下，有唱和；又在汝阴，著《侍女小名录》；其间，与徐俯、洪炎、洪刍、惠洪、善权、张元干等有交往。王铚《雪溪集》有《顷在庐山与故友可师为诗社尝次韵和予诗云空中千尺堕柳絮溪上一旗开茗芽绝爱晴泥翻燕子未须风雨落梨花重江碧树远连雁刺水绿蒲深映沙想见方舟端取醉酒酣风帽任攲斜后三十年避地剡溪山中时可师委蜕亦二纪矣灵隐明上人追和此为赠感念存没泪落衣巾因用韵谢之》。铚“避地剡溪”当在绍兴七年（1137）。《雪溪集》另有《与郭寿翁俱客钱塘寿翁归吉州追饯至龙山白塔寺惜别怅然终日始登车而去既行旬日予得请庐山太平观将归隐浙东山中寄诗奉怀》，按绍兴四年（1134）王铚尚为太府寺丞，提举庐山太平观当在绍兴五年（1135），汪藻《浮溪集》卷二十八《右中大夫直宝文阁知衢州曾公墓志铭》载曾纡卒于绍兴五年十月，其女“适右承事郎主管江州太平观王铚”。然大观初年铚父始守江州，若避地剡溪在绍兴五年，前推三十年，事在崇宁五年（1106），不情；然又不会晚于绍兴八年（1138），因大观四年（1110）铚已居汝阴，故避居剡溪在绍兴六年（1136）至八年之间。王铚《游东山记》（《东山志》卷十六）一文有云：“仆以绍兴七年六月往剡中。”可知其避居剡溪时间为绍兴七年。据此，可推知与祖可结诗社事在大观二年（1108），又可推知祖可卒年为政和四年（1114）。祖可有《李伯时作渊明〈归去来图〉王性之刻于琢玉坊病僧祖可见而赋诗》《书性之所藏伯时木石屏》等诗，当作于铚随父守江州时，《挥麈录三录》卷二：“九江有碑工李仲宁，刻字甚工，黄太史题其居曰琢玉坊。”可证祖可作诗时王铚在九江。释善权长期居庐山，与祖可齐名，他有《王性之得李伯时所作〈归去来图〉并自书渊明词刻石于琢玉坊为赋长句》（宋孙绍远《声画集》卷一，按此诗为《全宋诗》失收），可知此期善权与王铚有交往，并参与了诗社唱和。

大观中与洪炎交往并著《侍女小名录》，事见王铚《侍女小名录序》：“大观中居汝阴，与洪炎玉父游，读陆鲁望《小名录》，戏征古今女侍名字。因尽发所藏书籍纂集，逾月而成焉。”（《郡斋读书志校证》卷十四《侍女小名录一卷》）按此处《侍女小名录》即《补侍儿小名录》，为同书异名，《四库全书》收有铚所著《补侍儿小名录》一卷。《雪溪集》中有《洪驹父泛舟将过颍同张仲宗出饯席间留诗为别且邀用韵》（按顺昌府治汝阴，古称颍州）、《用前韵寄洪驹父》、《徐师川典祀庐山延真观用送驹父韵饯别四首》；释德洪有《赠王性之》《次韵性之送其伯氏西上》《次韵性之》《与性之》《谢性之惠茶》《会性之山中二首》；李彭有《和何思举韵寄元亮兼简性之》等，皆约作于此期。另宣和七年（1125）二月丙午，王铚《跋张元干辑先祖手泽》云："铚与仲宗游，且十五六年，得其治性修身、求师尚友之道，有轶于群公所称者。若夫怀念祖德，俾发闻于人，特其盛德之一尔。"（《芦川归来集》卷十《宣政间名贤题跋》）张元干大观年间在江西问句法于徐俯，并与江西诗派成员结诗社唱和，此当为张、王定交之时。

政和三年（1113）春，王铚在京师与表兄高荷论黄庭坚诗中本事，并赋《国香诗》。政和四年（1114）初往宣城岳父处，途经当涂，访李之仪，示所辑欧阳修别集及蔡氏所辑苏轼《南浮集》，请其为序；该年三月，李之仪为欧阳修别集及苏轼《南浮集》作序；是年底，莘召铚回汝阴侍居。《雪溪集》附有高荷《国香诗并序》，中云："政和三年春客京师，会表弟汝阴王性之问太史诗中本意，因道其详。性之文词俊敏，好奇博雅，闻之拊髀叹息曰：'可留之篇咏，为一段奇事。'因为赋之，且邀诸公各作一篇云。"又有王铚《次韵国香诗并序》，其序云："表兄高子勉，南平武信王孙。学问文章，知名四海。黄太史自黔南召归，过荆南，与为忘年友，赠六言诗曰：'顾我今六十老，付子以二百年。'此语岂易得哉！太史没后数年，当政和癸巳岁，与仆会都城，假日话国香事甚详，又赋长句相示，因次其韵。凡子勉诗中不言者，仆得以言之矣。”知政和三年（1113）铚尚在京师。

《姑溪居士后集》卷十五有《仇池翁南浮集序》云：“蔡君家世辇毂之下，轩轾无所系，而能以退为进，父子之间自为知己，独于先生南适以后所见于抑扬者，博访兼收，所较他日之得为备。吾友汝阴王性之实与讨论，仍为手自抄录，总若干篇，集成若干卷。性之将适宣城，道太平，蔡君以书并其总目出性之以相示，邀予为之序。”卷十五《欧阳文忠公别集后序》：“汝阴王乐道与其子性之皆博极群书，手未尝释卷，得公家集所不载者，集为二十卷。余幸得而观之，遂以尝闻人所诵公之言以记于后，亦足以告夫学者而为之劝也。政和四年（1114）三月十三日赵郡李之仪书。”卷十七《与王性之手简》第十九简：“伏蒙宠示所集六一翁遗文，并蔡君书与其编次东坡老南迁后诗文总目，且俾附名其后及序，其前皆巨题也，固当以不敏求免。然二公不可忘也。每得其绪余之传，无异自天而下，况探索详论，超出物表，非豪杰之勇，畴克尔尔。辄勉强索课，录呈左右，为用则不可。但此遇不易得，其高明之贶，其可虚耶？所留背轴素纸，适兹纷扰，未敢下笔。俟至宣城，或能乘兴，亦恐斤斧不弃，未为定稿也。别集三册、总目册、背轴一卷同元帕护附来介持纳，幸祝至。”据此可知，王铚往宣城路过当涂时曾请李之仪为欧、苏集题序，李于政和四年三月题还之，可推知铚赴宣城在政和四年初（三月十三日之前），那么铚往宣城又为何事呢？

李之仪《姑溪居士后集》卷十六、十七中有多篇《与王性之手简》，言在王铚及其岳父曾纡的帮助下，自己欲卜居宣城：“此徙居之心正如烈火，顺风而来逼，又况冰玉欣慕之素耶？”（第二简）按“冰玉”代指曾纡、王铚翁婿。“卜居初荷委曲，势须身到，乃契高义。比既差池，姑俟及门，方能披写，遂日幸一日，亦不虞蹭蹬至是也。公衮来，一席间，十之三四在是事，缱绻细绎，无不饱足人意，使其自履之，亦未必能尔。于是又知先为之容，非咫尺可以喻感。月终或出月，度可以成行。是时行李必已远矣，绪余参期，豫深留滞之叹。既归侍下，涉暑未必能遽还，定无摇落之初，必有近耗，或遂过此，犹及面叙。”（第十简）《浮溪集》卷二十八《右中大夫直宝文阁知衢州曾公墓志铭》载曾纡服除后签书宁国军节度判官，推其时当在政和间，宁国府治宣城。据此知铚往宣城是探望岳父。

《姑溪居士后集》卷十六《与王性之手简》云：“自有迁居之意，宣城胜丽，梦寐不舍……不图高明骤有行色，岂衰蹇不类，造物者固不与之全耶？良自感叹。”（第五简）“比得之公衮，乃审促归甚至坚确。”（第六简）“或闻朝夕遂还侍下，得是信罔然几不知所遣。”（第九简）同卷《与王乐道工部手简》第十简云：“性之德愈修，学愈进，词笔其绪余，而自可与前辈并驱争先矣。钟庆所贻，与夫德履相践，固无可议。特为高山流水，下倍增仰，而万里必知其穷尽也。过此一相见，遂约为宣城游。腊前已为之具行，而辄为日前一事见止。闻侍下暂欲其归，将复来此。比亦决为宣城居，日幸其相款也。侍下固不乏人，然冰玉相辉，更能掇慰，公衮之同，亦自不恶，而私淑拳拳，于是为重。”据此知王铚政和四年（1114）初过当涂时曾约与李之仪在宣城卜邻，李于该年冬天准备移居，为事羁绊，然是年底铚父又召铚回汝阴，李因分别致书王莘、王铚表示遗憾和希冀之情。《姑溪居士前集》中有《次韵王性之见寄佳句》《除夜寄王性之》《又寄性之二首》四首诗，大约也作于政和期间。

宣和年间，王铚多在京，与汤举为太学同舍生；与江端本、张元干、王伦等有交往；宣和四年（1122），王铚著《四六话》；宣和末，铚出京。王明清《玉照新志》卷二："汤举者，处州缙云人，与先人太学同舍生，有才名于宣政间。"知王铚亦在太学，铚政和后期当在汝阴侍亲，而宣和中多在京，因暂推其入太学在宣和间，汤举即汤思退之父。《挥麈录后录》卷八："江子我端友知经明道，驰誉中外。后尽弃旧业，鳏居孑然，年亦迟莫，惟留心内典，苦身自约，不复有世间之意。结庐都城之外，惟先人时时过之，每春容毕景也。乙巳岁春，与之俱至相蓝访卜肆。"可证宣和七年（1125）春王铚尚在京。另前引宣和七年二月丙午王铚《跋张元干辑先祖手泽》，知张元干时亦同在。《挥麈录后录》卷八："先人在京师，正道（王伦）间亦款门，先人以其倜傥，待颇加礼。一日，从先人乞诗送行，云天下将乱，欲入庐山为道士。宣和末，先人去国，不复相闻。"知铚与王伦有交往。宣和末离京城，去处大约是杭州。王铚建炎间作《与浙西帅康允之书》云："某仕于此（杭州），为日滋久。"《雪溪集》有《和江子我见送诗》："放舟弄清泚，始觉南风清。"另《追和斜川诗二首并序》其序云："岁后五日，仆欲从西湖追和斜川诗。是旦，江子我居新市，招张仲宗同游。"《追和斜川诗二首》当作于靖康元年（1126）正月五日，时铚已在杭州西湖。

王铚宣和四年（1122）七月庚申著《四六话》，事见其序。该书系最早的四六文话，《直斋书录解题》卷二十二注录："《四六话》一卷，王铚性之撰。"《四库全书总目·四六话》云："其书皆评论宋人表启之文。六代及唐词，虽骈偶而格取浑成；唐末五代，渐趋工巧……宋代沿流，弥竞精切。故铚之所论，亦但较胜负于一联一字之间，至周必大等承其余波，转加细密。终宋之世，惟以隶事切合为工，组织繁碎而文格日卑，皆铚等之论导之也。然就其一时之法论之，则亦有推阐入微者，如诗家之有句图，未可废也。”丁丙跋此书云：“所论多宋人表启之文，但举工巧之联，不尚气格与法律也。自来专论四六之书，此为权舆。”[1]该书评论唐宋四六文体作家五十七位，其中五十位皆为宋人[2]，丁丙所云“多宋人表启之文”较四库馆臣“皆评论宋人表启之文”为确。然书中如“四六贵出新意，然用景太多，而气格低弱，则类俳矣。唯用景而不失朝廷气象，语剧豪壮而不怒张，得从容中和之道，然后为工”，实为论气格；论四六与诗赋之渊源，论唐宋四六之别，论四六用典，论联语须生事熟事相对等，实为论法律。丁丙之言有未妥之处，四库馆臣言四六文格卑弱皆铚等导之，语亦过矣。而该书于四六文话上的权舆创辟，于格律技法的推阐入微，尤其值得重视。

王铚于靖康中入王襄军幕，作《靖康讨虏檄文》。建炎元年（1127）五月，王襄贬官，铚离幕。王明清《挥麈录三录》卷二：“靖康末，虏骑渡河，直抵京城，危蹙之甚，钦宗命王幼安襄为西道总管，招集勤王之师，以为救援。幼安辟先人为勾当公事，先人为草檄文，晁四丈以道读之，激赏不已，云‘此《出师表》也。’”又《玉照新志》卷六：“（王襄）靖康初以知枢密院为南道总管，先人为属偕行，有督勤王师檄文，荐绅多能诵之。”按《宋史》卷二十三《钦宗纪》：靖康元年九月丙戌，“建三京及邓州为都总管府，分总四道兵。庚寅，以知大名府赵野为北道都总管，知河南府王襄为西道都总管，知邓州张叔夜为南道都总管，知应天府胡直孺为东道都总管”。同书卷

1 光绪刻本《善本书室藏书志》卷三九《集部·诗文评类》。

2 统计数字据施懿超《宋四六论稿》，第228—229页，上海古籍出版社2005年版。

三五二《王襄传》：“宣和六年（1124），起为河南尹。金人再入，出为西道都总管，张杲副之。高宗开大元帅府，襄以所部兵会于虞城县。即位，命襄知河南府……金人围京师，征兵入援，二人故迂道宿留。至是，降宁远军节度副使，永州安置，卒。”王铚入王襄西道都总管军幕当在靖康元年（1126）九月后，《玉照新志》中明清误记“西道”为“南道”。《宋史》卷二十四《高宗纪》：建炎元年（1127）五月戊午，“西道总管王襄、北道总管赵野坐勤王稽缓，并分司，襄阳府、青州居住。寻责襄永州，野邵州，并安置”。王襄贬谪，铚当离幕。

建炎元年九月，王铚与晁说之相遇于睢阳，晁有诗文赠之。建炎二年（1128），铚自扬州到海陵访晁说之，晁复以诗纪之。建炎三年（1129），铚入康允之军幕，不久辞幕，作《与浙西帅康允之书》。晁说之建炎元年六月被召赴行在，除徽猷阁待制兼侍读，九月与王铚遇于睢阳。《景迂生集》中有《送王性之序》：“酸枣先生五世孙铚，字性之，晚相遇于睢阳，方款，遽以别……九月八日箕山晁说之序。”又有《连日与性之王君谈遽来告别因作》诗：“君之积学万石簴，笔力仍关千石钟。遑遑欲谈谁听此，秋江好渡多柔风。”知铚与说之建炎元年相遇于睢阳也。建炎二年，晁说之避居海陵，铚欲从扬州至福建，闻说之在海陵，遂绕路访之。说之作《王性之自扬州迁路相访于海陵荷其意厚非平日比赠诗以别》云：“九死性命存，乃到海陵仓。海陵何所有，麋鹿昼成行。多仓多麋鹿，今也恨难忘。爰从本朝来，人物上国光。容我迹其间，性之因翱翔。性之笃忠信，又复能文章。一世所趋附，在眼独不忙。困于州县吏，敛翼弗许张。蹉跎谁识之，心胆空堂堂。我不自揆者，荐之三府傍。相公意似顺，众口极雌黄。我斥不得容，为子增慨慷。子行群贼中，妻孥道路长。挂帆扬州湾，闻我病在床。不寻杜渚来，或谓子不刚。活我以简策，饱我非稻粱。告别闽岭去，波浪春风狂。既欲杀风母，又欲射天狼。四海俱已震，何处一身藏。挥泪与之子，关雎哀不伤。禄山倾社稷，朱泚侮君王。于今无此孽，但可正皇纲。文章出号令，忠信被农桑。之子抱此器，用之斯民康。吴酸宜勉强，无烦忆粟浆。”观此知说之曾荐铚于宰相前，但被他人诽谤而止，《老学庵笔记》卷六载铚因记忆好而被人“疑其轻薄，遂多谤毁”，晁诗中亦有“众口极雌黄”之句，亦才智士之不幸也。说之又作《夜来枕上得四绝句因视王性之谢其相访也末专为渠作》诗。

《宋史》卷二十五《高宗纪》：建炎三年（1129）六月乙卯，“升浙西安抚使康允之为制置使”。《玉照新志》卷六：建炎己酉，“康志升允之帅浙西，辟先人入幕府。时高宗南幸，先人揣知祸乱未已，是后敌骑果至，所道之境，悉如先人言。今载于后……”据《玉照新志》所载《与浙西帅康允之书》，知王铚建议加强安吉、广德等西部防备，后金兵果从广德进兵。书又载：“自以蒙名公殊遇有日矣，宾筵初启，首蒙辟置，恩德重大，非特一己知之，士大夫传以耸动也。昨辞去属邑，不以为忤，未忍默默以负于门下也。”金兵建炎三年十二月已陷广德，知王铚入康幕后不久即辞幕。

建炎三年十一月，为范宗尹家藏《兰亭帖》作跋。王铚《跋范丞相家藏兰亭帖》后署“建炎三年十一月望，汝阴王铚书”。（《兰亭考》卷八）

建炎四年庚戌（1130）春，往湖州千金村访张元干。七月，权枢密院编修官，奉诏纂集祖宗兵制，其后书成，凡二百卷，赐名《枢庭备检》；十月，为楚州镇抚使赵立作传，高宗嘉叹久之。《芦川集》

卷三《喜王性之见过千金村》："春来书札已西东，喜复相逢乱世中。万事变更唯舌在，三年流落转途穷。"自宣和七年（1125）至此已逾三年，三年概言之也[1]。《建炎以来系年要录》卷三十五：建炎四年（1130）秋七月："诏迪功郎王铚权枢密院编修官，纂集祖宗兵制，其后书成，上览之，称善。命铚改京官，赐名《枢庭备检》。"该书内容，据其序曰："谨列自建国已来兵制沿革，与夫祖宗御戎备边，又诸军兴废所因，详著于篇者，凡二百卷。又原祖宗圣意之不见于文字者，为之序。"按建炎四年（1130）七月仅是奉诏修书，非谓书成，观绍兴四年（1134）王铚守太府寺丞，与"改京官"之记相符，抑或绍兴四年为书成之日。为赵立作传事见《挥麈录后录》卷九："建炎庚戌，先人任枢密院编修，十月，淮南宣抚司奏楚州城陷，镇抚使赵立死之，高宗命先人撰其传以进乙览，嘉叹久之。"

绍兴元年辛亥（1131），王铚为嵊县县学作《嵊县修学碑》；绍兴二年壬子（1132），作《包山禅院记》；绍兴四年甲寅（1134），守太府寺丞，为言者奏罢。按《剡录》卷一收有《嵊县修学碑》，据碑文，作于绍兴元年。《包山禅院记》见《吴都文粹》卷八，后署"绍兴二年正月戊寅记"。本年尚作有《早秋寄昔慧老且吊慈受老师之亡》诗，按释怀深，号慈受，绍兴二年卒。《建炎以来系年要录》卷七十四：绍兴四年三月癸亥，"右承事郎王铚守太府寺丞……言者奏铚浮薄无行，罢之"。本年有诗《送谢景思假太常少卿奉祀温州太庙先至三衢省觐》，按谢汲（字景思）绍兴四年权太常。

绍兴五年乙卯（1135），王铚以右承事郎主管江州庐山太平观；

1　参见王兆鹏、王可喜、方星移《两宋词人丛考》之《张元干年谱》，凤凰出版社2007年版。

绍兴六年（1136），朱敦儒（希真）、徐度（敦立）来访。铚主管庐山太平观事见汪藻《浮溪集》卷二十八《右中大夫直宝文阁知衢州曾公墓志铭》，曾纡去世时铚为右承事郎主管江州太平观。本年有诗《与郭寿翁俱客钱塘寿翁归吉州追饯至龙山白塔寺惜别怅然终日始登车而去既行旬日予得请庐山太平观将归隐浙东山中寄诗奉怀》，又有诗《送郭寿翁还庐陵》："共遭胡骑汝阴城，十载相逢尚甲兵。"自宣和七年（1125）金兵入侵，距绍兴五年（1135）已十年矣。《挥麈录前录》卷四："绍兴丙辰（1136），明清甫十岁，时朱三十五丈希真、徐五丈敦立俱为正字，来过先人。"知铚又曾与朱敦儒、徐度往还。

绍兴七年（1137）六月，王铚避居剡溪山中，绍兴八年（1138），献《宰执宗室世表、公卿百官年表》，得常同之荐，诏奉祠中视史官之秩。绍兴七、八年间，又改右承事郎主管台州崇道观，并与向子諲有交往。避居剡溪之时见前引大观年间之考证。《弘治嵊县志》云王铚宅在"嵊县灵芝乡"（《浙江通志》卷四十五引），按嵊县今为浙江嵊州市。绍兴九年（1139）正月，铚已为右宣义郎主管台州崇道观，知改官当在绍兴五年后至九年前。据《建炎以来系年要录》卷一二五："铚以国朝建隆至元符信史屡更，书多重复，乃以七朝国史自帝纪志传外，益以《宰执宗室世表、公卿百官年表》，常同为中执法，言于朝。诏铚奉祠中视史官之秩，尚方给札奏御。"《挥麈录前录》卷四王明清自跋亦云："……自建隆抵于元符，信史屡更。先人于是辑国朝史述焉，直欲追仿迁、固，铺张扬厉，为无穷之观。虽前日宗工笔削，不敢更易，但益以遗落，损其重复。如一姓父子兄弟，附于本传之次；增以宗室、宰执世系，与夫陟黜岁月三表，如《唐书》之制。绍兴戊午中，执法常公闻其事，诏奉祠中，视史官之秩，尚方给札。奏御及半，而一秦专柄，不尽以所著达于乙览，独存副本私室。”知常同绍兴八年（1138）荐之。“奉祠中视史官之秩”，知其间主要事务为修史。《雪溪集》有《向伯恭芗林诗》，按向子諲绍兴八年七月知平江府，十一月转官致仕，次年三月抵清江芗林别野[1]，铚诗约作于此期。

绍兴九年（1139）正月，铚献《元祐八年补录》及《七朝史》，由右承郎迁右宣义郎；二月，秦桧欲以永固为徽宗陵名，铚建言之。《建炎以来系年要录》卷一二五：绍兴九年正月丙申，“右承事郎主管台州崇道观王铚特迁一官。铚以国朝建隆至元符信史屡更，书多重复，乃以七朝国史自帝纪志传外，益以《宰执宗室世表、公卿百官年表》，常同为中执法，言于朝。诏铚奉祠中视史官之秩，尚方给札奏御。至是铚以《元祐八年补录》及《七朝史》上之，故有是命。然铚所修未及半也，其后为秦桧所沮，不克成”。又刘一止《苕溪集》卷三十六载《王铚进〈七朝国史列传〉重加添补成书共二百一十五册特与转一官》：“敕具官某，朕修废典于风尘之后，访遗书于煨烬之余，既累岁矣。顾中秘所得，外有愧于士大夫之家，而史氏阙文，亦或未补，朕心闵焉。尔好古博雅，自其先世。属辞比事，度越辈流。乃者裒集累朝故实，而附益以其所闻，成书来上，有嘉其勤，序进官联，以为尔宠，且以为多士之劝可。”据此知是时所进乃《七朝国史列传》也，为秦桧所沮，《七朝国史》未竟全书。

《挥麈录前录》卷一载该年“徽宗梓宫南归有日，秦丞相当国，请以永固为陵名。先人建言：‘北齐叱奴皇后实名矣，不可犯。且叱奴，外裔也，尤当避。’秦大怒，几蹈不测”。《建炎以来系年要录》

1　向子諲行年据王兆鹏《两宋词人年谱·向子諲年谱》，第547—553页，台北文津出版社1994年版。

卷一二六亦载：绍兴九年二月己未，“尚书右仆射秦桧上徽宗皇帝陵名曰永固，诏恭依。右宣义郎主管台州崇道观王铚言：‘后周叱奴皇后陵实以为名，当避。’桧大怒”。并注云：“此以王明清《挥麈录》修入，但明清误以‘后周’为‘北齐’耳。”[1]

绍兴十年庚申（1140）至绍兴十二年壬戌（1142），王铚居山阴；绍兴十二年作有《书谢文靖东山图》《重刻两汉纪后序》等。《挥麈录三录》卷三：“绍兴庚申岁明清侍亲居山阴，方总角，有学者张尧叟唐老自九江来从先人。”《雪溪集》有诗《书谢文靖东山图》，其跋云：“右《题谢文靖东山图》。今会稽东小江之上有东山存焉，绝顶下临江海，盖万里云境也。仆观文靖初渡浙江，乐会稽佳山水，与王右军、许询、支遁、孙绰、李充游，则东山在会稽几是矣。仆尝宿其上，题诗僧壁云：‘山晴山雨今古恨，潮落潮生朝暮情。我识前人旧时意，寒岩一夜听江声。’今观斯图，并书之为一笑之地耳。绍兴十二年二月丁卯书。”《重刻两汉纪后序》作于“绍兴十二年六月甲子”（见四部丛刊本《后汉纪》卷末），中有云：“编修王公敦阅古训，博极群书。其出使浙东也，既刻刘氏《外纪》以足《资治通鉴》，又重刻《旧唐书》，至刻此《两汉纪》，其艰其勤，尤为尽力。”知《两汉纪》非铚刻，而铚仅为序。序作于六月，可知铚斯时尚在浙东会稽。居山阴期间，还作有《仆在会稽泛舟至剡中是时雪迟梅子烟外万枝夹岸幽香不断盖非人间世也友人廉宣仲在四明闻之作〈子猷访戴图〉见寄作长短句谢之仍书四绝句于图后》《剡溪王秀才画〈子猷访戴图〉》等诗。

1 邵博《邵氏闻见后录》卷一载：“绍兴己未春，金人初许归徽宗梓宫，宰臣上陵名永固，有王铚者言：‘犯后魏明帝、后周文宣二主陵名。’下秘书省参考，如铚言。”据此则铚原议不误，明清误记耳。王国维《观堂外集》《庚辛之间读书记》已详辨之，可参看。

绍兴十三年癸亥（1143），献《太玄经解义》，得赐金；又与毕良史游，为之作《跋古器图》[1]《题五老图》。《建炎以来系年要录》卷一四九：绍兴十三年八月丁未，“右宣义郎湖南安抚司参议官王铚献《太玄经解义》，赐白金三百两”。又据《建炎以来系年要录》：毕良史（？—1150），字少董，上蔡人，士安五世孙。绍兴初进士，绍兴五年（1135）补上州文学，既得三京地，东京留守司使权知东明县，又任开封府推官，搜求京城乱后遗弃古器书画。绍兴十年（1140）金人败盟，良史羁金三年，乃教学《春秋》，著《春秋正辞》十二卷。绍兴十二年（1142）放归南宋，载古器书画以归，得右迪功郎监潭州南岳庙。绍兴十三年（1143）元月献《春秋正辞》，特改京官，为右宣义郎干办行在诸军粮料院。绍兴十五年（1145）加直秘阁知盱眙军，绍兴二十年（1150）卒于任。考王铚与毕良史交往时间，当在绍兴十三年毕得京秩后至绍兴十四年（1144）王铚卒前。《挥麈录余话》卷二载王铚《跋古器图》云：“右《古器图》，龙眠李伯时所藏，因论著自画，以为图也。今藏予友毕少董家。凡先秦古器源流，莫先于此轴矣。昔孔子删《诗》《书》，以尧、舜、殷、周为终始，至于《系辞》，言三皇之道，则罔罟、耒耨、衣裳、舟楫所从来者，而继之曰：‘后世圣人者，欲知明道、立法、制器咸本于古也。’本朝自欧阳子、刘邍父始辑三代鼎彝，张而明之，曰：‘自古圣贤所以不朽者，未必有托于物，然物固有托于圣贤而取重于人者。’欧阳子肇此论，而龙眠赓续，然后涣然大备。所谓‘三代邈矣，万一不存，左右采获，几见全古。’惟龙眠可以当之也。此图既物之难致者而得之，又少董以

1　此跋载《挥麈录余话》卷二，未收入《全宋文》，题目据内容加。

闻道知经，为朝廷识拔，则陈圣人之大法，指陈根源，贯万古惟一理，其将以《春秋》侍帝傍矣。”又《赵氏铁网珊瑚》卷十三《睢阳五老图》载有两宋诸人题跋或诗歌，其中王铚题跋下署“绍兴十三年小雪，汝阴老民王铚谨书”。而钱端礼跋云：“绍兴戊辰（一作午）春，被命治具淮上燕饯北客，过盱眙太守毕少董，语次获观所谓《睢阳五老图》者……”可知图系毕少董所藏。按戊辰为绍兴十八年（1148），少董正在盱眙任上，戊午为绍兴八年（1138），少董在开封，故戊辰为是。另《雪溪集》中《毕少董〈翻经图〉诗》亦当作于绍兴十三、十四年之间。

绍兴十四年甲子（1144），居山阴，新除右宣教郎湖南安抚司参议官；三月，献《祖宗八朝圣学通纪纶》，诏迁一官。铚约卒于该年。《建炎以来系年要录》卷一五一：绍兴十四年三月戊寅，“右宣教郎新湖南安抚司参议官王铚献《祖宗八朝圣学通纪论》，诏迁一官”。按绍兴十三年（1143）八月，王铚已为湖南安抚司参议官，此又云“新”，疑绍兴十三年铚并未赴湖南任。四月辛丑，“少傅判绍兴府信安郡王孟忠厚乞朝永祐陵等攒宫，许之。忠厚既朝陵，将入见。谓寓居新湖南安抚司参议官王铚曰：‘忠厚与秦会之虽为僚婿，而每怀疑心。今当入朝，欲求一不伤时忌对札。’铚言：‘元祐中，姚麟以节度使守蔡，建言乞免带提举学事，朝廷许之。’忠厚喜，即入奏如铚言，诏可。寻又降旨，武臣帅守并免系衔，自是以为例。”又《挥麈录前录》卷二：“政和中，诏天下州县官皆带提举，管勾学事。时姚麟以节度使守蔡州，建言乞免系阶，朝廷许之。靖康初除去。绍兴中复增，但改庶官为主管。时孟信安仁仲来帅会稽，先人寓居。孟氏与家门契分甚厚，仁仲以兄事先人。入境语先人云：‘忠厚与秦会之虽为僚婿，而每怀疑心。

今省谒攒宫，先入朝然后开府，从兄求一不伤时忌对札。’先人举此，仁仲大喜，为援麟旧请草牍以上，奏入即可。寻又降旨，自此武臣帅守，并免入衔，行之至今。”按此事《建炎以来系年要录》自云据《挥麈录前录》卷二编入，然孟忠厚系孟皇后之兄［孟皇后生于熙宁十年（1077）］，年长铚许多，此言“以兄事先人”，似有虚美之嫌。

《挥麈录后录》卷七：“先人南渡后，所至穷力抄录，亦有书几万卷。明清忧患之初，年幼力弱，秦伯阳遣浙漕吴彦猷渡江攘取太半。丁卯岁，秦会之擅国。言者论会稽士大夫家藏野史以谤时政，初未知为李泰发家设也。是时明清从舅氏曾宏父守京口，老母惧焉，凡前人所记本朝典故与夫先人所述史稿杂记之类，悉付之回禄。每一思之，痛心疾首。”按丁卯为绍兴十七年（1147），知此前王铚已去世。另《建炎以来系年要录》卷一五二：绍兴十四年（1144）七月壬戌，“尚书礼部侍郎兼直学士院秦熺提举秘书省，掌求遗书”。同书卷一五三：绍兴十五年（1145）正月己巳，“御笔尚书礼部侍郎兼直学士院提举秘书省秦熺除翰林学士”。故知秦熺派吴彦猷攘书事在绍兴十四年七月至绍兴十五年正月，王铚当亡故于此间。《挥麈录前录》卷四王明清自跋：“……先人弃世。野史之禁兴，告讦之风炽，荐绅重足而立。明清兄弟居蓬衣白，亡所掩匿，手泽不复敢留，悉化为烟雾。又十五年，巨援没而公道开，再命会稽官以物办访遗书于家，但记忆残缺，以补册府之阙而已。”按高宗下诏禁私人修史事在绍兴十四年四月。综上可定王铚卒于绍兴十四年。铚生年不详，据其作于宣和七年（1125）的《和江子我见送诗》：“放舟弄清泚，始觉南风清。白云认乡树，永念随父兄。一梦三十载，将老犹远行。”似生于绍圣三年（1096），然三十岁何能称“将老”，疑此“三十载”非指自出生所计，或“三十载”为约数，但铚既卒于绍兴十四年（1144），又“位寿俱啬”，其生年即使早于绍圣三年（1096），亦不会相错太远，大约生于元祐中。

另按：吕彼得、王德毅等编《宋人传记资料索引》“王铚”条下所引《紫微集·祭姊夫王性之文》，实非王铚。此王性之似为南阳人，宣和末避金人于江汉一带，不久病故，其妻为张嵲之姊。《祭姊夫王性之文》云：“室庐废为邱墟，橐金尽于贼手。名未列于王官，年不登于中寿。漂转困穷，客死异县。母妻儿女，瓦解冰散。”张嵲《紫微集》另有《祭亡姊文》可证：“我生不天，终鲜兄弟。惟二女兄，早丧其季。先君即世，堂惟偏亲。霄壤之内，与姊三人。如何不淑，遭此丧乱。室闾荡然，亲戚离散。爰自南阳，避地江汉。与其良人，及其儿女。脱身贼中，筚路蓝缕。姊及于鄾，我在上庸。及我戾止，姊窜山中。盗贼纵横，弗敢久处。作书致金，惟缯与絮。尚期路通，迎姊以来。未几大乱，塞路虎豺。逮其寇退，人犹蠢蠢。良人遇疾，大命斯殒……”南宋还有名王性之者，孝宗时武义县人，曾从吕祖俭游赤松山（见《浙江通志》卷二六一《艺文》所收吕祖俭《游赤松记》[1]），亦非王铚。

王铚著述甚富，除上举《侍女小名录》（《补侍儿小名录》）《四六话》《枢庭备检》《元祐八年补录》《七朝史》《太玄经解义》《祖宗八朝圣学通纪纶》外，尚有《杂纂续》一卷、《默记》三卷、《国老谈苑》二卷、《续清夜录》一卷、《雪溪集》八卷。今存《默记》三卷、《杂纂续》一卷、《四六话》二卷、《雪溪集》五卷。又有疑为王铚伪作之《龙城录》《云仙散录》《续树萱录》传世。铚不以诗名，然景语、情语

1 《浙江通志》注录作者为吕祖谦，实应为吕祖俭，考辨见杜海军《吕祖谦文学研究》附录《〈游赤松记〉辨伪》，学苑出版社 2003 年版。

俱有可观，文尤胜诗，《靖康讨虏檄文》被晁说之赞为堪类《出师表》；其《崔莺莺传奇辨正》一文考论精新，影响至今。

按：《杂纂续》，见元陶宗仪《说郛》卷七十六："《杂纂续》，王铚。"《默记》，见《遂初堂书目》"王惟之《默记》"，然误"性"为"惟"，至明杨士奇《文渊阁书目》已为"王性之《默记》一部一册"。《国老谈苑》，见《两宋名贤小集》云："王铚字性之……著有《默记》《国老谈苑》《侍儿小名录》及《雪溪集》。"《续清夜录》，见《直斋书录解题》卷十一："《续清夜录》一卷，王铚性之撰。"《宋史·艺文志》亦注为王铚著。《雪溪集》，见《直斋书录解题》卷十八："《雪溪集略》，八卷，汝阴王铚性之撰。"《宋史·艺文志》注录"王惟之《雪溪集》八卷"，误"性"为"惟"。今八卷本不存，《四库全书总目》谓"今世所传，已佚其三卷，非完帙矣"。今存五卷本，皆诗集。王士禛《居易录》卷一谓其"诗不能工"，《四库全书总目》谓王说非笃论，"铚诗格近温、李"。然今观之，亦无温李之艳丽，其诗思理情景俱有可观。古诗、七律、七绝造语平易，捐书而为，以议论思理为胜，亦宋调之一体；五律写景炼字颇工致，如"古寺松篁瘦，山空雨雪深""雨过水光发，风生云态轻""千岩落花雨，一径卷松风"等，独近唐风。

《龙城录》二卷，旧本题唐柳宗元撰；《云仙杂记》十卷（即《云仙散录》），旧本题唐金城冯贽撰；张邦基《墨庄漫录》卷二云："近时传一书曰《龙城录》，云柳子厚所作，非也。乃王铚性之伪为之……又作《云仙散录》，尤为怪诞，殊误后之学者。又有李歜注杜甫诗、注东坡诗事。皆性之一手，殊可骇笑，有识者当自知之。"《容斋随笔》卷十六"续树萱录"条："何子楚云：《续［树］萱录》乃王性之所作，而托名他人。今其书才有三事，其一曰贾博喻，一曰全若虚，一曰元撰。详命名之义，盖取诸子虚亡是公云。”自此人多以为以上三书为铚伪托之作。然王铚跋《范仲尹墓志》，称魏泰“场屋不得志，喜伪作他人著书，如《志怪集》《括异志》《倦游录》尽假名武人张师正。又不能自抑，作《东轩笔录》，用私喜怒诬蔑前人。最后作《碧云騢》假名梅尧臣，毁及范文正公，而天下骇然不服矣……仆犹及识泰，知其从来最详，张而明之，使百世之下，文正公不蒙其谬也”。魏泰为曾布之妻兄，而铚则曾纡之婿，犹及识泰，其言当不诬。然指责别人作伪而又蹈其覆辙，实王铚高才不遇，故游戏笔墨以抒其郁也。一如明胡应麟《少室山房笔丛正集》卷十六所云：“《龙城录》，宋王铚性之撰，嫁名柳河东。铚本意假重行其书耳，今其书竟行，而子厚受诬千载。余尝笑河东生平抉驳伪书，如《鬼谷》《鹖冠》等，千百载上无遁情，真汉庭老吏，日后乃身为宋人诬蔑不能辩，大是笑资。然亦亡足欺识者也……铚能力辩魏泰〈碧云騢〉之诬，不可谓非端士，而躬自蹈之。然游戏笔端，差彼善也。”王铚《崔莺莺传奇辨正》见于赵令畤《侯鲭录》卷五，考证元稹《莺莺传》乃元稹自传，赵令畤甚服其说，特引全文，又作《元微之崔莺莺商调蝶恋花词》佐成之。王、赵之说，影响深远，近人鲁迅、陈寅恪皆主之。

三

王铚有子二人，长子廉清字仲信，次子明清字仲言，俱高才敏思，能世其学。廉清著有《京都岁时记》《广古今同姓名录》《补定水陆章句》《新乾曜真形图》等；明清著有《挥麈录》《玉照新志》《投辖录》《清林诗话》等。此据《挥麈录后录》卷十一载王禹锡跋："汝阴王仲言，家传史学三世矣，族党交游，无非一时名公巨人，平日谈论，皆后学之所未闻者。"按此指史学三世，应指王得臣、王铚、王廉清、王明清三世。《挥麈录余话》卷二："绍兴壬戌夏，显仁皇后归就九重之养，伯氏仲信年十八，作《慈宁殿赋》以进……许觊彦周跋云：'王仲信此赋，如河决泉涌，沛乎莫之能御也。天资辞源之壮，盖未之见。昔柳柳州云："辨如孟轲，渊如庄周，壮如李斯，明如贾谊，哀如屈原，专如扬雄。"柳州论之古人，以一字到，今不可移易。愿吾仲信，兼用六语，而加意于庄、屈，当与古人并驱而争先矣。'伯氏天才既高，辅以承家之学，经术文章，超迈今古；真草篆隶，沉着痛快；天文地理，星官历翁之所叹伏；肘后卜筮，三乘九流，无不玄解；丹青之妙，模写烟云，落笔人藏以为宝。奏赋之时，与范志能成大诏俱赴南宫。其后志能登第，名位震耀，而伯氏坎壈以终。兴言流涕。如昔人《二老归西伯赋》云：'一为尚父，一为饿者。'虽升沉之不同，其趣一也。"又《挥麈录余话》卷二载庆元庚申赵师厚跋："雪溪先生秉大史笔，诸子仲信、仲言，史学得之家传，惟父子志趣高远，学问器识，率加于人一等，故所以自期者，敻然与众不同。虽经史子集传记与夫九流百家道释之书，皆已餍饫，方且以为未足，而又求所未闻，访所未见，常有歉然不满之意。……仲信著《京都岁时记》《广古今同姓名录》；留心内典，作《补定水陆章句》；洞晓天文，作《新乾曜真形图》……仲言著《投辖录》《清林诗话》《玉照新志》《挥麈录》。”

又据上引，绍兴壬戌（1142），王廉清年十八，则其当生于宣和七年（1125），廉清虽然天才高迈，却命运坎坷，屡次不第，郁郁以终。廉清除精于词赋外，还擅书画，与陆游交好，绍兴三十年（1160）为陆作《石门瀑布图》（据陆游《绍兴庚辰余游谢康乐石门与老洪道士痛饮赋诗既还山阴王仲信为予作〈石门瀑布图〉今二十有四年开图感叹作二首》），陆游《题王仲信画水石横幅》诗感叹云：“王郎书逼杨风子，画亦凭陵蜀两孙。岂是天公憎绝艺，一生憔悴向衡门。”《容斋随笔五笔》卷七：“乾道二年，历阳陆同为望江令，得其诗于汝阴王廉清，为刊板，而致之郡库，但无祈雨文也。”可知乾道二年（1166）廉清尚在世。《玉照新志》卷五：“绍兴己卯，张安国为右史。明清与仲信兄、郑举善、郭世祯、李大正、李泳多馆于安国家。春日诸友同游西湖，至普安寺，于窗户间得玉钗半股、青蚨半文，想是游人欢洽所分授，偶遗之者，各赋诗以纪其事。归录似安国，云：‘我当为诸公考校之。’明清云：‘凄凉宝钿初分际，愁绝清光欲破时。’安国云：‘仲言宜在第一。’俯仰今十年矣，主宾之人，俱为泉下之尘。明清独存于世，追怀如梦，黯而记之。”张孝祥卒于乾道五年（1169），此前廉清当已为泉下之人，故可推断廉清卒于乾道三年或四年之间（1167—1168）。廉清壮年而逝，时人多有感叹，如楼钥就有“万卷诗书老雪溪，颀然二子和埙篪。绝怜伯氏久亡矣，犹幸夫君及见之……”（《送王仲言添倅海陵》其一）。王明清绍熙五年（1194）添差通判泰州，距廉清之亡已十五六年矣。

另《老学庵笔记》卷二：“（铚）既卒，秦熺方恃其父气焰熏灼，手书移郡，将欲取其所藏书，且许以官其子。长子仲信，名廉清，苦学有守，号泣拒之曰：‘愿守此书以死，不愿官也。’郡将以祸福诱胁之，皆不听。熺亦不能夺而止。”然据前引《挥麈录后录》卷七“明清忧患之初，年幼力弱，秦伯阳遣浙漕吴彦猷渡江攘取太半”，藏书大半仍被秦所得。铚卒于绍兴十四年（1144），是时仲信方冠，而明清始十八岁。

王明清生年，亦据《挥麈录前录》卷四“绍兴丙辰，明清甫十岁”之载，可确定为建炎元年（1127）。其生平余嘉锡《四库提要辨证》已有考辨，《中国文学家大辞典·宋代卷》据之总结，今简择后者“王明清”辞条如下[1]，余不赘考：

> 绍兴十年，方总角，侍亲居山阴。三十二年，以外舅方滋帅淮西，侍行至建康，见张孝祥。孝宗即位，得补官。乾道初，奉祠居山阴，撰《挥麈录》。淳熙四年，至临安，获登李焘之门。淳熙十二年，以朝请大夫主管台州崇道观。绍熙三年，为杂买务杂买场提辖官。居临安七宝山，撰《挥麈录后录》。四年，签书宁国军节度判官。五年，添差通判泰州，撰《挥麈第三录》。庆元间，寓居嘉禾。嘉泰初，为浙西参议官。

1　曾枣庄主编《中国文学家大辞典·宋代卷》，第41页，中华书局2004年版。然其云明清生卒年不详，不确。另王明清《挥麈录》成书过程，可参霞绍晖《王明清〈挥麈录〉考述》一文，见《宋代文化研究》第十三、十四辑，四川大学出版社2006年版。

四

王铚家族姻亲，略考如下：

王莘娶妻苏氏，因此王氏家族与苏耆（字国老）家族姻亲，又连带与韩维（字持国）家族、王陶（字乐道）家族沾亲带故。王明清《玉照新志》卷六："文恪长子仲弓，实韩持国婿；持国夫人，实祖母亲姑，由是情益稔熟。仲弓之弟即幼安（王襄）。"王陶子王实（字仲弓），娶韩维第六女为妻（《南阳集》附录鲜于绰《韩维行状》）；而韩维所娶的苏耆次女（《南阳集》卷三十《太原县君墓铭并序》），又是王莘妻子的亲姑母。也就是说，王莘妻子苏氏一定是苏耆孙女之一。史载苏耆三子，长子苏舜元七子二女，二女分别嫁给虞大蒙和郭逢原；次子苏舜钦三子二女，长女嫁陈纮，次女情况不详；三子苏舜宾早卒，子女不详[1]。据此可推王莘妻当为苏舜钦或苏舜宾之女。再加上王绹与王莘又同出欧阳修门下，因此靖康年间王绹之子王襄任西道总管时，辟王莘之子王铚入幕勾当公事。

王铚妻子曾氏是曾布孙女，曾纡之独女，因此王氏家族又与曾氏家族姻亲。曾布是曾巩之弟、曾肇之兄，曾氏家族为江西南丰名门，曾纡（1073—1135）是曾布第四子，字公衮，晚号空青先生，政和间签书宁国军节度判官时，王铚曾从其游，被李之仪誉为"冰玉相辉"。因王、曾系姻亲，曾布元符、建中靖国间当国时，遂起王莘为工部郎中，并欲荐为台谏。《挥麈录后录》卷六云："曾文肃为相，王明清祖王

1　苏舜元兄弟后裔情况，参张邦炜《宋代盐泉苏氏剖析》一文，见张氏所著《宋代婚姻家族史论》，人民出版社2003年版。

兵部作郎。一日，文肃曰：‘主上令荐台谏，当以公应诏。’先祖辞曰：‘某辱知非常，一旦使居言路，傥庙堂有所不当，言之则有负恩地，不言则实辜任使。愿受始终之赐，幸甚。’文肃叹息而寝其议。故外祖祭先祖文曰：‘昔我先公，知公最久。引公谏垣，公辞不就。进退之际，益坚素守。’谓此也。”曾氏对王氏的帮助非仅此，王铚故后，其妻曾氏带着廉清、明清，很长一段时间皆随弟弟曾惇生活。曾惇（1097？—1156后），字谹父，又作宏父，宣和五年（1123）为湖州司录；绍兴三年（1133）任太府寺丞；绍兴八年（1138）因进祖父曾布所著《三朝正论》，转官一阶；绍兴十二年（1142）知黄州；绍兴十六年（1146）知台州；绍兴十八年（1148）闰八月移知镇江府；绍兴十九年（1149）七月罢知镇江；绍兴二十六年（1156）知光州，之后不详[1]。《挥麈录前录》卷三：“明清少游外家，年十八九时，从舅氏曾宏父守台州。”王廉清有《题郡治玉霄亭》诗，玉霄亭在台州，故廉清亦在台州可知。《挥麈录后录》卷七：“丁卯岁，秦会之擅国……是时明清从舅氏曾宏父守京口。”可推知从绍兴十四年（1144）王铚辞世至绍兴十九年（1149）曾惇罢知镇江，王廉清与王明清兄弟当一直跟随曾惇。

王明清娶方滋之女为妻，王氏桐庐方氏姻亲。方滋（1102—1172），字务德，桐庐（今属浙江）人，方元修子，绍兴三十一年（1161）为京西转运副使、知庐州，移镇江府。乾道改元，除两浙转运副使，权刑部侍郎。假户部尚书，充贺金国正旦使。试户部、吏部侍郎，知建康、荆南二府。乾道八年（1172）知绍兴府，徙平江府，卒于官，其事迹见韩元吉《方公墓志铭》（《南涧甲乙稿》卷二一）。明清与方滋之

1　曾惇事迹，可参王兆鹏等《两宋词人丛考》第133—142页之“曾惇”条。

女婿于绍兴二十五年（1155），《挥麈录前录》卷四："绍兴丙辰，明清甫十岁……后二十年，明清为方婿。"从此"多寓浙西妇家"（《挥麈录后录》卷七），随岳父转徙各地，直至乾道元年（1165）得官（参《挥麈录》《玉照新志》）。

五

与纯粹的政治型家族相比，宋代许多文化型家族的家运要长久一些。因为政治多变，宦途凶险，政治型家族很难长久掌握自己的命运，像秦桧家族当时权焰熏天，一朝秦桧身死，家势随之土崩瓦解。而文化型家族只要注重自己的家学传承和培养，不太容易受外界环境的影响，即使这些家族也参与政治斗争并且失势，也还有文化的影响力存在。王氏家族的声名一直维持到了南宋中期，其中一个重要原因，就是他们的家学传承非常优异和成功。

广义的家学可以包括先天的智性遗传和后天的文化积累两个部分。王氏家族名声的获得，和他们超群的天赋和记忆力有很大关系。《老学庵笔记》载王铚性聪敏，读书五行俱下，过目不忘。又记问该洽，尤长于国朝故事，莫不能记。对客指画，诵说动数百千言，退而质之，无一语缪。王明清亦是如此，《挥麈录前录》卷四载："绍兴丙辰，明清甫十岁，时朱三十五丈希真、徐五丈敦立俱为正字，来过先人。先人命明清出拜二公，询以国史中数事，随即应之无遗。由是受二公非常之知于弱龄。希真之相，予多见其词翰中。后二十年，明清为方婿，敦立守滁阳，以书与外舅云：‘闻近纳某字之子为婿，岂非字仲言者乎？’具道畴昔时事，且过相溢美。”年方十岁即能如此，没有超人的记忆天赋是无法想象的。

王氏不惟深具先天遗传优势，且后天努力好学，博览群书。李之仪就称赞王铚、王明清父子“皆博极群书，手未尝释卷”（《姑溪居士后集》卷十五《欧阳文忠公别集后序》）。王氏又世代聚书，王莘、王铚皆聚书数万卷，为博学提供了必要的条件。这样，先天的好记性加上后天的博学勤学，使王氏很容易成为人们口中乐于传播的传奇。《挥麈录前录》卷四载有徐度与明清的一段问答：

> 敦立为贰卿，明清偶访之，坐间忽发问曰：“度今此居号侍郎桥，何耶？”明清即应以仁宗朝郎简，杭州人，以工部侍郎致仕，居此里，人德之，遂以名桥。又问郎表德谓何，明清云：“《两朝国史》本传字简之。《王荆公集》中有《寄郎简之》诗，甚称其贤。”少焉，司马季思来，其去，复问明清云：“温公兄弟何以不连名？”明清答以：“温公之父天章公生于秋浦，故名池。从子校理公生于乡中，名里。天章长子以三月一日生，名旦；后守宛陵，生仲子，名宣；晚守浮光，生温公，名光。承平时，光州学中有温公祠堂存焉。”敦立大喜曰：“皆是也。”且顾坐客云：“卒然而酬，博闻如此，可谓俊人矣。”

徐度的问话明显带有考较成分，明清既博洽又记忆无误，故得“俊人”美誉。尤袤和楼钥也对明清有过类似考验，《挥麈录三录》卷三载：

明清晚识遂初尤延之先生……公任文昌，一日忽问云："天临殿在于何时邪？"明清云："自昔以来，盖未有之。绍圣初，米元章为令畿邑之雍丘，游治下古寺，寺僧指方丈云：'顷章圣幸亳社，千乘万骑经从，尝憩宿于中。'元章即命彩饰建鸱，严其羽卫，自书榜之曰天临殿。时吕升卿为提点开封府县镇公事，以谓下邑不白朝廷，擅创殿立名，将按治之。蔡元长作内相，营救获免。闻有自制殿赞，恨未见之。"尤即从袖间出文书，乃元章所书赞也。云："才方得之，公可谓博物洽闻矣。"翌日入省，形言称道于稠人广众中焉。楼大防作夕郎，出示其近得周文矩所画《重屏图》，祐陵亲题白乐天诗于上，有衣帽中央而坐者，指以相问云："此何人邪？"明清云："顷岁大父牧九江，于庐山圆通寺抚江南李中主像藏于家。今此绘容即其人。文榘丹青之妙，在当日列神品，盖画一时之景也。"亟走介往会稽取旧收李像以呈似，面貌冠服，无豪发之少异。因为跋其后，楼深以赏激。

尤袤、楼钥皆一时鸿儒，淹贯古今，但在博闻与记忆方面却对王明清甘拜下风，一个"称道于稠人广众中"，一个"深以赏激"。有了这些名人的宣传和推介，王氏声名鹊起也就不以为怪了。

王氏一门素有钻研四部之风。北宋初王昭素就著有《易论》，其重心在治经；至王莘，则重文赋之学，并经常传授王铚；而至王铚、王廉清、王明清父子三人，不仅长于文学，且于史乘之学尤能光大，《默记》《挥麈录》等"类皆出人意表，且学士大夫之所欲知者，益信夫父子之博洽。虽名卿巨公，无不钦服敬慕，盖有自来"。（《挥麈录余话》卷二赵师厚跋）释宝昙《送王性之子仲言倅公赴海陵》也赞叹王氏："山阴故侯家，受射几世世。袖有换鹅经，父子固多艺……"由于王氏天赋的优异、见闻的广博和多才多艺，名公巨卿自然乐与之游，甚至愿与之联姻，曾布一见王铚就许以孙女，显然就是爱惜其才，而师友姻亲多名人，又反过来增加了王氏见闻的博洽，形成了一种良性循环。在这样的家庭中成长，耳濡目染，即能得之甚多。王铚《四六话序》云："铚每侍教诲，常语以为文为诗赋之法……铚类次先子所谓诗赋法度与前辈话言，附家集之末。又以铚所闻于交游间四六话事实，私自记焉。其诗话、文话、赋话各别见云。"王明清亦云《挥麈录》之成因："明清顷焉不自度量，尝以闻见漫缉小帙，曰《挥麈录》……窃伏自念，平昔以来，父祖谈训，亲交话言，中心藏之，尚余不少。始者乏思，虑笔之简编，传信之际，或招怨尤。今复惟之，侵寻晚景，倘弃而不录，恐一旦溘先朝露，则俱堕渺茫，诚为可惜……朝谒之暇，濡毫纪之，总一百七十条，无一事一字无所众来，厘为六卷，名之曰《挥麈后录》。"再加上姻亲之间的援引帮助，王莘、王铚、王明清三代人都得妇家提携，王氏家声始能不坠。

在科举与家族兴衰关系非常紧密的宋代，王铚家族显出一定程度的特殊性。从王昭素至王廉清、王明清六代人，明确知道中过进士的只有第四代的王莘，如果算上安陆一系，可以加上王得臣和王邻臣（邻臣还是特奏名），与南丰曾丰、澶渊晁氏、眉山苏氏等科举大家族根本不具有可比性。虽然王铚家族依靠其卓越天赋及家传之学，相当程度上弥补了科举带来的窘境，并将家族声名一直维持到了南宋中期。但家族长期科举乏人，王氏家族的衰落是可以想见的。王明清之后，王氏家族似乎在历史上销声匿迹。王家的藏书也毁失严重，使治学环境遭受破坏："煨烬之余，所存不多。诸侄辈不能谨守，又为亲戚盗去，或它人久假不归，今遗书十不一存。”（《挥麈录后录》卷七）王明清不知有无子嗣，但他肯定是有侄儿的，而且有“诸侄”。然而王明清的《挥麈录》一直写到了七十余岁，却从来没有一句话称赞过自己的后人，很显然，他们缺少能够振兴家族的能力。于是王氏家族的传奇，写到了王明清这一代也就终于谢幕了。

欧阳澈略考

提起宋代的欧阳澈，人们多知他曾伏阙上书，并与太学生领袖陈东同时被杀。但于其人其事，仍不无模糊之处，今略作考订，就教方家。

一

欧阳澈一名欧阳彻，字德明，抚州崇仁（今属江西）人，《宋史》卷四五五有传，云高宗即位，其“伏阙上封事，极诋用事大臣，遂见杀……死时年三十七”。高宗即位于建炎元年（1127），以此推欧阳澈生年，似为公元 1091 年。《宋人传记资料索引》《全宋文》小传即沿此说，然均误。《宋史》成书仓促，错漏本多，欧阳澈有《欧阳修撰集》传世，其卷七所附宋邓名世撰《墓表》明载：“君生于丁丑，死于丁未，享年三十一。”因此欧阳澈实生于哲宗绍圣四年（1097），卒于建炎元年（1127），年仅三十一岁。

欧阳澈之“澈”，在《中兴小纪》《宋史全文》《三朝北盟会编》及周必大《文忠集》等宋代文献中又作“彻”，盖“彻”可通“澈”，表清澄之意。疑欧阳澈原名欧阳彻，后改“彻”为“澈”，《欧阳修撰集》卷五中有《明堂赦降改名者例许入学世弼和前韵贺余次韵答之》

诗，知其曾因改名禁止入学，后遇赦书始脱此禁。

欧阳澈原为庐陵人，七世祖俊开宝中徙抚州崇仁。宋吴沆《欧阳修撰集原序》：“公讳澈，派自庐陵郡，世家崇仁西耆。”邓名世《墓表》：“七世祖俊，仕南唐李氏，开宝中谢病归老于家，自吉州庐陵徙居抚州崇仁。曾大父诏、大父恕、父俞，皆不仕。”可见欧阳澈家世不显，因此他又自称“庐陵贱士”（《欧阳修撰集》卷六《上蒋提举书》）。

二

欧阳澈生平经历并不复杂，大致可分作两个时期。第一时期从其出生至宣和末年，主要经历为读书、应试及退居奉母。《欧阳修撰集》卷三《上皇帝第三书》：“臣幼失怙，老母垂白。”卷六《上蒋提举书》：“澈也庐陵贱士，羁丱读书，自舍法一更，遁戢丘园，谢意进取，欲以孝养偏亲。”可见欧阳澈虽幼遭父丧，但童年仍得读书，直至宣和三年（1121），诏罢三舍法，始退居奉母。按崇宁三年（1104）十一月十七日，朝廷下诏，除崇宁五年（1106）科举考试依旧外，以后取士都由学校升贡，并废止州郡解试和省试；宣和三年二月二十四日，除太学坚持上舍法考选外，天下三舍法皆罢，开封府及诸路恢复科举取士（见《群书考索后集》卷二十七、二十八），此是舍法最重要的两次变化，崇宁三年澈年方八岁，故“舍法一更”当指宣和三年。

此期，欧阳澈曾入抚州州学并参加秋试。《欧阳修撰集》卷四《送吴教授古诗》云："……龙墀承命来临川，绛帐谈经历数年。微言奥义潜启发，残膏剩馥多流传。抠衣幸与诸生列，饫听绪言疑已决……"知其曾入州学，时教授为吴氏。欧阳澈秋试事见《欧阳修撰集》卷四《七夕后一日寄陈巨济并引》："去年七夕，待试临川。"宣和三年（1121）后欧阳澈"谢意进取"，其"待试临川"当在此前。不过他并未考中，《欧阳修撰集》卷四有《秋试下即事有感寄国镇》可证。

第二时期是靖康元年（1126）和建炎元年（1127），即他生命最后也是最辉煌的两年，主要经历为上书和就义。《靖康要录》卷一载：靖康元年正月一日，诏："自今中外臣僚以至民庶，并许实封直言得失。在京于合属处投进，在外于所在州军附递以闻。"《欧阳修撰集》卷一《上皇帝万言书》云："臣伏读正月一日圣诏，许士庶实封直言得失……于是博采于古，参酌方今利害之大者，条陈十策，以献朝廷。皆保邦御俗之方，安边御敌之术。"卷六《上蒋提举书》："自去年冬十二月至今年春正月，投进万言书三封。……已蒙本郡递进所献三书，及备录澈愿尽忠奉使之意进奏于朝，复保明遣澈前诣安抚麾下，迤逦赴阙。"知三次上书对象均为钦宗。《欧阳修撰集》卷二《上皇帝第二书》云："条陈安边御戎十策，撰成万言书一封，陈乞所部为奏朝廷……适丁递使不通，州府未许发奏。"知首次上书未能上达钦宗。之后陆续上书，始蒙州郡为之上达。

高宗即位于南京应天府（今河南商丘），欧阳澈又赴阙重新投献三书，不久即与陈东同时被杀。《欧阳修撰集》卷三《上皇帝第三书》："臣于是赢粮重趼而来，愿以所陈干渎天听。臣思其间皆国家急务，不可后时，遂先投于安抚司，乞为速达朝廷。伏愿陛下俯加容察，则天下幸甚。"建炎元年五月至十月，高宗在南京应天府（今河南商丘），知澈乃赴此地上书。其被杀，在建炎元年（1127）八月二十五日。《建炎以来系年要录》卷八载：建炎元年八月“壬午，斩太学生陈东、抚州进士欧阳澈于都市”。按欧阳澈并未登进士第，其三上皇帝书皆自云“崇仁县布衣”可证，澈虽曾入州学，但未入仕，可称“布衣”。《欧阳修撰集》卷七附《上书始末》亦云：“是年太学生陈东、抚州布衣欧阳澈，各月日不等，凡三上万言奏议，八月二十五日壬午，二人同斩于南京都市。”

欧阳澈致死之因，李心传以为先是陈东上疏，“言宰执黄潜善、汪伯彦不可任，李纲不可去，且请上还汴治兵亲征，迎请二帝。其言切直，章凡三上。潜善等憾，欲以伏阙事中东，然未有间也。会澈亦上书极诋用事者，其间言宫禁燕乐事。上谕辅臣，以澈所言不审。潜善乘是密启诛澈，并以及东，皆坐诛”（《建炎以来系年要录》卷八）；四库馆臣以为系澈“伏阙上书，请诛黄潜善、汪伯彦，为潜善所诬，与陈东俱论死”（《四库全书总目·欧阳修撰集》）。《欧阳修撰集》卷七所附许翰《哀词》：“建炎元年八月……翌日，上顾潜善曰：‘昨夕二人已处之矣。’因泛言欧阳澈书论朕宫禁宠乐，恶有此事；陈东书欲必留李纲，归曲朝廷。翰茫然初不知其端也。既罢朝，问潜善：‘上所处者何人？’曰：‘即后所指陈东、欧阳澈也。’‘处之如何？岂已逐之耶？’曰：‘斩之矣。’翰惊失色。”今观陈东、欧阳澈二人上书，陈东确对黄、汪口诛笔伐，欧阳澈上书对象实系钦宗，只非议了耿南仲、吴敏、李邦彦等钦宗朝用事大臣，并不及汪、黄，亦不曾及宫禁燕乐事。抑或别有上书耶？待考。

陈东、欧阳澈死后，世论多不平，高宗悔之，下诏恩恤两家。《欧阳修撰集》卷七附《赠承事郎指挥》：建炎三年（1129）二月，“二十六日乙亥，诏陈东、欧阳澈并赠承事郎，官有服亲一人迪功郎，令所居州县存恤其家”。又《赠朝奉郎秘阁修撰诰词》：“绍兴四年甲寅，高宗幸临安，十月二十八日壬寅敕：朕建炎即位之初，昧于治体，听用非人，将布衣陈东、欧阳澈置于极典，至今痛恨之，虽已各赠承事郎，并与有服亲一人迪功郎，犹未足以称朕悔过之意。故赠承事郎陈东、欧阳澈并加赠朝奉郎秘阁修撰，更与恩泽两家。如无儿男，许女夫承受，仍于所居州军各赐官田十顷。”这也是欧阳澈诗文集被称作《欧阳修撰集》的来历。

三

欧阳澈是一个才子。史籍载他不仅年少美须眉，且日下数千言，对客应对，捷若发机。为人又慷慨有狂气，不欲循常阶进身。所上皇帝三书，每以能回天地自许，多纵横家语。

吴沆《欧阳修撰集原序》云：“予为儿时，闻德明欧阳公日记数千言，落笔便有可观；虽坐客十辈，随事泛应，捷若发机。意其胸奇气逸，必有异于人者。”邓名世撰《墓表》载欧阳澈：“同郡奇男子也，年少美须眉，善谈世事，其胸中耿耿果如此……尚气大言，慷慨不少屈，而忧国悯时，出于天性。靖康初，应制条弊政五十余事，事数百言，为三巨轴，厩置卒谢不能举，州将为选力士荷担以行。会敌大入，要盟城下而去。君闻辄语人曰：‘我能口伐金人，强于百万之师，愿杀身以安社稷。有如上不见信，请质二子一女于朝，身使敌国，御亲王以归。’乡人每笑其狂，止之不可，乃徒步间关走行在所。”《宋史》本传即据《墓表》而成。其《上皇帝万言书》亦云：“臣身虽不长六尺，而智雄万夫；辩虽未足以方仪、秦，亦可谓圆机而不碍者也。臣以忠义自奋，何惜一身为陛下用此术，以扫荡敌人而安我社稷耶。方今将帅，如其已有良策灭之，则生民之幸也；万一未有其计，则伏愿朝廷借臣一介之使，遣臣见金主而说之。臣自有策，能使金人倒戈卷甲，不复侵侮……”《上皇帝第二书》复云：“借朝廷一介之使，遣臣奉咫尺之书，往见金主而议和亲，臣必能口伐敌人，使之弛废而不为备……无谓臣韦布之贱，不能立此功。昔毛遂以三寸之舌，强于百万之师；定从于楚，而使赵重于九鼎。当其未用，亦若囊中之锥，及其既用，则颖脱而出矣。万一用臣狂计，必能却强敌而安中国。”《上皇帝第三书》中他认为科举诗赋取士远胜经术取士，但这些常科考试不足以吸引自己这样的大才：“然不羁之才，高世之俊，非其大科不足以搜罗天下英贤。”

这表明欧阳澈功名之念强，立功之心切，崇尚平地登云，力挽狂澜，故能有以战国纵横家苏秦、张仪自期的惊人言行。其上皇帝三书，极具气势，然有不切实际之嫌。第一书十策，其要者在劝亲征、用权变、反迁都、严守备、明守责、治内患、禁聚众、相李纲、择良将及辩士、结民心、理财用等。十策之外，又有不可缓者三事，为严军令、用死间、重术士，用死间意在毛遂自荐，“伏愿朝廷借臣一介之使，遣臣见金主而说之”；重术士则荒诞不经：“闻阴阳家流，有三奇八门之术，天子庶人之式，足以自利，足以厌人，扬兵九天之上，尸敌千里之远，天神地祇皆为我用，则取胜之大要也。”第二书条陈十一事，第三书条陈十事，其要在劝君王励精图治、戒除奢侈、择人善用、远佞亲贤、赏诛公平、珍惜名器、爱惜民力、优选良将、超拔遗才等，亦不忘重申使金之请。通观三书，所见并无卓异之处，转有视阴阳术士为“取胜之大要”的妄论。殊不知郭京大言以六甲兵灭金人，致二帝北狩，正是钦宗相信术士的恶果。然欧阳澈其言虽过，忠义可嘉。故明代胡衍为之辩曰：“盖闻南都之祸，陈君（陈东）从容区处，泰若平日，人或以为二君优劣之辨。嗟夫，陈君处六馆，知朝廷之政详，故其言虽深切，而皆中时务，伏阙纷纭，分死久矣。欧阳君僻在江右，起于疏贱，不胜忠愤，故其言尤峭直，而容有未审，忽撄斧钺，不能归葬，尚忍以优劣议哉？”（《欧阳修撰集原序》）

作为才子，欧阳澈虽然拙于时务，但诗歌创作却极当行。他的诗，意气纵横，抱负奇高，每于山光水色、酒宴游乐中流露建功立业的强烈意愿，豪迈处近于李白。如《醉中食鲙歌》：“……男儿大抵皆慷慨，功名未必常蹉跎。醉来击剑歌白雪，闲愁万斛俱消磨。杯盘虽冷落，风月输吟哦。逸气射斗牛，无人识太阿。俗态翻云仍覆雨，世情炙手犹张罗。丈夫富贵当自致，耻傍权门效女萝。雄图自许羞俯仰，请看毫端食鲙歌。”《朝宗以诗见赠叙从游之乐广其意作古诗谢之并简敦仁德秀》：“……得钱即相觅，烂醉清平年。排闷强裁句，摆脱尘中缘。风云会遇自有日，骊珠不到终沉渊。公不见新丰旅人时未偶，鸢肩沽酒浇尘垢。谋猷一旦重朝廷，始信男儿暂奔走。”《世弼再和见赠又次韵复之其词皆辟其诗中之语》其一：“功业未能光史册，醉吟且尔会朋游。潜心深造诗书府，摘句蕲惊翰墨流。莘野耕烟须释耒，磻溪钓月暂乘舟。风云一旦逢知己，直取三公位黑头。”《秋云》：“数片悠扬出远山，拟为霖雨沛尘寰。未乘风雨吹嘘便，蓦被曦轮照烁还。

心在苍生常欲起，踪归深岫暂投闲。油然一作施膏泽，始趁岚烟入帝关。”欧阳澈诗又学李贺等中晚唐诗人之奇险，如《读余逢辰旧唱和诗》：“哲匠居邻剑水傍，笔端疑化剑锋铓。雕镌丽景春工巧，煅炼佳词武库张。字字泓澄清妒月，篇篇耿介烈含霜。楼成白玉归天府，掷下珠玑满锦囊。”《和答德秀长句》：“……惊人险语骨毛寒，元白危坛俱压倒。读之真恐化雄虹，按剑徘徊方敢造。六丁收拾富巾箱，贪夫探得人间宝。”《游岐原有感》：“秋光淡薄磨青铜，舞风霜叶鱼腮红。鸡窗岑寂兴不浅，结客搘筇扣梵宫。联翻步蹑孤烟际，陇上凄凉一笛风。穿云裂石声满谷，惊飞雁阵横晴空。高僧拥衲卧云久，诸方勘破心玲珑。我来奢户据禅榻，堂堂标格对总公。旋烹冰液破我闷，浇肠七碗追卢仝。水沉烟断香透顶，津津喜气生眉峰。傅岩真隐已先去，谁与壮浪吟争雄。朱弦纵事奏流水，俚耳知音亦罕逢。不禁风物撩诗眼，强作险语惭非工。安得汤休占此景，碧云之句当奇锋。会沽村酒行莲社，忘归一任夕阳春。”意象丰富，比喻新奇，所走为中唐韩愈、孟郊、贾岛、李贺、卢仝一路。

欧阳澈诗文，时人有所评价，吴沆《欧阳修撰集原序》谓：“读之飘然，皆有不群之思。迹其盛气愤蓄，如万钧强弩，引满向敌，虽未能保其必中，势必一发而后已。稽诸前人，抑太白之流乎？”明代王克义《欧阳修撰集原序》亦谓：“公平生所作诗词，曰《飘然集》，冲澹俊逸，抑扬顿挫，有唐人气味，非留连光景者也。”但是对待欧阳澈，人们多为其忠义之事吸引，反而忽略了他所擅长的诗歌的成就。其实其诗歌兼有太白豪狂和长吉奇诡，在宋代诗坛已经卓然成家[1]。

欧阳澈著述，初由吴沆编为《飘然集》，沆云：“比于其弟国平

1　欧阳澈还曾与吴朝宗、陈钦若、敦仁、德秀、子贤等友人结诗社，欧阳光《宋元诗社研究丛稿》（广东高等教育出版社 1996 年版）中有详考，此不赘。

家得其遗文一编，大抵咳唾挥斥之余，十百不存一二……姑取其文之近似而可喜，得古律诗、词、书、语八十有七，次而编之，名曰《飘然集》。”（《欧阳修撰集原序》）嘉定十七年（1224），胡衍又编刊《欧阳修撰集》六卷，《直斋书录解题》卷一八云：“《欧阳修撰集》六卷，崇仁布衣赠秘阁修撰欧阳澈德明撰，澈死时年三十一，环溪吴沆哀其诗，为《飘然集》三卷，而会稽胡衍晋远取其所上三书并刻之临川倅廨。”宋板毁于兵火，明永乐间澈十世孙齐重刊之，明万历年间澈二十四裔孙钺与其子仕又重刊永乐本，收入《四库全书》，分七卷，取作者上皇帝三书分为前三卷，《飘然集》三卷为四至六卷，卷七为“事迹”，乃欧阳钺所收。版本源流，《四库全书总目·欧阳修撰集》及祝尚书《宋人别集叙录·欧阳修撰集》载之甚详。

朱翌及其家族事迹考辨

安庆桐城朱氏家族，是宋代一个较有特色的文学家族。朱载上、朱翌父子皆以文名，朱翌三子亦能继其家声，然由于资料缺佚，研究者较少给予此家族应有关注，今覙缕其家族事迹如下，供研究者参考。

一

朱翌家族籍贯，宋人说法已不一致，主要有怀宁、桐城两说。宋罗浚宝庆《四明志》卷八云："翌世家安庆府怀宁县，晚卜居于鄞。"李心传《建炎以来系年要录》卷一〇六称翌父"载上，怀宁人"。《全宋诗》《全宋文》主其说。而朱翌在《章贡纪功碑》《宣城新建贡院记》（见《全宋文》）等文中屡称"桐乡朱翌"；洪迈《容斋随笔·四笔》卷十三云朱翌父朱载上"舒州桐城人"［安庆府本名舒州，绍兴十七年（1147）改安庆军，庆元元年（1195）升为府］，其在《猗觉寮杂记·序》中称朱翌"桐乡"人；张元干《芦川归来集》卷十《休庵铭》中称"桐乡朱公新仲"；周必大《朱新仲舍人文集序》称"桐乡朱公"，《跋刘氏后隆堂诗》（《文忠集》卷四九）亦云"桐乡朱紫薇新仲"，按桐乡为桐城古称，宋邓名世《古今姓氏书辩证》卷一云："其地汉桐乡，今舒州桐城是也。”两者相较，当以朱翌及其友朋所云为是，桐乡虽亦可作为安庆府的代称，宋潘自牧《记纂渊海》卷十二安庆府：“郡号灊山，同安、舒皖、皖城、德庆、桐乡。”但洪迈已明确指出是“舒州桐城人”。另外，朱翌友人张扩之侄张杲《医说》卷二“扪腹针儿”条亦云：“朱新仲，祖居桐城。”[1]朱翌家族籍贯，还有一些不同说法，宋陈振孙《直斋书录解题》卷十一、卷二十中均言“龙舒朱翌新仲”，陈骙《南宋馆阁录》卷七亦云朱翌“龙舒人”，元袁桷延祐《四明志》卷四言“朱翌字新仲，舒州灊山人，汉桐乡啬夫邑之后”。按宋祝穆《方舆胜览》卷四十九“安庆府”郡名曾有“龙舒”之称，《直斋书录解题》中所云“龙舒”当指安庆府；袁桷所云“舒州灊山”当指安庆府怀宁县，可能是受了朱翌集名《灊山集》的影响，其实灊山虽在怀宁境，但由于安庆府治怀宁，灊山也是安庆府的郡号，朱翌以“灊山”名集不能作狭义化理解。

宋代朱氏家族籍贯于桐城还可从朱翌诗歌中得到佐证。《灊山集》卷一《简宗人利宾》：“昔时桐乡汉九卿，家在淮南天一柱。石麒麟冷一千年，子孙不敢去坟墓。我之曾高主宗盟，昭穆亦与公家叙……”知朱翌曾祖和高祖都曾做过桐乡朱氏宗族的主持者（相当于后来的“族长”）。汉时朱邑字仲卿，庐江舒人也。少时为舒桐乡啬夫，廉平不苛，宣帝时为北海太守，治行第一，入为大司农，临终戒子曰：“我故为桐乡吏，其民爱我。必葬我桐乡，后世子孙奉尝我，不如桐乡民。”及死，其子葬之桐乡西郭外。民果然共为邑，起冢立祠，岁时祠祭，至今不绝。（《汉书》卷八十九《循史传·朱邑》）朱翌家族便是朱邑后裔之一支。

1 此条张杲引自方勺《泊宅编》，方为苏轼弟子，当与朱翌父有交往。按此条不见于《四库全书》本《泊宅编》。

朱翌高曾祖事迹已不可考，翌父朱载上，神宗元丰间为黄州教授（《舆地纪胜》卷四九），与苏轼交好。洪迈《容斋随笔·四笔》卷十三《二朱诗词》云：“朱载上，舒州桐城人，为黄州教授。有诗云：‘官闲无一事，胡蝶飞上阶。’东坡公见之，称赏再三，遂为知己。”宋陈鹄《耆旧续闻》卷一载此事为详：“朱司农载上尝分教黄冈，时东坡谪居黄，未识司农公。客有诵公之诗云‘官闲无一事，蝴蝶飞上阶’。东坡愕然曰：‘何人所作？’客以公对，东坡称赏再三，以为深得幽雅之趣。异日公往见，遂为知己，自此时获登门。偶一日谒至，典谒已通名，而东坡移时不出，欲留则伺候颇倦，欲去则业已达姓名，如是者久之，东坡始出。愧谢久候之意，且云：‘适了些日课，失于探知。’坐定他话毕，公请曰：‘适来先生所谓日课者何？’对云：‘抄《汉书》。’公曰：‘以先生天才，开卷一览，可终身不忘，何用手抄耶？’东坡曰：‘不然，某读《汉书》，至此凡三经手抄矣。初则一段事抄三字为题，次则两字，今则一字。’公离席复请曰：‘不知先生所抄之书，肯幸教否？’东坡乃命老兵就书几上取一册至，公视之，皆不解其义。东坡云：‘足下试举题一字。’公如其言。东坡应声辄诵数百言，无一字差缺。凡数挑皆然。公降叹良久，曰：‘先生真谪仙才也。’他日以语其子新仲曰：‘东坡尚如此，中人之性，岂可不勤读书耶？’新仲尝以是诲其子辂叔旸云。”延祐《四明志》卷四“朱翌”条亦称“其父司农卿载上”。由此知朱载上官终司农卿。《靖康要录》卷八载：靖康元年（1126）八月，载上被赠徽猷阁待制，知此前已卒。朱翌以文闻名，与其父朱载上的教导是分不开的。

二

朱翌（1097—1167），字新仲，自号省事老人。《宋史》无传。周必大《文忠集》卷五十二《朱新仲舍人文集序》云“公讳翌，字新仲”，又云“其寿七十一”。朱翌《灊山集》卷一有诗《岁乙丑余年四十有九矣因诵太白四十九年非一往不可复之句次其韵》，知其生于绍圣四年（1097），卒于乾道三年（1167）。宝庆《四明志》卷八言其“年七十，乾道三年卒”，当是就周岁言之。

朱翌之号，元刘埙《隐居通议》卷十七《省事老人赞铭》云：“朱新仲舍人翌，自号省事老人。”延祐《四明志》卷四“朱翌”条亦称其号“省事老人”。厉鹗《宋诗纪事》卷三十九云朱翌号“灊山居士”，《续文献通考》和《四库全书总目》均取其说，然于宋文献中无征，朱翌仅于《方提干有端石砚池狭不能容水予携以归令匠者广之疑其不返也书来见督以诗解嘲》诗中戏称自己为“灊山道人”。

朱翌少即工诗词，宋陈鹄《耆旧续闻》卷一载：“待制公（朱翌）十八岁时尝作乐府云：‘流水泠泠，断桥斜路横枝亚。雪飞下，全胜江南画。白璧青钱，欲买春无价。归来也，风吹平野，一点香随马。’朱希真访司农公不值，于几案间阅见此词，惊赏不已，遂书于扇而去，初不知何人作也。一日洪觉范见之，叩其所从来，朱具以告，二人因同往谒司农公问之，公亦愕然，客退，从容询及待制公，公始不敢对，既而以实告。司农公责之曰：‘儿曹读书正当留意经史间，何用作此等语耶？’然其心实喜之，以为此儿他日必以文名于世。”《容斋随笔·四笔》卷十三《二朱诗词》亦载此事。

朱翌尝入太学，治《周礼》，政和八年（1118）登第，为溧水县主簿。周必大《朱新仲舍人文集序》："年二十二，登政和进士第。"宝庆《四明志》卷八："朱翌，字新仲，政和八年赐同上舍出身。"延祐《四明志》卷六："朱翌……以太学生赐第，初为建康府溧水县主簿。"《南宋馆阁录》卷七"少监"条言朱翌"嘉王榜同上舍出身，治《周礼》"。按《挥麈录后录》卷八："朱新仲少仕江宁，在王彦昭幕中，有代彦昭《春日留客致语》云：'寒食止数日间，才晴又雨；牡丹盖十数种，欲拆又芳。'皆《鲁公帖》与《牡丹谱》中全语也。彦昭好令人歌柳三变乐府新声。又尝作《乐语》曰：'正好欢娱，歌叶树数声啼鸟；不妨沉醉，拚画堂一枕春酲。'又皆柳词中语。"按王汉之（字彦昭）政和八年知江宁府（高宗时改为建康府），次年岁末就差江南东路安抚使，事正相符。

南渡初，朱翌寓居严陵。《耆旧续闻》卷一："南渡之初，朱新仲寓居严陵。"绍兴六年（1136）十月任敕令所删定官，《建炎以来系年要录》（以下简称《要录》）卷一〇六：绍兴六年十月壬寅，"左迪功郎方畴、左从事郎朱翌并为敕令所删定官"。绍兴八年（1138）十月任秘书省正字，《要录》卷一二二：绍兴八年十月丁巳，"左宣教郎朱翌为秘书省正字"。绍兴九年（1139）十月为秘书省校书郎、实录院检讨官，《南宋馆阁录》卷八云实录院检讨官"朱翌，九年十月以校书郎兼"。《要录》卷一三二：绍兴九年十月辛亥，"秘书省正字朱翌、范如圭并为校书郎，翌仍兼实录院检讨官，如圭仍兼史馆校勘"。观《要录》，任实录检讨官似在任校书郎之前。《南宋馆阁录》卷八"正字"条言"朱翌八年十月除，九年十月为校书郎"。

绍兴十年（1140）四月为祠部员外郎，《要录》卷一三五，绍兴十年四月癸亥，“秘书省校书郎兼实录院检讨官朱翌守祠部员外郎，翌因转对，乞搜访徽宗御集建阁如故事，诏学士院拟定，遂有是除”。《南宋馆阁录》卷八“校书郎”条亦言“翌九年十月除，十年四月为祠部员外郎”。

绍兴十年（1140）八月除秘书省少监，《要录》卷一三七：绍兴十年八月己丑，“祠部员外郎兼实录院检讨官朱翌试秘书少监”。试中书舍人在绍兴十年十二月，《要录》卷一三八，十年十二月“丁亥，秘书少监朱翌试起居舍人，仍兼实录院检讨官”。《南宋馆阁录》卷七“少监”亦言朱翌“十年八月除，十二月为起居舍人”。

绍兴十一年（1141）七月兼实录院修撰事，《要录》卷一百四十一：绍兴十有一年秋七月壬寅，“起居舍人兼实录院检讨官朱翌试中书舍人兼实录院修撰”。

绍兴十一年十一月谪居韶州事，《要录》卷一四二：十一年十一月丙申，“中书舍人兼实录院修撰朱翌罢，以言者论翌顷以谄事吕本中，荐之赵鼎，若以翌为可恕，则小人之党日炽”，丁未，“诏左承议郎朱翌责授左承事郎、将作少监，韶州居住”。《宋会要辑稿》载此事稍详，第八十七册职官四十六：（绍兴）十一年十一月十三日，“诏：范同责授左朝奉郎、秘书少监分司西京筠州居住，朱翌责授左承事郎、将作少监分司西京，韶州居住。臣僚言：同当贰政之始，首为迁葬之谋，驱役疲民，骚动州县，州县之吏望风而迎祭者络绎于道，以朝廷执政之尊，而恃威怙权，蔑视百僚，无所不至，至于掩人主之隽功称为己有，劝人主之必杀恣为己私，阴结维城之戚，密通左右之臣，引用非人，植立党与，必欲尽排异己者而中伤忠良，故如朱翌、邵大受之徒，皆以儇轻险躁之资，甘为鹰犬厮役之态，同之所向，翌等必附之，翌等所言，同必行之，更唱迭和，共济其奸，故有是命”。第一百册职官七十：“（绍兴十一年）十一月二日，中书舍人朱翌放罢，十三日，责授左承事郎、将作少监分司南京，韶州居住。以臣僚言：翌初由吕大中荐之赵鼎，遂跻清贯，故有是命，未几又论翌附会范同，遂再有责云。”知朱翌十一月二日被罢中书舍人及实录院修撰，十一月十三日又谪居韶州。按《要录》言吕本中荐之赵鼎，《宋会要辑稿》言吕大中荐之赵鼎，“大中”当为“本中”之讹，本中绍兴八年（1138）为中书舍人兼侍讲，并与赵鼎相知，与《要录》所言相符。

朱翌被贬原因，据上可知乃因与赵鼎等结党、附会范同等。周必大《朱新仲舍人文集序》云其“中忤时宰，谪居曲江十有四年”。“时宰”为秦桧。宝庆《四明志》卷八：“在朝敢言事，尝奏论信外国太坚，待金使太厚，排众论太切，姑息诸将太深，待大臣太严，立志太弱，忤权臣意，一斥十四年。”延祐《四明志》卷六：“秦桧相逐赵鼎，翌以鼎党，久贬韶州。”知朱翌与秦桧不相得。《要录》卷一八八：绍兴三十一年（1161）二月庚午，“侍御史汪澈言敷文阁待制知平江府朱翌本秦桧腹心之交，自选人拔擢，二年而至侍从，复叛桧而附范同，故桧怨之刻骨”。而陆游《渭南文集》卷二十八《跋朱新仲舍人自作墓志》则云：“秦丞相擅国十九年，而朱公窜峤南者十有四年，仅免僵仆于炎瘴中耳。以此胸中浩然无愧，将终，自识其墓，辞气山立。向使公谄附以苟富贵，至莫年世事一变，方忧愧内积，惟恐闻人道其平日事，其能慨然奋笔自叙如此乎？”知汪澈所言不足凭。大约初桧刻意笼络翌，而翌守正，终为桧所恶。

朱翌绍兴年间在朝尚有数事可纪：一曰乞建太学，宝庆《四明志》卷八：“南渡以来建太学、载韩厥于祀典，皆翌发之。”一曰乞修《徽宗实录》,《宋会要辑稿》第七十册职官十八:十年四月二十一日,“诏:实录院就编徽宗御制,令礼部行下诸路州军搜访送院,从检讨官朱翌之请也。”第六十四册职官七:“高宗绍兴十年(1140)五月十一日,内降诏曰:恭惟徽宗皇帝躬天纵之睿资,辅以日就之圣学……发为号令,著在简编者,焕乎若三辰之文,丽天垂光,贲饰群物,所以贻谋立教,作为万世,殆与诗书相表里,将加裒辑,崇建层阁,以严宝藏,用传示于永久,其阁恭以敷文为名。”《群书考索后集》卷十“敷文阁”条引《中兴会要》:“绍兴十年置,实录院检讨朱翌申请乞建阁以谨藏徽宗圣制,诏阁以敷文为名。”延祐《四明志》卷六:“高宗南渡,为秘书监属,喜其材,俾预修《徽宗实录》。”一曰乞祠韩厥以劝忠义,《要录》卷一四一:绍兴十一年(1141)八月戊辰,“中书舍人兼实录院修撰朱翌乞祀韩厥于作德庙,仍就行在所权创祠宇,诏礼部讨论,如所奏”。《宋史》卷一百五:“(绍兴)十一年,中书舍人朱翌言,谨按:晋国屠岸贾之乱,韩厥正言以拒之,而婴、杵臼皆以死匿其孤,卒立赵武,而赵祀不绝,厥之功也,宜载之祀典,与婴、杵臼并享春秋之祀,亦足为忠义无穷之劝。”

贬韶州期间,自放于山水,刻意诗文。周必大《朱新仲舍人文集序》:“中忤时宰,谪居曲江十有四年,昌其诗,放厥辞,盖斥久穷极,益自刻苦于山水间时也。”

绍兴二十五年(1155),起复为左承议郎充秘阁修撰。《要录》卷一百七十:绍兴二十五年十二月丙申“责授左承事郎、将作少监分司南京朱翌复左承议郎充秘阁修撰”。起复之因,汪澈以为是“朝廷愍其久窜岭表”[《要录》卷一八八绍兴三十一年(1161)二月庚午条],但也有可能是因为徽宗御集编成而使高宗想起了朱翌。王应麟《玉海》

卷二十八“绍兴徽宗御集”条:“绍兴二十四年(1154)十一月十七日(《系年》作九月己巳，一作十月三十日壬午，误)实录院奉诏编次徽宗御集成，上之。初，检讨官朱翌言四方以徽宗圣制来上，愿诏史官编类，仿五阁之制藏之无穷。于是翰苑拟撰阁曰‘敷文’，至是书成……帝亲制序冠于篇首，权奉安于天章阁。”

绍兴二十七年（1157）知严州，绍兴二十八年（1158）知宣州，绍兴三十年（1160）知平江府。宋陈公亮《淳熙严州图经》卷一：“朱翌，绍兴二十七年七月十一日以左朝散郎、秘阁修撰知；绍兴二十八年十一月初十日改知宣州。”《要录》卷一八四:绍兴三十年三月辛巳，“秘阁修撰知宣州朱翌知平江府”。宝庆《四明志》卷八云朱翌“起知严州、宁国（即宣州）、平江府”，但未言具体时间。

朱翌知三州俱有惠政，周必大《朱新仲舍人文集序》云：“公亦守睦（即严州）、宣、苏（即平江府）等郡，俱有惠政。”

绍兴三十年平江府任上被复敷文阁待制，《要录》卷一八五：绍兴三十年八月癸丑，“秘阁修撰知平江府朱翌，知饶州周执羔，并复敷文阁待制”。

绍兴三十一年（1161）罢平江府任，《吴郡志》卷十一：“朱翌，左朝奉大夫充秘阁修撰，绍兴三十年三月到任，九月除敷文阁待制，三十一年三月罢。”按除敷文阁待制时间当从《要录》。

罢平江后当有奉祠，宝庆《四明志》卷八云高宗欲“自祠宫”起复朱翌；洪适《盘州文集》卷二十三《敷文阁待制朱翌左朝议大夫制》云朱翌“虽奉祠而养气”。

罢平江府之因，乃缘侍御史汪澈之弹劾，《要录》卷一八八：绍兴三十一年二月庚午，“侍御史汪澈言敷文阁待制知平江府朱翌本秦桧腹心之交……朝廷愍其久窜岭表，在拔拭之列，浸叨郡寄，所至不治。近差李宝往平江措置防扼海寇，翌漠然不顾，泛以武臣待之，使宝徒手无所施功。及其哀恳，亦略不介意，至烦朝廷又遣林安宅，国事安赖焉，望赐罢斥，以为不治者之戒，从之”。然周必大已言其知诸州“俱有惠政”，宝庆《四明志》卷八云其“起知严州、宁国、平江府，撙节浮费，积缗钱四十万于平江。高宗皇帝视师江上，后守献之，有诏嘉奖。自祠宫起知太平、潭、泉三州，皆不赴，年七十，乾道三年（1167）卒，累赠少师”。洪适《敷文阁待制朱翌左朝议大夫制》赞其“抚字不讳其劳，循良无愧于古，虽奉祠而养气，盖迁秩之应条，其服明纶，以畅荣问”。不仅转阶一官，而且还数次欲起复知他州，可知其罢平江府非关政绩。按延祐《四明志》卷六云其“久贬韶州，后召还，诏领严、宣、徽三郡，翌告老不赴”，不确。

罢平江后所居当为鄞县，宝庆《四明志》卷八云“晚卜居于鄞”，延祐《四明志》卷六云“朝廷悯其饥寒，计贬所十四年衣俸悉与之，遂卜居鄞”，《直斋书录解题》卷十一《鄞川志》五卷云其“寓居四明，故曰鄞川”。

朱翌著有文集四十五卷，诗三卷、《鄞川志》五卷、《猗觉寮杂记》二卷、《五制集》一卷等。《直斋书录解题》卷十一《鄞川志》五卷：“中书舍人龙舒朱翌新仲撰。”洪迈《猗觉寮杂记·原序》：“右上下两卷，凡四百三十五则，故紫微舍人桐乡朱先生公所记也。”该书“上卷皆诗话，止于考证典据，而不评文字之工拙；下卷杂论文章兼及史事……其引据精凿者不可殚数，在宋人说部中，不失为《容斋随笔》之亚。”（《四库全书总目·猗觉寮杂记》）尤袤《遂初堂书目》所云“朱新仲杂志”当即此书。《宋史》卷二百九《艺文志》云：“朱翌《五制集》一卷。”

此书当系从文集中抽集制诰而成。朱翌诗文集，范成大《朱新仲舍人文集序》言“凡四十有四卷”，宝庆《四明志》卷八云“有《灊山文集》四十卷”，延祐《四明志》卷六云有“省事老人文集四十四卷”，《宋史》卷二百八《艺文志》云“朱翌集四十五卷又诗三卷”，所言不一，其中曲折，《四库全书总目·灊山集》辨之甚详：“《灊山集》三卷，宋朱翌撰。翌有《猗觉寮杂记》，已著录。其集目见于诸书者，《宋史·艺文志》作四十五卷诗三卷；陈氏《书录解题》作三卷，焦氏《经籍志》作二卷，而周必大《平园集》又云其子輗等类公遗稿凡四十四卷，卷目彼此互异。盖必大所言，即《宋志》之四十五卷，乃其文集。陈氏所云三卷者，则专指诗集。《经籍志》所载亦其诗集，而又讹三卷为二卷也。今文集已不可见，诗集亦无传本，惟《永乐大典》所收篇什尚多，谨裒而集之，厘为三卷，以还其原目。”今《全宋文》搜其佚文十四篇，编为一卷；《全宋诗》收入《四库全书·灊山集》三卷，新辑集外诗编为第四卷。

朱翌其诗今存三百六十余首，不论古今律绝，皆有立意新奇、语言自然、属对精切、化用巧妙之感，深得时人赞誉。如陈鹄《耆旧续闻》卷一：“南渡之初，朱新仲寓居严陵，时汪彦章南迁，便道过新仲，适值清明，朱《送行》诗云：‘天气未佳宜且住，风波如此欲安之。’盖用颜鲁公帖及谢安事，语意浑成，全不觉用事。”是赞其善用成语。刘克庄《后村诗话》卷二：“前辈记朱新仲舍人‘天气未佳宜且住，风涛如此亦安归’之联，取其自然，不烦斫削。然新仲此等句尚多，如《招郭侯饮》云‘此时老子兴不浅，且日将军幸早临’，如‘何以报之青玉案，我姑酌彼黄金罍’，凡引用前人语，皆蟠屈排奡，使之妥帖。它句如‘满地落花春病酒，一帘明月夜登楼’‘相亲多谢风标子，可款岂无潇洒侯''何从可觅秋消息，忽有先锋到白蘋'，如'水篆行科斗，林妆啅画眉'，若不经思而俱出人意表。《读杜诗》云'纵之逼论剑，收之入《檀弓》'，尤前人所未发也。"《后村诗话》卷五："朱新仲《题元英旧隐》云：'五季浪拍天，不覆渔翁船。'语意甚新，不犯前人。"是赞其立意用语新奇自然。《后村诗话》卷八："《灊山集》多不经人道语，此公读书多，气老笔遒。《题颜鲁公像》云：'千五百年如烈日，二十四州惟一人。朝衣视坎趋前死，羽服行山即此身。'《与客晚集》云：'足下一来同晚步，先生小住待村春。'《春晴》云：'四野绿回春补阙，乱山尘净雨修容。'《懒轩》云：'经年不濯子春足，半月才梳叔夜头。'《止酒》云：'搢绅处士议所以，将军贵人须毕之。'《月夜》云：'琉璃虚空甚圆满，紫磨山川更新铸。'《梅花》绝句云：'姑射山头冰雪仙，人间一见便丰年。却应羞死琴台女，不得乃翁分一钱。'《荷珠》云：'客来窃勿令观此，薏苡犹能困伏波。'如大槐，小草；木偶，刍灵；朝采，夜光；立豹，蹲鸱；口伐，手谈；木上座，曲先生；千金子，万玉妃；童欺我老，农报予春；下岩研，正焙茶；皆的对。"兼赞其属对工切。故《四库全书总目·灊山集》评价特高："翌承其家学而才力又极富健，故所著作颇有元祐遗风。集中五七言古体皆极跌宕纵横，近体亦伟丽伉健。喜以成语属对，率妥帖自然。陈鹄《耆旧续闻》、刘克庄《后村诗话》、王应麟《困学纪闻》皆采其佳句，盛相推挹。盖其笔力排奡，实足睥睨一时，与南宋时平易啴缓之音，牵率潦倒之习迥乎不同。周必大序以杜牧拟之，非溢美也。"

朱翌词不多，然如《朝中措》（玉台金盏对炎光），诗家叹其用事"精切"（《容斋随笔·四笔》卷十三《二朱诗词》），《点绛唇》（流水泠泠）咏雪中梅花，精巧妙丽，清王奕清《历代词话》卷七誉为"西湖咏梅者多矣，而不为雕琢，自然大雅，首推此词”（《历代词话》卷七），均称佳作。其文今存仅十余篇，如《杜子美画像赞》《范文正公画像赞》《莲叶研铭》等皆意新语工，被刘埙录入《隐居通议》卷十七《省事老人赞铭》，赞为“甚佳”，其人也被赞为“文采声华，倾动一时”。因此周必大《朱新仲舍人文集序》言其兼诗文之美，“迨北归，则诗益老，文益奇，遂以名家……耽嗜佳句，不工不已，岂惟诗哉，它文称是。”至以“杜牧”拟之。

朱翌诗文之风凡三变，早期以文进身，登馆阁，掌书命，诗文清丽精工，此期交往之人多为同事，如张焘（朱翌有《送吏部张尚书帅成都一百韵》）、陈与义（朱翌有《贺陈内翰去非三首》）、江端友［朱翌有《次韵江子我病起》，按江端友字子我，绍兴四年（1134）卒］、龚况（龚明之《中吴纪闻》卷四“起隐子”条：“季父讳况，字浚之……其他所与酬唱者，如洪玉父、朱新仲、王丰父、张敏叔，亦皆一时名士。”）、刘才邵（刘才邵有《次韵朱新仲省宿十首》《次韵朱新仲席上赋梅花影四首》《次韵朱新仲白菊三绝句》）、张浚（朱翌有《寄张子公》，按翌与浚同榜进士）、张嵲（朱翌有《送张巨山》，按张嵲字巨山）、胡寅（胡寅有《以崇正辩示新仲》《酬新仲见和二首》）、方滋（朱翌有《方提干有端石砚池狭不能容水予携以归令匠者广之疑其不返也书来见督以诗解嘲》，按方滋字务德，建炎间为浙西提举司干官）、张扩（张扩有《奉和朱新仲祠部六月晦日省宿用白乐天诗无波古井水有节秋竹竿十字为韵十首》《次韵朱新仲学士元日会饮馆中同舍家》）。

中期谪居韶州，自放于山水，诗文奇崛纵横，交往人物多亲故及地方官，如王葆（《直斋书录解题》卷三《春秋集传十五卷》云：“监察御史王葆彦光撰，朱翌新仲为作序。”按王葆绍兴二十四年（1154）

十二月至绍兴二十五年（1155）八月为监察御史，知朱翌序当在谪居韶州时，王葆乃周必大妇翁）、王铁（朱翌有《王承可有招隐黄龙之意》，按王曾知广州）、范正国［朱翌有《送范漕子仪》，按范字子仪，绍兴十二年（1142）十月由广东转运判官任代还］、洪迈兄弟（朱翌有《寄诸洪》《寄洪倅景伯》等，洪迈《猗觉寮杂记·原序》："迈与文惠、文安两兄时省觐真阳，岁必过韶，踵门内谒先生，视如通家子弟。"）、汪藻（朱翌有《以灵寿杖寄汪内翰》、汪藻有《朱新仲自韶州寄灵寿杖并诗次韵答之》）、向子谭（朱翌有《寄向伯恭》）。

晚期北归及卜居于鄞，"诗益老，文益奇"（《朱新仲舍人文集序》），此期交往文名较著者有张孝祥（朱翌有《张翰惠书告窘》，作于知严州）、曾几（曾几有《次朱新仲待制见庆次对之命韵》《次苏守朱新仲舍人留会稽之行韵》《适越留别朱新仲》，按曾几孙女适朱翌次子朱辂）。

三

朱翌子可考者有三：

长子輗，字叔止，淳熙间曾任广东某司机宜文字（杨万里《诚斋集》卷二十三有《再和谢朱叔止机宜投赠奖及〈南海集〉之句》，杨万里淳熙六年至九年间（1179—1182）先后官广东常平茶盐及广东提点刑狱），嘉泰间曾知南剑州（《福建通志》卷二十四）。《诚斋集》卷二十三有《朱新仲舍人〈灊山诗集〉其子辂叔止见惠且有诗和以谢之》："灊山诗伯锦裁篇，玉树郎君手为编。美似洛花争晓靓，清如江月赴秋圆。力追杜老今谁拟，亲得陵阳夜半传。再拜一吟三太息，青灯细雨伴凄然。"周必大《文忠集》卷四十七《跋欧阳文忠公与裴如晦帖》云："此帖藏紫薇朱公家，作跋在隆兴二年（1164），后三十三年朱公之子辂字叔止携以相示，既刻附文忠公集，又为记其大略。庆元丙辰十一月五日。"卷五十二《朱新仲舍人文集序》："其子辂等类公遗稿，凡四十有四卷，将刻而传之，属予为序。"据此知朱辂为朱翌长子（周必大《朱新仲舍人文集序》言翌诸子编类翌之遗稿时首举"辂"），曾与诸兄弟编集其父遗稿，亦能诗，宋张世南《游宦纪闻》卷三即录有其《题汪浮溪先生墓》。然《游宦纪闻》卷三云"叔止名辂，舍人新仲之侄也"，《宋诗纪事》取其说，皆误。

次子朱辂，字叔旸，娶曾几孙女，乾道间通判杨州。陆游《渭南文集》卷二十三《曾文清公墓志》云曾几孙女"次适通直郎新通判扬州军州事朱辂"。陈鹄《耆旧续闻》卷一云："新仲尝以是诲其子辂叔旸云。"方回《瀛奎律髓》卷二十四引曾几《适越留别朱新仲》元注云："新仲次子已议定女孙，有姻期矣。"知朱辂为翌次子，字叔旸。曾几卒于乾道二年（1166），知此时朱辂为扬州军州事通判。

季子朱辅，《四库全书总目·溪蛮丛笑》云"辅字季公"。淳熙间官江西，周必大《文忠集》卷十六《跋朱新仲自志墓》云："淳熙己未二月六日，舟过豫章，公之子辅出示此轴，敬题其后。"庆元元年（1195）任辰州通判，元陶宗仪撰《说郛》卷六十七下《溪蛮丛笑序》云："五溪之蛮皆盘瓠种也……通守朱公，灊山先生之季子，风流博雅，手录溪蛮事，识其所产所习之异，目曰丛笑，诚可笑也。士大夫来是方者其可阙诸。庆元乙卯叶钱序。”庆元四年至六年（1198—1200）通判严州。《淳熙严州图经》卷一“正倅题名”载“朱辅，庆元四年十一月二十一日以朝奉郎到，六年十二月初八日替”。著有《溪蛮丛笑》。

四

朱翌家族自西汉朱邑之后，世居桐城，直至朱翌幼子朱辅，《四库全书总目·溪蛮丛笑》仍谓其“桐乡人”。这是一个绵延千年的大家族，然而朱翌家族因业儒入仕途，遂游宦四方，未能长聚故里。朱翌《简宗人利宾》诗云:“昔时桐乡汉九卿，家在淮南天一柱。石麒麟冷一千年，子孙不敢去坟墓。我之曾高主宗盟，昭穆亦与公家叙。不容妄继酂侯萧，何尝敢掘城南杜。深山大泽堑劫灰，甲第名园走狐兔。飘零直见似人喜，何况乃与吾宗遇。为善本求乡里称，浩叹正坐儒冠误。出参留守入坐曹，抑亦为此微禄故。瀔山山高瀔水深，眼前谁作藩篱护。心随大信小信潮，梦绕长亭短亭路。生涯旧欠钱一囊，归装或有经五库。今子新从彭泽来，归去来兮几时去。一杯且遣客枕安，百尺竿头同进步。”形象说明了由于战争劫火，导致家族飘零，这是客观情形所致。另外从家族成员自身而言，朱翌本应为善乡里，但为“儒冠误”，既业儒，理所当然会谋仕，然宦游所得之“微禄”，终欠“钱一囊”，无法整治归装。朱翌父载上卒时，贫几不能葬（延祐《四明志》卷四），朱翌晚岁卜居于鄞，敦睦宗族，“内外食者四十人，婚姻、宾客、伏腊不论，论其常，一岁钱千二百缗、米百八十斛，拱手端坐，炊烟屡绝”（朱翌《信天缘堂记》）。其子亦游踪不定，未闻归居故里。

不过朱翌家族普遍能诗文，虽然资料缺佚严重，我们还是能够感知到朱载上、朱翌、朱辄、朱辅等三代人的文学传承情况，周必大《朱新仲舍人文集序》即赞曰“公之子若孙，俱传其家学”。文学的传承又为其家族的科第及仕宦创造了有利条件，使其家族能够突破地域的限制，将家族文化传播他方，为社会的发展注入了活力。

朱翌家族，不妨将其看做宋代大多数文化或文学家族的一个缩影。

南宋名臣刘汉弼考

刘汉弼（1188—1245），字正甫，上虞（今属浙江）人。曾任监察御史，左司谏，擢侍御史兼侍讲。《宋史》卷四〇六有传。刘汉弼是南宋名臣，为言官期间，忠鲠端亮，敢触权贵，深受宋理宗信任。其卒后不数月，宰相杜范、起居舍人兼国子祭酒徐元杰也相继而逝，太学生、京学生为此数次伏阙上书，认为三人之死可疑，请求调查，闹出了一场风波。但是《宋史》中对他的记载过于简略且多有不确之处，程公许的《宋户部侍郎刘忠公墓志铭》（以下简称《墓志》）[1]虽稍详，然多未标明仕履时间，可发之覆甚多。今综合正史、方志、家乘及其他材料，对其家世、行历、著述等略加考诠，以补史阙。

一、家世考

上虞刘氏世系，有系出彭城和系出中山两种说法。光绪二十年（1894）续修《（上虞）刘氏宗谱》（以下简称《宗谱》）卷首《世次图》录有《彭城世次图》，以为上虞刘氏系出汉高祖十三世孙刘茂，刘茂

1　程公许《宋户部侍郎刘忠公墓志铭》，见光绪《上虞县志校续》卷四十七“文征外编”，清光绪二十四至二十五年（1898—1899）刻本，国家图书馆藏。

以前世居京兆，以后世居彭城；茂十一世孙为刘仁晦，仁晦第三子豳迁上虞；又据《宗谱》卷首明万历年间刘氏族人思炜所撰《刘氏宗支源流实录传》：“（豳）仕吴越肃王钱镠，为将作监簿，左迁殿中丞，遂家于浙之上虞。”此为主彭城之说。《世次图》复录有《中山世次图》，以为上虞刘氏出汉高祖四世孙中山靖王刘胜后，传至晚唐为刘禹锡，禹锡后裔仁晦第三子豳迁上虞；又据《墓志》，刘氏系“汉中山靖王之后，其先居金华，九世祖仕吴越武肃王，为殿中丞，左迁象山令，道由上虞，因家焉”。此为主中山之说。《宗谱》虽本彭城一系，但态度尚称客观，《世次图》后有按语：“两谱相校，传次未见一辙，代远年湮，渊源莫考，姑两存之，以俟参稽。”《宗谱》也重在记载以刘豳为始祖，迁上虞之后的事迹。

据《宗谱》，刘豳为刘氏一族始迁祖，也是刘汉弼的十世祖。豳四子：教、敬、德、度。度字安仁，为刘汉弼九世祖。度第六子少聪，出继教为嗣，少聪更名瑜，宋祥符间进士，官秘书省校书郎，晚自号休宁居士，舍宅为智果寺，为刘汉弼八世祖。少聪第三子俨，官朝请郎，为刘汉弼七世祖。俨第二子纬，仕承议郎，为刘汉弼第六世祖。纬子镒，以孝谨闻，为刘汉弼五世祖，即高祖。镒次子邦义，又名平，字元衡，刻意学问，贡太学，为刘汉弼曾祖。邦义长子开，字见道，曾举进士，为刘汉弼祖父。开次子昌龄，字德远，登淳熙癸卯（1183）乡举，为刘汉弼父。昌龄子二：汉辅、汉弼。刘汉弼为上虞刘氏第十世，之后瓜瓞绵绵，家业时兴时衰，至晚清其南浔支系第二十九世刘镛、三十世刘锦藻、三十一世刘承干时，又以商业和藏书事业名藻天下。

二、行历考

刘汉弼生卒年，据《墓志》可推知，其云“乙巳正月三日卒于台治之正寝……年五十有八”，则刘汉弼生于淳熙十五年戊申（1188），卒于淳祐五年乙巳（1245）甚明。《墓志》又载刘汉弼“生四岁而哭父”，《宋史》载其“生二岁而孤”，《宗谱》卷一《祖迹备考》载其“三岁而孤”。考刘汉弼父昌龄年二十登淳熙癸卯（1183）乡举，卒年三十有八，卒当嘉泰元年（1201），时刘汉弼四岁。《宋史》《墓志》《宗谱》俱言母或太夫人“谢氏”抚教之，然据《宗谱》卷四《西派总世表》，昌龄配宣氏，继谢氏，《宋史》《墓志》《宗谱》俱未言“继母”，可知刘汉弼当为谢氏亲生。

《墓志》载刘汉弼“家贫……少长，课以经籍，能通大义，习举子艺业，敏赡绝出流辈”。又载其从乡先生庄简公嗣子李磐翁游，按李磐翁当指李光第五子李孟传[1]（1136—1219），字文授，号磐溪，少师从朱熹，累官正议大夫，有《磐溪诗稿》等，《宋史》卷四〇一有传。《宗谱》卷十三《孝义》载刘汉弼“笃于友爱，筑一室署曰‘棣斋’，与兄共处，饮食起居不少离，好事者画为连璧图”。此处刘汉弼与兄汉辅友爱逸事当在未出仕前，《宗谱》卷十二收南宋上虞知县赵希增祭刘汉弼文曰：“昉于家庭，依仁蹈义，事亲从兄，公于是时，冉闵颜曾。嘉定丁丑，集英天拱……”可为旁证。

《墓志》云刘汉弼“以书学冠嘉定丙子乡贡，明年奉召南省，庭

1　李光共五子，其中前四子均卒于汉弼出生以前，故可知此处磐翁指孟传。李光五子生卒年据王兆鹏《李光世系考》（王兆鹏等《两宋词人丛考》，凤凰出版社2007年5月版）。

策甲科第七人，调吉州教授”。可见其是以书学中嘉定九年（1216）乡举，嘉定十年（1217）中进士，授吉州教授。《宗谱》卷一《祖迹备考》指明其嘉定十年登吴潜榜第七名进士。《宋史·宁宗本纪》载嘉定十年五月甲申，“赐礼部进士吴潜以下五百二十有三人及第、出身”。《宋史》本传云其“嘉定九年举进士”，不确。

吉州教授任后，《宋史》本传及《墓志》皆言其“历江西安抚司干官，监南岳庙、浙西提举茶盐司干官”。按三年而代的惯例，吉州教授任至嘉定十三年（1220），大约是年任江西安抚司干官。至于“监南岳庙、浙西提举茶盐司干官”的时间则不得而知，仅知嘉定十六年（1223）十一月六日其寄禄官转为承奉郎（据《宗谱·敕诰》），端平三年（1236）正月召试馆阁时任浙西茶盐司干办公事[1]。以后任职变迁较多，但多能据史料考明，简列如下：

端平三年正月召试馆职，二月二十一日除儒林郎、秘书省正字。（《南宋馆阁续录》卷九《宗谱·敕诰》）

嘉熙元年（1237）三月，迁校书郎。（《南宋馆阁续录》卷九）

嘉熙二年（1238）三月，除秘书郎兼沂靖惠王府教授；闰四月为著作佐郎兼史馆校勘，寄禄官为通直郎；八月权考功员外郎；十二月迁著作郎。（《南宋馆阁续录》卷八、《宗谱·敕诰》）

嘉熙三年（1239）六月，为秘书省著作郎兼沂靖惠府教授，兼史馆校勘，兼权考功郎官，寄禄官迁转奉议郎（《宗谱·敕诰》）；九月辛巳，祀明堂（《宋史·理宗本纪》），刘汉弼差充明堂大礼读册官（《墓志》），寄禄官转升承议郎（《宗谱·敕诰》）；十一月二十五日，

1　陈骙、佚名《南宋馆阁续录》卷九，张富祥点校，中华书局 1998 年版。

寄禄官转阶朝奉郎（《宗谱・敕诰》）。

嘉熙四年（1240）三月十九日，得缺替谢奕巽，权知嘉兴军府、兼管内劝农事、节制澉浦金山水军。（《宗谱・敕诰》）

淳祐二年（1242），召回为著作郎，兼兵部郎，改兼考功郎，寻真除为考功员外郎，兼崇政殿说书、编修国史、检讨实录（《墓志》）[1]寄禄官阶朝请郎（《宗谱・敕诰》）。

淳祐三年（1243）三月初八日，因为理宗讲说“金华圣贤仁义之说，古今治乱之迹”得体，特授监察御史兼崇政殿说书，寄禄官为朝奉大夫；七月二十四日，寄禄官转朝散大夫（《宗谱・敕诰》）。本年因劾叶赍，除太常寺少卿，力辞去职。《宋史》本传：“以台纲久弛，疏三事，曰定规模，正体统，远谋虑。首论给事中钱相巧于迎合，睥睨政地，直学士院吴愈不称其职，罢去之。又劾中书舍人濮斗南、左正言叶赍，疏留中不出。赍，松阳人，为时相史嵩之腹心。有使赍互按者，明日赍有他命，而汉弼由是去国。”《墓志》：“明日赍左迁螭，而公有少常之命，公力伸辞请，径绝江去。”

淳祐四年（1244），为朝散大夫主管建康府崇禧观(《宗谱・敕诰》)，《墓志》在充劾叶赍去职后接云“后一年，始有崇禧之除”；九月二十八日，又特授直宝章阁、权知温州军州、兼管内劝农事[2]；十月中旬，除太常少卿；十月二十日，理宗出右谏议大夫刘晋之、殿中侍御史王瓒、

1　按《墓志》未言召还著作兼兵部郎之时间，但依三年而代之例，当于本年召回。

2　《宗谱・勅诰》知温州之敕失年月，据《墓志》：“淳祐四年九月三日，宰相史嵩之以父忧去位，后二十有五日，诏以前监察御史刘汉弼自崇禧祠、直宝章阁知温州。”故知温州当在九月二十八日。

监察御史龚基先、胡清献，除刘汉弼为左司谏[1]；十月二十三日，迁刘汉弼为侍御史（《宋史全文》卷三十三）。十一月十八日，以侍御史兼侍讲（《宗谱·敕诰》）。《宋史》本传据《墓志》剪裁此期事迹云："及为侍御史，密奏曰：'自古未有一日无宰相之朝，今虚相位已三月，尚可狐疑而不断乎？愿奋发英断，拔去阴邪，庶可转危而安；否则是非不两立，邪正不并进，陛下虽欲收召善类，不可得矣。臣闻富弼之起复，止于五请；蒋芾之起复，止于三请；今嵩之既六请矣，愿听其终丧，亟选贤臣，早定相位。'帝览纳，遂决。乃命范锺、杜范并相，百官举笏相庆，汉弼之力为多。又累章言金渊、郑起潜、陈一荐、谢达、韩祥、濮斗南、王德明，皆畴昔托身私门，为之腹心，盘据要路，公论之所切齿者。至论马光祖夺情，总赋淮东，乃嵩之预为引例之地，乞勒令追服终丧，以补名教。"

淳祐五年（1245）正月三日，忧心国事，积劳成疾，卒于台端，谥曰"忠"。卒前，有旨除户部侍郎（《墓志》）。七月二十三日，理宗下诏优恤刘汉弼、徐元杰家[2]。《宗谱·敕诰》载理宗诏文云："朕励精思治，去佞任贤，时则有徐元杰快鸣阳之凤，继则有刘汉弼正触邪之豸，属方倚之为重，国人亦皆曰贤，何天不憖遗，夺我忠臣以往耶。汉弼有母而老，元杰有子而幼，大节相似，一贫亦同，朕甚悯之，可各赐官田五百亩，新楮五千缗赡给其家，以见怀贤不已之意。"

1　《宋史全文》卷三十三载十月二十二日除"刘汉弼为右司谏"，然《宋史》本传、《资治通鉴后编》、《宋史纪事本末》皆云"左司谏"。另《墓志》云："（汉弼）改除太常少卿。于是谏议大夫刘晋之、殿中侍御史王瓒揣上意将有易置，率监察御史胡清献、龚基先夜草奏，叩银台门缴入，乞将汉弼新命寝罢。上遽揽衣秉烛阅过，出手札付外。翌日太祖忌日，百官侍班景灵宫，知枢密院兼参知政事范锺拆封，则四人左迁，而汉弼独以谏院召。时嵩之谋起复，四人为肘腋，俦侣翕訾，声势张甚。圣上天造神断，百辟震悚。"太祖忌日为十月二十日，程公许为汉弼同时人，所记当较《宋史全文》可信。

2　《墓志》云事在八月，《宋史》《宋史全文》俱云事在七月二十三日，今从之。

三、著述考

刘汉弼著述，《宋史》及《墓志》皆未言，今人所编《全宋诗》及《全宋文》亦未有收录。然《宗谱》卷首载有宋人牟子才《户部侍郎刘汉弼谥议》一文，中云："然征其行实，仅有岁月一纪，不过书爵位之践扬，记官资之升陟而已，其于文学行义则未之详。因记嘉熙间与修《中兴大典》，见公所修《宁宗实录初草》，事核文赡，整整有法度，每叹公笔削之严。既又问公所往来者，则言公天资融明，所蓄深厚，见于接物，则和平乐易，温然如春风和气之袭人身，及其敢言，则凌厉峻峭，凛然如秋霜烈日之不可犯。子才又从公家得《奏议稿遗》。考之，凡圣君之过失，朝政之缺遗，边鄙之安危，生民之休戚，人才之消长，相业之污隆，兵财之多寡，和战之可否，帅权之分合，靡不尽言，与后来斧奸之疏同一鲠挺，非公而忘私，国而忘家，自靖自献、尽己之谓忠者能尔也耶。"据此可知嘉熙年间刘汉弼曾撰《宁宗实录初草》，又有《奏议稿遗》。

元人黄溍曾为刘汉弼奏议集作序，序云："公殁迨今垂百年，曾孙德辉惧其遗编久且坠轶，探旧藏，得奏草及经筵所上辑语，附以馆职策，总二十有七篇，以授溍，使志诸篇末，庸俟后之秉史笔者。他诗文杂著，则别集存焉。"（《文献集》卷六《刘忠公奏议集序》）可见刘汉弼不仅有奏议，还有诗文杂著，不过黄溍所序《刘忠公奏议集》仅二十七篇，应该比牟子才所云《奏议稿遗》内容要少。这部奏议集明代尚流传于世，万历《上虞县志》就载有《忠公奏议二十七篇》(《浙江通志》卷二百五十二《经籍》)，可惜今皆佚失，只能从《宋史》《宋史全文》等中窥知片断。

《宗谱》卷十一《史传》附录有刘汉弼所撰《故中书舍人南丰先生曾公巩谥议》，是今日所见唯一完整的刘汉弼作品，后又附历代名人题跋，愈显宝贵。《谥议》真实性已为故宫博物院所藏刘汉弼手稿真迹确证，其全文已公开发表[1]，此不赘。

1 见张燕婴《稿本〈故中书舍人南丰先生曾公谥议〉述略》，《文学遗产》2008年第3期。

下　编

艺术分析与文化观照

《岳阳楼记》的文脉断裂与情怀超越

范仲淹（989—1052），字希文，苏州吴县（今苏州吴中区）人，北宋杰出的思想家、政治家、文学家。仁宗庆历三年（1043），面对行政机构的冗员冗费、平民生计的困苦窘迫、辽与西夏的边境威胁等日益严重的内忧外患，范仲淹携手富弼、韩琦、杜衍、欧阳修、余靖等人，发起了雷厉风行的改革，史称“庆历新政”。但由于中国专制社会的“人治”痼疾和触犯了官僚集团的利益[1]，改革难以维系。次年，改革派核心成员相继被排挤出朝廷，范仲淹也于庆历五年（1045）正月被罢去参知政事，出知邠州，兼陕西四路缘边安抚使，十一月，又改知邓州，新政宣告失败。也正是在这一年，他的一位素有才能却仕途坎坷的朋友岳州太守滕宗谅，请求范仲淹为其治下的岳阳楼写一篇记文。

滕宗谅（991—1047），字子京，河南洛阳人，大中祥符八年（1015）与范仲淹同登进士，知太平州当涂县，移知邵武军邵武县；治绩显著，被召试学士院，迁大理寺丞，因谏劝刘太后归政仁宗复贬邵武；仁宗亲政后，滕被召还，累迁殿中丞、左司谏，又因事外贬；康定元年（1040），西夏兴兵，滕知泾州，御敌有功，庆历二年（1042）十一月被范仲淹荐擢天章阁待制，充环庆路经略安抚招讨使，兼知庆州，庆历四年（1044）春再坐事谪守岳州（巴陵郡），庆历七年（1047）迁知苏州，寻卒。滕宗谅在岳州时重修了州内名胜岳阳楼。司马光《涑水记闻》卷十载：“滕宗谅知岳州，修岳阳楼，不用省库钱，不敛于民。

1　对于庆历新政失败的原因，论者颇多，笔者所目，以诸葛忆兵所论较为简要深刻，可参其《范仲淹研究》（中国人民大学出版社 2010 年版）一书。

但榜民间有宿债不肯偿者，献以助官，官为督之。民负债者争献之，所得近万缗，置库于厅侧，自掌之，不设主典案籍。楼成，极雄丽，所费甚广，自入者亦不鲜焉。州人不以为非，皆称其能。”[1]能够不动用公款而成此巨构，滕宗谅确有过人之处。接到滕宗谅请求的范仲淹，于庆历六年（1046）九月挥笔写下了《岳阳楼记》。范、滕二人都有在中央和地方工作的经历，也都有理想未遂的遭遇，如何对待人生的出处进退，可能是他们共同会面对的问题。于是范仲淹借机将自己的怀抱和思考融入了这篇记文，与朋友共勉：

> 滕子京负大才，为众忌嫉，自庆帅谪巴陵，愤郁颇见辞色。文正与之同年，友善，爱其才，恐后贻祸。然滕豪迈自负，罕受人言。正患无隙以规之，子京忽以书抵文正，求《岳阳楼记》，故《记》中云“不以物喜，不以己悲”“先天下之忧而忧，后天下之乐而乐”，其意盖有在矣。[2]

这篇不同寻常的记文受到了后人的重视和推扬。如宋代楼昉评曰：“字少词严，笔力老健。”（《崇古文诀》卷一六）清人蔡铸赞曰：“见地高绝，洵非常人所及。”（《蔡氏古文评注补正》卷八）[3]各家文章选本也纷纷将该篇收入，南宋谢枋得在其编辑评点的《文章轨范》卷六中，不仅将《岳阳楼记》列为压卷之作，而且通篇只圈点而无批注，以示至文无言之美。

1　司马光《涑水记闻》，第196页，邓广铭、张希清点校，中华书局1989年版。

2　范公偁《过庭录》，第324页，孔凡礼点校，中华书局2002年版。

3　范仲淹《范仲淹全集》附录十《历代评论》（下），李勇先、王蓉贵校点，第1401页、第1403页，四川大学出版社2007年版。

一

《岳阳楼记》当然是一篇杰作。然而，斯文就真的妙夺天工，如“羚羊挂角，无迹可求”、无懈可击了吗？不妨让我们再来重温一下这篇名文：

庆历四年春，滕子京谪守巴陵郡。越明年，政通人和，百废具兴，乃重修岳阳楼，增其旧制，刻唐贤、今人诗赋于其上。属予作文以记之。

予观夫巴陵胜状，在洞庭一湖。衔远山，吞长江，浩浩汤汤，横无际涯，朝晖夕阴，气象万千，此则岳阳楼之大观也，前人之述备矣。然则北通巫峡，南极潇湘，迁客骚人，多会于此，览物之情，得无异乎？

若夫霪雨霏霏，连月不开，阴风怒号，浊浪排空，日星隐曜，山岳潜形，商旅不行，樯倾楫摧，薄暮冥冥，虎啸猿啼。登斯楼也，则有去国怀乡，忧谗畏讥，满目萧然，感极而悲者矣。

至若春和景明，波澜不惊，上下天光，一碧万顷，沙鸥翔集，锦鳞游泳，岸芷汀兰，郁郁青青。而或长烟一空，皓月千里，浮光跃金，静影沉璧，渔歌互答，此乐何极！登斯楼也，则有心旷神怡，宠辱偕忘，把酒临风，其喜洋洋者矣。

嗟夫！予尝求古仁人之心，或异二者之为，何哉？不以物喜，不以己悲。居庙堂之高，则忧其民；处江湖之远，则忧其君。是进亦忧，退亦忧。然则何时而乐耶？其必曰：先天下之忧而忧，后天下之乐而乐乎！噫！微斯人，吾谁与归？时六年九月十五日。[1]

对于《岳阳楼记》，相信大多数人自幼便能熟诵。然而仔细品味，至文章最后一段“嗟夫”时，总感有文脉分散拗折之嫌，与前接续未能自然无间。再四寻绎，发现其行文或有可议之处。

一是“物”的偷换。文章第二段已点明“巴陵胜状，在洞庭一湖”，而以下欲述“迁客骚人”的不同“览物之情”，即景物如何影响了人的心情，其逻辑结构是景物→心情的单向矢量；三、四段即沿此结构展开，面对悲景不免忧心忡忡，面对乐景则“喜洋洋者矣”。但是，到了第五段“不以物喜”的“物”，却明显是与“己”相对的外物，不再单纯指自然景物，“不以物喜，不以己悲”在修辞上是互文关系，逻辑结构不再是景物→心情的单向矢量，而是彼此间有游移，有滑动，这样就造成此处的“物”与前面所言的“物”，在内涵上的某种不一致，从而影响到感觉上的某种不协调。与之相关，假如说第五段“不以物喜”之“情”，无论“物”的指向如何，到底还是一种感物之情；而后面的“不以己悲”之“情”，则重在言说以己为中心的个人得失之情，体现的是另外一个层次的问题，在内涵和逻辑上与三、四两段衔接亦不紧密。

二是文章前四段皆能找出与岳阳楼或洞庭湖的联系；而第五段如果去掉“或异二者之为，何哉”这句关系语，就和岳阳楼或洞庭湖可以完全没有关系，在形式上是独立的单元：

嗟夫！予尝求古仁人之心，不以物喜，不以己悲。居庙堂之高，

1　文字据《范仲淹全集》本，该本据北宋刻本与康熙四十六年（1707）范氏岁寒堂本整理而成。

则忧其民；处江湖之远，则忧其君。是进亦忧，退亦忧。然则何时而乐耶？其必曰“先天下之忧而忧，后天下之乐而乐”乎！噫！微斯人，吾谁与归？

以上可说是为发议论而议论，有没有岳阳楼，和发不发这样的议论，似乎其间找不出什么必然的逻辑，从而呈现出一种文脉的断裂感。当然，仁智互见，清人林西仲就认为这是一种“闲闲点缀，不即不离”的笔法，对之大加褒奖：

题是记岳阳楼，任他高手，少不得要说此楼前此如何倾坏，如何狭小，然后叙增修之劳，再写楼外佳景，以为滕公此举大有益于登临已耳。文正却把这些话头点过，便尽情阁起，单就迁客骚人登楼异情处，转入古仁人用心；遂将平日胸中致君泽民、先忧后乐大本领，一齐揭出。盖滕公以司谏谪守巴陵，居庙堂之高者忽处江湖之远，其忧谗畏讥之念，宠辱之怀，抚景感触，不能自遣，情所必至。若知念及君民之当忧，自有不暇于为物喜为己悲者。篇首提出谪守二字，本是此意。妙在借他方之迁客骚人，闲闲点缀，不即不离。谓之为子京说法可也，谓之自述其怀抱可也，即谓之遍告天下后世君子俱宜如此存心亦无不可也。[1]

但是，既然文章的重心是第五段“古仁人之心”在于“君民之当忧”，不在一己之进退遭遇；那么反过来，围绕“迁客骚人”喜进忧退的通

1　林云铭《增订古文析义合编》卷十四第十页，清康熙间刻本。

常性反应来写，才能自然引逗出非常性的“古仁人之心”，而不是铺张笔墨去写自然风景以及“迁客骚人”观览时的心情。由“迁客骚人登楼异情处，转入古仁人用心”，其间并不是“不即不离”，而是有所游离，未能达到完美的契合。

二

但是，我们永远无法想象缺少第五段的《岳阳楼记》。

文章第三、四段的景物描写固然可称精妙，然而历来人们评价时，多是与第五段联系起来，关注重点亦在第五段：

> 首尾布置与中间状物之妙不可及矣。然最妙处在临了断遣一转语。乃知此老胸襟宇量，与岳阳洞庭同其广大。[宋王霆震《古文集成》卷十迂斋（楼昉）评][1]
>
> 中间悲喜二段，只是借来翻出后文忧乐耳。不然，便是赋体矣。一肚皮圣贤心地，圣贤学问，发而为才子文章。一起一结，中间整段相对。有发挥，有佐证，有咏叹，有交互，此今日制义之所自出也。（清金人瑞《必读才子书》）[2]
>
> 范文正公之作《岳阳楼记》，总归重“先忧”“后乐”句，

1 《范仲淹全集》（下）附录十《历代评论》，第 1401 页。
2 《范仲淹全集》（下）附录十《历代评论》，第 1403 页。

写出平素致君泽民、独以天下为己任之本领。所以借子京说法而平吐自己之怀抱，止借迁客骚人登楼异情。其中有无数点染，转入古仁人之用心，已句句为忧乐写照……至其精神所注，神化万状，震动天下，固是一毫不走，所以高人一头地。（章懋勋《古文析观详解》卷六）[1]

单论第三、四段的不是没有，但数量既少，其意义有时亦非完全的褒语，如："文正为《岳阳楼记》，用对语说时景，世以为奇。尹师鲁读之，曰'传奇体'耳。"（陈师道《后山诗话》）[2] 尹洙的评语，事实上暗含着"不得体"的针砭[3]。

那么，第五段的独特魅力何在呢？窃以为极其重要的一点，是以宗教式的情怀超越了儒家传统的出处思想。

儒家出处思想，可以孟子的两句话来概括："穷则独善其身，达则兼善天下。"（《孟子·尽心上·忘势》）但是，儒家毕竟不是宗教，无论"穷""达"，"我"都是核心；到了《岳阳楼记》中的"古仁人"，却是进退皆忧，而且这"忧"是以"天下"为核心；他不会随着外物变化和个人得失，而影响自己的悲喜，因为他寄情怀于天下，忧国忧民，早已忘我，这种忘我，实际上就是一种宗教式的情怀。

这种情怀，与孟子"乐以天下，忧以天下"的思想一脉相承，却又能夺胎换骨，后来居上。"乐以天下，忧以天下"出自《孟子》的《梁

1　《范仲淹全集》（下）附录十《历代评论》，第1403—1404页。

2　《范仲淹全集》（下）附录十《历代评论》，第1401页。

3　三、四段使用了大量的对偶和铺排之语，第四段写晴和之景，句末字"明""惊""顷""泳""青"和"璧""极"，使用了两组韵字，造成流丽谐美之效果。但尹洙站在古文家的立场上，便可能认为文章失了应有的省净之体。因此姚鼐编《古文辞类纂》时，就没有选入此文，而曾国藩编《经史百家杂钞》时，也只是把它收入杂记类中。

惠王章句下》，是对君王的劝勉，认为君王应该与民同忧同乐。如果范仲淹只是简单地重复孟子的思想，这一段的议论也就会陷入老生常谈，显得平平无奇。但是，当他嵌入“先”“后”二字，将其改造为“先天下之忧而忧，后天下之乐而乐”时，“古仁人”的思想境界就迥然高出君王及一般儒家知识分子的境界，呈现为一种更伟大的具有超越性的情怀。因为从哲学或宗教学意义上来说，能够“先天下”或“后天下”的，只能是超越性的“道”或宗教的“造物主”，而不可能是任何的个体的人，换句话说，“先”“后”给了一个时间的规定性，人类只能存在于先于人类和后于人类的时间过程之中。但是，这并不意味着现实的生命体无法完成的任务，人类在思想与情感上也无法企及，当“先”“后”与“忧”“乐”不期而遇，一种超越性的思想与情感的力量就被创造出来。“先”“后”，还只是一种抽象的思辨，然而与形容词“忧”“乐”相搭配，则体现一种感性的生动。这种感性，又以“天下”为比较对象，其重、其大自然无以伦比。于是“先天下之忧而忧，后天下之乐而乐”，无论其思想高度、情感力度，都夐绝古今，感人至深。千百年来，唯有张载“为天地立心，为生民立命，为往圣继绝学，为万世开太平”的“横渠四句”，与之能相仿佛。

也许，正是这种思想与情感上绝对的、决然的气势，弥漫八荒，充塞宇宙，足以弥合或超越所有的断裂和缝隙，才使得《岳阳楼记》虽有行文逻辑上的小疵，却无伤大雅，无碍其千古名篇的地位[1]。

1 高步瀛亦曰：“其中二段写情景处，殊失古泽，故或以为俳。然“先天下而忧，后天下而乐”，实为千古名言。”见《唐宋文举要》下册甲编卷六，第655页，上海古籍出版社1982年版。

三

范仲淹的思想与情感世界，虽杂糅有儒、释、道等不同元素，但儒家无疑是其主体。如欧阳修谓其“大通六经之旨，为文章论说必本于仁义”(《资政殿学士户部侍郎文正范公神道碑并序》)，富弼谓其“好明经术，每道圣贤事业”（《范文正公仲淹墓志铭》）[1]，《宋史》本传谓其“泛通六经，长于《易》”[2]等等。但是，具体辨析这些思想、情感与《岳阳楼记》第五段议论之间的关系，讨论还不够充分。以《孟子》为例，人们普遍注意到“先天下之忧而忧，后天下之乐而乐”，是从《孟子》“乐以天下，忧以天下”发展变化而来；但是，对于“居庙堂之高则忧其民；处江湖之远则忧其君”一句与《孟子》的联系，则乏人留意。

《孟子·公孙丑》篇中提出了“四端”说，指出人本性中隐含着四种美德：“恻隐之心，仁之端也；羞恶之心，义之端也；辞让之心，礼之端也；是非之心，智之端也。人之有是四端也，犹其有四体也。”这是孟子性善说的立论基础。范仲淹也有类似说法：

> 然则道者何？率性之谓也。从者何？由道之谓也。臣则由乎忠，子则由乎孝，行己由乎礼，制事由乎义，保民由乎信，待物由乎仁，此道之端也。（《南京府学生朱从道名述》）

范仲淹在这里提出的道之“六端”：忠、孝、礼、义、信、仁，

1 《范仲淹全集》（中）附录一《传记》，第 812 页、第 823 页。
2 脱脱等《宋史》卷三一四，第 10268 页，中华书局 1985 年版。

是对孟子“四端”说的发展。孟子“四端”，论的是人性中善的种子，范仲淹的“六端”，论的则是为人处世之道的原则，是将“种子”的静态转化为一种入世的动态。值得注意的是，他加强了家庭责任和社会责任的论述，强调为人之子当“孝”，为君之臣当“忠”，为民之官当“信”。这样，一名官员，他被君王宠信并委以重任时，就不会忘记对民的“信”；而他不被君王信任遭到贬谪时，也不会忘记对君的“忠”，这不就是《岳阳楼记》“居庙堂之高则忧其民，处江湖之远则忧其君”思想的翻版吗？范仲淹诗文中还多次将“忠信”并举，如《滕子京魏介之二同年相访丹阳郡》：“风波岂不恶，忠信天所扶。”《赴桐庐郡淮上遇风三首》其一：“平生仗忠信，尽室任风波。”《答梅圣俞灵乌赋》：“忠信平生心自许，吉凶何恤赋灵乌。”《圣人大宝曰位赋》：“九五之尊，求忠信而为助。”《上执政书》：“敦之以诗书礼乐，辨之以文行忠信，必有良器，蔚为邦材。”值得一提的是，忠信并举源于《易传·乾》：“君子进德修业，忠信所以进德也。”范仲淹精于《易》，其对“忠”“信”的提倡，当也有《易》学启发的因素在。

另外，范仲淹虽然是政治家，但他身上富有诗人气质，行事经常充满感情和理想色彩，这一点，对于他能够提出“先天下之忧而忧，后天下之乐而乐”也非常重要。如前所述，先忧后乐，在现实中根本无法做到，本来就是感情和理想的产物。朱熹《宋名臣言行录》前集卷七[1]记载了这样一则范公遗事：

1　朱熹《宋名臣言行录》前集卷七，清闽县林云铭刻本。

> 公为参政，与韩、富二枢并命，锐意天下之事，患诸路监司不才，更用杜杞、张昷之辈。公取班簿，视不才监司，每见一人姓名，一笔勾之，以次更易。富公素以丈事公，谓公曰："六丈则是一笔，焉知一家哭矣。"公曰："一家哭何如一路哭耶？"遂悉罢之。

"一家哭何如一路哭"，据说是庆历四年（1044）革新运动中范仲淹回答富弼的话，颇有感染力，但我总觉得是出于后世传闻的夸饰，按历代官制，官员无过犯的话，调任可以理解，罢免似无法可依。宋代对监司（转运、提点刑狱、提举常平）的考课，主要有七事：劝农桑、兴治荒废；招流亡、增户口；兴利除害；劾有罪、评狱讼；不失案察；屏盗贼；举廉能[1]。"不才"指无才能，似还不足以免官。而且此事北宋史料并无记载，是朱熹据《遗事》转录。这则传闻表明范仲淹有着敢于打破常规的勇气，但也表明他处理问题有时感情色彩过于浓厚。

如果说"一家哭何如一路哭"有可能出于夸饰，不足为凭。那么范仲淹在处理与西夏元昊的通信时的表现，则让人感受到他确有感情用事、轻视规制的一面：

> 韩周等持仲淹书入西界，逆者礼意殊善，行既两日，闻山外诸将败亡，周等抵夏州，留四十余日，元昊俾其亲信叶勒旺荣为书报仲淹，别遣使与周俱还，且言不敢以闻乌珠，书辞益慢。仲淹对使者焚其书，而潜录副本以闻，书凡二十六纸，其不可以闻者二十纸，仲淹悉焚之，余又略加删改。书既达，大臣皆谓仲淹

1 参邓小南《宋代文官选任制度诸层面》，第 71 页，河北教育出版社 1993 年版。

不当辄与元昊通书，又不当焚其报……宋庠因言于上曰："仲淹可斩也。"[1]

幸亏当时杜衍、孙沔、吕夷简皆为之辩，范仲淹始免于大祸，只受到降知耀州的薄谴。《宋史》本传称赞他"每感激论天下事，奋不顾身"[2]，也许，只有这种理想主义者，才能舍身为道，发出"先天下之忧而忧，后天下之乐而乐"的声音吧。

四

尽管范仲淹坚定宣称自己站在"古仁人"的立场上，但如前所言，那只是一种现实无法达成的理想境界，揆诸其人生实际，他更多还是践行着孟子的"穷则独善其身，达则兼善天下"和"可以仕则仕，可以止则止，可以久则久，可以速则速"（《孟子·公孙丑》）。范仲淹诗文集中，诸如此类的表达比比皆是：

乐道忘忧，雅对江山之助。（《睦州谢上表》）

进则持坚正之方，冒雷霆而不变；退则守恬虚之趣，沦草泽以忘忧。（《润州谢上表》）

1　李焘《续资治通鉴长编》卷一三一"庆历元年"条，第6册，第3114页，中华书局2004年版。

2　脱脱等《宋史》卷三一四，第10269页。

进则尽忧国忧民之诚，退则处乐天乐道之分。（《谢转礼部侍郎表》）

我亦宠辱流，所幸无愠喜。进者道之行，退者道之止。（《访陕郊魏疏处士》）

这绝不是他口头的客套，而是日常生活实际的反映。以他在睦州为例，景祐元年（1034），四十六岁的范仲淹因谏仁宗废郭皇后事，被贬知睦州（亦称桐庐郡），睦州在今浙江淳安，风景秀美。范仲淹在被贬的路上，尚有“一心回主意，十口向天涯”（《谪守睦州作》）、“平生仗忠信，尽室任风波”（《赴桐庐郡淮上遇风三首》其一）、“万钟谁不慕，意气满堂金。必若枉此道，伤哉非素心”（《出守桐庐道中十绝》其七）之类的感慨，但是到达睦州后，他很快徜徉于美丽的山水之间，在不到半年的时间里[1]，仅诗歌就创作了二十余首，成为名副其实的忘忧客：

萧洒桐庐郡，乌龙山霭中。使君无一事，心共白云空。（《萧洒桐庐郡十绝》其一）

萧洒桐庐郡，公余午睡浓。人生安乐处，谁复问千钟。（《萧洒桐庐郡十绝》其四）

萧洒桐庐郡，身闲性亦灵。降真香一炷，欲老悟黄庭。（《萧洒桐庐郡十绝》其九）。

万事不到处，白云无尽时。异花啼鸟乐，灵草隐人知。（《游

1 据楼钥《范文正公年谱》，范仲淹景祐元年正月出守睦州，六月即徙苏州；见《范仲淹全集》附录二《年谱》，第 879 页。

乌龙山寺》)

赴任道中尚是“万钟谁不慕”,但直道而不得,于是退处此间,守“乐天乐道”之分,不仅“谁复问千钟”,而且愿意长居于此,研悟《黄庭经》,俨然道家的高人。范仲淹在《滕子京以真箓相示因以赠之》一诗里,还娴熟地使用道教的术语:

> 泰山采芝人,吏隐清淮滨。金函秘宝箓,奉之如高真。
> 谓子有仙志,兴言一相示。叩头鸣天鼓,玉书粲然异。
> 白云引轻素,朱丝闻灵篇。题云天宝岁,传于任凤仙。
> 兵火换九州,于兹三百年。非有灵物持,此书安得全。
> 绿字起龙蛇,丹文挂星斗。六甲当奉行,百神乃奔走。
> 密密天上语,忽忽人间有。与君置青山,解冠松桂间。
> 服此上清箓,上清庶可攀。无为尘土中,草草凋朱颜。

“鸣天鼓”系道家养生术之一,“绿字起龙蛇,丹文挂星斗。六甲当奉行,百神乃奔走”,则是对符箓外形及其暗蕴神秘力量的描绘,而从“服此上清箓,上清庶可攀”等句,可知他描写的是上清宗。对于符箓、丹道,范仲淹其实并不陌生。

不惟如此,范仲淹还很重视世俗生活的建设,他虽然自奉甚薄,但能够在苏州购买良田千亩,创设义庄,赡养庞大的族人,应该是除了节简外,理财亦属有方;他五十八岁时还生下一个儿子范纯粹,可见他对于情爱之事的态度,至少到了晚年亦不排斥。他的词传世只有五首,但表达的情感堪称丰富,其中既有绝域穷塞、将军征夫的“浊酒一杯”，又有略带颓废之色的“人世都无百岁”“争如共、刘伶一醉”；既有“明月楼高”、游子黯然消魂的乡愁，又有“眉间心上，无计相回避”的爱情相思。他无疑是一个多情的人、丰满的人，绝不是一个干瘪的、抽象的道义符号。

但范仲淹的伟大之处正在这里，他虽然与常人一样具有七情六欲，却能由己及人，再及于天下万物，在实践着传统儒家品格的同时，又在思想和情感上实现了超越——“先天下之忧而忧，后天下之乐而乐”。他为宋代士人树立了新的精神气质和道德风貌，也为后世开辟了一块充满感召力量的精神高地。向不服人的王安石推许范仲淹为“一世之师，由初迄终，名节无疵”（《祭范颍州文》）[1]。司马光赞美范仲淹：“雄文奇谋，大忠伟节，充塞宇宙，照耀日月。前不愧于古人，后可师于来哲。固有良史直书，海内公说，亘亿万载，不可磨灭。”（《代韩魏公祭范文正公文》）[2]南宋潜说友赞叹范仲淹兼具“三不朽”：“德也，功也，言也，苟立其一，亦可不朽，而况三者俱立有如文正范公者乎？公生我朝盛时，实钟天地间气，光明俊伟，二三百年后犹使人竦然起敬。”[3]南宋吕中亦云：“宋朝人物，以范仲淹为第一，观其所学必忠孝为本，其所志则先天下之忧而忧，后天下之乐而乐。”（《吴郡建祠奉安文正公讲义》）[4]直至明代冯梦祯，依然对范仲淹肃然起敬：“宋范文正公学术则为纯儒，立朝事业则为纯臣，垂范子孙则为贤祖宗，而师表百世则为殊绝人物。”（《重修浒墅文正书院记》）[5]范仲淹，

1 《范仲淹全集》附录九《历代祭祝赞文》，第 1241 页。
2 《范仲淹全集》附录九《历代祭祝赞文》，第 1244 页。
3 《范仲淹全集》附录五《历代祠庙记》，第 1116 页。
4 吕中《宋大事记讲义》卷十，文渊阁《四库全书》本。
5 《范仲淹全集》附录七《历代学记书院记》，第 1244 页。

不仅是宋代士大夫的杰出代表，也是中国人立身处世的完美榜样。

庆历五年（1045）六月，滕子京致书范仲淹求为岳阳楼作记时曾云："窃以为天下郡国，非有山水瑰异者不为胜，山水非有楼观登览者不为显，楼观非有文字称记者不为久，文字非出于雄才巨卿者不成著……古今诸公于篇咏外，率无文字称纪，所谓岳阳楼者，徒见夫屹然而踞，岈然而负，轩然而竦，伛然而顾，曾不若人具肢体而精神未见也，宁堪久也。"[1] 淳祐十一年（1251）十月，李曾伯作《重建岳阳楼记》云："我朝文正范公，惓惓以天下为忧乐，斯文一出，斯楼之伟观增重。去之今二百载，星回物转，而江涛衮衮，与公风烈盖巍然俱存也。"（《可斋杂稿》）[2] 的确，正是因为范仲淹这篇不足四百字的记文，岳阳楼才有了精神和灵魂，成为天地间一道永恒的动人风景。

1　滕宗谅《求记书》，《全宋文》第 19 册，第 186—187 页，上海辞书出版社、安徽教育出版社 2006 年版。

2　《全宋文》第 340 册，第 329 页。

梅尧臣诗体诗论析疑

梅尧臣（1002—1060）字圣俞，宣城人（今属安徽），有《宛陵集》，世称“宛陵先生”，北宋杰出诗人、文学家。他对宋诗的开拓作用，已为古今公认。南宋刘克庄至谓“本朝诗惟宛陵为开山祖师”[1]，今人钱锺书虽对梅诗多有訾议，但也不否认梅尧臣的诗体和主张“在当时有极高的声望，起极大的影响”[2]。梅尧臣的“宛陵体”及其提出的“意新语工”“平淡”等诗论，更为人们耳熟能详。但是，其中仍有一些疑惑之处值得进一步探索。

一、“宛陵体”与五古

“宛陵体”，亦可称“圣俞体”，顾名思义，大致应指梅尧臣诗歌的风格或体制特征。梅氏生前，欧阳修已有作于嘉祐四年（1059）的《寄题刘著作羲叟家园效圣俞体》，首先标出“圣俞体”。而“宛陵体”之名，始见于陆游绍兴二十五年（1155）所作《寄酬曾学士学宛陵先生体比得书云所寓广教僧舍有陆子泉每对之辄奉怀》一诗。之后若干

1　刘克庄《刘克庄集笺校》卷一七四《诗话》，辛更儒校注，第6721页，中华书局2011年版。
2　钱锺书《宋诗选注》，第22页，生活·读书·新知三联书店2014年版。

年间，陆游又创作了《过林黄中食柑子有感学宛陵先生体》《致斋监中夜与同官纵谈鬼神效宛陵先生体》《桐江哲上人以端砚遗子聿才寸余而质甚奇天将雨辄先流泚予为效宛陵先生体作诗一首》《送苏召叟秀才入蜀效宛陵先生体》《春社日效宛陵先生体四首》《假山拟宛陵先生体》《熏蚊效宛陵先生体》，诗题中标明效宛陵体者达八题十一首。有论者指出这些诗皆为五古，认为“宋人已逐渐形成以‘宛陵体’诗歌指梅尧臣的古体诗，尤其是五古的认识”[1]。应该说，欧阳修诗题标明效圣俞体和陆游诗题标明效宛陵体者，皆为五言诗，这点毋庸置疑。但在宋人的认识中，宛陵体是否皆为古体或五古呢？这牵涉到对古诗和律诗如何认识的问题。

梅尧臣曾作有仄韵五古《淮阴侯庙》，该诗后接《又平律一首》：“汉家天下将，庙古像公圭。百战自忘楚，一时空王齐。乡人奏箫鼓，舟子赛豚鸡。不改寒潮水，朝平暮复低。”[2]内容仍是吟咏韩信，不过却是一首较严格的五言律诗，“平律”的意思应该是与仄韵五古相对的平韵五律；那么，既然有平律，是否也就相应有仄律，即仄韵律诗？方回《瀛奎律髓》卷二十二“月类”收入白居易《西楼月》：“悄悄复悄悄，城隅隐林杪。山郭灯火稀，峡天星汉少。年光东流水，生计南枝鸟。月没江沉沉，西楼殊未晓。”原评云：“此乃仄声律诗也。”

1　参见涂序南《论宛陵体》，《南京师范大学文学院学报》2013年第1期。另外，徐丹丽《陆游效梅宛陵体初探》（《中国韵文学刊》2006年第1期）也指出陆游“题为效宛陵的诗作，皆为五古”。

2　本文所引梅尧臣及其他宋人诗歌，除特别注出者，均出自北京大学古文献研究所编《全宋诗》（北京大学出版社1998年版），其中梅尧臣诗出第5册，欧阳修诗出第6册，苏轼诗出第14册，陆游诗出第40册，程永奇诗出第50册，苏泂诗出第54册，林希逸诗出第59册，为省篇幅，不一一出注。

李庆甲又附冯舒评曰："白集正作律诗。"[1]严羽《沧浪诗话·诗体》中也明确说："有古律（陈子昂及盛唐诸公多此体），有今律。"[2]他所说的"今律"不难理解，指的应是五、七言近体诗，也即梅尧臣所谓的"平律"；但何谓古律，严羽语焉不详，后人亦不能豁然，冯班即云："《瀛奎律髓》有仄韵律诗。严沧浪云'有古律诗'。则古、律之分，今人亦不能全别矣。"[3]但是，既然以"律"视之，那它们就应该还保留有近体律诗的部分关键特征。如陈仅所言：

> 盛唐人古律有两种：其一纯乎律调而通体不对者，如太白"牛渚西江夜"，孟浩然"挂席东南望"是也。其一为变律调而通体有对有不对者，如崔国辅"松雨时复滴"，岑参"昨日山有信"是也。虽古诗仍归律体。故以古诗为律，惟太白能之。岑、王其辅车也。[4]

所谓"律调"，即指声律上符合平仄粘对要求。如果这方面符合近体律诗标准，即使八句中通篇无对仗，亦算古律；反过来，即使平仄有所变化，但八句中只要有对仗，亦可看做古律。

用这个标准来返观陆游的效宛陵体，《假山拟宛陵先生体》一诗就非常值得注意：

1 《〈瀛奎律髓〉汇评》（中）卷二十二，方回选评，李庆甲集评校点，第916页，上海古籍出版社1986年版。

2 严羽《沧浪诗话校释》，郭绍虞校释，第74页，人民文学出版社1983年版。

3 冯班《钝吟杂录·古今乐府论》，收入王夫之等《清诗话》，第38页，上海古籍出版社1999年版。

4 陈仅《竹林答问》，陈伯海主编，张寅彭、黄刚编撰《唐诗论评类编》增订本（上），第533页，上海古籍出版社2015年版。

叠石作小山，埋瓮成小潭。旁为负薪径，中开钓鱼庵。谷声应钟鼓，波影倒松楠。借问此何许，恐是庐山南。

该诗首联和最后一句平仄与五律近体多不合，“恐是庐山南”还是三平尾，但中多对仗，故可视之为古律。而且，这首诗从诗题到用韵都仿效了梅尧臣的《寄题开元寺明上人院假山》：

石是青苔石，山非沓蔼山。诸峰生镜里，小岭傍池间。雨不因云出，门疑为客关。何须费蜡屐，暂到此中闲。

梅诗则是一首较为标准的近体五律，陆游既言拟体，至少要算作一首五言律诗才切题。无独有偶，南宋张蕴亦有《偶得碧莲双房可爱戏效宛陵体》：

援笔对嘉莲，更想花初披。生成若有偶，形容徒费辞。收钗背相倚，舞盏手双垂。不比鸳鸯梅，烟雨低压枝。[1]

此当是仿效梅尧臣《李士元学士守临邛日有谷一茎九穗者数本芝数本莲花连叶并蒂者各一本因赋之》：

临邛传瑞物，太守在郡时。既多九穗谷，复有三秀芝。芝以保万寿，谷以丰东菑。更看芙容叶，并蒂照清池。

1　陈起《江湖后集》卷二十一，《景印文渊阁四库全书》集部第1357册，第983页，台北商务印书馆1986年版。按张蕴《偶得碧莲双房可爱戏效宛陵体》一诗《全宋诗》失收。

原诗和仿作都是五言平韵的古律。依之来看，律体中似也可有宛陵体一席之地。至于诗歌体式上，突破五古的也不乏其例。苏轼《五禽言五首》叙云："梅圣俞尝作《四禽言》，余谪黄州，寓居定惠院。绕舍皆茂林修竹，荒池蒲苇。春夏之交，鸣鸟百族，土人多以其声之似者名之，遂用圣俞体作《五禽言》。"梅尧臣的《禽言四首》从鸟声见意，体式上三言、四言、五言、七言相杂，近于古乐府，是中国诗史上首次以禽言命名之诗，具有开创性；苏轼的《五禽言》体式更为自由灵活，如其中两首：

力作力作，蚕丝一百箔。垄上麦头昂，林间桑子落。愿侬一箔千两丝，缫丝得蛹饲尔雏。（其四）

姑恶，姑恶。姑不恶，妾命薄。君不见东海孝妇死作三年干，不如广汉庞姑去却还。（其五）

其中竟然夹杂了三言、四言、五言、七言、九言、十二言等不同句式。可见效宛陵体已经突破了五言的限制[1]。再看林希逸《戏效梅宛陵赋欧公白兔》，则是一首长篇七古：

毛虫虽小著仙籍，云渠千岁皆化白。中山山中衣褐徒，生长何年换颜色。岂其孕育自卯宫，又是金公付精魄。渠宗学孔非学朱，拔毛不靳供书册。老蒙将军纵猎时，遁向何方为窟宅。纷纷尔后更几秦，避世甘心餐苦柏。明时作意始出来，五岳遍游无定迹。

1　涂序南《论宛陵体》一文亦拈出苏轼《五禽言》之例，但倾向将之认为是一种例外；且其认为"宛陵体"最本质的特征是平淡的风格，亦不为本文认同。

多生曾识六一仙，知道琅琊有新刻。要寻此碑龟与螭，何事乃被滁人得。滁人知渠慕醉翁，翁归已在云霞中。期翁千岁亦如汝，殷勤远致提金笼。传夸瑞物遍都邑，倡和千篇模写工。翁携入直金銮殿，渠应自比广寒宫。寄声树下捣药者，汝伴嫦娥我伴公。

从这个意义上说，宛陵体绝非五古一种体式所能牢笼。其实即使是仿效梅尧臣的五古，也有不同情况。如欧阳修的《寄题刘著作羲叟家园效圣俞体》：

嘉子治新园，乃在太行谷。山高地苦寒，当树所宜木。群花媚春阳，开落一何速。凛凛心节奇，惟应松与竹。毋栽当暑槿，宁种深秋菊。菊死抱枯枝，槿艳随昏旭。黄杨虽可爱，南土气常燠。未知经雪霜，果自保其绿。颜色苟不衰，始知根性足。此外众草花，徒能悦凡目。千金买姚黄，慎勿同流俗。

其效仿对象是梅尧臣的《寄题刘仲叟泽州园亭》：

城临太行谷，谷暖宜草木。既移洛阳花，又种阮家竹。五色杂黄红，一林常翠绿。其间广亭开，亦欲危榭筑。春归百禽嚎，抟黍及布谷。桑上啄椹食，林下窥果熟。果收椹已尽，飞去不须逐。婆娑黄杨树，谁谓逢闰缩。物犹有进退，此理何用告。余心当效君，未有地可卜。缀书岂贪乐，且以苟微禄。

两首诗从诗题、内容和诗韵都有较大的关联性，这算是一种仿效形式。

南宋胡仔《苕溪渔隐丛话》前集卷三十一引《西清诗话》云："晏元献守汝阴，梅圣俞往见之，将行，公置酒颍河上，因言古人章句中全用平声，制字稳帖，如'枯桑知天风'是也。恨未见侧字诗。圣俞既引舟，遂作五侧体寄公云：'月出断岸口，影照别舸背。且独与妇饮，颇胜俗客对。月渐上我席，暝色亦稍退。岂必在秉烛，此景已可爱。'"[1]《西清诗话》中所举诗题为"舟中夜与家人饮"，全篇四十字皆仄声，谓之五侧体。此亦为梅诗的一种创格，且游戏性和挑战性很强，因此对后世颇有影响，引来不少仿效之作。如南宋苏泂有《耕堂弟雪中效宛陵仄字平字诗各次韵一首》：

> 旱涝数所系，累歉望一稔。种秫秫不孕，酌水水可饮。瓮牖忽碧玉，喜见月入枕。闭户请谢客，是子亦太甚。
>
> 山河无纤尘，遥观浮沤如。穿庐惟青天，油窗谁其糊。狂歌忘寒饥，消流惊须臾。烦呼瑶英徒，同来泠然居。

前诗四十字皆仄声，后诗四十字皆平声。这又是一种仿效形式。其实苏泂既然言"效宛陵仄字平字诗各次韵一首"，那是否意味着梅尧臣其实还创作有四十字皆平声的五平体呢？可惜在现存的梅诗中没有发现。

要之，本文倾向认为，尽管宋人标示学"宛陵体"时多出以五言古体，但仍不宜将"宛陵体"与梅尧臣的古体或五古等同起来。宋人

1　胡仔《苕溪渔隐丛话》前集卷三十一，廖德明校点，第216页，人民文学出版社1962年版。

学“宛陵体”，情况复杂，有的是学习梅诗絮语拉家常式的以文为诗，如陆游《寄酬曾学士学宛陵先生体比得书云所寓广教僧舍有陆子泉每对之辄奉怀》，就学习了梅尧臣以诗代信的手法；有的是学习梅尧臣诗体上某种独有的特色，如禽言诗、五侧体等；有的只是依韵、次韵；还有的则是用其题材、意象、句法、风格等。它们有时只要抓住被拟者诗作中某一个特点而扩大化，即可称之为某体，而不一定非要将某体视作唯有一种风格或体式。严羽《沧浪诗话·诗体》列出宋代以人物为诗体者计七种：东坡体、山谷体、后山体、王荆公体、邵康节体、陈简斋体、杨诚斋体。其中并无宛陵体，似乎也说明宛陵体在宋人心目中还没有形成固定而鲜明的特色，人们对它的印象还较为分散。至于后人不断强化对梅尧臣五古方面的接受，因而形成了“他的古体诗，尤其是五古，被人称之为宛陵体”的观念[1]，则属于另外一个问题。

二、“意新语工”与“如在目前”“见于言外”

梅尧臣天圣中调河南主簿，西京留守钱惟演特嗟赏之，欧阳修与为诗友，常相酬唱，自以为不及，由是知名。“意新语工”一语，即见于欧阳修《六一诗话》：

1　王琦珍《黄庭坚与江西诗派》，第 10 页，江西高校出版社 2006 年版。

> 圣俞尝语予曰："诗家虽率意，而造语亦难。若意新语工，得前人所未道者，斯为善也。必能状难写之景，如在目前，含不尽之意，见于言外，然后为至矣。贾岛云'竹笼拾山果，瓦瓶担石泉'，姚合云'马随山鹿放，鸡逐野禽栖'等是山邑荒僻，官况萧条，不如'县古槐根出，官清马骨高'为工也。"余曰："语之工者固如是。状难写之景，含不尽之意，何诗为然？"圣俞曰："作者得于心，览者会以意，殆难指陈以言也。虽然，亦可略道其仿佛：若严维'柳塘春水慢，花坞夕阳迟'，则天容时态，融和骀荡，岂不如在目前乎？又若温庭筠'鸡声茅店月，人迹板桥霜'，贾岛'怪禽啼旷野，落日恐行人'，则道路辛苦，羁愁旅思，岂不见于言外乎？"[1]

"意新语工"必须放在宋前言意之辨的历史和上引整段话的语境里去理解才全面。"言意之辨"其实是语言和符号能否表达意义的问题。思想文化层面的"言意之辨"也反映到文艺创作实践中，上引《六一诗话》梅尧臣诗论，包含有两个层次：第一层是诗意须"新"，诗语须"工"，但仅做到这一点，还只是"斯为善也"；诗歌还有第二层的要求："必能状难写之景，如在目前，含不尽之意，见于言外，然后为至矣。"两层要求，反映的都是"言""意"之间的关系。

长期以来，人们习惯于对第二层次的赞美，对第一层次重视不够，其实这一层次亦具有不可忽视的独特价值。第二层次不过是传统"言意之辨"思维的翻版，艺术上也和晚唐司空图《与极浦书》中所言"象

1 欧阳修《六一诗话》，何文焕辑《历代诗话》，第267页，中华书局2004年版。

外之象，景外之景”[1]一脉相承；而第一层次的“意新语工”则具体规定了“言”“意”各自的诗学要求，对诗歌实践帮助更大，也是达到第二层次的重要手段。在梅尧臣的时代，诗坛笼罩于唐诗的阴影之下，白体、晚唐体、西昆体盛行，诗歌的题材、立意都有重复之弊，语言圆熟但不无陈腐之感，梅尧臣的“意新语工”论因此显得具有很强的针对作用。他先举出同是反映“山邑荒僻，官况萧条”的三联诗，来说明何谓“语工”。一是贾岛《题皇甫荀蓝田厅》中的“竹笼拾山果，瓦瓶担石泉”，一是姚合《武功县中作》之一的“马随山鹿放，鸡逐野禽栖”，一是未言作者为谁的“县古槐根出，官清马骨高”。前两联出以“竹笼”“山果”“瓦瓶”“石泉”“山鹿”“野禽”等意象，都是荒山僻居的常见物事，从诗意到诗语皆未有新奇之感，且“官况萧条”之意并不强烈。而第三联以裸露出土的槐根形容县之古老，以瘦骨嶙嶙的坐骑暗示官之清廉，这种构思立意就比前两联要复杂新颖，而“槐根出”的“出”、“马骨高”的“高”字，既见观察之细，又见想象之奇，可谓用语工妙。梅尧臣又举出严维《酬刘员外见寄》“柳塘春水慢，花坞夕阳迟”来说明“状难写之景，如在目前”：池塘绿柳成阴，场坞繁花盛开，春水悄涨似一片柔情，夕阳缓缓似无限留恋，美好迷人的春光投射着人的情感，情景相融，景不仅历历见于目前，亦深深烙印于心头。复又举温庭筠《商山早行》“鸡声茅店月，人迹板桥霜”、贾岛《暮过山村》“怪禽啼旷野，落日恐行人”两联来说明“含不尽之意，见于言外”：前联写早行，十字十景，无一动词，却能组合成不同画面，含蕴丰富，但总体烘托出旅人早行之愁苦，“人

1 司空图《司空表圣诗文集笺校》卷三《与极浦书》，祖保泉、陶礼天笺校，第215页，安徽大学出版社2002年版。

迹”二字用语极妙，原来在戴月履霜的早行者之前，已有更早的行者在前方了。后联写暮行，山路阴森，旷野萧瑟，落日在即，怪鸟悚鸣，行人无暇赏夕阳，怀着惊恐之情加快步履，寻找有无村庄可以投宿。因为日落意味着夜晚来临，野兽出没，危险增加，包含着人们对黑暗的各种恐惧。这两联确实写出了难以言尽的言外之意。

值得注意的是，不论第一层次还是第二层次，都要靠诗歌语言来完成，这体现了宋人的新观念：“强调造语在状物和写意方面至关重要的作用，把作诗落实到语言上。”[1] 在梅尧臣的观念中，“作者得于心，览者会以意，殆难指陈以言也。虽然，亦可略道其仿佛”，语言艺术对于那些得心会意之处虽“难指陈以言”，但仍可以“道其仿佛”，不尽之意可通过言而从言外获得，这和《庄子·知北游》“夫道，窅然难言哉！将为汝言其崖略”[2] 的说法简直如出一辙。因此，梅尧臣才开篇明义“诗家虽率意，而造语亦难”，以下皆围绕“造语”展开，语言之工妙不仅可以体现出“意”的创新性，而且能够“状难写之景，含不尽之意”。这样，“意新语工”一段话就变得颇具辨证性，其实质表现出“中国诗学经过长期理论探索和实践尝试后所形成的不偏执于主客观任何一端的特殊品性”[3]。故长期以来，人们皆将这段话视为梅尧臣代表性的诗学观点，用于各种诗歌评价中。

但人们很少注意到，梅尧臣所举的各种例句，皆出自唐人五律。唐诗对造语精妙的追求，也多集中体现在五律上（五律因篇幅短于七律，对意象和修辞的锤炼更为严格）。如唐人刘昭禹说：“五言如四十个

---

1 周裕锴《宋代诗学通论》，第 347 页，上海古籍出版社 2019 年版。

2 《庄子今注今译》，陈鼓应注译，第 607 页，中华书局 2009 年版。

3 韩经太《中国诗学的语言哲学内核与语言艺术模式》，《文学评论》2007 年第 5 期。

贤人，乱著一个屠沽不可。”[1]而宋初诗论又确有一种承接晚唐辨体和法度观念的趋势，爱从五律入手。明白这点，就不妨推测，梅尧臣这段话的语境主要是针对五律创作而发，不一定适用于其他诗体尤其是篇幅较长的五七古。比如梅尧臣的诸多五古，不仅不追求意在言外，而且语言絮絮叨叨，绝称不上精工。钱锺书重订《谈艺录》时感叹："重订此书，因复取《宛陵集》读之，颇有榛芜弥望之叹。”并举梅尧臣的《希深惠书言与师鲁永叔子聪几道游嵩因诵而韵之》一诗为例，认为是对谢绛《游嵩山寄梅殿丞书》不成功的改编：“谢书叙事中点缀议论，容与疏宕，如云：‘明日访归路，步履无苦。昔闻鼯鼠穷技，能下而不能上，岂谓此乎？’梅诗略去，专骛叙事，闷密平直，了无振起……圣俞不具昌黎、玉川之健笔，而欲‘以文为诗’，徒见懈钝。其题画之作，欲以昌黎《画记》之法入诗，遂篇篇如收藏簿录也。”[2]他似乎认为梅诗语言的荒率粗糙、缺少言外韵致，是具有普遍性的问题。

以钱锺书的评价验之梅氏的五古，的确时有满目荒芜之感，如梅自评“苦词未圆熟，刺口剧菱芡”（《依韵和晏相公》）。但验之其五律，则多有未合，反而感到梅氏精于锤炼语言，淡而有味[3]。方回甚至不止一次将梅尧臣的五律推为宋人第一。其评梅尧臣《闲居》曰：“若论宋人诗，除陈、黄绝高，以格律独鸣外，须还梅老五言律第一可也。

1 何汶《竹庄诗话》引《郡阁雅谈》，第 395 页，中华书局 1984 年版。

2 钱锺书《谈艺录》（补订本），第 507—508 页，中华书局 1984 年第 1 版（1998 年第 7 次重印）。

3 钱锺书虽也举出梅诗五律不工的例子，如他认为：“《次韵和师直晚步遍览五垄川》云：‘临水何妨坐，看云忽滞人’，与摩诘之‘行到水穷处，坐看云起时’，子美之‘水流心不竞，云在意俱迟’，欲相拟比。夫‘临水’‘看云’，事归闲适，而‘何妨’‘忽滞’，心存计较；从容舒缓之‘迟’一变而为笨重黏着之‘滞’。此二句可移品宛陵诗境也。”（《谈艺录》第 167 页）但一来见仁见智，二来即使钱先生所说不无道理，但较之其他诗体，这种不工在梅尧臣五律中仍不多见。

虽唐人亦只如此，而唐人工者太工，圣俞平淡有味。”[1]评陈与义《与大光同登封州小阁》曰：“若五言律诗，则唐之工者无数，宋人当以梅圣俞为第一，平淡而丰腴。”[2]如果说在方回眼里，唐人五律佳者可以达到“意新语工”，而梅的五律则已超过“意新语工”，达到了“如在目前”“见于言外”的境界。清人陈衍曾评价沈曾植的诗云：“君诗雅尚险奥，聱牙钩棘中，时复清言见骨，诉真宰，荡精灵。昔昌黎称东野刿目鉥心，以其皆古体也。自作近体，则无不文从字顺，所谓言各有当矣。”[3]移之来评梅尧臣也是恰当的。他的五律与五古诗体不同，诗歌要求自也有异。

必须强调，“意新语工”“如在目前”“见于言外”等诗论带有某种普遍性，虽然在梅尧臣谈论这些话题时是主要就五律而言，但并不意味着不能用来评价五古或其他诗体，只是说脱离了原始语境，就要注意其分寸和适用度。比如对同为近体诗的七律和五、七律绝，因其也追求一句一联的锤炼，以便在有限的篇幅内传达丰富的情景，故适用度就颇高，可以摘出不少类似“柳塘春水漫，花坞夕阳迟”“鸡声茅店月，人迹板桥霜”的名句。而对能够展开篇幅、不求一字一句之工稳，而求全篇浑然的古体诗，适用度就差一些。笔者一直提倡一种“情境诗学”[4]，即在“身临其境，感同身受”的具体历史情境中去观照研究对象，获得一种进入过程的动态感和在场感。对待梅尧臣的这些诗论，也应持如是观。

1 《〈瀛奎律髓〉汇评》（中）卷二十三，第 970 页。

2 《〈瀛奎律髓〉汇评》（上）卷一，第 42 页。

3 沈曾植《沈曾植集校注》（上）《序跋总录·沈乙盦诗序》，钱仲联校注，第 12 页，中华书局 2001 年版。

4 见本书《情境诗学：理解近世诗歌的另一种路径》一节。

另外，梅尧臣这段话专门就诗歌的“造语”而言，此语境没有涉及诗歌的主题表现，但并不意味着他只强调诗歌的语言艺术，而排斥诗歌的政治教化功能；相反，在谈及诗歌社会功能时，梅尧臣明确赞成“雅章及颂篇，刺美亦道同”，反对“不独识鸟兽，而为文字工……烟云写形象，葩卉咏青红。”(《答韩三子华韩五持国韩六玉汝见赠述诗》)我们同样应该把这段话置于具体的历史情境中去看待，不能将之无限放大，否则，就很难理解古人诸多看似自相矛盾之处。

三、平淡与刺美

作为中国古典诗歌的一种重要审美理想，平淡美是在宋代才发展成熟的，而梅尧臣正是发端人物，故受到时人和后世的推许。不过，平淡也是宋代文艺思想史中含义最复杂的诗学概念，有论者按内涵不同，将宋人的平淡理想总结为四种：梅尧臣式的“平淡”、黄庭坚式的“平淡”、苏轼式的“平淡”、理学家式的“平淡”[1]，可见不同时期不同人物家数亦不尽相同。由于人们不断往平淡里面添加意义，以至使其有成为一个无所不包的大套子之嫌：“‘平淡’不是单纯的平俗、无意、朴拙和疏淡，也不是单纯的典雅、有意、绮丽和雕巧，而是各组矛盾因素的中和统一，是对矛盾双方的包综兼容……‘平淡’具有对

1　周裕锴《宋代诗学通论》丙编第三章“理想风格的追求”，第298—299页，上海古籍出版社2019年版。

立统一和兼收并蓄的思维意识。”[1]但是，如韩经太所说：“如果我们只是一般性地满足于在理论上自圆其说，那么，‘辨证统一’四字便是无往而不胜的制胜法宝。如果我们是想认真地解释一些问题，那么，就必须寻找到这所谓‘辨证统一’的具体理论形态是怎样的。”[2]对于梅尧臣的“平淡”论，我们仍宜将之纳入“情境诗学”中去考察。

梅氏现存诗文中，“平淡”共出现七次：

1. 其顺物玩情为之诗，则平淡邃美，读之令人忘百事也。其辞主乎静正，不主乎刺讥，然后知趣向博远，寄适于诗尔。（《林和靖先生诗集序》）[3]

2. 诗本道情性，不须大厥声。方闻理平淡，昏晓在渊明。（《答中道小疾见寄》）

3. 辞韵险绝兹所骇，何特杜牧专当年。重以平淡若古乐，听之疏越如朱弦。（《和绮翁游齐山寺次其韵》）

4. 次述盈百卷，补亡如继秦。中作渊明诗，平淡可拟伦。于时多骄佚，黄卷罕所亲……以此较于子，素业固未泯。（《寄宋次道中道》）

5. 江子方谪官，复有拟古才。远寄平淡辞，曷报琼与瑰。（《和江邻几见寄》）

6. 作诗无古今，唯造平淡难……邵南有遗风，源流应未殚。（《读邵不疑学士诗卷杜挺之忽来因出示之且伏高致辄书一时之

1 王顺娣《宋代诗学平淡理论研究》，第 73 页，巴蜀书社 2009 年版。

2 韩经太《清淡美论辨析》，第 163 页，百花洲文艺出版社 2017 年版。

3 梅尧臣《梅尧臣集编年校注》拾遗《林和靖先生诗集序》，朱东润编年校注，第 1150 页，上海古籍出版社 1980 年版。

语以奉呈》)

7. 因吟适情性，稍欲到平淡。苦辞未圆熟，刺口剧菱芡。(《依韵和晏相公》)

七例中，前六例均是以平淡形容友人诗歌，唯最后一例是自评，毋庸讳言，其中皆可见出对平淡诗风肯定和赞美的态度；只是前五例尚看不出对平淡的特别推崇，后两例始见褒美力度。但对这两例，朱东润别有分说：

我们要知道他是在什么情况之下提出这个说法，又是在什么心境之下提出的。本来尧臣在许州，已经是穷途末路，正如欧阳修这一年在《梅圣俞诗集序》中所说的“年今五十，犹从辟书，为人之佐，郁其所畜，不得奋见于事业”。秋天以后，他道出颍州，那时晏殊正以工部尚书的身份出知颍州，他对于尧臣非常重视，尧臣多少也有一些知己之感。晏殊和尧臣论诗，很推重陶潜，但是不甚喜欢孟郊，又极力把尧臣推捧一番，指出他的作品，确实可以上比陶潜、韦应物。他说这是天下的公言，并不是他一人的私言。当然地，晏殊是一位老官僚，所说的不一定是由衷之言，可是尧臣为他所感动了，在《依韵和晏相公》中说：“微生守贱贫，文字出肝胆。一为清颍行，物象颇所览。泊舟寒潭阴，野兴入秋菼。因吟适情性，稍欲到平淡。”他所说的平淡，只是说他到了颍州，和晏殊接触以后的认识，但是他并不否认自己过去“文字出肝胆”的主张。他的穷途不免使他在说话中有些迁就，但是对于自己的诗歌，提法没有变更。还有一次是在嘉祐元年(1056)，他由宣城回汴京的途中，读到邵必的诗以后。他说："作诗无古今，唯造平淡难。譬身有两目，了然瞻视端。"这是说邵必的诗以平淡为宗，可是在他谈到自己，却说"既观坐长叹，复想李杜韩。愿执戈与戟，生死事将坛"（《读邵不疑学士卷杜挺之忽来因出示之且伏高致辄书一时之语以奉呈》）。他说邵必是平淡，但是自己所向往的是李、杜、韩，他的企图是手执长戈利戟，在斗争中决一番生死。世上有这样平淡的诗人吗？[1]

虽然如此，梅尧臣毕竟多次提及并积极评价平淡，因此，平淡虽不宜说是梅尧臣诗论的最高典范，但仍可说是其重要的诗学观念和审美追求。这里需要辨析的是，梅氏所谓的平淡具体是指什么？

前举七例"平淡"，虽然诗无达诂，各有解读，但除了皆对平淡有所肯定外，还有两点可以确定：

其一是平淡与"情性"相关。1、2、7 三例分别为"顺物玩情""道情性""适情性"，"玩""道（导）""适"皆体现为一种节制美。这使人想起《中庸》那段著名的话："天命之谓性……喜怒哀乐之未发，谓之中；发而皆中节，谓之和。中也者，天下之大本也；和也者，天下之达道也。"所谓的"玩""道""适"，不恰好与"发而皆中节"的"和"同义吗？朱熹后来云"诗以导情性之正"[2]，就是把这层意思更明确化了。以诗歌吟咏情性之正、之和、之适，也许才是梅尧臣"平淡"之"平"的核心所在，因为"平"亦有平正、平和、平适、持平的意思。

1　梅尧臣《梅尧臣诗选》，朱东润选注，序言第 10—11 页，人民文学出版社 1980 年版。

2　朱熹《晦庵集》卷七十八《建宁府建阳县学藏书记》，《景印文渊阁四库全书》集部第 1145 册，第 627 页，台北商务印书馆 1986 年版。

其二是平淡与“古朴”相联。3、4、5、6四例中，例3意思最显豁，借《礼记·乐记》“清庙之瑟，朱弦而疏越，壹倡而三叹，有遗音者矣”[1]，来夸赞钱绮翁的诗如古乐，舒缓质朴；钱绮翁似乎并非只写了一首诗，“重以平淡”的“重”应该是“又”的意思，因为梅尧臣次韵的这首诗押“先”字韵，远远谈不上“辞韵险绝”。例4赞宋敏求、敏修兄弟能补佚先秦古书，不逐流俗；例5赞江休复有拟古之才；例6赞邵不疑诗能继承《诗经·召南》王化遗风。在这种语境中的“平淡”，其实指向一种质朴古朴；再加上例1的“其辞主乎静正，不主乎刺讥”、例7的“苦辞未圆熟，刺口剧菱芡”，更多让人联想到诗歌语言的古朴素淡。可能这才是梅尧臣“平淡”之“淡”的核心所在，因为“淡”亦有朴素、古淡、本色的意思。

合此两点观之，则梅尧臣的“平淡”，似可以概括为通过古淡朴素的语言表达诗人平和雅正的性情。陆游《梅圣俞别集序》云：“先生天资卓伟，其于诗，非待学而工。然学亦无出其右者。方落笔时，置字如大禹之铸鼎，练句如后夔之作乐，成篇如周公之致太平。”[2]即是看到了梅诗字句的古朴和成篇后“周公致太平”的雅正之意。钱锺书以“深心淡貌”[3]四字来概括梅诗，非常精辟。

需要留意，“淡貌”淡语，并不是指诗语无须锻造锤炼，相反，如前所示，梅尧臣特别重视诗家“造语”，重视“意新语工”。欧阳修《六一诗话》已指出：“圣俞平生苦于吟咏，以闲远古淡为意，故

1　孙希旦《礼记集解》，第982页，中华书局1989年版。

2　曾枣庄、刘琳主编《全宋文》第222册，第346页，上海辞书出版社、安徽教育出版社2006年版。

3　钱锺书《谈艺录》，第117页。

其构思极艰。”[1]《孙公谈圃》卷中亦记孙君孚言：“与杜挺之、梅圣俞同舟溯汴，见圣俞吟诗，日成一篇，众莫能和，因密伺圣俞如何作诗。盖寝食游观未尝不吟讽思索也，时时于座上忽引去，奋笔书一小纸，内算袋中。同舟窃取而观，皆诗句也，或半联，或一字，他日作诗，有可用者入之。”[2]可见其对诗歌语言精工的追求。他的“工”是大巧若拙，谢绝夸饰之工。如宋人程永奇《与孙自修祝和甫读宛陵山谷诗》所云：“节拍贵详缓，言语戒浮靡。无因内金盘，遂厌古罍洗。无惑变徵声，雅乐成逆耳。”浮靡是一种多余之美，徵声亦乱人情性之正，要通过锻造锤炼将这些杂质排除出去。

还须补充一点，梅尧臣虽然提倡平淡，但也不排斥奇险。其《依韵答吴安勖太祝》云：“我于文字无一精，少学五言希李陵。当时巨公特推许，便将格力追西京。卞和无足定抱宝，乘骥走行天下老。玉已累人马不逢，皇皇何之饥欲倒。还思三十居洛阳，公侯接迹论文章。文章自此日怪奇，每出一篇争诵之。”声言自己开始学习的对象就是李陵的五言古诗，格调上想要复古西汉大雅（这里的西京，指的应是西汉国都长安，不是宋代的洛阳），因此就像抱玉的卞和一样，不受时人赏识；到了洛阳之后，这种不谐于世的怪奇诗风才被钱惟演等上层人物重视，受到了欢迎。其《和绮翁游齐山寺次其韵》也以“辞韵险绝兹所骇”和“重以平淡若古乐”对举，这些都说明梅尧臣对奇险类诗歌的接纳。梅尧臣诗歌中也不乏少涩语险韵之作，正所谓大自然千汇万状，无奇不有，只要不人为藻饰过甚，梅尧臣都承认其价值。甚至有时梅尧臣会展现出用平淡将不同风格统一起来的企图，这从他

1　欧阳修《六一诗话》，第 140 页。

2　孙升口述、刘延世笔录《孙公谈圃》，第 147—148 页，中华书局 2012 年版。

评林逋诗歌“平淡邃美”中可窥一斑，“平”与“邃”即具有一定矛盾性。后来黄庭坚评杜甫夔州后古律诗“平淡而山高水深”[1]，更加经典地表示出平淡具有不同诗美之间既相冲突又相融通的对立统一性。于是西湖之韶秀与夔州之险峻均可蕴藏于“平淡”之中，进而成为宋人统合力最强的时代审美理想。

但是，正如朱东润所说，梅尧臣的诸多创作并未臻此平淡之境，因此不少诗家对梅氏诗歌的评价也并不以平淡目之。特别是他的五古，长于叙事议论，上承汉乐府“缘事而发”的传统，中多不平磊落之气，更难概以平淡观之。欧阳修作《水谷夜行寄子美圣俞》：“梅翁事清切，石齿漱寒濑。作诗三十年，视我犹后辈。文词愈清新，心意虽老大。譬如妖韶女，老自有余态。近诗尤古硬，咀嚼苦难嘬。初如食橄榄，真味久愈在……梅穷独我知，古货今难卖。”古硬不可谓平，涩如橄榄不可谓淡。朱熹评梅诗：“枯淡中有意思。”[2]元人龚啸评梅诗：“去浮靡之习，超然于昆体极弊之际，存古淡之道，卓然于诸大家未起之先。”[3]或许也是因为看到诸多梅诗并不平淡，故以“枯淡”“古淡”来校正之。

与平淡论相比，梅尧臣在诗论上可能更看重诗骚的传统和怨刺的精神。他的《答裴送序意》一诗云：“我于诗言岂徒尔，因事激风成小篇。辞虽浅陋颇克苦，未到二雅未忍捐。安取唐季二三子，区区物象磨穷年。”指出诗歌是自己倾心刻苦之作，不仅“因事激风”，而

1 黄庭坚《与王观复书》，郑永晓整理《黄庭坚全集辑校编年》，第939页，江西人民出版社2011年修订版。

2 朱熹《朱子语类》卷一四〇，第3334页，中华书局1986年版。

3 梅尧臣《宛陵集》附录，《景印文渊阁四库全书》集部第1009册，第438页，台北商务印书馆1982年版。

且直追“二雅”，能够直承儒道，与唐末五代只雕琢“区区物象”的风花雪月之作有质的不同。《答韩三子华韩五持国韩六玉汝见赠述诗》将这层意思揭示得更为明白：

圣人于诗言，曾不专其中。因事有所激，因物兴以通。自下而磨上，是之谓国风。雅章及颂篇，刺美亦道同。不独识鸟兽，而为文字工。屈原作《离骚》，自哀其志穷。愤世嫉邪意，寄在草木虫。迩来道颇丧，有作皆言空。烟云写形象，葩卉咏青红。人事极谀谄，引古称辨雄。经营唯切偶，荣利因被蒙。遂使世上人，只曰一艺充。以巧比戏弈，以声喻鸣桐。嗟嗟一何陋，甘用无言终。然古有登歌，缘辞合徵宫。辞由士大夫，不出于瞽蒙。予言与时辈，难用犹笃癃。虽唱谁能听，所遇辄喑聋。诸君前有赠，爱我言过丰。君家好兄弟，响合如笙丛。虽欲一一报，强说恐非衷。聊书类顽石，不敢事磨砻。

在梅尧臣看来，《诗经》皆缘事而发或托物起兴而成，即关注社会现实和重视以文学形象出之，此即“因事有所激，因物兴以通”和“因事激风”，而所谓的“风”，自然主要是“自下而磨上，是之谓国风”，即使是雅颂，其中包含的刺美之道也是相同的。这才是诗的要义，那种认为诗是博物广识或雕琢文字的工具的看法，是弃本求末的。但是近来诗道沦丧，更是一味追求物象的华美、典故的博赡、声律的谐和以及颂谀得利的目的，于是诗歌沦落为缺少“道”之“一艺”：“烟云写形象，葩卉咏青红。人事极谀谄，引古称辨雄。经营唯切偶，荣利因被蒙。遂使世上人，只曰一艺充。”这是对晚唐以降直至西昆体诗风的总体批判，也与白居易《与元九书》的观点遥相呼应。

如何“刺美”？梅尧臣的看法与传统儒家诗教观有所不同，他不再强调“温柔敦厚”或“怨而不怒”，而是以屈原《离骚》为例，肯定其“自哀其志穷”及将“愤世嫉邪意，寄在草木虫”的“比兴”做法。只要目的是“刺美”，文字和情感表达上不妨过分[1]。他曾自述“微生守贱贫，文字出肝胆”（《依韵和晏相公》），亦曾勉励欧阳修“勇为”美刺，“君能切体类，镜照嫫与施。直辞鬼胆惊，微文奸魄悲。不书儿女书，不作风月诗。唯存先王法，好丑无使疑。安求一时誉，当期千载知”（《寄滁州欧阳永叔》）。这种将风、骚并举，强调诗歌社会功用的观念，“无论是相对于五季之诗的物象之妍、偶切之巧，还是相对于宋初诗坛的优愉唱酬、浮靡雕琢，都显示了新型士大夫人格的丰富内涵”[2]。

正像梅尧臣承认自己“苦辞未圆熟，刺口剧菱芡”，在创作上未能完全达到平淡一样；梅尧臣的创作也未能完全贯彻自己的刺美理想。他虽然写了不少如《田家语》《汝坟贫女》那样反映和批判现实之作，但更多作品还是反映应酬、游戏、消遣等琐碎的日常生活。比如他创造的“禽言诗”，元代杨维桢虽有仿作《五禽言》，却批评说：“禽言无出梅都官之作，予犹惜其句律佳而无风劝之意，故予制《五禽言》，言若拙而意颇关风劝焉。”[3]可见一个人的诗歌主张或理想与其实际创作未必能如影随形。有意思的是，梅尧臣看重的刺美风劝不过儒家诗

1 《林和靖先生诗集序》“其辞主乎静正，不主乎刺讥”之语，只是对林逋诗歌的描述，并不代表梅诗以之为最高典范。

2 程杰《北宋诗文革新研究》，第133页，内蒙古教育出版社2000年版。

3 杨维桢《杨维桢诗集》卷七《〈五禽言〉并叙》，邹志方点校，第96页，浙江古籍出版社1994年版。

论的老生常谈，而他创作的“禽言诗”这一新的诗体或是铺写日常生活的诗歌，从诗史角度看，才更具有创造性的价值。同样，“平淡”虽非梅尧臣自己最看重的诗论，但是在宋代诗学史上，因其具有开创意义，故亦彰显出特别之价值。

中日韩曾巩研究管窥

曾巩为唐宋古文八大家之一，然后长期以来，学界对他的研究却显得冷落；这种情况不仅存在于中国，而且在日本和韩国同样如此。近年来，随着中国学界对曾巩研究的改观，同处东亚文化圈内的日本和韩国也受到一些影响。本文拟对中、日、韩三国的曾巩研究做一综述，并借此说明文化交融和互动的意义。有关日、韩的研究状况，因国内了解不多，故不惮辞费，论述稍详。

一、中国的曾巩研究

唐宋八大家中，相比于欧阳修、王安石、苏轼，中国学界对于曾巩的研究是较为沉寂的。张毅主编的《宋代文学研究》曾对20世纪的曾巩研究做过统计分析：

> 世纪初到1980年的80年间，他却颇遭冷落。1949年以前，只有王焕镳撰写的《曾南丰先生年谱》，《江苏国学图书馆馆刊》3卷，1930年11月；熊翘北的《曾巩的生平及其文学》，《江西图书馆馆刊》1期，1934年11月……1949年以后至70年代末

期、80 年代初，研究曾巩的论文几乎一篇也没有，文学史提到他往往略略带过……1983 年，在江西南丰举行了纪念曾巩逝世 900 周年学术研讨会，学者们希望改变过去将文学散文的范围划得过窄、冷落曾巩的现象。此后，陈杏珍、晁继周点校的《曾巩集》，1984 年由中华书局出版；据金代中叶临汾刻本影印的《南丰曾子固先生集》，1986 年由中华书局出版；江西省文学艺术研究所编辑的《曾巩研究论文集》，1986 年 12 月由江西人民出版社出版；王琦珍撰写的《曾巩评传》，1990 年由江西高校出版社出版。曾巩的研究一时反而显得比苏洵、苏辙更加繁荣一些。[1]

知网数据似乎也能验证以上说法，以“题名”为检索项，在两大关键检索项“学术期刊论文”和“博硕士论文”中（报纸和会议等项由收入数据尚少，参考价值不大），分别输入八大家姓名，所得各项篇数如下（检索日期 2019 年 8 月 8 日）：

	韩愈	柳宗元	欧阳修	苏洵	苏轼	苏辙	曾巩	王安石
学术期刊论文	1830	1843	1358	120	5735	205	221	1602
博硕士论文	111	99	105	6	396	29	16	112
合计	1941	1942	1463	126	6131	234	237	1714

因为有的论文题目不一定直接显示姓名，往往使用合称或简称，如欧曾、三苏等，因此须再以“主题”为检索项，所得各项篇数如下（检索日期 2019 年 8 月 8 日）：

1　张毅主编《宋代文学研究》下册，第 556—557 页，北京出版社 2001 年版。

	韩愈	柳宗元	欧阳修	苏洵	苏轼	苏辙	曾巩	王安石
学术期刊论文	4884	3769	3389	388	11928	816	429	4771
博硕士论文	712	233	564	55	1615	235	111	373
合计	5596	4002	3953	443	13543	1051	540	5144

其中苏轼一骑绝尘，一人就几乎撑起了唐宋八大家研究成果的半壁江山；居中的是韩愈、柳宗元、欧阳修、王安石四人，虽然单个人的研究成果数量无法追攀苏轼，但合力却足可抗衡；垫底的是苏洵、苏辙和曾巩三人，合起来的研究数量居然赶不上另外五家的任何一人，足见冷遇。以“题名”为检索项，可以看出曾巩略高于苏洵和苏辙；而以“主题”为检索项，则苏辙高于曾巩，其原因可能在于“主题”检索是将三苏、二苏之类都包括了进去，提到苏轼，难免会顺带提及苏辙，说到底，苏辙的数据，还是沾了苏轼的光。

关于21世纪的曾巩研究，于晓川《20世纪以来曾巩研究述略》[1]中有所涉猎，她列举的研究成果直至2014年。其中分别从“关于曾巩著述的整理、考辨和辑佚”“对曾巩年谱的编订及相关资料的整理”“曾巩散文研究”“曾巩诗歌、词的研究”“曾巩家族、交游和师承关系研究”五个方面概述了研究成绩，但也从四个方面谈了目前存在的问题：

> 一是理论价值不高的重复性研究成果多，近年来的一些研究缺乏创新。二是目前的研究方向较为集中，对曾巩散文中除序、记外的其他方面的关注远远不够，对曾巩骈文、诗歌的理论分析相对较少。三是在曾巩文学研究中，研究方法与视角上有待转变

1　于晓川《20世纪以来曾巩文学研究述略》，《重庆文理学院学报》2016年第1期。

和突破。四是曾巩文学研究之初，有很多在学界有一定影响力的学者加入到这一研究队伍中，但在近一段时间以来，这些学者对曾巩的关注较少，甚至在宋代文学年会中都鲜能见到关于曾巩文学的研究探讨。

于文比较详实中肯，本文不再重复述评。该文中所说的“曾巩文学研究之初，有很多在学界有一定影响力的学者加入到这一研究队伍中”，应该是指 1983 年 12 月，在江西南丰举行的“江西省纪念曾巩逝世 900 周年学术研讨会”。这次会议由江西省社联、江西省文学艺术研究所、抚州地区社联、抚州地区文联、南丰县纪念曾巩活动办公室共同主办，领导小组组长由当时中共江西省委宣传部副部长周銮书担任；邀请到会的供职于外省的专家数量不多，仅十余人，但其中六人当时或后来都是全国著名学者，六人名单及相关信息如下：

王水照，复旦大学中文系副教授，提交论文《曾巩散文的评价问题》；

马兴荣，华东师范大学中文系副教授；

吴新雷，南京大学中文系副教授；

邱俊鹏，四川大学中文系副教授，提交论文《曾巩诗歌散议》；

成复旺，中国人民大学中文系讲师，提交论文《“明道”说的深化，“义法”论的先导——谈曾巩的古文理论》；

刘扬忠，中国社会科学院文学研究所助理研究员，提交论文《关于曾巩诗歌的评价问题》。

另外，中国社会科学院文学研究所副研究员吴庚舜和华东师范大学中文系教授万云骏虽未到会，但分别提交了论文《宋代文学研究亟待加强——为纪念曾巩逝世九百周年而作》和《义理精深，独标灵彩——试论曾巩散文的朴素美》。这次会议以及随后编辑出版的《曾巩研究论文集》，“冲破了沉寂，填补了空白”[1]，成为推动曾巩研究走向深入和持续发展的重要开端，也让人们看到了地方政府与学界精英联合起来的益处。

2019年正值曾巩诞辰1000周年，抚州市及南丰县非常重视，联合学界举行了系列纪念活动，取得了令人瞩目的成果。如7月20日，在北京大学召开“曾巩诞辰1000周年纪念活动新闻发布会”，来自北京大学、清华大学、中国社会科学院等机构的三十多位知名专家以及人民日报、新华社、中央电视台等主流媒体的近百名记者参加会议。会议展示了由江西人民出版社与曾巩故里南丰县地方文化研究中心共同策划的《曾巩文化丛书》（全八册），包括《曾南丰先生评传》（王琦珍）、《曾巩年谱》（李震）、《曾巩家族》（罗伽禄）、《曾巩散文考论》（李俊标）、《宦游九州：曾巩政治思想研究》（夏老长）、《曾巩诗歌研究》（夏汉宁）、《曾巩故事》（王永明）、《曾布研究》（熊鸣琴）全八册，中国宋代文学学会原会长、复旦大学著名学者王水照说：“探寻两宋江右文化繁荣兴盛的原因，必须以深刻分析研究人物个案为切入点。这套《曾巩文化丛书》是一次很好的践行，值得细读精研。”

江西高校出版社也不甘落后，7月27日，在西安第29届全国图书交易博览会举行了国家出版基金项目“曾巩研究书系”（十册）新

1　王水照《曾巩研究论文集》序言，第5页，江西人民出版社1986年版。

书首发式。丛书由华南师范大学闵定庆教授主编，包括《曾巩散文研究》（韩国韩信大学金容杓）、《曾巩史学活动与史学思想研究》（华南师范大学夏志前）、《曾巩校书考》（澳门大学邓骏捷、闫真真）、《曾氏文学家族研究》（江苏师范大学李俊标）、《曾巩接受史研究》（中国艺术研究院黎清）、《曾巩新传》（广东社会科学院张洲）、《曾巩年谱辑刊》（韩国岭南大学何素雯）、《海峡两岸曾巩研究论集》（韩国岭南大学何素雯、台湾大学黄馨霈）、《曾巩诗论》（江汉大学喻进芳）、《曾巩学术思想研究》（高雄师范大学罗克洲）。

9月27日至30日，由北京大学中文系、中华文学史料学学会、抚州市人民政府联合主办，南丰县人民政府承办的“纪念曾巩诞辰1000周年学术研讨会”，于南丰县隆重开幕。值得一提的是，这次会议提交论文超过一百篇，包括北京大学、清华大学、中国人民大学、北京师范大学、北京语言大学、复旦大学、华东师范大学、华中师范大学、南京大学、浙江大学、武汉大学、中山大学、华南师范大学、四川大学、吉林大学、苏州大学以及中国社会科学院、中国艺术研究院等重点大学和科研单位的知名学者莅会发表宏论，规模和力量都盛况空前，认为对曾巩研究的全面繁荣将起到巨大的推动作用。

二、日韩的曾巩研究

日本和韩国的曾巩研究，长期以来皆颇寂寥，但“他山之石，可以攻玉”，其中不乏值得介绍和借鉴之处。

（一）日本的曾巩研究述略

如中国20世纪80年代之前的曾巩研究一样，日本学界也常常是在介绍中国文学史的唐宋八大家时才顺便提到曾巩，迄今并无学术专著问世。日本明治二十五年（1892），东京兴文社开始陆续出版《少年丛书·汉文学讲义》，其第六编至第十七编为《唐宋八大家文讲义》，该书三十卷，由鸿斋石川英、慎斋喰代豹藏等人讲述，实系对沈德潜《唐宋八家文读本》的翻译讲解。卷二十七至卷二十八收录曾巩散文二十篇（卷二十七:《移沧州过阙上殿疏》《福州上执政书》《寄欧阳舍人书》《与孙司封书》《战国策目录序》《列女传目录序》《陈书目录序》《礼阁目录序新仪》《先大夫集后》《范贯之奏议集后》；卷二十八:《送江任序》《送李材叔知柳州序》《宜黄县学记》《抚州颜鲁公祠堂记》《越州赵公救灾记》《思政堂记》《墨池记》《道山亭记》《分宁县云峰院记》《书魏公传》），由喰代豹藏讲述，明治二十六年（1893）印行，先列汉语原文，后继以日文讲解，系铅印本。这是较早介绍曾巩的论著。

之后，关于唐宋八大家的选文、翻译和解说也不断涌现，主要有:

富山房编辑局明治四十一年（1908）到大正五年（1916）刊行的《汉文大系》，第三、四卷收《唐宋八家文》三十卷（即沈德潜的《唐宋八家文读本》），由三岛毅评释，儿岛献吉郎解题，正文前附《唐宋八大家系图并年谱》，以日语的汉文训读体写成；

东京国民文库刊行1925年出版《国译汉文大成》，其中文学部第7—8卷是《唐宋八家文》；

东京朝日新闻社 1956 年出版清水茂《唐宋八家文》；

东京明治书院 1976 年出版星川清孝《唐宋八大家文读本》；

东京明德出版社 1978—1989 年出版《中国古典新书》，第 19 种系《唐宋八家文》；

东京学习研究社 1982 年出版藤堂明保监修《中国的古典》，第 30—31 卷系《唐宋八家文》；

东京角川书店 1989 出版筧文生注释、小川环树监修《唐宋八家文》；

东京明治书院 1990 年开始，陆续出版《新释汉文大系》，其中《唐宋八大家文读本》由田森襄、泽口刚雄、远藤哲夫、向岛成美，高桥明郎、星川清孝、白石真子等编译。

文学史著述中，多是在论述到宋代文学时简略提及曾巩，如博文馆印刷所 1898 年出版的笹川种郎著《支那文学史》，该书将中国文学划分为九期，其中第六期为宋代文学，仅分两节，“一、苏轼及其前后”“二、陆放翁”，第一节下的关键词为“欧阳修、苏老泉、东坡的传、其为人和文章、其诗、苏辙、曾王二家、黄庭坚”，寥寥数语。富山房 1925 年出版的儿岛献吉郎著《支那文学史纲》，较早在章节目录中显示出曾巩全名，该书第四篇《近古文学》第十九章标题为“曾巩王安石”，认为曾巩以“学术醇正”和“孝友”闻名，文章“典雅有余，精彩不足”，但能名列八家之中，并非仅由于“学术醇正”。《宋史・曾巩传》称其“文章本原六经，斟酌于司马迁、韩愈”，儿岛氏接受了这种说法，指出曾巩得欧阳修所传最多，故其长于叙事，学术亦以史学见长。评价比较中肯。影响较大的青木正儿的《支那文学概说》（弘文堂书房昭和十年版）第四章《文章学》第四节“古文”论及宋代古文时说："欧阳修对古文之法的学习和推动，在文坛上张大了势力，曾巩、王安石、苏轼、苏辙等皆出其门下，宋代文格遂至大成。"对于曾巩只是一笔带过。其他文学史提及曾巩也很简略，不再赘述。

专门性的研究论文极少，笔者所经眼者仅有四篇：

第一篇是防卫大学麓保孝（1907—1988）教授的《曾南豊の学行に就いて——宋代儒家思想史上に占める地位》[1]，着眼探讨曾巩在宋代儒家思想形成的过程中，所占据的重要地位。作者征引大量史料，从曾巩自身生平及著述、同时师友弟子的思想、时人与后人的评价诸方面横推竖阐，认为曾巩之学虽然根底于经，但对史部、子部也有深厚修养；他还敏锐发现了曾巩对《大学》的重视，认为不仅在《宜黄县县学记》《筠州学记》中有所体现，而且曾巩于《熙宁转对疏》中率先告君以《大学》的诚意正心修身齐家治国平天下之道（另封《自福州召判太常寺上殿札子》因改明州，不果上），随着《大学》在宋代儒学中地位的提升，曾巩承先启后的重要意义遂得以彰显，作者引述宋元明清不少资料以证成其说。代表性的资料如元代刘埙《隐居通议》卷十四《南丰先生学问》所言："濂洛诸儒未出之先，杨、刘昆体固不足道，欧苏一变，文始趋古。其论君道、国政、民情、兵略，无不造妙。然以理学，或未之及也。当是时，独南丰先生曾文定公，议论文章，根据性理，论治道则必本于正心诚意，论礼乐则必本于性情，论学必主于务内，论制度必本之先王之法。其初见欧阳公之书有曰'明圣人之心于百世之上，明圣人之心于百世之下'，又曰'趋理不避荣辱利害'，其卓然绝识，超轶时贤。先儒言欧公之文，纡余曲折，说

1　防卫大学校编《防卫大学校纪要．人文·社会科学纪》第 7 辑，1963 年版。

尽事情，南丰继之，加以谨严，字字有法度。此朱文公评文，专以南丰为法者。盖以其于周程之先，首明理学也。然世俗知之者盖寡，亡他，公之文自经出，深醇雅澹，故非静心探玩不得其味。”

麓保孝娴于汉语，1942年任日本驻华大使馆一等翻译，并且熟悉中国学术史，1943年曾兼任南京汪伪的中央大学教授，后来撰有《宋元明清近世儒学变迁史论》（东京国书刊行会1976年版），他对曾巩在儒学思想史上地位的揭示，虽史料皆来自前人，却征引丰富，编排合理，基本上让史料自身说话，叙述方式类似刘师培的《中国中古文学史讲义》。其中征引的某些史料，至今还鲜有学者留意。如他引南宋陈埴《木钟集》卷一“此用《论语》意，致知上发源，皆先儒所不道，南丰屡屡言之，度越诸公远矣”，揭示出曾巩《梁书目录序》与《论语》的关系；引《宋元学案补遗》卷四元吴澄之语：“南丰先生之学，在孟学不传之后，程学未显之前，而其言真详切实，体用兼该，间有汉唐诸儒不得而闻者。”揭示曾巩在儒学史上的地位。此两条重要史料，搜罗宏富的《曾巩资料汇编》[1]中即未得见。

第二篇是香川大学经济学部高桥明郎教授的《曾鞏の文学理論》[2]，这篇文章不是对曾巩文论思想的全面介绍，而是探讨曾巩对“发愤著书”和“穷而后工”的看法，总结曾巩对“穷”与“工”关系的认识。作者认为，欧阳修、苏轼在讲诗人之穷与文章之工的关系时，都很强调二者之间的因果联系，苏轼虽略有变化，如认为穷、工之间有天意存在的成分，后期甚至反过来讲“诗能穷人”，但基本上处于欧阳修的理论框架之内。曾巩与欧苏之间却有实质性的不同，他过于强调“载

1　李震《曾巩资料汇编》，中华书局2009年版。

2　内山知也博士古稀纪念会编《中国文人论集》，明治书院1997年5月。

道”，“工”只是“载道”时才被重视，才有意义，“穷”与“工”之间不存在因果逻辑关系，所谓的“发愤著书”也有着严格的规定性，局限于论述载道之作，与欧、苏相比，他的“发愤著书”欠缺很大的自由度。曾巩对“道”优先而顽固的标举，使其不能像欧阳修那样很好融合与平衡“道”与“文”，他虽然提到了“穷”与“工”，却漠视其间的联系线索，只是一味将“道”置于首位，这也是他在文体上更加倾力于文章，而对诗歌关注不够的原因之一。

第三篇是九州大学东英寿教授的《曾鞏の散文文體の特色——歐陽脩散文との類似點》[1]，这是迄今为止日本第一篇专门研究曾巩文章特色的论文。如众周知，欧阳修与曾巩关系亲密，两人文风也有相近之处，但学者多停留于似是而非的模糊论断之上，如“纡徐”“曲折”“简洁”“阴柔”等，缺少更为具体细致并且综合的文本分析。东英寿则从虚词使用法来考察曾巩古文的特色，并与欧阳修、韩愈做一比较，以见异同。因为记、序乃曾巩最得意的两种文体，本文将虚词调查的范围限定在曾巩诗文集《曾巩集》所收七十四篇序记，虚词则限定为“而”“也”“于”“因”“乃”“则”“然”“矣”“盖”“尔”“乎”“哉”“焉”“耳”“邪”“欤”十六个最常用的词汇。他先将之与《欧阳文忠公集》所收八十七篇记序的虚词使用做了分项比对，发现曾、欧两人所使用之各虚词的次数非常接近；然后又以具体篇章为例分析两者虚词使用的倾向，发现曾巩的《宜黄县学记》与欧阳修《醉翁亭记》一样，大量使用了各类虚词。为了加强数据的充分性和对比的鲜明性，作者又调查了十六个虚词在韩愈的四十五篇记序之中的使用频率，并分别使用总量统计、使用万字之频率统计、斯皮尔曼（Spearman）相

1　日本宋代诗文研究会会刊《橄榄》第 14 号，2007 年 3 月 1 日。

关性系数统计，发现曾、巩在虚词使用的整体特征上更接近欧阳修，而与韩愈存在着较大的差距。可见，古人将曾欧两人的古文特色并称为“阴柔”，而将韩愈归为与之相反的“阳刚”，确实有一定道理；他还发现曾巩与韩愈古文写作倾向的距离要较欧阳修与韩愈之间的更大，单就记、序两种文体来说，与韩愈之“阳刚”相比，曾巩古文要较欧阳修更能体现出“阴柔”的一面。全文列有五张表格，详细罗列各项数据，说服力很强。这种具体深细的研究方式，值得学界借鉴和思考。

第四篇是早稻田大学近藤一成教授的《宋代神宗朝の高麗認識と小中華——曽鞏をめぐって》[1]，文章讨论了曾巩知明州和任史馆修撰时言及宋朝与高丽关系的几封奏书，指出熙宁四年宋朝和高丽恢复使节互通后，基于曾巩所言的“高丽为蛮夷中，为通于文学，颇有知识，可以德怀，难以力服”和神宗所言的“蛮夷归附中国者固亦少，如高丽其俗尚文，其国主颇识礼义，虽远在海外，尊事中朝，未尝少懈”，故朝廷“赐予礼遇，皆在诸国之右”。因为相比于辽夏，在宋朝构想的中华秩序中，高丽是唯一完全契合的存在。高丽也借与宋之关系形成了重要的自我认识，元丰三年副使朴寅亮来宋祭吊曹太皇太后葬礼，他与金觐的诗文刊行时就以《小华集》为名，朴寅亮在元丰五年为去世的高丽文宗起草哀册时，就将文宗的兴盛时代比拟为“小中华”。但是，高丽等于小中华，不仅是高丽的自我认识，而且是北宋基于当时的国际形势，不得不把高丽当做礼仪之国来对待，其中也是北宋自我认识的反映。文章还建议在讨论各种仪礼中高丽使节的地位和作用时，注意进一步站在东亚的视野下去看待宋朝和高丽的关系。

1　韩国《全北史学》第 38 号，2011 年（日文）。

（二）韩国的曾巩研究述略

韩国的曾巩研究成果数量虽较日本为多，但 1990 年以前基本处于空白阶段。据韩国启明大学中文系诸海星教授所撰《20 世纪韩国宋代文学研究现况简介（自 1945 年至 1999 年）》[1] 统计，五十多年内竟无一篇有关曾巩的研究；他另撰《韩国宋文六大家文学研究现状概括与评价（自 1971 年至 2009 年）》[2] 一文，显示曾巩研究自 1990 年以后才逐渐有所起色：

一、硕、博士学位论文

金钟燮《曾巩散文研究》，首尔大学硕士学位论文，1990 年。洪尧翰《曾巩研究——以散文为中心》，明知大学硕士学位论文，1993 年。金容杓《曾巩散文研究》，台湾大学博士学位论文，1994 年。

二、学术刊物发表论文

金容杓《由曾巩记叙文看其实用精神》，《中国学研究》，1991 年第 6 辑。徐辅卿译《寄欧阳舍人书》，《中国语文学译丛》，1997 年第 6 辑。柳莹杓《曾巩〈与王介甫第二书〉的创作动机考察——曾巩与王安石的交游关系研究之一》，《中国文学研究》（庆星大学），1998 年第 10 辑。柳莹杓《曾巩与王安石的交游》，《中国文学》，2002 年第 38 辑。白光俊《由墓碑文看曾巩的写作——以对文体的观点之形成背景及其意义为中心》，《中国文学》，2000 年第 33 辑。田立立（中）《论曾巩文学地位的研究》，《中语中文学》，2008 年第 43 辑。

1　邓乔彬编著《第五届宋代文学国际研讨会论文集》，暨南大学出版社 2009 年版。

2　《常州工学院学报》（社科版）2010 年第 4 期。

该文共列举宋文六大家文学研究论文目录近三百篇，硕、博士学位论文目录一百多篇，今将六家数据统计如下：

	欧阳修	苏洵	苏轼	苏辙	王安石	曾巩
专著、译著	6	0	14	0	1	0
博硕士学位论文	25	1	63	1	11	3
学术刊物论文	59	5	171	4	45	6
合计	90	6	248	5	57	9

曾巩总共才有九篇，其实诸海星文尚漏检一篇：郭鲁凰的《曾巩散文理论及特征》（《中国学研究》第9辑，1994年）。即便如此，曾巩研究数量也仅略高于苏洵和苏辙，与欧阳修、苏轼、王安石三家相比仍有天壤之别。最近十年的韩国曾巩研究，笔者尚检得如下6篇（部）：

学术专著一部：即前举金容杓博士论文《曾巩散文研究》，2019年由江西高校出版社出版。

硕士学位论文两篇：1. 金松柱（김송주）《曾巩记文研究》，高丽大学校大学院硕士学位论文，2010年。2. 李汝英（이여영）《曾巩序文研究》，全北大学校教育大学院硕士学位论文，2014年。

学术刊物论文三篇：1. 吴宪必（오헌필）《曾巩的社会诗内容分析》，《中国学论丛》第58卷，2017年，高丽大学中国学研究所。2. 吴宪必《曾巩的历史观和咏史诗》，《中国学》第65辑，2018年，大韩中国学会。3. 安灿顺（안찬순）《朱熹的文学观以及其意义——以朱熹对曾巩的评价为中心》，《中国语文学集》第68辑，2018年，中国语文学会。

以上诸文，在学者集中研究的领域，如曾巩生平及散文研究方面，创获较难。如洪尧翰的硕士学位论文《曾巩研究——以散文为中心》，分为“序言”“家世及生平”“学问与思想”“散文渊源”“散文内容分析”“散文特色”“结论”七章，基本上是对文学史有关章节的扩充，作为重点章节的第六章，将曾巩散文特色总结为“文辞简洁”“结构谨严”“说理本经”“文体阴柔”等，亦属摭拾旧说，但该文成稿较早，不宜苛求。

金松柱的硕士学位论文《曾巩记文研究》共分五章，除序论、结论外，第二、三、四章分别考察了曾巩记文的分类内容和创作艺术。认为曾巩记文具有很强的事实性和明确性，并自然地融合了自己的真实思想和情感，使此类作品中具有了丰富的内涵；曾巩作品的特点是文字简朴，结构非常严谨，甚至认为无须分段，因为他采用了一定方法把各段划清。李汝英的硕士学位论文《曾巩序文研究》，将《曾巩集》四十二篇书序按内容分为四类：一为整理古籍所作，二为当代文集所作，三为赠序，四为其他序文。论文对前三类进行了研究分析。认为前两类书序，真正合乎“提要”性质的只有《陈书目录序》一篇。曾巩为文志在明道而好议论，其序文也不例外，每篇几乎都有一段“大议论”。目录序主要围绕“先王之道”进行了“大议论”，阐明了曾巩“本原六经，修法度，明教化，治国平天下”的儒家思想；为当代文集所作之序，重在阐明曾巩“文道合一”的文道观；赠序主要围绕官吏的职责进行“大议论”，阐明了曾巩爱民、忠于职守的政治观。序文鲜明反映了曾巩的儒家思想、文道观及政治观。论文还对曾巩序文中普遍采用的修辞手法进行了研究，分析了对比、排比、对偶、引用、设问等修辞手法在序文当中的用例和达到的效果。这两篇学位论文中规中矩，但整体创新度明显不足。

值得注意的是最近发表的三篇学术刊物论文：吴宪必的《曾巩的

社会诗内容分析》和《曾巩的历史观和咏史诗》，探讨学界较少关注的曾巩诗歌，通过对曾巩社会诗的研究，指出其对虚矫夸饰的时政和失败的国防政策的批判，以及对民生疾苦的关心，其中体现了曾巩的民生意识；通过对曾巩咏史诗的研究，指出其以简洁的方式描绘历史人物和历史事件，重在借古讽今，表达对当时境况的思想和情感，具有很强的实用精神。论文还分析了这些诗歌的独创性和艺术风格，角度较前研究有所推进。安灿顺的《朱熹的文学观以及其意义——以朱熹对曾巩的评价为中心》，指出朱子对韩愈、欧阳修、苏轼、苏辙等古文家往往是批判的，唯独特别偏爱曾巩的著作，论文围绕朱熹对曾巩各方面的评价，条分缕析，对于理解曾巩文章以及朱熹的文学观都有所助益。

当然，最有分量的研究还是韩国韩信大学金容杓教授的《曾巩散文研究》，此系其 1994 年博士学位论文，以繁体中文写成，是他在中国台湾大学师从罗联添教授时完成的，历经二十五年，终于 2019 年正式出版。论文作者致力于解决两个问题：一是曾巩作品是否“缺乏现实性”，是否只是“一套陈旧话语”？二是曾巩散文果真没有具备某种审美感（尤其是形象性与抒情性）吗？古今对审美感的观念那么截然不同吗？

对于第一个问题，作者认为很大程度上来自人们对“文以载道”的成见，其实曾巩本原六经，以《大学》《中庸》之道为核心，秉承的是“文以明道”的文学功用论，不同于宋儒“文以载道”的“文学无用论”。曾巩把《大学》中的八条目分成“先觉”和“觉斯民”两个阶段，他基于孟子性善之说出发，相信道德人格的感染力量，将个人道德的修持视作“先觉”的核心内容；但他并不认为单凭道德的力量就能够“治国平天下”，反而透彻地针对现实社会的种种矛盾，提出非常实际的政治理论。如《洪范传》中，他主张“八政”之说，其重心放在“教育”和“行政”方面，所谓“教育”是指“培养吏才”，“刑政”要以“刑赏重厚”的原则治理百姓。这就是他所谓“教化”的正确意旨，也是“觉斯民”的具体手段。任地方官时，他非常关心百姓疾苦，处处为民着想，不仅提出水利、救灾、理财等关系到百姓生产和生活的主张，而且力行实践。总之，曾巩的文章绝非缺乏现实性，而是具有强烈的“经世致用”精神。

另外，曾巩对文章内容的理论要求，是在“公且是”的原则下，提出“当于理”。所谓“公且是”乃是“道德之体要”，即无偏无党、大公无私的“中”。所谓“理”是指因时适变的现实政治中的“治理”。前者为“道”，后者为“政”，强调作家务必在不徇私情、公正不阿的道德标准下，写出有关“可行于当今治世之法”的“治理”，文章的内容必须以“道”以“政”为之。但他又认为“无文无以明道”，提出“文道合一”的理论，“重道重政也重文”，因此他的文学理论主张不是陈说，而是推陈出新。

对于第二个问题，作者认为曾巩散文的最大特色是纯以客观的叙述和议论来代替事物、代替人物生动的形象。他的文章几乎没有塑造形象。然而形象给予的美感，是作家主观感情色彩的一种表现，所以过于注重塑造形象，就容易流于主观感情成分，也易于失去冷静客观、大公无私的心理状态，从而丧失了理性分析的说服效果。因此，曾巩散文着重于叙事、议论，而似乎有意避开形象描绘。但是，曾巩文章并不缺乏抒情性，只是这种抒情隐藏于其文字的简洁平易与音声的抑扬节奏之中。文字的“简洁平易”，本身已带有一种“阴柔”或“秀美”

的内在艺术美，所以曾巩即使没有塑造鲜明而生动的形象，读者从中仍可隐然感到审美情趣。音声抑扬节奏的变化则是一种语言之美，所谓节奏,就是音长、音高、音势三方面的情感起伏变化。曾巩的散文语言,抑扬的落差、旋律长短的变化，较为缓慢、匀称、和谐，是以其旋律的运动形成了更为规律性的圆满曲线；大致上先以平缓的语调塑造从容不迫、亲切柔和的气氛，然后再以带有周期性的情感的抑扬落差塑造匀称、和谐的节奏，最后以反复咏叹的手法予人悠远的情韵，即是古人所谓的“典雅含蓄”。不过，这种“典雅含蓄”，非朗诵其散文则不能感受，务必以柔和的语气、缓慢升降的速度低徊吟咏时，才能感觉到它的“阴柔之美”。20 世纪以来，受西方文学理论的影响，多注意作品文字塑造的形象美，而不甚注重发掘“因声求情”“因声求气”的传统古文审美理论的核心，这也是曾巩散文的艺术价值未能被今人真正理解的主要原因之一。

论文第三章将曾巩现存七百三十八篇散文作品，大致分成六类：论辩序跋类、书牍赠序类、奏议诏令类、碑志传状类、哀祭类、杂记类，并分别做了要言不烦的点评。第五章具体考察曾巩散文中的“道”，指出现存《元丰类稿》中最能表现其“经世致用”思想面貌的其实是叙事文，而不是论辩文；若不考察其叙事文中隐然所藏的思想底蕴，而仅以论辩文中关于道德修持方面的言论来判断，难免会形成对曾巩思想的错误认识。

该著的若干观点前人虽有论及，然而皆不及其详明剀切。因此，尽管这部专著基本是其博士论文的原貌呈现，但在韩国的曾巩散文研究方面，仍堪称标志性的成果。

三、中日韩曾巩研究比较

从以上对中、日、韩曾巩研究的简单考察可以看出，三国之间的研究有分别但也有联系。

首先，中国是理所当然的曾巩研究的主导和主力，不仅成果数量相对庞大，而且地方政府热心标举乡贤，做了不少卓有成效的工作。比如 1983 年由江西地方政府举办的“纪念曾巩逝世 900 周年学术研讨会”，对于打破曾巩研究的沉寂局面就起到了关键作用，几部经常为学界引用的成果，如陈杏珍、晁继周点校的《曾巩集》，江西省文学艺术研究所编辑的《曾巩研究论文集》等，都是在这次会议后陆续出版的。而 2019 年的“纪念曾巩诞辰 1000 周年学术研讨会”，则是地方政府携手学界高端力量共同举办的规模空前的盛会，数十所重点大学和科研单位的学者投入研究，视角多样，出手不凡，仅列举几篇拟参会学者的论文题目：《曾巩省试文章论略》《曾南丰应用之文研究》《辨析几微：道论与曾巩古文风格的形成》《曾巩诗歌的溪山佳兴与自然观照》《山水与画图：论曾巩诗歌的景观审美》《欧梅唱和圈中的曾巩形象与创作》，即可推知曾巩研究必将出现新的气象。

日、韩两国的曾巩研究虽然数量较少，但非常注意吸收中国的研究成果，《曾巩集》和《曾巩研究论文集》就是被其经常引用的。当然，由于国别和地域因素，他们引用中国研究成果时往往有一种滞后性。相比而言，中国学者由于较难看到日韩的研究成果，因此在研究中对他们的成果也很少引用。随着相互交流的频繁和网络技术的发展，这种单向输出的情况有望在以后逐步得到改善，从而在中日韩三国之间形成一种文化互动的良性循环。

其次，中国的曾巩研究从20世纪80年代之后开始较快地前进，韩国则滞后十年，于20世纪90年代之后才有所发展。此前，两国的研究景象都十分惨淡。日本专门性的研究论文虽仅有四篇，但20世纪60年代即出现了麓保孝的力作《曾南豊の学行に就いて——宋代儒家思想史上に占める地位》，遗憾的是久久无人跟进，直至20世纪90年代之后才相继出现了另外三篇研究论文。不难看出，日韩两国的研究成果之所以集中出现于20世纪90年代之后，某种程度上是受了中国20世纪80年代之后曾巩研究的影响。

第三，与日本相比，韩国的曾巩研究成果相对丰富。这可能和近些年来，中韩两国日益密切的互动交流有关，一方面，来中国留学的韩国学生和往韩国访学的中国学者逐渐增多；另一方面，韩国国内一批中青年学者迅速成长起来，成为研究中国古代文学的核心力量。日本方面，不仅曾巩研究，而且近年来整个中国古代文学的研究，都有低落之势，欲现昔日之辉煌，尚待来者。

还有一个有意思的现象是，无论中国还是韩国，不仅是对于曾巩的研究，而且对于苏辙和苏洵的研究也十分萧条，如果统计其他国家的相关研究，相信也会是如此结果。这其实反映了一种学术上的“马太效应”，人们对于明星或话题人物，总是倾向给予更多的关注。但学术研究毕竟不同于社会学和经济学，它理应全面理性地衡量历史，从中挖掘出那些少人关注却又值得关注的人物、事件或现象，予以深度分析与研究，才能真正填补学术空白点，推动学术的繁荣和进步。从这个意义上说，中日韩三国的曾巩研究还有巨大的空间可以开拓。

学术是天下之公器，文化更是天下之财产，期望各国之间的学术与文化能够相互馈赠[1]，使世界文明显得更加多元多彩、丰富生动。

（多谢东英寿教授、金程宇教授、卞东波教授、闵定庆教授、李恩周博士、金胜满同学、王永明先生惠赐相关资料）

1　此处借鉴袁行霈先生 1998 年在北京大学举办的汉学研究国际会议上提出的重要概念“文化馈赠”。袁先生说：“文化的馈赠是极富活力和魅力的文明创新活动，各个民族既把自己的好东西馈赠给别人，也乐意接受别人的馈赠。馈赠的态度是彼此尊重，尊重别人的选择，绝不强加于人。馈赠和接受的过程是取长补短、融会贯通。馈赠和接受的结果是多种文明互相交融、共同发展，以形成全球多元文明的高度繁荣。”

“人比黄花瘦”索隐

以花木喻人是中国古典文学作品中常用的修辞手法。《好逑传》就用“双眉春柳，一貌秋花”来形容水冰心的美貌。但为什么不是貌如“春花”，而是貌如“秋花”呢？春花不是比秋花更温润含光吗？这里可能是因为上句“春柳”已含有一个“春”字，从对仗角度而言，便只好使用“秋花”了。

但是，这不意味着以秋花喻人的效果就不如春花，恰恰相反，秋花由于多耐凉寒，用来喻人时，常能展现出一种内在的品质和力量、精神与格调，因此也为历代作者喜用，并创造出大量的名句、警句。如堪称秋花之主的菊，以之喻人的经典名句就有“落花无言，人淡如菊”（《二十四诗品》）、“莫道不消魂，帘卷西风，人比黄花瘦”（李清照《醉花阴》）等。

“人淡如菊”意思显豁，它应脱胎于陶渊明的“采菊东篱下”（《饮酒》其五），是借菊花比喻人的隐逸风节和澹泊品性。到了宋代周敦颐的《爱莲说》：“予谓菊，花之隐逸者也。”反而蜕变为以人喻花，这种逆向手法也强化了菊花与隐者的同构关系[1]。但是，在理解“人比黄花瘦”时，除了我们习惯上认为是指“人比枯萎的菊花还要憔悴”之外，可能还有另外一种“与盛开的菊花相比，人显得憔悴”的解释，因为南宋洪咨夔就有“菊肥人自瘦，发短虑何长”（《又敬和还家》）

1 “人淡如菊”四字联用，似始见于郑樵《夹漈遗稿》卷上《夏日题王右丞冬山书屋图》：“室中之人淡如菊。”盖因《二十四诗品》是否司空图之作，学界争议颇大，故暂不视为最早语源。

的诗句，清代女才子陈芸的诗句也有“秋侵人影瘦，霜染菊花肥”（沈复《浮生六记·闺房记乐》）。那么，哪一种理解更具胜义呢?

一

我们先来看一下孙宝瑄《忘山庐日记》光绪三十四年（1908）十一月十五日所载：

> 仍往二我许坐，其听事间菊花犹肥美无残意，黄紫相间，丛绕参错，中置二我象，所谓人淡如菊者，盖指此邪。室中微寒，以炽炭故，亦不过冷，故花能耐久也。[1]

虽然由于室内加了炭火，菊花花期才得以延长至阴历十一月。但无论如何，九月的菊花应是肥美、饱满的盛开状态，至少不会凋萎，因此才有重阳节秋游赏菊的习俗。明代王世贞诗云“九月黄花十月肥”(《癸未十月成伯从孙詹录偕弟进士寅季侄孟嘉过敬美澹圃看菊花作》)，边贡也说“十月霜庭菊正肥”（《饮菊泉》二首其二），可见十月之菊仍绽放未败。李清照的“人比黄花瘦”作于重阳佳节，因此面对的应是茁壮成长的菊花。从这个意义上看，似乎此句写的应是以菊之肥

1 《孙宝瑄日记》，第 1360 页，中华书局 2015 年版。

来衬托人之瘦。

但是,以肥瘦对比的常规书写套路,为了增加对比的强烈和鲜明感,一般会将“肥”“瘦”二字都点出，其书写格式是“×肥×瘦”或“×瘦×肥”的并列式，易安本人亦有“绿肥红瘦”的名句。那么，“人比黄花瘦”的意思如果意在呈现反差性对比，句式应该是“菊肥伊人瘦”，而不应是如目前反而可以呈现一种递进的意味。因此，从句式构成的逻辑看，“人比黄花瘦”指称的意思仍应是“人比枯萎的菊花还要憔悴”。

菊花可以瘦吗？抑或用一个更为严谨的说法，可以用瘦来形容菊吗？答案自然是可以的。

仅以宋代而言，易安之前，已偶有人以瘦形容菊花，如苏辙“东墙瘦菊早开花，九日金钿已自嘉”（《九月十一日书事》）、“临阶野菊偏能瘦”（《次韵张去华院中感怀》）。易安之后，以瘦言菊者更不乏其人，如陆游“雨荒园菊枝枝瘦”（《初冬》）、刘克庄“屋茅破，篱菊瘦，架签残”（《水调歌头·喜归》）、吴文英“菊花清瘦杜秋娘”(《浪淘沙令·九日从吴见山觅酒》)。易安本人的《多丽·咏白菊》，写的也是瘦菊：

小楼寒，夜长帘幕低垂。恨萧萧、无情风雨，夜来揉损琼肌。也不似、贵妃醉脸，也不似、孙寿愁眉。韩令偷香，徐娘傅粉，莫将比拟未新奇。细看取、屈平陶令，风韵正相宜。微风起，清芬酝藉，不减酴醾。　　渐秋阑、雪清玉瘦，向人无限依依。似愁凝、汉皋解佩，似泪洒、纨扇题诗。朗月清风，浓烟暗雨，天教憔悴度芳姿。纵爱惜、不知从此，留得几多时。人情好，何须更忆，泽畔东篱。

易安在这首词中不仅运用了诸多历史典故，而且也使用生活化的语言和通俗性的比喻，多方面呈现出深秋季节菊茎之纤细，菊瓣之残损，菊味之芬芳，菊韵之清高，对遭受风雨寒霜摧残，看似柔弱憔悴却能保持高洁品质的白菊，致以一种同情与敬意。值得注意的是，这首词尽管工巧，但独创性并不明显，仍是沿用了花枝因风雨等外力作用而致损残的传统思路。

虽然以瘦形容菊花，在宋人那里已有其例，但具体到易安这首《醉花阴》中的重阳黄花，本应肥美茁壮，为何仍以“瘦”来形容之？

早在20世纪30年代，俞平伯先生《诗的神秘》一文中就指出“人比黄花瘦”有“三可异”：“人何以比黄花，岂诗人之面，中央正色乎？一可异也。人之瘦怎能与黄花同瘦，比黄花还瘦？二可异也。黄花又瘦在何处？花欤？叶欤？其摇摇之梗欤？三可异也。”[1]

俞先生的“三可异”之问其实已敏锐触及这个问题，并尝试做了回答。首先，他认为“诗人之面”与黄色可能会存在一定联系，如可以使人产生一种憔悴感的联想；但他以“中央正色”指称黄色，又似乎是想说黄花有寓示诗人品质美好的意思；因为黄色的五行属性为土，土居四方之中，故黄色被视为“中央正色”“中和之色”，《易·坤》六五《文言》：“君子黄中通理，正位居体，美在其中，而畅于四支，发于事业，美之至也。”由于俞先生没有进一步的分析说明，我们也只好将两种可能性都罗列出来。其次，他认为无论人“与黄花同瘦”

1　俞平伯《诗的神秘》，收入《杂拌儿二》，见《俞平伯全集》第2卷，第232页，花山文艺出版社1997年版。按该文作于1931年10月14日。

还是“比黄花还瘦”，都是可惊可异的，而且黄花“又瘦在何处”令人难以理解。俞先生提出：“花欤？叶欤？其摇摇之梗欤？”似乎是想说，瘦不一定指“花朵”本身，也可能是指花叶或者花茎。

应该说，“诗人之面”的“黄”与“瘦”在字面上确有一定的关联性，如“面黄肌瘦”早在北宋王兖的《博济方》中就已经出现，后来更成为汉语的常用词汇之一，这也许是易安未选择其他颜色菊花作为比较对象的原因之一；而“中央正色”之寓，则嫌牵强，也消解了“诗人之面”的憔悴感。至于“花欤？叶欤？其摇摇之梗欤”之类的说法，丝毫无助于理解“黄花”之喻的特殊性，因为这种说法几可施之于所有的花品，况且那种菊瓣纤长、菊枝瘦细的品种在宋代并不普遍。

那么，是否由于风霜雪雨等外力作用导致《醉花阴》中的“黄花”萎谢，从而可与女子比瘦呢？我们不妨来整体观照一下这首词[1]：

> 薄雾浓云愁永昼，瑞脑消金兽。佳节又重阳，玉枕纱厨，半夜凉初透。　　东篱把酒黄昏后，有暗香盈袖。莫道不销魂，帘卷西风，人比黄花瘦。

整首词中的天象是“薄雾浓云”和“西风”，并没有出现“急”“暴”“骤”“冷”等摧残性字眼，它所营造的力度是模糊的，因此女主人公才会在黄昏后把酒赏菊，以致“暗香盈袖”，可见当时

1　文本据黄墨谷辑校《重辑李清照集》，中华书局2009年版。按该词版本异文甚夥，其中本文必须说明者有两处：一是“半夜凉初透”，清光绪刻《半厂丛书》本《白香词谱笺》作“昨夜凉初透”；一是“人比黄花瘦”，诸多版本亦作“人似黄花瘦”。此两处异文，会弱化本文的论析力度，但并不影响本文的基本结论。如用“昨夜凉初透”，则末句生发的时间点不在重阳半夜，全词在时间上也将呈现直线而非曲线结构，但不影响“明日黄花”之感；如用“人似黄花瘦”，则虽不能呈现更甚一层的比较，但仍足以表达心理、情感之瘦和对爱情的坚贞不渝。

的菊花应是芬芳盛开的。它不同于易安《声声慢》“晚来风急”中的黄花，也区别于易安《多丽》“无情风雨”中的白菊，这说明不仅易安不想，而且词本身也无法引导读者往凋萎的瘦菊上去联想。

问题又回到了起点：重阳之菊何曾瘦？这个疑问必须回答。

二

元丰五年（1082），是苏轼因“乌台诗案”被贬到黄州的第三个年头，这年重阳节，他在黄州西南的涵辉楼上写了一首《南乡子》词，赠给黄州太守徐君猷：

> 霜降水痕收。浅碧鳞鳞露远洲。酒力渐消风力软，飕飕。破帽多情却恋头。　佳节若为酬。但把清尊断送秋。万事到头都是梦，休休。明日黄花蝶也愁。

词的末句反用唐郑谷咏《十日菊》中“节去蜂愁蝶不知，晓庭还绕折残枝”句意，感慨过了重阳的菊花将逐渐衰败，因此漫说是人，即使是蝴蝶也会感到发愁悲哀吧。其实早在元丰元年（1078）的重阳节，时为徐州太守的苏轼，就在《九日次韵王巩》中写下了“相逢不用忙归去，明日黄花蝶也愁”的诗句，那时的苏轼，刚刚带领徐州人民建造了防洪堤坝和城墙，并于重阳举行了黄楼（寓土克水之意）落成仪式，他由衷欢喜和自豪，但也感到良辰易逝、好景不长，故有“明日黄花蝶也愁”之叹，此语直似谶语，次年即有乌台诗案发生，令人浩叹。

值得注意的是，苏轼在这两首诗词里写到的重阳黄花都是未经风雨摧残、正堪赏玩的菊花。《南乡子》中的“风力软”即为一证，《九日次韵王巩》虽未言天象，但苏轼同日有《九日黄楼作》：“朝来白露如细雨，南山不见千寻刹。……烟消日出见渔村，远水鳞鳞山齾齾。”可知此日亦晴好。这就启示我们，重阳之菊与重阳过后之菊有着截然不同的意义，这种不同，不在自然形态，而在节令情感。

过了重阳的菊花在较长一段时间内虽仍会保持盛开状态，但从节令上说，九为至阳，重阳则日月并应“九”字，为阳气之顶点，然盛极而衰，必然之理，从这一天开始，阳气开始衰减，阴寒之气将逐渐上升。《风土记》载曰：“是月九日，采茱萸插头簪，避恶气而御初寒。”因此重阳常被视为天地阴阳交会之日，具有区别于其他日子的强烈仪式感，在传统习俗与人们精神上有着特殊的意义。苏轼诗词中蝴蝶也将为之发愁的节后黄花，不一定是眼前之景的实写，更多是一种处于时间节点之上的心理与情绪的反映。那么苏轼在重阳当日即为明日黄花而哀伤，而《醉花阴》中的“半夜”正处于今日与明日的交界点，此时的易安，更会泛起明日黄花将渐瘦的惆怅和哀愁吧。如果考虑到易安的父亲李格非受知于苏轼，为苏门“后四学士”之一，那么易安对苏轼诗词极可能从小就耳濡目染，较为熟悉，她在《醉花阴》中对于重阳“黄花”的感受，也许其中就有来自苏轼的影响。

于是，我们初步可以明白易安“人比黄花瘦”在修辞上相反相成的奥秘：重阳之菊明明是繁茂盛开的，在作者和读者心中偏偏呈现出一种瘦损感；说到底，这种“黄花瘦”，更多的是一种心理与情感上的无形之瘦，执着于菊花的品种和外形的肥瘦反而落了下乘。正如一轮红日或白日高悬，但失去妻子的葛利高里看到的偏偏是“头顶上黑沉沉的天空和一轮闪着黑色光芒的太阳”[1]。唯其如此，更能牵动心境与灵魂。而更甚一层的伊人之瘦，该是如何的惊心动魄、刻骨灌髓，也就不言而喻了。

易安想必是有培育菊花经验的。菊花品种不同，姿态各异，宋代史铸的《百菊集谱》就收有多达一百三十一品。它们有的花瓣茂密，有的花瓣疏落，虽亦有遭风雨而落瓣者，但绝大多数品种的菊花花瓣并不飘落，而是逐渐枯萎在花枝上。我们虽然无从得知易安词中所写的菊花是何品种，但她既然并未点明所写黄花的特殊性（像《多丽》，就点明是“咏白菊”），我们还是将之理解为并不落瓣的菊花为宜。其实不管易安看到的是什么品种的菊花，都不影响她的这种体验和心理情感。菊之枯萎，先是花瓣底部发枯发褐，然后花叶逐渐干巴枯萎，这种美丽的消逝不是瞬间的，而是缓慢却又无奈的，恰好可以用来形容女性由青春活力走向迟暮憔悴的过程。此一过程，令人心碎，令人窒息，是一种延伸的痛苦，更是一种绝望的煎熬。它可能没有瞬间凋谢的樱花、桃花那样激烈和悲壮，但活生生地看着美的消逝和无可挽回，给人造成的精神苦痛无疑更加残忍和残酷。况且，菊花之枯尚有易安为之叹惜，而易安因相思而煎熬、因煎熬而逐渐憔悴，又有谁来怜惜她呢？无论黄花肥瘦，此处拈出一“比”字，顿觉情感力重千钧。易安第一次细腻体会和发现了女性与菊花之间的这种相似性，并把它揭示出来，的确是一位了不起的词人。

1 ［俄］肖洛霍夫《静静的顿河》（插图本），第1690页，人民文学出版社1988年版。

三

现在可以对《醉花阴》一词重新加以解读了。

该词《草堂诗余》本题作“重阳”，其他版本又有题作“重九”或“九日”者，词中又点明“佳节又重阳”，叙写的自然是重阳节这天的情景活动；但时间上并非顺次展开，而是具有一种跳跃性和倒错感：

“薄雾浓云愁永昼，瑞脑消金兽”，此写白天，“永”字突出愁之长度，亦是一种度日如年的心理感觉；“薄雾浓云”既为实景，又形成一种凄凄惨惨的氛围。

“玉枕纱厨，半夜凉初透”，此写夜间，“凉”字既是时令之凉，又是孤衾寂寞的心理之凉。

至此重阳一天似已结束，然换头一句“东篱把酒黄昏后，有暗香盈袖”，却又将时光回溯到当日的傍晚。这自然是半夜梦醒后的回忆：“重阳的黄昏，我坐在开满菊花的院落里小酌赏花，香气浓郁袭人，连衣袖之间都充溢着菊花的芬芳。”如果单独拈出这两句，相信很多人会联想到陶渊明那种“采菊东篱下，悠然忘南山”的隐逸生活，对词的理解可能会偏向“人淡如菊”一路；但是如果注意到“有暗香盈袖”尚有《古诗十九首》“馨香盈怀袖，路远莫致之”的语源，就知道这首词仍会是相思的主题，而终乏悠然的趣味。

果然，结末三句“莫道不销魂，帘卷西风，人比黄花瘦”，进一步明确因别离而相思，因相思而使人憔悴。“销魂”用江淹《别赋》“黯然销魂者，唯别而已矣”之意，不过江淹是用八九百字的赋来铺写不同类型的离别愁绪，其中写夫妻之别时云：“又若君居淄右，妾家河阳，同琼珮之晨照，共金炉之夕香。君结绶兮千里，惜瑶草之徒芳。惭幽闺之琴瑟，晦高台之流黄。春宫闷此青苔色，秋帐含兹明月光，夏簟清兮昼不暮，冬釭凝兮夜何长！织锦曲兮泣已尽，回文诗兮影独伤。”虽然使用了“昼不暮”“夜何长”“泣已尽”“影独伤”等词汇，以见闺中人时间之难熬与心情之哀伤，但到底显得直白空泛，不及“帘卷西风，人比黄花瘦”来得含蓄有力。易安使用了珠帘这一层阻隔的手法，让西风卷起珠帘，惊窥到帘中人已消瘦如斯，给人带来的视觉冲击力更加强烈。使用“瘦”字时，不直说人之瘦，而是与节后即将不断衰萎的黄花对比，人比花瘦，情感力度也更进一层。如果此句换成“帘卷西风，帐里伊人瘦”之类，则既无法照应前面的“东篱把酒”，又使末句落入俗套，反而会变成一篇平庸之作。

之所以说“人比黄花瘦”，比拟的是“节后即将不断衰萎的黄花”，是因为如前所言，词中的重阳“半夜”正处于今日与明日的交界点，在时令和心理上泛起的“瘦”感更加强烈。如果说黄花之瘦尚是一个节后逐渐展现的过程，而帘中人的憔悴与相思不仅具有过程性，而且当下即很强烈；只要思人未归，这种情形还将与日俱增，人比菊瘦的感觉也将没有终点。将重阳节的半夜时分，定为“莫道不销魂，帘卷西风，人比黄花瘦”最合适的发生点，也符合全词的时间逻辑：由昼至夜，再由夜回想“黄昏”（由昼入夜的临界时间），然后复返“半夜”（回想的出发点），显得圆融自足。

有人认为末三句仍是在接写黄昏饮酒赏菊后的活动，因赏菊不能遣怀，故匆匆回至闺房独坐，此时西风卷起珠帘，映出帘内人的面容，比院中的菊花还要憔悴。但是这样很难解释两个问题：一是如果从昼至夜，再由夜回想至黄昏就戛然而止，没有能够回到回想的起点，在时间上是一种迷失；二是重阳的“黄昏”之菊并非“明日黄花”，用“瘦”字显得勉强，在惆怅的感觉上也差了许多。

又有人以为瘦是特指“菊瓣纤长，菊枝瘦细”，非指花朵整体的呈现，果如其言，那坐在院中菊丛把酒时岂非更能对照出“人比黄花瘦”，何必多此一举，回到房间拉远距离再来对比？这种远距离比较肯定不如近距离比较来得鲜明，在道理上颇难讲通。以菊瓣、菊茎之形来解人之瘦，至少在易安这首词中是看不出来的。而且按《东京梦华录》的记载：“九月重阳，都下赏菊有数种。其黄白色蕊若莲房曰万龄菊，粉红色曰桃花菊，白而檀心曰木香菊，黄色而圆者曰金铃菊，纯白而大者曰喜容菊，无处无之。酒家皆以菊花缚成洞户。”[1] 其中似乎并无菊瓣纤长的品种。易安作此词时，身在东都汴京（一说山东青州），如果非要较真，她所养所赏者，恐怕是“黄色而圆”的金铃菊的可能性更大一些吧。

菊之瘦主要源于时令感和菊花逐渐枯萎的特性，人之瘦主要源于相思感和女性生理的变化，进而索隐：“人比黄花瘦”似又有一种爱情宣言的意味。盖重阳后的菊花虽终将衰谢，但如前所言，多数品种是干枯在枝头并不落瓣的，因此古人诗词中常用“抱枝枯”“抱香死”来赞美菊花的坚贞。如：

毋栽当暑槿，宁种深秋菊。菊死抱枯枝，槿艳随昏旭。（宋欧阳修《寄题刘著作羲叟家园效圣俞体》）

土花能白又能红，晚节犹能爱此工。宁可抱香枝上老，不随

1　孟元老《东京梦华录》卷八《重阳》，第159页，中州古籍出版社2010年版。

黄叶舞秋风。（宋朱淑真《菊花》）

粲粲黄金裙，亭亭白玉肤。极知时好异，拟与岁寒俱。堕地良不忍，抱枝宁自枯。（宋吴潜《菊花》）

花开不并百花丛，独立疏篱趣未穷。宁可枝头抱香死，何曾吹堕北风中。（宋郑思肖《画菊》）

沿此思路，“人比黄花瘦”其中似乎又隐藏着爱情的密码：“我对你的相思，使我形貌日渐憔悴；我对你的爱情，却比那抱枝枯老的菊花还要坚贞。”至此，“人比黄花瘦”的深层意蕴才得以较为完整地呈现。王国维《人间词话》所云“要眇宜修”之旨，在易安此词中得以完美诠释。

同理，结合易安处境和菊花特性，亦可对其另一首名作《声声慢》中的“黄花”略做索隐。菊花不像桃李梅杏，它不结果实，没有种子，花的生命到初冬为止，没有种子作为生命的延续。来年根部再萌新芽再生新花，与昔年黄花已自不同。《醉花阴》中的易安虽在盼归的过程中煎熬，但毕竟尚有归人可盼，爱情还有亮色；而《声声慢》中的易安，家破夫亡，独自流落江南，这位曾经风华绝代的女子，不得不忍受青春已暮、孤独终老的结局，没有爱情，也没有子嗣，无奈地接受命运的安排，眼看着生命一天天枯萎，如同凌迟，逐渐沉沦到黑暗之中，看不到一丝光亮，这才是一种人生的大悲。此刻她眼中的“黄花”，不仅是“满地黄花堆积，憔悴损，如今有谁堪摘”的煎熬，而且更多了一层“守着窗儿，独自怎生得黑”的绝望的沉痛[1]。

四

众所周知，易安写花瘦的名句还有“知否，知否，应是绿肥红瘦”（《如梦令》），成功模仿了秦观的《如梦令·春景》“依旧，依旧，人与绿杨俱瘦”。但“人比黄花瘦”无疑是易安的独创，盖以绿柳、梅花等喻人之瘦，皆有取于外形上两者之似，如柳条之细弱，梅花之纤小（梅枝之枯长），故宋人秦观的“人与绿杨俱瘦”，程垓的“人瘦也，比梅花，瘦几分”（《摊破江城子》），周密的“凭问柳陌旧莺，人比似、垂杨谁瘦”（《玲珑四犯》）；明人樊阜的“自把梅花比瘦容，愁城须仗酒兵攻”（《数日不出门偶赋》），商景兰的“独立悄无言，梅比腰支还瘦”（《如梦令·寓园有感》）等，虽然也都写得工巧，但都不觉新奇，而易安的“人比黄花瘦”却是一种略貌取神、离形得意的反常合道，新颖奇警，又饱含情感力度，无愧于千古名句。

1 此文曾得程杰先生、李贵先生、刘蔚女史指教。刘蔚女史与笔者交谊甚笃，她从女性心理论菊花，体贴入微，本段文字多有径用其语者，以兹纪念。按艾朗诺《才女之累：李清照及其接受史》（上海古籍出版社 2017 年版）的看法，要“破除自传体解读易安词的思维定式，不再将词中女子与历史上的李清照一一对号入座”（第 99 页），但他同时又指出“较为审慎的做法是把李清照的创作看成个人经历与文学构思的结合体”（第 320—321 页）。《醉花阴》《声声慢》毕竟是没有繁琐自注的文学作品，我们当然无法说其是完全的易安经历的写实，但其中渲染的情感无疑是易安体验过的，她为这种情感设置的一些场景，可能有所虚构，但要说没有一点个人经历的影子，似乎也令人难以置信。何况即使是完全代言的作品，也不影响我们对易安“文学形象”的解读。

需要指出的是，易安之前，虽已有瘦菊之称；以菊花拟女子亦并不始于易安。史铸《百菊集谱》曾有论及：“唐宋诗人咏菊罕有以女色为比，其理当然。或有以为比者，唯韩偓叹白菊云：‘正怜香雪披千片，忽讶残霞覆一丛。还似妖姬长年后，酒酣双脸却微红。’此唐人诗也。又魏野有菊一绝云：‘正当摇落独芳妍，向晚吟看露泫然。还似六宫人竞怨，几多珠泪湿金钿。’此本朝人诗也。愚窃谓菊之为卉，贞秀异常，独能悦茂于风霜摇落之时，人皆爱之，当以贤人君子为比可也。若辄比为女色，岂不污菊之清致哉。”[1]有论者更把中唐刘禹锡《和令狐相公玩白菊》中的诗句“仙人披雪氅，素女不红妆”视为“开以菊花喻女性容貌之先例”[2]。

但是，易安之前，却绝无以瘦菊喻人者[3]。易安的“人比黄花瘦”，则第一次将“黄花”之瘦与人之“瘦”结合起来，在文学史上创造出一种新的修饰句式，受到了后人的追捧和喜爱，并对他们的创作产生了长久影响。

有的作家干脆将“人比黄花瘦”五字原封不动地移入作品。如金末元初李俊民《点绛唇·重阳菊间小酌同申元帅等》：“一笑相逢，落帽年时友。君知否。南山如旧。人比黄花瘦。”明刊《古本西厢记》卷五《挂金索》：“杨柳眉颦，人比黄花瘦。”清方璲《舟中九日》：“人比黄花瘦，秋随白雁高。”清王梦兰《卜算子·秋夜即事》：“深院掩重门，人比黄花瘦。”

1 史铸《百菊集谱》卷三，《影印文渊阁四库全书》本。

2 张荣东《中国菊花审美文化研究》，第194页，巴蜀书社2011年版。

3 苏轼《菩萨蛮》有“湿云不动溪桥冷，嫩寒初透东风影。桥下水声长，一枝和月香。人怜花似旧，花比人应瘦。莫凭小栏干，夜深花正寒”。由“嫩寒初透东风影”可知是言梅花，且是言花比人瘦。

有的作家则将“人比黄花瘦”五字句的首尾或中间补入两字，拉长为七字句，语序则不做改动。如宋姚勉《赞赵直阁所藏四美人画·秋（挟扇看菊）》：“泪珠湿袖对黄花，人比黄花又更瘦。”明末清初尤侗《河传》其九：“自怜人比黄花瘦。垂罗袖。瑞脑熏金兽。”明末清初何巩道《病后得杨髯龙书却寄》：“书从白雁来千里，人比黄花瘦十分。”清许诵珠《惜分飞·寄外》：“镜中人比黄花瘦。”清张素秋《菩萨蛮》：“风前别泪淹红袖，秋来人比黄花瘦。”

更多的作家并不拘泥于原来字数和位置安排，而是借鉴其意，灵活变化。如清丘逢甲《题菊花诗卷》其四：“任是黄花比人瘦，西风还拟卷帘看。”清赵我佩《南乡子》：“人瘦比花黄。帘卷西风冷夕阳。”一是将欲窥人瘦的西风拟人化，一是在西风卷帘之外加入夕阳之冷，都在原作基础上做了调整。明郭之奇《赠答诗十绝》其六《秋华》：“郎言妾瘦比黄花，玉露凋伤莫怨嗟。”则非借西风卷帘，而是借郎之口，说出人瘦花亦瘦。清蒋敦复《贺新郎五首》其三：“帘卷人初起。问西风、黄花瘦了，是谁还比。”反转视角，不是西风窥人，而是人问西风。清顾太清《金缕曲·戏述懒》：“瘦比黄花慵似柳。”增加了一个“慵似柳”的比喻，用来描写女子的娇弱慵懒。

有趣的是，“人比黄花瘦”原系女性自比，有其特定的文化内涵；正如王闿运所言：“此语若非出女子自写照，则无意致。”（《湘绮楼评词》）但在后来的接受中却突破了这种束缚，不少男性也热衷于与黄花比瘦。第一位男性可能就是易安之夫赵明诚，相传元伊世珍所作《琅嬛记》卷中引《外传》载：

易安以重阳《醉花阴》词函致明诚。明诚叹赏，自愧弗逮，务欲胜之。一切谢客，忘食忘寝者三日夜，得五十阕，杂易安作，以示友人陆德夫。德夫玩之再三，曰："只三句绝佳。"明诚诘之，曰："莫道不消魂，帘卷西风，人似黄花瘦。"政易安作也。[1]

"人比黄花瘦"此处作"人似黄花瘦"，这只是版本差异，无伤大雅。但是赵明诚掺杂此作，有可能不是用以自喻，而是代言女子。因此目前所见能够确定系男性与黄花比瘦的诗词，当是金代李俊民的《点绛唇·重阳菊间小酌同申元帅等》"人比黄花瘦"[2]。到了明清，这样的例子就更多了：

苍颜白发称乌纱。瘦似黄花。清似梅花。（元末明初凌元翰《一剪梅·寿俞子中紫芝》）

忽见黄花和我瘦，不知白日为谁忙。（明陆深《九月将望始对菊》）

黄花何太瘦，偏足映癯儒。（明欧大任《承诸公过西堂赏菊得儒字》）

心不许、英雄不死。岁岁黄花清瘦极，有和花、比瘦人帘里。（清陈维崧《贺新郎·九日感怀再用前韵》）

帘卷西风鬓欲霜，消魂时节正重阳。愁如绿水吹仍绉，人比黄花瘦亦香。（清汪渊《重阳》）

1 《四库全书存目丛书》子部第120册，第72页，明万历间刻本，齐鲁书社1995年影印本。

2 宋末元初方岳《重阳》诗虽有"黄花未抵渊明瘦"之句，但李俊民生于公元1176年，方岳生于公元1199年，故举李为代表。

当然，这种自比不仅是形体之比，还有借菊高洁其志的意思，透露的是作者个人的精神旨趣。

另外，还有作家甚至以"人比黄花瘦"为题次韵唱和，如清初冯云骧的《生查子》，其题注云"赋得人比黄花瘦，用儿宝田韵"，可见系父子同唱。晚清名士席芍阶则用"黄花比瘦图"作为其妾王氏遗照的题名，并请诸多名人题词以为留念[1]。"人比黄花瘦"衍生为一种文化活动和现象。近代著名词学家况周颐《蕙风词话》卷四"易安居士小像"条云："易安居士三十一岁小像立轴，藏诸城某氏。诸城，古东武，明诚乡里也。余与半塘各得模本。易安手幽兰一支（半塘所藏改画菊花）……"[2]况周颐所藏易安小像模本尚是手持幽兰，而王鹏运（半塘）所得模本已将易安手持之幽兰改为菊花，并附入其所刊刻的四印斋本《漱玉词》中，传播广泛，"人比黄花瘦"几乎成为易安最具代表性的形象。

种种的袭用、改编和转换，当然展现了易安此句的艺术魅力。不无遗憾的是，虽然"人比黄花瘦"受到了后人的追捧和喜爱，并产生了无数袭辞或袭意之作，但是，诸多拟作中没有一句能够与原作比肩。个中原因，是他们接受了这种比喻的同时，将原作那种充满煎熬的过程感和复杂的情蕴过滤掉了，只保留了一点点憔悴的意思，另外大大强化和增加了前人咏菊时常用的比德模式，即以瘦菊比拟以屈原为代

1　如翁心存有《席芍阶丈守芬属题黄花比瘦图》、顾翰有《鹊踏枝·题席芍阶丽姬小影》、孙原湘有《黄花比瘦图友人属题亡姬照》、席佩兰有《琵琶仙·席芍阶姬人黄花比瘦遗照》。另《同治苏州府志》卷一二九载"席守芬妾王氏"。按笔者整理《翁心存诗文集》（凤凰出版社2013年版）时，将"席芍阶丈守芬"误看作"席芍阶太守芬"，借此更正。席守芬名芳谷，字守芬，虞山人，中国社会科学院文学研究所藏有其《芍阶吟草》，附于李仁泉《久芳居学吟》［道光二年（1822）青梧书屋钞本］一册后。

2　况周颐、屈兴国辑注《蕙风词话辑注》，第193页，江西人民出版社2000年版。

表的高洁品行和以陶潜为代表的隐逸品格。如方岳《重阳》：“黄花未抵渊明瘦，却做《离骚》以上香。”徐渭《菊》：“千年独有黄花瘦，为伴行吟瘦屈原。”以及前举诸多仿作之例。而在使用“瘦”字时，也多局限于形貌的清瘦，致力寻找人与花在外形上的相似点，如菊瓣纤长，菊枝瘦细等。可以说，从内到外，皆又重回到寻常的比喻套路上来。

这样看来，尽管“人比黄花瘦”在原作语境中的深渺丰富的意味，被后世有意无意地淡忘和选择性地接受，但是它毕竟给予了这种比喻的合法性，在瘦的喻象中增添了菊的品种，提醒人们可以从瘦的角度去比较人与菊，从而丰富了汉语言文学的表现能力。即使从这个角度而言，易安和她的“人比黄花瘦”，也永远不应和不会被后世忘记。

陆游的醉态、醉思与饮酒诗

南宋的大诗人陆游（1125—1210）爱饮酒，对此他并不讳言，并且频频形诸于诗。“酒”字在陆游诗歌中出现了1800多次，是一个高频字。刘扬忠先生统计陆游写到饮酒和提到酒的作品多达2940多首，认为“他的咏酒诗的数量不但是宋代第一，而且也是古代第一”[1]。陆游不仅爱饮，且因酒量不大[2]而常常饮醉，“醉”字在其诗歌中达到1200多次。陆游在醉中或醉后写作的诗歌，感情浓烈，气势飞腾，承载着其他文体难以表现的内容，往往是其诗中的精品。酒，与陆游的生活紧密联系在一起，不仅对其作为自然人的存在具有价值，而且对其作为文学家的创作也具有非凡的意义。

关于陆游对饮酒的态度，陆游饮酒诗的内容与特点，饮酒诗抒发了陆游的哪些情怀和块垒，学界已有初步归纳和概括[3]。但具体探讨其

1　刘扬忠《平生得酒狂无敌，百幅淋漓风雨疾——陆游饮酒行为及其咏酒诗述论》，《中国韵文学刊》2008年第3期。

2　陆游的酒量研究见笔者后文《放翁之醉——陆游饮酒与其人其诗之关系》。

3　欧明俊《陆游研究》（上海三联书店2007年版）第三章第一节《咏酒诗》所论较详：首先叙述陆游的饮酒史，认为他嗜酒若痴，从酒中体味到许多人生乐趣，甚至梦中亦不忘酒。其次总结陆游饮酒诗的情感和个性表达，认为从中可看出诗人的性格气质，豪爽，狂放，雄迈，洒脱，富有激情，率真任性：有时借酒浇愁，寄寓人生感叹和烦恼；有时以酒言志，寄托忧国怀抱；有时醉酒忧生，展现放纵颓唐的情绪。同时指出陆游对饮酒的复杂态度，不仅嗜酒之味，还知酒之理，能理性看待饮酒。再次概括陆游饮酒诗的生活表达，认为其饮酒常与读书、写诗、作书法、听歌、观舞、赏花之举连在一起，是雅饮；同时又常将酒、剑并提，认为其为陆游生活中英雄志士的标志。最后还简述了陆游诗中所写的饮酒习俗。另外较重要的论文还有：王景元《陆游的诗书酒》（中国陆游研究会编《陆游与越中山水》，人民出版社2006年版），认为陆游对酒有特殊的爱好和感觉，尤其是蜀中所作酒诗十分豪放甚至狂纵，但陆游并不滥饮，而是提倡适度饮酒，他只是借酒寄托忠贞之思和聊发清狂。刘扬忠《平生得酒狂无敌，百幅淋漓风雨疾——陆游饮酒行为及其咏酒诗述论》，认为“陆游咏酒诗内容极丰富，但爱国之情和忧时之念是其核心和主旋律。陆游饮酒行为和咏酒诗有四大特征：狂态、激情、豪气、理性。陆游饮酒作诗向盛唐回归，主要学习的是李白、杜甫和岑参三家”。胡迎建《论陆游的诗酒》（《厦门教育学院学报》2010年第1期），认为“作者借劲酒以助诗兴和胆量，

醉态醉思如何展现于诗中，这种展现在中国饮酒诗传统中有何价值等，学界关注似显不足，本文拟对此做初步探讨。另外，多数陆游研究论文，所举诗例高度重复——虽然多系名篇，但未免让它们负荷过重，也让读者审美疲劳，因此本文也尝试采用一些（不是全部）相对“陌生”的诗例。

一、放翁醉态

“酒”有松弛和麻醉神经的物理功能，因此不管是出于人际交往的目的，还是出于自我宣泄的需要，酒都是一种重要的工具。杜甫的《春日忆李白》诗“何时一樽酒，重与细论文”，饮的是交际之“酒”；李白的“举杯浇愁愁更愁”，饮的是自遣之酒。交际中为了表达依赖（喝得愈多说明愈放松，对对方无戒心），自遣中为了彻底忘忧，都常常痛饮醉饮。于是，一场场目的不同的大醉，一幅幅神情各异的醉态，构成了古代诗歌中的绚丽场景。

但是，尽管中国古代饮酒诗不乏醉态描写的名篇，但就总体而言，由于陆游长寿爱饮，有着丰富的醉饮经历与生理体验，因而他诗笔下的醉态活色生香，诸相毕具，呈现着其他诗人难以比拟的丰富多样性。

在醉酒的幻境中，诗歌和书法都表现出了迥异于平常的雄放与恣肆。诗人在沉醉中用诗歌抒发其对时间观和生死观的看法，或宣泄种种愁闷，尤其是有志不得申的抑塞愤懑，挥洒出迥异于平常的豪兴与壮怀、凸显出其豪迈旷达的本真个性”。

此可谓放翁醉态描写的一大特色。

仅以“醉”字前的修饰语而论，放翁就有大、烂、沾、泥、熟、酣、村、昏、宿、半、浅、薄、小、同、共、独、买、倚、取、残、长等二十余项。如“日斜大醉叫堕帻”（《山园草间菊数枝开席地独酌》）[1]、“狂吟烂醉君无笑”（《山园》）、“沾醉与属餍，其害等嗜欲”（《对食有感二首》其一）、“泥醉醒常少”（《自咏》）、“天寒朝泥酒，熟醉卧蓬窗”（《卯饮醉卧枕上有赋二首》其一）、“敲门赊酒常酣醉”（《渔父二首》其二）、“无心作村醉，酒旆苦相招”（《江亭》）、“时哉一昏醉”（《风雨》）、“宿醉行犹倦，无人为解酲”（《自唐安之成都》）等，是言醉的程度之深。“半酣脱帻发尚绿”（《池上醉歌》）、“半酣直欲挽春回”（《秋晚杂兴十二首》其四）、“半醉微吟不怕寒”（《一笑》）、“彩笔题诗半醉中”（《初春探花有作》）、“悠然半醉倚胡床”（《春晚村居》）、“关路骑驴半醉醒”（《闻西师复华州二首》其二）等，是言有五分醉意。“小醉初醒月满床”（《月夜》）、“小醉悠然不作醒”（《饮伯山家因留宿》）、“日消浅醉闲吟里”（《雨后微阴光景益奇复得长句》）、“独饮亦薄醉”（《白塔道中乘卧舆行》）等，是言醉的程度之浅。其他如“酒垆强挽人同醉，散去何曾识是谁”（《感昔五首》其二）、“四海皆兄弟，悠然共醉醒”（《梦中作二首》其一）、“独斟还独醉”（《独饮》）、“东村闻酒美，买醉上渔船”（《广都江上作》）、“倚醉题诗恣豪横”（《病酒新愈独卧蘋风阁戏书》）、“村沽虽薄亦取醉”（《连日大寒夜坐复苦饥戏作短歌》）、“寒衾推残醉”（《梦笔驿》）、“万事不如长醉眠”（《寓馆晚兴》）等，

1 本文所引陆游诗歌，皆出自《全宋诗》，不一一出注。

也都以醉为中心而各有所指。其用语之丰富，确为前此诗人难以企及。

再以对醉态的表现而论，放翁之醉，更是多姿多彩。试观以下诗例：

"自扫松阴寄醉眠"（《松下纵笔四首》其一）、"醉中亦复读《离骚》"（《读书》）、"纤指醉听筝柱促"（《合江夜宴归马上作》）、"醉中谈谑坐中倾"（《看梅绝句五首》其四）、"有时大叫脱乌帻，不怕酒杯如海宽"（《赠刘改之秀才》）、"晚窗忽有题诗兴，落笔纵横半醉中"（《晚窗》）、"绿蚁滟尊芳酝熟，黑蛟落纸草书颠。忽拈玉笛横吹去，说与傍人是地仙"（《醉书山亭壁》）、"浩歌野渡惊云起，狂舞空庭挽月留"（《醉题》）、"醉中拂剑光射月，往往悲歌独流涕"（《楼上醉歌》）、"何似对花倾绿酒，自歌一曲醉腾腾"（《醉吟三首》其三）、"半醉行歌上古台，脱巾散发谢氛埃"（《醉中登避俗台》）、"狂歌醉舞真当勉，剩折梅花插满头"（《醉中自赠》）、"澄波宜月移船看，醉面便风走马归"（《醉归》）、"梅花满手不可负，催炽兽炭传清觞"（《城东醉归深夜复呼酒作此诗》）、"占断名园排日醉，不教虚作太平人"（《梦与数客剧饮或请赋诗予已大醉纵笔书一绝觉而录之》）。

或酣眠，或读书，或听曲，或谈谑，或大叫，或题诗，或草书，或吹笛，或插花鬓发，或策骑醉归，或狂舞浩歌，或拂剑悲歌，或对花自歌，或散发行歌，或醒后复饮，甚或梦中亦醉酒赋诗……五光十色的醉态成为陆游人生重要的场景，令人目不给赏。

值得注意的是，陆游诗歌写醉态的多样，有时虽给人以重复之感，但总体而言，却不停留于平面的堆砌罗列和静态呈现，能够同中见异，给人以富有层次的丰缛感和动态感。

比如同样是写醉眠，有时就枕而眠：“醉来酣午枕，晴日雷起鼻”（《醉眠》），“午枕挟小醉”（《午睡》）；有时藉书而眠：“醉中偏藉乱书眠”（《悲秋四首》其四）；有时安眠家中：“清风自足北窗眠”（《醉题》）；有时醉眠路衢：“醉倒往往眠街衢”（《书生叹》），“醉眠当大路，狂舞属行人”（《醉中作》），“旗亭烂醉官道卧，醒后无人数吾过”（《醉卧道边觉而有赋》），“行人争看山翁醉，头枕槐根卧道边”（《西村暮归》）；有时借眠酒家：“我行柯山眠酒家”（《庚子正月十八日送梅》）；有时清眠松下：“醉卧松阴当月夕”（《醉卧松下短歌》）；有时听雨而眠：“一樽酌罢玻璃酒，高枕窗边听雨眠”（《醉书》）；有时雨又惊眠：“宿酒半醒闻雨来”（《舟中偶书》）；有时对客小眠：“客自在傍吾自眠”（《酒熟》），有时伴花而眠：“且就花阴一醉眠”（《湖上》），“花前起舞花底卧，花影渐东山月堕（《携瘿尊醉梅花下》），等等，不一而足，形态各异。

再如同是醉后乘骑，又有骑马、骑驴、骑牛之分。在南郑和川蜀边防时，以骑马居多：“醉到花残呼马去，聊将侠气压春风”（《留樊亭三日王觉民检详日携酒来饮海棠下比去花亦衰矣二首》其二）、“貂裘狐帽醉走马”（《眉州郡燕大醉中间道驰出城宿石佛院》）、“冬夜走马城东回，追风逐电何雄哉”（《城东醉归深夜复呼酒作此诗》）、“迎马绿杨争拂帽，满街丹荔不论钱”（《江渎池醉归马上作》）；蛰居山阴时，则多是骑驴或骑牛，“山中看雪醉骑驴”（《正月二十八日大雪过若耶溪至云门山中》）、“夜从醉归骑草驴”（《夜从父老饮酒村店作》）、“先生醉策蹇驴来”（《自咏绝句八首》其四）、“即今山市醉骑驴”（《遣兴》）、“村市归来醉跨牛”（《西村醉归》）。这大约因为马是战备物资，且饲养和使用都较昂贵，普通农家多养驴或牛，若无急务，一般人们出行会选择成本更为低廉的驴。南郑和川蜀都与金接壤，当时陆游又系官员，故有条件用马出行，赋闲回乡后自然多用驴，间亦以牛代步。

当然，在南郑和川蜀时的陆游也有骑驴的经历，如那首著名的《剑门道中遇微雨》："衣上征尘杂酒痕，远游无处不消魂。此身合是诗人未，细雨骑驴入剑门。"乾道八年（1172）十月，陆游由汉中赴任成都府安抚要司参议官，这是一个闲职，作者恢复中原的热情无奈转为欣赏蜀中山水的诗情，这无奈中实隐藏着牢骚和愤激。再如"射虎临秦塞，骑驴入蜀关……悠然长自遣，故里几时还"（《久客书怀》）、"去年寒雨中，骑驴度剑阁"（《雨中登楼望大像》）、"那知一旦事大缪，骑驴剑阁霜毛新。却将覆毡草檄手，小诗点缀西州春"（《夏夜大醉醒后有感》），皆能在山水之外，体味到一种报国热情受挫后的不甘和不平之气。

放翁醉态描写的另一大特色，是注意通过细节或过程刻画，使事件的真实性与动态感得以凸显。我们看一首《醉卧道傍》：

> 烂醉今朝卧道傍，乡闾共为护牛羊。高怀那遣群儿觉，至理真能万事忘。唤起瘦躯犹嵬峨，扶归困睫更芒洋。冻齑快嚼茆檐下，拍手从人笑老狂。

此诗绍熙四年（1193）作于山阴，陆游六十九岁，他又一次喝醉了，觉得事理身心，悠然尽忘，于是醉卧在山村的小路上。不知过了多久，乡亲赶着牛羊回来，才发现了他，赶快约束牛羊不要踩踏着老人，并好心地把他叫醒；可是沉醉未醒的陆游，步伐踉跄（"嵬峨"犹"嵬昂”，皆不稳意），乡亲又把他扶归，但陆游仍有余醉，困眼迷芒（“芒洋”），可见醉酒之深。为了醒酒，陆游吃了点腌制的咸菜，甚觉快意，并陶然于这种简朴生活[1]，哪管他人一起拍手嘲笑自己的老狂之态。全诗写了醉卧、初醒、扶归、余醉、解醒等带有连续性的生活细节，其中包含着乡亲的淳朴情意，诗人的生理和心理感受等，陆游似乎很享受这种过程的快乐。

《或以予辞酒为过复作长句》一诗还处理到心理细节：

> 陆生酒户如蠡迮，痛酒岂能堪大白。正缘一快败万事，往往吐茵仍堕帻。尔来人情甚不美，似欲杀我以曲蘖。满倾不许计性命，傍睨更复腾颊舌。醉时狂呼不复觉，醒后追思空自责。即今愿与交旧约，三爵甫过当亟彻。解衣摩腹午窗明，茶硙无声看霏雪。

此诗前两句言自己酒量小如蠡勺，无法承受快酒之饮。次两句的“吐茵”用《汉书·丙吉传》醉吐丞相车茵之典，“堕帻”用《晋书·庾敳传》“帻堕机上”之典，言自己虽因喝醉误事，但仍嗜酒不止。中六句言近来酒风恶劣，不顾身体能否承受，强人满饮，致使自己狂言失态，醒后悔之晚矣。末四句言愿从此与人约定，三杯过后即止，然后饱食摩腹，再饮茶消遣。诗中“霏雪”非指自然界纷飞的雪花，而是形容被磨碾成粉末的白毫茶叶。该诗描绘酒徒好酒又怕酒、不能节制又想节制、痛饮一快又醒后自责的曲折心理颇为真切，阅之如在目前。

1　“冻齑”即秋冬腌制的蔬菜，有菘、韭等，解酒解腻。陆游《枕上》诗云：“清愁不逐炉香散，旋啜寒齑解宿酲。”《咸齑十韵》诗云：“小罂大瓮盛涤濯，青菘绿韭谨蓄藏……刘伶病醒相如渴，长鱼大肉何由荐。冻齑此际价千金，不数狐泉槐叶面。”

再看一首《草书歌》：

倾家酿酒三千石，闲愁万斛酒不敌。今朝醉眼烂岩电，提笔四顾天地窄。忽然挥扫不自知，风云入怀天借力。神龙战野昏雾腥，奇鬼摧山太阴黑。此时驱尽胸中愁，槌床大叫狂堕帻。吴笺蜀素不快人，付与高堂三丈壁。

诗言醉后恍然化身为比天地都高广的巨人，双目如电，风云入怀，下笔忘我，有如神助。吴笺蜀纸尺幅太短，难称人意，于是狂草于高阔的墙壁，书法似神龙野战、奇鬼摧山，雾昏月暗，满纸云烟，真是痛快淋漓，胸中的万斛闲愁似乎随之而尽。“醉眼烂岩电”“四顾天地窄”“挥扫不自知”“槌床大叫狂堕帻”等句，描写醉态跃然纸上。酒在某种程度上可以激发人的创作欲望，这是常识。但这种常识也消泯了人们进一步探索它的兴趣，使审美经验凝止于事物表层，陆游这首诗却穿透常识的阻隔，进入到酒后创作与生理反应的具体过程，提供给人既新鲜又真切的审美经验，洵为一首艺术精品。

其他如：“我饮江楼上，阑干四面空。手把白玉船，身游水精宫。方我吸酒时，江山入胸中。肺肝生崔嵬，吐出为长虹。欲吐辄复吞，颇畏惊儿童。乾坤大如许，无处着此翁。何当呼青鸾，更驾万里风。”（《醉歌》）写畅饮及醉后的幻觉与快感。“痛饮山花插鬓红，醉归棘露沾衣湿。纱巾一幅何翩翩，庭中弄影不肯眠。”（《饮酒近村》）写酒后颠狂兴奋之状。“幽鸟呼人出睡乡，层层露叶漏朝阳。临池只欲消残醉，无奈鹅儿似酒黄。”（《即事八首》其八）写因为宿酲未消，看到黄鹅就联想到昨夜所饮之酒的颜色，反而加重了宿酲的反应。“着低怯对新棋敌，量减愁逢旧酒徒”（《遣兴二首》其一），写因旧酒友了解自己喝酒的根底，不便推辞，因此状态不好时最怕遇到他们。这些醉态描绘，都建立在真实的生活经验和心理经验基础之上，好酒之人读后当可发会心一笑。

二、放翁醉思

陆游虽然好酒爱饮，但有别于单纯的高阳酒徒。他曾在《长歌行》中大声疾呼“人生不作安期生，醉入东海骑长鲸”，虽然“兴来买尽市桥酒，大车磊落堆长瓶。哀丝豪竹助剧饮，如巨野受黄河倾”，但是他更向往“平时一滴不入口，意气顿使千人惊。国仇未报壮士老，匣中宝剑夜有声。何当凯还宴将士，三更雪压飞狐城”。他爱饮的是爱国之酒和壮士之酒[1]。钱锺书先生在《宋诗选注》里曾评价陆游诗歌：“爱国情绪饱和在陆游的整个生命里，洋溢在他的全部作品里；他看到一幅画马，碰见几朵鲜花，听了一声雁唳，喝几杯酒，写几行草书，都会惹起报国仇、雪国耻的心事，血液沸腾起来，而且这股热潮冲出了他的白天清醒生活的边界，还泛滥到他的梦境里去。”[2]虽然陆游的爱国情绪未必“洋溢在他的全部作品里”，但他的诗歌具有鲜明的爱国主义特色，这点无法否认。我们现在关心的是，人人能说会说的

1 《长歌行》一诗据莫砺锋先生意见补入，谨致谢忱。

2 《宋诗选注》，第192页，人民文学出版社1958年版。

爱国壮语，到底是门面话还是真心话呢？俗话说：酒后吐真言。陆游也说："言向醉中真。"（《野兴》）那么不仅仅"喝几杯酒"，而且喝醉了的陆游会如何思想呢？不妨先来检验一首《三月十七日夜醉中作》：

前年脍鲸东海上，白浪如山寄豪壮。去年射虎南山秋，夜归急雪满貂裘。今年摧颓最堪笑，华发苍颜羞自照。谁知得酒尚能狂，脱帽向人时大叫。逆胡未灭心未平，孤剑床头铿有声。破驿梦回灯欲死，打窗风雨正三更。

诗作于乾道九年（1173），陆游四十九岁，时任成都府路安抚使司参议官兼蜀州通判。前四句高昂忆往，绍兴二十九、三十年间（1159—1160），陆游任职福建决曹，年富力强，为国效劳的豪情如眼中的大海一般壮阔；乾道八年（1172）任职王炎军幕，亲临南郑前线，餐风茹雪，射虎南山，斗志愈加昂扬。五六句低沉述今，乾道八年九月王炎被召回京，军幕星散，陆游也调任成都闲职，壮志成空，情绪摧颓。七至十句激愤抒情，敌寇未灭，心实难甘，借酒狂呼，情见于色，连床头佩剑都似乎被感染，发出"铿然"的共鸣。末两句落寞自伤，风雨破驿、梦回灯残，徒对一片凄凉。全诗波澜起伏，悲郁与壮激交织，尤其"逆胡未灭心未平"一句，既是情感交织的中心，也是陆游醉思的核心。

再看一首《楼上醉书》：

丈夫不虚生世间，本意灭虏收河山。岂知蹭蹬不称意，八年梁益凋朱颜。三更抚枕忽大叫，梦中夺得松亭关。中原机会叹屡失，明日茵席留余潸。益州官楼酒如海，我来解旗论日买。酒酣博簺为欢娱，信手枭卢喝成采。牛背烂烂电目光，狂杀自谓元非狂。故都九庙臣敢忘，祖宗神灵在帝旁。

这首诗作于淳熙四年（1177）正月，五十三岁的陆游去年刚被劾“燕饮颓放”而免官，此时奉祠居于成都[1]。诗歌开篇点题，“丈夫不虚生世间，本意灭虏收河山”两句已声明心眼所在。以下陈述自己仕宦川蜀八年来壮志难酬，只有梦中去收复失地，现实中的自己也只能沉醉酒楼、消磨博戏，但这种被人目为“狂杀”的行为并不是真的放荡（“非狂”用《汉书·郦食其传》典），因为自己从来没有忘记过国仇家恨、中原故土。可见其放浪形骸并非为了声色之娱，而是寄托着自己的抗金壮志和对祖国的耿耿忠心。

不仅在成都如此，即使之后仕宦他方和晚岁退居山阴时，陆游的这种情怀也一直没有改变。如“绿酒盎盎盈芳樽，清歌袅袅留行云。美人千金织宝裙，水沉龙脑作燎焚。问君胡为惨不乐，四纪妖氛暗幽朔。诸人但欲口击贼，茫茫九原谁可作。丈夫可为酒色死，战场横尸胜床第。华堂乐饮自有时，少待擒胡献天子”（《前有樽酒行二首》其二）作于淳熙六年（1179）提举福建常平茶事任上。“对花把酒学酝藉，

1　对于成都时期陆游的醉思，邱鸣皋《陆游评传》（南京大学出版社 2011 年版，第 155 页）中也有提及：“在此期间，陆游写了许多醉酒的诗……陆游曾多次表白他不是以饮酒为目的，而是为了排遣壮志难酬的苦闷：‘飞觞纵饮亦何乐，愦愦不堪长闭户。丈夫要为国平胡，俗子岂识吾所寓。’（《夜宿二江驿》）‘感慨却愁伤壮志，倒瓶浊酒洗余悲。’（《猎罢夜饮示独孤生》）从他的饮酒大醉中，可以更清楚地了解到一个报国无门的爱国志士的心态。他本来的想法是‘斗酒聊宽去国思’（《重九会饮万景楼》），岂料‘巴酒不能消客恨’（《秋夜怀吴中》），正如他向范成大所说的那样：‘平生嗜酒不为味，聊欲醉中遗万事。酒醒客散独凄然，枕上屡挥忧国泪！’（《送范舍人还朝》）这该是多么地痛苦啊！”

空辱诸公诵诗句。即今衰病卧在床，振臂犹思备征戍。南人孰谓不知兵，昔者亡秦楚三户”（《十月二十六日夜梦行南郑道中既觉恍然揽笔作此诗时且五鼓矣》），“志欲富天下，一身常苦饥。气可吞匈奴，束带向小儿”（《三江舟中大醉作》），“我从湖上归，散发醉吹笛……报主知何时，誓死空愤激”（《作雪未成自湖中归寒甚饮酒作短歌》），“何由亲奉平戎诏，蹴踏关中建帝都”（《醉题》），“安得熊罴十万师，蹴踏幽并洗河洛”（《醉中作》），“何日胡尘扫除尽，敷溪道上醉春风”（《花下小酌二首》其二），皆作于淳熙八年（1181）后居于山阴之时。这些作品的报国之志，与成都时期相比何曾逊色[1]。不惟如此，陆游甚至相信自己这种对国家的赤诚和热忱之情历久不弥，即使遥远的未来仍会有知音响应。如作于绍熙元年（1190）的《醉歌》：

读书三万卷，仕宦皆束阁。学剑四十年，虏血未染锷。不得为长虹，万丈扫寥廓。又不为疾风，六月送飞雹。战马死槽枥，公卿守和约。穷边指淮淝，异域视京雒。于乎此何心，有酒吾忍酌。平生为衣食，敛版靴两脚。心虽了是非，口不给唯诺。如今老且病，鬓秃牙齿落。仰天少吐气，饿死实差乐。壮心埋不朽，千载犹可作。

该年陆游六十六岁，闲居山阴，回顾平生，感慨万千：读书学剑，志在恢复，却逢朝廷议和，报国无门；为了谋生，勉强出仕，心知是非，

1　顺便一提的是：陆游似乎特别喜爱将饮酒与赋诗、草书、观赏自然景物联系起来，也许只有在迷狂世界、艺术世界和自然世界中，诗人才能自由驰骋，完全实现抱负吧。如《题醉中所作草书卷后》：“酒为旗鼓笔刀槊……如见万里烟尘清。”《病起》：“赖有浊醪生耳热，狂歌醉草寄吾豪。”《醉中作行草数纸》：“醉帖淋漓寄豪举。”《诗酒》：“我生寓诗酒，本以全吾真。”《东斋偶书》：“诗酒放怀穷亦乐。”《读渊明诗》：“倾身事诗酒，废日弄泉石。”《闲游三首》其三：“祓除情累烟波上，放荡胸怀诗酒中。”至于他对海棠、梅花等花草的喜爱，论者已多，兹不复举。

而口中唯上官是应[1]；如今赋闲，老病缠身，但也免于委曲求全、屈己事人，因此即使穷饿而死亦心甘情愿。收结两句更转激昂："壮心埋不朽，千载犹可作"，他自信这种爱国的"壮心"是不朽的，千百年后仍会不断振起和被人们响应。这首诗虽题作"醉歌"，但因为有"有酒吾忍酌"的句子，是醉歌还是托醉而歌不好确判，我们能够确判的是，不论醉否，陆游的爱国情怀是不变的。1899年，梁启超写作《读陆放翁集》四首，热烈赞颂陆游的爱国豪情，推崇他为"亘古男儿一放翁"，随着梁氏的影响，这种观点被大量传播引用，逐渐成为文学史的定论。梁氏创作《读陆放翁集》的时间，距离陆游这首《醉歌》的写作时间，整整过去了八百年。陆游"壮心埋不朽，千载犹可作"的寄望，信然成真！

由此看来，陆游这些忠义凛然、悲壮激昂、可歌可泣的诗篇，绝非什么门面话，更不是方东树所说的"客气假象"或"矜持虚憍"[2]，而是醉醒如一，真切蕴含着巨大的爱国热情和深沉的忧时之念。当他人"西湖歌舞几时休"、都在醉生梦死之际，陆游的梦境醉思却萦绕着复故土、靖国难、纾君忧，这正是陆游不同于寻常醉客的伟大之处。这种表里一致的伟大，千百年来如此真实地感动着我们，而且愈当民族危亡之时，愈能弘扬民族正气、发扬民族精神、鼓舞民族气节、呼唤民族意识。

---

1 "心虽了是非，口不给唯诺"二句，游国恩、李易先生选注《陆游诗选》注曰："口给，口才敏捷。唯诺，答应之词。二句是说见到上官时，自己心中对于是非是明了的，而嘴里却不会唯诺应对。"（人民文学出版社1957年版，第133页）钟振振先生《读陆游诗札记》认为此二句化自苏轼《戏子由》"心知其非口诺唯"，注者弄反了意思，此从钟说，钟文收入中国陆游研究会编《陆游与越中山水》，人民出版社2006年版。

2 方东树《昭昧詹言》卷一、卷十二，第36页、第330页，汪绍楹点校，人民文学出版社1961年版。

必须注意的是，所有伟大的作家思想都是极具包容性的，经典作家之所以成为经典，是因为他的作品里可以包容而且回答比非经典作家作品更多的问题。放翁的醉思，并非都藏着忧国爱君的寄托，都是那么“高大上”，它当然还裹挟着普通人的悲欢情感，甚至有些颓废荒唐。如这首《自来福州诗酒殆废北归始稍稍复饮至永嘉括苍无日不醉诗亦屡作此事不可不记也》：

尊酒如江绿，春愁抵草长。但令闲一日，便拟醉千场。柳弱风禁絮，花残雨渍香。客游还役役，心赏竟茫茫。

绍兴三十年（1160），三十六岁的陆游由福建宁德县主簿荐升敕令所删定官，北归路上赋此诗。“无日不醉，诗亦屡作”，“但令闲一日，便拟醉千场”，与其说有何深沉寓托，不如说就是羁旅之客春日的诗酒闲愁，当然还夹杂了一点对未来的不确定感。如果说这首诗表现的情绪还较为模糊，那么再看这首《独醉》：

老伴死欲尽，少年谁肯亲。自怜真长物，何啻是陈人。江市鱼初上，村场酒亦醇。颓然北窗下，不觉堕纱巾。

诗作于庆元六年（1200），陆游七十六岁时，同辈友朋逝去殆尽，后辈新人谁来相亲？环顾周遭，颇有自身多余之感，只好醉卧北窗，颓然自怜。这是人人都要经过的老境与心情，真实自在，何必画蛇添足，高言寄托。

还有这首《醉歌》：

不痴不聋不作翁，平生与世马牛风。无材无德痴顽老，尔来对客惟称好。相风使帆第一筹，随风倒柁更何忧。亦不求作佛，亦不愿封侯。亦不须脱裘去换酒，亦不须卖剑来买牛。甲第从渠餍粱肉，貂蝉本自出兜鍪。燮理阴阳岂不好，才得闲管晴雨如鹁鸠。辛苦筑垒拂云祠，不如吟啸风月登高楼。尔作楚舞吾齐讴，身安意适死即休。

诗作于开禧三年（1207），陆游八十三岁时，诗中力主做一个随波逐流、无甚追求、风花雪月、随遇而安的难得糊涂人，认为这样胜于建立受降城那样的功劳[1]。“身安意适死即休”句，思想庸俗平常，哪有什么高明可言。

事实上陆游近三千首饮酒诗，明确传达出爱国忧思的不过百篇，风花雪月、伤春悲秋、忧生叹贫、读书教子、人情往来的诗篇要占大多数。这些诗篇，虽无他的爱国之作那样光辉夺目，却反映出一个普通士人的日常生活和情感。特别是宋金议和局势相对稳定的时期，陆游的饮酒诗虽不乏忧国之思，但更多表现出对人民安居乐业的赞美，如《村饮四首》：

不来东舍即西家，野老逢迎一笑哗。试说暮年如意事，细倾村酿听私蛙。

无念无营饱即嬉，老翁真个似婴儿。昏钟未动先酣枕，日上三竿是起时。

1 公元708年，唐大将军张仁愿进击突厥，以拂云祠（今包头境内）为中心筑东受降城、中受降城、西受降城，以抵御突厥侵扰，拂云祠在中受降城内。

买来新兔不论钱，钓得鲜鳞细柳穿。野店浑头更醇酽，一杯放手已醺然。

淡烟孤榜系村桥，迭迭沙痕印落潮。最是一年秋好处，踏泥沽酒不辞遥。

诗作于庆元五年（1199）秋的山阴，作者已是七十五岁高龄的老翁，他或与野老把酒忆旧；或在野店品尝新兔鲜鱼；或日上三竿始起，无念无营；或淡烟落潮中系舟登岸，逍遥寻醉，活画出一派静谧安详、知足长乐的太平景象。再如以下四首：

九日春阴一日晴，强扶衰病此闲行。猩红带露海棠湿，鸭绿平堤湖水明。酒贱柳阴逢醉卧，土肥稻垄看深耕。山翁莫道浑无用，解与明时说太平。（《春行》）

剪韭腌齑粟作浆，新炊麦饭满村香。先生醉后骑黄犊，北陌东阡看戏场。（《初夏十首》其二）

明朝逢社日，邻曲乐年丰。稻蟹雨中尽，海氛秋后空。不须谀土偶，正可倚天公。酒满银杯绿，相呼一笑中。（《秋社二首》其一）

父老招呼共一觞，岁犹中熟有余粮。荞花漫漫浑如雪，豆荚离离未着霜。山路猎归收兔网，水滨农隙架鱼梁。醉看四海何曾窄，且复相扶醉夕阳。（《初冬从父老饮村酒有作》）

分别从春、夏、秋、冬四季形象描绘太平时世的乡村风俗人情，字里行间满载着和谐与幸福感，令人悠然神往。陆游并不是好战分子，他的抗战恰是为了抵抗侵略、收复失地，还天下以太平。他渴望的是“太平有象人人醉，造物无私处处春”(《入城至郡圃及诸家园亭游人甚盛》)，因此他的饮酒诗，常赋予自然景象、风俗人情以色彩美感或生命活力，表现着他对平静淳朴生活的热爱，对安乐美好生活的向往。“酒似粥醲知社到，饼如盘大喜秋成。归来早觉人情好，对此弥将世事轻。”(《秋晚闲步邻曲以予近尝卧病皆欣然迎劳》)“春色垂垂老，山家处处忙。园丁卖菰白，蚕妾采桑黄。候雨占秧信，催儿筑麦场。醉眠官道上，人为护牛羊。”(《春老》)“桑眼初开麦正青，勃姑声里雨冥冥。今朝有喜君知否，到处人家醉不醒。”(《春社四首》其一)“莫笑农家腊酒浑，丰年留客足鸡豚。山重水复疑无路，柳暗花明又一村。”(《游山西村》)“锄麦家家趁晚晴，筑陂处处待春耕。小槽酒熟豚蹄美，剩与儿童乐太平。”(《北园杂咏》其五)类似的诗篇实是不胜枚举，这种恬静之景与和美之情，不同于激烈悲壮的抗战情怀，构成了陆游醉思的另一个层面。酒，不仅可以舒郁愤，而且可以养太和，激烈与恬静，是陆游醉思的两极。当然，陆游的醉思还包蕴着其他复杂的层面，只有将这些层面的醉思叠加起来看，才有望把握到一个立体、形象、真实的放翁。

不仅饮酒诗如此，陆游晚年的大部分诗歌，也都是一个乡村里有着风雅情怀的老人的如实写照，俗事俗情、日常琐碎，如此而已，不必刻意求深。但正因如此，反使陆游的诗歌如生动的市井风俗画，如迷人的乡村小夜曲，恰可从中领略到南宋承平之时普通村社间的日常生活情状和士人情怀。无论比之陶潜、王维等前代诗人，还是比之范成大、杨万里等同代诗友，陆游对乡村田园生活情味的描绘都更加亲近可人、具体细微，这可说是他在中国诗歌史上的又一重要贡献。

钱锺书先生《谈艺录》曾批评陆游诗歌有二痴事:“好誉儿,好说梦。儿实庸材,梦太得意。”又批评陆游诗歌有二官腔:“好谈匡救之略,心性之学;一则矜诞无当,一则酸腐可厌。”[1]陆游的匡救之略是否矜诞无当?心性之学是否酸腐可厌?均属可议。宋人对陆游不乏“平戎得路可横槊”[2]“能太高”[3]“议论今谁及,词章更可宗”[4]之类的评价,宋孝宗更称赞陆游“力学有闻,言论剀切”[5],似乎都与“矜诞无当”“酸腐可厌”无涉。至于“好誉儿,好说梦”,与其说是批评,不如说是丰满。因为陆游被贴上“爱国主义诗人”的巨幅标签后,很容易遮蔽掉他日常化的一面。以饮酒诗为例,虽然其中明确具有爱国情怀的诗篇不占多数,但由于多系名篇,且反复被人引用,其产生的“晕轮效应”遂造成对其他诗篇的忽视。即使有人注意到他的一些闲适感伤乃至颓废之作,也往往曲为解说,将陆游所有的苦闷都视为报国之志未遂的结果,不敢或不愿承认陆游有平常人的一面。这样的陆游,虽然高高在上地被人反复赞颂,却距离我们愈来越远。钱先生的批评,让人重新体味到陆游与普通人之间的联系,显得更为生动真实,为如何理解陆游提供了新的思路。

但我们由此也要警惕另外一种解构陆游的倾向。即戴上有色眼镜,无视陆游崇高的一面,即使在其“平常”的一面中也仅向庸俗阴暗处用力,并沾沾自喜于自己的“发现”或想象,以为陆游以及历史上的圣贤、英雄皆不过尔尔,于是心安理得于苟且偷安、醉生梦死中。这种解构

1 钱锺书《谈艺录》,第132页,中华书局1984年版。

2 韩元吉《送陆务观得倅镇江还越》其二,《全宋诗》卷二〇九七,第38册,第23667页。

3 朱熹《朱子全书·答巩仲至》,朱杰人、严佐之、刘永翔主编《朱子全书》,第23册,第3096页,上海古籍出版社、安徽教育出版社2002年版。

4 周必大《次韵陆务观送行二首》其二,《全宋诗》卷二三二一,第43册,第26699页。

5 脱脱等《宋史》卷三九五《陆游传》,第12057页,中华书局1985年版。

英雄、解构历史的倾向看似时髦新潮，但却忽略了巨人与普通人的差距，不在起点的相同，而在于曾经达到的高度。那种弃琼拾砾、抛精取粗式的“解构”，非但不足以显示自己的高明，反而会让人怀疑思想境界和智力水平出了问题。

事实上，融入日常生活和常人喜怒哀乐的陆游，无损于他的崇高，反增加了他的可亲可近。因为兼备普通人情怀的陆游，使我们恍然意识到自己和巨人之间的某种相似性，从而鼓起见贤思齐、自我奋发的勇气。我想，这才是理解陆游及其诗歌的正确路径。

三、在饮酒诗的历史长河中

陆游描写醉态、醉思的诗歌，无疑属于中国古代饮酒诗的范畴，那么在饮酒诗的悠久历史中，又该如何评价陆游的这些诗篇呢？

陆游之前，陶潜与李白都是公认善写饮酒诗的经典作家。陆游对陶潜曾再三致意。其《读陶诗》谓：“我诗慕渊明，恨不造其微。退归亦已晚，饮酒或庶几。雨余锄瓜垄，月下坐钓矶。千载无斯人，吾将谁与归？”《小舟》谓：“高咏渊明句，吾将起九原。”《家酿颇劲戏作》谓：“竹林嵇阮虽名胜，要是渊明最可人。”但陶渊明现存诗文涉及饮酒者五十六篇，约占全部作品的百分之四十[1]，却很少使用

1 逯钦立《关于陶渊明》，逯钦立校注《陶渊明集》第238页，中华书局1979年版。

“醉”字，有时通篇不见“酒”字，他更强调遗象而得意。有时虽然使用“醉”“酒”等字，但意象多高度净化或概括化，如“未言心相醉，不在接杯酒”（《拟古九首》其一）、“一士长独醉，一夫终年醒”（《饮酒二十首》其十二），酒的滋味如何？醉的感觉如何？非其关注之重点，其要仍在精神意趣的抉发。如萧统所说：“吾观其意不在酒，亦寄酒为迹焉。”[1]

陆游对李白的心仪前已略及。李白留存下来的近千首诗歌中，“酒”字出现了二百余次，“醉”字也出现了一百多次，但“酒”和“醉”在其诗中多为一种指类概念，重在展现自己热情浪漫、自由奔放、傲视王侯的个性，如《把酒问月》《将进酒》《襄阳歌》《宣州谢朓楼饯别校书叔云》《侠客行》《玉壶吟》《忆旧游寄谯郡元参军》等。像“两人对酌山花开，一杯一杯复一杯。我醉欲眠卿且去，明朝有意抱琴来”（《山中与幽人对酌》）这样写自己饮酒过程的诗篇并不多，而像“举杯邀明月，对影成三人”（《月下独酌四首》其一）这样的醉态和醉感描绘更少见。李白的诗中，饮酒的生理和心理感受常常缺席。

与李白并称“双子星座”的杜甫，也“性豪业嗜酒”（《壮游》）、“生平老耽酒”（《述怀》），他的诗篇留存一千四百余首，数量多于李白，但“酒”字出现不到两百次，“醉”字出现不到百次，频率低于李白。不过杜甫饮酒诗的名篇为数不少，像《饮中八仙歌》《观公孙大娘舞剑器行》《醉时歌》《羌村三首》等。李、杜饮酒诗的区别，葛景春先生曾予概括：“一是李白之醉是为解放个人，杜甫之醉是为忧国忧民。”“二是李白善于在诗中表现自己，而杜甫善于描写他人。”“三

1　萧统《陶渊明集序》，《陶渊明集》第10页，中华书局1979年版。

是李白的贡献在于开掘饮酒诗的思想深度，杜甫的贡献在于开辟了咏酒诗的新的境界。”[1] 其中前两点尤为精到。

中唐的白居易号称“醉吟先生”，存世近三千首诗，“酒”字出现七百余次，“醉”字出现四百余次，与酒相关的诗作有九百多篇，与酒相关的词语蔚为大观[2]，在丰富性上较前人有较大进步。与陶渊明、李白相比，白居易的饮酒诗具有浓烈的人间感，不仅有大量酒名、酒俗和饮酒行为的描述，而且情怀也世俗化了。如《家酿新熟每尝辄醉妻侄等劝令少饮因成长句以谕之》《蔷薇正开春酒初熟因招刘十九张大夫崔二十四同饮》《咏家醖十韵》等，从诗题即可感受到一种日常生活的意味。但与杜甫关怀苍生的人间情怀相比，白居易的人间情怀则多是一种知足保和、享乐自娱。另外，白居易与李白在关注自身这一点上有相似之处，但不同的是李白超然地站于云端，“口吐天上文”（皮日休《七爱诗·李翰林白》），白居易则舒适地躲在家中，“更无忙苦吟闲乐，恐是人间自在天”（白居易《闲乐》）。

北宋的苏轼虽不善饮酒，但与酒的关系颇为密切，近三千首诗中酒字出现五百余次，“醉”字出现三百余次，其《和陶饮酒二十首》叙云：“吾饮酒至少，常以把盏为乐。”《书东皋子传后》云：“喜人饮酒，见客举杯徐引，则予胸中为之浩浩焉，落落焉，酣适之味，乃过于客。闲居未尝一日无客，客至，未尝不置酒。天下之好饮，亦

1 葛景春《唐诗与酒：诗酒风流赋华章》，第 190—191 页，河北人民出版社 2013 年版。

2 刘存斌《白居易饮酒诗研究》（郑州大学 2012 年古代文学硕士论文）统计有“白酒、清酒、黄酒、冷酒、暖酒、酤酒、漉酒、醖酒、沽酒、残酒、尊酒、杯酒、对酒、劝酒、酒肆、酒舫、酒楼、酒浆、酒酤、酒瓮、酒旗、酒污、酒病、酒醒、酒兴、酒酣、酒徒、酒狂、酒圣、独醉、半醉、尽醉、放醉、沉醉、长醉、醉眠、醉厌厌、醉悠悠、醉陶陶、醉酣酣、醉醺醺、醉昏昏、醉腾腾”等。

无在予上者。”[1]甚至号称“岂知入骨爱诗酒”（《次前韵送刘景文》）。不过苏轼的饮酒诗，多数是应景、比喻、用典、次韵等，很少描写自己之醉，更缺少对饮酒的细节描写，而重在对饮酒背后的精神意趣之探求。苏轼《和陶饮酒二十首》其一即云“偶得酒中趣，空杯亦常持”。《谢苏自之惠酒》更饶有理趣，其中有句云“醉者坠车庄生言，全酒未若全于天”“我今不饮非不饮，心月皎皎常孤圆。有时客至亦为酌，琴虽未去聊忘弦”，可见其意并不在物质性的酒本身。正如有的研究者所言：“东坡于饮酒更在于得‘酒中之趣’，即淡化酒之物理性而重其精神性，注重它的文化品味。”[2]

陆游的饮酒诗兼采陶、李、杜、白、苏，又有所创造变化。与陶潜比，陆游长期退居山阴田园，许多描写风俗之淳、人情之美的诗篇趣味近于陶；但陶诗中的酒主要是一种概念化的寄意工具，陆诗中的酒虽亦有寄意功能，却也常常成为直接具体的描绘对象。

与李白比，二人皆属才气纵横、豪放狂傲的主观性很强的诗人，性分确有相近之处，饮酒诗也多着力于自我化的表现，缺少对同饮者的关注，与杜甫《饮中八仙歌》以“一个醒的”描写“八个醉的”的做法形成了鲜明对比。但李白性格天真，其饮酒诗往往陶醉于自我想象的世界中，反抗一切束缚自由的东西，有一种彻底超越尘世的洒脱，堪称酒中天仙；即使那些非饮酒诗，如“床前明月光，疑是地上霜”（《静夜思》）、“两岸猿声啼不住，轻舟已过万重山”（《早发白帝城》）

1　《苏轼文集校注》卷六六《书东皋子传后》，张志烈、马德富、周裕锴主编《苏轼全集校注》第十九册，第7350页，河北人民出版社2010年版。

2　张惠民、张进《士气文心：苏轼文化人格与文艺思想》，第281页，人民文学出版社2004年版。该书辟专节“酒中真味老更浓”，分析苏轼与“酒”的关系，以“趣”“真”“适”“至乐”为宗，颇为精辟。

之类，也想落天外，不见尘埃。陆游的饮酒诗虽也有“手把白玉船，身游水精宫”（《醉歌》）之类的超现实想象，但更多表现的是自己对现实现世的关怀和忧愁，朱熹赞誉他“能太高”的同时又担心他“迹太近”[1]，正是指其不能忘情当下现实而言。

与杜甫比，二人都是怀抱天下、忧国忧民的醉中醒。陆游曾经达到的思想高度和情感高度，足可上拟杜甫，清代贾臻《读放翁诗》云其“一腔忠爱心，有触便倾吐。每饭不忘君，上配少陵杜”[2]。翁方纲《石洲诗话》也说他“平生心力，全注国是，不觉暗以杜公之心为心，于是乎言中有物，又迴出诚斋、石湖上矣”[3]。但杜诗沉郁顿挫，冷静深刻；陆诗直抒胸臆，少有渟蓄。陆游虽对现实倾注着极大的热情，但其性分近李白而不近杜甫，他终究不是一个理性克制的人。

与白居易比，二人对于酒本身和饮酒行为的描绘都较丰富，尤其注意日常生活中的酒事活动。但白居易迷醉于一己的闲适知足和声色之娱，境界有庸俗之嫌；陆游虽亦难免俗气，但能上接杜甫忠义之怀，拳拳君国，念念恢复，其境界足有感天动地者。

与苏轼比，二人皆天分超卓，才大力雄，他们都通过诗歌创作大大提升了饮酒这一日常生活行为的文化意蕴和艺术品格。但苏轼重饮酒的理趣感悟，陆游则重饮酒的细节体验。两人性格看似都有张扬外向的一面，但苏轼的张扬外向里却多了一种沉潜超脱，因此苏轼的饮酒诗更能见出一种理性的思考和智者的学问，而陆游的饮酒诗则更能传达出一种感性的议论和俗世的情味，他们代表了宋诗发展的两个主

1　朱熹《朱子全书·答巩仲至》，朱熹撰，朱杰人、严佐之、刘永翔主编《朱子全书》第23册，第3096页，上海古籍出版社、安徽教育出版社2002年版。

2　孔凡礼、齐治平编《陆游资料汇编》，第356页，中华书局1962年版。

3　翁方纲《石洲诗话》卷四，第142页，人民文学出版社1981年版。

要方向。

总之，陆游描写醉态、醉思的诗歌，继承了前人饮酒诗的优秀传统，既具多样性，又具层次感；既注意典型的细节，又注意动态的过程；既有对家国的深切关怀，又有对个人闲愁以及乡村风情的细腻描写。它们丰富了古代饮酒诗的内容和艺术表现手段，同时体现出宋诗关注日常生活和使日常生活艺术化的特色，在中国诗歌史上应该引起重视。

放翁之醉

——陆游饮酒与其人其诗之关系

在人们的印象中，陆游（1125—1210）与“南宋伟大的爱国主义诗人”几乎成为固定的搭配，但人们较少知道，他也是一位堪与李白媲美的酒仙。

陆游爱饮酒，也知道过量饮酒的危害[1]，但是他依然经常醉饮，“醉”字在其诗歌中达到一千二百多次，涉及酒的作品更近三千首，这些饮酒诗，创作情境不尽相同，有些确为酒后所写；有些只能是酒醒后追忆而成（如那些描写醉至昏迷的诗歌）；有些则可能并未饮酒，只是仿前人同题之作，或是自我托醉之言。但不论如何，饮酒与陆游的生活密切相关，不仅对其作为自然人的存在具有价值，而且对其作为文学家的创作也具有非凡的意义。关于陆游对饮酒的态度及其饮酒诗的创作，学界已有初步归纳和概括[2]。但从日常生活史的角度，探讨陆游的酒量到底有多大，饮酒及饮酒诗与其性格之间的关系，学界关注还远远不够，本文拟以此为对象，做一初步探讨。

1　如陆游曾说“酒徒往往成衰翁”（《对酒》）、“用酒驱愁如伐国，敌虽摧破吾亦病”（《病酒新愈独卧独卧蘋风阁戏书》）、“世言有毒在曲蘖，腐肋穿肠凝血脉”（《饮酒》）。

2　主要论著如欧明俊《陆游研究》（上海三联书店 2007 年版）第三章第一节《咏酒诗》；王景元《陆游的诗书酒》（中国陆游研究会编《陆游与越中山水》，人民出版社 2006 年版）；刘扬忠《平生得酒狂无敌，百幅淋漓风雨疾——陆游饮酒行为及其咏酒诗述论》（《中国韵文学刊》2008 年第 3 期）；胡迎建《论陆游的诗酒》（《厦门教育学院学报》2010 年第 1 期）等。

一

陆游被友人周必大看作可比李白，明代以降人们更以“小李白”称之[1]，这主要指其才思清逸、诗风豪放处近于李白。其实在酒上，陆游对李白也心有戚戚，其《饮酒望西山戏咏》即云：“太白十诗九言酒，醉翁无诗不说山。若耶老农识几字，也与二事日相关。”[2]陆游自况“若耶老农”，言嗜酒若李太白，爱山似欧阳修。另外李、陆两人都喜欢酣饮，喜欢在诗中用数量词表示嗜酒或海量。李白诗云：

> 鸬鹚杓，鹦鹉杯，百年三万六千日，一日须倾三百杯。遥看汉水鸭头绿，恰似葡萄初酦醅。此江若变作春酒，垒曲便筑糟丘台。（《襄阳歌》）
>
> 烹羊宰牛且为乐，会须一饮三百杯。（《将进酒》）
>
> 穷愁千万端，美酒三百杯。（《月下独酌四首》其四）[3]

陆游诗云：

> 酌之万斛玻瓈舟，酣宴五城十二楼。天为碧罗幕，月作白玉钩。织女织庆云，裁成五色裘。披裘对酒难为客，长揖北辰相献酬。

1 《陆游资料汇编》前言称“小李白”见于《鹤林玉露》，然今存《鹤林玉露》仅云：“寿皇尝谓周益公曰：今世诗人，亦有如李白者乎？益公因荐务观，由是擢用。”“小李白”之称似首见于明毛晋《剑南诗稿跋》：“孝宗一日御华文阁，向周益公曰：‘今代诗人，亦有如唐李白者乎？’益公以放翁对，由是人竟呼为‘小李白。’”

2 本文所引陆游诗歌，皆出自《全宋诗》，不一一出注。

3 本文所引李白诗歌，皆出自《全唐诗》。

一饮五百年，一醉三千秋。（《江楼吹笛饮酒大醉中作》）

如山积曲高崔嵬，大江酿作蒲萄醅。颓然一醉三千杯，借问白发何从来。（《将进酒》）

放翁七十饮千钟，耳目未废头未童。（《醉书秦望山石壁》）

陆诗在数量上明显比李诗更巨大也更有震撼力，除此之外，陆游还常用长鲸、长虹、酣饮、豪饮、快饮、剧饮、痛饮等字眼展示自己的好饮、敢饮、能饮：

饮如长鲸渴赴海，诗成放笔千觞空。（《凌云醉归作》）

饮如长鲸海可竭，玉山不倒高崔嵬。（《池上醉歌》）

饮酒豪如卷白波，遣愁难似塞黄河。（《对酒作》）

安得豪士致连车，倒瓶不用杯与盂。（《蜀酒歌》）

晚途豪气未低摧，一饮犹能三百杯。（《醉中作》四首其一）

京华豪饮釂千钟，濯锦江边怯酒浓。（《睡起书事》）

遗名要耐千年看，快饮方夸百榼空。（《晚兴二首》其二）

早夸剧饮无勍敌，晚觉安禅有宿因。（《禅室》）

雪中痛饮百榼空，蹴踏山林伐狐兔。（《十月二十六日夜梦行南郑道中既觉恍然揽笔作此诗时且五鼓矣》）

千钟百榼而玉山不倒，可以想见其酒量之豪。有意思的是，李白诗中写酒虽多，但很少写酒醉，陆游诗中则动不动就醉了。更让人困惑的是，陆游的酒量似乎伸缩性极大，石、斛、斗、升、合、龠，不管饮多少，好像都能引来他的一场大醉：

抵死愁禁千斛酒，薄情雨送一城花。（《雨中遣怀二首》其一）

往时一醉论斗石，坐人饮水不能敌。（《醉歌》）

少年喜任侠，见酒气已吞。一饮但计日，斗斛何足论。（《村饮》）

忽然酒兴生，一醉须一石。（《大醉梅花下走笔赋此》）

五斗安能解醉酲，瞢腾睡眼怯窗明。（《初冬杂题六首》其四）

忽然起索三升酒，飒飒蛟龙入剡藤。（《八月五日夜半起饮酒作草书数纸》）

病无诗一字，穷赖酒三升。（《夜赋》）

山路近行犹百里，酒杯一举必三升。（《戏题》）

尽醉仅能三龠酒，新寒未办一铢绵。（《晚秋出门戏作二首》其二）

按照古代计量单位的换算，宋代1石=2斛，1斛=5斗，1斗=10升，1升=10合，1合=2龠；而按南宋嘉定九年（1216）的计算标准，换算为今天的毫升制[1]，则大致为：1石=60000毫升，1斛=30000毫升；1斗=6000毫升，1升=600毫升，1合=60毫升，1龠=30毫升。陆游诗中的“千斛”（3千万毫升，约今天的3万千克）、“一石”（6万毫升，约今天的60千克）、“五斗”（3万毫升，约今天的30千克）都明显属于夸张性描写，可以忽略不计。据学者研究，宋人所饮之酒乃发酵酒，酒精度一般不超过10度（其中最优质的酒的品质和度数才

1　据郭正忠《三至十四世纪中国的权衡度量》（中国社会科学出版社1993年版）研究：宋代行用最广泛的是以太府布帛尺和省尺为标准的推算；按此标准，北宋太府寺升斗的每升容量，相当于今700毫升左右；南宋嘉定九年宁国府造文思斛的容量，相当于今600毫升左右（太府布帛尺为616.5437毫升，省尺为593.2070毫升，为便计算，均以整数600毫升计）。

相当于现代黄酒)，且“以三升为常量”[1]。陆游的“忽然起索三升酒”(《八月五日夜半起饮酒作草书数纸》)写于淳熙三年(1176)其五十二岁时，“穷赖酒三升”（《夜赋》）写于庆元三年（1197）其七十三时，“酒杯一举必三升”（《戏题》）写于嘉定元年（1208）其八十四岁时，那么将他的酒量推测为“三升”（1800 毫升，约今天的 3.6 斤），似乎是有根据的。

但是，至少陆游晚年的酒量应该没有这么大。“穷赖酒三升”有自注云“郡中月设折酒九斗，日恰得三升”。这只是讲平均每日能得酒三升，不一定皆是自享；另两处“三升”也可理解为带有一定的夸饰成分。因为同样作于嘉定元年的《晚秋出门戏作二首》却云“尽醉仅能三龠酒”。三升和三龠，两者相差 20 倍。“三龠”（90 毫升，将近今天的 2 两）也许更能反映陆游八十四岁时的酒量。该年陆游作有纪实性较强的《予好把酒常以小户为苦戏述》诗云：

> 我非恶旨酒，好饮而不能。方其临觞时，直欲举斗升。若有物制之，合龠已不胜。岂独观者笑，心亦甚自憎……

看来“斗升”只是欲望，“合龠”才是真相；尤其是诗题，“小户”者，小酒量之谓也。这样纪实性的交待在陆游诗歌中不止一处：

> 病起酒徒嘲小户，才衰诗律愧长城。（《月中归驿舍》）
> 我诗非大手，我酒亦小户。（《寄赵昌甫并简徐斯远》）

1 王赛时《中国酒史》第六章，第 196 页，山东大学出版社 2010 年版。

一榼芳醪手自斟，从来户小怯杯深。（《独酌》）

平生爱酒恨小户，半世为文真弊帚。（《两日意殊不怿作短歌自遣》）

我酒本小户，痛饮乃有时。（《饮酒》）

酒仅三蕉叶，琴才一履霜。（《幽事二首》其一）

《月中归驿舍》作于淳熙元年（1174）陆游五十岁时，《寄赵昌甫并简徐斯远》作于庆元六年（1200）陆游七十六岁时，《独酌》作于嘉泰四年（1204）陆游八十岁时，《两日意殊不怿作短歌自遣》作于嘉定元年（1208）陆游八十四岁时，其他两首皆作于嘉定二年（1209）陆游八十五岁时，“小户”“户小”字眼的频繁出现，说明至少五十岁以后的陆游酒量确实较小。“酒仅三蕉叶”一句下还有自注：“东坡自能饮三蕉叶。”典出《东坡志林》：“吾兄子明饮酒不过三蕉叶，吾少时望见酒盏而醉，今亦能三蕉叶矣。”[1]蕉叶指浅底的酒杯，苏轼《书东皋子传后》尝自言“予饮酒终日，不过五合，天下之不能饮，无在予下者”[2]，陆游以苏轼自比，其酒量可想亦浅。

不过，人的酒量随着时间、地点、对象和心情等不同会有所变化，特别是步入老年，身体器官的机能逐渐衰弱，接受酒精的能力通常会降低。陆游嘉泰四年八十岁所作《对酒》即云：“赋性虽耽酒，其如老病身。气衰成小户，醅浊号贤人。”“三龠”，反映的是老年时期陆游的酒量。青壮年时期的陆游，酒量应该高一些。其八十一岁所作

1 《苏轼文集校注》卷六八《题子明诗后》，张志烈、马德富、周裕锴主编《苏轼全集校注》第十九册，第7625页，河北人民出版社2010年版。

2 《苏轼文集校注》卷六六《书东皋子传后》，张志烈、马德富、周裕锴主编《苏轼全集校注》第十九册，第7350页。

的《绍兴中予初仕为宁德主簿与同官饮酒食蛎房甚乐后五十年有饷此味者感叹有赋酒海者大劝杯容一升当时所尚也》，回忆绍兴二十八年（1158）自己三十四岁时，官福建宁德县主簿，与同僚宴饮，当时流行使用的酒杯曰“酒海”，容量即为一升。其作于淳熙七年（1180）自己五十六岁时的《自嘲》诗云：“给酒月四斗，一觞难屡持。”自注云：“官供酒月止四斗耳。”月供酒四斗，即使每天都饮，平均每日也有800毫升左右，同样高于一升（600毫升）。但是由老年的“小户”三龠可以推知，青壮年的陆游也不可能是海量，可能三升已是他的上限。

这样看来，陆游并非后世研究者认为的那样是海量，他在诗歌中反复渲染自己千钟百杯、鲸吞虹吸，其实是一种艺术的夸张，这既增强了自己感情表达的力度，也对自己的小酒量做了心理补偿。我们应该为此感到庆幸，如果诗人酒量果真如他描写之大，那么以陆游嗜酒的程度，他是不太可能如此长寿的，许多脍炙人口、鼓奋人心的作品便无由产生，这种遗憾当然是我们不愿见到的。

二

酒是人们经常饮用的含乙醇（酒精）的饮品。乙醇经胃和小肠在半小时至三小时内即能完全吸收，分布于体内所有含水组织和体液中，包括脑部，因此乙醇能够影响中枢神经。临床一般把醉酒分为兴奋期、共济失调期和昏迷期。兴奋期是指乙醇对大脑皮质功能产生抑制作用，使人的意识控制力下降，产生欣快感、健谈、自信心提高、情绪不稳定等，导致医学上所谓的定向力障碍（对周围环境或自身状况的认识能力丧失或认识异常），当然也有沉默、孤僻或入睡者。随着饮量增加，乙醇可由大脑皮质向下，作用于小脑，引起共济失调，使人的肌肉运动不协调，言语不清，动作失衡。饮量如果继续增大，乙醇可进一步作用至延脑（主要控制呼吸、心跳、消化等基本生命活动），使人出现昏睡、昏迷，甚至呼吸、循环衰竭等。

通过陆游的饮酒诗，我们惊奇地发现，诗人居然对醉酒的各个时期都有所描绘。

> 一物不向胸次横，醉中谈谑坐中倾。（《看梅绝句五首》其四）
>
> 高谈雄辩凭陵酒，豪竹哀丝蹴踏春。（《梦与数客剧饮或请赋诗予已大醉纵笔书一绝觉而录之》）
>
> 一樽邻翁迭宾主，醉语岂忧多谬误。（《雨夜与邻翁饮用前辈韵》）

忘乎所以地高谈阔论，不怕醉语多误，只求胸中快意，一物不横，这种醉话连篇的欣快感正是兴奋期的典型表现。

> 何由亲奉平戎诏，蹴踏关中建帝都。（《醉题》）
>
> 安得熊罴十万师，蹴踏幽并洗河洛。（《醉中作》）
>
> 醉来剩欲吟梁父，千古隆中可与期。（《暮归马上作》）

以当时国力和局势而论，以上豪言未免不切实际，自信未免盲目无据，但从醉酒的层面看，倒可说是极正常的反应。另外，陆游的情绪在酒后经常变得激亢，这也是兴奋期的明显特征：

浩歌惊世俗，狂语任天真。（《醉书》）

浩歌野渡惊云起，狂舞空庭挽月留。（《醉题》）

我从湖上归，散发醉吹笛。（《作雪未成自湖中归寒甚饮酒作短歌》）

痛饮山花插鬓红，醉归棘露沾衣湿。（《饮酒近村》）

酒精刺激得诗人异常兴奋，以致定向力模糊了，忘记了身份、环境和时间，浩歌狂舞，散发吹笛，插花鬓发，真是放浪形骸，无所顾忌。但让人惊叹的是，诗人醉后还能控制住自己的动作，甚至能够骑马而归：

偶呼快马迎新月，却上轻舆御晚风。（《醉中到白崖而归》）

迎马绿杨争拂帽，满街丹荔不论钱。（《江渎池醉归马上作》）

貂裘狐帽醉走马，陌上应有行人惊。（《眉州郡燕大醉中间道驰出城宿石佛院》）

白袍如雪宝刀横，醉上银鞍身更轻。（《猎罢夜饮示独孤生三首》其三）

这是因为，醉酒兴奋期虽然注意力、控制力、判断力和责任感等神经系统能力减弱，但意识、知觉、随意运动等动物机能仍可保持。第四例中的“身更轻”三字尤其妙，把心理错觉都写了出来。兴奋期不仅动作往往能够保持一定的敏捷度和平衡感，而且思想意识也像亢奋的情绪一样获得定向力解放，进入一种无拘束的相对自由的状态，反而在艺术创作上多有神来之笔。这种现象历史上多有其例，如“李白斗酒诗百篇”（杜甫《饮中八仙歌》），张旭每“每大醉，呼叫狂走，乃下笔，或以头濡墨而书，既醒，自视以为神，不可复得也。世呼张颠”（《新唐书》卷二百二）。陆游醉后题诗或题写书法的例子也比比皆是：

追思昨日乃可笑，倚醉题诗恣豪横。（《病酒新愈独卧蘋风阁戏书》）

幽窗照影乌巾折，醉手题诗淡墨斜。（秋夜独醉戏题）

六月芙蕖正盛时，画船长记醉题诗。（《小舟自红桥之南过吉泽归三山二首》其二）

众中论事归多悔，醉后题诗醒已忘。（《怀昔》）

华堂却来弄笔砚，新诗醉草夸坐中。（《春感》）

赖有浊醪生耳热，狂歌醉草寄吾豪。（《病起》）

赐休暂解簿书围，醉草今年颇入微。（《醉中草书因戏作此诗》）

流落不妨风味在，花前醉草写乌丝。（《醉后作小草因成长句》）

陆游似乎特别喜爱将饮酒与赋诗、草书联系起来，这也许是因为只有在迷狂世界和艺术世界交织而成的镜像中，才不惧为人构陷，可以自由驰骋，完美挥洒才能、完整表达个性、完全倾泻自己的豪情吧。

当然，随着饮量增加，逐渐会出现共济失调期和昏迷期现象。

飘然醉袖怒人扶，个里何曾有畏途。（《风雨中过龙洞阁》）

沽来村酒初判醉，叱去山童不遣扶。（《久疾灼艾小愈晚出

门外》）

夜中醉归骑草驴，嵬昂不须宗武扶。（《夜从父老饮酒村店作》）

醉倒村路儿扶归，瞠儿不识问是谁。（《醉歌》）

旋烧新兔倾村酒，扶得归来醉似泥。（《新塘夜归》）

前三例皆醉后逞强，怒叱人扶，说明虽可行走，但已出现平衡障碍，引得他人来扶，属于共济失调期症状。第三例的“嵬昂”指酒后步履不稳，但仍能骑驴而归，因而拒绝儿子（借杜甫之子杜宗武指代）扶携。第四例明显是喝高了，不仅出现了人物定向障碍（不认识儿子），而且醉到无法行走，只好由儿子扶回，已经临近昏迷期。第五例仍由人扶归，不过已经“醉如泥”，行动和意识皆无法控制了，已陷入昏迷期。这些描写符合生活和医学逻辑，细腻真实，令人信服。

值得注意的是，醉酒和人的性格有一定关系。如同为嗜酒，有些人不醉至共济失调期或昏迷期则心不甘休，这种人在生活中多属于感性优先和自控能力较弱者。有的人在兴奋期即能停杯不饮，很少进入共济失调期和昏迷期，他们在生活中多属理性优先和自控能力较强者。陆游明显属于前者，他有不少诗句描写到因醉而昏睡于路上：

醉眠当大路，狂舞属行人。（《醉中作》）

醉眠官道上，人为护牛羊。（《春老》）

如今醉倒官道边，插花不怕颠狂甚。（《醉倒歌》）

行人争看山翁醉，头枕槐根卧道边。（《西村暮归》）

烂醉今朝卧道傍，乡闾共为护牛羊。（《醉卧道傍》）

旗亭烂醉官道卧，醒后无人数吾过。（《醉卧道边觉而有赋》）

由于感性优先和自我控制能力较弱，待人接物往往放旷不拘，尤对因循刻板、规矩森严的官场不能适应。陆游乾道年间，被控“结交谏官、鼓唱是非，力说张浚用兵”（《宋史》本传），被免职；淳熙年间又被控“不拘礼法”“燕饮颓放”，再次罢职，陆游干脆自号“放翁”以示不屈（《宋史》本传）。可以说陆游仕途的坎坷，与他的性格有很大关系。钱锺书先生也说陆游“高明之性，不耐沉潜”[1]。

苏轼与陆游相反，属于典型的能将饮酒控制在兴奋期的人。他的酒量比陆游还小，但几无昏迷之醉。其《湖上夜归》云：“我饮不尽器，半酣味尤长。”《与临安令宗人同年剧饮》：“我虽不解饮，把盏欢意足。”《和陶饮酒二十首》叙云：“吾饮酒至少，常以把盏为乐。往往颓然坐睡，人见其醉，而吾中了然，盖莫能名其为醉为醒也。”[2]可见他追求的是兴奋期“半酣”的味道。因此苏、陆二人性格看似都有张扬外向的一面，但苏轼的张扬外向里却多了一种沉潜超脱，多了一种理性的思考和智者的趣味。

欧阳修则属于量大而能自控的饮酒者。他虽然在《醉翁亭记》中自称“饮少辄醉”，其实酒量甚豪，苏轼《饮酒说》即云“欧公盛年能饮百盏”（《古今事文类聚》续集卷十五）。欧阳修因支持庆历新政被贬滁州，作《醉翁亭记》时四十岁，正当盛年，因此“饮少辄醉”，恐怕更多是表现一种“醉翁之意不在酒”的姿态。

欧阳修喜饮酒，然罕见饮至共济失调期和昏迷期。其饮酒诗虽然不乏游戏自遣或交际之作，但很少在诗歌中描绘自己的醉态，他比苏

1　钱锺书《谈艺录》，第130页。中华书局1984年版。

2　《苏轼诗集校注》卷三五，张志烈、马德富、周裕锴主编《苏轼全集校注》第六册，第3974页，河北人民出版社2010年版。

轼的理性意识更强。像“我饮酒，尔食糟，尔虽不我责，我责何由逃”（《食糟民》）、“年来无物不可爱，花发有酒谁同携。问我居留亦何事，方春苦旱忧民犁”（《再和圣俞见答》）、“颜摧鬓改真一翁，心以忧醉安知乐”（《醉翁吟》），那种无时无刻都欲为生民请命的责任感更为他人饮酒诗所稀有。因此，欧阳修虽与陆游一样，对国家和民族的命运拳拳在念，但不同于陆游的大言疾呼，热情奔放，欧阳修更多体现为深沉理性，并注重实践担当。两人性格有较大的反差。

对比欧阳、苏、陆，如果说陆游似勇者，豪迈英发，壮怀激烈；苏轼则似智者，妙趣横生，旷达自适；那么欧阳修则似仁者，痌瘝在抱，道义在肩。

当然以醉酒程度来推测人的性格，只能是就一般而论。因为影响性格的因素非常复杂，包括生理（如血型、智力、遗传基因等）、家庭、社会、自然、文化、教育等多个层面，绝不能夸大醉酒与性格之间的联系。

三

陆游长寿爱饮又酒量有限，使他有着丰富的醉饮经历与生理体验，因此虽然他也曾像欧阳修那样在诗中以酒寄意，但饮酒行为在他的诗中绝不仅仅是一种别有怀抱的姿态，而常常是直接的描写对象和目的。酒与诗，与陆游的生活紧密联系在一起。陆游近三千首广义的饮酒诗，几占其全部诗作的三分之一。以对饮酒描写的丰富性、动态性、细节性、真实性而言，陆游在古代诗人中可说是无人出其项背。关于其饮酒诗描写的总体成就，笔者已另文述之[1]。这里仅以部分饮酒诗为例，对其性格做进一步揭示[2]。

统观陆游的饮酒诗，有一个非常突出的现象，即他的饮酒诗，较少描摹他人，而着力于自我的表现和感受。陆游的饮酒诗描写独酌之态远远多于描写聚饮之状，他虽然专门写有《酒无独饮理》，但是独酌在其诗中似乎更为常见，诗题带有“独酌”的就有《雨后登西楼独酌》《十一月八日夜灯下对梅花独酌累日劳甚颇自慰也》《头陀寺观王简栖碑有感（偶余眉州酒樽独酌遂醉）》《夜坐独酌》《山园草间菊数枝开席地独酌》《晦前二日夜欲晓自湖上归对残月独酌》《独酌有怀南郑》《南窗擘黄柑独酌有感》《水亭独酌十二韵》《雪中独酌》《雨中独酌》《秋夜独酌》《冬夜独酌》《雨夕独酌书感》《岁暮独酌感怀》《秋日独酌》《龟堂独酌二首》《西窗独酌》《小圃独酌》《六日云重有雪意独酌》《独酌》《独酌罢夜坐》《山村独酌》《小园独酌》《乙巳秋暮独酌四首》等数十首；其他诗题未明示但其实独酌的也不在少数，如“独酌三杯愁对影，例添一岁老催人”（《立春》）、“市墟沽斗酒，独酌复高歌”（《物外杂题八首》其一）、“何如酿浊醪，遇兴时独酌”（《衰甚书感》）、“饮酒可不病，自酌随浅深”（《秋怀十首以竹药闭深院琴樽开小轩为韵》其四）。独酌，自然只宜描摹自己的醉态。

由于酒本身具有麻醉神经的功能，因此很多诗人并不仅仅把酒当作与人交际的工具，而是将其作为可以消忧遣愁的知心朋友。特别是独酌，反映的更是人与酒之间的直接对话。《剑南诗稿》中，首次以

1　参笔者前文《陆游的醉态、醉思与饮酒诗》。

2　此节观点，受惠于林岩和谢琰两位先生良多，谨此致谢。

“独酌”命题的是作于乾道九年（1173）九月的《雨后登西楼独酌》，斯时陆游正在摄知嘉州任上，其南郑军幕生活已经结束，抗敌热情受到挫折而显低落，故诗中有“交游赖有曲生在，正向愁时能策勋”之句。之后的独酌诗中，也有“一壶清露来云表，聊为幽人洗肺肝”（《夜从独酌》）、“不见曲生久，惠然相与娱”（《独酌罢夜坐》）之类的表达。“独酌”自南郑军幕之后逐渐增多，可见陆游之所以喜爱独酌，一方面固然因其是嗜酒习性的自然反映，一方面也是因酒本身能使诗人暂时消解报国无门的苦闷，摆脱精神上的困惑和压抑。

值得一提的是，“独”字在陆游诗中出现了七百多次，除了“独酌”，还有“独立”“独坐”“独往”“独行”“独登”“独卧”“独看”“独观”“独守”“独游”“独听”“独恨”“独念”“独感”……另外，陆游诗中，“自”字出现两千多次，“我”字出现一千多次，都是高频字。“独”“自”“我”等与其搭配词，共同营造出一个具有强烈自我意识的陆游形象。这使得陆游在那些并非独酌的会饮诗与聚饮诗中，也很少关注别人的饮酒行为。如《重九会饮万景楼》：“粲粲黄花手自持，登高聊答此佳时。纤云不作看山祟，斗酒聊宽去国思。落日楼台频徙倚，西风鼓笛倍凄悲。彭城戏马平生意，强为巴歌一解颐。”写自然，写历史，写怀古，写乡思，就是没有写会饮者的形态。《合江夜宴归马上作》：“零露中宵湿绿苔，江郊纵饮亦荒哉。引杯快似黄河泻，落笔声如白雨来。纤指醉听筝柱促，长檠时看烛花摧。头颅自揣应虚死，马上长歌寄此哀。”展现的是一种虚泛化的豪饮场景和自我感怀，别人的身影依然很淡。陆游诗题还爱用“……饮示……”句式，如《野外剧饮示坐中》《猎罢夜饮示独孤生三首》《夜饮示坐中》《舟过南庄呼村老与饮示以诗二首》《小饮示座中》等，基本上都略于醉态描写而详于自我心境的宣泄。举《村饮示邻曲》为例：

> 七年收朝迹，名不到权门。耿耿一寸心，思与穷友论。忆昔西戍日，孱虏气可吞。偶失万户侯，遂老三家村。朱颜舍我去，白发日夜繁。夕阳坐溪边，看儿牧鸡豚。雕胡幸可炊，亦有社酒浑。耳热我欲歌，四座且勿喧。即今黄河上，事殊曹与袁。扶义孰可遣，一战洗乾坤。西酹吴玠墓，南招宗泽魂。焚庭涉其血，岂独清中原。吾侪虽益老，忠义传子孙。征辽诏傥下，从我属櫜鞬。

这与其说是饮酒诗，不如说是借酒生发的一篇爱国自传和誓言。如果说这里的饮酒，起码还是真实的发生，陆游另有一些诗歌，虽冠以“醉歌”“醉题”，却更像是假托醉饮之名，倾吐胸中块磊。如这首《醉题》：“来往人间今几时，悠悠日月独心知。寻僧共理清宵话，扫壁闲寻往岁诗。匹马秋风入条华，孤舟暮雪钓湘漓。只愁又踏关河路，荆棘铜驼使我悲。”如果不看诗题，便纯粹是一首感怀时世诗，“醉”在这里可以理解为一种正话反说的假借，醉之态则了无痕迹可寻。

陆游的醉态描写疏于观照他人，而致力于自我形象和情感的建构，显出他是一个主观性很强、自我关注度很高的诗人。此点与李白相近，但两人在时代创作心理和艺术表现方式上又有不少差异。

首先就时代创作心理而论。李白虽经安史之乱，但毕竟主要生活于开元盛世。那个盛唐的、青春的、浪漫的李白，他追求自由，蔑视权贵，仿佛行空天马，挣脱一切束缚之链；他不平则鸣，宣泄情绪，仿佛站在云端，唱出纯然天籁之音。因此李白的创作心理基调是自信的、激情的、乐观的，带有昂扬热烈、开放真率的时代气息。读他的《把酒问月》《将进酒》《梦游天姥吟留别》《宣州谢朓楼饯别校书叔云》等诗，都能真切感受到这一点。

陆游虽然主要生活于宋金局势相对平稳的时期，但北宋国力、国土难追汉唐，至南宋更是局促一隅的尴尬现实，造成了宋人普遍的内敛心态和忧患意识；而宋人对于诗歌心理功能的认识，也由一个由宣泄激情到自持自适的发展变化[1]，这些都不可避免地影响到了陆游的创作心理。他在宋人中虽是最近于李白的富有激情的诗人，许多诗作带有飘逸奔放、气雄情烈的特点，但也作有不少旷达平易、自我宽慰的诗歌。如《一老》："太平一老醉腾腾，南陌东阡喜不胜。民力农桑家自足，士崇名节道方兴。骑鲸仙去时犹远，射虎归来气颇增。莫道幽栖交旧绝，月中亦有打门僧。"像这类自足常乐、身闲心安的表达，同样成为陆游创作心理基调的重要组成部分。

另外，李白虽也有出世入世的矛盾，但他超脱时完全可以从云端俯视尘寰，似乎不染丝毫人间烟火。陆游则不同，虽偶有"手把白玉船，身游水精宫"（《醉歌》）之类的超现实想象，但更多表现出对现实现世的关怀和忧虑，像有线风筝，飞得再远，总有一根现实的丝绳将它牢牢牵挽，即使是在梦中和醉中。如："河滨古驿辟重门，雉兔纷纷黍酒浑。吾辈岂应徒醉饱，会倾东海洗中原。"（《十二月二日夜梦与客并马行黄河上憩于古驿二首》其二）"平生嗜酒不为味，聊欲醉中遗万事。酒醒客散独凄然，枕上屡挥忧国泪！"（《送范舍人还朝》）"丈夫不虚生世间，本意灭虏收河山……三更抚枕忽大叫，梦中夺得松亭关。"（《楼上醉书》）如此强烈执着的家国情怀，铸就了陆游

1　周裕锴《自持与自适：宋人论诗的心理功能》，《文学遗产》1995年第6期。

创作心理的另一基调，也为他赢得了伟大爱国主义诗人的声誉。

其次就艺术表现方式而论。以两人独酌类诗歌为例，李白与陆游虽都高度关注自我，但李白的独酌多在山中或江上，空间上与自然山水相亲近，时间多在夜晚，自然的空旷，夜晚的沉寂，皆有利于表现“独”的形态。如《北山独酌寄韦六》《独酌青溪江石上寄权昭夷》《秋夜板桥浦泛月独酌怀谢朓》《独酌》《春日独酌二首》等，《月下独酌》虽作于长安城中，然空间也相当广大。不惟如此，李白在诗歌内容的书写上也爱以时空广漠对比个人渺微，而略于现实社会或人生的描写。如《独酌青溪江石上寄权昭夷》：“我携一樽酒，独上江祖石。自从天地开，更长几千尺。举杯向天笑，天回日西照。永愿坐此石，长垂严陵钓。寄谢山中人，可与尔同调。”虽有寄赠对象，但具体人事的影子仍很淡，充斥画面的是在绵延无尽的时间中，人与天、一樽酒与千尺石的永恒对立。通过相异而感受到自我的存在，这是李白的表现方式。

陆游的独酌则多在家中或村落，如前举诗例中的西楼、山园、南窗、水亭、龟堂、西窗、山村、小园等，空间上与日常生活联系密切，时间上也相当随意，白日黑夜、雨中雪后，无可无不可。在诗歌内容的书写上，也只是将独酌作为一种真实的生活状态来反映，无需特意拉开时空距离来反衬孤独，孤独与天地万物相伴而生，存在于具体甚至琐碎的社会或人生经验中。空间的生活化和时间的随意化，使陆游的独酌具有一种世俗化意味。如《秋夜独酌》：“壮志随年减，羁愁与夜长。月高寒晕淡，花坼露丛香。仕畏谗销骨，归判酒腐肠。青灯写孤影，相劝尽余觞。”其孤独有年岁老大、羁旅夜长、仕途遭谗等具体原因，而青灯、孤影如朋友“劝尽余觞”，颇不同于李白的“独酌无相亲”（《月下独酌》其一）。又如《冬夜独酌》：“一樽浊酒有妙理，十里荒鸡非恶声……颓然坐睡蒲团稳，残火昏灯伴五更。”浊酒荒鸡皆可亲，残火昏灯可相伴，个人与外在的事物不必对立。再如《秋日独酌》：“草木秋始繁，黄碧照篱落。虽云各有时，意绪终索莫。老人固多感，对此聊命酌。风霜肃万物，过雁在寥廓。吾当识其大，微物不足托。何以豁旷怀，短章可时作。”因感物伤时而独酌，复以“风霜肃万物”的自然之理相解脱，终以达观之心和诗作相遣怀，是一种接受和享受的态度。通过包容来显示自我的存在和主观能动性，这是陆游的表现方式。

通过外界之大与个人之微、外界之污浊与个人之清高的鲜明对比，形成强烈的反差印象，这是中国诗歌想要突出自我时常见的艺术表现传统之一；而像陆游这样以包容淡化对抗，以思理消解郁愤的艺术表现方式，可说是至宋才真正臻于成熟。陆游的独酌诗，带有宋人独得的审美趣味。

在探讨了陆游酒量、醉酒、饮酒诗与其性格之关系后，再去品味“小李白”之称时，就在李、陆二人才思、诗风相似之外，又增添了一种性格同异的细微认知。这也算是本文的一点贡献吧。

主要参考文献

（依拼音音序排列）

一、古籍文献

《八琼室金石补正》，陆增祥撰，文物出版社 1985 年版。

《白雨斋诗话》，陈廷焯撰，彭玉平纂辑，凤凰出版社 2014 年版。

《百菊集谱》，史铸撰，文渊阁《四库全书》本。

《宝日堂初集》，张鼐撰，明崇祯二年刻本。

《抱经堂文集》，卢文弨撰，四部丛刊本。

《北山集》，程俱撰，文渊阁《四库全书》本。

《本草纲目》，李时珍撰，文渊阁《四库全书》本。

《沧浪诗话校释》，严羽撰，郭绍虞校释，人民文学出版社 1983 年版。

《藏园订补郘亭知见传本书目》，莫友芝撰、傅增湘订补，中华书局 2009 年版。

《诚斋集》，杨万里撰，文渊阁《四库全书》本。

《大隐集》，李正民撰，文渊阁《四库全书》本。

《东窗集》，张扩撰，文渊阁《四库全书》本。

《东京梦华录》，孟元老撰，中州古籍出版社 2010 年版。

《东莱吕紫微师友杂志》，吕本中撰，《丛书集成初编》本。

《范仲淹全集》，范仲淹撰，四川大学出版社 2007 年版。

《方舆胜览》，祝穆撰，文渊阁《四库全书》本。

《仿潜斋诗钞》，李嘉乐撰，清光绪刊本。

《浮溪集》，汪藻撰，文渊阁《四库全书》本。

《福建通志》，郝玉麟等修，文渊阁《四库全书》本。

《高斋漫录》，曾慥撰，文渊阁《四库全书》本。

《攻媿集》，楼钥撰，文渊阁《四库全书》本。

《姑溪居士集》，李之仪撰，文渊阁《四库全书》本。

《观濠居士文集》，杨沂孙撰，常熟图书馆藏钞本。

《过庭录》，范公偁撰，孔凡礼点校，中华书局 2002 年版。

《海陵集》，周麟之撰，文渊阁《四库全书》本。

《汉书》，班固撰，中华书局 1975 年版。

《后村诗话》，刘克庄撰，王秀梅点校，中华书局 1983 年版。

《后汉纪》，袁宏撰，四部丛刊本。

《后山集》，陈师道撰，文渊阁《四库全书》本。

《花庵词选续集》，黄升编，文渊阁《四库全书》本。

《黄庭坚全集辑校编年》，黄庭坚撰，郑永晓整理，江西人民出版社 2011 年修订版。

《挥麈录》，王明清撰，中华书局 1961 年版。

《蕙风词话辑注》，况周颐撰，屈兴国辑注，江西人民出版社 2000 年版。

《汲古堂集》，何白撰，明万历刻本。

《记纂渊海》，潘自牧辑，中国国家图书馆编《原国立北平图书馆甲库善本丛书》第六〇九册，据明乌丝栏抄本影印，国家图书馆出版社 2013 年版。

《夹漈遗稿》，郑樵撰，文渊阁《四库全书》本。

《嘉定钱大昕全集》增订本，钱大昕撰，陈文和主编，凤凰出版社 2016 年版。

《建炎以来朝野杂记》，李心传撰，徐规校点，中华书局 2000 年版。

《建炎以来系年要录》，李心传撰，文渊阁《四库全书》本。

《江湖后集》，陈起编，文渊阁《四库全书》本。

《景迂生集》，晁说之撰，文渊阁《四库全书》本。

《郡斋读书志校证》，晁公武撰，孙猛校证，上海古籍出版社 1990 年版。

《康熙扬州府志》，崔华、张万寿纂修，清康熙刻本。

《困学纪闻》，王应麟撰，文渊阁《四库全书》本。

《兰亭考》，桑世昌撰，文渊阁《四库全书》本。

《琅嬛记》，旧本题伊士珍撰，《四库全书存目丛书》，齐鲁书社 1995 年据明万历刻本影印。

《老学庵笔记》，陆游撰，文渊阁《四库全书》本。

《礼记集解》，孙希旦撰，中华书局 1989 年版。

《历代诗话》，何文焕辑，中华书局 1981 年版。

《历代诗话续编》，丁福保辑，中华书局 1983 年版。

《两宋名贤小集》，旧本题陈思编、陈世隆补，文渊阁《四库全书》本。

《刘克庄集笺校》，刘克庄撰，辛更儒笺校，中华书局 2011 年版。

《隆庆临江府志》，刘松纂修，上海古籍书店 1962 年影印本。

《芦川归来集》，张元干撰，文渊阁《四库全书》本。

《梅尧臣集编年校注》，梅尧臣撰，朱东润校注，上海古籍出版社 1980 年版。

《墨庄漫录》，张邦基撰，文渊阁《四库全书》本。

《南宋馆阁录》，陈骙撰，文渊阁《四库全书》本。

《南宋馆阁续录》，中华书局1998年版。

《欧阳修撰集》，欧阳澈撰，文渊阁《四库全书》本。

《盘州文集》，洪适撰，文渊阁《四库全书》本。

《匏叶龛诗存》，周鹤立撰，道光四年甑山官舍刻本，清代诗文集汇编第480册。

《毗陵集》，张守撰，文渊阁《四库全书》本。

《泊宅编》，方勺撰，许沛藻、杨立扬点校，中华书局1983年。

《浦阳人物记》，宋濂撰，文渊阁《四库全书》本。

《耆旧续闻》，陈鹄撰，文渊阁《四库全书》本。

《清江三孔集》，孔文仲、孔武仲、孔平仲撰，国家图书馆藏傅增湘校补本。

《清诗话》，丁福保辑，上海古籍出版社1978年版。

《全宋诗》，北京大学古文献研究所编，北京大学出版社1991—1998年版。

《全宋文》，曾枣庄、刘琳主编，上海辞书出版社、安徽教育出版社2006年版。

《全唐诗》，彭定求等编，中华书局1960年版。

《穰梨馆过眼录》，陆心源编，清光绪吴兴陆氏家塾刻本。

《容斋随笔》，洪迈撰，文渊阁《四库全书》本。

《三朝北盟会编》，徐梦莘撰，文渊阁《四库全书》本。

《善本书室藏书志》，丁丙撰，清光绪刻本。

《上海图书馆未刊古籍稿本》，《上海图书馆未刊古籍稿本》编辑委员会编，复旦大学出版社 2008 年版。

《苕溪集》，刘一止撰，文渊阁《四库全书》本。

《苕溪渔隐丛话》，胡仔纂集，廖德明校点，人民文学出版社 1962 年版。

《少室山房笔丛》，胡应麟撰，文渊阁《四库全书》本。

《邵雍全集》，邵雍撰，郭彧、于天宝点校，上海古籍出版社 2015 年版。

《沈曾植集校注》，沈曾植撰，钱仲联校注，中华书局 2001 年版。

《施愚山集》，施闰章撰，黄山书社 2014 年版。

《石园全集》，李元鼎撰，《四库存目丛书》本。

《石洲诗话》，翁方纲撰，人民文学出版社 1981 年版。

《史通》，刘知几撰，上海古籍出版社 2008 年版。

《说郛》，陶宗仪编，上海古籍出版社 1988 年影印本。

《司空表圣诗文集笺校》，司空图撰，祖保泉、陶礼天笺校，安徽大学出版社 2002 年版。

《四库全书总目汇订》，魏小虎编撰，上海古籍出版社 2012 年版。

《宋大事记讲义》，吕中撰，文渊阁《四库全书》本。

《宋会要辑稿》，徐松辑，中华书局 1957 年影印本。

《宋名臣言行录》，朱熹撰，清闽县林云铭刻本。

《宋史》，脱脱等撰，中华书局 1985 年版。

《宋史全文》，文渊阁《四库全书》本。

《宋通鉴长编纪事本末》，杨仲良撰，文渊阁《四库全书》本。

《宋元方志丛刊》，中华书局编辑部编，中华书局 1990 年版。

《苏轼全集校注》，苏轼撰，张志烈、马德富、周裕锴主编，河北人民出版社 2010 年版。

《苏魏公集》，苏颂撰，中华书局 1988 年版。

《苏斋笔记》，翁方纲撰，日本古典刊行会 1933 年版。

《涑水记闻》，司马光撰，邓广铭、张希清点校，中华书局 1989 年版。

《遂初堂书目》，尤袤撰，文渊阁《四库全书》本。

《孙宝瑄日记》，孙宝瑄撰，中华书局 2015 年版。

《孙公谈圃》，孙升口述、刘延世笔录，中华书局 2012 年版。

《唐宋文举要》，高步瀛撰注，上海古籍出版社 1982 年版。

《陶渊明集》，陶渊明撰，逯钦立校注，中华书局 1979 年版。

《渭南文集》，陆游撰，文渊阁《四库全书》本。

《文史通义校注》，章学诚撰，叶瑛校注，中华书局 2014 年版。

《文献集》，黄溍撰，文渊阁《四库全书》本。

《文渊阁书目》，杨士奇撰，文渊阁《四库全书》本。

《文忠集》，周必大撰，文渊阁《四库全书》本。

《吾面斋诗存》，张大镛撰，清道光十六年刊本。

《西溪丛语　家世旧闻》，姚宽、陆游撰，孔凡礼点校，中华书局 1993 年版。

《续资治通鉴长编》，李焘撰，中华书局 2004 年版。

《雪溪集》，王铚撰，文渊阁《四库全书》本。

《杨维桢诗集》，杨维桢撰，邹志方点校，浙江古籍出版社 1994 年版。

《瀛奎律髓汇评》，方回选评，李庆甲集评校点，上海古籍出版社 1986 年版。

《舆地纪胜》，王象之撰，文渊阁《四库全书》本。

《玉海》，王应麟撰，文渊阁《四库全书》本。

《玉照新志》，王明清撰，文渊阁《四库全书》本。

《玉芝堂谈荟》，徐应秋撰，文渊阁《四库全书》本。

《云麓漫钞》，赵彦卫撰，傅根清点校，中华书局 1996 年版。

《芸庵类稿》，李洪撰，文渊阁《四库全书》本。

《筠溪集》，李弥逊撰，文渊阁《四库全书》本。

《增订古文析义合编》，林云铭评注，清康熙间刻本。

《昭昧詹言》，方东树撰，人民文学出版社 1961 年版。

《浙江通志》，嵇曾筠等修，文渊阁《四库全书》本。

《直斋书录解题》，陈振孙撰，上海古籍出版社 1987 年版。

《中兴小纪》，熊克撰，文渊阁《四库全书》本。

《忠正德文集》，赵鼎撰，文渊阁《四库全书》本。

《重辑李清照集》，李清照撰，黄墨谷辑校，中华书局 2009 年版。

《朱子全书》，朱熹撰，朱杰人、严佐之、刘永翔主编，上海古籍出版社、安徽教育出版社 2002 年版。

《朱子语类》，朱熹撰，中华书局 1986 年版。

《竹庄诗话》，何汶撰，中华书局 1984 年版。

《庄子今注今译》，陈鼓应注译，中华书局 2009 年版。

《紫微集》，张嵲撰，文渊阁《四库全书》本。

二、国内近人研究著作及论文集

《北宋诗文革新研究》，程杰撰，内蒙古教育出版社 2000 年版。

《北宋晚期的政治体制与政治文化》，方诚峰撰，北京大学出版社 2015 年版。

《曾巩资料汇编》，李震编，中华书局 2009 年版。

《重绘中国文学地图通释》，杨义撰，当代中国出版社 2007 年版。

《第五届宋代文学国际研讨会论文集》，邓乔彬编，暨南大学出版社 2009 年版。

《范仲淹研究》，诸葛忆兵撰，中国人民大学出版社 2010 年版。

《洪迈年谱》，凌郁之撰，上海古籍出版社 2006 年版。

《黄庭坚和江西诗派资料汇编》，傅璇琮编，中华书局 1978 年版。

《黄庭坚与江西诗派》，王琦珍撰，江西高校出版社 2006 年版。

《基调与变奏：七至二十世纪的中国》，黄宽重主编，台湾政治大学历史学系等，2008 年版。

《金明馆丛稿初编》，陈寅恪撰，生活·读书·新知三联书店 2001 年版。

《金明馆丛稿二编》，陈寅恪撰，生活·读书·新知三联书店 2001 年版。

《两宋词人丛考》，王兆鹏、王可喜、方星移撰，凤凰出版社 2007 年版。

《两宋词人年谱》，王兆鹏撰，台湾文津出版社 1994 年版。

《柳如是别传》，陈寅恪撰，生活·读书·新知三联书店 2001 年版。

《陆游评传》，邱鸣皋撰，南京大学出版社 2011 年版。

《陆游诗选》，游国恩、李易选注，人民文学出版社 1957 年版。

《陆游研究》，欧明俊撰，生活·读书·新知三联书店 2007 年版。

《陆游与越中山水》，中国陆游研究会编，人民出版社 2006 年版。

《陆游资料汇编》，孔凡礼、齐治平编，中华书局 1962 年版。

《吕祖谦文学研究》，杜海军撰，学苑出版社 2003 年版。

《梅尧臣诗选》，朱东润选注，人民文学出版社 1980 年版。

《美学与意境》，宗白华撰，人民文学出版社 2009 年版。

《明清苏南望族文化研究》，江庆柏撰，南京师范大学出版社 1999 年版。

《朋党之争与北宋政治》，罗家祥撰，华中师范大学出版社 2002 年版。

《清代诗学史》，蒋寅撰，中国社会科学出版社 2012 年版。

《清代世家与文学传承》，徐雁平撰，三联书店 2012 年版。

《清代唐宋诗之争流变史》，王英志主编，人民文学出版社 2012 年版。

《清代朱卷集成》，顾廷龙主编，台北成文出版社 1992 年版。

《清淡美论辨析》，韩经太撰，百花洲文艺出版社 2017 年版。

《人之镜——中西文学形象的人格结构》，邓晓芒撰，云南人民出版社 1996 年版。

《三至十四世纪中国的权衡度量》，郭正忠撰，中国社会科学出版社 1993 年版。

《“唐诗”“宋诗”之争研究》，戴文和撰，台北文史哲出版社 1997 年版。

《士气文心：苏轼文化人格与文艺思想》，张惠民、张进撰，人民文学出版社 2004 年版。

《四库提要辨证》，余嘉锡撰，湖南教育出版社 2009 年版。

《宋代的家庭和法律》，柳立言撰，上海古籍出版社 2008 年版。

《宋代范浚及其宗族考论》，张剑撰，中国社会科学出版社 2014 年版。

《宋代婚姻家族史论》，张邦炜撰，人民文学出版社，2003 年版。

《宋代家族与文学研究》，张剑、吕肖奂、周扬波撰，中国社会科学出版社 2009 年版。

《宋代家族与文学——以澶州晁氏为中心》，张剑撰，北京出版社 2006 年版。

《宋代诗学平淡理论研究》，王顺娣撰，巴蜀书社 2009 年版。

《宋代诗学通论》，周裕锴撰，上海古籍出版社 2019 年版。

《宋代士绅结社研究》，周扬波撰，中华书局 2008 年版。

《宋代文官选任制度诸层面》，邓小南撰，河北教育出版社 1993 年版。

《宋代文学研究》，张毅主编，北京出版社 2001 年版。

《宋人别集叙录》，祝尚书撰，中华书局 1999 年版。

《宋人传记资料索引》，昌彼得、王德毅等编，中华书局，1988 年版。

《宋诗叙事性研究》，周剑之撰，中国社会科学出版社 2013 年版。

《宋诗选注》，钱锺书选注，生活·读书·新知三联书店 2014 年版。

《宋四六论稿》，施懿超撰，上海古籍出版社 2005 年版。

《宋元诗社研究丛稿》，欧阳光撰，广东高等教育出版社 1996 年版。

《苏轼研究》，王水照撰，河北教育出版社 1999 年版。

《谈艺录》，钱锺书撰，中华书局 1984 年版。

《唐诗论评类编》增订本，陈伯海主编；张寅彭，黄刚编撰，上海古籍出版社 2015 年版。

《唐诗与酒——诗酒风流赋华章》，葛景春撰，河北人民出版社 2013 年版。

《唐宋诗之争概述》，齐治平撰，岳麓书社 1984 年版。

《晚明清初思想十论》，王汎森撰，复旦大学出版社 2008 年版。

《王渔洋与康熙诗坛》，蒋寅撰，中国社会科学出版社 2001 年版。

《文献学概要》，杜泽逊撰，中华书局 2008 年版。

《乡土中国》，费孝通撰，生活 · 读书 · 新知三联书店 1985 年版。

《俞平伯全集》，俞平伯撰，花山文艺出版社 1997 年版。

《中国近三百年学术史》，梁启超撰，俞国林校，中华书局 2019 年版。

《中国酒史》，王赛时撰，山东大学出版社 2010 年版。

《中国菊花审美文化研究》，张荣东撰，巴蜀书社 2011 年版。

《中国善本书提要》，王重民撰，上海古籍出版社 1983 年版。

《中国社会结构的演变》，冯尔康撰，河南人民出版社 1994 年版。

《中国文化导论》（修订本），钱穆撰，商务印书馆版 1994 年版。

《中国文学家大辞典·宋代卷》，曾枣庄主编，中华书局 2004 年版。

《中国文学简史》，林庚撰，北京大学出版社 1995 年版。

《中国文学史新著》，章培恒、骆玉明主编，复旦大学出版社、上海文艺出版社 2007 年版。

《中国哲学简史》，冯友兰撰，北京大学出版社 1996 年版。

三、国外研究著作

《才女之累：李清照及其接受史》，（美）艾朗诺撰，夏丽丽、赵惠俊译，上海古籍出版社 2017 年版。

《距离与想象：中国诗学的唐宋转型》，（日）浅见洋二撰，金程宇、（日）冈田千穗译，上海古籍出版社 2005 年版。

《历史主义贫困论》，（英）波普尔撰，何林等译，中国社会科学出版社 1998 年版。

《马克思恩格斯全集》，（德）马克思、恩格斯撰，中共中央马克思恩格斯列宁斯大林著作编译局编译，人民出版社 1995 年版。

《朋友 · 客人 · 同事：晚清的幕府制度》，（美）福尔索姆等撰，刘悦斌、刘兰芝译中国社会科学出版社 2002 年版。

《宋代政治结构研究》，（日）平田茂树撰，林松涛等译，上海古籍出版社 2010 年版。

《西方正典》，（美）哈罗德 · 布鲁姆撰，江宁康译，译林出版社 2005 年版。

《艺术的法则：文学场的生成与结构》，（法）皮埃尔 · 布迪厄撰，刘晖译，中央编译出版社 2001 年版。

《曾巩散文研究》，（韩）金容杓撰，江西高校出版社 2019 年版。

后　记

宋代文学研究，个人已出版专著《晁说之研究》《宋代家族与文学——以澶州晁氏为中心》《宋代范浚及其宗族考论》及合著《宋代家族与文学研究》。本书诸篇，虽都公开发表过，但皆为上述四书所未收，借此汇编机会，对原来的一些讹误略加订正。这些微末成果，本浅陋不足挂齿，但蒙龚延明先生信任，将之列入他承担的浙江省文化研究工程重大项目“宋学研究”系列，并颇为耐心地督促交稿，不胜感激。回想漫漫人生路，转折处总有明灯，故能不觉坎坷，曲处见美。

上海师范大学李贵教授慨然赐序，褒扬过甚，增我惶恐。李贵兄与我同属的70后这一代学者，前有50后、60后尤其是50后至今未熄的华光照耀，后有80后甚至90后的“惊涛拍岸”，其实处境颇为尴尬。致身显赫者，有时个人努力之外，更需要运气。放翁虽豪言“功名不信由天”（《汉宫春》），现实却是朱子所叹“只今用舍悬诸天”（《复用前韵敬别机仲》）。李贵兄见识超卓，素养全面，是同人中公认的有大才者，收于本书的不少文章，都曾得其指点因而有了质的提高，但这样一位我素佩服的学者，却戏称自己为“三无”，虽系自嘲，亦使人有所深思也。

本书所收文章，亦承诸多好友教正，姓名心印，不宣不罪。子曰：“无友不如己者。”结识了一批能够砥砺学问、激扬道义的优秀朋友，规我阙失，促我前行，实为幸运之事。

我的研究生曹瀛月协助有关工作，在此一并致谢。

张　剑

2022 年 3 月 28 日于肖家河新居